当代长篇小说系列

# 汽笛声声

刘莉 著

长江出版传媒 长江文艺出版社

**图书在版编目（CIP）数据**

汽笛声声 / 刘莉著 . -- 武汉：长江文艺出版社，2018.12

ISBN 978-7-5702-0525-7

Ⅰ . ①汽… Ⅱ . ①刘… Ⅲ . ①长篇小说－中国－当代
Ⅳ . ① I247.5

中国版本图书馆 CIP 数据核字（2018）第 144329 号

责任编辑：高田宏　　　　　　　　责任校对：陈 琪
封面设计：纸工坊视觉　　　　　　责任印制：邱 莉　杨 帆

出版：长江出版传媒　长江文艺出版社
地址：武汉市雄楚大街 268 号　　邮编：430070
发行：长江文艺出版社
电话：027-87679360
http://www.cjlap.com
印刷：湖北恒泰印务有限公司

开本：720 毫米 ×1020 毫米　　1/16　　印张：30.75　插页：2 页
版次：2018 年 12 月第 1 版　　　　2018 年 12 月第 1 次印刷
字数：480 千字

定价：49.80 元

谨以此书献给父亲及所有奉献铁路、热爱铁路的人们！

# 序 言

三十年前，小艺的父亲才四十八岁，是京广铁道线上一个小站站区的普通医生，小艺觉得父亲长得像电影演员濮存昕，小艺姐妹三人都觉得像。

三十年前，小艺家门口的京广线上每天有无数的客车、货车飞驰而过，但只有一趟短途慢车早晚在小艺家门前的小站停靠。小艺的父亲偶尔到滨江铁路医院开会。清晨，长长的汽笛声中，父亲会健步如飞地从家中奔向车站；深夜，同样的汽笛长鸣后，父亲就会在夜色中轻轻推开家门……

那时，站在自家的平房外，小艺姐妹三人每天都能听见老远的火车传来的长长的汽笛声，伴随着声声汽笛，就能看见绿色长龙般的客车或是黑咕隆咚的货车轰隆轰隆地从远方驶来，然后再轰隆轰隆地驶向不知哪儿的远方，汽笛声声，总能让人心中生出莫名的感慨和向往。若是在夜里，看见通体明亮、人影绰约的绿色列车远远驶来转眼又开走，对于一个从未出过小站的十多岁的女孩儿来说，真的就如同一个个美丽的梦幻来到眼前又一晃而过，列车不见了，梦却残留在心中。

三十年来，火车、汽笛，还有汽笛声中缭绕的白色烟雾，与父亲、父亲带着笑容的轻快的身影，还有父亲口中遥远而模糊的滨江，都一起留存在小艺姐妹三人成长的记忆里，既甜蜜也忧伤的记忆。

三十年后，小艺经常来来往往于铁路上大大小小的火车站，每次站在站台上，看着列车呼啸而过，或是坐在列车中，面对窗外飞逝而过的人、物、山水，心中仍会涌出无限感慨，一如三十年前的那个十多岁的女孩儿一样，汽笛声声中，一列列美丽的列车在眼前、在脑海如电影般一闪而过。

列车不见了，梦却仍留在眼前、留在脑海、留在心中……

# 目录

第一章　一站二看三通过 ······················································· 001

　　钻车 ·········································································· 003

　　游泳 ·········································································· 008

　　乡愁 ·········································································· 015

　　掉车 ·········································································· 029

第二章　上帝为你关上一扇门 ··············································· 043

　　开车 ·········································································· 045

　　天桥 ·········································································· 055

　　分配 ·········································································· 068

第三章　你看云时很近 ························································· 077

　　跑车 ·········································································· 079

　　接车 ·········································································· 096

　　重逢 ·········································································· 105

　　撞车 ·········································································· 120

第四章　中间站决不站中间 ·················································· 131

　　退休 ·········································································· 133

　　离婚 ·········································································· 146

第五章　今天工作不努力 ····················································· 155

　　围城 ·········································································· 157

　　管内列车 ···································································· 169

　　分房 ·········································································· 177

　　充电 ·········································································· 188

　　混编列车 ···································································· 194

第六章　无法无天"夜总会" ················································· 209

上庭 ………………………………………………………… 211

动车 ………………………………………………………… 225

结婚 ………………………………………………………… 237

棉农专列 …………………………………………………… 249

第七章　有事说事无事报平安 …………………………… 259

域际列车 …………………………………………………… 261

蜗居 ………………………………………………………… 272

交班会 ……………………………………………………… 282

大检查 ……………………………………………………… 290

第八章　忽如一夜春风来 ………………………………… 301

春运 ………………………………………………………… 303

合武动车 …………………………………………………… 316

滨江站 ……………………………………………………… 328

陪读 ………………………………………………………… 340

病危 ………………………………………………………… 352

武广高铁 …………………………………………………… 359

第九章　黑夜给了我黑色的眼睛 ………………………… 369

跟进 ………………………………………………………… 371

被高铁 ……………………………………………………… 381

高三 ………………………………………………………… 394

宜万线 ……………………………………………………… 406

第十章　百二秦关终属楚 ………………………………… 423

春节 ………………………………………………………… 425

清明 ………………………………………………………… 432

成年礼 ……………………………………………………… 443

高考 ………………………………………………………… 455

父亲走了 …………………………………………………… 464

尾声　世界上最遥远的距离 ……………………………… 475

后记（诗和远方） ………………………………………… 483

# 第一章

## 一站二看三通过

　　站在自家的平房前，小艺姐妹三人每天都能听见老远的火车传来得长长的汽笛声，汽笛声由远及近，绿色长龙般的客车或是黑咕隆咚的货车沿着铁道线缓缓地轰隆轰隆地过来，然后再轰隆轰隆地过去。声声汽笛，总能让人心中生出莫名的感慨和向往。

## 钻车

三十年前，1981 年夏。

暑假，懂事能干的姐姐小蓉刚好从铁路卫校毕业，在家等待分配，文静秀气的小艺初中毕业，开学就要上高中，聪明又活泼好动的妹妹小楚在上小学四年级。姐妹仨都在假期中。

那天晌午，酷热难耐，知了躲在小艺家门前的那棵梧桐树树叶里，没完没了地叫个不停，叫得人心烦气躁。屋里热得睡不了人，一排房的人都在屋外摆放竹床、凉席，或乘凉，或睡觉。

姐姐小蓉轻手轻脚走过来，拍了拍坐在竹椅上看小说的小艺，小艺摇摇手，用眼神示意别把睡在竹床上的小楚弄醒了。小蓉笑眯眯地附在她的耳边小声道，走，游泳去。小艺犹豫道，到水库去游泳？太远了，我不会呀！小蓉开心地晃晃手上的绿色橡皮游泳圈，悄悄说，有游泳圈，没事，去吧！

两人看了一眼熟睡的小楚，挽手转身刚走两步，就听见身后妹妹小楚大声喊道，我也去。小艺回头一看，小楚已从竹床上一骨碌爬下来，小艺吃惊地说，你没睡着呀？小蓉笑着说，没睡装睡，这家里就你最机灵，现在只有两个游泳圈，怎么办？小楚生气道，我不管，反正我也要去。小艺看了看小蓉，笑道，我本来就不想去，这样，你俩游泳，我在边上给你们看衣服。小蓉赞许地看了小艺一眼，说，好，那走吧。三人刚走到一排房外，小艺又折返回来，小跑着回到家中把刚才看的那本《第二次握手》放进衣服袋里。

小艺家住在京广线铁道边的一个铁路厂区里,那是专门为铁道线提供道砟的采石厂。道砟是学名,通俗一点说,就是铁道线上铁轨枕木下的碎石。厂里职工的工作就是在工地的山上开山放炮,职工家属用大锤小锤把爆破下来的山石敲成石块,石块再通过风动机变成大小均匀的碎石,然后装上风动车,再运到在建中的铁道线路上。这种工作很容易受伤,爸爸是滨江铁路医院派驻这个站区卫生所的一名医生,很忙很忙,小伤小病全由爸爸看,断脚断胳膊这种重伤则由爸爸紧急处理后迅速转院,转到地区 196 部队医院或是滨江的铁路医院。

厂区后面的工地很危险,父母不太让三姐妹去。还有一个地方,父母也不太让三姐妹去,那就是厂区前面的铁道线。

站在自家的平房前,小艺姐妹三人每天都能听见老远的火车传来的长长的汽笛声,汽笛声由远及近,绿色长龙般的客车或是黑咕隆咚的货车沿着铁道线缓缓地轰隆轰隆地过来,然后再轰隆轰隆地过去。声声汽笛,总能让人心中生出莫名的感慨和向往。

铁道线的前面是车站站房,站房后面下十级台阶,就是一条卖米卖盐等各类店铺的小街。车站叫前塘站,车站与厂里人关系不太大,但车站下面的店铺就与厂里人关系密切了。每天吃饭总得买米买盐呀,只要上街,就得穿过铁道线,每年总有人穿过铁道线时被正好开过来或刚启动的货车压死或压伤,所以,父母从不允许三姐妹随便穿过铁道线。

从家到水库远倒不远,但就是必须穿过铁道线,才能到火车站和小街后面山上的水库。

从厂家属区出来,穿过车站的两排平房,站在水泥台阶上,就能看见一墙之隔的铁道线、站台及挂着"前塘站"三个红色大字的红顶黄墙的小站房。

"一墙"就是一条高两米、长则看不到边的红砖砌成的围墙。围墙的目的是防止家属区的职工家属直接横穿股道(铁道线)出现意外,可职工家属都想方便不想绕道。也就是,本来横穿铁道线,过站台、出站口、上街,就一两分钟,可如果沿着围墙绕到红绿灯下过人行道,再往回走到站房处出站口,来回要用上十分钟。于是，有人将正对着台阶的围墙打个缺口，人们直接上下站台，坐车或是上街。这多方便呀！

完了。走到台阶上，姐姐小蓉皱着眉失望地说道。

怎么了？小艺问道。

你看，这儿停着大货车，咱们过不去。聪明的小楚接话道。

的确。平时，站在台阶上，就能看到三条股道、两个站台和一个"前塘站"站房，现在，一列既看不到头又看不见尾的笨重的黑乎乎的大货车横在她们三人面前。

后来，小艺参加铁路工作才知道，列车编组有一定规范，旅客列车一般是18辆，双层客车是12辆，动车组列车单组为8辆，重联为16辆，货物列车重车是50辆，空车可以达到60辆以上。

可那是三十年前，一看见首尾不见的黑乎乎的大货车，小艺心里就发慌。她扯着姐姐衣角道，要不，我们不去游泳了？

那怎么行？与别人约好了的，一定要去！姐姐做事从来都是坚决坚定的。

谁？你与谁约好了？小楚牵着姐姐的手，仰起小脸问道。小楚就是聪明，反应快，接嘴更快，爸妈最喜欢她，到哪儿去总是带上她。她见人就笑见人就喊，真的特别逗人喜欢。

小蓉听了小楚的话，圆圆的脸上现出快乐的神情，笑了笑，没有作声。小艺本来还想说，要不然，我们下次再去？见姐姐态度这么坚决，知道自己反对不见得有作用，只好跟着姐姐随大流。她从来都喜欢随大流。

我们钻过去吧？姐姐望着两个妹妹，问道。

好。小妹快乐地应和道。

可我们如果在车底下，火车突然开了怎么办？小艺虽然随了大流，但是还是要把自己的担心说出来。

三姐妹站在台阶上犹豫了一会儿，小蓉下决定说，我们三人还是钻过去。我先钻，过去看看后，你们再钻。

她们仨穿过围墙缺口，径直来到大货车两节车厢连接处，这里空隙最大，钻过去方便。说钻就钻，一眨眼，姐姐小蓉就站在货车对面的站台上了。

一转眼，姐姐就不见了，两个妹妹有点儿心慌，蹲下身，勾着腰往对面看，也只能看见姐姐的两只脚。小艺慌了，隔着货车，紧张地问，姐，我们怎么办？

小蓉在货车对面喊道，没事，赶紧钻，小楚先钻。小楚一听，马上"嗖"地就钻到车底下，一抬身就爬上了站台。

小艺面露难色，姐妹都在对面，她不钻也得钻了。小艺小心翼翼地探下身子，钻到车底，没想人刚穿过车底准备抬身时，货车"咣"地响了一声，吓得她和站台上的姐妹都尖叫起来，她"叭"地就趴在车身下的站台与轨道边。但是货车只是"咣"一下，没有动半点位置，也没有再发出半点声音，趴在下面的小艺吓得不知如何是好？姐姐紧张地看看站台上并无一人，就连忙说，没事，快点上来！快点！小艺这才迅速将整个身子挪向站台边，探起头，伸出手，姐姐一把就把她拉起来，再一看，小艺清秀的脸上挂满泪水。

我说不来，你非要让我来，吓死了！小艺边抹眼泪边哭道。

不要紧，不要紧！这不已经过来了吗？回去我们不钻车不就行了吗？小蓉抱住小艺，安慰着拍了拍她，然后抬起双眼看看这该死的大货车。

没想，从货车顶上露出一张既紧张又开心的脸，是隔壁胡厂长家胡三调皮开心的一张笑脸。小蓉一惊，着急地大声道，你怎么还在车上？快下来，车要开了。

胡三从货车上"突"地跳下来，胸前用海军蓝背心兜着七八个红红黄黄的果子，因为跳车，好几个果子掉在地上，还有一个滚到轨道里。胡三着急着想跳下去捡，小蓉一把把他拽住，喊道，不要命了，车要开了！

小楚看着胡三胸前的果子，一脸正气地责斥道，胡三哥，你怎么能偷火车上的东西？抓住可要坐牢的。

胡三笑眯眯地说，不赖我，货车停这儿，我在站台就闻到又香又甜的味了。我就上车看看是什么东西？尝了尝，实在是太好吃了。说着，他将果子兜到三姐妹面前，不信，你们尝尝。

三姐妹看了一眼，圆圆的果子鸡蛋大小，黄中带粉，粉中带红，看着好看，闻着又香又甜。小楚目不转睛地盯着红果子好一会儿，又抬眼望着小蓉，一脸渴望地问，姐，这是什么东西？

胡三得意地笑着说，小苹果，好像是出口的，咱们从来没有看见过的。小楚、小艺，你们尝尝，蓉姐，你也尝尝，真的很好吃！

小楚看看姐姐，又看看胡三衣兜的小苹果，忍不住拿了一个，就咬了一大口，然后，边吃边笑道，姐姐，真的很好吃！

胡三又望着小蓉道，小蓉姐，你吃一个呗，小艺你也吃一个。说着就往小艺和小蓉手里塞。小艺眼泪未干，推脱着不要，姐姐接过来小苹果，又对胡三说，那以后不允许了。胡三一个劲地点头。

小蓉拿着苹果，用手擦了擦，一个递到小艺手上，一个送到自己口中。小艺看了看，想不吃，但闻起来太诱人了，就不好意思地吃了一小口。嗯，真好吃！

胡三把剩下的几个小苹果都塞着小楚手中，望着三姐妹说，你们千万别给我爸说，不然，我要挨揍的。小楚边吃边把头摇得像拨浪鼓似的，不会的。小艺也边吃边想，妈妈常说拿人手短，吃人嘴短。吃了人家的东西，还好意思去告人家吗？

胡三看着姐姐手中的游泳圈，问道，你们去游泳吗？我和你们一起去吧，听说是厂里组织的活动。

是，天太热了，厂团委组织的活动，好多青工都去了。姐姐说。

胡三从姐姐手中拿过游泳圈，笑道，来，把游泳圈给我吧，我给你们吹起来扎好，不然游在水库中间，游泳圈没气了就没命了。说着，边走边吹起来。

走着走着，小楚突然仰头问道，胡三哥，你没有游泳圈怎么游呀？

胡三吹着游泳圈，听着这话，不由得笑出声来。我们男孩还用游泳圈？小时候，一个猛子扎到水塘里，人一出水就会游了，还用游泳圈？说完，看到刚吹着已鼓起来的游泳圈又瘪回原形，就揪起游泳圈的吹气嘴，鼓起腮帮子再吹。几个人一道边说边笑着穿过车站、小街，沿着上山小径向山上水库走去。

### 游泳

上山不过二十来分钟，路是小路，路两旁都是些南方灌木和松树，一路全是爬坡，虽然大家说笑着，小艺还是累得气喘吁吁，她正觉得坚持不住时，大家已到山顶。站在山顶，一个大斜坡向下，碧绿的明镜似的水库展现在眼前，水库里、水库边已有好多人。几个人精神一振，一路欢呼着小跑着飞向水库边的草地上。

水库中已有不少人在游泳。胡三直接下水，小蓉笑着不断地给人点头打招呼，又四处环顾像是在找人。然后，她招呼小艺、小楚来到草地边远处的一棵松树下，躲进半人高的灌木丛，小蓉小楚两人退下衬衣长裤，穿着短衣短裤，挎着游泳圈，光着脚丫，小心翼翼地向着水库边走去。走了几步，姐姐回头吩咐小艺道，你坐在树荫下，看着衣服凉鞋，别动。

姐姐小蓉和妹妹小楚很快消失在碧绿的水库里。水库边传来人们热闹开心的嬉戏和欢笑声，小艺有种形单影只的感觉，她很想走近一点去感受这种欢快氛围，但是姐妹已经下水不见踪影。一会儿，游泳的人都向水库深处游去，水库边的水面上光秃秃的，一个人影都没有了。

正是盛夏时节，下午三四点光景，太阳热辣辣的，晃眼得很，小艺孤单地躲在树荫下，旁边堆着姐妹的衣服。她百无聊赖，四下又望了望，草地上到处都堆着衣服、凉鞋，不远处有一个戴着黑框眼镜的学生模样的年轻人坐在特别大的一堆衣服旁边，抱着本书在低头看。

对呀，自己也带书来了。小艺赶紧从袋中拿出《第二次握手》，就地坐在松树荫下，接着看科学家苏冠华和丁洁琼的爱情故事，不一会儿，她就忘记了自己身在何处。

小同学，你在看什么书？

小艺吃了一惊，仰起脸，看见黑框眼镜下一张方正的脸上显现着温和的笑容。哦，是那个学生模样的年轻人，他正站在三米开外，笑眯眯地，用好听的北方普通话问自己。

　　小艺不习惯接触外人，她仰脸望着黑框眼镜，然后把正看着的那页折了个角，再把书合上，一言不发地举起书，在黑框眼镜面前晃了晃。

　　《第二次握手》？这本书当年在社会上流传最广，根本没有正版书，都是手抄本，你怎么有正版书？黑框眼镜吃惊地说。

　　我姐姐的。小艺望着他，平静地说，但内心却因黑框眼镜的吃惊表情而开心，这说明姐姐有本事，读书多呀。

　　你姐姐是谁？

　　我姐姐叫小蓉，是厂里考出的第一个女中专生！提起姐姐，小艺不由得自豪起来，特地强调姐姐是个中专生。厂里有文化的人可没几个，更别说高考考取的啦。

　　噢，那我与你姐姐还有点儿缘分，我是今年厂里分来的第一个大学生，才报到十来天。我叫杨峰，你呢？黑框眼镜说着，不由得坐在两米开外的草地上。

　　我叫小艺。小艺从来没有与外人这么近距离地坐着，但是，听说是个大学生，她不由得眼睛里闪出光彩，原来黑框眼镜与自己想象的大学生长得一个样。要知道，她可只是在电影中才见过大学生的。小艺含笑问道，啊，你是大学生呀，那你是哪个大学毕业的？

　　西南交大。

　　西南交大在哪儿？还在上初中的小艺真不知道西南交大在哪儿。

　　四川成都。

　　四川，那在我老家呀！你是四川人吗？小艺兴奋地问道。

　　我不是，是甘肃人，我是从甘肃考到四川成都的。

　　小艺眼神中有点失望。黑框眼镜看出小艺的眼神，就问，你是四川人？

　　是的。小艺经常听父母说起四川老家，但是一次也没回过。即使这样，她一听到与四川有关的人或事，就会有莫名的亲切和好感。小艺不由得变得开朗起来，盯住黑框眼镜手上的书，问道，你看的什么书？

　　《牛虻》。

　　《牛虻》？小艺再次兴奋起来，我每天都在听广播剧《牛虻》，我知道亚瑟，特别好听。你能借给我看看吗？小艺本不是个大方的人，但一看到书，就变得大方起来。小艺说的"特别好听"，不只是说广播剧内容好听，还包括广播剧的声音，连牛虻的原名"亚瑟"都那么好听。

黑框眼镜笑着说，当然可以，我刚好看完。我一分来，厂里就说起你姐姐，夸她是厂里高考考取的中专生，还是个女生。

听到夸赞姐姐，小艺不由得笑了起来。情绪一放松，话也就更多起来。小艺主动问，你怎么不游泳？

黑框眼镜不好意思地笑道，我不会游泳。

小艺满脸疑惑地问，你一个男的，怎么不会游泳？我家邻居胡三说，他一个猛子扎到水里，再从水里钻出来，就会游泳了。

黑框眼镜不由得又笑了，笑容中含有不好意思，他说，我是甘肃人，我们那里水金贵得很，哪里有水游泳？我们那儿不像南方到处都是水，还是南方好，山青水绿，真好。

小艺盯着他，奇怪地问，你说我们这儿好？我妈妈说我们这儿是穷山恶水，山上全是石头长不了什么大树，土全是红土，种不了什么庄稼，我们这儿也叫好？

黑框眼镜顿了一下，说道，比较而言，与我们西北相比，这儿好太多了，湖广熟，天下足。他好奇地问小艺，你怎么也不游泳？

这回轮到小艺不好意思了，她笑着说，也不会。

小艺是真不会。还有，她真心抵触游泳。一想到女的游完泳，全身湿淋淋地从水库里站起来，小艺就觉得难看死了，自己想着都难看，更别说大庭广众之下众目睽睽之中，真的会丑死。但这个想法又不能讲给外人听。小艺真不明白姐姐和妹妹她们为什么没有这种感觉。

小艺接着解释道，我其实不想来，姐姐非要我来，我只好坐这给她们看衣服。

黑框眼镜又笑起来，咱俩任务一样，我也是帮大家看看衣服。我刚分到厂里，现在团委帮忙，今天团委组织青工游泳，我就负责搞搞后勤，看看衣服。

然后，他拿起《牛虻》这本书，递给小艺，笑道，这书是我自己买的，刚才看完了，送给你吧！

小艺接过书，望着黑框眼镜，感激地说，谢谢你，眼镜。

黑框眼镜诧异道，眼镜？

小艺羞涩地笑着，望着黑框眼镜说，是的，眼镜。

其实，小艺内心一点都不羞涩，她内心对黑框眼镜充满敬仰。心想，眼镜，你是我见到的厂里第一个大学生，而且还是戴眼镜的大学生，与电影里和自己想象中的大学生一模一样：质朴、自信、谦虚，还对人彬彬有礼。

在小艺内心，眼镜是她对有知识有文化的人的最尊重的称谓。八十年代，电影里报纸上，只有知识分子才会戴着这种黑框眼镜，一副努力学习、刻苦攻关的模样。眼镜是上进努力、刻苦学习的代名词，也是知识的标识，就像现在品牌产品的 LOGO 一样。

黑框眼镜不由得望着小艺笑了起来，行，那我就叫眼镜。

渐渐地，不断有人从水库中走出来，黑框眼镜就笑着与小艺挥挥手，向着他看守的那堆衣服走去。

时间一点点过去，水库中游泳的人也陆陆续续上岸，换衣，又三三两两地走了。

姐姐小蓉在水中催小楚往回游，小楚却觉得好玩，赖在水中不走，姐姐只好将就她。胡三也上岸了，坐在小艺旁边要等姐妹三个人，姐姐换好衣服说，算了，你先走吧，小楚不走没办法。

小艺就坐在松树下耐心地等着小楚，姐姐在较远处与一个黑瘦的男生说笑着，一会儿，那个男生不见了，姐姐手里多了一大把百合花。上山时就见山上灌木丛中偶尔有几株百合花在骄阳下迎风摇曳，与周围杂乱的灌木丛相比，洁白的百合花显得格外高贵洁净。姐姐笑眯眯地捧着百合回到小艺身边，然后递到小艺手上。

小艺欣喜地捧着，边端详手中的百合边道，好漂亮的百合花！姐姐含笑点了点头。小艺没有问谁给的花，姐姐也没有说。姐姐一直都有好人缘，好像姐姐是那种对所有人都好，所有人都对她好的人。所以，小艺想，厂里子弟、滨江青工都有可能送她，顺手嘛。

岸上真的一个人都没有了，太阳也快要落山了。小艺姐妹三人走下山，来到铁道线边时，已是晚霞满天。姐妹三人都知道，今天回家这么晚，一定会被妈妈臭骂一顿的。

铁道线上依然停着又笨又长的大货车，不知是不是来时的那趟，还是又开来刚停在站台上的，反正货车全长着一个模样，黑乎乎的分不清。

再钻车她们仨是绝对不敢了，小蓉也不敢再冒险。她们只好沿着铁道线往最前方的人行道口走，铁道线边的泥巴路狭窄而且还有很多小碎石，很不好走。看看前后没有火车，小楚最先跳上道心，看着没事，小艺和小蓉也跟着跳上来，开始在两条铁轨间的平行枕木上走着玩着。

黑黑的枕木宽平且间距一致，走起来非常舒服，小艺和小楚并排走，小蓉跟在后面。三人越走越开心，走着走着，她们的心情越来越好，步子越来越快，慢步变成快碎步，快碎步再变成跳步走，一格走改为两格跳。铁道线上，三姐妹轻快地跳跃在两条长长铁轨间的道心枕木上。夕阳的余晖里，三姐妹跳动的身影就如一幅美丽的剪影。

突然，一声悠长而嘹亮的汽笛声从远处传来，姐姐小蓉听到汽笛声，迅速拉着两个妹妹从道心跳到铁轨边的泥土小道上，然后拥着两个妹妹，转身望向身后远远驶来的列车。

伴随着悠长的汽笛声，一列全身深绿色的旅客列车轰隆轰隆地由远而近飞驰过来。车窗里，三三两两的旅客悠然地坐着聊天、看书或是看着窗外的风景，他们就像是美好的梦，也跟着列车在姐妹三人眼前轻盈地划过，又随着列车轰隆轰隆地由近而远飞驰而去，消失得无影无踪。声声汽笛里，留下的是怎么看也看不到头的长长的长长的铁道线。不知为什么，姐妹三人站在铁道边，眼睛跟着无尽的铁道线，内心充满了无限向往和怅然。

小艺三姐妹就生长在这个山窝窝的厂区里，周边除了山还是山，除了姐姐出生在滨江，小艺和小楚就生长在这山窝窝里。听说这山里除了采石厂，还有很大的军备库,再往深山里就是生产炸药的化工厂。在她们从小到大的生活中,感觉除了危险就是禁区。

唯一能吸引她们的就是穿过群山又飞出群山的两条银色的铁道线,还有飞驰在铁道线上的火车,不管是客车还是货车,那时的她们统称它们火车。

姐姐,你说这火车会开到什么地方?望着早已看不到火车的铁道线,小楚扭过头来问姐姐小蓉。

姐姐说,刚才那趟吗?又没在我们这儿停,我不知道,但一定经过滨江,滨江是省会嘛。

你说呢?小艺,你天天在家看书,你说说。小楚一脸笑容望向小艺。

小艺一愣,她真不知道。小艺还没有搭话,姐姐已经望着她代她回答小楚了。姐姐笑道,小艺更不知道。她和爸爸一样,天天看的全是闲书,书上全是才子佳人的故事,哪知道现实中的事?

小艺一听,马上神气地晃了晃包,从包中抽出《牛虻》这本书,自豪地说,才不是呢,是革命志士的故事。

姐姐兴奋地问,《牛虻》?你怎么有这本书?

小艺举着书晃着,得意扬扬地说道,是厂里一个大学生的,他戴着个眼镜,刚才他也在守衣服,他送给我的。

是嘛,也是大学生?姐姐笑着问。

怎么也是大学生?你还认识大学生?小艺问。

当然,姐姐开心地说。

小艺刚想追问是谁,小楚却拉着姐姐小蓉,撒娇道,姐姐,我想坐火车。

你想坐火车到哪儿?小艺不明白小楚为什么想要坐火车,小楚总是想法特别多。

爸爸不是老是坐火车到滨江开会吗?我也想去滨江。

滨江?小艺问道。

行!姐姐望着小楚爽快答应道,这样,正好明天我要去滨江,我带你们俩一起去,我明天要去滨江报到。

余晖中，远远地看见正前方一个细长的人影在铁道边上走着，姐姐和小楚眼尖，一眼就看出是爸爸。姐姐肯定道，是爸爸。小楚连声喊，爸爸、爸爸。边喊，边向着爸爸跑去，只是道枕边的碎石子太多，她跑得一跌一撞的，看着随时都会摔倒的样子。

小艺听见爸爸老远就在喊，别跑，别跑，小心摔着！

爸爸的身影越来越近，小艺终于看清楚是爸爸。

爸爸长得像演员濮存昕，模样、个子、一颦一笑都像。这是电影演员濮存昕经常出现在电视和广告后，三姐妹看见濮存昕后达成的共识。问妈妈，妈妈也说真像。

爸爸是滨江铁路医院的一名普通医生，是医院下派到前塘铁路卫生所的一名常驻医生。有句话叫铁打的营盘流水的兵，小艺觉得，爸爸像铁打的营盘一样，盘根在这个铁路沿线最艰苦的前塘卫生所，而医院其他下派的医生或护士就像是流水的兵，他们走马灯似的来了就走，走了一拨再来，有的医生护士干脆就不来。

夕阳下，爸爸越来越近。只见白皙修长的爸爸头戴草帽，身穿白色短袖，蓝色短裤，肩上背着医药箱，脸上、衣服上都浸着汗水，可是即使这样，爸爸看起来仍旧是干净清爽的样子。爸爸看着永远都那么舒服、好看，小艺觉得。

小楚跑到爸爸跟前，一下就扑进爸爸的怀里，问道，爸爸，您干什么去了？

爸爸说，去半道工区看一个病人。爸爸每个月都会抽两三天时间到更偏远的半道工区或小站巡回医疗。爸爸总说，那里的职工家属更艰苦更可怜。

小蓉伸出手，想帮爸爸背药箱，爸爸没给姐姐，而是把手中的两个新鲜莲蓬递给姐姐，把一把粉粉白白半开未开的荷花递给小艺，再把一个手编的蝈蝈笼递给小楚。草青色的蝈蝈在草青色的笼子里冲来撞去，长一声短一声高声叫着，小楚举起蝈蝈笼不由得高兴地跳起来转起圈儿。

姐姐一手拿着百合花和莲蓬，一手一把抓住小楚，大声说，别疯，小心火车又来了！

爸爸把小楚牵到手里，边走边望着小蓉，问道，你们到铁道边来干什么？

多危险!

小楚牵着爸爸的手摇晃着,仰脸对爸爸说,是呀,刚才火车差点儿压着小艺。

就你嘴巴长,要么姐姐哪儿都不带你去。小艺烦妹妹多话,怕爸爸责怪姐姐。小楚也不生气,只是向小艺扮了个古灵精怪的笑脸。

果然,爸爸一听脸色都变了,生气地对小蓉道,给你们说过多少遍,不准钻车,要红灯停、绿灯行,要一站二看三通过。怎么这么不听话?

姐姐一看爸爸的脸,知道爸爸真的生气了,连忙解释道,我们去水库游泳,非得过股道,可是股道上停着货车,又不知道货车什么时间开,我们这边看不见红绿灯,绕道倒是能看见红绿灯,可那要走好长的时间,天这么热。

爸爸没理姐姐的解释,接着说,知不知道,上个月,厂里一个青工钻车,一条腿压断了,现在还在铁路医院躺着呢!天热路长不是理由。

爸爸发火道,宁等十分,不抢一秒,再不许钻火车,听到了吗?

几个女儿听着,认真地点了点头。

## 乡愁

父女四人刚走到一排房的屋山头,小艺她们远远地就听见从家里传来妈妈的责骂声,这一家人都死哪儿去了?全家人都在家闲着,我在工地干活,累得半死,回来还要给她们做饭?

妈妈是典型的四川女人,热情泼辣,敢说敢干,开心就笑容满面,烦了就张口骂人。

三个女儿一听,全都吓得花容失色,抬眼望着爸爸,停下脚步不敢再往前迈。爸爸笑了笑,示意都不作声。小蓉拉着小艺加快脚步,悄不作声地快步往家里跑。

小楚牵着爸爸的手,笑呵呵地跳到厨房里的妈妈面前说,妈妈,我们游泳去了!

妈妈一脸怒色，接话道，游泳，谁让你们游泳去的？游泳能当饭吃吗？

小艺知道，妈妈是在骂姐姐小蓉。小艺扭头看了看一言不发的姐姐，知道妈妈是在说姐姐没在家准备晚饭。

爸爸将医药箱放进家里，走出来，接话道，你这个人就是的，没问孩子们去游泳安不安全？高不高兴？人还没进家门，就听见你的叫骂声。

妈妈呛爸爸道，我就知道干活吃饭，一天三顿饭要人做，不然从工地回来就没饭吃。

发火是发火，妈妈已经将凉面稀饭做好，正在用从滨江捎回来的酱油、醋做拌凉面的佐料。爸爸洗完脸，赶紧将吃饭的小方桌从家里搬出来，放在梧桐树下，擦净，姐姐连忙端椅子凳子。

妈妈走过来，对正在添饭的姐姐恶狠狠地小声道，你这个死女子，我给你说，过一会儿我再找你算账，还不光这事！女子是四川老家对女孩或姑娘的称呼。

姐姐一听这话，愣了一下，也没敢犟嘴，只是连忙从妈妈身边闪到爸爸一边。妈妈用一双黑亮的眼睛瞪着站在一边发呆的小艺，同样用四川话吼道，你只知道站在那儿，像个灯杆一样（电线杆），就不能拿拿筷子？就等着别人把饭送到你手上？

小艺一听，连忙到厨房从竹筒中抽出四双筷子，摆在桌上，然后往屋里走，边走边说，我不吃饭，我要听广播剧。

妈妈生气道，不吃不饿，吃饭时间尽干些没用的事。

小楚跑到厨房围着妈妈转圈，妈妈炒了一盘花生米，端出一盘自家腌的豇豆、红白萝卜等泡菜，摆上饭桌。

好香好香！怎么像过年一样呀！小楚趁爸爸不在，赶紧用手指捻着花生米往嘴里放，边吃边问，妈妈，哪来的花生米？

妈妈回道，是你三爸从四川老家寄过来的，他知道你爸爸爱吃。

小楚好奇地问道，妈妈，我怎么这么多爸爸呀？还有三个爸爸？怎么只见过爸爸这一个爸爸呢？

妈妈不由得由怒而笑道，四川老家就是这样称呼。你爸兄弟三人，你爸是老二，你爸的弟弟就是三爸，你爸的哥哥就是一爸。

那我的一爸呢？问完，小楚自己都觉得好笑，不由得仰着脸，"咯咯咯"地笑出声来，那我一爸怎么不给我们寄花生？

爸爸坐在桌边，接话道，我哥哥在台湾。当年抗日时他还是初中生，老师就带着他们全班同学当兵抗日去了，后来就去了台湾。

姐姐一脸疑惑地问爸爸，爸爸，国民党也抗日？国民党不是抗战胜利后下山来摘桃子吗？那我一爸现在在台湾？姐姐连着问了好几个问题。

爸爸口气淡淡地答道，现在他应该在台湾。

小蓉和小楚都停了筷子，吃惊地望着爸爸。因为这么多年，她们真不知道家里还有这么远的亲戚。在台湾？

那后来有联系吗？姐姐问。

到台湾后，我哥哥给家里来了封信，后来就再没联系了。爸爸叹了口气，现在政策变了，应该可以找找他了，只是不知道他还在不在人世了？

说着，爸爸添了碗饭，换了个话题，感叹道，今天去红山岩半道工区巡回医疗，巡道工老张一家真是可怜。

妈妈望着爸爸道，怎么了？就是你经常提到的半道工区的老张？

爸爸说，是。前两天，老张的老婆病死了，留下六个孩子，小的才六岁。老张一身病，还有严重的肺气肿，天天出了上气没有下气的，可怜了这几个孩子。

妈妈连忙说，你这人就是心肠太好。你可怜人家，谁可怜你呀？你这幸亏是几个女子，要是几个儿子，你连稀饭都没有喝的了！你要是真可怜他，就领一个儿子回来，帮我干干体力活！

爸爸说，还真有这样的好人！他那个六岁大的小女子被永安工区的吴书记领养了，吴书记还想办法找单位给他大女儿安排临时工，又想办法让二儿子当兵，这一下就解决了老张家的三个孩子。要不然，今后真不知怎么过？

姐姐不由得感叹道，这个书记还真是个好人。

爸爸说，是呀，还是咱们四川老乡呢！人家两口子都是"文革"前的大学生，说是交大毕业的，听说她家只有一个女子。

正聊着，爸爸发现小艺不在跟前，连忙喊道，哎，小艺呢？还不出来吃饭？爸爸连声喊道。

姐姐接过话道，她在屋里听收音机呢，每天按时听广播剧《牛虻》。

小艺听到父母喊她，跑出来说，我听完再吃。

爸爸望着小艺，笑道，边吃边听，又不耽误。说着将一碗凉面递到小艺手上，小艺冲爸爸笑了笑，端着碗又快步进屋。

小楚望着小艺的背影，凑到爸爸面前，边吃面边笑着问，爸爸，我们三姐妹谁最好看？

妹妹小楚对自己的形象和名字一直耿耿于怀。因为每次路上看到厂里的滨江青工，小楚笑眯眯地拉着爸爸妈妈的手喊着叔叔、阿姨时，滨江青工会弯下身子笑着说，哦，李大夫的小姑娘，叫什么？小楚会笑着大方说，小楚。滨江青工听后笑脸上的眉头皱了皱，用滨江腔说，小楚，小丑？这名字不好听，这么可爱的小姑娘怎么叫小丑呢？

在滨江腔中，楚和丑是同音。聪明伶俐的小楚最会察言观色，一看对面皱起的眉头，她的笑脸不由得也变了。这种次数一多，妹妹对自己的长相就格外关注，动不动就问爸爸妈妈，自己长得好不好看？

姐姐望着小楚，直截了当地下结论，当然是小艺。

当然是我。妹妹自信地抢白姐姐道。

是是是，我家小楚最好看。爸爸接过话，望着小楚，笑道，不过，你要记住，外表美只能取悦一时，心灵美才能经久不衰。

全家听了都笑了起来。

过了一会儿，小艺端着碗，神情黯然从房里出来。

爸爸望着小艺，疑惑道，怎么了，小艺？

你好像哭了？妹妹望着小艺的脸问。

小艺也不抬头，仍旧神情黯然地说，牛虻死了。

没事，那都是作家编的，假的。爸爸边劝边站起来，给小艺让出个位置，小艺手中的一碗凉面基本没动。

你真是替古人担忧。妈妈一脸的不屑，那些广播里说的书上写的东西你也信？

姐姐望着妈妈，纠正道，妈妈，牛虻不是古人，是外国人，是革命者。

妈妈呛白姐姐道，管他什么外国人中国人，现在人古代人，书上说的我都不相信。我只知道天天干活，一天三顿。

爸爸说，我信，小说真的能让人身临其境。

其实小艺三姐妹也信。因为爸爸经常给她们讲成语讲故事，讲得声情并茂，惟妙惟肖，不知不觉中，就把三个女儿都带到了故事的场景中。

妈妈不以为然地对小艺说，吃饭吃饭，为书中的人伤什么心？真是小姐的身子丫鬟的命。

爸爸怜爱地看了一眼仍沉浸在伤心中的小艺，没有作声。

全家人正说着，左邻杨伯伯一家也开饭了。

杨伯伯一家是河南人，最喜欢吃馒头喝面汤，杨伯伯家的几个男孩子都习惯端着饭蹲在屋檐下或是小桌边吃馍喝汤，还特别喜欢吃小艺家的四川泡菜。只是这里是南方，粮店只有大米没有面粉，没办法，每年回一次河南老家，就会背一大袋子面粉回来。

杨伯伯可是个老模范，是厂里多年的老党员、老先进。他从朝鲜战场起就在部队当爆破工，到厂里后，因年年先进，前些年还被组织派到非洲援建坦赞铁路。杨妈妈没有文化，但是人很和善，啥时候都是和颜悦色轻言细语，不像小艺妈妈快言快语大声武气的。

杨伯伯家里六个孩子，前面三个儿子，丰沙、宝成、成昆，后面三个女儿，贵芝、贵芹、贵英。三个儿子的名字全是铁道线，杨伯伯修了哪条铁路，就用哪条铁道线给刚出生的男孩儿起名。

老大丰沙现在茶岭小站当值班员。小艺偶尔看见丰沙满脸疲惫地拿个红绿相间的信号灯回家，这总会让她想到小时候《红灯记》中的铁路工人李玉和，丰沙和李玉和都是浓眉大眼大高个，只是电影里李玉和斗志昂扬，现实中的丰沙总是无精打采。老二宝成下放几年,刚招工到一个偏远的工务工区当巡道工,杨妈妈只说好像是在什么鸦线,乌鸦线?说不清具体位置,反正工作就是"挖洋镐"。老四贵芝刚高中毕业招到2346(军工)纺织厂上班。

其他三个孩子都待业在家。老三成昆待业几年了,老五贵芹没上高中,老六贵英刚初中毕业,也不准备上高中了,全待业在家。成昆、贵芹经常到工地上打打石头做做零工,贵英就在家带丰沙三岁的儿子,杨伯伯的长孙杨树。

杨伯伯家的三个儿子都嫌杨伯伯起的啥名字,不负责嘛。杨伯伯想,那长孙的名字就好好起,杨伯伯见长孙长得虎头虎脑,稀罕得不行,就给孙子起名"杨树"。八十年代不都喜欢用两个字的名字吗?杨伯伯离开河南老家几十年,有时真想得慌,记忆中老家的村边马路上全都是杨树,一排排小杨树长得青葱笔直,好看着呢!那大孙子就叫杨树吧。

杨妈妈端着几张烙饼走过来,操着一口河南话说道,俺知道李大夫和几个妮儿喜欢吃饼子,就多摊了几个。

妈妈接过谢着,姐姐连忙又捞了一碗四川泡菜,放到杨妈妈家饭桌上,成昆、贵芹、贵英一见泡菜,就一哄而上,边吃边说好吃。

这时,右舍胡厂长对胡三的责骂声传过来了。

小艺姐妹吓了一跳,难道是胡三下午偷车上的小苹果被胡厂长发现了?自己可没有告发呀。再仔细听听胡厂长的骂声,姐妹三人心中的石头就都落了地,真不是因为胡三扒货车偷小苹果,而是为胡三倒掉了胡厂长的一盆洗脸水。

天热得很,刚下班的胡厂长回来就洗了个脸。他刚洗完,胡三进门也要洗脸,见白瓷脸盆里的半盆水里漂浮着好些小气泡,嫌水脏,就把水倒掉,准备重新接水,不想被胡厂长看到,胡厂长张口就把胡三臭骂一顿。

胡厂长以前也是军人,老干部,东北人。胡厂长跟着部队从东北打到华北,再打过黄河打过长江,然后就娶了胡阿姨。胡阿姨是当地人,吃穿生活都比较讲究,南方人嘛。大儿子出生时,胡厂长正在修建长江大桥,就给大儿子起名汉桥,汉桥名字雄伟大气,人长得却像胡姨,小巧秀气。汉桥中学时就表现出色,又喜欢舞文弄墨,胡厂长觉得个好苗,就把他送到部队锻炼,刚转业到五里坪机务段工作没几年。老二是个女儿，叫海棠，长得真跟海棠花一般明艳好看，海棠和姐姐同届，在家待业三年了。生老三时，胡厂长把家彻底安在了京广线上前塘站，就与杨伯伯一样，给小三起名京广，现在滨江铁路司机学校上学。京广排行老三，正好电影《闪闪红星》中反派人物叫胡汉三，胡汉三，念快了就是胡三，大人孩子就都故意胡三胡三地叫起来。胡姨不高兴道，我家三儿怎么叫胡汉三呢？叫潘冬子还差不多。潘冬子是《闪闪红星》中可爱的小主人公，胡三长得还真像《闪闪红星》中圆脸圆眼机智活泼的潘冬子。

胡三被胡厂长莫名其妙地骂了一顿，又不敢还嘴，气得不行，就跑到小艺家的梧桐树下，嚷嚷道，李叔叔，您评评理，我非要用我爸用过的洗脸水吗？我倒了他的水就是浪费？他避重就轻，故意只说浪费水不说嫌弃水脏。

爸爸笑道，年轻人讲卫生，怎么不对了？

胡厂长出来接腔，骂道，他妈的，老子连他都生了，他还嫌老子的洗脸水脏。你说，老子今天就是到工地上转了转，出了一身一脸的汗，有多脏？妈的，还嫌弃老子，那老杨，这当爆破工的，天天满身满脸都是泥巴都是灰，那孩子们不得嫌弃死父母吗？

胡三小声地犟嘴道，本来就是脏嘛！你看人家李叔叔，当医生的就是不一样，啥时间都是干干净净、清清爽爽的。说着就坐在了小艺家的饭桌边。

胡三妈妈胡姨走过来帮腔道，就是，多大点事儿，也把孩子骂一顿。三儿，不理你爸，来，吃饭。胡三听了妈妈的话，就驴下坡，站起来跟着胡姨往家门前的饭桌走去。

姐姐端着碗，对胡厂长说，胡伯伯，咱们厂里每天开山、放炮，碎石，装车，哪里需要这么多碎石头呀？

胡厂长一听，纠正姐姐说，这不叫碎石头，这叫道砟，需要的地方多的是。前些年搞三线建设修铁路，这种道砟需求量大得很，咱们厂的石料、道砟都拉到襄渝线上搞铁路建设了。

襄渝线？小楚反问，那我们房子前面的铁道线是什么线？

胡三坐在自家门前，连忙接话道，京广线，我就叫京广，姓胡名京广。小楚，记住了。小楚笑着说，胡京广，好拗口，还是胡三好记。

爸爸笑道，是，这叫京广线。京广线是中国铁路的大动脉，是中国铁路三大干线之一。

一说起铁路，胡厂长也忘记了生气，他端起海棠早已盛好的饭菜吃起来。夏天，每家都坐在屋前树下吃饭、乘凉、聊天。

胡厂长吃完饭，满脸笑容地朝小艺家的梧桐树走过来，妈妈将自己的竹椅子让出来。胡厂长坐在梧桐树下，爸爸递给他一支圆球烟，胡厂长擦火点上，吸了一口，情绪高涨地说，告诉大家，咱们厂赶到好时候了！说着，他声音不由得提高了八度，最新消息，咱们厂的厂名马上要由采石厂改为水泥厂啦，由开采石头改为生产水泥，年产水泥八万八。国家现在改革开放，要大规模搞基础建设，咱们水泥厂的前途光明得很啊。

爸爸接话，兴奋地说，国家改革开放就对了，国家就是要建设要发展，要重视教育重视科技，你看人家英国已经有了海底隧道，日本的新干线火车开行速度已经到了时速 200 公里。

坐在自家小桌前的杨伯伯一听，放下碗，不屑一顾地大声反驳道，李大夫，你吹牛吧，海下面都是水，怎么像我们打山洞一样开隧道？你说小日本的火车开到每小时 200 公里，那不比飞机还快？

爸爸辩解道，是呀，这怎么是吹牛？《参考消息》上写的，人家的科技程度高嘛。

姐姐疑惑地问，海底还能修隧道？

妈妈挥挥手，不耐烦地打断他俩的话，说道，你们尽说些与我们不沾边的事，胡厂长，你说厂里扩大规模，那不是说厂里要招工？

胡厂长笑着答道，对头，这才是关键。

爸爸这才反应过来，笑道，招工，这下好了，厂里那么多待业在家的孩子，这下就都有希望了！你们家海棠在家好几年了，这次可以招工进厂。

是呀。胡厂长喜滋滋地说。

杨伯伯听到这个消息，赶紧从自家门前凳子上站起，凑到小艺家梧桐树下的胡厂长面前，激动地问，那俺家呢？俺家可以招几个？俺家可是成昆、贵芹、贵英仨孩儿在家待着呢，应该都可以招进厂吧？

胡厂长语气变得犹疑起来，那恐怕不行，原则上一家只解决一个，最多解决两个，你是劳模是先进，可以照顾照顾，可这得经过厂部研究决定。

杨伯伯说，如果一个，那就成昆吧。只是贵芹、贵英她们都不想读书了，早点上班算了。

胡厂长没有接话，只是点了点头。

爸爸高兴地说，这真是赶上好时候了，厂里招工，厂子弟就业，可为职工做了一件大好事啊。

胡厂长也说，是呀。现在政策变了，从前是工农兵吃香，知识分子是臭老九，现在国家开始重视知识分子了，看看，咱们厂里第一次分来一个叫杨峰的大学生，跟我一样，也是个北方人。这一个北方人到了南方，天天吃米怎么受得了？

小胡，胡伯伯喊胡阿姨道，下一次咱们家擀面条、烙饼子、蒸馒头时，就把那个杨峰叫家里来。海棠，你要记得提醒我一下。

正在收拾碗筷的海棠笑着应了一声。

其实，厂里待业在家的孩子几乎每家都有。别人家的孩子不管女孩男孩，只要没有工作的，都上工地打临工，推石头、敲碎石，这样一是不闲在家，二是可以挣点钱补贴家用。孩子们天天早上出去，晚上下班回到家里，一身灰一身汗还加一身的疲惫，但是大家在一起干活聊天也不觉得苦。只是，胡阿姨舍不得海棠上工地风吹雨淋，就让她在家做做饭。海棠没事也就钩钩针，打打毛衣，一晃几年也过去了。

胡厂长接着笑道，李大夫，你家小蓉马上上班了，小艺干脆也别上学了，上班算了。你虽然不是厂里人，但咱们是友邻单位，这是多好的招工机会，过了这个村就没有那个店了。

坐在旁边的小艺看了一眼胡厂长，没有作声，但她的脸一下子就阴沉下来，一双清冷的眼睛盯着爸爸。爸爸声音一下提高八度，大声反驳道，那怎么行？小艺刚初中毕业，怎么能不上高中？

胡厂长一见爸爸提高嗓门，也生气高声道，现在不是个招工上班的机会吗？再说，一个女孩子读那么多书干什么？

爸爸觉得胡厂长好奇怪，反问道，你刚才不是说国家现在重视知识分子了吗？

胡厂长笑道，那是说男孩子，一个女孩子读那么多书做什么？

爸爸一脸吃惊的表情，反驳道，一个女孩子怎么就不读书？一个女孩子更要读书，这样以后才能靠自己的本事在社会立足。

胡阿嬛听到这话，一下就笑起来。她说，李大夫，一个女孩子，最关键的是嫁个好男人，这才是女孩子最大的本事。

妈妈也笑着用四川话附和道，一点不错，嫁汉嫁汉，穿衣吃饭。

姐妹三人都吃惊地望着妈妈和胡阿姨，小艺阴着脸，用厌烦的眼神望向妈妈。

怎么这么俗？妈妈和胡阿姨怎么这么俗？女孩子长大就是为了嫁男人？俗不可耐！特别是妈妈，还说什么嫁汉嫁汉，穿衣吃饭。多难听！光一个汉字就不知多难听，还嫁汉嫁汉。难道女人嫁人就是为了让别人供你吃供你喝？这是什么话？爱情呢？难道没有爱情吗？看看《第二次握手》，多少纯洁的爱情。但是，这种话题怎么好插嘴反驳？而且，这种话题也不值得她插嘴。于是，她只好用无限同情的眼神看着孤军奋战的爸爸。

爸爸无可奈何地连连摇头道，真是秀才遇到兵，有理说不清，不说了。反正我家女孩子要读书，我肯定要她继续上学。

小艺连忙坚定地说，我要上高中。小楚也跳起来高声道，我也要读书。

妈妈见女儿们纷纷表态要读书，连忙转变立场，笑着说，不过，我也觉得读书好，我们老李医院里女医生女护士读了书上了学，天天在办公室上班，风不吹雨不淋，多好啊。

胡三被胡厂长骂了一顿，一会儿气就消了，他见小艺阴着脸坐在竹床边，就带着神秘的表情凑到小艺面前，悄悄地说，小艺，我在学校有一本书，特别好看，香港的，全是繁体字，叫什么《射雕英雄传》？我看不懂。下次我带回来给你看。

好呀！小艺点点头。

这边说着话，那边姐姐已将碗筷收起洗完，放进碗柜。然后她把父母和妹妹叫进屋里说，明天我要到滨江报到，想带小艺、小楚一起去。

小楚眼巴巴地望着父母，只盼着爸妈答应，爸爸担心地问，你一个人带得了两个妹妹吗？

姐姐说，小艺没事，她听话，就是小楚……，姐姐语气有点不肯定，话没说完，就转过脸，盯着小楚道，你保证明天听话，千万别像今天游泳一样，非要最后一个走。姐姐太知道小楚的性格，聪明任性、说什么就是什么。

小楚赶紧拉着姐姐的手，望着姐姐，连连点头。

不行，你得保证。小艺帮着姐姐道。

好的，我保证！小楚从凳子上跳起来，举起手来说道。

那行吧，反正出门一定要注意安全。爸爸说。

小楚跳起来高兴地说，妈妈，我们去滨江，穿什么衣服呀？

妈妈说，你爸爸上次开会，从滨江给你们一人买了件新衣服，这次正好穿上。小蓉是件粉红色的的确良短袖，小楚是套白色的短衣短裤运动装，小艺则是件白底黑圆点的雪纺连衣裙，一会洗完澡，都穿穿试试。

小艺连衣裙一上身，大家把眼光都放在她身上。小艺第一次穿连衣裙，本来就不自在，现在大家都望着她，她一下子就变得浑身上下更不自在了。

妈妈上下打量，开心道，我家小艺穿连衣裙还真好看呢！小艺听了这话更不好意思了，低着头连连说，哪里好看？这胳膊露着腿露着，丑死了！

真的好看呢！姐姐上下打量着小艺，不由得也夸赞道。

是好看。小楚也接话道。

那个年代，厂里的人基本没穿过连衣裙，所以大家都觉得连衣裙新奇好看。

接着，妈妈对姐姐说正事了。妈妈说，你们如果有时间的话，去见见你温姨和朱伯伯。

朱伯伯、温姨也是四川老乡，都是铁道兵转业的，现住在滨江的洋园。朱伯伯本来也分到厂里工作，一看这里除了山就是山，工作除了开山就是开山，就天天泡病假，坚决不上班，闹着非要到滨江，闹来闹去，领导拿他没办法，干脆就放他一家去了滨江。

妈妈说起朱伯伯，爸爸一脸的看不起，对姐姐说，不去，老朱那种人工作怕苦怕累，偷奸耍滑，我真看不起！

妈妈剜了爸爸一眼，不满意道，你管人家怎么样，人家再不好，人家一家去了滨江，你呢？你在这儿干了二十多年，又怎样？

爸爸连忙解释道，你怎么拿我与他比？他天天不上班，天天找领导麻烦，天天到我这儿泡病假条，没病装病，这种人也值得你佩服？

妈妈息事宁人道，算了，算了，你们不去温姨家了。人家也不要我们看得起，只要人家别看不起我们就行了。

爸爸没再说话，边换衣服，边吩咐姐姐道，我去卫生所，明天早上争取过来送你们坐车。

妈妈一听这话，就又火了，对着爸爸吼道，你干什么去？还要值夜班？你大热天刚从半道工区来回跑了几十里地，想累死呀？你就不能歇一晚上缓口气吗？才从医院调来的小吴呢？

爸爸叹了口气，语气低沉地说，她马上又要调走了。这不说是回去休两天，现在已休了两个月都不来，说是这病那病，在这儿干不了。女同志就是事多！

爸爸说"又"，是因为其他的医生基本都是来了几个月最多一年就调走了。

你还没看出来，人家就是不愿意来！妈妈生气地接话说，谁愿意来这个破地方，几十年了就你一个医生在这儿扎根。女同志事多，男同志还不是一样？前年来的金大夫不是男的吗？还不是只在这儿待了半年，只有你老实，在这儿一待就是几十年，医院只有你一人在这个破地方能待这么长时间。这些年，就你一个医生在这儿撑着，这么多病人，你说你怎么会不累怎么会不神经衰弱？

这是破地方？爸爸反驳道，那我下午去的半道工区是什么地方？那地方才是真可怜，连吃的水、连说话的人都没有。还有我们修铁路到过的甘肃天水一带，当地老百姓连生火做饭的柴火、树叶都找不到，那才叫艰苦呢！看你怎么比，我们这儿真是比上不足比下有余。

听到父母的对话，小楚噘着嘴不高兴地嘟囔着，小吴阿姨才来几天就走？前两个月爸爸还让我们到火车站列队挥舞红花欢迎她，还"欢迎欢迎，热烈欢迎"的。早知道，就不欢迎她了。

就是，我也后悔去接她。小艺也随声附和。

也不能这么说她，一个女同志也有实际困难。爸爸若有所思地说。

就你人好，就你觉悟高，就你没有困难。妈妈抢白道。

爸爸没再理妈妈，拎起医药箱就想走，不想妹妹把爸爸拽着，不让爸爸走，爸爸，我要听成语故事。

这是小艺家的光荣传统，只要爸爸在家，晚饭后，爸爸一定会讲成语故事或是各类典故。

爸爸干脆坐下来，说道，今天不讲成语故事了，我才在一本杂志上看到一首好诗，我给你们念着听，是台湾诗人的诗，名字叫《乡愁》。爸爸根本没有看任何文字，就感情真挚、声情并茂地朗诵起来。

　　小时候，乡愁是一枚小小的邮票，我在这头，妈妈在那头。

　　长大后，乡愁是一张窄窄的船票，我在这头，新娘在那头。

　　后来啊，乡愁是一方矮矮的坟墓，我在外头，妈妈在里头。

　　而现在，乡愁是一湾浅浅的海峡，我在这头，大陆在那头。

爸爸朗诵完，并没有看两个女儿，而是沉浸在乡愁的意境中，满脸落寞。

爸爸，乡愁是什么？我不懂呀！小楚拉着爸爸的手仰脸问。

你太小了，不懂。小艺，你呢？爸爸从乡愁的意境中出来，望着小艺道。

我觉得这首诗好伤感。乡愁，乡愁是什么？是邮票、是海峡，这首诗是写我在台湾的一爸的吗？小艺问道。小艺觉得一定是刚才吃饭时小楚提出什么三爸、一爸，才引起爸爸对远在家乡和台湾兄弟的思念。

你们长大就懂了，乡愁每个人都会有，这是写给我们每个人的。

小楚听了，耍赖道，我不懂，那爸爸你要再讲一个成语故事。

爸爸笑道,好,那给你讲一个齐人不受"嗟来之食"的故事,成语就是"嗟来之食"。

这个成语故事小艺听爸爸讲过不知多少遍了,是讲做人要有尊严,就是后来高中课本所学的"富贵不能淫、贫贱不能移、威武不能屈"中的"贫贱不能移"。所以,小艺站起身就准备找姐姐。她一看姐姐和妈妈都不在厨房,姐姐去哪儿呢?就转身往屋里去。

刚走进门,小艺就听见自己和姐姐住的小屋内传来妈妈压低嗓门的斥责声,你昨晚一晚到哪儿去了?

姐姐没有作声。

妈妈接着压低嗓门吼道,一个女子家,怎么能一晚上不回家过夜呢?告诉你,我是不会同意那个小吕的,他家是农村的,这么穷以后你怎么过日子?

姐姐反驳道,农村人怎么了?他是大学生,国家现在最需要这种人才。

妈妈不耐烦道,国家需要是国家,我家不需要,他人又黑又瘦,你嫁给他还不如嫁给厂里的滨江青工,青工还可以帮我背个米打个煤,以后你们还可以调到滨江工作,多好!

姐姐反问道,为什么要嫁给滨江青工?我就喜欢他。

妈妈瞪着姐姐,吼道,喜欢也不行。

就不!姐姐说完,就扭身从里屋气冲冲地出来,正好撞上站在门边的小艺。

小艺与姐姐对了一下眼神。小艺正为刚才偷听到的内容感到尴尬,厂里广播突然响了起来:

李大夫、李大夫,请速到卫生所,请速到卫生所!李大夫、李大夫,请速到卫生所,请速到卫生所!

广播里一声紧一声地急促地大声叫着,叫得人心里直瘆。广播是在叫爸爸。广播里只要这样一叫,厂里人都知道,工地又出事了!

一排房的人都跑到房前,竖着耳朵听着,听得心惊肉跳。一定是山上放炮又炸伤了职工，或是民工。

正在给妹妹讲故事的爸爸听到广播，马上拎起药箱就往卫生所奔，奔出几步又回转身，对三姐妹说，明早，我来送你们。

晚上，小艺一夜都睡得不安生。小艺倒不是为广播，因为从小到大，广播经常会这样广播，她是为姐姐。她与姐姐每天睡一张床，昨天姐姐晚上没有回来睡觉，姐姐给她说是到一个城里中专女同学家去了，那妈妈为什么那样骂姐姐，姐姐也不反驳？姐姐到哪儿去了呢？不知为什么，她感觉姐姐一定是做错了什么事，才被妈妈这样骂。

躺在床上，小艺想着妈妈骂姐姐的话，一个女子家，怎么能一晚上不回家过夜呢？

那姐姐昨天晚上到哪儿去了？


## 掉车

早晨，天麻麻亮，姐妹三人早早起来，换上各自的新衣新裙，等着爸爸来送站。左等右等，离火车到站还有几分钟时间，爸爸终于来了，一家五口，妹妹牵着爸爸的手，一蹦一跳地往车站方向快速走去。

妈妈问，怎么回来这么晚？都要牌了，马上火车就来了。

爸爸说，早上四点半山上放炮，又炸伤了一个浙江民工，我紧急处理，把他送到镇医院才赶过来的。

最近厂里总出事，总有晚上或早上山上放炮时炸伤民工或是职工，血肉模糊地抬来让爸爸处理，爸爸一个人，处理起来精神高度紧张，一点儿也懈怠不得，处理完，还要接着上班。从医院调到卫生所工作的医生都是三天在这儿四天回滨江或是县城，或是称病根本不来，医院领导也不能把他吃了，派谁谁就有困难谁就有病了，怎么办？原来这里还有一个出身特别不好的老医生，就爸爸和他两人守着卫生所，五年前那个老医生病逝后，爸爸就一个人顶着这个卫生所，白天晚上天天这样连轴转。

妈妈连忙问，不要紧吧？

爸爸说，不要紧，不然就要转 196 医院。

你这么累就不来送了。

那不行，答应了孩子们的。

快到过股道时，爸爸拉住小楚问三姐妹，过股道时应该怎么做？

一站二看三通过。小楚伶俐地笑着抢答道。

就会拍马屁！姐姐小蓉不屑地笑道。

小楚回头得意地笑着说，谁让我这么聪明的！

小蓉，你知道报到地点吗？爸爸想给小蓉说一下具体地点。

知道。姐姐笑答。她想，路在嘴下，不知道还不会问吗？再说还有小吕呢。

天色已经灰白，窄窄的站台上，只有几个静静等车的人。全家特别是三个女儿都兴奋地等待着开往滨江的火车。

"呜——"，一声汽笛长鸣，一家人不由将目光盯向朦胧的远方。朦胧中，远远的，黑色火车头带着探照灯似的刺眼的大白光，"轰哧轰哧"的轰鸣着，节奏分明且铿锵有力地向着他们驶来。

火车头的专业名称叫机车，火车头是老百姓对铁路机车的俗称。

火车，火车来了！小楚欣喜地不由得边唱边跳起来：车轮飞，汽笛响，火车向着韶山跑……。这是她六一儿童节表演最多的歌舞节目。

车停，一个身着白色短袖的中年女列车员打开车门。小楚扯着爸爸的衣角，用羡慕的神情和语气悄悄对爸爸说，爸爸，当列车员真好，可以天天坐火车。

爸爸笑道，当列车员天天在外跑，外人看着好，其实辛苦得很。女列车员年轻时还好点，结婚后，天天不落家，怎么照顾家照顾孩子呢？

站在车门前的女列车员笑着点了点头。

三姐妹一点也没感觉不好，她们全用羡慕的眼神看着这位女列车员，然后欣喜地跳上列车，坐在车厢内与窗外的父母挥手告别。

晨曦中，列车往前开着。一会儿，一个二十来岁的学生模样的男生，羞怯地笑着，向姐妹三人走了过来。

姐姐小蓉连忙笑着起身，向妹妹道，这是我的同学吕兵，你们喊小吕哥吧，今天我们四人一起到滨江。

小吕哥与小楚坐在一排，仍旧带着羞怯的笑容，用普通话问道，这是小艺、小楚吧？

一听口音，小艺就知道他是本地人，他说着带有标准本地口音的普通话。

说话口音是本地人与厂里人的重要区别。厂里人就如当年的宣传口号一样，我们都是来自五湖四海，为了一个共同的目标走到一起来了。厂里职工大部分都是参加过抗美援朝的志愿军，有些人还参加了解放战争。抗美援朝回国后，所在部队整体转制为铁道兵，开始参加铁路建设，修丰沙线、宝成线、成昆线、焦枝线等铁道线后，驻扎在京广线上的前塘站区，在他们开凿的伏牛山下落脚生根。

虽然厂里人来自五湖四海，全国各省份的人都有，但北方人特别是河南人、山东人居多，所以，厂里孩子们都说着带着河南口音的北方话，外人听着像是河南话，就统称他们为"河南人"。小艺家是四川人，姐妹三人在家与父母说四川话，与厂里人说河南话，与外人则说着带着河南口音的普通话。

街上及附近本地人，自然讲着厂里人特别是北方人完全听不懂的本地方言。厂里人称他们为"地方"，自己为"铁路"，除了要上街偶尔买米买盐买肉，铁路与地方基本不搭界，厂里人与街上人话不通，人也不大交往。若买肉买米发生争执，本地人则会一脸鄙夷骂他们"河南侉侉"。

从小，小艺姐妹在杨妈妈的影响下，对温厚质朴的河南人充满了好感，但不知为什么，本地人还有滨江人听到厂里人说河南话，常常称他们"河南侉侉"，小艺从他们脸上的神情就知道，"河南侉侉"是贬义词。

小吕哥！妹妹小楚已笑眯眯大方地喊起"小吕哥"。然后小楚回头望着姐姐，鬼鬼地笑着问，你昨天约好的人是小吕哥吧？

姐姐满脸含笑，望着小吕哥含笑的眼睛，高兴道，是啊！昨天的百合花也是你小吕哥送的。

小艺用微笑给小吕哥打了个招呼，就没有再作声。姐姐也是的，怎么第一次见面，称谓都变成"你小吕哥"了。这个小吕哥，人不高，黑黑瘦瘦的，纯朴中带着点稚气，小艺觉得好像前段时间在哪儿见过？对，想起来了，姐姐毕业刚回家的那两天，晚上，爸爸值班，好像就是这个小吕哥背着一袋红薯到家里来，也是怯怯的，刚好妈妈在家，他把红薯一放就赶紧走了。妈妈好像很不高兴，还把姐姐说了一顿，说他家再穷，也不至于这么穷，谈朋友第一次到女方家背一袋子红薯来？后来就再没有看过他。噢，好像昨天在水库也见到他了的，只是远远的背影。

小艺坐在车窗边，心里冷冷地打量着这个小吕哥，感觉这人与姐姐怎么也不搭。姐姐开朗热情，真如她的名字，蓉，春花，想着姐姐，就会想起春光明媚、春暖花开、春风满面之类的词，再看看这个小吕哥，怎么看怎么像是姐姐的弟弟，瘦弱、怯懦，看见他，就像看见深秋，秋风秋雨愁煞人的感觉。

他是姐姐的男朋友，他怎么会是姐姐的男朋友？小艺心里有点儿不高兴。在她的心中，姐姐的地位远高于妈妈。看在姐姐的面子上，小艺与小吕哥微微一笑，算是打了个招呼，之后就把脸望向窗外。

这是我第二次坐火车，小吕哥你呢？小楚天生见面熟，她一边眼望窗外，一边笑着问小吕哥。爸爸曾带她坐过一次。

坐过几次，去长沙上大学时坐的。小吕哥答道。

大姐，你呢？

姐姐说，我坐过好多次了。我小时候经常坐，爸爸会带我去滨江、长沙、韶山，还参观农民运动讲习所。那时，爸爸没有现在这么忙，总是带我出去。姐姐接着感慨地说，小学时，爸爸带我参观农民运动讲习所，走在路上，想到我竟然走的是当年革命先烈们用鲜血染红的路，内心真是无比激动。

小艺笑着点点头。其实，小艺也不是第一次坐，前几次都是跟着文艺队到滨江参加文艺汇演，只是她不喜欢将自己内心的喜悦表现出来。

坐在车上，望着窗外飞逝的青山绿水、一片片青绿的田地及偶尔伫立田间的人们，姐妹三人内心散发着说不出的快乐。

列车广播里正播放着当下最流行的台湾校园歌曲《光阴的故事》。

*春天的花开秋天的凤以及冬天的落阳*

*忧郁的青春年少的我曾经无知的这么想*

*风车在四季轮回的歌里它天天的流转*

*风花雪月的诗句里我在年年的成长……*

柔美动听的旋律中，一个台湾女生在轻吟浅唱着。怎么这么好听？火车上的广播怎么会有这么好听的歌？小艺心中暗想，厂里广播要么是雄壮的革命歌曲，要么就是像昨天晚上一样，心急火燎大声叫喊着广播找人。车上广播就像收音机的广播一样，太好听了！小艺就这么一直听着歌，脸伸向窗外，感觉自己快乐得像在飞，飞过窗外一切美丽的景致。她就这么一直望着窗外，车停，车开，车再停，再开。

火车开开停停了三个多小时，怎么这么快？终点站到了。四人开心地跳下火车，到滨江啰！只是站在月台（人们习惯将站台称为月台）上，姐姐一望着两个妹妹，不由得笑出声来，笑得两个妹妹都莫名其妙。原来她俩脸上都笼着一层淡淡的煤灰，特别是额头、鼻孔和两颊全都黑乎乎的，姐姐稍好一点，只有小吕哥本来就黑，脸上落灰也不怎么看得出来。

小艺和小楚莫名其妙，不明白坐一路火车，脸上怎么落了一层黑灰？

小吕哥笑着解释说，这是煤灰。因为这趟火车是蒸汽机车，蒸汽机车烧煤，煤在燃烧时会产生烟灰，随风飘散，于是就……

姐姐笑着接过小吕哥的话，最主要的是你们俩一路上都把头、脸、手伸到窗外，火车的煤灰不就全吹到你俩脸上了吗？走，找地方去洗洗！

她们四人往前走，好不容易在站台尽头才找到一个水池，姐妹三人打开水龙头，把脸手都好好地洗了又洗，等再转脸，站台上已空无一人。

出站口？出站口在哪儿？姐姐一下慌了，小吕哥也有点不知所措。与前塘站相比，江南站站台实在太宽太长了。

四人正在站台原地打转，东张西望，不知所措，突然，"呜"的一声，巨大而刺耳的汽笛声及奔腾而出的白色烟雾吓了她们一大跳。等回过神来，抬眼一望，才发现她们乘坐的那趟火车的对面，有台像公共汽车形状似的墨绿色火车头，火车头前玻璃窗里，有个年轻的司机正望着她们开心地笑着。

原来是火车司机在机车驾驶室里鸣笛，看看那笑就知道是故意吓唬她们的。

火车司机！姐姐，这个火车头怎么是绿色的？与早上坐的不一样！小楚望着高大的火车头，惊喜地叫了起来。

小艺也仰头看着高高的驾驶室的司机，想，若不是刚才故意拉笛吓人，司机坐在高高的火车头上，拉着一节节的车厢和满车厢的旅客，奔驰在城市乡间，真的很帅也很拉风。

没想到司机不是一个，而是两个，他俩从火车头上跳下来，笑容满面地站在姐妹三人和小吕哥面前，更没想到，这两个火车司机还真的很拉风，有一个还很帅。

两个火车司机很年轻，穿着打扮也很时髦，就像厂里滨江青工一样，烫着发，穿着喇叭裤。只是一个个头稍矮，黑黑的，眼里透着机灵，另一个个头较高，白白净净的，显得很斯文。

那个机灵司机望着小艺，笑道，看你们东张西望的，是在找出站口吗？一口纯正的滨江腔。

小艺没有接话，姐姐笑道，是呀！我们下车就洗了个脸，一转眼，人都走完了，站台这么长，我们不知道往哪儿出站？姐姐因为与外人说话，就用普通话，普通话里带着明显的厂里的河南腔。

那个斯文的司机用手指了一下反方向，说，往后走！

姐姐高兴地说谢谢，接着又问，再问个事，从滨江站，咋到滨江局？

听到咋字，那个机灵司机嘴角不由泛起一丝笑意，他望望姐妹三人，又望望同伴，仍用一口标准的滨江腔开心道，浩子，你老乡，河南侉侉！

猴子！那个斯文司机皱着眉头对着那个机灵司机大声道，语气听着像阻止他再说下去，又像批评他说什么河南侉侉。

河南侉侉？敏感的小艺看出那是嘲笑，而且是无所忌惮的嘲笑。她不由得皱起眉头，心生愤怒，凭什么你说个滨江话就嘲笑说河南话的是侉侉？说滨江话有什么了不起的？你还叫"猴子"呢！可她内心却不由得因那种嘲笑而生出些许自卑。

在五湖四海的厂里，只有滨江青工才说滨江话，声音又大语气又重，给人感觉自己是滨江人多了不起似的，小艺觉得滨江话一点儿都不好听，现在看到那个滨江口音的司机一脸嘲笑的得意神情，更感觉滨江话难听。

可那个"猴子"似乎很开心，他继续用滨江腔笑道，滨江站？哪有什么滨江站？滨江只有两个火车站，一个江南火车站，一个江北火车站，就是没有滨江火车站。

他这一问，还真把姐姐问倒了。小楚连忙问，这不是滨江火车站吗？

那个"猴子"仍然一脸嘲笑的神情道，这可不是滨江火车站，这是江南火车站。你们到底是到江南、江北还是汉西？

姐妹三人一听都听糊涂了。老在说滨江滨江，原来滨江是一个虚的概念，爸爸每次到滨江到江南铁路医院开会,难道江南不是滨江吗？唉,怎么这么乱？

那个斯文的司机拍了一下"猴子"，皱着眉再次说，猴子！语气里明显是责备。然后，他转头，用普通话对姐姐说，滨江没有滨江火车站，滨江只有江南火车站和江北火车站，滨江分江南、江北、汉西三个片区，咱们现在在江南火车站，你们要去的地方到底是在江南、江北还是汉西？要有具体地址。

好绕啊，小艺听着，脑袋里像是灌了一盆浆糊，听不懂。看看姐姐，好像也是半懂不懂似懂非懂地点了点头。

小吕哥特别生气，他当然看出那个猴子对他们的奚落。他一把拉过小蓉，我知道怎么走，干吗问他们？走！说着，就拉着姐姐和妹妹掉头就走。

小艺跟在后边,边走边想,这两人怎么叫"猴子"和"耗子"呢？那个"猴子"倒像似只上蹿下跳、尖嘴猴腮的猴子，可那个"耗子"哪里像贼眉鼠眼、抱头鼠窜的耗子呀？形象反差太大了！嗯，不过，那个"耗子"普通话真带点河南话的尾音。

　　小吕哥显然不喜欢那两个司机掺和进来，但是他又不愿意多说话，因为他一口标准的近似湖南方言的普通话，让他在与人交流上有点儿不战自败的感觉。没人听得懂呀。

　　小吕哥真的知道怎么走。他们去坐公共汽车，车上人挤人的，没一会儿，两个人就为座位吵起架来。一个男的和一个女的对骂着，在大庭广众之下"老子、婊子"地对骂着。天呀，这种骂人的脏话也能在公共场合出现？

　　来到江边，买票，坐轮渡到江北，到了滨江局，姐姐一人进入大楼来到报到处，一个不到四十岁的女干部问了姐姐几句后，说道，你可以走了，等通知吧。

　　姐姐小心翼翼地问，我会分到什么地方？

　　女干部说，那不知道，一般是你是哪儿来的就分配到哪儿去，还有一个原则，就是哪里最需要就分配到哪里去。

　　哪来哪去？姐姐心想，那自己难道从前塘出来就应该分到前塘？那就与爸爸一样，也在前塘干一辈子？于是，她小心翼翼地又追问了一句，那我能不能留在滨江？

　　女干部抬起头，没有任何表情地问姐姐，你凭什么能留在滨江？

　　姐姐一听这话，转身就走了。


　　江北是老商业区，到处都是高楼大厦，上天桥下地道，马路两边全是花花绿绿的小商铺，天桥上、地道里、马路边有许多地摊，卖衣服、裤子、袜子的，什么都有。

　　她们一起目不暇接，眼花缭乱地边逛边聊。路边地摊有新鲜的栀子花，有盛开的，有含苞欲放的，还有只是花骨朵的，拿起来放在鼻子上嗅嗅，一丝幽香沁人心脾。厂里哪有这些花卖呀？厂里除了石头就是石头。姐姐蹲在地上，挑了六朵栀子花，六朵小的白玉兰，花了五毛钱，将小小的白玉兰别在两个妹妹和自己的衣裙扣子边沿上。幽幽的清香让姐妹三人心旷神怡。

　　中午，小吕哥带着她们到一家国营餐馆吃面，四人狼吞虎咽吃完，肚子是饱了，口却更渴了。小吕哥转眼不见了，回来时，给大家买来冷饮，只是他自己是一根老冰棒，给姐妹三人却是一人一小盒冰淇淋。

打开包装，盒子里冰淇淋竟然有奶白、粉红、咖啡三种颜色。小艺和小楚看着为了难，怎么吃呢？姐姐教两个妹妹，小艺拿着小勺，学着姐姐在奶白色的冰淇淋上挖了一点点，放在口中，冰淇淋入口即化，奶香四溢，怎么会这么好吃？再看妹妹，三下五去二已吃了一大半，姐姐见小楚快吃完了，就把自己那份递给小楚，小楚摇着头坚决不要。

小楚问姐姐，怎么滨江的冰淇淋这么好吃，咱们那儿只有一种冰棒？姐姐边吃边说，所以说，这里是滨江，我们那儿留不住一个医生！

按照姐姐的安排，吃了饭，再过江到东湖去玩。

谁知妹妹小楚一屁股坐在江汉关的钟楼下，怎么也不愿走了，三人怎么劝，她就是不起身。

姐姐蹲下身，皱着眉头对小楚说，你怎么这么烦人？昨天晚上你是怎么答应姐姐的？是不是说听话？怎么现在又不听话了？

小艺也着急地说，你到底又要干什么？她觉得在人生地不熟的滨江生出事来，真的很麻烦。

小楚不说话，只是挺着脖子大声地哭，反正就是不起来。

怎么啦，小楚？小吕哥俯下身子，关心地问。

小楚还是坐在地上，哭着，一声不吭。

姐姐和小艺生气地盯着小楚，僵持了几分钟，姐姐说，我们走，不理她，看她走不走？说完，拉着小艺就往前走，小艺边走边回头看看可怜的小楚。小楚见两个姐姐都走了，竟然不为所动，仍然坐在地上一动不动，只是哭得更大声。小吕哥为难地走不是不走也不是，看看生气走掉的姐姐，再看看哇哇大哭的小楚，最后决定还是留下来陪着小楚。

姐姐本就是吓唬小楚，见小楚不为所动，身后只是哭声，没有脚步声，气得不行，但又拿她没有办法，只好又折回身来，蹲在地上，望着满脸泪水的小楚，干脆也一屁股坐在地上。

小楚，你说，你到底怎么了嘛？小吕哥问道。

小楚不作声，只管哭。

姐姐盯着小楚的泪眼，直截了当地问，你喜欢滨江？她从小妹今天兴奋的眼神就看出点异样。

小楚坐在地上，听到姐姐这句话，马上不哭了，她也用泪眼盯着姐姐，小声说，是的，姐姐。我想住在滨江，这儿的冰淇淋太好吃了。

姐姐"扑哧"一下子笑了起来，小楚，你就因为这儿的冰淇淋？

小楚抬着泪眼答道，是的，真的太好吃了。

天呀，你怎么？小艺吃惊地叫道。虽然小艺也觉得滨江好，但她从没想过要到滨江。这，这怎么可能？

这怎么可能？小吕哥也吃惊地说道，你怎么会想到滨江？我们大学毕业也很难分配到省城，我还分到了最基层！他觉得小楚的想法真是不可思议。

怎么不可能？那我就不走。小楚干脆又一屁股坐在地上，"哇哇"大哭起来。

姐姐皱了皱眉头，想了想，拉着小楚的手，说，小楚，站起来，我答应你，我们以后一定要来滨江、住滨江。

小吕哥、小艺不由得大吃一惊，不约而同地望着姐姐小蓉。

小楚抬着泪眼，也吃惊地问，真的吗，姐姐？

真的！这次姐姐望着两个妹妹，语气坚定地回答小楚，我们将来一定会到滨江住！一定，姐姐答应你！

太好了！小楚把眼泪一抹，高兴得一下子从地上跳了起来。

是吗？这可能吗？小艺心里想着，看到姐姐和小吕哥对望了一眼，都没说话。

现在，按姐姐计划，她们又过江，再坐公共汽车到东湖。

姐妹三人和小吕哥一进入东湖，都不由得惊呆了，东湖可真大真美呀！杨柳岸边，碧绿的湖水波光粼粼、一望无垠。望着东湖，几个人马上心旷神怡起来，一路的辛苦转眼化为乌有。

姐姐，小吴阿姨就住在这儿吗？小楚羡慕地问。小吴阿姨就是昨晚上说的那个分到前塘卫生所就病休了两个月的小吴阿姨。

是呀，爸爸的同事全都住在这儿。姐姐回答。

那爸爸为什么不带我们住在这儿？

爸爸？姐姐好像提起爸爸很生气的样子，她带着怨气说，爸爸，按理他也可以在这儿工作，但是组织号召到艰苦的地方，他就到最艰苦的地方去了。他只知道干工作，他就会干活。

组织是谁？小楚天真地问。

不知道。姐姐没好气的回答。姐姐想到上午报到时那个高高在上的女人。她发牢骚道，为什么家在沿线孩子就必须分配到沿线？没有道理！难道父亲当年服从安排到沿线，因为父亲在沿线，现在自己就必须一辈子在沿线吗？如果是这样，谁还会听从组织召唤到最艰苦的地方去呢？

她心里想，我到时候非要到滨江工作。非要！

工作后，小艺经常听到领导的发言和讲话，经常讲铁路职工的艰苦奉献，总会提到"献了终身献子孙"这个词，而这时，小艺就会想到姐姐发牢骚时一脸无奈又心有不甘的表情。

开心起来，时间就过得飞快。转眼间天色已晚，他们四人赶紧往火车站赶，到月台上时，天早黑了下来。不知为什么，江南站上车的人这么多，四人好不容易挤上车，车上又热又没座位，四人挤着站着，把她们一天的好心情全挤没了。

火车开了，两边的车窗都打成最大，夜风吹进来，人才轻松一点，车一停，风又没了，车厢内人贴着人真是热得受不了，姐姐把小艺拉在身边，小吕哥护着小楚。火车开十来分钟停一下，一停又是十来分钟，然后再开二十来分钟，再停半小时，真像是在考验人们的忍受极限。

火车走走停停，晚上十点多停在永安站上就不走了。停了大半个小时，一趟趟明亮的列车带着旅客呼啸而来飞驰而去，可她们乘的这趟绿皮慢车却没有一点动静，说是待避。

铁路有个专业术语，叫"待避"。就是同一方向低等级的旅客列车避让高等级的列车或是同等级的列车，以保证更多列车正点，达到运输效率最大化。

妹妹小楚早就想上厕所，开始是车上人挤人过不去，现在好不容易挤到厕所处，厕所却锁着呢。找到女列车员，女列车员也是一脸烦躁和不耐烦，她态度生硬地说，列车停在站内，按规定不能开厕所门。

妹妹着急地带着哭腔道，姐姐，我真的要上厕所。

你再忍忍不行吗？小艺皱着眉头说，她觉得小楚总会添麻烦。

姐姐，我是真的憋不住了。小楚带着哭腔道。

小蓉看小楚说的是真话，别说妹妹，就是自己早就想上厕所了，只是一直挤不过去。没有办法，姐姐再次央求女列车员，能不能开门，让小楚去趟厕所。列车员说绝对不行。

姐姐想了一下，说，要不让我们下去一下，车在这里已经停了快一小时，你就让我们下去解个手，行吧？

那不行，要是车开了怎么办？

我们下去，一下就回来了。姐姐央求道。

那快点。女列车员终于语气缓和地说着，边打开了车门。姐姐带着小楚赶紧跳下车，飞快地往站台远处的厕所跑。

谁知，她俩刚跑进厕所，发车的哨声就响了。火车开动了，车内的小艺急得大叫，姐姐，小楚，快点、快点，车开了。可站台上哪里还有姐姐和小楚的影子？女列车员望望站台，刚下车的两个人根本赶不过来了，就关闭车门。小艺着急地哭喊着，我姐妹还没上车呢。别关门！别关门！只是火车根本不听她的哭声，反而带着她的哭喊，"咣哧""咣哧""咣哧""咣哧"地加快速度，朝向黑夜快速驶去。

小蓉发现火车开动，连忙拉起小楚就往站台跑，边跑边急得大叫，可是她越叫，火车开得越远。姐妹两人站在空无一人的站台上，四周黑漆漆的，小楚拉着姐姐的手，不停地哭着，她知道自己又闯祸了。不过，这次小蓉没有责怪小楚，责怪有什么用呢？车开都开走了，干脆到站房（候车室）去吧！

姐姐小蓉拉起"呜呜"哭个不停的小楚走进站房，也不知道该怎么办？这时，一个身材高大的年轻人走过来，他身穿白色的确良短袖衬衣，蓝色的确良长裤，衬衣短袖上有两条深绿色横杠。他走过来，柔声问道，怎么回事？姐姐一看他穿着铁路制服，就知道是车站工作人员，连忙说，刚才我俩赶掉车了。

姐姐一说这话，小楚想着自己闯得祸，更有说不出的委屈和愧疚，不由得哭声更大了。

一个中年男子听见哭声，也走进站房，年轻男子见到中年男子，喊了一声吴书记。姐姐看了一眼吴书记，是个矮小黑瘦、温和慈善的中年人。吴书记问，咋回事？姐姐听着口音，与爸妈一样，一口四川话呀。姐姐赶紧用四川话给吴书记说自己是谁，因急着上厕所赶掉了车。当听说姐妹是前塘卫生所李大夫的女儿时，吴书记说，王宁，我知道李大夫，你一会儿赶紧打个电话到卫生所，别让李大夫担心。

那个王宁望着吴书记问，晚上没车了，这姐妹俩怎么办？

前塘车站一天只有一趟火车，早上往滨江开，晚上从滨江回，错过这趟车，就再没有火车回去了。

吴书记想了想说，这样，我家有两个女儿，她俩就到我家与我女儿小红、小青挤一晚吧。

您家不是只有一个女儿吗？王宁问。

吴书记笑道，才收养了一个六岁的女儿。

姐姐一听，连声感谢，吴书记，您是养路工区的吗？我爸昨天晚上还提到您，说您是大好人，收养了一个巡道工的女儿。

吴书记轻轻地笑了笑，这世上好人多，你爸爸不也是好人吗？这王宁不也是好人吗？一个大学生，来到这种三等小站，从最基层干起，无怨无悔，都是好人。

王宁连声谦虚道，哪里哪里？

吴书记接着对小蓉说，王宁会通知你爸爸的，你们今晚就到我家将就一夜吧，我两个女儿挤一张床，你们姐妹俩挤一张床，工区院子就在前面，一下就到了。明天早上你们姐妹俩再坐汽车回去。

火车上，小艺一路哭着，小吕哥一路手足无措地陪着，一直陪着下车，送到小艺家门口。他本想告诉小艺，千万别将他与姐妹三人一起去滨江的事告诉大人，但看见小艺只顾着哭，就没好意思吩咐这事。看见小艺走进家门，他赶紧小跑着离开。他可不敢让小艺妈妈看见自己。

小艺一进家门，就哭着扑到爸爸怀里说，姐姐和妹妹都赶掉车了。刚进家门的爸爸安慰道，没事没事，小蓉和小楚都没事，明早就可以回来了。

妈妈望着小艺，疑惑道，你一个人从车站走回来的？

是小吕哥给我送回来的。

哪个小吕哥？妈妈警惕地问。

姐姐的男同学。

妈妈一听，顿时火冒三丈，高声骂道，这个死女子，就是不听话！要嫁个这么穷的人，看她以后日子怎么过？

爸爸没有接妈妈的话，而是望着小艺，表情凝重地说，我们铁路上出大事故了，前几天出了个大事故。

小艺被爸爸的凝重和伤痛的表情吓住了，她停住哭声，但她不知道什么是事故，什么是大事故，是死人了吗？小艺心想。

爸爸接着说，王司机真的是了不起呀！爸爸就是有这个本事，看过的东西过目不忘，讲起话来声情并茂。

小艺听了"啊"地一声，心疼得话都说不出来了。她站立半晌，火车司机？火车司机？她不由得想起了今天在滨江偶遇的火车司机，那两个叫"耗子"和"猴子"的火车司机。

妈妈也忘记再骂姐姐，吃惊地连声问道，你怎么知道的？

爸爸手中握着一封信，语气沉重地说，是战友来信告诉我的，王司机是我们铁道兵的战友。

很多年后，小艺在网上查询到这一惨烈的铁路事故。

1981年7月9日，成昆铁路尼月至乌期河站间的利子依达大桥被巨大的山洪泥石流冲毁，正在通过大桥的422次旅客列车与泥石流遭遇时，驾驶机车的火车司机王德昌果断地扳下紧急制动，拉响汽笛，大大减轻了这次事故的灾难损失，但牵引列车的机车和火车司机却坠入大渡河。

# 第二章

# 上帝为你关上一扇门

　　浩子驾驶着机车，望着黑洞洞的前方，想，人生真的有些不可思议，有些人不可捉摸，有些事没有原因，比如自己从什么时候开始喜欢火车的？为什么喜欢火车？他真不知道。但他知道，孩子们小时候都会喜欢火车，火车是孩子童年的一个梦，特别是男孩子。

## 开车

1986 年秋。

司机浩子和副司机猴子驾驶着东风 3 型电力机车，在夜幕中穿行着。

夜色深沉，驾驶室内，作为司机的浩子紧握操纵手柄，眼盯前方，猴子作为副司机，瞭望完毕，刚坐在座位上眼睛半睁半闭地闭目养神。浩子看了猴子一眼，没忍心打扰他，火车司机真的太辛苦了！别人都在梦乡中时，他们却要全神贯注，瞪大眼睛瞭望前方，来不得半点马虎。

浩子驾驶着机车，望着黑洞洞的前方，想，人生真的有些不可思议，有些人不可捉摸，有些事没有原因，比如自己从什么时候开始喜欢火车的？为什么喜欢火车？他真不知道。但他知道，孩子们小时候都会喜欢火车，火车是孩子童年的一个梦，特别是男孩子。

童年的最初记忆里，去铁路道口看火车是最让浩子痴迷的事情。不开心的时候，爸爸说，走，咱们去看火车吧！听到这句话时，浩子的表情和心情总会立马亮丽起来，雀跃不已地跟着爸爸就往外跑。

铁道道口很远，有时候，老远听见火车的鸣笛声，爸爸会飞快地骑着车，以便能及时赶到，到了铁道道口，爸爸会找一个安全又靠近的角度，陪着他看火车。

道口上，人来人往，火车快来时，横竿落下，被拦停的大人们大多是焦急烦躁的表情，只盼火车快点过去，别影响了他们回家或办事的时间。只有浩子父子欣喜激动、目不转睛地等待着火车过来。有时，有的火车司机发现他们这对父子是来看火车的，就会在他们能看到火车的时候拉一下汽笛，要是刚巧是辆蒸汽机车，汽笛声中，巨大的白色气浪横空而起，每当这时，童年的浩子就会开心不已。

在浩子的记忆中，墨绿色的机车手臂挽着深绿色的车厢，在巨大的鲜红车轮带动下，气势雄壮地开过来，混合着噪声和烟尘，制造着属于工业时代的火车们特有的神奇效果，那种感觉真的是太棒了。初中时，同班一个铁路子弟胸前挂着一个铁路路徽，让同学们羡慕不已。后来，浩子见过各种各样的徽记，倍觉亲切的还是那既端正大方又简洁形象的铁路路徽。在铁路司机学校时，老师曾自豪地讲解路徽，看，这路徽上边的半圆加个点儿好比是个人字，下边的工字表示铁轨的横断面，合到一块儿像不像个人字下面开来的火车头？这就是人民铁路的意思。

真是妙不可言！

高考失利后，浩子毫不犹豫选择了滨江铁路司机学校。在师范当老师的妈妈责怪爸爸，就是爸爸带着浩子看火车看火车，才带出浩子对火车的感情。不过，开明的父母尊重浩子的选择，爸爸说，铁路是国民经济的大动脉，火车跑得快，全靠车头带。当火车司机好！只要你自己喜欢。

其实，浩子、猴子都是外号，那时，大家都喜欢起外号。他们司机学校同班三十来号同学基本都有外号，最高个子的叫"长子"，最矮的叫"矮子"，生得黑的叫"黑皮"，一脸笑的叫"笑面虎"等等。浩子原名汪浩，去掉姓，加个"子"，喊"浩子"亲切多了，只是喊着喊着，感觉就喊成了米老鼠的同名"耗子"了。猴子原名侯保，姓侯，人黑瘦，但脸上滴溜溜打转的一双眼睛透着机灵，于是同学就"猴子、猴子"地叫起来。后来工作了，大家还是喜欢取外号，如与他们同住一个房间的汉桥，爱写诗，大家想到《岳阳楼记》中的文人骚客，于是把"文人"两字去掉，汉桥的称谓就直接变成了"骚客"。

毕业时，全班同学一锅分两半，一半分到焦枝线上的紫金岭机务段，还有一半端到了襄渝线上的五里坪机务段。

从繁华的省会滨江坐夜车经过二十多个小时的颠簸，清晨，他们这批准司机们终于到了群山深处的五里坪车站，机务段就在山边上，整个车站和铁路单位所在地真的只有五里平地。

虽然五里坪机务段前来接站的副段长许段长及其他领导都是一张张热忱的笑脸，但是站在光秃秃的站台上，抬眼看去，四周全是崇山峻岭。东边，鲜艳艳的红日从群山丛中冉冉升起，可他们这批准司机们对工作和新生活的希望，却如傍晚的落日一般，一点点从内心里沉下去再沉下去，一直沉到山谷底，有个别同学当时就哭了起来。浩子虽然打小就喜欢火车，可是看到这个环境，他的内心还是一沉，他问自己，你是真的喜欢火车？真的喜欢在这儿当一辈子火车司机吗？

报到后，更让人烦心的不是环境，而是一到车间，准司机们不仅不是气定神闲地坐在驾驶室学习开车，而是在炎炎烈日下站在高大的机车旁擦车。

浩子不由得想起汉桥的诗歌《擦车》：

　　我擦拭／擦拭我的机车／擦拭着风雨蚀锈的痛苦／擦拭着不可遏止的疲惫／擦拭着蒙上了灰尘的欢乐……

浩子他们从司机学校毕业分配到五里坪机务段后，师傅教他们的第一课就是——擦车。老司机们本来就看不惯这批穿着喇叭裤，烫着鸡窝头的省城来的准司机们，正好，擦车就是实作中的基础课。于是，五大三粗的老司机将几大团棉纱往地上一扔，指着刚退乘回来的脏兮兮的火车头，直截了当地用繁城方言大声道，去，擦车去。"去"不念"qù"是念"kè"，重重的四声。

谁敢不去？浩子他们擦了整整两个月退乘返库的机车，一点没擦干净就得重新再擦。夏天，烈日炎炎，有两次，浩子眼冒金星，差点昏倒在火车头旁。两个月后，师傅认为你车擦得仔细擦得干净，评定合格后，才会带你跨上机车驾驶室。否则，连门都没有！

没想，开了几年车后，他们那帮同学都习惯成自然了，开车前要下意识地去检查机车是否干净才出库，开车入库后，机车不擦干净不下班，真的如汉桥诗歌结尾所写的那样：

我擦拭 / 擦拭我的机车 / 用我的泪水 / 用我的恋歌 / 擦拭我蚀锈的希望 / 擦拭他飞驰的生活

我的机车哟 / 将把一行行韵味无穷的长诗 / 写在我亲爱的祖国大地的前额

看看人家汉桥的诗歌，源于生活高于生活，源于工作高于工作，诗歌《擦车》里融入了火车司机的痛苦、希望、爱恋甚至升华到爱国主义的层次上。浩子觉得汉桥是真的有本事，你不服不行，人家就是有水平有境界呀！

夜色中，浩子回头看看身边的猴子，猴子坐着，仍然歪着脑袋闭着眼闭目养神在。

现在，浩子驾驶的机车已过繁城站。机车在襄渝线上行驶着，突然，天下起大雨，渐渐地，雨越下越大，打得驾驶室玻璃窗"啪啪"作响，他不由得精神高度紧张起来，他双手紧握操纵手柄，眼睛紧盯前方，用脚踢了猴子两下，大声喊道，猴子，猴子。猴子从迷糊中揉了揉眼睛，再看窗外"啪啪"作响的大雨，一下就彻底惊醒过来。

窗外雨越下越大，能见度越来越低，瞭望愈加困难，浩子不得不降低列车速度看信号灯。列车快到麦城站时，雨下得更大了，雨水顺着玻璃"哗哗"地往下淌，他瞪大双眼怎么看也看不见进站信号，就问，猴子，你看见信号了吗？猴子用力打开"啪啪"作响的玻璃窗，把头和上半身伸到窗外的大雨里，盯着黑洞洞的前方，用劲看了半天，才带着一头一脸的雨水回到驾驶室内，他边用手抹一头一脸的雨水，边失望地摇头道，看不见！什么都看不见！

唉，浩子叹了口气，只能凭着多年的经验摸索着前进。感觉机车离进站信号灯不远时，他当机立断撂下车闸，让车速降到每小时几公里，恨不得是以快停的速度向前慢慢地滑行。下雨天，司机最怕误认信号造成冒进事故，如果冒进信号闯了红灯，火车错入股道，那可是天大的事故。还好，在距进站信号机只有十多米远时，浩子终于看清信号灯显示为绿色"通过"，他迅速提起操纵手柄加速前进。

就这样，他们这趟列车快快慢慢，到五里坪站时，列车晚点一小时五十分钟。凌晨两点，下车，交班。往公寓走的路上，浩子感觉自己这一夜神经就像过山车一样高度紧张，现在真是疲惫不堪，赶紧回公寓睡觉去。

中午十二点，浩子睡醒了，洗漱后换上衣服，到食堂吃完饭，刚走到公寓大门，就听说房间里的猴子和骚客汉桥打起来了。

猴子早就不待见骚客汉桥，可他俩正好在公寓的同一间房住。公寓里，好些火车司机都看不惯汉桥，从外表到做派都不待见他。其实，汉桥外表就如一首顺口溜里形容火车司机的模样：远看是要饭的，近看是捡破烂的，走到跟前再看是机务段的。汉桥外表的确很像顺口溜所说的火车司机，但是他的做派却与大家认同的火车司机相差万里。

"骚客"这一外号就是根据汉桥的做派给取的，既概括了汉桥的特质，又有点暗含嘲讽的意味。大家都觉得，火车司机嘛，就应该粗鲁豪放、大大咧咧，可是汉桥天天见一事就吟诗一首，见一景也吟诗一首，每天沉浸其中，又不低调，司机们都觉得他就像《岳阳楼记》中"先天下之忧而忧，后天下之乐而乐"的文人骚客，可一个阳春白雪，一个下里巴人，不搭调呀。更何况汉桥还是部队转业的，与大家心目中干脆利落的军人形象更是截然相反。骚客，你是个火车司机啊！

本来，好些中专生、技校生分到五里坪这个山沟里就垂头丧气，天天跑车，烦都烦死了。就比方说，师傅们教他们的第一件事——擦车，擦退乘回来的机车，一点儿没擦干净，就会被师傅骂得半死。于是，大家回到公寓，横七竖八地躺在床上，全都再把师傅回骂个半死。司机学校学了三年开车，现在到机务段却天天给机车当清洁工呢，大家都躲在公寓骂师傅。也是，谁不寒心！可是作为骚客的汉桥不骂，他擦完机车，就坐在床上写写改改，吟来念去，再改改写写，不过半年，汉桥就写出了《擦车》这首诗歌：

像骑手洗饮心爱的战马 / 棉纱，浸一曲深情的恋歌 / 哦，车轮，告诉我 / 这一路你收领了多少喧腾和沉默 / 飞旋了多少沉重的思索 / 炉门，告诉我 / 这一路 / 你封存了多少泊站的痛苦 / 煽起多少奔驰的焦渴

我擦拭，擦拭我的机车 / 上水，添煤，加油 / 拧紧每一颗螺栓 / 还他雄健的体格……

我擦拭，擦拭我的机车……

用机务段许段长的话来说，《擦车》这首诗将火车司机工作中最基本的日常作业升华到爱岗敬业的意识形态层面。好！

汉桥一投稿，就发表在分局党委主办的《繁城铁道报》上，这令浩子对他刮目相看，也令段领导、分局报社对这位铁路新人刮目相看。可里，段里好些人都如猴子一样，没有因为汉桥发表引人注目的诗歌对他更好，相反，觉得汉桥作为一个司机，不干正事，不务正业，净"鬼作"。工作几年，汉桥的诗歌越发越多，猴子也越来越讨厌他，本来两人就不对劲，又住在一个宿舍里，真是相看两厌。

但是，浩子怎么也没想到，两人能打起来。

原来，猴子中午吃过饭后，正在与几个同学在房间打牌。汉桥呢，退乘回来，脸不洗牙不刷脏衣服也不换，就开始坐床边字斟句酌、冥思苦想新作《编组站的灯，亮了》。汉桥像胡姨，个不高人又瘦小，一件又脏又大的深蓝色工装笼在他身上，远远看去，除了件又大又垮的工装，只剩下他那张罗丹雕塑般的《思想者》的脸了。

这首诗歌汉桥想了近一年，每次夜里驾车从繁城北编组场开进开出，他看到满眼的灯光、银色的铁道线、变幻的红绿灯、进出的机车及车辆，就会心生感慨，就会诗兴大发，现在看看自己刚完成的诗作，他又在床前做最后的修改、推敲。他想，人家唐代诗人贾岛一首诗还自己推敲几年呢，要不然怎么会有"鸟

宿池边树，僧敲月下门"呢！

人嘛，都喜欢敝帚自珍，现在，汉桥终于推敲完自己的大作，他不由得站起身，情不自禁地轻声朗读《编组站的灯，亮了》：

是谁撒下璀璨的珍宝／是谁牵来银河的波涛／星星还未报到／编组站的灯就刷地亮了

亮了！像晶莹剔透的玛瑙／亮了！像含露欲滴的葡萄／灯，一串串，一簇簇，一团团／在喊、在笑、在跑、在跳……

猴子一连几把牌都输了，心里很不爽，想来想去，觉得就是汉桥在那朗读什么破诗扰了他的好牌运，他气得一把把牌甩出去，冲着汉桥吼道，骚客，什么亮了亮了的，亮你妈呀！

汉桥根本就没有听见猴子的骂声，他完全沉浸在创作完成后的激情中，正捧着诗稿，踱着方步，诗情澎湃地朗读着自己的大作呢。

信号灯红了，又绿了／机车灯近了，又远了／工人手里的提灯一闪一闪／像萤火虫在原野上飘呀飘……／雨夜，灯光挑开雨幕风帘／让列车满载希望、迎着灯光迅跑……

猴子感觉汉桥故意不理会他，几个玩牌的同学也一声不响地望着他，他脸上有点儿挂不住，就更生气了。他"啪"地站起身，冲到汉桥面前，骂道，骚客，你以为你真是《岳阳楼记》呀，你当个破司机，天天脸不洗、牙不刷、就像他妈的要饭的一样……

汉桥本来完全沉浸在推敲诗句的情绪里，猴子冲到他跟前，对着他这么一通骂，他望着猴子，愣了愣，半天才反应过来，猴子是在骂他呢。

猴子接着一脸鄙夷道，每次退乘回来，你他妈的都穿着这满是油污的破工作服，趴在那儿没完没了地写什么高雅的诗，也不嫌脏，还真把自己当什么文人骚客了？

后面这几句话，愣在那儿的汉桥听清楚了，他这才清楚猴子对他一脸鄙夷的原因，嫌他脏，嫌他不换衣服，嫌他一个破火车司机却做着诗人的梦。

这次，汉桥真的被激怒了，他指着猴子一字一句地说道，猴子，我告诉你，今天我穿着这身脏衣服，就是为了明天永远脱下这身脏衣服！

看着平时文气的汉桥竟然用手指着自己，本就输了牌的猴子气不打一处来，就冲到汉桥面前，一掌过去，骂道，你他妈的别今天明天的，老子听不懂。反正你在那儿鬼哭狼嚎的，扰了老子的好牌。

汉桥甚至不知道自己怎么得罪了猴子，看似柔弱的他被这突如其来的侮辱激怒了，也不让步。争执推搡中，猴子恼了，一脚将汉桥踹倒地上，跨身上去，一拳过去，对着他脸上身上就是几下。没想汉桥这么不禁打，就两下，他鼻子里的血就不断地往下淌，同学见状赶紧拉，猴子也吓得住了手。

许段长正好路过，听说有人打架了，连忙上楼，当见到汉桥坐在地上，脸上、鼻子上都是血时，一口滨江腔的许段长用"滨江骂"劈头盖脸把猴子臭骂一顿。骂完，他转头对浩子说，浩子，赶紧，带汉桥去医院看看，看还有什么问题？又扭头对猴子骂道，个板马，汉桥要是有么问题，老子今天饶不了你！在"滨江骂"中，老子是我的最基本称谓。浩子应了一声，也瞪了猴子两眼，拉着汉桥就往五里坪铁路医院走。

浩子他们分来时，五里坪机务段已经成立近十年。除了一些老司机，近年来分配过来的基本是复转军人、中专生和技校生，与蒸汽机车机务段相比，五里坪电力机车机务段的人员年轻且素质较高，但大学毕业生还是凤毛麟角，从江岸机务段调来的交大毕业的许段长就是这凤毛麟角。

许段长大学毕业一年后当上了机务段乘务车队的队长，三年后就当上主管乘务的副段长。他虽然是知识分子，却没有知识分子的清高劲，常与段里大老粗的司机们一起喝酒骂人，还爱办实事办好事，职工家属都喜欢他。今年他帮一个半边户的老司机走后门，让老司机差两分的儿子上了铁路技校，因此还差点背个处分。他对书记真诚地说，组织上要处分我就处分我吧，我认，我做得不对，但是我还是要做。要知道，火车司机要么跑车不在家，要么在家就是睡觉休息，哪有时间管孩子学习？虽然让差两分的孩子走后门上学不对，但总比让孩子上不了学，在社会上成混混好，再说孩子有个稳定工作，也算是解决了职工的后顾之忧。

浩子陪着汉桥到五里坪铁路医院，内心对汉桥充满钦佩。上班几年，同学们读书时的理想和热情全都没了踪影，每天除了开车就是睡觉，然后聚在一起打牌喝酒发牢骚，汉桥比他们大不了几岁，还是个老转（复转军人），可他退乘回来就是看书学习写诗，浩子觉得就这一点汉桥就不简单。有时候，不从众也是一种能力和勇气。

医院正好是小蓉当班，而小蓉当时正准备请一会儿假，去接第一次来五里坪的妹妹小艺，火车马上就到站了。

倒霉的姐姐小蓉被分配到了五里坪铁路医院。

五里坪铁路站区麻雀虽小，但五脏俱全，作为铁路运营配套的车机工电单位全都有，有了这么多单位和人员，就得有配套为铁路单位及人员服务的铁路医院。由于姐姐小蓉不愿意哪儿来回哪儿去，那好，人事部门就按哪里需要到哪里去的原则，将姐姐分配到离家离滨江更远的五里坪铁路医院。

病人来了，火车又不等人，而且病人还是胡厂长家的大儿子汉桥，那姐姐小蓉只好给汉桥看病，请送汉桥来看伤的浩子帮忙接车，接妹妹小艺。小蓉还想给浩子解释小艺长的什么样子，没想浩子连声说，我见过，我认识。

从医院到车站要七八分钟的时间，浩子小跑着赶到车站，列车还是到站又开走了。站台上，远远地就见到左右顾盼的小艺，浩子走上前，笑吟吟地用肯定的语气对小艺道，你是小艺。小艺目光凛冽地望了他一眼，语气生硬道，我是小艺。浩子见小艺如此警惕，不禁笑出声，你姐姐正在忙，让我帮她来接你。小艺望着笑吟吟的眼睛和面容，内心不由得怦然一动，觉得在哪儿见过他？嗯，好像是小说《牛虻》中神学院里的亚瑟？修长的身材，清秀的脸庞，精致的五官，特别是一双深邃的眼睛和笑起来弯弯的嘴角。小艺想着小说中的亚瑟，嘴上却直接拒绝道，不用。她心想，一个陌生的地方一个陌生的人，就是再说与姐姐认识，她也不会跟他走，即使他看着真的很像小说中的亚瑟。

　　说完，小艺真的自己往站区外的铁路医院方向走，刚才火车到站后，她没见到姐姐，就问了一下车站人员去铁路医院的大致方向。浩子见小艺不再理他，只好跟在后面走。越过铁道线，再穿过一座小桥，小艺就来到了五里坪铁路医院，浩子也跟在后面走了进来。

　　汉桥问题不大，小蓉已帮他处理完毕，汉桥谢完姐姐小蓉，姐姐谢完浩子，浩子便与汉桥一起与姐妹俩打了个招呼就走了。

　　医院里有点儿忙，姐姐让小艺坐在一边，自己边走到注射室，边问小艺，你还记得那年我们一起到滨江遇见的那两个火车司机吗？

　　小艺想了想，点点头。那是五六年前的事了。

　　姐姐说，刚才我这儿忙得走不开，就让别人帮我去接你，就是上次那个火车司机浩子。

　　哦，那个"耗子"？小艺口里拖着一个长长的"哦"，脑海中闪现出五六年前那个又帅又拉风、时髦又善良的火车司机"耗子"。难怪刚才有似曾相识的感觉，刚才还以为是小说《牛虻》中的亚瑟呢，原来现实中真的见过。小艺为刚才的莫名其妙的一丝丝心动感到难堪，她还以为那是小说中怦然心动的感觉呢！唉，自己怎么这么不矜持？怎么会对一个只见过两面的火车司机怦然心动呢？这还是个有文化、有素质的女学生的行为吗？好丢人呀！不知，当时那个"耗子"看出来没有？小艺内心正为此忐忑不安着，突然想到，天呀，现在姐姐发现没？她赶紧神情紧张地抬头看姐姐，姐姐正在给另一个病人准备注射器，病人正等着她打针呢。

　　哈哈，幸亏姐姐没有发现自己的难为情。只是，她坐在注射室，咬着嘴唇沉思默想着，他长得也太不像只耗子呀，怎么会叫"耗子"呢？

　　马上要过国庆节了，在读中专的小艺是专程来看望姐姐并与姐姐结伴一起回家的。

**天桥**

小蓉和小艺姐妹俩坐火车到滨江，再转车才能回到前塘站的家。

坐在火车上，小蓉没说两句话，就头靠车窗，开始迷迷糊糊地睡觉，而且车开多久，她能睡多久，只是车快到站时，她能立马就醒，从不误车。每次都是这样。看着姐姐这么疲惫不堪，小艺也不忍心打扰姐姐，姐姐是白班夜班连着上了三天，昨晚又上了一夜的夜班，这还要与领导、同事说好话，才抽出三整天时间回家与小吕哥团聚，只是来回路上就得两天。小艺想，如果妈妈看到姐姐这般狼狈模样，一定会用四川话生气地骂道，死女子，活该！

在妈妈的眼里，姐姐真的是活该！因为她现在的辛苦和颠簸全是自找的。

倔强的姐姐小蓉平时都听妈妈的话，但在恋爱婚姻这件大事上，完全是自作主张。不管妈妈怎么反对，姐姐还是与小吕哥结婚了，现在还有了一个一岁多的女儿北北，只是因为两地分居，北北只能交给农村的婆婆带。

搁在妈妈这里，这婚是坚决不同意结的。妈妈怎么看，怎么都觉得小吕配不上小蓉，虽说他是大学生，可是大学生有什么用？竟然被分在小镇上，妈妈觉得那能有多大出息？再说小吕农村家里有一个老妈妈外加一大堆同母异父的弟妹，真是穷得叮当响呀。嫁汉嫁汉，穿衣吃饭，跟着这样的家庭过一辈子，日子怎么好过得了？可是大女子不知怎么鬼迷心窍了，铁了心要跟他，有什么办法？

妈妈曾想让爸爸拿主意，劝劝姑娘。可是爸爸一向的原则：婚姻大事由孩子自己说了算，父母绝对不应干涉，只要女儿喜欢就行。而且，爸爸还挺喜欢小吕的。用爸爸的话说，小吕厚道善良、知识面宽、记忆力强，上到中国上下五千年，下到国际国内时事，全都说得头头是道，读书人，就是不一样。爸爸与小吕两人一坐在一起，就能一谈好几个小时，爸爸是真喜欢小吕这个女婿。

但是，小吕哥饭不会做，碗不会捡（收拾），吃了饭，若爸爸不在家，他就会捂着腮帮子或肚子，望着姐姐小蓉说，自己牙痛肚子痛。姐姐知道小吕哥是向她撒娇找理由不想干活，就与小吕哥对视一笑，去去去，躺着吧。然后笑着自己把活全干了，小吕哥真就心安理得在姐姐房里歪在床上舒舒服服地看书。每次妈妈看到小吕哥那个样子就发牢骚说，真不如找一个厂里会干活的青工，姐姐说，人家爱读书，爱读书的人有几个爱主动干家务活的？我爸爱干吗？听姐姐这样一说，妈妈也就不说话了。

谈恋爱时，小两口甜甜蜜蜜的，只是两人一结婚，矛盾就来了。

小吕哥是个大孝子，他妈妈让他把婚房设在农村老家，他敢说不吗？姐姐结婚时，小艺去过一次小吕哥农村的家，竟然还要从小镇上开车走一个小时，之后再步行近二十分钟。这还不算，这边家里热热闹闹地把姐姐送到农村家里，他家里没有一样是新的，晚上睡在床上，翻开床单，看到床单下的被褥竟是用了几十年的又破又旧的旧被褥，姐姐气得呀。爸爸劝姐姐道，在农村，你婆婆一个女人把几个孩子拉扯大就不容易了，还供小吕念了大学，多难吧。姐姐想想，也是，就算了。没想到，姐姐生了个女儿，婆婆到医院时竟然把脸拉得个老长，这可真把妈妈和姐姐气坏了。男孩女孩不一样吗？我们家全是女儿，不也挺好吗？爸爸又开导姐姐说，农村人的传统观念与我们这些在外工作的人不一样，再说了，小吕是独子，还是遗腹子，现在政策只能生一个，你生个女孩子，做婆婆的当然不高兴，你要理解，过段时间就好了。

但是，就这事，爸爸对妈妈担忧地说，唉，小蓉生个女子，小吕倒不会说什么，她婆婆是绝对不会满意的。

小吕哥已经是副镇长了，姐姐小蓉还在五里坪，他俩分属地方、铁路两个系统，想调到一起真的不容易，只有姐姐休假时才能见面。只是好不容易回家想小夫妻两个人清静清静，可家里总有说不清绕了多少弯的一串串的吕姓亲戚到姐姐的小家里来，一连几天在家里吃着住着不走。小吕哥随和，来的都是亲戚，吃了喝了家里有什么还可以拿什么走，小吕哥是落得好名声了，但是，姐姐小家正常的小日子被打得七零八落。

说起生孩子，姐姐小蓉总是望着小艺发笑。

听说姐姐生了小孩儿，正上着中专的小艺赶到医院去看她，好不容易找到县城医院，七绕八拐地终于找到妇产科病房。姐姐一个人躺在床上，看见妹妹过来，笑着忙要起身，小艺诧异不已，心里疑惑道，姐姐生了孩子还能笑？还能起身？可是这种事怎么能问？小艺走到床边，一脸诧异地问，小孩呢？女孩还是男孩？姐姐说，女孩儿，现在在另一房间，医院不允许抱过来。

小艺接着满脸疑惑道，姐姐，你生个孩子怎么没有变化？

要怎么变？姐姐笑道。

小艺没有回答，她也不知道到底应该如何变化，只是觉得很奇怪。一个女人突然有了孩子，那对一个家庭对一个女人应该是翻天覆地的变化才对，翻天覆地呀，怎么会没有变化孩子就生出来了呢？奇怪！

姐姐看出小艺真的是一无所知，又不知怎么给小艺说。她就笑道，你还天天看书，全是虚无缥缈的文学书，你看那些书有什么用？都是精神生活，这些知识属于生理卫生。小艺一听到生理卫生几个字，内心马上变得抗拒，甚至厌恶，脸上不由现出反感的表情。中学时大家最讨厌的就是生理卫生课。

姐姐连忙说，这是医学，是实打实的现实生活，只是这哪有那些虚无缥缈的小说那么好看，你也不想看的。你这种人就生活在精神世界中吧。

火车到站时已是夜晚九点半。火车缓缓进站，小艺老远就看见小吕哥的身影，姐妹俩拉着车门扶手，脚踏踏板，跳下车，小吕哥就站在车门边了。他们三人站在站台上，就看见妈妈远远地走过来，小吕哥知道妈妈不喜欢他，所以，他和姐姐与妈妈打了个招呼，就往出站口走，他俩想回自己的小家。

小艺一把拉住小蓉说，姐，咱俩一起去看看小楚吧。姐姐本着急着看女儿北北，但想着现在都是这个时间点了，小北北早被婆婆哄睡着了，那就听小艺的，先回去看一眼妹妹小楚吧，自己也快两个月没有回来了。姐姐拉着小吕哥就和妈妈、小艺一起回家。

小艺跟着妈妈往前走，突然发现并不宽大的站台右侧半空中竖起了一座宽大的人行天桥。这个天桥从半空中横穿铁道线，把厂家属区与车站一站台及站房连接起来，这样，职工家属再也不用翻越股道，再也不用担心被火车压着或撞着了。

小艺惊喜万分地问，妈，咱们这儿什么时候修的天桥？

刚刚修好不到一个月，这些年老有人钻车出事，厂里就连同车站一起向路局打了报告，今年秋天专门修了天桥。听说，就是我们车站最年轻的站长王宁一直盯着这事，这才这么快建好的。

静静的秋夜里飘来一阵阵幽香，小艺深深地吸了一口气，回家的感觉真好啊，就如这桂花，幽香袭人。前塘站的站台上有两棵二十多年的桂花树，从初秋直到深冬都吐着幽幽的芳香，特别是深夜，静无一人时，那种暗香更是沁人心脾。

小艺由衷地说，太好了！再不用天天钻火车，钻得心惊肉跳的。小时候爸爸从不让我们上街，我也从不敢上街，就是害怕钻火车。

是呀，住这儿几十年了，上街总是提心吊胆的，现在修了天桥，我天天上街，没事也要过天桥到街上转转。妈妈接着感叹道，还是大学生能干呀，这事厂里要求了十多年，王宁来车站才一年，这天桥就架起来了。

大学生？小艺突然想起厂里那个一张方正脸上架着一副黑框眼镜的大学生，她扭头问道，妈妈，厂里那个叫杨峰的大学生呢？

妈妈说，噢，杨峰，早就成了胡厂长的女婿。他在厂办，胡厂长一眼就相中他了，几年前他调到滨江，海棠与他结婚一年也调到了局里，好像在一个招待所上班，就扫扫地，整整床单，工作多舒服。你胡姨真是好福气呀！

啊？咱们怎么不知道呀？小艺惊讶地问道。

小艺到北方读个中专，个别话里也学着北方人的用语，如"我们"，她就用成了"咱们"。其实咱们在这儿用得不恰当，因为这事可能只有她不知道，她本就是个两耳不闻窗外事，一心只读闲散书的人。爸爸也这样，国际国内时事知道，中外名著名篇知道，可是，关系到身边的人或事、关系到他自己家的人或事，反而不清晰不明白，糊得很。

妈妈解释道，原来住平房，我们是邻居往来多些，后来搬到楼房，我们与胡厂长不是一幢楼，联系就没原来那么多了，两年前胡厂长一家全都调到滨江，就更没联系了。

那胡三呢？他现在在哪儿？小艺问。她想起胡三借给她的《射雕英雄传》，当晚她抱着书上满本的竖版繁体字就看，结果快凌晨时，正好看到梅超风用人头骨苦练九阴白骨爪的阴森恐怖的画面，她吓得不敢再往下看，可是不往下再看，小说中的恐怖画面又一直盘桓脑海根本不散。结果那一晚，她既不敢再看又不敢睡觉，望着窗外黑漆漆的夜里不断闪现的梅超风，人吓都吓死了。所以，一听说胡厂长家搬走了，她马上想起胡三。

跑车，当列车员去了。胡三上的是司机学校，本来应该当火车司机，你胡姨觉得当火车司机危险还辛苦，刚好繁城那边客运段招工，胡三就到那边客运段跑车去了。也是，皇帝爱长子，百姓爱幺儿嘛。妈妈说。

四人边走边聊，走到天桥边上，有个身穿铁路制服的青年男子站在旁边，妈妈笑着打招呼道，王站长当班？

是。王站长笑着回话。

妈妈笑道，真是说曹操，曹操到。王站长，刚才我还向我女子说起你来着，不是你，咱们这座天桥竖不起来。

哪里？是厂里现在人多，安全隐患大，车站就与厂里联合打报告，局里拨专款修的。王站长边谦虚地说，边问道，您，怎么接女儿？

对，这是我的两个女子，小蓉、小艺，还有女婿。妈妈笑着回答。

小蓉望着王站长，惊喜地问，王站长，你是王宁，你是从永安站调过来的？

是的。王站长仍然客气地笑着。

姐姐开心地说，那年我和小妹在永安站赶掉车，还是你帮我们的呢。

姐姐这么一说，几年前姐妹在永安站赶掉车，自己在车上一路哭哭啼啼的情景一下浮现在眼前，于是，小艺出于礼节望着王站长笑了笑，同时不由得仔细地打量起王站长。

他就是妈妈夸赞的前塘站最年轻的站长王宁？身材高大的王宁着一身合体的双排口蓝色春秋铁路服，微笑着站在妈妈面前，让小艺一下想起爸爸常说的"高大半"。

爸爸经常会说铁路运输业最大特点，就是高度集中、大联动机、半军事化，具体来说，就是铁路运输调度指挥高度集中，铁路车机工电辆各专业密切联动，人员管理半军事化，简称"高大半"。

那么多抽象的专业名词和概念，每次让小艺听得云里雾里不知所云，小艺一个也记不住，但现在，"高大半"却如此形象地展现在她面前。

王站长给小艺"高大半"的感觉里，"高大"是实，"半"字是虚。

身着铁路制服的王宁站长身材高大，这是高大，同时，他又干练得体、礼貌谦逊，良好的精神风貌正好体现出铁路训练有素的半军事化管理。后来，每次小艺看到王宁，就会不由联想到铁路的"高大半"和中规中矩的铁路制服。

只是举止得体的"高大半"王宁站长，却说着一口温软好听的南方普通话，有点儿像越剧中的吴侬软语。王宁用吴侬软语笑着对姐姐道，哪里？是我们车站工作没做好。要说好，吴书记才是好人，你爸爸也是好人。

妈妈一脸厌烦地说，别说他爸，他又在值班，孩子回了都不能接，天天卖在单位了。妈妈的口气中全是责怪埋怨。

听到别人对爸爸的夸赞，小艺心中不由生出对"别人"的好感。又寒暄几句后，她们走上天桥，下楼梯，当走在回家的小道上时，站台、天桥上的灯光"啪"地全熄灭了。再回望，天桥、站台、站房只剩下漆黑一片，微风吹过，送来一阵阵桂花的幽香。

八月桂花遍地香，现在正是丹桂飘香的好时节。

妈妈笑道，今年，我们车站被评为先进车站，前几天，我上街买菜还看见有人来拍电视呢。

是吗？咱们这个小站？小艺有点不相信，吃惊地反问道。

是的，说是什么"中间站决不站中间"，你爸爸天天在家说，这口号提得好，安全也抓得好，老夸这个站长了不起。不过，说真的，他来以后，车站再也没有在铁道上碾伤碾死人的事了。

中间站决不站中间，这是什么意思？中间站不站中间站在哪儿？妈妈不解地反问道。

我想想，小艺皱着眉，抓了抓脑门说。

姐姐望着小吕哥，故意用妹妹小楚的口吻，笑着请教道，小吕哥，你给我们解读解读嘛。毕竟小吕哥也是个文化人啊。

小吕哥望着姐姐笑了起来，他对妈妈说，妈妈，看我说得对不对啊？我听爸爸说过，铁路上，始发和终点站是大站，中间站基本是小站，那这个口号的意思是，前塘站虽然是小站，是中间站，但在工作上不能中不溜秋，要做到前面，小站要有大成绩。简单地说，中间站决不站中间，就是车站地位居后，工作却要力争排前。

姐姐笑着对小吕哥点了点头，小艺也觉得小吕哥解释得朴实无华，通俗易懂，两人不约而同地望了小吕哥一眼，眼含赞许。小吕哥望着姐姐得意地笑了。

其实，小吕哥本来准备有一些更书面的文字来解释，如这个宣传口号是一种管理理念，体现了车站领导的工作思路。可他想了想，他要解释的对象是妈妈这种文化程度不高的劳动妇女，说什么管理理念、工作思路，妈妈不仅不会表扬他，还会说根本听不懂。所以，他在解说"中间站决不站中间"时就改用什么中不溜啾、大小前后这种通俗易懂的词。

还好，妈妈听懂了。只是妈妈不解地问，你这么说，就是说我们车站要比我去过的江南站还要好？

那应该是没有可比的吧？小吕哥觉得妈妈就像将天上与地下相比较，没有可比性呀，可他又不敢直接反对妈妈的意见。

事实上，前塘站与江南站完全是两个概念。前塘站在京广线上是最小的客货营业站，每天只有一对管内客车停靠，一天发送不到五十人，红顶黄墙的站房又矮又小，站房最多不过二百平方米，里面除了几排陈旧的朱漆色木椅，就是一个很小的售票窗口，只是车站内外都干净整齐，工作人员也都朴实热情。而人家江南站是什么概念呀，江南站是京广线上最大的客运站之一，一天接发几十对列车，发送旅客近万人，车站天天旅客人来人往，络绎不绝。这怎么能相提并论呢？

妈妈反驳道，怎么不能比？我觉得，我们车站比那些大站服务还好。你看那些大站服务员的脸拉的，就像谁欠她半吊子钱似的。

妈妈这种劳动人民总能用最朴实简单的语言对人对事进行最生动形象而

又准确精到的描述。妈妈把把服务态度差形容成欠她半吊子钱，把站车客运人员一律说戓服务员。不过想想，站车工作也的确是服务工作，特别是把铁路客货运定位为服务行业后，客货人员真就是服务人员。

三年前，家里已经住上楼房，五楼，五十多平方米，三室一厅一厨一卫。厂里盖的，爸爸虽然不属于厂里，但作为友邻单位，厂里还是给分了一套。

上楼梯时，小艺问，我爸晚上回来吗？

你爸，能回来吗？你还不知道他？又在卫生所值班。现在厂里有四千多名职工家属，他们卫生所从江南医院又下派两人，下派等于没派，三天打鱼两天晒网，一周七天能有两三天在这儿就不错了，每天还是你爸他一个人。你爸平时忙，到了星期天和节假日更忙，别的医生家不在这儿，都回滨江了。你爸除了吃饭，天天都在单位，天底下像他这么老实的人没有几个。妈妈埋怨道。

小楚呢？小艺接着问。

妈妈答道，她还在上晚自习，没回来。

上楼梯时，妈妈又说，你爸忙，没时间接你们，但昨天就把一楼到五楼的扶梯全部抹了两遍，把一楼、三楼楼梯间不亮的灯也换了，怕你们晚上回来看不见，上楼扶扶手，一扶一手灰。

摸着洁净的楼梯扶手，看着明亮的楼道，小蓉和小艺的脚步不由得轻快起来，看着这楼道，家的感觉就来了。

一进家门，小艺就叫道，妈妈，有什么好吃的？我饿了。

妈妈做事干脆麻利，几分钟就端来三份四川小面，吃完面，小蓉给小艺使眼色，让她到里屋来。

小吕哥看着她俩，笑着说，你俩一路上还没有说够吗？还要偷偷摸摸地说，去说吧。然后坐在客厅内独自看电视。

两人到里边小屋后，小蓉悄悄地说，你明天陪我一起到江南医院去一趟。

什么事？

听说江东要新建一个铁路医院的分院，好些医生护士不愿到那儿，我想去，虽然是郊区，但那毕竟属于滨江。说了你不信，上次医院团委组织沿线和地区的团员活动，我才发现，他们好些人都没有文凭，还有好多都是招工进来的却都留在了滨江，至少也在县城，只有我和另外两个人，明明是卫校毕业的，却被分在最差的五里坪。还有一些医院子弟根本没有学历，却能在医院先上班再进修，凭什么自己有文凭还要被分到小站上，别人没有文凭却能留在大医院里？

凭什么？姐姐气愤道，如果爸爸一直留在医院里，我就不会哪来哪去，也不会哪里需要哪里去。

那只能怨爸爸，小艺小声责怪道，听妈妈说，整个医院只有他一人在这么个破地方一待一辈子……

姐姐说，现在怨他有什么用？正好江东新建分院，需要大量的医生护士。胡厂长不是早调到滨江了吗？我偷偷去找了他一次，他帮我问了问，说，我是正规卫校毕业的，江东医院要我没有问题，但是这边的医院人事要放人。

姐姐语气一变，有点伤感地说，爸爸是好人，可是好人有什么用？我一定要去江东医院，不然会像爸爸一样，我要一辈子窝在五里坪，那到时候，北北大学毕业是不是也哪来哪去，难道让她大学毕业再回五里坪吗？

小吕哥知道吗？小艺担心地问。

姐姐往外瞟了客厅的小吕哥一眼，先不管他，他尽听他妈的，家安在这儿，他那些是不是亲戚的亲戚天天到我这儿来，我在单位累死，好不容易回来还休息不成，烦都烦死人了。再说我是到滨江到大城市，也是给北北找个好家，以后她上幼儿园上学都好，他怎么会不高兴呢？他会听我的。姐姐肯定地说。

他愿意就行，小艺说。

姐姐接着说，你记得吗？咱们上次去滨江，小楚在滨江哭着要留在滨江，我当时就下定决心，不管怎么，我这个姐姐都必须到滨江，这样，以后，我们几个人才有可能都去滨江。姐姐语气坚定地说。

小艺道，行，那我明天陪你去。

说完话，姐姐去客厅与小吕哥商量此事，小艺就直接进了妹妹小楚的房间。

无论到哪儿，小艺都要带一本书打发时间。因是放假，小艺就带了两本书，这样路上可以换着看。她把书从包里拿出来，习惯性地将家里书桌第二个抽屉拉开，看见一个精装的红色笔记本放在抽屉内最上层，她想都没想，拿起来打开就看，噢，原来是妹妹小楚的日记本。

不看还好，一看吓一跳！天呀，妹妹初三学习这么紧张，竟然，竟然与一个高三男生谈恋爱。

小艺紧张得都没敢再看，赶紧就把日记本合上，放到原处，关上抽屉。小楚今年初三毕业班，学习多紧张，更别说那个男生是高三，多影响学习呀！她想，小楚，就算你不想后果，你也要替别人想想吧，人家可是高三呀，真是的。小艺知道偷看妹妹日记的行为肯定不对，但是觉得小楚这种行为更不对。怎么可以初中生就谈恋爱呢？报纸新闻上可全是早恋的坏处和害处啊。

没一会儿，妹妹小楚哼着歌一蹦一跳地上楼了。看见两个姐姐，她开心地放下书包，笑问，姐姐，你们带什么东西给我了吗？

小蓉从桌上拿起面包，早就想到你了，从江南站站台上买的。

妹妹接过来，咬了一大口，夸道，好吃，还是和小时候爸爸给我们买回来的面包一个味儿。姐姐笑道，本来就是一种味道。

妹妹边吃，边拉着两个姐姐，欢天喜地地说，告诉你们，我喜欢一个高三的男生了。

小艺心头一惊，自己本想装作不知道，没想到，小楚竟然自己说出来了。初三的女生呀，怎么敢？可这就是小楚的风格。

姐姐小蓉也吃了一惊，望着小妹，真的？

小楚接着笑道，是啊。晚上他还约我与他一起在操场上散步呢。姐姐，你不知道他有多帅！小楚满脸的快乐和甜蜜。

小艺白了她一眼，觉得小楚特别特别的不自觉，于是她用严厉的语气说，你不觉得你现在谈这个问题有点儿太早了吗？你还在上初三。

小楚也白小艺一眼，反感道，小艺，你怎么像我们班主任一样，好讨厌！要知道，是他先喜欢上我了，他找的我，你们说，我该怎么办吧？听小楚口气和表情，还像是她不情不愿、无可奈何似的。

小楚，你怎么这么好的运气？遇到这么好的男生？小蓉笑着说。

姐姐，我可是人见人爱呀。小楚开心地望着两个姐姐笑道。

我真是服了你了。小艺也笑起来。

小楚一点儿也不计较两个姐姐的语气，反而过来关切地问小艺，那小艺，你现在还没喜欢过什么人吗？

小艺用一种鄙夷的口气望着妹妹说，谁像你早恋？说实话，到现在我也没有喜欢过谁，要说喜欢也就是喜欢过老师，喜欢老师就是喜欢知识。

姐姐笑道，小艺呀，我知道，她只会喜欢书里的人。

是呀，除了老师，我喜欢牛虻、喜欢苏冠华、喜欢简·爱，还喜欢安娜·卡列尼娜……

姐姐笑道，我说吧，小说中的人物都是远离现实的人，牛虻是革命者，苏冠华是科学家，咱们身边哪有这样的人？

小艺突然发现话题怎么转移到自己身上，她觉得妹妹这种状态如果不解决，下一步怎么有良好的学习状态？她说，别转移话题，小楚，你这样怎么中考呀？

姐姐笑道，小艺，你这个样子还真的像一个严厉古板的老师。

小楚呢，也没有因为小艺的话不高兴，仍旧笑呵呵地说，放心，我一定会中考成功的，我答应他了的。然后她把双手一伸，推着两个姐姐往外走，你们出去出去，不要影响我学习。

姐俩听此话，就往外走，小楚做着鬼脸，笑呵呵地将门从两个姐姐身后关上。

第二天清晨，小蓉小艺姐妹俩坐上火车，小艺陪小蓉去送礼。

妈妈属于劳动人民，而且是勤劳型的劳动人民，妈妈有事没事都喜欢干活，还喜欢养鸡。从前，平房时，春天来了，鹅黄色的小鸡在家里地上叽叽喳喳地欢快地叫着跑着，顿时会觉得家里充满生机。搬到楼房后，妈妈还想养鸡，没有地方，就在厨房的阳台上往外搭个平台盖了个笼子，仍然养两只鸡，家里人都不同意，怕有味道觉得臭，妈妈说，你们吃起鸡蛋一点也不觉得臭。

这不，妈妈的鸡派上了用场。姐姐让妈妈准备了一只鸡，用一个硬纸盒子装好，姐姐负责抱上快一岁的北北，小艺负责拎装鸡的纸盒子，然后一起坐车到医院找人事主任。尽管可怜的母鸡一路上没有叫一声，小艺一路也没讲一句话，可她觉得自己就像是那只被装在纸盒子里的老母鸡一样可怜无助，姐姐也是一样。

小艺只是跟着姐姐到那个人事主任家去了一下，在她家里总共不到五分钟，姐姐讲了不过十来句话，人事主任很温和地听姐姐的想法，小艺不知所措地站在旁边，但她还是觉得自己的脸都丢尽了。

本来做这种事就觉得不开心，小艺自进了那个主任家的门，站也不是坐也不是浑身不自在，也就五分钟时间，小艺觉得过了一个世纪。从那个主任家出来，小艺冲着姐姐发脾气道，以后这样的事别叫我，干吗求人？太丢人了。姐姐抱着北北，脸上讪讪的，有点儿尴尬。

两人心情都不好，在江南站上车时赶车，站台上，奔跑中，姐姐抱着小北北一不小心摔进一个一米宽的土坑中，姐姐摔倒，北北也从姐姐怀里掉到土坑里，摔得哇哇大哭，姐姐赶紧抱起北北，上下打量，还专门看头上有没有摔伤，怕摔坏了北北，还好，北北没有摔着。小艺连忙将抱着北北的姐姐从土坑中拉出来，姐姐抱着北北不由得边走边哭，小艺也跟在姐姐后面哭了起来。

回到家，家里静悄悄的。推开门，妈妈摆摆手，让她俩不要作声，打开爸妈的房门，见爸爸躺在床上沉睡着，偶尔会呻吟一声。她们知道，爸爸的老毛病又犯了，只要爸爸连续工作十多天，回到家中就会在床上沉睡，沉睡中偶尔发出几声呻吟声。

退到客厅，小艺悄声问，怎么回事？

妈妈说，你爸天天白天上班，晚上连着值夜班，一个卫生所就剩你爸爸一人顶着。秋天换季，生病的人特别多，你爸在卫生所给人看病，一坐下来就站不起来，一坐一天，连上厕所的时间都没有。前天早上处理了一个炮炸伤的，林叔叔，就是原来前排平房的林叔叔，也是咱们铁道兵的，昨晚上又有一个生孩子的，你爸紧急处理，赶紧送到镇医院，结果你爸又病倒了。唉，就是铁人，年年这么扛着，也扛不住。

你爸本来就神经衰弱，再这么干，非得累死不可。妈妈叹息道。

小蓉望着小艺，生气地道，你说我走不走？我非走不可。不然，我就是爸爸这个结局。

小艺又到爸爸的房间看了看，再悄无声息地退了出来。

多年后，小艺人到中年，经常也会连续工作多天，当自己累得像一摊烂泥似的摊在床上时，也会在床上沉睡，但睡不安稳，会不断地翻动身体，会不由自主地下意识呻吟。这时，她的思绪会不由自主地飘向父亲，想起很多年前她和姐姐回到五楼家中，推门看到躺在床上沉睡呻吟的父亲的身影。

## 分配

火车上，坐在靠车窗的座位上，小艺望着窗外的站台，不由得泪眼婆娑。

刚上高中时，已上班的姐姐小蓉就给小艺寄来一整套数理化丛书，书最上面是一页信纸，信纸上只有姐姐刚劲有力的七个大字——人生能有几回搏，对于从小到大，一直当着班长、数理化全班第一的姐姐来说，那套丛书是攀登科学高峰、实现四个现代化的阶梯，可对小艺来说，那却是一套天书，她的数理化成绩那么差，一看到代数函数头就发昏发麻，更别说物理课上的正负极，绕来绕去，脑袋里也就绕成了一团乱麻。再说，小艺真不明白人生能有几回搏？她觉得，一个人能按自己的想法生活就好，她真的不知道人生为什么要搏来搏去的？就过着自己想过的平静的向往的日子不行吗？

只是现在，坐在火车上，小艺才明白姐姐小蓉所说的"人生能有几回搏"的含义。因为她在人生第一关高考这一搏中就败下阵来，这才造成自己一搏受挫，搏搏败北，真如姐姐所说"人生能有几回搏"呀！

小艺觉得，与姐姐小蓉、妹妹小楚比，自己真是笨得可以。姐姐从小在家管家，在校管校（学生会），热情大方，朋友一堆，还能轻松考上卫校，成为厂里第一个高考中榜的学生。妹妹从小聪明活泼，文艺体育样样都会，上着学，谈着恋爱，竟然还考上了重点高中，再后来还轻轻松松考上师范大学。唉，与她们相比，自己没有爱好、天天学习，结果……

全家人，父母姐妹一心指望听话努力的小艺能考上大学，结果她却拼尽全力才上了个铁路中专，上的还是工民建专业。

多现实多接地气的专业呀，可是小艺不喜欢。本就喜欢沉浸在文字和虚幻世界的她，中专期间，除了上课，她全待在图书馆看自己喜欢的书籍，小说、诗歌、文艺评论，在那里，她才知道什么叫作知识的海洋，让人眼花缭乱、目不暇接的知识的海洋。没承想，她正沉浸在知识的海洋中无忧无虑地遨游呢，学校一纸《毕业分配通知书》把她提溜上岸，把她从梦幻提溜到现实，直接提溜到了铁路最需要的地方紫金岭小站。当老师婉转说，那个车站比姐姐分配的五里坪车站还要偏远时，她这才着急地哭起来。

妈妈着急，责怪爸爸不管孩子的事。

自己的孩子自己最知道。妈妈清楚，小艺与小蓉不一样，小蓉是凌霜傲雪的寒梅，而小艺是温室的花朵。小艺除了看书，啥也不会，身体弱，人还娇气，遇到事情就会手足无措地哭，家里的活，大事小事，只要是小艺的，姐姐都主动包揽了。用姐姐的话说，小艺是那种不食人间烟火的书呆子。她放假在家能好几天不下一次楼，而小楚却能一天上上下下十多次跑得飞快也不觉得累。

爸爸难得下班正点回家。小艺躲在屋里哭，她不明白为什么要毕业？为什么要工作？能一辈子读书多好呀！现在要去工作，到一个自己根本不清楚的地方工作，她不知道怎么办？她只有手足无措地哭。

妈妈望着爸爸，故意发火说，小艺，你就是小姐的身子丫鬟的命，哭什么哭？你生在这种家里，活该！早知道这样，读什么书？还不如像胡厂长说的，在厂里工作，至少不会分到紫金岭那个鬼地方去。

爸爸知道妈妈是在指桑骂槐地骂他，就一脸正气道，哪里都是革命工作，分到哪里，就到哪里扎根。

爸爸真是这种观点。姐姐中专毕业分配时，爸爸就严肃认真地找姐姐谈了一次话，小蓉，你一定要善待那些病人，特别是那些来看病的农民，你知道，你们的三爸还在农村，你就把来看病的农民当成你四川老家的三爸一样。姐姐只能认真地点头称是。

一听到爸爸说分到哪里，就到哪里扎根，妈妈就对着爸爸吼道，就你觉悟高，所以，你一辈子在这个小山沟里窝着，孩子们也跟着倒霉。

爸爸争辩道，我们为什么不能在这个小山沟里？与宝成线上的甘肃天水相比，咱们这里不知好到哪里去了。

妈妈大声说，你不知道吗？铁路单位只有犯了错误，才惩罚到这儿来工作，你们医院有谁在这个地方工作一辈子的？

爸爸一听这话也发起火来，怎么能这样说话？我们在这儿生活了这么多年，厂里的人都是坏人吗？再说，胡厂长人家还是我们老部长的警卫员呢，人家不也在这个小山沟吗？

妈妈一听，火更大了，反驳道，胡厂长，你还说胡厂长，现在胡厂长还在厂里吗？不也早调走了吗？

是的，两年前，胡厂长一家都搬到滨江了。

只要吵架，爸爸从来吵不过妈妈，现在爸爸也觉得这个论据站不住脚，连忙说，我只是打比方，我们怎么能与胡厂长一家比？

妈妈吼道，我们凭什么不能与他们比？我们家的小蓉、小艺比他家的海棠是长得差还是学习差？早知道这样，还不如不读书，像他家海棠一样会做饭，找个杨峰这样的大学生嫁了。几个女子都读了书，却一个比一个分得差，这算什么事？

小艺在房间听见父母因她而争吵，就从房间走出来，看都不看爸爸一眼，她直接走向妈妈，望着妈妈语气平静道，妈妈，我明天就走。

爸爸有点尴尬，赶紧追着小艺后面，赔理道歉似的讨好道，其实那边也不错，新单位，年轻人多，可以学到更多知识！

妈妈一听这话，气得火冒三丈，骂道，你天天看书看报，天天学习，学那么多知识有屁用！

爸爸被这句粗话噎得一句话也说不出来，爸爸知道妈妈是在骂他，也是在骂妈妈自己没用。

是呀，妈妈在这个地方待着怎么不烦？四川女人最会做红烧肉、凉拌菜，可烧肉用的酱油、做凉菜用的醋都要请人到滨江去买，好几次别人从滨江都带到家门口了，一不小心把玻璃瓶子打破了，酱油、醋流得到处都是，东西没到手，妈妈还要给人赔钱赔不是。这都是小事，现在这么秀气又听话的小艺读个书，却被分到更偏远的铁路小站。小蓉从小主张大，泼辣能干，没事的，小艺可不一样，从小就抱个书，大门不出二门不迈的，什么都不会，出去了怎么办？早知道这样，真不如胡厂长说的，在厂里工作，就小艺的模样，找个滨江青工嫁了，说不定还能到滨江呢。唉，怎么读个书，反而搞成这个样子？妈妈烦都烦死了。

小艺没理父母，只管自己收拾行李。

爸爸见小艺收拾行李，就跟在小艺身后，小心翼翼地说，小艺，我十七岁时，在老家听到"抗美援朝、保家卫国"的宣传参军，从四川一路开到朝鲜战场，就没想到活着回来，与那些在朝鲜战场上牺牲的战友比，我能活着就已经很幸福了。你一爸（大伯）也是，当年他刚上初三，老师到班上宣传抗日，他们全班同学一个不剩，全都跟着老师直接上前线了，一走几十年，现在都没回来。人生不能光图舒服安逸，更要有志向有抱负，要把自己投身给国家给社会，人的一辈子才有意义才有价值。要知道，哪里黄土不埋人？

爸爸说完，突然又觉得自己最后这句话没说对，他连忙走到小艺前面，满脸歉意地说，小艺，要不，我明天请假陪你去报到吧。

小艺本来就赌气不理爸爸的，听爸爸这句话，眼泪"刷"地一下就下来了，她看也不看爸爸，大声说，不需要，我自己能去！

可是，一坐上从江南站到繁城站这趟西去的旅客列车，小艺的眼泪又不争气地掉下来了。她想到贺敬之《在西去列车的窗口》这首诗歌，却一点儿也没有"我不能、不能抑止我眼中的热泪呵，我怎能、怎能平息我激跳的心头"的豪迈和激情，她从来不是热情四射的人。

小艺坐在靠窗的座位上，脸朝窗外，车往前开，车外风景往后飞，小艺的眼泪却不住地往下落。长这么大，她除了喜欢看书听广播，根本就没有工作的概念。为什么要工作？人能一辈子读书就好了。想着不可知的工作地点及工作，小艺的泪不断地往外涌。

　　　　你站在桥上看风景／看风景的人在楼上看你／明月装饰了你的窗子／
你装饰了别人的梦

　　突然，小艺听见对桌有人在用好听的普通话朗诵一首有点儿熟悉的诗，小艺没有理会。

　　一遍两遍，声音停了，小艺仍旧眼望窗外。过了好久，小艺泪眼中感觉对面有双眼睛在怜惜地看着自己，她这才回过神来，赶紧收住泪，将头完全车向窗外，没想泪水却"扑哒扑哒"地往下落。

　　怎么了，小艺？

　　你怎么啦，小艺？

　　一直沉浸在自己悲伤情绪中，这两声关切的询问让小艺吃了一惊。只有家里人才称她小艺，这是谁呢？她扭过泪脸，一看，竟然是那个、那个"耗子"。浩子正用一脸忧郁又关切的神情在看着她，你怎么了，小艺？

　　浩子就是那个第一次在滨江站拉汽笛、第二次在五里坪接她的那个拉风又帅气的火车司机。

　　浩子着白T恤淡蓝牛仔裤，手上握着本诗集，正坐在她对桌，看着又清爽又洋气，只是脸上的忧郁让小艺就如看到《牛虻》中的亚瑟。现在，这个亚瑟正用一脸忧郁和关切注视着自己。

　　想着自己哭得稀里哗啦的脸，小艺觉得自己一定难看死了。所以，小艺泪眼中看他一眼，就别过脸去，没有再理会他。

　　但十来个小时的旅程不能老哭，也不能老不理人呀。当听说小艺是因为分配到离家很远的地方而哭泣时，浩子不禁笑了起来，深邃的眼睛和弯弯的嘴角全是笑意。

他笑着说，上帝给你关上一扇门，一定会为你打开一扇窗。

小艺心里一惊，她吃惊道，上帝？你信上帝？心里却在想，难道他真是那个神学院的亚瑟？否则，怎么会说起基督教《圣经》中的上帝呢？

小艺当然知道上帝来源于《圣经》。八十年代，虽然各个新华书店已经可以买到《圣经》了，但是像她这种从小受毛泽东思想教育出来的年轻人却只是在书店里浏览浏览，看看封面而已。因为不信呀！

浩子看到小艺一脸吃惊的模样，又笑了起来。他说，我只是打了个比方，这个上帝可以称为命运，或是学校，或是你以后的单位或是某个人。中国有个成语，祸福相依的成语，你知道吗？

小艺含泪点点头。她当然知道"祸兮福之所倚，福兮祸之所伏"这个成语。

浩子接着笑着解释，知道就好。要知道，万事都在变化中，你怎么知道你一定就分到紫金岭呢？你以为繁城地区很差吗？繁城整个铁路地区有几万铁路职工呢。这儿与铁路其他地方一样，铁路职工都是来自五湖四海，很多还是北京、上海的知识分子呢。别哭了！

是吗？小艺吃惊道。

是的，这里的铁路职工的素质都很高的。七十年代全国响应毛主席"建设大三线"的号召，当时从全国各地抽调了大批专业技术人员，还从北京、上海分来了很多大学生支援建设三线，在繁城铁路，除了大批的复转军人、中专、技校生和普通工人，还有很多交大毕业的大学生呢。人家都在繁城工作生活几十年了，还不是生活一辈子？最后，浩子笑眯眯地作结道，哪里黄土不埋人？

小艺吃惊地望着浩子一张干净斯文的脸，心里想着，咦，怎么跟爸爸说的一样，哪里黄土不埋人？难道男同志的想法都一样吗？然后，泪水自然而然也就没有了。

真是奇怪！

浩子接着说，新线建设的肯定比你家所在的小站好。再说，谁说你一定会分到小站上呢？你看，我现在不就从五里坪调到七里坪了么？

是吗？从五里坪调到了七里坪？小艺吃惊地问。

浩子看着小艺吃惊的样子，笑道，与你开玩笑呢！我马上就要从五里坪机务段调到繁城北机务段了，不过，我们机务段也在繁城郊区，铁路工作性质就是这样，若你分配在繁城地区，也许，说不定，咱们以后还能经常见面呢！

怎么可能？小艺说。

怎么不可能？浩子肯定地说，一切都有可能！人在最困顿的时候一定要相信这句话：上帝给你关上一扇门，一定会为你打开一扇窗。万事都在变化中，你姐姐不是从五里坪调到江东医院了吗？

也是，只是我知道，姐姐想调江东，还给她们的人事主任送礼了的。小艺老实地说，她心里一直对陪姐姐送礼一事耿耿于怀。

浩子又笑了起来，他说，这也正常呀！单位肯定是以单位用人为主。按理，五里坪医院像你姐姐这样的专业人员很紧张，你姐姐走了，别人又都不愿意来，如果大家都这样，那工作怎么运转？但是你姐姐的爱人又在地方政府工作，孩子又小，从人情上说，两地分居又给家里带来实际困难，所以，你姐姐去主动反映自己的困难，这也很正常。

怎么听你说的，好像你怎么都有理似的？小艺小声嘟哝道。

浩子没有接小艺的话，自己继续说道，再退一步说，为什么非要在父母身边工作，天天吃一起住一起工作也在一起，你不觉得生活太单调了吗？为什么不能离开父母到更远的地方工作呢？而且你不觉得离家远也挺好吗？

我没有觉得。小艺又实话实说道。

比如现在，你如果不是因为毕业被迫分配到外地，你会坐火车到这么远的地方？你会看到车站熙熙攘攘的旅客？你会像咱们这样，在飞驰的列车上互不相识地坐在一起谈天说地吗？还有，你能通过旅行看见这一路山水风景吗？

浩子又笑道，当然，你刚才心情郁闷，无心看风景。其实，你离开父母自己出来接触社会，以后，你肯定会觉得生活比原来更美好！海阔任鱼跃，天高任鸟飞。

小艺觉得他说得真好，但都是妈妈批评爸爸所说的大道理。于是，她望着浩子道，你怎么会有这么多大道理？我爸就天天讲大道理，我妈都烦死他了，也从来都不听。

真不是大道理。比如，我就很喜欢自己的工作，我真的喜欢开火车。

真的？

真的，真的喜欢，从小就喜欢。

小艺没再说话，而是在心里对自己说，其实我也很喜欢火车，从小就喜欢。我们三姐妹都喜欢火车开过来又开过去后给人带来的无限遐想和感慨。

你是大学生？

小艺不好意思道，哪里，中专生，还是学工民建专业，我一点儿都不喜欢这个专业。

没什么，我也是高考落榜去上了司机学校，不过我喜欢开火车。

我读中专时，就准备着再考一个大学，没想转眼就毕业了，更没想到竟然被分配到这儿了。小艺有点失落又有点不甘地说，这辈子我一定要上一次大学。

真的吗？怎么咱们都有一样的想法？我当年高考失利，妈妈让我复读一年，因为喜欢火车，我就上了司机学校。现在想想，社会发展太快，还是要多读书，我也想再去上上大学提高一下自己。

小艺突然想到刚才那首诗，就问道，你刚才念的什么诗？好像是民国时期的诗歌。

浩子笑着晃了晃手中的诗集，对小艺说，看来，咱俩真能成为知己。这首诗的确是民国诗人卞之琳的《断章》，虽然只是短短几句，却以诗的体裁写出喜欢的感觉，从平凡的生活写出梦幻的意境。他本来准备说以诗的体裁写出爱的感觉，但是又觉得爱的感觉中的爱字，会吓着一本正经的小艺，所以，浩子就将爱字改成喜欢两字。

小艺说，对，是卞之琳的《断章》，我也是特别喜欢这首诗。

江南站我准备上车时，就看你神情忧郁地坐在车窗边，这首诗歌马上就从脑海中冒了出来。不过，我现在把这首诗的背景改在了咱们站车上，你听听。

你在车上看风景／看风景的人在站台看你／明月装饰了你的车窗／

你装饰了别人的梦

念完后，他笑着对小艺说，这与我在站台上看到车窗边的你很应景。

是吗？怎么可能？小艺望着浩子含笑的眼睛，羞涩地笑着反驳。她想，这人怎么这么言不副实？可她内心又不由有点儿羞涩有点沾沾自喜。

真的，浩子笑道，当时我就是这种感觉。

你语文学得真好！小艺望着浩子笑着讽刺道，刚才，你说上帝时用的是打比方，那是一种修辞手法，现在你又用了一种修辞方法。

是吗？浩子睁大眼睛，不解地问，哪种修辞方法？

夸张！小艺莞尔一笑。

夸张？浩子眼睛里打着个大大的问号。

对，夸张！小艺强调道，再说，我那时也没有看风景。她想，这么美这么有意境的诗怎么能随便套用呢？

浩子笑了，露出一口洁白的牙齿。他笑着对小艺说，我知道你当时无心看风景，你当时正坐在车窗边"扑哒""扑哒"掉眼泪呢。

一路上，列车开着，浩子与小艺聊着，想着自己来前一路的垂泪，小艺觉得自己像井底之蛙一样肤浅可笑，刚才还觉得分配地如凄苦遥远的天边，现在却如近在眼前的这张笑脸一般，一下子变得美好温暖起来。

只是这么美好的笑脸的主人，怎么会叫"耗子"呢？她心里想着，却没好意思问。

朝阳初升时小艺坐上车，下车时已是夕阳西下了。再看"耗子"，只觉得他的笑靥特别感染人，特别是那一双弯弯的带笑的眼睛。

后来，偶尔看到电影小说中男女主人公在列车上或在旅途中产生爱情，小艺就想，自己是不是也是在那次旅途中不知不觉就爱上了浩子的呢？

# 第三章

## 你看云时很近

胡三站在车门前，对着车门窗外的站台及工作人员行注目礼，站台和工作人员越退越远，列车开出车站，开始加速。这是胡三改跑进京列车的第一趟乘，现在是返乘途中，他精神焕发，只差斗志昂扬了。

## 跑车

1990 年冬。

北京的冬天冷起来可真冷，而且现在正是三九严寒，一年最冷的时节。车站二站台上旅客都已上车，只等发车铃响，列车就要关闭车门了。

真冷呀！头戴路徽大檐帽，身着挺括的呢子大衣，左臂上戴着墨绿色"列车长"臂章，胡三精神抖擞、目光炯炯地在站台上快速前后扫了最后一眼，确定再无旅客后，他快步走向 9 号车厢，一步跨上车门，再转身手扶门把手，将头伸向门外，再瞭望，车站值班员与列尾的列检员又最后确定，摇旗发令，列车启动。

胡三站在车门前，面对车窗外的站台及工作人员行注目礼，站台和工作人员越退越远，列车驶出车站，开始加速。这是胡三改跑进京列车的第一趟乘，现在是返乘途中，他精神焕发，只差斗志昂扬了。

胡三最近心里美着呢！

虽然局里和段里对进京列车标准更高，旅客对进京列车的服务工作要求也更高，但能当上进京列车的列车长，还是一件很荣耀的事哦。胡三心想，进京列车的感觉就是不一样，光这件挺括的呢子大衣就与跑其他线的铁路制服不一样，还有，这广播的声音也比其他线普通列车的广播声音温婉好听。他开心地转身走进车厢巡视，就听见列车广播室开始广播了：

　　各位旅客，列车在欢乐的乐曲声中开出了北京站，大家的旅行生活开始了。

　　在这次旅行中，服务在您身边的是豫州铁路局繁城分局客运段6组的全体乘务员。我代表本次列车的全体乘务员向来自祖国各地的旅客、港澳台胞、海外侨胞以及外国朋友们表示热烈欢迎。

　　您今天乘坐在我们这趟列车上，为您创造优越的旅行环境，安全、舒适、愉快地把您送到目的地是我们每个乘务员的职责和心愿。我们全体乘务员衷心祝愿您身体健康、旅途愉快！

　　广播员温柔悦耳的声音让胡三心情变得格外愉快，胡三边巡视车厢，边听着广播。心想，车上旅客听到这么好听的声音，旅途中心情也会放松愉悦起来，这么好听的声音一定是她小时候天天听广播剧听出来的。

　　这是繁城客运段开行的唯一一趟进京列车。胡三刚从其他直通旅客列车车长选拔到进京列车当列车长，他自然开心，更开心的是他竟然被调到与从前的邻居小艺、现在的女友小蕾跑一趟车，而且还是她们的列车长。

　　哈哈，人生何处不相逢！

　　真如浩子所说，上帝为你关上一扇门，一定会给你打开一扇窗。小艺一路哭着去报到，没想到没去老师所说的偏远小站紫金岭，而是被分到繁城铁路地区最大的单位繁城客运段，还当上了进京列车的广播员。

　　原来，随着改革开放的深入和社会经济的发展，旅客出行的需求越来越大，特别是往北京方向的旅客需求。分局决定开行一趟由繁城站始发至北京站终到的旅客列车，开车方案由提报到批复用了一年时间，现在开车方案终于批复下来。但是人员呢？进京列车人员从哪儿来？

　　繁城客运段现有列车员大部分是下放知青招上来的，无论文化程度还是年龄层次，都不太适应进京列车客运人员的要求，客运段急需一批有一定文化素质的年轻女列车员，他们赶紧向分局人事部门打报告要人。

　　按理，小艺应分到专业对口的房建单位，但房建单位的机关人员编制是满的，若按专业分配，小艺只能分到小艺老师所说的偏僻小站紫金岭，但是一个外地女孩儿，分到都是大男人的小站房建工区，工作生活都不方便。刚好客运段要年轻有一定文化素质的女孩子，人事部门一看小艺模样、身高、文化都符合要求，特别是一口标准的普通话，在南方人中间真不容易找到。于是，人事部门把小艺分给客运段，客运段稍加培训，直接充实到新成立的京线车队，就这样，小艺稀里糊涂地当上了进京列车的广播员。

　　是浩子所说的上帝改变了她的命运吗？小艺欣喜地想。

　　哈哈，小艺去跑车了，还是当广播员，这可是让姐姐、妹妹羡慕死了。妈妈总说，小艺像爸爸一样，尽喜欢些没用的东西，看看，没用的东西变成有用的东西了吧。她的普通话标准，真的得益于她长期抱着收音机，天天听广播剧，还得益于她一直生活在以"河南侉侉"为主的北方人语言环境中，天天都是北方话呀。什么叫普通话？普通话就是以北京语音为标准音，以北方话为基础的方言的语言。

　　小蓉、小楚都替她高兴，当列车员，跑车，多好呀！只有爸爸替她担心，爸爸对妈妈悄悄地说，当列车员很辛苦！一个女孩子，年轻时不觉得，可等到成了家，有了孩子，天天不落家，那可怎么办？

　　但是爸爸在来信上可没这么说。小艺上班不到一个月，就接到了爸爸写来的第一封信。那时，她还在生爸爸的气，她根本不想理爸爸，但她还是拆开了厚厚的来信。来信大意就是要珍惜岗位，努力工作，再就是要她不要太节约，毕竟繁城是个较大的城市，一个女孩子，还是要适当买点衣服，讲究点个人形象，特别是客运段这种单位。爸爸随信给她寄来了五十块钱，还有一张《中国青年报》，报纸上说，今年有很多单位明确表明不招收女大学生。看着来信，小艺就生气，她想，爸爸什么意思？是告诉她这个中专生有个工作就很庆幸了，真是的！她赌气把那五十元钱又邮寄回去。在附言上说：妈妈，我每天上班穿铁路制服，不需要你们寄钱。她邮寄的地址是爸爸单位，故意在附言排头上不写爸爸，她就是要气气爸爸。

后来，小艺在《共和国记忆》一书中看到：

> 1987 年大学生分配难。7 月，36 万名大学毕业生，开始面临"买方市场"。这一年，有单位明确提出不用女生，也有大城市学生表明不愿到小城镇就业。大学毕业生供大于求，分配难出现端倪。

爸爸接到小艺退回邮局的五十块钱回寄单，对妈妈说，小艺还在生我的气。接着，爸爸忧虑道，哎，小艺这么文静的女子，在客运段这种环境中真的不太适合。以后她成家了，还天天跑车，家和孩子怎么办呢？

小艺可不知道爸爸的担心，就是知道了，也想不了那么远，而且她是真喜欢跑车，真喜欢当列车广播员。

天天接触天南海北的旅客，什么口音都有，小艺变得开朗自信起来。原来当着外人特别是滨江人说厂里河南话的自卑感没了，她再也不怕别人说她"河南侉侉"了。她想，"河南侉侉"就"河南侉侉"，怎么啦？再说，她也不能说河南话了，当了广播员，小艺干脆对所有外人都说普通话，三姐妹见面仍然说"河南侉侉"话，回家就给父母说四川话，姐姐呢，早已融入了滨江，在滨江全说滨江话。

人自信了多好！小艺感觉人像长长地舒了一口气似的放松和轻松，就像毛主席说"中国人民终于站起来了"一样扬眉吐气。"人生而平等"这句话说得多好呀！人和人就应该是平等的，凭什么哪个地方的人就比别人高人一等？凭什么小城镇人就比大城市人低人一头？凭什么农村人又比小城镇人低呢？人的身份有差异，但是人与人在人格上应该是平等的。

这是她跑车以来见多识广后的最大的认知。

她太喜欢当广播员了，她想方设法做节目，设广播专栏，经常结合工作和节日的需要，写一些短小的广播稿念给旅客听，如中国的二十四节气、中秋节的来历，等等。当看到旅客们跟着列车广播一起唱《在希望的田野上》，歌声在车厢内响成一片时，小艺自己都被感染了，原来服务他人能如此快乐，她想到"赠人玫瑰，手留余香"。退乘后，她又将一些感悟写成豆腐块的小文章或是几行小诗，投到《繁城铁道报》。

只是，当在列车上，看到年轻朝气的天之骄子大学生时，她才会有些许失落。她是喜欢当乘务员喜欢跑车，但是她仍然喜欢读书向往读书，不是"书中自有黄金屋、书中自有颜如玉"，而是单纯的喜欢只是喜欢。每当大学生放假，满列车都是天之骄子时，她的心中更是充满了羡慕和惆怅，她是多少向往大学生活呀。她想参加全国一年一次的成人考试，但是段里不同意，说是必须等工作满三年才有资格报考。听爸爸说，当年在部队时因为太忙，他报名参加高考领导不同意，爸爸就算了。但是，她心想，我才不呢，我必须去上个大学。

工作中，小艺与同车班看软卧车厢的漂亮动人的小蕾和看硬座车厢的欢颜笑语的小花成为好友。小蕾长得很美，有点儿像《昭君出塞》画像中的王昭君，特别是一张脸和一双手，她的手一看就是富贵手，如肉包子一般，又白又嫩又细；而小花则长得很甜，总是一脸笑，脾气性格又好，她的车厢总是被评为文明车厢，旅客们都喜欢她。列车上，谁不喜欢笑脸相迎、热情服务的女列车员呢？

胡三到繁城客运段比小艺早几年。小艺分到客运段后，胡三老是来小艺这儿来找老乡找老乡的，结果小艺反倒成为胡三与小蕾的红娘，胡三与小蕾就帅哥美女成了一对，马上就要结婚了。胡三对小艺感激得不得了，毕竟，王昭君可是中国四大美女之一呀。

不过，话说回来，人家胡三干得真不赖。胡三还真适合从事客运工作，一是形象好还讲究形象，二是做人大气处事灵活，干了四年，就当上了副车长，又过了三年，从副车长当上正车长，现在，又从普通车调到了进京列车，连胡三自己都有春风得意马蹄疾的感觉，走在车厢内，他的步子不由得轻快起来。

16号卧铺车有一个重点旅客，是一位动完手术刚出院的老年旅客，胡三从9号车厢径直来到16号车厢看望问候了一下，并吩咐列车员重点关照，然后他再从大号（18号）车厢开始，把行李车、硬卧车、软卧车、餐车和硬座车全部巡视了一遍。车厢内，列车员给旅客查验车票，换取卧铺牌，调整行李架、打扫卫生，或是拿着开水壶给旅客送开水，旅客或坐或卧，或聊天或看风景，各车厢秩序井然，看来，进京列车的列车员和旅客就是不一样。最后，胡三走到9号车厢广播室，推开广播室门，望着小艺，他得意地笑了起来。

小艺继续广播着，同时用眼神示意胡三不出声。待广播完毕，才用手关闭开关按钮，然后站起身，笑道，看你得意的，当个进京列车长，看把你得意成什么样子了？

当然，当然得意。胡三笑道。

当个列车长就开心成这样，真是的。

那是，不当列车长我现在能进你的广播室吗？胡三得意地说，接着故意板着脸，用严肃的口吻装模作样道，现在，把你的广播计划给我汇报一下！

一边去，小艺一脸的不屑一顾，笑道，谁给你汇报？

胡三话题一转，不禁笑着说，小艺，你的声音从广播里放出来怎么这么好听？是小时候天天听广播剧听的吗？

对呀，热爱学习呀！不像你，天天扒火车扒火车的，结果变成跑车的。

胡三眼睛盯着她，笑而不语。她从胡三的笑意里看出胡三"不语"的话语，你小艺天天看书天天听广播还不是当个列车广播员？还不一样也是个跑车的？

小艺这才感觉到自己刚才那句话没说好，本想接着说这一话题，突然她又想到什么，就一本正经地对胡三说，正经话，真要给你说个事，咱们段里对列车广播宣传，特别是进京列车的广播宣传特别重视。前段时间我看电视有点歌节目，我就想，咱们在车上也开个点歌专栏，我已经给段里广播领班汇报过的，段里也同意，我已经在车上开展过几次活动了，旅客非常喜欢。

行呀！你开展就行了。

我把点歌、猜谜节目与咱们列车传统的文明车厢评比活动结合起来。我在广播中播出谜语，哪个旅客猜着了，就给他点歌的机会，歌曲大家分享，然后咱们看看哪个车厢旅客参加活动最活跃，积极性最高，咱们就给哪个车厢评文明车厢，再把流动红旗挂在哪个车厢里。怎么样？

猜谜？你是把你家的活动搬到咱们列车上了吧，记得小时候你爸爸最喜欢组织我们讲故事、猜谜语，看来这工作你真干对了。一说到小艺爸爸，胡三突然说，我李叔叔和阿姨还好吗？

还好，小艺答道。她没有给任何人讲起自己对爸爸的怨气和不满，自工作后，她能不回去就不回去，回去能不理爸爸就坚决不理爸爸。

小艺问，胡阿姨呢？你们搬到滨江后，我再也没有见到阿姨了。小艺知道胡厂长身体不好，前两年已经去世。

还行，就是身体也不太好。胡三说。

小艺刚想问怎么回事，胡三抬手给她看了看手表，小艺连忙说，马上到广播时间了。

我去硬座车厢再巡视一下。说完，胡三起身出门。车厢又响起温柔悦耳的广播声：

旅客朋友们：

你们好！旅途辛苦了！

列车上单调的旅行生活，您或许会觉得疲劳和寂寞吧？为了活跃您的旅途文化生活，增添旅途乐趣，使您忘却旅途的疲劳和寂寞，列车开展文明车厢评比活动，广播室将为您安排《猜谜点歌节目》，我们将根据车厢旅客参加节目的积极性来评选文明车厢，并将优胜红旗挂到车厢内。

具体做法是，我先播送谜语，每条播放三遍，旅客们猜出后，请迅速把谜底送到9号车厢广播室来，谁最先猜出其中的一条，就可获得一次点歌的机会并为所在车厢赢得一票。我将通过列车广播，为您和您的亲朋好友送上您喜爱的歌曲，以表达您对亲人的问候，对朋友的祝福！愿歌声为您和广大旅客送去一份温馨，一份欢乐，使大家的旅途生活更加愉快。最后，我们将根据车厢得票情况，评出3个文明车厢。

车厢内，许多旅客一听广播里猜谜语可以为朋友点播歌曲，不禁都竖起耳朵。

第一条谜语是字谜，谜面是"美好的开端"，打一字。

第二条谜语是花谜，谜面是"一个小姑娘，生在水中央，身穿粉红衫，坐在绿船上"，打花名。……

列车长胡三在车厢内转着，听着，看着。现在正好是学生放假的时间，车厢内一半旅客都是大学生的模样，每个车厢都是青春洋溢的脸庞，当然，进京列车嘛，车厢内也有很多旅客是干部模样，还有一些旅客是商人模样。听见广播里开展猜谜点歌活动，不少旅客已经掏出纸笔，在记或是在想和猜。

车厢内，在毛阿敏《永远是朋友》的歌声中，胡三看到大多数旅客热情高涨，有的在讨论，有的已写好答案，有的已经在往9号车厢跑去，本来安静的车厢内一下子因为这个节目热闹起来，呈现出生机勃勃、热气腾腾的景象。

旅客朋友们，10号车厢5号座位的张先生已猜出第一条谜语了，谜底是"姜"。好，我们向张先生表示祝贺，并播送张先生点播的歌曲《中华民谣》。

第二条谜语的谜底是荷花，是由11号车厢8号铺位的刘同学最先猜出的，刘同学点播的歌曲是《笑脸》。好，下面就请大家一起欣赏。

让歌声回响在您的耳边，让微笑在您的脸上洋溢，让温馨的祝福充满整个车厢。旅客朋友们，这里是9号车厢广播室，猜谜点歌节目继续为您服务，欢迎您踊跃参加，我在这里恭候您的光临。

下面，我再把还没有猜出的谜语重播三遍，我念慢一点，请您记住了。第五条谜语是动物谜，谜面是"大将军披头散发，二将军黄袍花甲，三将军肥头大耳，四将军瘦瘦刮刮"，打四个大型动物。

又过了几分钟，四位大学生一起来到9号车厢广播室，将他们共同猜中的谜语纸条递了进来。

小艺一看，这回全对。一个同学热切地说，我们是北方交大马上就要毕业的大学生，下学期实习，接着分配，同学们可能就天南海北了，所以，希望这条谜语能让我们点两首歌，纪念一下我们大学四年的最后一次结伴旅行。

小艺本来就对大学生羡慕得不得了，一听这话，又为他们真挚的友谊感动，连忙说，行呀，把你们的姓名写下来，再想想点哪两首歌，一并写上，我看我这儿有没有这些歌？

一个戴眼镜的同学拿起笔，将自己和同学的名字和要点的歌曲都写在字条上。写完，他望着小艺说，我叫王强，我还有一个请求。说到这儿，他停顿下来，表情有点儿凝重，话语有点哽，想说又说不下去的样子。

小艺有点儿诧异，旁边一个同学见状，解释说，我叫张宏，和王强是同学，王强的爸爸在1981年咱们铁路的一次泥石流大事故中以身殉职了。

小艺吃了一惊，连忙问，1981年？小艺对1981年那起铁路大事故记忆犹新，因为当年爸爸伤痛凝重的表情一直还铭刻在她脑海中。

张宏同学一说这话，王强眼闪泪光，他强忍着，却还是说不出话来。

张宏接着替王强说，是。1981年夏天，突发的泥石流把成昆线的一座大桥冲垮了，王强父亲驾驶的那列旅客列车正好开到桥上，幸亏王强的父亲当机立断，拼尽全力紧急制动列车，才防止了全列车掉入河里，但王强父亲却以身殉职。

同学说完，小艺和其他同学都万分震撼地望着眼闪泪光的王强。小艺早就知道这个事故，但她没有想到，眼前的王强竟然是爸爸那位英雄战友的儿子。小艺不由得望着王强，王强，你说吧。

王强仍然眼闪泪光，望着小艺，声音低沉但坚定地说，每次我坐在火车上就会想起爸爸。今年正好是爸爸去世十年，看到列车上热闹开心的场面，我就想起爸爸来，现在，车上有点歌节目，我就特别想为爸爸点一首歌。

小艺说，我知道你爸爸的事迹，你爸爸还是我爸爸铁道兵的战友。你说，你要点什么歌曲？有什么要在广播中说？

王强说，不用，我只想点一首歌，我点一首爸爸生前最喜欢的歌曲，电影《上甘岭》中的歌曲《我的祖国》。

小艺点了点头。参加过抗美援朝的志愿军战士都喜欢这首歌，爸爸开心时也会经常哼唱几句：朋友来了有好酒，若是那豺狼来了，迎接他的有猎枪。

歌声表达心声，歌声充实生活。这里是列车猜谜点歌台，旅客朋友们，最后一条谜语的谜底是四个动物，分别是狮子、豹子、熊、狼，这是由17号车厢北方交大的王强、张宏、赵洋、罗汀四位同学最先猜出来的，他们即将分手，奔赴各自的实习单位，希望点播两首歌曲，以纪念他们同窗四年的友谊。他们点播的歌曲是罗大佑的《光阴的故事》、张雨生的《我的未来不是梦》。好，下面请大家一起欣赏。

小艺坐在广播桌前，打开抽屉，拿出一盒《台湾流行歌曲》磁带盒，然后，从磁带盒中取出磁带，插入播放机，按下播放键，悦耳轻快的乐曲瞬间便飘荡在全列车厢。

春天的花开秋天的风以及冬天的落阳
忧郁的青春年少的我曾经无知的这么想
风车在四季轮回的歌里它天天的流转
风花雪月的诗句里我在年年的成长
流水它带走光阴的故事改变了一个人
就在那多愁善感而初次等待的青春……

小艺走出了广播室，站在列车风挡处看了一眼车厢，不由得被车厢的氛围给吸引住了：全车的旅客特别是放假的学生们都沉浸在《光阴的故事》的动人旋律中，或轻吟浅唱，或随曲高歌，或沉浸其中。"流水它带走光阴的故事改变了一个人，就在那多愁善感而初次等待的青春"这句歌词的旋律一响起，几乎全车厢的旅客都随曲高歌起来。

小艺不由得被这场景感染感动，这种感觉多好！听着最后一首歌曲快完时，她快步回到广播室。

　　旅客朋友们，我们所播出的谜语，大家已经全部猜出来了。三面流动红旗也挂在了9、10、11车三个文明车厢，我们的节目也快到了和您说再见的时候了。

　　最后，应一位大学生的要求，我们为大家献上电影《上甘岭》的主题曲《我的祖国》，以表达对他父亲，一位志愿军战士、一位老一代铁路职工的怀念，感谢他们对祖国的奉献，同时代表铁路工作人员对各位旅客表示诚挚的谢意和美好的祝愿。祝旅客朋友们旅途愉快，一路顺风！

坐在车厢的五里坪机务段的许段长，边听节目，边在内心称是。他刚从北京干青班培训回来，听着这个列车广播节目，他觉得耳目一新。这种广播专栏节目，既起到了教育作用，又做到了寓教于乐、雅俗共赏。

许段长不由得来到9号车厢广播室，看到广播员小艺，就用滨江腔普通话主动介绍道，我是一位铁路旅客，刚才这个节目办得不错，专门过来看看，学习学习。小艺不知道他是谁，但是听到表扬，还是礼貌地笑了笑。

这时，列车长胡三赶了过来，向小艺介绍道，这是五里坪机务段许段长。

铁路客运服务中，有一项服务就是，做好重点旅客的服务工作。所谓重点旅客，就是我们平常所说的老、幼、病、残、孕这五类旅客。除了这些重点旅客服务外，客运段自己也有重点一说。如上级管理部门及专业管理人员上车检查工作，列车长和列车工作人员也要重点掌握，这也叫重点。

铁路外部的重点旅客通过外表就能观察出来，就能重点掌握进行重点服务，客运段自己的重点当然也要高度关注，高度关注的途径就是查验车票。列车长及列车员通过查验车票，马上就能掌握旅客的身份信息。所以，作为老列车长，胡三这种最基本的工作技能和服务技巧还是有的，他自然知道本次列车铁路重点旅客是机务段许段长。

小艺听到胡三介绍是许段长，礼貌地再次笑了笑。许段长接着肯定道，这个节目不错。胡三连忙客气道,请多批评。许段连连赞道,表扬表扬。胡三指着小艺,对许段长介绍道,广播员小艺,她动脑筋,把猜谜、点歌和文明车厢评比放在一起,办的这个专题栏目。

许段长点点头,真的不错!我就是来看看,不影响你们工作了。然后与胡三、小艺点点头,握个手,转身就走了。

列车快到豫州站了,马上要过黄河了。胡三这是第一次跑北上的列车,来时列车经过黄河时正是深夜,什么也看不见,想着马上要见到黄河,胡三非常激动,听着广播中的"黄河是中华民族的摇篮,摇篮里飞出一支歌。一支深情的歌,一支祝愿的歌,一支奋进的歌"时,心情更加激动,可是等车到黄河边时,却只看到宽大干涸的河床,没有河水,更看不到黄河之水天上来的壮观景象。胡三有点儿失落,唉,这就是黄河!是冬天枯水期的原因?

豫州站是大站,旅客大下再大上,硬座车厢的走道上、风挡处全都站着坐着旅客,大包小包把车厢堵得水泄不通。豫州开车后,胡三到车厢巡视,列车员小江赶紧将占道的行李归治整齐。胡三走到 16 号硬座车厢,小江见风挡处有两个头发花白、满脸皱纹、衣着破旧的老人坐在风挡处,两个大蛇皮袋摆在过道边,小江用脚踢了踢蛇皮袋,对着老人嚷道,挡道了!挡道了!

两个老人吓得连忙从地上爬起来,头都没抬,赶紧将蛇皮袋用劲拎起来挪了挪,自己又往角落靠了靠,一副做错了事不好意思的模样。

胡三开始没在意,待要经过时,无意中用眼睛余光扫了一眼,他不由停下脚步,吃惊地喊道,杨伯伯、杨妈妈!老人这才抬起头,见是胡三,满脸愧色的脸上闪出一丝惊喜。杨妈妈用河南话对胡三喊道,呀,是三儿呀!当车长了?

胡三连忙躬腰扶起两位老人,问道,杨伯伯、杨妈妈,你们两老怎么坐在这儿?怎么,回河南老家了?杨伯伯用地道的河南话道,是呀,俺和你杨妈妈都已经六十多岁了,老家是回一次少一次。从前,杨伯伯回一次老家就带一袋面粉回来,这次也是,两个蛇皮袋里装的全是老家地里麦子磨出来的面粉。

胡三笑道,你们坐车,怎么不告诉我一声?

杨妈妈也笑道,俺咋知道你在车上?

胡三想想，也是。他笑着说，杨妈妈，小艺也在车上，是广播员。

小艺也在跑这车？真好呀！杨妈妈脸上闪出开心的神情。

你们咋在这儿坐着？胡三也随着杨伯杨妈说起了"咋"字。

杨伯伯道，这好，这好，这儿好着呢。俺坐在这儿就高兴！这条铁路复线是俺们修的，现在能坐在这火车上过过这条铁路线就高兴。杨妈妈也一个劲地说，是呀是呀，俺们啥时间坐过这么好的火车？又暖和又亮堂。

杨妈妈说了个大实话。虽然现在外面是北风呼啸，可车上却温暖如春，列车上，每节车厢都烧着锅炉，全列车厢里又暖和又舒服。胡三知道，杨伯伯他们一定是开的几年一次的探亲票才坐的车，两个老人，又长期住在小站上，他们咋知道怎么签座位票，到什么地方签？没有座位坐在风挡处太正常了。

走，这儿没有座位，咱们一道去餐车去，那里有座位坐。胡三用河南话说着，不由分说地拉着杨伯伯杨妈妈往前走，列车员小江见状，赶紧将杨伯伯的两个大蛇皮袋拎起来，艰难地跟在后面，杨伯伯杨妈妈不让列车员拿，胡三说，让他拿，他是小辈。

刚在餐桌前坐下，餐车人员就给两位老人倒来两杯热气腾腾的茶水，杨伯伯杨妈妈抬起脸连声说，谢谢！谢谢！胡三对餐车长说，再下两碗面来。两位老人死活不愿意，说是吃过才上的火车。胡三只好算了。这时，小艺也被叫过来了。

胡三和小艺坐在两位老人对面，见到一身铁路制服精精神神的小艺，杨妈妈一边上下打量，一边用河南话夸道，从小小艺这妮儿就俊，现在更俊了。

小艺笑了笑，故意用标准的河南腔说道，杨妈妈，俺可不叫俊，是这身制服好看。一会儿您见到胡三女朋友，那才叫俊呢，长得跟电影演员一样。

从中国传统审美来说，小艺真不是美女。小时候，胡厂长总说，小艺怎么长得像外国小女孩？厂里特别是客运段，美女如云，与漂亮的女孩相比，小艺只能说清秀文静，相貌平平。小艺知道杨妈妈只是客气。

杨妈妈望着胡三道，三儿，你有女朋友了，你女朋友也在车上？

胡三笑道，是的，也在车上，现在看着车厢呢，一会儿咱们能看到她。

杨伯伯、杨妈妈连连点头。

小艺问道，杨妈妈，贵芝、贵芹、贵英她们还好吧？

杨妈妈连连摇头，你姐她们的纺织厂倒了，现在在家闲着了。还是咱们铁路好呀，还是你们好。

北方人说话就是亲。小时候，一次杨妈妈对小艺笑着说，你姐回来了。小艺欢天喜地地往家跑，以为姐姐小蓉回来了，结果大失所望。后来再一想，杨妈妈是说贵芝姐回来了。所以，现在杨妈妈说你姐，就知道是说贵芝姐。

正说着话，一位四十来岁有点醉态的旅客从硬座车走过来，醉醺醺的，用轻蔑的口气对戴着列车长臂章的胡三大声嚷道，哎，过来，我要补张卧铺。

胡三一看，就知是个醉酒上车的旅客，还称他列车长为"哎"。于是，他对醉酒旅客冷冷地说，没有了。

那位旅客摇摇晃晃、满口酒气地对胡三嚷道，为什么没有？我有钱，我要买你们那种软卧车票。要多少钱吧？

胡三看看从衣服到脸都皱皱巴巴的杨伯伯杨妈妈，再看了一眼这个大腹便便、红光满光的醉态旅客，口气冷淡道，没有！

凭啥没了？那位旅客仍然满口酒气对胡三嚷道，凭啥没了？我有的是钱，我一个人买整个包房行吧，总有了吧？我全买了。

胡三站起身来，走到他面前，语气强硬道，就是有，也不会卖给你，就是你有钱能买下整节车厢，也不能卖给你。

那位旅客仍然满口酒气地嚷道，凭什么？

胡三脸带微笑道，你有钱了不起吗？享受软卧是有规定的，你以为什么人都能享受？

胡三接着说，买软卧票必须有单位证明，你现在身上有单位证明吗？你没有单位证明你的身份，软卧都是四人一个包房，我怎么能保证软卧车厢其他旅客的安全？要么你是港澳台胞、海外侨胞以及外国朋友，你都不是。没有证明，我怎么知道你是什么人？所以，对不起！

胡三说的是规定，醉酒旅客听着却觉得有弦外之音，什么意思？我没有资格？冲上来就想动手打人，被同行人一把抓住，同行人向胡三解释说，对不起，他有点钱就嘚瑟，他喝醉了喝醉了，边道歉边把他往车厢拖着劝着。

离地三尺，车长最大。在列车运行途中，列车长说没有卧铺就是没有卧铺，旅客哪里知道车上有没有铺？套用现在经济学的一个词语，信息不对称啊！

醉酒旅客边歪歪倒倒地从餐车回车厢边大声嚷道，我要投诉你！

胡三坐下身，看都不看他们离去的方向，说，请便。然后说出自己的单位、车次、班组及姓氏名谁，又高声说，请便。

然后，胡三生气地对小艺道，咱们杨伯伯解放战争时就参加革命，建国后修了多少条铁路，后来，还代表国家去非洲修了坦赞铁路，现在上车连个座位都没有，只能坐在风挡里。这满身横肉的家伙干了什么？不就是有几个臭钱嘛，还显摆，还想睡软卧？一边去！

胡三真不怕他投诉。因为，当时规定，为了保证旅客列车安全及旅客人身安全，乘坐软卧必须要有身份证明，还必须是单位证明。毕竟软卧是四人一个包房，隐蔽性太强，包房门一关，旅客在包房里面干什么，工作人员没法掌握。那个年代，一般工作人员能去单位开乘坐列车软卧的证明吗？还要领导签字，还得有单位的大红印章。所以，列车上就是有软卧空着，你也没有资格购票乘坐。胡三没有违反规定。

胡三转过身对杨伯伯杨妈妈说，小时候，我记得您二老喜欢唱《朝阳沟》，小艺，你那儿有没有豫剧《朝阳沟》，广播放放，给杨伯伯、杨妈妈听听。

小艺笑着点点头，有。

胡三笑道，那行，那就给杨伯伯杨妈妈放放听听。

小艺说，正好，车过豫州，现在就增加一个《地方曲戏》栏目，为杨伯伯、杨妈妈播放豫剧《朝阳沟》和《穆桂英挂帅》。

杨伯伯、杨妈妈望着他俩，感激地点了点头。

听完广播，胡三非要带着杨伯伯杨妈妈去列车最后一节休息车（也叫宿营车，列车人员休息的车厢）休息，毕竟那是卧铺，人可以躺下来休息。经过软卧车厢时，胡三把坐在乘务室的小蕾叫出来，给杨伯伯、杨妈妈介绍，这是我媳妇，又对小蕾道，杨伯伯、杨妈妈，我小时候的邻居。

小蕾站起身，微笑着，客客气气地喊了声，杨伯伯、杨妈妈。

杨妈妈目不转睛地上下打量着小蕾，对胡三感叹道，三儿，这妮儿像仙女一样，咋这么好看呢？

小艺笑着说，是吧，我说吧！人家爸爸还是我们这儿的一个处长呢。

胡三望着小蕾笑了笑，处长？我爸还是大部长的警卫员呢。

小蕾嗔怪地看了胡三一眼，又和胡三和小艺笑了笑。

胡三对小蕾说，让杨伯伯、杨妈妈到软卧去看看。小蕾来到一个软卧的空包房门前，拉开梭拉门，柔和明亮的灯光下，两上两下宽敞白净的床铺，中间枣红色小茶几上摆着一个不锈钢果盘盒和小茶壶，还有一束花、一份报纸和杂志。

杨伯伯、杨妈妈一看，吓得赶紧往外退，说啥也不往里去。

胡三再次笑了笑，咱们就是看看。我现在带您两老去休息车睡觉，那是我们列车员睡觉的地方，没事的，符合规定。说完，就带着杨伯伯、杨妈妈往最后一节休息车走去。杨妈妈边小心翼翼地往前走，边用河南话感叹道，老天爷呀，火车上还有这么高级的地方？

小艺回到广播室，不由得想到爸爸妈妈，她知道爸妈很少回四川老家，爸爸好像自六十年代就再没回过，工作太忙，没有时间没有假。回一趟四川要经过豫州、宝鸡，绕一大圈，来来回回路上就要花六七天功夫，爸爸哪有那么长的假期？

小艺想，如果爸爸妈妈回老家，是不是也会这样在列车风挡处一坐几天呢？在家千日好，出门一时难，家永远都是最温暖的地方，但是回家的路却总是艰难万分。父母是这样，远在台湾漂泊一生的大伯是不是更艰难呢？难怪爸爸总是挂念大伯。别人都说爸爸是个好人，其实爸爸只是个善良的老实人，就如杨伯伯和杨妈妈一样。

想到这些，小艺对爸爸的怨气一点点儿消散，自己都能为杨伯伯杨妈妈点歌，为什么不为爸爸做点什么呢？正好，马上是专题广播节目《诗词鉴赏》，小艺想到爸爸最喜欢的诗歌《乡愁》，那就不念什么黄鹤楼了，改为对广大旅客对港澳台胞的诗词鉴赏。于是，小艺对着扩音器开始广播，眼前却浮现出爸爸沉浸在《乡愁》中孤寂而落寞的神情。

旅客朋友们，你们好，现在是《诗词鉴赏》专题广播，下面请欣赏台湾诗人余光中的诗歌《乡愁》。

天色慢慢暗了下来，城市的万家灯火、乡村的袅袅炊烟都从车窗外缓缓飞过，明亮整洁的车厢内，在忧伤柔美的古典吉他曲《舒伯特小夜曲》的背景音乐中，小艺温柔而略带伤感的声音在车厢内每个旅客的耳畔回旋。

小时候，乡愁是一枚小小的邮票，我在这头，妈妈在那头。
长大后，乡愁是一张窄窄的船票，我在这头，新娘在那头。
后来啊，乡愁是一方矮矮的坟墓，我在外头，妈妈在里头。
而现在，乡愁是一湾浅浅的海峡，我在这头，大陆在那头。

## 接车

冬夜，387次旅客列车在夜幕中穿行着。

浩子的机车交路是夜里，他驾驶着东风3型内燃机车，在这条线上跑七八年了，所以，开起车来驾轻就熟。他的搭档仍是同学猴子，不过浩子仍是司机，猴子仍是副司机。他俩一起从五里坪机务段调到繁城北机务段，现在仍做搭档。

只是今晚他俩都不敢轻松，段里派班室专门吩咐，今晚有分局领导、段领导中途上车添乘。

车到繁城站。繁城站是个较大站，列车停站时间较长，一是旅客上下人多，二是车站要给列车上水。

车刚停，添乘领导就登上机车，浩子和猴子笑着点头表示欢迎。只是猴子与添乘的分局领导四目相对时，心里"咯噔"了一下。妈的，真是不是冤家不碰头呀。

　　原来，上车添乘的机务段领导是许段长，而分局领导是汉桥，就是四年前被猴子一拳几下就打得鼻子流血的骚客汉桥。汉桥因诗歌在分局频频获奖，两年前由机务段直接调至分局报社当副刊编辑，许段长由副段长改任大段长也三年了，只有浩子还是司机，猴子仍是副司机。

　　自骚客汉桥轻快地跨进机车驾驶室，猴子的脸上就有点儿挂不住，连浩子也看出来，猴子平时神态自若、自以为是的表情没了，取而代之的是想笑又笑不出来的尴尬神态。汉桥上身着一身深棕色皮夹克，跳上车，就笑吟吟地向值乘司机打招呼，猴子心里真他妈的不是滋味。

　　当年，骚客脸不洗牙不刷，满身满脸油污，天天在公寓里吟诗作赋，如今却容光焕发，神采奕奕，真的是天上地下，旧貌换新颜啊！当年，猴子嘲讽他天天像个叫化子，却做着"先天下之忧而忧，后天下之乐而乐"的秋梦，骚客回道，我今天穿着这身脏衣服，就是为了明天永远脱下这身脏衣服。

　　骚客真的说到做到了。

　　他妈的，真没想到，人家真的永远脱下这身又脏又破的工作服到机关坐办公室了，还是分局机关，而自己却还套着这身满是油污的脏工作服在机车驾驶室里开车。唉，人和人怎么比呢？

　　汉桥一跳上车，礼节性地笑着与值乘司机打招呼，浩子？！猴子？！他不禁也愣了一下，他真没想到会遇到浩子和猴子！汉桥从猴子脸上左右不是的表情看出猴子的尴尬和难为情。

　　毕竟，当年的猴子对谁都是一脸的瞧不起，更别说是酸不拉唧的汉桥，没想，现在他却成了添乘检查猴子的分局领导。猴子是多骄傲的人呀，聪明灵活，风趣幽默，从他说的那一口纯正的滨江腔就能看出来，虽然猴子并不是纯正的滨江人。汉桥必须要给猴子台阶下。还有浩子，浩子人家其实哪方面都不见得比自己差，当司机的时间比自己还长，可是人家还是个司机，自己却幸运地调到了分局从事自己喜欢的工作，即使浩子不在意，自己也应该谦虚低调啊！

　　所以，一上车，汉桥就连忙笑着说，猴子、浩子，真巧呀，是你们。

浩子笑道，是呀，是说有分局领导添乘，没想到是你。

汉桥接着说，我调到分局当编辑后，一直没有上过机头，最近分局报社想写一篇铁路各专业的报告文学，把我分到写机务段的大车，我就想上车找找感觉，不想遇到你们两个。真巧！

在机务段，机头、大车是机车、火车司机的口头语、代名词。

许段长一看，也笑了起来，用一口滨江腔说，是呀，你们还住一个房间吧，当年还是我到车站把你们这批技校生和汉桥这批复转军人接到段里的。

浩子感慨道，是呀，一晃十来年过去了，真快。

猴子没有说话。

浩子笑着对汉桥说，骚客，见到你可真高兴，从你调到分局就再没有见到你了。说完，他突然对自己称汉桥为骚客心生悔意，毕竟，骚客现在是分局干部了，在许段长面前还直呼他的外号他介意不介意？

还好，汉桥好像对称他骚客没有感觉，他笑道，我也是。只是到了分局报社当编辑，还是副刊编辑，对铁路各专业和文化知识要求很高。我是个老转（复转军人），只有高中文化，到报社后知识完全不够用，只好天天加强学习，所以，就一直没有与你们联系。

猴子开口了。他说，骚客，你天天吟诗作赋的，知识还不够，我们分配到机务段的那些人也就你最有文化了，其次是浩子，不过你比浩子幸运多了。听这话就听得出来，他在为浩子可惜和打抱不平。

汉桥望着浩子道，其实你也是多才多艺，只是，现在岗位展示不出来。

许段长诧异地望着浩子，哦？

是的，浩子的摄影很棒，又爱读书，比我还强呢。

浩子赶紧笑着说，哪里会比你强？我只是喜欢看些闲书，拍些照片，充实一下业余生活。

猴子望着浩子笑道，过度谦虚啊，这不好！

汉桥也笑着说，小心，谦虚有时会使人退步的。

浩子说，我真不会写诗，到现在只写过一首幼稚的小诗，不像汉桥，天天都能吟诗一首，诗歌还那么富有激情，说实话，我真的很佩服你，汉桥。咱们一个普通的擦车，你就能写得那么真实那么有深度，我们真的都比不上你。

汉桥不好意思连连道，哪里哪里？只是我喜欢写诗而已。

许段长说，所以说，热爱是最好的老师。任何工作，你只要投入热情，你就能做出成绩。

汉桥说，哦，报社给我布置了任务，写大车，我的标题都起好了，叫《情满大车》，只是我脱离大车岗位几年了，你们说说这些年都有哪些变化？

猴子一听，扭脸望着汉桥，开口道，骚客，要说变化，这几年火车司机的变化就是日子越来越难过。

什么意思？许段长听到这话，眼睛望着猴子，心头一沉，你猴子这明显是在批评我这个段长啊。但猴子是一个普通的火车司机，也许话糙理不糙呢，身在最基层，也许他真能说出一些自己不知道的情况呢。

于是，许段长用滨江腔半真半假地笑道，猴子，你是在批评我们领导工作没有做好，我们司机怎么会日子越来越难过了呢？

猴子骨碌碌转的眼睛盯着许段长，认真地点点头，说，真的越过越难过！

真的？大家都知道，火车司机工作辛苦，工作责任大、安全风险大，还上不能顾老下不能顾小，的确是难。可是，火车司机作为我们段里包括分局甚至全路最重要也最关键的岗位，在待遇上特别是在收入分配上，从来都是向一线火车司机岗位倾斜的，与社会上很多行业相比，与铁路其他专业相比，火车司机的待遇都是高的啊。许段长解释道。

猴子接腔道，许段，是，火车司机的收入是不低，但是火车司机的地位越来越低。

许段长眉头一拧，疑惑道，是吗？

浩子也点点头，是的，与我们刚工作那会儿比，现在的确是的。

猴子接着用滨江腔说，从前，一说是火车司机，自己和家里人都感到自豪得很，神气得很，好些女孩子都争着抢着嫁司机。那时，我们偶尔开车对着路边的女孩子鸣个笛，女孩子都是满脸的惊喜和爱慕，现在，你要是对着女孩或是小嫂子们鸣个笛，人家是一脸的讨厌和看不起。现在根本就没有人瞧得起咱们火车司机了。

看着猴子脸上由神气变沮丧的表情，大家都哈哈大笑起来。许段长说，那是那是，改革开放了嘛，社会发生了很大的变化，人们的思想观念也在变化，人们的选择也多元化了，有变化很正常。但是我们不能因为外界因素的变化而让自己的心理发生变化，在这个岗位，就要立足岗位，干好这一行。猴子，你呀，光看到那时候女同志都喜欢火车司机，你不知道我刚工作时，火车司机有多辛苦。你们是赶到好时候了，一开就是内燃机车。我刚上班时分到江岸机务段，开的是蒸汽机车。当时，在蒸汽机车上烧火当司炉，比现在的你们苦多了！

许段长还当过司炉？大家一听不由全望着他。许段长接着说，我当年做司炉时，一次，从柳林到武胜关这个长大坡道，火车足足跑了一个小时，我都不知道向炉子里投了多少煤，也不知道流了多少汗，只知道我的腰整整弯了一个小时，那一夜我和另一名司炉一共向炉子投了十四吨煤，下班回到单身宿舍，我浑身就像散了架一样，躺在床上一觉睡了十几个小时，人才稍稍缓过劲来。

讲到这儿，许段长停顿了一会儿，才感慨地说，我身高不到一米七，那时体重只有一百斤，那一晚给机车上煤的经历一直留在我脑海中，让我第一次深刻地感受到火车司机的辛苦和不易，这也是直到现在，我对火车司机特别有感情的原因。

浩子望着许段长，一个劲地点头道，是呀，我也一样。别说对火车，就是对火车汽笛我都特别有感觉。原来的蒸汽机车是汽笛，现在内燃机车改风笛了，不管是汽笛、风笛，每次听见声音，我都感觉特别亲切。

汉桥连连道，我也是，每次听到自己机车的汽笛声，感觉真的就像自己的孩子在说话，我经常有种"黄钟大吕、金声玉振"的感觉，还有一种"谁家玉笛暗飞声"的奇想。

猴子冷眼看着汉桥，他是真不喜欢听汉桥说话。若是从前，他会直接说他酸，但现在，汉桥是局领导了，表面上的尊重还是要有的，给他个面子。

许段长接话道，说实话，汽笛、风笛见证了咱们铁路特别是铁路机车的发展和变化。

机车正前方，开车的绿灯信号亮了。车马上要开了。

汉桥抓紧时间道，下周三，报社文学副刊有个座谈会，浩子、猴子，你们都来参加一下吧。我们不能改变外在的世界，但至少可以慰藉自己的心灵。

猴子没有搭理汉桥，心里却再次说了个酸。这叫人话吗？他想，为什么骚客你就不能好好说句大白话呢？

浩子眼望前方，笑道，好呀，只是我又不会写。

汉桥鼓励道，浩子，你的摄影作品很好啊，参加一下吧！

许段长笑道，我也报名。其实，这些活动，能够增强企业的凝聚力，这也是企业文化。再说，我们每个人，特别是我们这代人，心里都有一个文学梦。

汉桥又望向猴子。猴子连忙推脱道，我可不能参加，我要是参加了，那真是鼻子里插葱——装象（像）！

浩子道，我给你们再推荐一个人，京线列车广播员小艺，她可以参加。

小艺？她是我家邻居。汉桥说。

许段长接话道，是那个京线列车广播员小艺？我才坐了一次她的车，车上的广播节目很受旅客欢迎，办得不错。

猴子一听，高兴地说，小艺是浩子的女朋友。

许段长热情地转脸望着浩子问，那个小艺是你的女朋友？

汉桥也问，小艺是你女朋友？

车开了。浩子眼望前方，专注地开车，他眼望前方，一脸平静，对许段长和汉桥的发问他没有点头，也没有说话。

车已出站，大家停止聊天，眼睛全都盯向前方。

许段长和汉桥两人只是区段添乘，两个小时后就下车了。

已是凌晨三点，还有四个小时列车才能到终点站。

浩子和猴子坐在驾驶室，前方仍是夜幕沉沉，灯光所及，可见铁道两旁低矮的郁郁葱葱的灌木丛的黑影，两条青光闪闪的蜿蜒的钢轨及钢轨下的枕木和丁丁点点的碎石，除此之外，就是无声无息的黑夜黑沉沉地环绕着他俩。

这样的时光最难熬，每当此时，浩子和猴子就希望看见远处有点灯光，哪怕是星星点点，否则就会感觉如流落孤岛的鲁滨逊般孤独难熬。

渐渐，有了零星灯光，越往前行驶，零星灯光越多，浩子、猴子一直沉闷紧绷的心不由得轻松起来。此站过后，就是终点。

天已微明，坐在瞭望台前，浩子打开驾驶室窗户，寒冷刺骨的北风"嗖"地闯入机车驾驶室。真惬意啊！终点站终于到了，两人心情彻底轻松下来。

哎，浩子，你今天下午不是要接小艺吗？猴子扭过头来问道。

浩子望着前方，有点儿精神不振地答非所问道，今晚 141。

浩子把 1 念成 yāo，而不是 yī。铁路运输相关专业对部分阿拉伯数字的读法与众不同，比如 2、7、0 就念 liǎng、guǎi、dòng，只听你对这几个数字的读法，就能知道你对铁路是否熟悉和专业。还有，系统内部说列车车次从来只读数字，不加车次的次字，如浩子说 141，而不是说 141 次。在铁路运输组织中，准确简洁才能安全高效。

猴子看到浩子情绪不振，问道，我知道小艺跑 141，你怎么了？

浩子还是没有作声，他仍眼望前方，一脸平静。其实，现在，浩子的内心一点儿也不平静。

退乘后，浩子回到单身宿舍倒头就睡，一直睡到下午五点，才起床、洗澡、洗衣服、吃饭。收拾完毕，感觉精神恢复过来，就套上深蓝色羽绒服出门。

浩子属于那种玉树临风的人，一点儿也没有当时流行的男子汉的魁梧、健壮、冷峻，相反，浩子清瘦、干净、温柔，现在眉宇间还带着点淡淡的忧愁。

浩子骑在黑色的二八凤凰自行车上，想，我多想小艺是我的女朋友，可是她不是。她是我的什么？朋友，一个普通朋友？又不是。人真是很有意思，茫茫人海中，你却只是感觉某个人或是某类人相近或相亲，小艺就是其中之一。想到小艺，浩子不禁苦笑了一下。

傍晚，繁城火车站因周围林立的宾馆酒店的灯火及川流不息的车流人流而变得美丽而朦胧。浩子将自行车扎在车站广场的停车棚内，就匆匆提前进站等候小艺的列车。

141次旅客列车终于到达终点站繁城了，小艺早已将东西收拾完毕，透过车窗，看见浩子正站在站台的立柱边张望，她不觉心里涌起一股暖意，同时又有一丝丝酸楚。

身着藏青色毛呢大衣的小艺拎起包，跳下车门，笑吟吟地向浩子走去。浩子早已发现了小艺，只是笑眯眯地立在那儿，没动。

你这是接谁呀？小艺边走边问。

明知故问。浩子迎上前，笑着顺手去接小艺的包。

有没有搞错？小艺右手将背包往背后扯，左肩前倾，不想让浩子背。

那就将错就错。浩子知道小艺在讽刺自己，便顺着话说，边说边顺手把小艺的包抢过来，背在肩上。

还不轻呢！给我带什么好吃的了？浩子故意开玩笑道。

你还需要我给你带东西吗？小艺望着他的眼睛，不冷不热地回呛道。

浩子当然知道小艺为什么这样呛他，他没敢再接话，只是看着小艺白净的脸上一双迷离清冷的眼睛，他又半真半假地开玩笑道：

你一会儿看我，一会儿看云／我觉得，你看我时很远，你看云时很近

其实，浩子是在引用《远和近》这首诗。说小艺虽然就在眼前，正用她那双清亮的眼睛望着自己，但是，他能感觉到小艺的眼神游移迷离，心与他距离很远。

可话音刚落，浩子就开始后悔，笨笨笨，真是笨到家了。因为他看到小艺的脸色已经由晴转阴，眼神也由游移迷离变成了决绝疏离。

小艺冷冷地回他，是的，我知道你，我知道你看云很近，看我很远。

云是浩子从前的女朋友，叫白云，还差点成为他的未婚妻，现在小艺正在为这个美丽的云与他不对劲呢！

浩子再就不敢与小艺说话。一说就错！他俩就这样一声不吭地往前走，列车停在三站台，他俩从站台到出站口有一长段距离要并肩走，终于到了地道入

口，出站的旅客很多，熙熙攘攘的，迫使浩子和小艺靠得极近。

昏暗狭窄的地道里，旅客们拥挤不堪，背大包的、挑担子的、抱孩子的，全都在地道里拼命往前挤，浩子怕这些人挤着小艺，不由得将双手放在小艺的肩上，把小艺揽得稍近些。

远望去，小艺瘦小的身子仿佛被拥入浩子的怀里，浩子的双手热乎乎的，这热一下窜入她那冰冷的心。小艺有种莫名的感动，她仰脸望望浩子，浩子却眼望前方，一脸平静，她不由得有些失望，刚才刹那间想伸手去拥抱浩子的感动顿时消失得无影无踪，心中只剩下无名的酸楚。

其实，看到小艺仰脸时的表情，浩子内心泛起丝丝喜悦，只不过他没有表露出来，只是将小艺揽得更近些。两人默默着走到地道出口，他低头柔声问道，小艺，在想什么？

小艺再次仰起脸来，笑吟吟地答道，我在想，当年你也是这样拥着云的么？

浩子骇得心中一惊，两只手吓得从小艺肩上垂落下来。他忽然觉得从头到脚浑身冰凉，小艺这轻巧的一句话就如针尖一般扎进他内心，只一瞬间，他刚才好不容易才鼓胀起来的勇气和激情，就消失得无影无踪。

浩子不再说话，两眼盯着前方，只想早些出站。

走在大街上，看着街边的景致，浩子心情稍好一些，他望着小艺，笑道，上车吧，我带你。

小艺其实更想与浩子一起走着回家，边走边看街景，这样可以与浩子多待一段时间。所以，听浩子说上自行车，她就故意说，我不坐，谁知你的自行车座后面带过多少云呀、朵呀的女人。

浩子一听此话，脸色大白，他低着头推着车，一路上再也没有吭一声。

小艺说完此话，心中也不停地后悔。心想，我这是怎么了？浩子什么时间说过是你男朋友的？你和人家最多只能算得上是话还投机的男女朋友。你与人家也只是三个月前才联系上，人家工作十多年了，怎么就不准谈朋友，凭什么就不准人家带其他女人呢？带多少你管得着吗？

我这是怎么了？这样一想，再看看浩子煞白的脸，小艺又心觉不忍，她抬起脸，柔声细语道，那……，我还是上车吧！

算了！浩子推着自行车垂头丧气道。

两人又无声地走了一段路，快到小艺单身宿舍时，浩子停下来，告诉小艺道，下周三，有个文学副刊座谈会，是汉桥他们组织的，你去参加一下。

是吗？我不想去。小艺望着一脸忧郁的浩子，扭捏着答道。她不是真不想去，她是不好意思去。

去吧！汉桥专门点你的名让你去的。

那你呢？小艺问。

我也去，我带两幅摄影作品，一幅是《男孩子的梦》，一幅是《二龙戏珠》。到时间我来叫你！

## 重逢

三个月前。

秋夜，站台上空阔寂静，清凉的风像少女的手拂在身上，显得无限温柔，圆润的月亮升在半空，整个大地朦胧在一片银白色的月光里。

列车终到三站台，车上旅客下完后，列车长胡三和小蕾要在站台上等一个遗失钱包的旅客来取，小蕾就让小艺与小花先出站。

小艺和小花与胡三、小蕾打个招呼，就往一站台走去。

她俩没有从出站口走，出站口旅客那么多，她们经常从车站一站台最右侧处客运段的小门出站。这个小门是客运段后勤车间的仓库门，主要是方便列车上下卧具备品进出车站，当然这也只有客运段上下班职工才能畅通无阻。

一下车，背着包、拎着桶的小艺和小花心情顿时畅快起来。她俩慢悠悠地踱着步，下地道，上站台，沿着一站台边聊边往前走。她们在列车上已经闷了五天四夜，现在终于可以下车接接地气、沐浴秋风，呼吸清新空气，享受这美好夜色了。

"嘀、嘀"，两声震耳欲聋的鸣笛声突如其来，小花吓得一声惊叫，双手抓住小艺的胳膊，手中的红塑料桶"当"的一声掉在地上，红桶在银白色的水泥地面滚动着，桶内的拖鞋、毛巾、内衣、香皂等物品顺着红桶滚动被抛成一条不规则的曲线。

小艺也被这刺耳的火车鸣笛声吓得惊魂未定，刚下车时欢快愉悦的心情一扫而光，她眼睛又显出那常有的清冷厌烦。她和小花竟然没有注意到一站台左侧尽头处停着一列终到繁城的列车。

小艺转身仰头把厌烦的目光投向刚才并未在意的高大机车车身，寻找让她们惊魂未定的肇事者——驾驶室的火车司机。可是因为站得距离太近，小艺仰头也只能看见红色的机车车身。

她刚转身，算了。还没待她完全转过身，两个火车司机已经从机车上敏捷地跳下来，转眼就站在了她们面前。

对不起，对不起，我们并不是有意要吓两位小姐，是手无意中碰到了汽笛按钮。一口的滨江腔、一连串的道歉和一连串的带着歉意的笑容，一个司机边笑边道歉，另一个司机，则默不作声地微微地笑着，望着小艺。

小艺回过身来，定睛一看，吃了一大惊："耗子"！小艺脸上的表情也由厌烦转为发自内心的满脸满眼的惊喜。"耗子"！"耗子"！当然还有那个猴子。

"耗子"站在那里，望着小艺，微微地笑着。

"耗子"！真是他！小艺内心顿时有种"众里寻他千百度，蓦然回首，那人却在灯火阑珊处"的狂喜。

是的，来的正是浩子和他的搭档猴子。

浩子和猴子今天驾驶机车刚刚返程到繁城站，一般情况下，列车终到后在站台等上十来分钟就会进库整备，可是今天不知什么原因，这列列车由二站台改停到一站台，而且在一站台上已经等了三四十分钟，车站还没给进库信号。作为司机，浩子和猴子只有坐在机车上干等着。正在无聊时，两个年轻的女列车员从机车对面走过来，于是，汽笛声就开始鸣响了。

现在，猴子正半真半假笑容可掬地站在她们面前一个劲地致歉。

一看见这惊人相似的笑容，小艺就想起十年前惊人相似的一幕。

十年前，也是在站台上，也是汽笛声声，也是火车司机猴子，在江南站的站台上鸣笛吓唬她们三姐妹，然后用滨江腔开心她们三个"河南侉侉"，反问，哪有什么滨江站？

哈哈，故技重施呀！小艺心中暗笑道。

猴子还在一个劲地说对不起！对不起！然后小跑着帮小花拾起刚才因惊吓掉在地上的毛巾、香皂等物品，然后将这些塞进小红桶中。

小艺扫了一眼猴子，就始终如一地把目光盯向"耗子"，她生怕眼睛一眨，他就不见了。还好，"耗子"就静静地站在那里，微笑着默默地注视着她。

猴子将小红桶交到小花手中，连声道歉。

小花笑着说，没关系没关系。

猴子连忙笑道，咱们应该郑重认识一下，我叫侯保，姓侯，同学们都叫我"猴子"，他是汪浩，同学们都叫他"浩子"，但是听起来与狗拿耗子的"耗子"同音，大家听着就以为他叫"耗子"。猴子、耗子，好记吧！说完，就望着小花，笑呵呵地等待着小花的反应。

哦！原来如此。原来站在自己对面含笑注视着自己的人叫"浩子"，是浩然正气的"浩"，而不是贼眉鼠眼、狗拿耗子的"耗"。这么多年来，自己还一直以为他叫"耗子"呢！

小艺觉得只有浩然正气才与眼前的微笑着的形象相符。她心想着，仍旧满心惊喜地望着浩子，就像《牛虻》中多少年后女主人公琼玛重逢神学院的亚瑟一样，只是亚瑟变成了面目全非的牛虻，而浩子仍是那个斯文含笑的浩子。

小花听到猴子的话，便拉住小艺，望着猴子，笑着主动介绍说，我俩都是京线车队的，我叫小花，她是小艺。

小花？猴子一听，马上大声活泼地说，是《妹妹找哥泪花流》的小花吗？猴子是说电影《小花》。《小花》是八十年代最好看的电影，《妹妹找哥泪花流》是《小花》的插曲，也是当年最好听的流行歌曲。

小花不好意思地笑道，字是那两个字，人可不是那个人。

我看，你比电影那两个小花还好看。猴子半认真半开心地笑着说。

怎么可能呢？小花面含羞涩地笑道。

小花不好意思地笑着，望望猴子，又望望浩子和小艺。她看着小艺和浩子的表情，感觉不对劲，又再盯着他俩多看了几眼，好奇地问，小艺，你……你和他们认识吗？

小艺这才转过头，微笑着望着小花，轻声道，认识。

小艺心里想，她岂止是认识？

小艺到客运段京线车队已经跑了三年车了，她也想着浩子想了三年。她经常会想起浩子说的：上帝为你关上一扇门，一定会给你打开一扇窗。她所受到的教育中是没有上帝两字的，也不相信上帝，但是，她遇到浩子，上帝好像真的就出现了。

是呀，当年她在列车上哭哭啼啼，不知前面路在何方时，上帝让她遇到了浩子。浩子告诉她，上帝为她关上一扇门，一定会给她打开一扇窗的。结果，上帝将她从不喜欢的专业中解救出来，让她到了她从小就梦寐以求的列车上，还让她从事了她最喜欢的工作——列车广播员，她不知道是应该感谢上帝还是感谢如预言家一般的浩子。

只是她一直不知道浩子在哪里？

现在，上帝突然又出现在她面前：浩子，浩子就站在了她面前。

她看着眼前的浩子，浩子还是那个样子：干净、斯文、面带笑容。与十年前在江南站、四年前在五里坪站、三年前在列车上的对桌前时一样，还是那样用好看、礼貌的笑容站在不远处静静地对她微笑着。

小艺自从三年前在火车上邂逅浩子后，就再也没有见到过他了。小艺常常会想起浩子，想起他那张干净斯文又略带忧郁的笑脸，想起他说的上帝的话，她有时还会想象着她和浩子可能重逢的场景。

比如，在奔驰的列车上，她坐在列车广播室里，在柔美的背景音乐里播放节目时，前方突然一声汽笛长鸣，从远远的远远的铁道线上传了过来，她如心电感应一般，侧身窗外，遥望前方，只见一辆机车长鸣着从远处开了过来，她透过远处机车驾驶室玻璃窗，依稀能够看见坐在驾驶室里的浩子，他正专注且拉风地开着火车呢。然后，两列火车相向而行，越来越近，在浩子的机车就要通过她的车窗的一刹那，浩子扫了一眼她所在的列车，正好扫到9号车厢她的广播室车窗，正好看见了一直专注看着他的自己，他俩都是满脸惊喜，相视一笑，只一瞬间，相向行驶的两列火车擦身而过，多么浪漫而又甜蜜的再见，这真比《第二次握手》苏冠华和丁洁琼的重逢要浪漫得多得多，比《牛虻》中琼玛与亚瑟的重逢要美好得多得多……

　　可是，小艺再也没有见过浩子。她当时只知道他是火车司机，那个猴子叫他"耗子"，可是他现在究竟是哪个机务段的，人在何地？她一无所知。要知道一个机务段也几千号人呢，她到哪里去找他？浩子是说他马上要从五里坪机务段调到繁城北机务段，他调过来了吗？她曾经想问问姐姐，可姐姐早就调到江东铁路医院了，而且，她生怕姐姐会用警惕的目光问她问浩子做什么？姐姐说过，小艺只会喜欢书中的人物，只会喜欢小说中的科学家苏冠华、革命者牛虻，她那么心高的人怎么会喜欢一个火车司机呢？姐姐那种理科成绩那么好的人，会一眼就看出她心里的小九九，那她怎么办？她可不敢让姐姐知道。还有，要是让妹妹小楚知道，小楚还不笑掉大牙呀！哎呀，心高气傲的小艺喜欢来喜欢去的，怎么喜欢上一个火车司机？可不能让姐妹知道她的想法。她犹豫来矛盾去的，就是不敢问姐姐。她也曾下定决心就到繁城北机务段去问一问，可临到出门，她又放弃了。一个女孩子，怎么能这样贸然去别人单位去找一个只见过两三面的人呢？别人会怎么看她怎么想她呢？你是一个女孩子啊！你的矜持稳重呢？于是，她在各种纠结矛盾甚至伤感中，将已迈出门的脚步又收了回来。

　　后来她想，算了，算了，相见不如怀念！她真是这样想的，相见不如怀念！可是，她没想到，真没想到，她正准备把浩子永远放在心中珍藏时，浩子竟然如上帝一般又出现在她的眼前。

　　真的是怀念太久就会相见吗？真是浩子所说的上帝又显灵了？

　　终于，浩子主动打破与小艺这种默不作声、相视而笑的场面。浩子走近一步，主动笑问道，小艺，你到客运段了？你在跑车？你在京线车队跑车？

　　小艺望着浩子，笑着，点了点头。

你是什么时候开始跑车的？一毕业吗？浩子又问。

小艺仍旧是笑着望着浩子，还是默不作声，还是点了点头。

浩子定睛望着小艺，发现小艺变了，变得不像从前的那个总是板着小脸动不动就泪水不断的小艺了。因为穿着漂亮的京线制服，小艺又将长发变成齐耳短发，整个人显得干练利落，小艺已从一个青涩清秀的学生变成了干练大方的列车员了。

浩子感叹道，几年不见，小艺变成列车员了。

小花拉着小艺的手，笑着说，小艺可不是列车员哟，她是我们京线车队的广播员呢。

是吗？是广播员呀？浩子仍然笑着望着小艺，声音轻柔地问。

小艺笑着道，是的。然后她把目光转向猴子，开玩笑道，你们是不是看见女孩子就会拉汽笛呀？

猴子笑了起来，大方承认道，是呀。我们一般看见女孩子都会拉拉风笛，还有在开车时间太长，沉闷无味时，也会拉上几声，鼓精神提士气啊！

小艺和小花都不禁笑了起来，小花天真地笑问，真的？

猴子点点头，笑道，真的。我们火车司机不像你们天天与人打交道，你们列车员跑车时，三乘人员（客运、车辆、公安）还可以坐在餐车里聊聊天，说说话，就算旅客与你们吵架也有人与你吵啊。我们呢，一上机车，就在驾驶室里一待就六七个小时，有时晚点，时间更长。机车里，除了我俩，没有一个人与你说一句话，六七个小时里，除了前方的铁道线就是两边的田野，真的寂寞无聊到顶，所以，见到女孩子，特别是好看一点的，我一般……，猴子停顿了一下，眼望小花，再次顿了顿，才不好意思地笑道，我一般都会拉拉汽笛的。理解！理解！其实，内燃机车汽笛早改风笛了，猴子是故意随着小艺的话说的。

四人一听，就都笑了起来。

的确，这是包括猴子在内的不少火车司机每趟乘的必修课。只要见到漂亮年轻的女性，不管该不该鸣笛，也不管是开车还是停车，在区间还是车站，只要见到漂亮年轻的，猴子的手都会下意识拉响汽笛。

不过，猴子像是要赶紧讨好小花似的接着解释道，刚才可不是我拉的风笛，我还没拉风笛呢，浩子抢先拉了。平时，我拉风笛浩子还骂我，今天他居然抢先拉了。说着，猴子望着浩子，眼睛又在小艺脸上瞟了一瞟，像突然发现什么似的，脸上显出一丝得意，他笑道，噢，浩子，有你的啊，原来是见到了小艺！

浩子和小艺两人看了猴子一眼，并不理会，只是又相视一笑。

机车进库的信号亮了，浩子和猴子赶紧跳上驾驶室，和小艺、小花道别。

"呜——"，随着一声长鸣，机车渐渐由慢而快驶出站台，浩子、猴子回转头，看见小艺、小花还伫立在月光下的站台上，便远远地挥了挥手，浩子再次拉响汽笛，声声汽笛中，火车与站台的距离越拉越远。

机车驾驶室里，猴子一双灵活的双眼滴溜溜地转着，他开心地给了浩子一拳，笑道，你和小艺有情况？

浩子马上回给猴子一巴掌，笑着说，我和小艺有什么情况？我和她认识十年，一共才见过四次面。从她初中时我就认识她了，能有什么情况？


第二天上午，小艺退乘休息，她正在单身宿舍里躺在床上看《朦胧诗集》，突然听见几声敲门声，她把诗集往小书桌上一放，就走过去开门。

没人！单身宿舍过道上本来就黑，她前后看了看，还是没人。她正诧异着怎么回事？准备关门，又觉得有点蹊跷，明明听见敲门声了啊，怎么会没人呢？她再往门开的方向看了看，还是没有，正准备关门，没想到，门后却闪出一张羞涩的笑脸，

啊？浩子！

浩子穿着件灰白夹克，深蓝牛仔裤，白色运动鞋，正如小男生般躲在门后，羞涩地望着她笑呢。

你怎么知道我住这儿呀？进来！进来！小艺被浩子的表情逗乐了，她边笑边吃惊地问。要知道，客运段也是几千人的大单位，要找到她小艺也不是那么容易的，而且还找到了她的单身宿舍。

浩子仍然羞涩地笑着，从门后走出来，径直往小艺的房间走去。他并不回

答小艺的问题，只是边往房间走边笑着说，小艺，干嘛呢？

没事，看看书。

看什么书？

小艺就把那本放在桌上的《朦胧诗集》拿起来，递给浩子说，看，《朦胧诗集》。

浩子接过诗集看了一眼，我也有一本。

是吗？小艺吃惊道，你也喜欢朦胧诗？

是呀，好些诗我都背得下来。

小艺再次惊喜道，是吗？你说说，你喜欢那些诗？

浩子道，我最喜欢顾城的《一代人》。说着，浩子就用抑扬顿挫的语调朗诵起来：

> 黑夜给了我黑色的眼睛 / 我却用它寻找光明

小艺不由仰脸对浩子笑道，我也特别喜欢这首短诗，可又说不出怎么个好来。

浩子笑了一下，分析道，这首诗凝练而富有哲理！虽然不到二十个字，却写出了一代人在"文革"那个特殊年代的痛苦、迷惘及追求光明追求真理的决心。

你怎么分析得这么好？小艺不由由刚才的共情变为由衷的敬仰。

浩子谦虚地笑起来，他说，我也没有这个本事，只是比你年龄大些，感悟深些，再是看了些诗评。小艺，你喜欢哪一首？

舒婷的《神女峰》，还有她的《致橡树》里的这几段：

> 我必须是你近旁的一株木棉 / 作为树的形象和你站在一起 / 根，紧握在地下 / 叶，相触在云里 / 每一阵风过 / 我们都互相致意
>
> 我们分担寒潮、风雷、霹雳 / 我们共享雾霭、流岚、虹霓 / 仿佛永远分离 / 却又终身相依

其实，这两段后面还有这首诗的最后一段：

　　这才是伟大的爱情 / 坚贞就在这里 / 爱 / 不仅爱你伟岸的身躯 / 也爱你坚持的位置 / 足下的土地

但是小艺没有再念。因为这一段有明目张胆的"爱情"两字，她心中就打起鼓来，当着一个男同志说什么爱情，怎么说得出口呀？算了，不念了。

幸亏浩子没有追问。他说，我们分局也有人诗歌写得特别棒。我原来机务段的同事，叫汉桥，他的诗歌都是根据铁路一线工作生活写的。近朱者赤，我就是在他耳濡目染下喜欢看诗的。

汉桥？他是我们厂胡厂长的大儿子，他弟弟胡三也在客运段跑车。我看过汉桥写的诗歌，都是铁路一线的工作生活，写得诗情澎湃，真了不起！

你写吗？浩子笑着问道。

喜欢看，也想写，可是笨得很，写不好。接着小艺抬起脸问浩子，你呢？

浩子看了小艺一眼，想了一下，笑道，写过，但写得特别幼稚，我自己都不好意思。浩子好像犹豫了一下，他接着说，不过我比较喜欢看书，刚参加完成人高考。

小艺惊喜地说，我也是，当年没有考上大学觉得丢人死了，到现在我跑车听说谁是大学生，就羡慕得要命，特别是每年大学开学或放假，火车上全是大学生，看着他们坐在一起谈天说地时，真的是又羡慕又羞愧。今年我也刚参加完成人高考。

浩子说，说不定咱们都能当一次大学生呢。现在，我每次跑车到滨江，就会到中南书店买些书看，平时多读点书，增加知识积累总是好的。

小艺连忙肯定地问，你那么爱读书，你那儿一定有许多书吧。

浩子笑道，有一些，不过都是闲书。

小艺仰脸问，都是些什么书？

文学作品为主，中国的有，外国的更多，如《静静的顿河》《巴黎圣母院》、

《飘》。

小艺一听到《飘》，就开心地手舞足蹈起来。她说，浩子，咱们现在就去你单身宿舍吧，我要找你借书。啊，自己竟然直接称他浩子了？这是不是有点儿太亲昵了？但这只是一闪念，她没心思想这些，因为她太想那本《飘》了。

你这是赶我走吗？我刚进门还没有五分钟就让我走。浩子笑道。

走吧！小艺跳起来高兴地说。

浩子顿了一顿，又犹疑了一下，笑着说，好吧，但是有借有还呀。我对书的态度是，书与本人皆不外借。对你，我破例一次。

小艺一听，笑着就往门口跑。然后两人一道去铁路大院折返段的单身宿舍。原来他们竟然距离这么近！小艺仰脸问，你一直住这儿？浩子低头答道，没有，才搬过来一个月。小艺笑道，难怪，不然，我怎么也应该在大院里见你一次吧。

浩子的房间，一个书架特别显眼地放在床头边，《静静的顿河》、《巴黎圣母院》、《飘》、《百年孤独》、《梦的解析》、《茨威格中篇小说选》，还有一些苏格拉底的哲学书籍。

看着这一架子书，小艺一下心生景仰的同时，也心生疑惑，这个浩子是个火车司机吗？她心想，一个火车司机，怎么会有这么多大部头的欧美文学作品？于是，她边浏览书架边问，你怎么会这么喜欢文学书籍？

浩子呵呵地笑着，遗传吧，我父母都是师大中文系毕业，现在也在教中文。

是吗？小艺眼里一下闪出亮光，不由得对浩子刮目相看，她终于知道为什么浩子做事说话都斯文礼貌，连人长得也像小说中的亚瑟了。他就是在他父母的人文学科的精神食粮中浸润长大的。

小艺拿起美国作家马格丽特·米切尔的小说《飘》，厚厚的一本，借了。然后，她抱着《飘》，又仰脸笑道，浩子，你再给我推荐推荐其他书吧。

浩子从书架上取出《茨威格中篇小说选》，递到小艺手上，你看看这本书吧，这是奥地利作家茨威格的作品，他的文字优美，描写细腻，每一篇小说都值得一读，特别是《一个陌生女人的来信》，故事特别传奇伤感。

回到宿舍，小艺抱着《茨威格中篇小说选》就看，整个人完全陷入到小说《一个陌生女人的来信》中了。

后来，他俩接触越多，才发现他们相近和相似的地方越多。

比如，他们都喜欢铁路。小艺喜欢跑车，真的是喜欢，她喜欢看聚合离别、喜悦伤怀的站车所呈现出的人生百态，她喜欢在站台上目送远去列车的背影、喜欢在列车上感慨洒泪告别的行人，更喜欢看列车窗外飞逝的春风秋月、夏荷冬雪。浩子真喜欢开车，他说，你不是火车司机，你体会不到驾驭列车时风驰电掣的感觉，你不知道，开火车是我们每一个男孩子童年时的梦想。

小艺也是这样。每次看到编组站防溜的铁鞋，她会想到"踏破铁鞋无觅处，得来全无费功夫"的诗句，听到铁路运行图上的"天窗"，又会想到"打开天窗说亮话"的歇后语，她感慨铁路这种严谨刻板的工业革命的产物，却能创造出那么多浪漫温馨的情节和感人至深的美感画面，真是太神奇太不可思议了。

再比如，他们都喜欢看书。他俩都为没有考上大学而感到失落，而且都参加了今年的全国成人高考，竟然都接到了录取通知书，小艺考上的是交大，小艺觉得自己应该在现有专业上加强提高，而浩子考取的是著名的滨江大学，学的是他自己最感兴趣的中文专业。他俩只等开年后春季入学，然后能就一个北一个南地脱岗学习。早见到浩子就好了，就与他一起考滨江大学，她笑着给浩子说，下次考本科时我一定要考滨江大学。

再比如，他们都喜欢摄影。浩子工作之余就去拍拍照，从摄影专业来说，小艺不会拍，也不懂什么构图什么景深，但是她能感知一幅摄影作品的好与不好，有没有打动人。比如，浩子的两幅作品就能打动她。《编组场》的画面中，在繁杂如织的闪闪发亮的铁道线上，有一台高大的黑色蒸汽机车吐着白色烟雾驶来，《二龙戏珠》抓拍的是正在修建快到合龙的汉江大桥，整个画面就如二龙戏珠的场景。

再比如，他们都喜欢赏析诗歌，特别是朦胧诗。一天，两人在铁道边散步，那是一段废弃的铁道线，两人在废弃的铁轨上走平衡木般，边聊边走，浩子从大衣中掏出一张报纸，在小艺面前摇了摇，小艺不明白什么意思。

浩子说，我看见你的大作了。

小艺惊喜地问，真的？

浩子笑着将报纸翻到四版副刊，小艺看到自己的大作只有豆腐块的二分之一大。但是不管怎么说，小艺还是惊喜交加，毕竟这首小诗《送》是自己有感而发的：

汽笛声声，在那条峡谷回荡／白烟缕缕，在那座山头萦绕／心，已系上飞旋的车轮／每次出乘，你总是这样站着／久久地远眺，远眺……

小艺不好意思地笑了笑。小艺自己都不知道自己的诗作里的"你"是虚指，还是实写，但是汽笛声声、白烟缕缕的画面里的男主人公一定是浩子。

浩子笑着问，你写的是谁啊？

小艺心里正好闪现出浩子干净斯文的脸，浩子这么一问，反而问得她不好意思，她眼神闪烁着，笑道，信号灯，瞎写的。

没想，浩子看了她一眼，也赶紧低下头，羞涩地笑着说，其实，三年前我也写了一首诗。那次，在滨江站到繁城站的火车上遇到你，当晚，回到公寓，我就写了一首诗，我自己都不知道怎么写出来的，原想着见不到你了，就一直夹在笔记里。没想到，一个月前，在站台上竟然又见到了你。第二天，我跑到客运段找你，找到你宿舍，本来是准备给你那首诗的，可进了门又没了勇气。

小艺望着浩子，满心惊奇，怎么，怎么？浩子给自己写了首诗？

浩子望着小艺，仍是那种不好意思的表情，他满脸羞涩地说，我不会写诗，自己都不知道怎么写出来的，写得不好，但是又怕越往后拖，我就越没勇气给你了，说完，他又露出羞涩的笑容。望着浩子的笑容，小艺觉得有点儿不可思议。

浩子将一张对折的泛黄信纸往小艺手上一塞，转身快步从废弃的铁道线上跳下，走了。

小艺打开一看，标题为《一个的断想》：

一个红色的符号，像／一团跃动的火燃烧着／一个炙热的信念，也是一个／朦胧的秘密

一颗闪闪的星星，瞅着／人世间的情侣，瞳仁里／流露着童稚的梦幻和成人般的忧郁。一个优美的／片断回忆

一只纯洁的白兰鸽，划一轮弧线／天空中凝成一个美丽的定格／岁月里留下一道构思的足迹／宇宙里萌动着一曲生命的韵律／一个亘古的传说／一个没有开头的结局

一个美丽的人儿，有一个／小小的心愿。那是首／没有声音的歌，没有笔墨的情诗，是一则／没有答案的谜语

朦胧诗吗？浩子那么遒劲有力的字体，诗文却优美单纯得像个小女生。浩子，一个火车司机，怎么会写出这么单纯美好有意境的朦胧诗呀！

三年前写的？就是那次火车上的偶遇吗？那次在火车上，她穿着一件玫红色的连衣裙。

小艺反复地吟诵着诗句，"那是首没有声音的歌，没有笔墨的情诗，是一则没有答案的谜语"。这最后一句正好与茨威格小说《一个陌生女人的来信》结尾的一句话相近。只是《一个陌生女人的来信》是伤感动人的单相思，而小艺与浩子的列车邂逅呢？看着这首朦胧诗，小艺的内心不由得怦怦乱跳，脸颊也不由得发热绯红起来。

这就是小说中所写的爱情吗？

可正当小艺觉得与浩子相处得甜甜如蜜时，意想不到的事情发生了。

半个月前，浩子和小艺两人在铁路大院的马路上散步，对面走过来一个四十多岁的男人，一个典型的粗枝大叶的火车司机。后来，浩子说他是五里坪机务段的一个老司机。

那个火车司机望着小艺，又盯着浩子，直截了当地用繁城方言问，浩子，她是谁？你的女朋友白云呢，你们不是快结婚了吗？

小艺心头一惊，接着就是满脸尴尬，她望望那个老司机，再看看也是满脸

尴尬的浩子。要么说那个火车司机粗枝大叶，他觉得自己是实话实说，却没看出浩子和小艺的尴尬和难堪。

小艺自然不能表现出生气和愤怒，她就用最标准规范的职业微笑望着浩子和老司机，等待着浩子如何回答。浩子还不知道小艺？她现在正将打碎的牙齿微笑着往喉咙里吞呢。但这就是个粗枝大叶的老司机，浩子说什么好呢？所以，他就装作轻松地笑着回答，白云呀，早吹了。没想那个火车司机竟然是个猪脑子，竟然当着小艺的面，用繁城方言惋惜道，这"小俩娃儿"（女孩）那么漂亮，真是可惜了。然后，老司机又看小艺一眼，转身走了。

这老司机纯粹是来搅局吗？是觉得小艺长得很丑吗？他走了，却把一脸尴尬和难堪的浩子和小艺丢在了身后。

这是怎么回事？怎么从来没有听浩子说过？小艺心里想着，一句话也没说。老司机一转身，她立马收起虚假的职业微笑，冷冷地看了浩子一眼，然后丢下浩子，转身就走了。

浩子想解释，但怎么解释？老司机说的都是事实呀！

其实，三年前，浩子在从滨江站到繁城站的火车上见到小艺时，心情一点儿也不比小艺好，他当时正处在失恋的打击中。因为失恋，他正准备从五里坪调到繁城，而让他失恋伤心的就是老司机所说的那个白云。

那还是四年前浩子在五里坪机务段的事。

白云是一个银行行长的女儿，也在银行上班，这姑娘漂亮，的确喜欢浩子，两人相亲相恋，浩子有时将这姑娘带到单身宿舍，同事们自然开玩笑就"嫂子、嫂子"叫了起来。因为相爱，浩子还正式到白云家去提过亲，只是结果被姑娘当银行行长的爸爸直截了当拒绝了。这只是浩子和白云间的两厢情愿！作为银行行长，白云的爸爸知道，年轻人恋爱是一回事，成家立业是另一回事。他，一个银行行长，怎能看得上一名火车司机？又怎么会愿意女儿嫁给一名火车司机呢？

长得帅、会摄影、爱读书，这些花拳绣腿管什么用？能吃能喝，能养家糊口吗？一个天天开车的火车司机，能给心爱的女儿带给优渥的生活吗？没有面包滋养的爱情，终究会饿死。小姑娘不懂，但作为有着丰富人生阅历的银行行长怎么会不懂？

尽管美丽的白云喜欢浩子，终究抵不过她爸的软硬兼施，她爸爸很快将白云调到滨江，又在滨江介绍了个人帅家庭好的大学毕业生，白云很快就与浩子断掉，与那个大学毕业生恋爱结婚。

爱情是什么？爱情只是镜中花水中月啊！

浩子没给别人讲这段花开无果的失恋经历，他只是失落失意很长时间，然后想办法从五里坪机务段调到繁城北机务段。

没想到，三个月前，阴差阳错中，浩子的机车临时停靠繁城站一站台，多停了三十来分钟，上帝又让浩子遇到了已当上列车广播员的小艺。

浩子本想解释，但是小艺不给他解释的机会，他也就不再想解释。他们俩还是有交往，但真的只是作为朋友交往着。小艺想，还是得与浩子往来，若是因为这事完全不理浩子，那显得自己多小家子气似的。因为，浩子什么时间给你说过与你谈朋友了的？


## 撞车

下午两半点，分局报社副刊座谈会在机关三楼会议室召开。

浩子叫上小艺，两个人一起来到分局机关三楼。

在去机关的路上，浩子简明扼要地讲述了他与白云四年前相恋三年前失恋的经过和原因，小艺认真地听着，没有作声。听着听着，小艺心里就选择了原谅浩子。谁还没有喜欢过别人呢？你小艺自己就没有喜欢过别人吗？书里的人也是人呀，你还好高骛远呢。听完浩子略带沮丧的简单讲述，小艺甚至同情起浩子、心痛起浩子来了。

火车司机，火车司机怎么啦？就因为浩子是火车司机，就看不起浩子了吗？真是瞎了眼呀！她心中暗想，幸亏那个美丽的白云和她的行长爸爸瞎了眼，她才能与浩子重续前缘。但是，她想是这样想，心里头还是有点儿疙疙瘩瘩的，她甚至还有点儿嫉妒那个美丽的白云。所以，她故作冷淡地对浩子说，知道了。

浩子和小艺走进会议室，正不知道如何落座时，就见汉桥笑着向他们连连招手，他们刚坐定，五里坪机务段的许段长就走了进来。

浩子连忙起身，喊许段长，许段长笑呵呵地应着，停在了浩子身边。汉桥赶紧过来，笑着解释道，浩子，不能再叫许段长了，改称许书记吧，许段长已经是咱们分局的党委副书记了。

其实，前段时间，许段长从北京干青班培训回来，就知道自己要走马上任分局党委副书记了，因此，对以后要分管的宣传及宣传部下属的广播、报纸特别上心，当然也就对报社通讯员及作者也很关注。召开这个文学副刊座谈会是汉桥的建议，也得到了报社领导的支持，上次添乘途中，许段长听说此事，觉得是个好主意，所以一走马上任，就参加这个报社副刊座谈会。

许书记站在浩子面前，笑着说，浩子，来了。

浩子笑道，我来学习学习。许书记说，好。咱们一线的同志最有工作和生活体会，再多学多听，就能写出更多的铁路作品。

说着，他又望着坐在浩子身边的小艺，笑道，小艺，咱们一周前在141上见过的，在你的广播室。小艺站起身，认出是上趟乘那个表扬自己的许段长，她就礼貌地笑了笑。

许书记笑着说，听说你是浩子的女朋友？好呀，以后是咱们机务段的家属。小艺一听，愣了一下，又笑了笑，没有承认也没有否认。

许书记说完，就直接走向朱红色长方形会议桌前，仪表堂堂的办公室主任闻主任也夹着个黑色笔记本，紧随着许书记坐在了旁边的座位上。

小艺第一次参加这种座谈会，难免有些紧张，也有些兴奋。她环顾左右，回形会议桌前，除了汉桥、浩子，还有许书记，其他的人她一个也不认识。大家面面相觑，最多也是礼貌地笑笑，看来，大多都是第一次见面。

像是要打破这种略显尴尬的局面，许书记笑着说，今天这个会是个以文会友的座谈会，大家先做个自我介绍吧。我先介绍自己，你们再做自我介绍。

自我介绍后，大家一会儿就打成了一片，谈对报纸副刊的看法，谈自己的作品，也谈对文学对诗歌的感悟。会议开得非常轻松，是座谈会，也是作品展示会。

许书记说，《繁城铁道报》是分局广大干部职工的文化园地和精神家园，是服务铁路运输生产的重要力量，只能办好不能办差。要办好，就要依靠铁路企业，依靠热爱企业、热爱文字、热爱文学的广大干部职工，特别是依靠在座的各位优秀通讯员和文学爱好者。

他笑着对大家说，其实，我也是一个文学爱好者，对现在流行的文学现象也比较关注，只是工作太忙，又没有这个天赋。

他接着说，八九十年代是一个崭新的年代，全社会都崇尚知识文化，喜欢读书、热爱科学蔚然成风。作为文学园地的皇冠诗歌，更是得到年轻人的喜爱。愤怒出诗人，热情更出诗人。现在，有文化的人写意识流的诗，文化程度不高的人写打油诗，年纪大的人写七律写绝句，年轻人则写现代诗写朦胧诗，我说得对不对？

大家纷纷点头，觉得许书记真的对文学特别是对诗歌有一定的研究。

然后，他望着汉桥和小艺，笑声朗朗道，有这样一句话，唯楚有才！作为植根于楚地的铁路企业，更应该是文人辈出。比如，汉桥就是自强不息、唯楚有才的代表，看他写的诗，都是反映铁路车务、机务及车辆的工作生活，读他的诗作，能够感受到他对铁路的拳拳之心。当然，这里还有很多同志都能通过平凡的工作岗位，来反映铁路的工作生活。如小艺，他望着小艺笑道，几天前我坐进京列车，那个与旅客互动的猜谜点歌评比文明车厢的广播专题节目，就很受旅客欢迎。节目开始，整个车厢的旅客都被调动起来了，广播中音乐响起，旅客们全跟着广播唱起来，车厢内歌声响成一片，简直是一场不需要发动的爱国主义教育和宣传。办得不错！

哦，小艺就是你呀。坐在许书记旁边的办公室主任闻主任望着小艺笑着接话道。

小艺望着这位相貌堂堂的闻主任，仍然礼貌地笑了笑。

闻主任笑道，上期副刊我看见你的诗歌《送》，写得感情很真挚！

车行万里，自有信号灯迎送／绿的如水、红的似火／却都默默无语
静静不言／只有你，一盏会说话的信号灯／千里万里相随／热烈又悄然

因为是召开副刊文学座谈会，闻主任专门带了近几期的《繁城铁道报》。
他顺手拿起报纸，就念起这首诗。

他表扬小艺道，这首诗写得不错。

小艺仍旧是羞涩地笑笑。

汉桥连忙赞扬道，闻主任是咱们分局的一支笔，分局大材料都是出自闻主
任之手。

闻主任笑着连连摆手说，哪里？只是当过多年的中学语文老师，对文字要
求严格惯了，每次看到不准确的字句、标点，就像看见了餐桌上的苍蝇，不消
灭掉心里过不去。

汉桥说，当老师的人基本都是对人对己严格要求，也是职业习惯，就像我
们铁路上，安全问题是红线，一点也不能放过是一样的。

接着，每个人谈对文学对副刊的感受，谈自己和别人的作品感受。

一个铁路医院的医生说，作为一名铁路职工，我们也应成为一位思想者。
一位古代哲学家说，人只不过是一根芦苇，是自然界最脆弱的东西，但人是一
根能思想的芦苇。因此，人的全部尊严就在于思想……

小艺听得似懂非懂。她看见浩子望着那位医生，不停地点头，就知道浩子
一定是听懂了。小艺心想，别看人家浩子是个火车司机，可他真的比一般人的
知识水平高很多。她又看看其他人，好像都在认真地听，小艺感觉那位医生好
像不是在讲文学，而是在讲哲学，在讲人生。

轮到浩子了。

许书记笑道，浩子，你也说说。

我带来了两幅摄影作品。浩子把两张照片放大成 A3 纸张大小，《男孩子
的梦》是张黑白照片，《二龙戏珠》则是张彩色照片。大家传看着，浩子讲着

他这两张照片的来由。

《二龙戏珠》是繁城汉江大桥修建时两端合龙前的历史定格。清晨，一轮圆圆的红日从汉江江面上冉冉升起，正好红日升起在汉江两端桥梁还未合龙的空白处，在红日的照耀下，江面如洒满细碎的金铂，金光闪闪，远远看去，尚未合龙的桥梁前端如两个龙头相对，龙头空白处的红日则如一颗红润闪亮的宝珠，所以起名《二龙戏珠》。

浩子笑着说，我从小就喜欢火车，特别是那种蒸汽机车，开火车是我童年的梦。结果，大家看到，我真的梦想成真，当上了火车司机。我们火车司机经常会去编组场，每次在编组场驾驶机车时，我就有一种如梦如幻的感觉。前段时间，夜里，我专门到咱们繁城北站编组场，白炽灯光下，信号灯红绿闪烁，纵横交错的铁道线上，一辆辆列车在这里解编重组，一列列机车货车在这里整装待发，我真的很震撼，汉桥写的编组场的诗句就在我脑海萦绕，正好，有列蒸汽机车闪着白灯迎面向我开来，我赶紧抓拍下这张照片，本来起名为《编组场》的，后来，我就改名为《男孩子的梦》。

这张《男孩子的梦》的照片大家一个传一个地看着，纷纷点头称好。到底好在哪儿？小艺不懂。照片以灰白黑为基调，编组场里，一条条铁道线如一根根银线闪着亮光，画面正中央，一辆高大的漆黑色的蒸汽机车带着巨大的红色车轮、摇着墨绿色的臂膀，喷着一团团白色烟雾，呼啸着从画面正中间迎面驶来。真的给人很强的视觉震撼力和艺术张力！

好照片！许书记拿着照片感慨道，真如我们小时候看的蒸汽机车一样，这是我们所有男同志小时候的梦想。闻主任，把这张照片放在马上要出的安全专刊上。说着，他扭头望着汉桥，汉桥，你最近写了什么诗？

写了一首《赠别》。

许书记笑了起来，怎么听这个标题是首情诗？刚才小艺的《送》写的是信号灯，你呢？

汉桥声情并茂地朗诵完，大家又是一片掌声。

许书记笑道，我小看咱们汉桥了。看他的标题像是写个人情感的情诗，其实，他写的是大情，是写铁路情，是写人生感悟。我觉得这首诗歌最后一句特别好：是呀，要是没有离别和重逢，要是没有承担欢愉与悲痛，灵魂有什么意义？还叫什么人生？

座谈会结束时，许书记再一次强调，分局马上就要实现安全生产2000天了，这可是分局最大的大事，虽然离2000天还差两天，全局各项庆祝活动已准备到位，但是，即使是只差两天、一天，甚至就是还差两小时一小时，大家都不能掉以轻心、麻痹大意，仍要保持安全生产这个红线，不得有半点放松。

记住，作为铁路运输企业，我们的宗旨是人民铁路为人民，我们的底线就是安全，安全是命，安全生产大于天。散会。

走出会议室，站在机关大门外，天阴沉沉的，一阵阵冷风夹杂着阴雨迎面扑来，可小艺一点儿也不觉得冷。浩子仰脸看了看阴沉沉的天，对小艺说，看样子要下雪了，我后天早上出乘，肯定是场大雪。小艺说，我明天早上出乘。浩子说，我来送你。小艺笑着点点头。

第二天早上，小艺到库内，与142次列车车底一起整备、出库。

列车开进繁城站站台，开车门准备放行。浩子站在站台上，与小艺挥手告别，小艺笑了笑，用眼神示意他赶紧走，浩子再次挥挥手，朝出站口方向走去。

站台上，列车长胡三走到9号车厢门口处，故作严肃地说，按规定，家属老进站送行可能影响工作，只此一次，下不为例。

小艺笑道，一边去，哪有家属？朋友而已。

胡三笑道，朋友？男朋友吧。唉，这一个火车司机就让你不要牛虻和科学家了？浩子怎么好？好看？有才？

小艺知道胡三是开玩笑，就回胡三道，既好看又有才。

胡三皱着眉头，故意问，我怎么没有看出来呢？

小艺讽刺胡三道，我才不像你一样呢！一看见小蕾这么漂亮的女孩，就魂不附体了。的确，胡三第一次见到小蕾，双眼都直了，像是人掉到眼睛里，拔都拔不出的感觉。胡三是个大方得体的人，若不是小蕾貌若天仙，胡三也不会如此失态。胡三知道自己有把柄在小艺手上，就笑笑，举着双手，算是投降。

列车开了，小艺开始广播《迎宾词》，车厢内传来温柔悦耳的广播声。

　　　　各位旅客，列车在欢乐的乐曲声中开出了繁城站，大家的旅行生活开始了……

列车开了半小时不到，小艺刚将《列车安全专题节目》广播完，就听见有人敲广播室的门，胡三的脸在门前一闪，浩子就被胡三一把从后面推了进来。

浩子一脸尴尬地站在广播室内，广播室本来就小，突然进来这么个浩子，广播室一下就显得越发狭窄了。小艺吃惊地望着浩子说，你怎么，怎么在车上？

浩子满脸歉意地笑道，昨天许书记都在说你广播播得好，可我现在是跑襄渝线，你跑进京车，见不着。不知为什么，我今天特别想上上你的车，我想以一个旅客的身份听听你的广播节目。刚才，我一直坐在车上听你的广播，唉，不想，被胡三巡视车厢给发现了。

小艺笑着说，你不是明天要走车（跑车之意）吗？不休息吗？这车马上要到李集站了，你赶紧回去。说话间，列车真的就要到李集站了，小艺着急地说，你赶紧走，正好过十分钟有一趟返程的车。边说，边把浩子往车门口推，她马上要广播到站信息，浩子不敢影响她工作，没有办法，只好抬脚往外走。

列车启动，小艺看见浩子一个人孤零零地站在冷飕飕的站台上，她有点于心不忍。可如果不让他及时回去，不休息好，明天他怎么走车呢？

小艺坐在广播室发愣，广播里播放着电影《叶塞尼亚》主题曲，优美忧伤的爱情故事在钢琴曲中飞旋着，她的思绪也随着缠绵悱恻、伤感动人的旋律在放飞，她不知道自己该怎么面对？

火车开行的这一段铁道线是上坡道，列车开得非常慢，她呆坐在广播室，也不知自己发了多久的呆。

十年前她还是初中生时，在江南站见到帅气而拉风的浩子后，火车司机的影子就在她脑海中挥之不去了；四年前在五里坪站的站台上，当浩子笑吟吟地

124

向自己走来时，那种怦然心动的感觉当时还让她羞愧了好一阵呢；再后来，在从江南到繁城的列车上，当浩子告诉自己"上帝给你关上一扇门，就一定会给你打开一扇窗"时，在不知不觉中，是不是已经爱上一路开导自己的浩子呢？三个月前，上帝再次出现，汽笛声声后，这些年来一直萦绕心中念念不忘的浩子从天而降。现在，能因为他曾经有过一个美丽的云就再次放弃他吗？如果这次再放弃，她和浩子又什么时间才能再见呢？又要等三个月、三年四年甚至十年吗？真的这辈子与浩子要相见不如怀念吗？

小艺也不知道自己这样胡思乱想了多长时间，然后，她回到神来，不由得将发愣的目光从桌前移向车窗外。列车行驶在长长的上坡道上，开得很慢很慢，不经意间，她看见一个小小的人影在与火车线路并线的公路上跑着。是的，是一个人在不断地奔跑着，一会儿在列车前面，过一会儿又被扔在列车后面。她有点恍惚，在想，这个人在干吗呢？在跑步吗？还是有急事？不像，像是在跟着火车跑，是跟着她们这趟火车跑？为什么？为什么他跟着她们这趟火车跑？她这么一想，又仔细看看那个身影，不对，怎么有点儿像浩子？这个念头一出来，小艺被自己吓了一大跳。是吗？会是浩子吗？公路与铁路间距时近时远，当公路离铁道线接近时，小艺再定睛看，是，是浩子。是浩子！

浩子疯了吗？列车时速只有15公里左右，跑得是不快，但这是个长长的上坡道，连火车都因上坡道跑不快，那浩子得怎么才跟上火车的速度？从李集站到下一站张集，火车要开近四十分钟，也就是说，浩子要马不停蹄地跑四十分钟才能赶得上她们142次列车的速度。

142次列车缓缓开进张集站时，小艺就见浩子手抱羽绒服，身着黑灰羊毛衫，大汗淋漓、气喘吁吁地飞奔到站台上。列车刚停稳，小艺打开车门，浩子就直接跳上9号车厢，他一把把小艺拽进广播室，紧紧地拥住她。小艺就这样被他拥抱着，听着他气喘吁吁地说，小艺，咱们彻底和好吧。咱俩已经认识十年了，我不想咱俩再过三个月、过十年才见一面，我想，我想咱们相守一辈子。

是呀，刚才小艺也在这么想着呢，他俩怎么总是想到一起？只是小艺没想到浩子会与火车赛跑，他怎么能跟着火车跑呢？

小艺不由双手捶打着浩子的后背,连声责备道,你疯了吗,浩子,你疯了吗?你怎么这么傻!你怎么跟着火车跑?

浩子满头是汗,眼睛盯着小艺,连声问道,那,那,你答应我了?

小艺仰脸望着虽是满面汗水,但弯弯眼睛里满是爱意的浩子,再次捶打着浩子。她轻轻地捶打着浩子,连连地责备道,浩子,你真的是个傻子吗?

没事的,这个区间正好是长大坡道,坡道很缓,正好练练长跑,跑跑马拉松。浩子双手揽着小艺,开心地笑道。

小站停车时间只有两分钟。开车铃声要响了,浩子松开小艺,两人一起走到车门前,浩子再次轻轻将小艺拥入怀里,小艺也伸出双手将浩子紧紧抱住,铃声停了,两人轻轻松开双手,相视一笑,浩子"突"地跳向站台。

车开了,小艺站在车门前,浩子站在站台上,两人微笑着挥手作别。

浩子和站台越来越远,直到看不见了,小艺才回到广播室。她背靠着桌子,不禁回味刚才浩子将自己拥入怀里的感觉,心里泛起丝丝甜蜜。她第一次知道,原来相恋的人相拥相簇是这么美好这么甜蜜。想着想着,她不由得陷入一种莫名的感动中。


北方的雪可真大呀!

清晨,142 次旅客列车在一片茫茫雪海中穿行,窗外红红的朝阳在白白的雪原上冉冉升起,真如毛主席《沁园春·雪》描绘的,山舞银蛇,原驰蜡象,红装素裹,分外妖娆。小艺年年跑这条线,却从没有看到过这么好看的景致。

望着窗外,小艺心情格外愉悦。今天可是分局安全生产 2000 天的最后一天,到今天 18 时,分局就实现了安全生产 2000 天,上上下下不知会有多开心呢。听说连安全 2000 天的纪念品都买好了,只等 18 时整在铁路文化宫前敲锣打鼓欢庆了。安全 2000 天啊,多不容易!说明咱们分局安全工作抓得好呀,就如那个"高大半"王宁站长提出的中间站绝不站中间一样。小艺想想,又觉得不太一样,中间站绝不站中间是工作理念,安全 2000 天是工作成效。

只是这么大的雪,浩子今天跑襄渝线肯定不会轻松。本来浩子是跑客车的,这趟乘是段派班室临时给浩子和猴子派的一趟跑货车的活。不过，浩子和猴子都是老司机了，在这条线上跑货车也跑了三四年，没问题的。这样一想，小艺不由得轻松地笑了笑，心里对浩子说，老司机，我马上就要终到北京站了。

第二天早上，返乘的 142 次旅客列车在白雪皑皑的华北平原上奔驰着，列车广播正播放着曲调悠扬、节奏明快的轻音乐《广阔的地平线》，这个音乐一放完，小艺就要开始广播《我们相逢在列车上》的专题节目。

突然，广播室的门"呼"地开了，胡三神情紧张地走进来。小艺知道，天大的事胡三都没有紧张过，于是，她满脸笑容地问，有事吗？胡三看着小艺，犹豫半天，就是不说话。小艺笑道，你再不说，我就开始广播了。说着，就要打开广播，胡三见状，终于磕磕巴巴地说，小艺，浩子，浩子……，他，他出事了。

浩子走出门的这一天是分局安全生产 2000 天的最后一天。本来分局是能实现这个目标的，如果不是浩子他们那趟货车与另一趟货车相撞，本来他们那趟货车也不会与另一趟货车相撞的，如果不是晚点……

天冷雪大，浩子他们这列货车是双机牵引，猴子在前面机车里，可以看见线路前方，浩子则在后面机车，只能看见线路后方。

因为襄渝线线路故障，造成所有列车晚点，浩子他们牵引的这列货车只好在附近一个小站停下来，停了整整一个小时。谁知道，在他们的货车停站期间，一个沿着铁道线行走的流浪汉摸进小站，看见这列货车停在站内，就悄悄地扒上货车车厢。扒车时，流浪汉双脚无意中蹬动了车厢与车厢连接处的制动风管阀，造成制动风管阀失灵，这列货车就不能制动了。

用通俗的话讲，列车制动就是人为地制止列车的运动，包括使列车减速，不加速或停止运行。运行中的列车不能制动，那将是多可怕的危险和灾祸！

危险和灾祸从那个无名小站就开始埋下，只是等待时间。

大雪一直在飘飘洒洒地下着，到处都是白茫茫的一片，山峦、河流、房屋及铁道沿线都被白雪覆盖。浩子和猴子驾驶的货车缓缓地开着，货车快到果树站这个小站时，调度部机车调度员命令他们迅速停车。前面机车上的猴子鸣笛示意停车，浩子在后面机车上鸣笛表示明白，他俩同时扳动机车内的制动闸，想让货车停下。可奇怪的是，货车根本没有减速，反而不断往前快速行驶。恰好前面线路就是个长长的下坡道，下坡道下面就是果树站。

浩子和猴子哪里知道列车制动装置失灵了，他俩都在想这是怎么回事？猴子看见前方进站信号机亮出两个黄灯，天呀，这个长长的下坡道前方站内停有货车，他急得满头大汗，怎么回事？怎么回事啊？他拼命扳动列车制动闸想让货车停下来，可货车根本不听使唤，反而飞快地沿着下坡道溜向站内，加速向着站内那列货车撞去。眼看货车就要撞上去了，猴子下意识地推开驾驶室门，"倏"地飞快跳下，他想喊一声后面机车内的浩子，可连喊的时间都没有，自己的机车就冲了下去。

浩子在后面反向的机车里，根本看不见眼前的灾祸，他着急地反复扳动列车制动闸，心想到底是怎么回事？为什么货车不但不停，反而越开越快？他只感觉眼前一个黑影飞过，还没等他弄明白，就随着机车风驰电掣般地撞向正前方的那列货车。

白茫茫的雪原上，巨大的撞击声震动了整个小站。只一瞬间，烈火红焰就迅速吞噬了机车及机车内的浩子……

小艺当时就昏过去。后来，她再也没有提及浩子一句。

她不明白，前两天还活生生笑眯眯的浩子怎么转眼间便在白雪烈焰中消失得无影无踪；她不明白，她和浩子甜蜜美好的爱情才刚刚开始怎么就这样戛然而止了呢？

那天，许书记正好在那个果树站附近的车务段检查工作。听到消息，火速带着相关人员疾奔到果树站，但见现场一片火海。没有办法，没有人能想出什么办法！许书记号啕大哭，在场救援的所有人员都撕心裂肺地恸哭着，大家只有撕心裂肺地恸哭着，看着烈焰将一切吞噬干净。等到大型救援设备到场时，现场只剩下一片灰烬。

一年后，小艺结了婚，老公叫铁军，与小艺是成教班的大专同学。小艺毕业时，正好汉桥从报社调整到宣传部对外宣传，小艺就来到报社做副刊编辑。

给女儿取小名时，小艺说，就叫点点吧。铁军说这名字好，一是小丫头小不点，可爱，再就是与咱们运输一线紧密相联。点点，正点，他作为运输指挥中心的调度，就是要保证运输秩序，保证列车正点。

小艺马上心疼地想起浩子。心想，是的，该死的晚点！

# 第四章

# 中间站决不站中间

　　小蓉先偷偷讲给妈妈听。妈妈警告道，千万别跟你爸爸讲啊，他干革命工作一辈子，从不讲究这些，也不允许讲究这些。你们找个别的理由回来吧。你爸爸是五月端午的生日，你们就说是回来过端午节的，一起吃饭时顺便提起给他过个生日。要不然，他会发火的。

## 退休

1993 年春。

女儿点点一岁时，爸爸退休了。

姐姐小蓉从滨江给远在繁城的小艺打电话，爸爸马上就六十岁了，我们还是回家一起祝贺一下吧！姐妹三人合计着一起回家给爸爸过个生日。

小蓉先偷偷讲给妈妈听。妈妈警告道，千万别跟你爸爸讲啊，他干革命工作一辈子，从不讲究这些，也不允许讲究这些。你们找个别的理由回来吧。你爸爸是五月端午的生日，你们就说是回来过端午节的，一起吃饭时顺便提起给他过个生日。要不然，他会发火的。

说实话，因为从小生活在这来自五湖四海的工厂中，家里人根本没有农历节庆的观念。小艺她们从小就只知道革命化的节日，而且就是过节也要工作，厂里每天上下班的大喇叭只有在春节那两天才会停下来，所以，在小艺姐妹的概念中，只是春节才是节日，才有新棉袄新棉裤，她们才能感受到节日的开心。其他节日，即使是劳动节、儿童节、国庆节，也因爸爸妈妈上班、值班、加班，也没有怎么过过。除了春节，她们从来没有什么清明、端午、中秋这样的农历节日，她们从小到大就没有这个概念，至于说给父母、给自己过生日，那就更别提了，在父母的言传身教中，革命工作高于一切，革命工作就是一切。

现在，社会上虽然开始时兴过农历节日了，连国家也开始在农历节日时放假，可她们仍然没有感觉这是节日假日。只是这次端午节不一样，姐妹三人都觉得必须回来，因为爸爸他老人家要退休了。

大家说好了，三个女儿三个小家一起回去。

姐姐家的小吕哥已是镇长，镇党委副书记，是全市唯一一个有学历也最年轻的乡镇领导。九十年代，在国家的大力支持和扶持下，公路建设高速发展，小吕哥兼任着某某国道某某段的指挥长，工作非常忙，他去滨江看姐姐的次数也越来越少，两个月去一趟还是匆匆来了匆匆就走。

一年前，姐姐为了小吕哥也为了孩子，当然也为自己，她将婆婆和女儿北北都带到江东医院与她同住同吃。这样，姐姐工作家庭都能兼顾上，小吕哥总是忙，姐姐就抽空回来看小吕哥，还能顺便看看爸妈。

小艺的孩子点点自从断奶后就放在妈妈家，也只能放在妈妈家。铁军父母身体都不好，铁军和小艺住在单身宿舍，即使请了保姆，也没有房住，思来想去，小艺还是把点点送到父母这里放心。

因为点点，小艺的周末就基本往返于繁城与前塘的火车上了。每周往返列车上，看着窗外变幻飞逝的风景，小艺就会感觉坐火车是世上最美的事。

人说爱笑的女人有好命，真是这样。比如小楚，聪明活泼，人家学着玩着，还考上了滨江的一所师范大学，户口也跟着她转到了滨江。

在中国，户口是一个人是否是城里人的身份和标志。姐姐就是前车之鉴，没有户口处处艰难，姐姐有着深切的感受。她给妈妈说，小楚的户口一定要落在滨江，不然大学毕业又哪来哪去，说不定小楚还给分到农村中学呢！就算在滨江工作，户口打回原籍了，那小楚还是外乡人。

怎么办？

姐姐想到了早就搬到滨江的温姨，给妈妈说就把小楚的户口落到温姨家，这事还不能让爸爸知道，爸爸怎么都看不起朱伯伯的为人做派，说什么都不会同意。于是，妈妈姐姐找个理由一起到洋园向朱伯伯他们提起这事，没想到朱伯伯和温姨满口答应，别说，不久还真想办法将小楚的户口落在了他家。小楚因是滨江户口，毕业前夕，就顺利地分配到了滨江一所中学，从小哭着要住到滨江的小楚，就这样轻轻松松地实现了留在滨江的少女之梦，现在又找了个高大英俊的男朋友。

小艺和铁军坐的是上午到前塘站的新增停点的快车，这是除了爸爸一直坐着去滨江开会的那趟慢车外，厂里、车站向分局千辛万苦才争取到的在前塘站靠停的第二趟旅客列车，虽然只有一分钟的停点。

前些年，厂里水泥年产量不断增高，水泥生意红红火火，外地来买水泥的单位和个人半夜排着队都提不到货，就如胡厂长所说的，到处都在搞建设，搞建设哪儿不需要水泥？所以厂里效益一直不错。

说来也怪，八十年代，到处都是红红火火的景象，杨妈妈家的贵芝，在2346纺织厂上班，动不动就大包小包地往家里拿节日物品，厂里也是这样。大家效益好，上班还离家近，害得妈妈经常责怪爸爸，咱们家的女子，平时见不到，过年过节才能见上一面，都是你让女孩子读书，不然，当年进咱们厂或是2346厂，都比她们现在一个个在外漂着强。

可也不知为什么，进入九十年代，上万人的2346纺织厂说倒就倒了，现在厂里的效益也完全不行了，年产十万的水泥产量现在产量还不到两万，就这还没人买。当年好些想方设法招工进厂的，现在都想方设法往外调，回滨江回县城去哪儿都行，就是不在厂里待了，职工都快调走一大半了，剩下的都是调不走的或是厂子弟。就这样，还有一半人在息工，坐车的也越来越少，听说这趟好不容易要来停点的快车马上又要在前塘站改通过了。

火车一进站，小艺就见妈妈抱着点点，爸爸提着菜篮子笑呵呵地站在站台上跟着车身来回张望。

小艺跳下车，直接奔向妈妈怀中的点点。妈妈望着点点，指着快步奔来的小艺和紧随其后的铁军，笑着对点点说，妈妈，爸爸。点点也眉开眼笑地望着直奔过来的小艺、铁军。小艺快步走到妈妈跟前，张开双手，望着小点点，笑道，来，妈妈抱宝宝！点点眼睛定了一下，展开笑颜，伸开小手，边喊"妈妈抱"，边笑着扑向小艺。全家都吃了一惊，爸爸笑着夸道说，哎呀，点点才一岁多，已经知道喊妈妈抱了！真聪明！

　　小艺一听高兴坏了，亲了亲点点肥肥的脸颊，笑道，爷爷夸咱们真聪明呢！从来不会说客套话的铁军却实话实说，点点这么小，哪里会喊，她其实是无意识喊的，哪有这么早就能说话的孩子？小艺白了铁军一眼，他说话从来都是这样，怎么不好听怎么说，总是让人感觉大煞风景。爸爸笑着解释道，小女孩嘛，说话就是早些。小艺上下打量着点点，笑道，点点又长高了。妈妈笑道，肯定的，小孩嘛，有苗不愁长！

　　铁军要抱点点，小艺顺手将孩子给铁军，问道，姐姐和小楚呢？

　　你姐昨天上午就回来了，现在在家帮我收拾，准备做饭。小楚是昨天晚上十点的车到的家，说好一起来接你们的，刚才带男朋友逛街去了。本来你姐和你妹约好昨晚一起坐火车回的，没想你姐姐提早坐汽车回来了。唉，你们三个人三趟车，我们天天只管接车了。听着妈妈的口气像是在埋怨，像是三个女子给她找了多大的麻烦似的。

　　爸爸帮妈妈提着菜篮子，笑着接腔道，你妈说是这样说，你们回来她高兴都来不及，一听说你们要回来就忙前忙后的。只要你们回来，我们接多少次都高兴。

　　小艺从毕业分配与爸爸置气后，与爸爸总有那么点儿不对劲，但是自小艺抱着小点点回家，爸爸高兴地接过小点点，小艺与爸爸的隔阂与怨气就自然而然地云消雾散了。

　　小艺看到爸爸拎着菜篮子，跟在妈妈后面走，觉得特别别扭。她不禁笑道，爸爸，我长这么大，这是第一次看见您上街提菜篮子呢！爸爸有点儿尴尬地笑了笑。妈妈埋怨道，他原来除了卫生所就是药箱子，哪有家的概念？更别说上街买菜。现在老了，革命工作不要他了，就回家来帮我干活了。

　　小艺在一旁看出爸爸的尴尬，连忙帮爸爸圆场道，人家不帮你不是，帮你也不是，唉，做人咋这么难呢？是不是，爸爸？爸爸仍然是尴尬地笑了笑，没有作声。

　　一家人边说边往天桥上走，天桥上仍然挂着几个红色大字：中间站不站中间。喜欢咬文嚼字的小艺不由得抱过小点点，指着上面的红色大字念出了声。

爸爸也插话道，提出这个口号的人有水平呀！小艺就扭头问道，不是咱们车站的王宁站长提的吗？爸爸大声说，他早从咱们车站调到了车务段，听说现在又到滨江北编组站当副站长去了。说到底，铁路还是要专业能力强的人当领导！

又不是你女婿，你表扬得这么带劲？妈妈白了爸爸一眼，又大声埋怨爸爸。

爸爸辩解道，为什么非要是自己家的人才表扬，这人的确为咱们做了好事，说点客观的话有什么不行？再说，铁路是个大联动机，车机工电辆，需要有能力的领导干部，也需要咱们这些听指挥干实事的基层人员。

小艺知道爸妈喜欢"抬扛"，赶紧当和事佬，连忙说，是呀，铁路需要火车头，需要给火车提供开行条件的车辆、铁轨，更需要铁轨下面的枕木、道砟，不然火车开不了，开了还可能出事翻车。妈妈，像咱们特别是你们这样一辈子在工地上打石头、推道砟的人更重要，你们就是铁道线上枕木下面的石子道砟，没有这些石子道砟，线路会垮，火车会翻，对不对，妈妈？所以，你们这些人最基础也最伟大。

妈妈一听，笑得合不拢嘴，边笑边说，小艺，今天你怎么变得像小楚一样，你什么时候变得也会说漂亮话了？

铁军接话道，小艺说的是实话。不过话说回来，其实当一个普通人更好，干好自己的事，不用操那么多心，挺好的。

爸爸夸道，铁军这种心态最好！

一行人边走边下天桥，刚走到天桥的楼梯处，就听见远处传过来"呜——"的汽笛长鸣声，小艺怀中的小点点像条件反射般迅速把头扭向汽笛长鸣的方向，眼睛一动不动警惕地盯着汽笛传来的远方。

妈妈笑道，点点每天都要来这儿看火车，每天都来，本来哭着闹着不吃饭不听话时，一说去看火车，她马上就乖了。

正说着，一辆黑色的大货车带着长鸣声从远方缓缓地驶了过来。小艺刚想给点点捂耳朵时，小家伙已经自己条件反射般地双手捂住自己的耳朵，眼睛专注地盯着货车一节车厢一节车厢地慢慢开过，小艺边用一只手帮点点捂耳朵，一边指着远处的货车说，点点，咱们来数数，一、二、三……

　　铁军又笑道，点点这么小，哪里能数数？一列重载货车一共五十节，你总不会教她数到五十吧？小艺不理铁军，抱着点点仍然一节一节地数，一直数到货车开过去，大家扭头只能看见货车的尾巴了，点点好像才心满意足地将一直追随货车的目光收回来。

　　好了，咱们回家喽！小艺抱着点点，以点点的口气心满意足地说。

　　妈妈说，赶紧走吧，你们不知道，昨天你爸就把楼梯扶手从一楼擦到五楼，今天早上又从五楼擦到一楼。

　　爸爸笑道，铁军、小艺又不常回来，别回来扶楼梯上楼，到了家门口，一摸一手灰。

　　小艺她们刚进家门没几分钟，就听见"登登登"上楼的脚步声和叽叽喳喳的欢笑声。小艺和铁军刚起身，妹妹小楚就推开房门，拉着一个高大帅气的小伙子笑眯眯地站在父母及他俩面前。

　　小楚欢快地介绍说，铁军，这是小刘。小刘笑眯眯地望着家人大方地喊道，爸爸妈妈、二姐二姐夫！

　　爸妈及小艺、铁军高兴地笑成一团。妈妈转身问正在厨房里忙活着的姐姐小蓉，小吕呢？

　　一会儿就到。姐姐在厨房应答着。

　　小楚把两个姐姐拉到里面的小卧室，一脸渴望地望着她们，开心地问道，姐姐，小刘怎么样？

　　小艺边把刚睡着的点点往床上放，边夸道，看样子，小刘真不错，人长得帅还有修养。

　　姐，你俩看看我，我也不错呀。小楚笑道。

　　小蓉好像心情不快地皱着眉说，是人家小刘不错。

　　小楚并不在意姐姐的话，却故意在俩姐姐面前晃来晃去，晃了好几次，没想她们俩竟然视而不见。小楚急得不行，只好直截了当地走到小艺面前说，小艺，你没发现我变漂亮了吗？

　　姐妹三人中就小楚最讲究，最爱臭美。三姐妹中，她个子高，又爱时兴什么发型和服装，就烫什么发型穿什么时装，再加上开朗大方，风趣幽默，见人总是一脸笑。现在，着一袭桃红闪亮的长风衣，烫满头蓬松小卷短发的小楚，正张着一张青春朝气的笑脸站在小艺面前。

小艺感觉小楚真的变漂亮了，但是到底哪里变了，看不出来，就随口打哈哈地夸赞道，是呀，爱情的力量呀。

看看，我的眼睛，我的眼睛是不是变大了？变双了？小楚见小艺回答得敷衍了事，文不对题，只好把脸凑到小艺面前，专门温馨提示道。

嗯？你的眼睛怎么变成双眼皮了？小艺吃惊地问。

姐姐小蓉也凑近看，小楚，你做了双眼皮？姐姐毕竟在医院工作，马上意识到小楚做了小手术。

是呀，好看吧？小楚又得意洋洋将笑脸凑到小蓉面前。

实话实说，的确是好看多了！小艺盯着小楚的脸不由夸道。

真是，就会乱花钱。姐姐仍然皱着眉头批评小楚。

你管呢，又不是花你的钱。姐，你看你，你就会节约，就会节约，可你还是没有钱，我不节约，可我却总有钱。观念不一样！小楚得意地说，钱是挣来的，不是省出来的，姐姐。

妈妈在厨房忙前忙后的，姐姐主动上前帮忙，几个男人坐在客厅里天南海北地聊天，小楚则如燕子一般穿梭于客厅与厨房之间。

小点点在床上睡醒了，小艺赶紧抱起来给点点换尿布，把大便。

从前的婴儿不像现在，哪里有什么尿不湿？全是父母给婴儿养成定时大小便的习惯，如睡觉前后。小艺一看点点的表情就知道她准备干什么了。现在小家伙表情凝重，一动不动，说明她正在积蓄力量，小艺边端点点成解手状，边喊铁军赶忙在地上铺张报纸，铁军报纸刚铺地上，点点就开始大便了，等了二三分钟，点点大便完毕，小艺迅速用手纸擦干净，又用温水清洗，然后，将点点交给铁军。她蹲在地上，仔细观察点点大便的颜色。嗯，条状，呈金黄色，不干不稀，很好！她这才放心用手裹起报纸，扔进厕所垃圾桶，再拖地，清洗拖把。最后，洗手擦干，从铁军手中接过小点点。

　　小楚无意中看到小艺这一系列动作，特别是看到小艺观察点点大便的专注神情，她吃惊地大呼小叫，妈妈！妈妈！

　　妈妈吓得赶紧从厨房中出来，连忙问，怎么了？

　　小楚吃惊道，妈妈，这哪里还是小艺？原来那个书呆子小艺到哪里去了？她刚才还在反复研究点点的大便。

　　姐姐小蓉听到惊呼声以为发生了什么事，听到小楚说是这事儿，不由得用不屑的口气对小楚说，你是没到时候，到时候你看都看不赢（来不及的意思）的。从大便中，可以看到孩子的消化系统有没有问题？这就是妈妈，你知道吗？这就是母亲的伟大之处！

　　不知道为什么，只要在家里，姐姐小蓉任何时候都与小艺是同盟军，坚固得如英美同盟一样。反正小楚是不要同盟军的，爸爸妈妈就是她最坚固的同盟，谁叫她是老幺呢！用妈妈的四川话，百姓爱幺儿嘛。

　　爸爸与小刘谈得热火朝天，铁军却跑到厨房帮妈妈烧红烧蹄髈去了，这可是铁军的拿手大菜。大家一看就知道，爸爸喜欢小刘这个准女婿，妈妈自然喜欢帮她干活的铁军。

　　没一会儿，小吕哥来了，手上拿着个黑色的大哥大。小吕哥虽然还是性格温和，皮肤黝黑，面带微笑，但是，他再也没有那个十二年前羞涩内敛的小男生的特质。毕竟，人家不到三十岁就是镇长、党委副书记，地区最年轻的后备干部。

　　小楚与小吕哥感情最好也最随便。她笑着一把从小吕哥手中抢过大哥大，边看边诧异地问，小吕哥，这是什么东西？然后翻来覆去地看。

　　铁军自然知道是什么东西，就问，这大哥大恐怕要不少钱吧？

　　一两万。小吕哥平和的语气中透出一丝得意。他眼睛望向姐姐，像是期望得到姐姐的赞许，可姐姐压根儿看都不看他一眼。

　　爸爸一听，一个砖头大小的东西就值一两万，是自己三四年的工资，连忙吃惊地问，这东西这么贵？

　　是呀，可以拿着到处打电话的。小吕哥边说，边做示范，拿着大哥大边打电话，边从这个房间走到那个房间。大家惊奇得不得了，几个人转着手把大哥大看了又看。

然后，几个男人坐在一起谈天说地，说得最多的还是部队。爸爸是军人出身，大女婿大学毕业后被选拔到部队锻炼一年，小女婿就是军人，二女婿虽然不是军人出身，但他爸爸是军人，也就是说亲家也是军人。

爸爸问，小刘，你是哪一年当的兵？

小刘说，1983年当的兵，伞兵。小刘坐在爸爸对面，言辞干练、礼貌得体、腰板直挺，一看就是个训练有素的职业军人。

爸爸说，我的哥哥也当过伞兵，当年在国民党部队服役。

那大伯什么时间当的兵？小刘问。

1943年当兵抗日，他参加过滇缅抗战，还参加过长春战役，后来就去了台湾。

现在大陆与台湾放开了，您可以找一找他。小刘关切地说。

爸爸听到此话，声音低沉道，算了，找不到了。军人嘛，哪里黄土不埋人！

爸，您哪一年当的兵呢？小刘又问。

1950年，抗美援朝战争爆发，我在四川参军后，就一路开到鸭绿江边。

站在一边的小楚笑着问，爸爸，打仗您不怕吗？

怎么会怕？抗美援朝，保家卫国，大丈夫为国捐躯，死得其所。从小读书时，课本上的爱国英雄早就培养我们为国捐躯的意识，后来到部队，连队指导员经常给我们做宣传教育，当时就怕自己报不上名上不了前线，怎么会怕？

那当时有没有人怕？小楚接着问。

爸爸笑着说，当然有，怎么会没有？谁都知道到前线就会有牺牲就会死人。1950年我们坐汽车快出四川时，就有几个同乡开玩笑说要不趁着晚上偷偷溜下车？其实，谁不怕死呢，但保家卫国，义无反顾，就没什么好怕的了。

站在一边的铁军一听就哈哈大笑起来。他说，我爸爸也说过这样的事。河南是1948年解放的，当时家里很穷，解放军部队向老百姓宣传，加入解放军就有馍馍吃，我爸和几个同村人一听跟着部队就走了。我爸出身苦，人又老实，连长就让他当通讯员。没多久，部队要出河南，过江（长江）进入湖北，同村几个人舍不得家小，就悄悄离队了。后来部队到广西剿匪，又有几个老乡害怕溜号了。我爸爸出生入死好几次，后来当上了干部，五十年代他穿着四个兜（口袋）的军装回河南老家探亲时，那几个老乡看到后，肠子都悔青了。

大家一听，全都哈哈大笑起来。

爸爸表情严肃语气坚定地说，军人，就要以服从为天职，就要有不怕牺牲的精神和顽强的革命意志。几个女婿听了都频频点头。

开饭了！妈妈一声吆喝，大家就停止话题，转移到饭厅，准备边吃边继续讲。

凉菜上桌，小楚凑上前，用手拈一片猪耳朵，爸爸抽出一双筷子，佯装生气地说，不卫生！用筷子用筷子。小楚看着爸爸，边吃边笑着跑开了。

小艺和小楚从小就这样，妈妈的凉菜一上桌，就必须用手拈着吃上两口才开心。爸爸抓到多少次，可就是屡教不改，屡教屡犯，没办法，爸爸只得妥协，转变方法，改为每次主动帮两个女子拿筷子。可是爸爸筷子递到她俩手上时，她俩手上的凉菜已经放入嘴巴里，怕爸爸批评，小楚总是边吃边笑边掉头就跑，每次爸爸都是边批评边无可奈何地笑着。

这次小艺是上不了桌的，小点点就让她忙个不完。姐姐抱着点点让小艺先吃，小艺赶紧吃了两口，就从姐姐手接过点点。她抱着点点晃来晃去，边晃，边对大家开心地说，给你们说呀，咱们铁路现在开红皮车了。

红皮车？爸爸扬起眉头问。

准确的说，红皮车就是空调车。列车外皮是红色的，车厢里面有空调，冬暖夏凉，可舒服了。

是吗？妹妹问，火车不都是绿皮的吗？现在有红皮的啦？

是呀，有机会大家都可以坐一坐。小艺得意地说。

那我要去坐，爸爸，我们一起去坐坐。妹妹快言快语道。

爸爸笑道，作为铁路人，咱们还是应该让旅客先坐。

小艺笑道，姐，你最应该带北北坐一次。

贵吗？坐的人多不多？姐姐问。姐姐从来都是透过现象看本质的，在她看来，漂亮有什么用，实惠才是最主要的。

是空调车嘛，比绿皮车肯定贵，但是坐着舒服。好多旅客刚开始时会嫌贵的，不过，你要是坐过几次，就知道差别，就会想坐红皮车了。

终于，话题转到爸爸的生日上了。饭桌上，大家都对爸爸说，本来是回来过端午节，听妈妈说，您是端午节的生日，正好今年又是六十大寿，那就顺便祝您生日快乐吧。没想到，爸爸手一摆，语气干脆道，我们家没有过生日的规矩和习惯，免了免了。

生日话题就此打住。

爸爸不是客气，他真没有这个观念和想法。但是爸爸和妈妈还是非常高兴，毕竟现在每个女儿都有了归属，而且看来女婿都还不错。

吃完饭，妈妈姐姐收拾，大家坐在原地，接着聊。爸爸老话常谈，还是摆历史讲现在，几个女婿围坐在身边，不断点头称是随声附和着。

小吕哥说，我刚从广东中山考察回来，那边的小镇经济都发展得很好。自从小平同志南方谈话后，广东深圳的政策特别好，内地的人，无论是城市还是农村的，都往那边跑。

姐姐皱着眉头道，什么考察？最讨厌你吹牛。你少吹一点行不行？姐姐今天很反常，小吕哥说一句她顶一句。小吕哥诧异地望着姐姐，不再说话。

小刘对姐姐说，小吕哥说得对！现在全国各地的人都到南方去，什么人都有，最多的是农民，农民都是自发地往南方跑，去打工挣钱。

小艺也抱着点点随声附和道，是的，我跑车的同事小花说，现在南下的列车每天每趟车都是满满的旅客，走道上挤得满满的，走不动。像是怎么都装不完似的，车上旅客太多，辛苦死了。

爸爸扭头对小艺笑着说，小艺，辛苦就辛苦，别说死了，别说过头话。记住，话不要说得太满，说得太满就收不回来了。

小艺笑着答道，知道了知道了。她知道自己知道了就是知道了，改可能是改不了的。

爸爸接着说，你三爸的孩子也去温州打工了。看报纸上说，现在全国23

个百万人口以上的大城市里，日均流动人口总量近千万，农民工都开始向大城市流动。这是对的，社会只有流动才能发展。

姐姐插嘴说，就应该这样，难道农村的人就应该一辈子在农村待着吗？生在农村就应该死在农村？

小艺一听就知道，姐姐这话带有情绪，她不是在讲农民，她是在讲自己，她不是在说农村人的命运，而是在说她自己的命运。她一直不满意父母在沿线，子女就应该分在沿线的分配政策，难道生在沿线的人就应该一辈子在沿线生活吗？那爸爸他们当年凭什么到沿线工作？

厂里好些息工的女子都跑到南方去了，我们平房时你陈妈妈家的女子小玲，还有你杨妈妈家的贵英都跑到南边打工去了，听说小玲在那儿找了个大款，现在生了个儿子，天天坐在家里玩，大款一万一万地给。听说，在那边擦个皮鞋，都能挣不少钱呢。妈妈说着，一脸羡慕的神情。

姐姐不由得又皱了皱眉头，小楚反驳道，妈妈，你这价值观有问题呀，怎么做人没有是非之分呢，有些钱是不能挣的，特别是女人。

爸爸生气地批评妈妈道，孩子都比你有觉悟。

妈妈不耐烦地说，我才不懂什么价值观，也没有什么觉悟，我就是觉得人家孩子怎么挣钱这么容易？

姐姐附和道，不过也是的，现在社会上还有报纸电视上，讲吃讲穿、讲不劳而获的多了。

爸爸大声质疑道，怎么这样？从前是比艰苦朴素比革命奉献，现在怎么变得讲吃讲喝讲穿讲玩了？

妈妈反驳道，你不觉得现在这样好吗？原来厂里连酱油醋都没有卖的，连点辣萝卜都要等铁路供应车来了才买得到，现在生活多方便多好。

爸爸想了一想，说道，这倒也是，但是做人干工作还是要比奉献比成绩，哪能比吃比穿比玩？

妹妹对爸爸说，您不知道，现在报纸上都在讨论"干得好不如嫁得好"呢！

这次，爸爸是真的发火了，他高声质疑道，报纸上怎么会讨论这样的问题？

这种问题还要讨论吗？

三姐妹一看爸爸脸色不对，就连忙说，当然是自己干得好才好呀！

爸爸的生日，大家就都顺着他的话说。

爸爸听到女儿们都这样说，心情才舒畅些。他话题一转，开心道，医院上个月让我到庐山疗养，我和医院的几个老同志一起去的，很有意思。庐山长年二十多度，空气清新，环境优美，风景怡人，四季如春。三叠泉真的很好看……

铁军笑道，爸爸，你们医院不错呀！

姐姐本来对医院就有意见，就说了个大实话。她说，不错什么？那是因为爸爸快退休了，才让爸爸出去一次。然后，她又对爸爸说，爸爸，平时，您总说看看电视的风景就行了，电视的景色比实际还好看些。您看，您亲身出去走走看看，就觉得与电视不一样吧！

小艺后来才知道，一般单位每年工会都会组织先进集体和先进个人、劳动模范外出疗养，这是一种荣誉也是一种待遇。在职工退休前，单位也会组织职工出去疗养一次，也算是单位对退休职工的一种福利吧。

小吕哥问，爸，您马上就退休了，原来卫生所就您一人常驻这里，那您现在退了，还有医生吗？

爸爸说，刚从地方山区调进铁路一对夫妇，两口子都是医生，半年前就调来了，老大的不乐意啊。

妈妈呛爸爸道，就你心甘情愿在这儿一辈子。爸爸看了妈妈一眼没有作声。

爸爸，那您退休了有什么打算？小刘问。

退了就退了，我啥也不想干了。爸爸坐在桌边，一脸释然道。

妈妈摆摆手说，你爸爸累了一辈子，也该不干了。反正他的退休工资我们俩也够用了。

我本来还想给您找个事做做的，免得突然闲下来会不习惯。小吕哥关心道。

我爸不需要！姐姐冷语道。

小吕哥再次吃惊地望着姐姐，奇怪姐姐今天老对他冷言冷语。他望望姐姐，没有再作声。姐姐平时对他不是这样的，怎么回事？姐姐今天吃枪子了？怎么说话这么冲?

又聊了几句话,姐姐对爸妈说,我和小吕先回去。我连着上了几个夜班,有点儿累了。

小吕哥望着姐姐说,我还想陪爸多坐一会儿,爸爸今天生日,小刘第一次来,铁军也才见几次面,我跟他们多坐一会儿吧。

姐姐冷冷地看小吕哥一眼,也行,那我就先回去了。

几个男人接着吹牛,爸爸与小女婿吹起中国人设计的第一条铁路——京张铁路、自己修建丰沙线、宝成线的经历,大家开开心心聊到十二点半,小吕哥才心满意足地往自己的小家走。

只是小吕哥没有想到,那天晚上,他离开这个家后,就再也没能踏入这个家的大门。

大家都太开心了,压根儿就没有看出姐姐小蓉的不正常。


## 离婚

姐姐小蓉没想到,她早回来一天,却毁掉了自己一辈子的婚姻。

小蓉本计划与妹妹小楚一起坐火车回家,也是这样提前给小吕哥说的,但是想着给爸爸庆生,她想去中南书店给爸爸买件礼品,所以,临时又换个夜班,想提前回去看看小吕哥,还可以帮帮妈妈做点庆生的准备。

小蓉下了夜班,就急急忙忙地到书店给爸爸买了文房四宝,然后坐着长途汽车往家里赶,她没给小吕哥打招呼,也没有回娘家,而是径直回到自己的小家。大白天,小吕哥当然不在家,他现在兼国道某区段公路建设的指挥长,经常要去公路施工现场办公。

连着倒了两个夜班加白班,小蓉真的是累了。她在医院工作,本就讲究,家里任何时候地板拖得干干净净,桌子擦得一尘不染,衣柜里的衣服叠得整整齐齐。但是,今天实在太累了,所以,一进家门,她把包和给爸爸买的礼物放到书房,就准备倒床睡觉。

可是小蓉又是讲究惯了的女人，坐在床边，她看见床头枕头上的枕巾有点儿不规整，枕巾右下角有点儿皱巴巴的。这枕头、枕巾都是她结婚时专门到中南商场挑选的，大红的底色上绣着大朵大朵的红牡丹，她不禁将枕巾拿起来，用手抚平，又无意识地翻了个面，准备重新铺在枕头上，睡觉。突然，小蓉看见翻面的大红枕巾上有三根黑黑的长头发，一尺来长，很是扎眼，望着这三根黑色的长发，她一下就愣住了。

谁的头发？

谁的头发！

姐姐小蓉一直都是短发，短发非常适合她。当学生时小蓉是运动头，像男孩子一般的短发，后来工作了，也一直是齐耳短发。小艺每次到医院，看见身着白色护士服，头戴白色护士帽的姐姐小蓉，齐耳的黑发和端正大气的五官，再加上热情爽朗的笑容，她就觉得姐姐总是那么成熟干练，春风扑面。

自己是短发呀，小蓉坐在床边发愣。自己都快两个月没回家了，女儿早就与自己一起住在滨江，女儿是妹妹头，怎么自己床上冒出一尺来长的三根黑发？即使是自己在家，女儿在家，这也不是自己和女儿的头发呀，自己这辈子也没有这么长的长发。她拿着枕巾，一连攒了几天的瞌睡一下子全没了。

小吕？小吕？这么老实厚道的小吕怎么可能？自己那么喜欢他，他也那么喜欢自己，小吕怎么可能呢？

小蓉坐在床边发了好长时间的呆，才小心地用一张白纸将头发收起，包好，放进自己包中，然后，她拿起包和给爸爸的礼物，一声没吭地走了。明天是爸爸的生日，天大的事也必须忍着，明天要给爸爸祝寿。

吃了庆生饭，从家里一走出门，姐姐小蓉的一张脸就变了。

半夜了，小吕哥高高兴兴地回到自己的小家。开门，见黑着脸的小蓉正坐在客厅等他，小吕哥便笑眯眯、醉醺醺地凑到小蓉跟前，黑着脸的小蓉一把将小吕哥推开，自己转身坐在沙发对面，保持与小吕哥的距离。小蓉语气平静地说，小吕，你坐下。小吕哥又往前凑，他嬉皮笑脸地凑到小蓉面前，小蓉黑着脸说，那好，你离我这么近，正好你能看清楚这是什么？她说着，将自己手中叠着的白纸打开，望着小吕哥说，小吕，你注意看，看看，这是什么？她将白纸展开展平，那三根长长的黑发赫然显现在 A4 大小的白纸上。然后，她一直举在手上，一言不发地紧盯着小吕哥，小吕哥一看，不由得也愣住了，酒一下也给吓醒了。小吕哥当然知道，自己老婆这辈子头发没有过肩，更别说这么长的长发。小吕哥酒给吓醒了，但是他就是不作声。小蓉黑着脸，仍旧一言不发地盯着小吕哥，小吕哥也一言不发地站在小蓉面前。

过了几分钟，小吕哥在小蓉对面的沙发上坐了下来，面色颓唐地低声问，哪来的？小蓉望着小吕哥道，在我的床上，我结婚买的大红枕巾上。小吕哥一听，人彻底颓顿下来，他掏出烟来，打火，却打了好几次才打着，然后就抽着烟，埋着头，一个劲地抽烟。

小蓉仍旧一言不发，等着，等着小吕哥开口。过了几分钟，她盯着小吕哥，平静地问，谁的？这是谁的？小吕哥看了她一眼，仍然一声不吭。

小蓉知道小吕哥最怕什么，小吕哥现在是全地区几个最年轻最有前途的后备干部，不到三十岁就是镇长，党委副书记，如果没有什么意外，他的仕途可能不可量。

小蓉冷冷地说，小吕，你再不说，我明天就把这三根头发送到市委。

小蓉话音刚落，小吕哥就不打自招了。

说实话，小吕哥真的觉得对不起小蓉，是自己一时糊涂。他现在是镇长还兼着公路建设指挥长，工程进度要求高，他每天都要下现场盯着，风吹日晒，很辛苦。指挥部有个帮忙的女同事，一直很关心他，前天市里来检查建设工程进度，对他们的工作很认可，送走检查组后，大家一起喝了很多酒，他喝多了，被那个女同事送回来，然后酒后……，他说，就做了对不起小蓉的事。

小蓉一听，就号啕大哭起来。她想起自己这些年与小吕谈朋友家人不同意，结婚家人不同意，结婚这么多年，自己一个女人带孩子，操心调动，操心家里，为了减轻小吕压力，又将婆婆和北北都带到江东医院，自己一个女人多难呀。

小蓉哭道，我一个人到处求人调到滨江，没房子没有户口，就这样，我还把北北给你带着，把你妈帮你养着，你却在家中干这种事，你还有良心吗？你怎么对得起我呀？

小吕哥也觉得理亏，他抱着小蓉，哭着请小蓉原谅。

小蓉是真喜欢小吕哥。她跟了小吕哥这么多年，知道他是个老实本分的读书人。看着小吕哥认错，说真的是一时糊涂，她也哭着原谅了小吕哥。她想，算了吧，小吕是个厚道人，只是一时糊涂，但是她不想对那个女的算了，她不想放过那个长头发的女人。

小蓉把眼泪收了起来，与小吕哥最后摊牌。她垮着脸说，小吕，这件事，我可以跟你算了，可是我不能放过那个女的。我问你，她长得好看吗？你跟她真的没有感情吗？小蓉其实心里还是醋，还是过不了那个又醋又酸的坎。

小吕哥哭着发誓道，不好看！我与她绝对没有感情，绝对没有。她有老公，在市里上班，她只是临时抽调到我们指挥部帮忙的。

那好，明天我跟你去你们指挥部，我要你当着我的面给她一巴掌，这就说明你与她没有感情，没有关系。

小吕哥一听一愣，眼泪吓得都没有了，他连忙对小蓉解释说，小蓉，你怎么不相信我？我真与她就是工作关系。你让我在指挥部打她一下，那不是单位的人全知道了，那我这个指挥长还当不当了？我这个镇长还怎么做？以后的工作还怎么开展？

小蓉想了想，退一步，那行，这样，明天我和你一起到指挥部去，把她叫到一个偏僻点的地方，你当着我的面打她一下，我就相信你的话，我就放心地走。我明天还要回滨江上夜班，你女儿和你妈都在滨江等着我回去呢。

小吕哥犹豫着说，这样，这样，不好吧？一个男人怎么能打一个女人？怎么下得了手？那怎么行？

小蓉的脸马上由阴转黑，厉声道，行不行你看着办！你想没想过，你一个有老婆的男人，怎么能去睡别人的老婆？！作为丈夫，你怎么对得起自己的老婆？

小吕哥一看姐姐发怒的脸，知道不答应肯定是过不了关的，他只好无奈地点头道，行，行了吧。说完，就一屁股瘫坐在沙发上。

　　第二天早上，一到上班时间，小蓉就背起包，拉起小吕哥，往公路建设指挥部走。快到指挥部时，她站在路边的一棵油茶花树下，向小吕使了个最后通牒的眼色，快去，我还要赶车呢。

　　一会儿，小吕哥和那个长头发女人一起走过来，那个女人年龄与姐姐相仿，高个，长发，脸上含着温和的笑容，朝小蓉走了过来。

　　小蓉站着没动，小吕哥望着小蓉的脸色，对那个长发含笑的女人尴尬道，这是我老婆。

　　那个长发女人仍旧温和地笑了笑，用本地话说，嫂子好。

　　小蓉只看了一眼那个女人，就没有看第二眼。一看就知道，那个女人是个长相一般性情温和的普通女人，她放心了。

　　小蓉再不看那个女人，也不与她说话，只是望着小吕哥。

　　小吕哥看到小蓉坚定的目光，他知道小蓉的个性，昨晚答应她的事今天不做，她是不会善罢甘休的。小吕哥犹豫来犹豫去，眼神里显出无助和绝望，这么多年，小蓉从来没有如此狠心地对待比她还小一岁的自己。

　　其实，小蓉看着小吕无助的眼神，几乎要放弃自己这一残忍做法。这么些年，自己总是像大姐姐似的宽容、善待、喜欢着小吕，她从没有看到过小吕如此无助甚至绝望的眼神。她想放弃，但这只是一闪念，她马上就放弃了放弃。她不甘心！凭什么？凭什么要便宜这个女人？这个长相一般性格温和的女人？

　　小蓉侧过脸不看小吕哥。小吕哥转过身，面对着那个女人，眼神都不敢与那个女人直视，他只是磕磕巴巴小声说，我老婆知道我做了对不起她的事……，我对不起她。对不起！对不起了！说着，挥手就是一巴掌，直打到那女人的脸上。那女人完全没有反应过来，她一愣，等明白过来，用手捂住脸，就哭着跑了。

　　然后，望着那女人的背影，小吕哥神情里透着绝望。他望着姐姐，恶狠狠吼道，够了吧，小蓉，你该满意了吧！

　　小蓉真的满意了。她满意地笑了笑，转身说，我走了，我还要赶紧去赶车，不然来不及了。小吕哥当着她给那女人的一巴掌，让她的气也消了，当下就原谅了小吕哥。她边往回走边满意地想，看来小吕是真的没有外心，真的是一时糊涂，真的爱自己爱自己这个小家。

可是刚走十来分钟，她突然想起，因为生气，竟然忘记了向小吕交代，下周把北北的户口本带到滨江，北北马上要上小学了，没有户口怎么办入学手续呢？本来这次回来就想着带走的，没想到遇到这种破事，唉，她想着，真是耽误正事呀。看来只能再回指挥部一趟，给小吕说一声想办法带过去，不然，耽误了北北上学可是大事。

小蓉开心地快步往指挥部方向走去，等快走到时，远远就看见刚才那棵油茶花树下，竟然站着小吕，还有那个女人。那个女人低着头像是在哭，小吕背对着姐姐的方向，也低着头，一只手像是轻轻地拍了拍那个女人的肩，好像是在安慰她什么。

天，这是真的吗？！小蓉简直不敢相信自己的眼睛，不可能！怎么可能？可是，这就是事实。她感觉自己彻底被小吕骗了。小蓉怒火冲天，疯了一般奔过去，等小吕转身看见她，她已经冲到跟前，对着小吕又哭又打。她哭着嚷道，吕兵，我们离婚！

小蓉的再次到来，让小吕哥措手不及。

小吕哥其实与那个女人真的也没什么感情，现在只是过意不去，给那个女人道歉。不管怎么说，一个男人即使打一个陌生女人都说不过去，更何况是与自己上过床的女人，更何况当着自己老婆的面。这个女人有什么错？即使有错，也是你一个男人该担的呀！可是在自己老婆面前，怎么能说是自己的错呢？刚才只是为了让老婆消气，为了保全自己的婚姻和家庭，才违心地打了这个女人一耳光。可凭良心想想，自己这样做，还算是个男人吗？还是个人吗？

所以，等老婆一走，小吕哥坐在那儿，看着默默垂泪的长发女人，内疚不已。他想给那女人道个歉，向她解释解释，可是指挥部还有其他人在，他不能说。他只好将那女人重新叫到外面来，当面给她道个歉，安慰一下，仅此而已。鬼知道，谁想到，小蓉竟然鬼使神差又回来，而且早不来晚不来，正好是小吕哥过意不去，手下意识地拍了拍那女人时被撞见了。真是见了个鬼！小吕哥知道，他现在是跳进黄河也洗不清了。

　　小蓉彻底气疯了，哭着喊着，不依不饶，小吕哥吓得赶紧拉着小蓉回家。小蓉待在家中，班也不上了，非得离婚。小吕哥再怎么认错都晚了。他心中绝望道，完了！这个家彻底完了！

　　离婚？小吕哥是坚决不离婚的，小吕哥怎么会离婚？老婆有什么错？错全在自己，可自己可以改呀。

　　但是小蓉却不给小吕哥这个机会了。她假也不去请，班也不去上，也不管在滨江的婆婆和孩子，更想不到父母妹妹，天天坐在家中以泪洗面，不吃不喝也不睡，也不准小吕哥上班，逼着小吕哥离婚。这样过了三天，她终于清醒过来，自己该怎么办呀？爸妈那儿是不能说的，刚刚给爸爸过了六十大寿，爸爸妈妈正高兴呢，不能让他们知道，不然他们会比自己更伤心。

　　给小艺说一声吧，毕竟姐妹俩最贴心。小蓉好不容易把长途电话打通，不想，她这边是个公用电话，说了几句话，小艺那儿好像也听不太清。小艺问，姐，有什么急事吗？小艺想前几天在家里过端午节姐妹俩才见了面，姐姐是有什么事吗？小蓉想了想，说没事，就是想到你那儿去转转。公用电话，她也不敢讲得太清楚，怎么能给小艺讲小吕出轨了自己要离婚？不能讲。小艺说，可以呀，过来吧。小蓉想自己去小艺那儿待两天吧，那得给单位请假吧。想到请假，她这才想起来自己连着三天都没去上班了。

　　再不去上班，可真不行了。小蓉连忙给医院打个电话请假，单位那边小护士长接到电话，不分青红皂白地对她吼道，小蓉，你要么天天请假，要么就是换班，你知不知道你这次已经三天没来上班了，连假都不请一下，三天了，你都不吱一声，明天，明天再不来就别来了。小护士长一顿乱吼，把她给彻底吼醒过来，也彻底吼傻了。

　　很多年后，小艺与姐姐小蓉说到这事，两人都觉得如果当年姐姐去小艺家住几天，小蓉换个环境换个心情再加上小艺的劝和，这个婚肯定就不会离了。可是，什么事都没有如果。

　　听完小护士长的一顿乱吼，小蓉一下扑倒在床上，不由得又伤心地大哭起来。多年在单位的委屈、多年嫁小吕的艰辛一下子涌到心头，现在老公没有了，工作可不能没有呀。她下定决心，今天必须与小吕哥了结。

小蓉一定要和小吕哥离婚，小吕哥认错，却坚决不离，他怎么会舍得放弃小蓉呢？但是小蓉已经铁了心，她拿出拟好的离婚协议书，对小吕哥说，咱俩离婚，我什么都不要，房子、孩子、钱，我都不要你的，都给你留下，今天你把这个字签了，我什么也不说。如果再不签字，我马上就去找市委书记。

小吕哥一听这话，知道自己无论怎么做都改变不了小蓉铁了心离婚的决心，他只好哭着在离婚协议上签了字。

小吕哥签完字，就从家里往外走，小蓉把他叫住，让他把身上的毛衣毛裤脱了个干净。她哭着说，小吕，你喜欢谁就让谁给你打吧。

小吕哥只好脱，脱了毛衣脱毛裤，他边脱边哭道，小蓉，你对全世界的人都好，就是对我不好！我是个男人呀，你想到我了吗？你想过我一个男人这些年怎么过的吗？我一个农村孩子，考上大学多不容易，工作起来更不容易，你什么时候关心过我？只想着调动，你调动没说调回到我身边，却非要调到滨江，还要让我去滨江，我去滨江干什么？我没有自己的事业吗？不说让你帮帮我的工作帮帮我的事业，你在这儿，我至少回家有杯热水有口热饭吧，可是你为了自己的虚荣心为了你妹妹，非要去什么滨江？为什么要去滨江？那里有什么好？我们结婚八年，在一起的时间还不到八个月，这过的是什么日子？

小蓉吃了一惊。小吕对自己从来都是言听计从，这是他第一次说出反感自己调到滨江，第一次说到自己不关心他的话。她当然知道，除了这些，小吕说自己是个男人呀的言外之意。

小蓉含泪不解道，小吕，为什么去滨江？如果不去，北北也要一辈子在前塘吗？你一个男人，我不也是一个女人吗？我一个女人都能过，你一个男人就不能过吗？难道离了那种事你就活不了吗？我跟你时什么都没有，你背着一袋红薯到我家，我妈连正眼都不看你一眼，我嫌弃过你吗？这些年我一个女人在外面还带着你妈和北北有多难，你知道吗？如果你是个男人，是个堂堂正正的男人，你就不会做出这种事。

五月，天已经热起来了，小蓉的心却如冰窖一样寒一样冷。女儿北北必须给小吕，她现在真的恨透了小吕。她想，让他一个镇长带着他妈和他女儿生活吧，让他也尝尝艰难的滋味。

江南站的站台上，停靠着七八趟始发终到的绿皮车，二站台刚好有一趟刚刚上线的崭新的红皮空调车。放眼望去，在所有的绿皮车中，那趟红皮车真如万绿丛中一点红，这一点红像一道亮丽的风景吸引着站台上所有旅客的目光。

看见红皮车，七岁的北北兴奋不已拉着姐姐小蓉的手，非要坐坐那趟红皮车，伤心欲绝的小蓉带着小北北专门坐红皮车从江南站坐到江北站，然后，将开心不已的女儿和不明就里的婆婆送上返回家乡的火车，自己则搬回到洋园医院的筒子楼里。

结婚八年，小蓉什么都没要，奋斗十多年，小蓉什么都没有。

姐姐小蓉把离婚的一切手续及北北、婆婆全都和小吕交接清楚，又过了一个月，她情绪平复后，才用平静的语调告诉爸妈，她离婚了。

妈妈听后，口气轻松地说，当初我就看不上小吕，不让结婚不让结婚，现在后悔了吧，真是不听老人言，吃亏在眼前！离了也好，找个更好的。你看胡厂长家的海棠，跟小蓉你还是同学，可一嫁给咱们厂的那个大学生杨峰后，就跟着杨峰调到滨江，听说杨峰现在都是工务段段长了。

爸爸望着妈妈，发火道，你这是什么话？人说宁拆一座庙，不毁一桩婚。哎，爸爸接着叹息道，小蓉这女子性子怎么这么烈这么莽呀？人哪有不犯错的，特别是男同志。

妈妈不解地问，那你怎么没犯错？你到豫州学习三年也没看你犯错。

爸爸没有接话，而是接着担忧着小蓉。爸爸说，小蓉才三十二岁，一个女人，一个护士，没有房子没有孩子没有户口，在城里怎么过？这个女子性格就是烈，怎么说离就离？唉！爸爸又深深地叹口气，这个婚能不离是一定不要离的。

妈妈反倒轻松地说，离婚证都拿在手上了，说什么都没用了。说完，妈妈转过身，突然看见爸爸眼里满是泪水。妈妈赶紧打住话，没敢再吱一声。

过了好多年，妈妈对三个女儿说，你爸爸是军人，我跟你爸爸这么多年，那是我第一次见到你爸爸流泪。

# 第五章

## 今天工作不努力

　　汉桥和小艺两家年前才分到的二手房，在铁路大院同一栋楼房。楼房后面就是前进路大街，前面是三排矮小的红砖平房，每次回家他们必须经过自家楼房与那几排红砖平房间的过道，只是过道本来就不宽，有些平房还私搭半间房又把路拦了一大截。

## 围城

1997 年初春。

天色微黑，汉桥早早从铁路二院的丈母娘家吃了晚饭，准备回自己的小家。刚走到拐弯处，就看见小艺推着黑色的安琪儿女式自行车和车后座椅上的点点慢慢走过来。

汉桥和小艺两家年前才分到的二手房，在铁路大院同一栋楼房。楼房后面就是前进路大街，前面是三排矮小的红砖平房，每次回家，他们必须经过自家楼房与那几排红砖平房间的过道，只是过道本来就不宽，有些平房还私搭半间房又把路拦了一大截。

点点！汉桥叫坐在自行车后座椅里的小点点，点点眉开眼笑地笑着喊胡伯伯。然后，汉桥笑着问，小艺，怎么这么晚才回家？小艺笑着说，周六没事，就带着点点到处转了转。

铁军呢？

在家。小艺仍旧微笑着答道。

小艺知道汉桥不喜欢打牌，也就没有说后半句，铁军在家打牌。现在只要提到铁军，她就想到《围城》这本小说。因为她正体味着婚姻是一座围城，城外的人想进去，城里的人想出来的感受。姐姐小蓉已经离婚四年了，仍旧过得愁苦不堪，自己结婚六年了，也感觉不到婚姻的快乐。

汉桥和小艺刚走到过道边，就听见平房内传来繁城方言的骂人声，他妈的，什么大局长，他妈的，凭啥要老子拆自己搭的房子？老子就是不拆……

这是骂谁？小艺边走边问。

汉桥说，骂新来的大局长呢！

新来的大局长？为什么？小艺吃惊地问。

汉桥说，前几天，新局长到咱们铁路大院二院看了看，看见大院内的公房乱搭乱盖现象太严重，影响大院形象和行车安全，也不利于治安环境，就要求在本月内凡是私搭乱建的房屋都必须拆除。

汉桥接着气愤道，这家人在房前搭了两间私房，把咱们的过道都拦了一大截，早就该拆了，他还有脸骂？

这个大局长还蛮厉害的！小艺边说，边把点点从自行车后座抱下来，放在院子里。点点脚一点地，就跑过去与院子里的孩子疯玩起来。刚才路上她给点点买了点点心吃，点点也就不饿。

汉桥说，领导嘛，新官上任三把火。听说新局长才从滨江调过来，人很不错，十多年前还收养了一个贫困职工的小女孩。

滨江？收养贫困职工女儿？是爸爸说的那个工区吴书记吗？小艺心想着，连忙问，是姓吴吗？

是的。怎么？你认识？

小艺摇摇头，我初中时听爸爸说过这个人，没见过。

正说着，小艺家对门的小花与老公李林走出院子，他们准备去娘家接小小花。

说来也巧，小蕾、小花差不多时间结婚，也差不多时间要孩子，更巧的是，小花和小艺分房竟然门对门，只是小小花比点点大一两岁。

当年，猴子对小花一见钟情，可那时小花其实名花有主，那个名花主人就是李林。与一口滨江腔风趣诙谐的机灵的猴子不同，李林呢，个子不高，话不多，长相斯文，其它没有明显特征，如果非要找特点，那就是他那带有明显天沔一带口音的普通话。八十年代，黄冈中学还没有名气，只有天门中学赫赫有名，因此，现在，分局三分之一的大中专毕业生都说着天沔一带口音的普通话。有句俗语道：天上九头鸟，地上什么佬，十个汉川佬，抵不过一个天门茗（方言中，茗就是愚蠢的人的意思）。

李林听见他们在议论新局长，就走过来，用软软的天沔普通话说，听别人说，新局长最大的特点是严厉有余，灵活不足。他一来，就把车站班子给训了一顿。

吴局长前几天去调研，车站高度重视，准备了几十页的汇报材料，站长见到新局长有点激动，磕磕巴巴念了近五十分钟。吴局长耐着性子听完后，说，你就用自己的话讲行不行？一听就是办公室写的东西，又臭又长，念完了吧？然后，他说，我来问问你吧。他问车站领导，今年春运刚刚结束，客流有什么规律特点？最大的客流变化是什么？近三年发送旅客多少？车站面积多大？最高能集结多少人？

领导嘛，一般都干大事、记大数，哪记得这么细的数字？主管站长也不记得，近几年的怎么会全都记得呢？就赶紧派人去问问售票车间干部，车站分管站场设备的人。这还没什么，吴局长接着问办公室主任闻主任，去年电视里就天天放《三国演义》的连续剧，现在，马路上到处都是滚滚长江东逝水的歌曲，全国上下三国热，咱们管内有那么多古三国故事的发生地，如刘备三顾茅庐、关羽大意失荆州，赵云大战长坂坡等，你们有没有分析过三国热对我们这些车站的客流是否产生影响？这些影响和变化有多大？

其实，车站真有部分领导思考过这个问题，想讲一下，可是现在手头又没有精确的数据，怕说不清楚反倒被新局长问倒了，于是都面面相觑，默不作声。

接着，吴局长要到现场看看，车站领导带着吴局长到售票厅、进站口、候车厅看了看。吴局长看到高高的售票窗口有个别女售票员还在人工售票，配发的台式电脑摆在那儿，不用。吴局长奇怪地问，为什么？车站领导解释说，部分女售票员年龄偏大，文化不高，虽然培训过，但用电脑售票不熟练也不习惯，她们说，自己手工售票几十年了，比电脑还快呢，所以，她们还是喜欢手工售票。听完这话，吴局长全程黑着个脸没有作声。

最后，吴局长说，走，咱们去候车室和出站口的厕所看看。站领导没想到大局长要去看厕所，因为厕所属于收费厕所。结果，人还没到厕所，远远地就闻到尿骚味，走到跟前，厕所门前里面全是水渍，旅客进出全要靠垫在水中的一块块破砖头进出，蹲位更是脏得无法下足，结果可想而知。吴局长当场就发火了，黑着脸大声吼道，这还是收费厕所？只收费不服务吗？

汉桥接话说，我也听说这事了。看来，车站领导的日子不会好过了。

李林说，吴局长特别严厉，也许，个别车站领导的日子不光是不好过，怕还会位置不保。

汉桥疑惑道，会这么严重？

李林解释道，吴局长最大的特点就是严厉有余，那就是过于严厉。要知道，一个领导，从一次现场调研就能看出一个单位的管理理念、服务意识和日常管理水平。目前，车站这种管理水平怎么跟得上他的要求呢？这是一；再就是，现在铁路形势不好，公路民航发展太快，好些高端旅客都乘飞机，赶时间的旅客走高速公路去了。现在，我们铁路好些大站候车厅的外面悬挂着大幅的"比一比，看一看，乘坐火车最划算"的宣传横幅，铁路什么时候做过这种与公路竞争拉客的宣传？听说去年滨江分局开行的武道号旅游列车只开了不到一年就被迫停开了。

唉，说到底，是咱们铁路速度太慢了！汉桥道，其实，铁道部早就意识到这个问题，所以，马上，全国铁路就要实施第一次提速调图了。咱们分局同期要开一趟混编列车。

李林说，我也听说了。这是全路第一趟混编列车，听说还是吴局长争取来的，不然，咱们分局不在主要干线上，没有市场竞争的压力和紧迫感。

汉桥一听这话，也谈起吴局长。他说，工务出身的吴局长刚来一周，就带领安监部、工务部相关领导及人员将全分局管辖的线路全部走了一遍。

李林，你是知道的，分局管内的襄渝线地质状况复杂，沿途隧道一个连一个，隧道线路都是七十年代初建成的，当时技术条件有限，修建后存在这样那样的问题。吴局长一上任，就一个隧道一个隧道钻，一个区间一个区间走，白天检查，晚上就睡在轨检车里。工作扎实得很呀！闻主任说，他跟着全程巡查，辛苦得不得了。在巡视时，吴局长常说，安全不牢，地动山摇！……

这边男同志谈论着单位大事，女人们则谈论着孩子和家。

初春，小花穿着收腰大摆的驼色薄呢长风衣，身姿曼妙，笑靥如花。这件风衣是前几年她与小艺一起到劳动街市场逛街时扯布料做的，同一款式她俩一人一件。小花娘家在铁路大院，女儿小小花基本都放在娘家，她和李林一天三顿也在娘家，只有晚上休息才回自己小家来，所以，日子过得轻松悠闲得多。

小花看着小艺穿一身藏青色套装，笑道，天这么好，你怎么不穿风衣呢？多好看。看你这衣服，就像铁路制服一样，太死板了。小艺笑道，不行，骑自行车带点点，长风衣碍事。

两年前的夏天，穿着无袖粉底白点连衣裙的小艺骑着自行车带点点去公园，刚骑几步，不想薄纱式的裙摆被自行车链条卷入车轮中，车子一歪，坐在后座椅的点点差点儿从车上摔下来。幸亏小艺刹车迅速，再看点点惊恐的眼神，小艺就再也不穿裙子。从那以后，小艺一年四季全是裤装，这样上下自行车方便，再也不会担心点点从自行车上摔下来。

小花道，你家今天好热闹，六七个人在你家打麻将，好像刚散。小艺皱着眉说，是，铁军的同事们休息时总爱一起打牌。小花笑道，铁军他们一上班就是一整天一整夜的，上班时间精神高度紧张，休息时间同事们打牌放松放松也好。小艺笑着点了点头，既是赞同，也是告别。

小艺将自行车停在楼道边，锁上，然后走到自家防盗门前，打开门，脸色不由得阴沉下来。家里一片狼藉，满屋都是烟味，地上全是烟头，桌上还摆着乱七八糟的麻将。看来战斗刚刚结束，铁军正在低头打扫战场。

小艺不喜欢打麻将又不能说不喜欢。那时全国上下一片麻，单位上下邻居社里，打麻将是大家最喜闻乐见最受欢迎的娱乐方式，大家都打你不打，显得你多与众不同似的。与众不同就是异类，在哪儿都不是好事，而且，打麻将是联络同事朋友感情的最佳方式，铁军喜欢。

只是家里四十多平方米的两居室房子，本来就不大，再摆一桌的牌局，来上五六个人，有打的有看的，还要打完再吃，吃完还打，一般从早到晚，"哗啦啦、哗啦啦"一整天，小艺和点点没法在家待，她只好被迫带着点点在外面转，转了公园转书店，转了大院转二院。

看到在外"流浪"一天的小艺走进家门，铁军自知理亏，就一声不吭地埋头迅速打扫战场，小艺也默不作声，目光跟着铁军挥舞着的扫帚，看到扫帚差点儿扫到一本杂志——垫在牌桌脚下的杂志，小艺一眼看出那是自己刚买的最新一期《读者》。

因为没有看完，小艺就随手将杂志放在他们主卧的床头，没想到现在竟然躺在桌子脚下，成了麻将桌下的垫脚石。本来在外流浪一天的小艺就不开心，再看见自己的《读者》竟然垫在麻将桌下，她心疼地将目光扫向压在桌脚下的《读者》，再顺着桌脚向上，看见桌面上麻将垫里那些绿绿红红乱七八糟的麻将，她不由心乱如麻，抬起手，一把扯起绿色麻将垫，用力摔在地上，麻将子"噼噼啪啪"一阵乱响，撒得桌上地上到处都是。然后，她抬起桌脚，轻轻将《读者》抽出来，再把杂志封面上的泥印擦净，一声不吭地转身回房。

铁军看见"噼噼啪啪"落在地上的麻将子，一下也火冒三丈，他真想发火，但转瞬间他就平静下来了，他知道是自己不对在先。同事们每次到家里都是一打一整天麻将，小艺和点点没有地方待肯定不高兴。他想，怪只怪小艺自己不打牌，如果能加入进来，与同事们一起同吃同乐不就相安无事吗？但转念又一想，小艺不打麻将也好，他们单位有几个人的老婆打麻将上瘾后，把几岁大的孩子一锁一天，不管不顾。女人嘛，还是要把家操持好，打什么牌？

不管怎么说，肯定是自己的不对！上午，同事来打麻将，桌子下面有点不平，同事想找个什么垫一下，一眼看见床边的杂志，便拿起杂志就往桌脚下塞，铁军本想阻止同事，他当然知道老婆的爱好，但是同事已把杂志塞在桌脚底，再让拿出来又怕同事笑话他怕老婆。一本杂志，多大点事？他当然知道老婆一定会生气，但是一上麻将桌，就将老婆生气的事忘了个一干二净。只是，自己再怎么错，一个女人，也不至于摔麻将呀。

小艺从卧室出来，不看铁军，也没有说话，只是赶忙给点点做饭，与点点相比，其他的事都不是事。吃完洗完，再给点点讲故事，哄点点入睡，铁军和小艺也就该上床休息了。

躺在床上，想着刚才杂志的事，小艺仍不开心，但她又有事要与铁军商量，便板着脸，语气生硬地说，哎，有个事要和你商量一下，我姐她们医院分房子，半福利性质，说是最后一批福利房。你知道，她离婚了这么多年，好不容易分到房子，这个月底就要钱，我姐自己没有多少钱，我想把咱们的钱先借给她，免得姐姐因为钱不够放弃了分房资格。

铁军还在为小艺掀了他的麻将不高兴，他就看了一眼小艺，语气冷淡地说，咱们也是刚分了房，现在哪里还有钱？

咱们不是有一个高息的存折没动吗？咱们把高息给别人，提前取出来吧，我姐这个月就要钱，不然她一个人到哪儿借去？小艺语气有所缓和道。

咱们那个存折存了三年了，还有两个月到期，三分的息，那怎么行？

小艺一听这话，那就等于铁军不同意。她干脆把头一扭，不再理铁军。

小艺早上起床，铁军早走了。他是三班倒，早八点上班，他每天早上六点五十就出门，雷打不动，家里就是后院起火，他也会看都不看，准时出发。

铁军从来都觉得自己的工作比家里的事要重要得多。谈朋友时，铁军曾经满是自豪地给小艺介绍调度部，铁路调度部是什么地方你知道吗？铁路调度部就相当于部队司令部。司令部呀，相当于部队的首脑，铁路的中枢，多重要！我们调度员下发的文字都叫调令，调度命令。有谁敢说自己的工作指令是命令？命令就是无条件执行，军令如山！

所以，铁军觉得与他如此重要的工作相比，家中点点穿少了吃晚了这些鸡毛蒜皮的小事算什么？

中餐，点点吃得很多，每个周末，菜都不同，但是汤却总是一个样——排骨煨山药。只要是周末，点点就要吃棍棍和小鼓。棍棍就是排骨煨熟后露出两端骨头，小鼓就是圆胖白粉的山药。点点吃完就跑到院子里玩去了，分房子，小艺特地要了个别人都不要的一年四季不见阳光的一楼，目的就是想让点点随时都可以在院子里疯跑。

收拾完后，小艺就开始包饺子。每到过年过节，妈妈就会包饺子，因为爸爸最喜欢吃。一包饺子全家都上，边包边聊天说笑，比谁包得好看包得快。每次包饺子时，爸爸就会说到当年部队包饺子时集体包集体吃的热闹劲。她包完饺子再包一些馄饨，包好后摊放在冰箱的冷冻层，等冻硬后再分袋扎好，放入冰箱。工作日时间紧时，早餐、晚餐就可以变着花样吃饺子或是馄饨了。

晚上，点点睡下了，忙活一天的她歪在客厅红木沙发上，看着从路边小店租来的美国电影《廊桥遗梦》的录像带。

铁军都是在单位吃了晚饭才回来，到家一般已是晚上八点半了。铁军进门，小艺没理会，她正看得入迷，铁军也坐在旁边跟着她看了起来，但是铁军只看了不过十多分钟，就站起身来不再看了。他语气生硬地说，看这些干什么？

待看完后，想着男女主人公忧伤的眼神，小艺自己不由得也变得伤感起来，她坐在那儿继续发呆。

发什么呆？还不睡觉？铁军走过来仔细地盯着仍在发呆的小艺，半开玩笑地对小艺说，你不会又哭了吧？他知道小艺特别爱哭。

没有，就是心里有点放不下。小艺心中还想着电影中男女主人公难以忘怀的忧伤的眼神。好电影好书总会让人意犹未尽。

叫你不要看这些乱七八糟的电影，你非要看。看看，这不是没事找事，自己找难受吗？铁军责备她道。

奥斯卡获奖大片，怎么到铁军嘴里就成了乱七八糟的东西？小艺没理铁军，站起身来，径直走到女儿点点的房间，看看熟睡的点点，就想直接歪倒在点点的大床上。因为他们两家都在外地，点点房内专门买的1.5米宽的大床，以备两家来人有床可睡。

看着小艺要歪在孩子床上，铁军上前一把抱住小艺，拥着小艺就往主卧走。小艺连忙挣扎，但又不敢发出声响，她怕把点点吵醒了。就这样，小艺半推半就地来到主卧，两人一起扑倒在大床上。

躺在床上，铁军坐起身子，用严肃的口吻一本正经地对小艺说，以后不准看这些电影，会让女人学坏的。

小艺望着铁军一本正经的模样，不由笑起来，《廊桥遗梦》能让女人学坏？

笑什么？铁军一脸正气地问道。

奥斯卡获奖大片，多好看的电影，怎么会让人学坏？

我刚才看了一点点，好像是写婚外恋的。铁军仍旧一本正经道。

小艺"咯咯"地笑着，哪儿跟哪儿呀？感情是自然而然发生的，而且故事结局不是两人为了家庭责任最终分手了吗？她想了想，又说，我刚才在那儿发呆，是在想这个故事讲的是什么？它可不是只讲婚外情，而是讲人性，讲真情。是说，真正的爱情就是长望和相守，家庭的根本则是责任和担当。

既然想到家庭，就不该发生这种感情，什么乱七八糟的东西！铁军还是不满意，仍旧义愤填膺地评论道。

不过，想想铁军的逻辑也对，他真的是一语中的，很直接很简单。只是，人就是个复杂的生物，从人性上看，人本来就有七情六欲，可作为社会人，人更要有道德守操守，也正因人性的复杂，才彰显人性的崇高。

小艺就笑着辩解道，人不是机器，更不是数学题一加一等于二，人有人性，更要有道德有责任。正因如此，才显现出这部电影里男女主人公的动人可贵。

反正这不是一部好电影！铁军面露不悦地下定论道。

拜托，这是电影，是艺术。小艺反驳道。她和铁军的思维总是不在一个点上。她想起鲁迅曾说，《红楼梦》中只有宝哥哥会爱上林妹妹的，贾府中的焦大是不会爱上林妹妹的。于是，她笑道，这就是没文化的劳动人民和有文化的小资产阶级的区别。因为铁军经常在批评她是满脑子小资产阶级情调。

我家是干部家庭，你家才是劳动人民。铁军振振有词地反驳道。

躺在床上的小艺不由坐起来，她笑着说，一样的当兵，我爸爸当时出于保家卫国的想法，为理想；你爸爸说去当兵是为了有馍馍吃，为生存，觉悟完全不在一个层次上，这就是区别。你知道马斯洛的人的需求的五个层次吗？这就是人的最高层次自我价值的实现和最低层次生理需求的区别。小艺讲着讲着，自己就"咯咯咯"地笑了起来。

摆事实讲道理，铁军从来不是小艺的对手，但铁军有最拿手的简洁有效的方式，那就是直截了当的批评。看着"咯咯咯"笑个不停的小艺，他严肃地批评道，我都不知道你一天到晚都在想些什么？不想想家里的柴米油盐，只想着这些不着边的理论和千奇百怪的想法。他问，你知道家里的盐快没有了吗？

小艺一愣，她还真被问住了，她真不知道。今天她做了一天的饭菜也没注意到盐快没了，铁军这一说，她还真觉得家里的盐快没了。但她转念一想，铁军对也不对！于是，她笑着说，这还需要知道吗？没了就在旁边的小卖铺买不就行了，这还要动脑筋想吗？

铁军接着不怀好意地盯着小艺说，你知道该怎么伺候老公吗？从前我师傅说，每次退乘回到家，老婆都会说，你回来了！然后递上洗脸毛巾，端出准备好的饭菜，伺候丈夫吃饭，烧好洗澡水，然后把被子铺好，准备好睡觉的东西。

小艺没有听清，微皱眉头问，准备好什么东西？

铁军笑道，准备好睡觉的东西！他故意在睡觉两个字上加重语气。

小艺这才明白铁军眼神里闪现的不怀好意，她吓得连连躲闪，你饶了我吧。我才不会准备什么东西，你想找那样的女人你去找好了。

铁军一下泄气下来，倒在床上，两手抱头嚷道，我也不知着了什么魔，找了你这么个不着边的女人，我真是倒了霉了。

相安无事地躺了一会儿，小艺主动调转头来对铁军说，铁军，给你说个事，我想去滨大上上本科，那种周末班的，反正现在双休日，周末两天在家也没什么事，好吧？

说你不着边，你还不高兴，你去上学，点点怎么办？一个女人，读那么多书干什么？在家睡觉不比往外跑着舒服吗？铁军不满道。他这个睡觉就是睡觉的本义——休息的意思。

点点正好可以放在姐姐或妹妹家，她们帮我带着，也当是去过周末的嘛。

我不同意。

那我双休日干什么？我真的无聊死了！小艺头埋在枕头里，然后，她接着说，那你天天打牌吧！双休日我坐车回家。听妈妈说，马上，前塘唯一那趟绿皮慢车也要停开了，再不回去以后更不好回去了。

　　小艺想，不行就抱着点点，坐着火车看四季风景，春天花红柳绿，夏天荷花遍地、秋天落叶翻飞，冬天白雪皑皑，也许那种郁结于心的说不出的莫名的伤怀就会得到释放。

　　谁说我天天打牌了？铁军一下坐直身子，大声反驳道，今天下午，新来的吴局长到我们单位来调研，我作为职工代表被选去座谈，最后，领导问我们职工代表有什么要说的，我表态说，一定干好本职工作，保运输秩序、保列车正点。

　　铁军的干好本职工作，保运输秩序、保列车正点，若是别人，可能是在领导面前唱高调说大话，但在小艺看来，那可是铁军调度工作的真实写照。所以，小艺没有对他的表态发表评论，反而问道，听说吴局长是从我们那边调来的？

　　是的。他五十来岁，人不高，黑黑瘦瘦的、很和蔼很朴素，同事说他长得像个农民，我觉得他像袁隆平。

　　袁隆平？小艺想，是爸爸妈妈经常提的袁隆平吗？

　　水稻专家袁隆平。

　　噢？！小艺脑海中显现出袁隆平的形象。她不由也坐直身子，望着铁军说，听我爸说他人挺好，不过昨天晚上，我听见前面平房的人在骂他，你说他很和蔼，也有人说他严厉得很。

　　当领导哪有不被骂的？我是个粗人，都懂这个道理。铁军不由脱口而出。

　　小艺吃一惊，她盯着铁军，笑着反问道，粗人？你是粗人？我怎么嫁给个粗人？怎么会嫁你一个粗人呢？小艺装着一副后悔莫及的表情，口气里也满是痛心疾首。

　　铁军先是吃了一惊，再看看小艺装模作样的样子，就半真半假地理直气壮道，粗人怎么了？粗人怎么了？粗人不是人？

　　小艺笑道，用我妈的四川话说，好汉没好妻，赖汉找个花滴滴。

　　铁军一听，装作凶巴巴的样子说，我就是粗人，就是赖汉，我就是赖汉找个花滴滴，怎么样？边说，边笑着扑向也笑咯咯的小艺。

　　其实，小艺不是花滴滴，铁军也不是赖汉、粗人。铁军名字与本人外表是典型的表里不一，但与他的行事风格却一模一样。

　　铁军长着一副干净斯文的模样，天天挂着一张笑脸，笑起来也是一双弯弯的眼睛，一口洁白的牙齿，看着就像爱情电影中的男主人公。点点高中时，一次对小艺说，妈妈，你看我爸爸像不像韩庚？小艺觉得有一点儿像。若只从铁军的外表看，都会把他与电影电视里的男主人公联系起来，觉得他一定温柔多情、多才多艺，可小艺与铁军快结婚才发现，铁军的性格和做派与名字一样，沉默寡言，死板固执，只讲规则没有变通，只干工作没有爱好。

　　小艺与铁军谈朋友时，有一次，两人走到铁道线边，小艺想起小时候姐妹三人在铁道上跑跳的开心劲，就欢快地跳到铁道线的道心里想走走枕木，不想铁军却板着脸，一把把她从道心里拽出来，用一口又重又硬的滨江腔满脸严肃地吼道，你想找死吗？那里怎么能走？亏你还是干铁路的，你不知道吗？铁路规章中的每一项条款每一条细则都是血的事故和教训换来的，你知不知道，每年有多少人因为无知因为所谓的浪漫在铁道线上丧命？

　　胡三每年在小蕾生日时都会送一大束鲜花，看着小蕾一脸幸福样，小艺真是羡慕不已。今年自己生日时，小艺有意说到胡三年年送花小蕾这事，哪个女人不想老公送花自己呢？铁军听着没作声就出门了，小艺知道他不作声就一定会买花回来。于是，欢天喜地地在家等了一天。可等到晚上，铁军却两手空空地回到家，看到她满脸满眼的失望，铁军满脸真诚地解释道，我今天真的专门去看了好几家花店，太贵了，一枝花要好几块钱，又不能吃又不能喝，不划算！还不如咱们一起到菜场买点好吃的，我做给你吃。听到这话，小艺转身就走，她真的郁闷到快疯掉了。

　　唉，电视更看不到一起了，铁军除了新闻联播、军事节目，就是动物世界，小艺看电视、电影，特别是一些奥斯卡大片，特别渴望与铁军交流交流，结果，人家完全不感兴趣，两人完全不在一个频道上。开始小艺还觉得是两个人感情不好，感觉这个家过不下去，后来看了《女人是水星，男人是火星》这本书，心里才释然，原来男女完全不是一个星球上的，怎么沟通？再后来看到有人总结说，婚姻怎么都是错，最好的办法就是将错就错，小艺一想，自己的婚姻已经很不错了。

一个月后，分局干部大调整。一批年轻、有学历、有基层管理或是有机关管理经验的"八二本"（八二年以后本科毕业的大学生），被委任到基层站段担任正副职。小花的老公李林，从机关到繁城车站当副站长，还有不是"八二本"但表现优秀的年轻人也得到重用，如中专毕业的办公室主任闻主任，由分局办公室一支笔调任繁城车站当大站长，而复转军人出身的汉桥则由宣传部下派到五里坪机务段当党委副书记。

真如李林预料，新来的吴局长在不拘一格用人才。

## 管内列车

前塘站那趟唯一开到滨江的绿皮慢车这个月上旬就要彻底停开了。听到这个消息，在滨江当老师的小楚吓了一跳，连忙给在医院当班的姐姐小蓉电话，约着一起坐车回家。她又心急火燎地给远在繁城的小艺打电话，说咱们前塘站那趟火车要彻底停开了。

小艺已经上床睡觉了，听到客厅里的电话铃声，就起身接电话。一听这事，心中一紧，她连忙问，什么时间？

下周。

下周？是吗？小艺手握电话，心里一惊。

是呀！小艺，前几年那趟增加停点的车停了，现在连这趟咱们从小坐到大的火车也要停了，以后怎么回去看爸妈呢？小楚一边着急一边感叹道。

为什么停？小艺问道。

不知道啊，咱们这周就回家一趟吧。小楚接着说，我和姐姐都说过了，我们三个人一起回趟家吧，不然，以后再也不能坐火车回家了。

小艺连忙说，好，就这个周末，刚好我也要去见姐。

小艺放下电话，坐回床上，内心却不再平静。她知道，她们姐妹三人都对那趟开往滨江的管内绿皮慢车充满了不舍。那趟几十年来爸爸坐着到滨江去又从滨江回的绿皮慢车要停开了，那趟带给她们无限希望和满心惆怅的绿皮慢车要停开了。为什么呀？爸爸妈妈会多么舍不得！如果停车，以后爸爸妈妈怎么来滨江呢？还有，她们三姐妹又怎么从滨江回前塘看爸妈呢？如果彻底停开，厂里像杨伯伯杨妈妈这样的职工家属们就只能永远待在厂里了。可是，他们全部都是外省人，这趟绿皮慢车永远停了以后，以后杨伯伯杨妈妈他们怎么回河南老家呢？

可是没人回答得了她们三姐妹这个问题。

后来，小艺在《中国铁路志》一书中找到答案。书中有这样一段话：

为适应中国经济发展，满足人们日益提高的物质生活需求，应对公路、民航的激烈竞争，1996年全路旅客列车开始实施开优（优质优价空调车）增卧（增加卧铺列车）减慢（管内慢车）的方案。争取到2000年，全路优质优价旅客列车（空调列车）达到50%，"三进列车（进京、进沪、进穗列车）"要增加软卧硬卧数量，最大限度减少直通慢车与管内列车。

要知道，那趟带给三姐妹无限希望和满心惆怅的绿皮车既属于管内列车还属于慢车，更在叫停之列。

小艺三姐妹当时不理解。不理解也得理解呀！她们理解的最佳做法就是抓紧时间相约一起去看父母。

一大早起床，小艺收拾好行李，又用手摸了一下装着三万块钱的内裤钱袋缝得是否严实，嗯，还行。然后，她抱着点点坐上人力三轮车，匆匆赶往车站。

春运刚刚结束，可繁城车站售票厅、候车厅及站台上仍然到处都是黑压压的旅客。

列车来了，这是从成都方向经由繁城、滨江，终到广州站的旅客列车。

列车刚一进站，站台上黑压压的旅客就如潮水般拥向列车车门，挑着家乡腊肉的、扛着大包小包蛇皮袋的一堆堆农民，背着包拎着箱子的一群群大学生，带着孩子拿着行李的中年妇女，年轻力壮的中青年，如花似玉的小女孩儿，全都焦急万分地拥堵到列车门口。站在车门边的列车员无论怎么喊排队，根本无济于事。于是，就只好无能为力地看着旅客争先恐后往前挤。拥挤中，有的带的腊肉挤掉了，有的衣服包挤破了，但是没有人在意这些，都还在拼命往车门挤。只要人能挤上车，什么都不要了都行。

马上就到发车时间了，车门口仍旧黑压压的全是人，挤在黑压压人群后面的旅客一看这个阵势，知道自己无论怎么挤在车门口也肯定挤不上车了。

一些旅客灵机一动，拖着行李就从车门往车厢处跑，边跑边踮着脚，看看哪个车窗半开着，再看看车窗边的哪个旅客慈眉善目些，就请他帮帮忙，把车窗再打大一点。

其实，车内也满是旅客。只是，大家都是旅客，坐在车窗边的旅客也曾这么艰难地乘车过，于是，车窗被打成最大。车下旅客再央求车上窗边旅客帮忙接一下行李，没问题！请车下也渴望上车的旅客帮忙托一把自己，好！然后，车下旅客双手抓住车窗边，顺势奋力一跃，整个人就头向内，脚朝外趴在车窗边，再挣扎着狼狈不堪而又万分欣喜地爬进车厢。

一人上车，车下旅客又踮着脚站在车窗下边跃跃欲试了，就这样，如击鼓传花一般，一个帮着一个接行李、接人。进了七八个人后，坐在窗边的旅客眼看着身边实在没有能下脚的位置了，也不管车下旅客如何央求，就果断地关闭了车窗。

车上车下全是人，绝大部分是从四川坐车经繁城到滨江，再由滨江中转到广东打工的农民。小艺抱着点点，看着站台上到处是挤不上车的焦急万分的旅客，她心里也一样焦急惶恐。

现在，如果硬是挤进硬座车厢内，抱着点点，身上还揣着那么多钱，她心里怎么都会不踏实的。看来硬座车厢肯定上不去了，也上不得。她想了想，就走到9号车厢处，找到列车长，列车长一看是铁路职工有车票，又是个女同志，还带着孩子，就把她让进休息车的边座。她刚刚坐下来，一个中年旅客就来到她身边的卧铺铺位上。

你买这卧铺花了多少钱？这个中年男旅客操着一口江浙口音的普通话问道，身上带着江浙一带南方人特有的精明。

怎么呢？小艺想，自己只是坐坐边座，卧铺票都是一个价，怎么还会这样问话。

男旅客摇着头说，你不知道，我在车站怎么都买不到卧铺，只好上车来补，补票员说没有，我悄悄塞给那家伙两百块钱，他就给我补了这个硬卧。只是那两百块钱连个票据都没有。他把列车上补票的列车员称为补票员。

是吗？小艺吃了一惊。她好些年没有跑车了，真不知道现在这种情况。

男旅客接着说，很明白嘛，就是被这个补票员黑掉了嘛！唉，现在社会全是这样，也不光是铁路是这样，好多行业都一样，有些更黑。

小艺吃惊地张大嘴巴，没有说话。

很正常！男旅客望着小艺吃惊的表情，笑笑，花钱买方便嘛，我要铺休息他有铺供给，正当的需求关系。

没有票据，那……

男旅客摇摇头，叹息道，现在全国高速公路发展多迅速啊，各地高速公路都已联成网络，很快就会将铁路的市场挤占走。听说，去年你们铁路开行的一个"武道号"旅游列车，只开了一年就开不下去了。

小艺听说过"武道号"旅游列车速度太慢被高速公路逼停一事，主要原因是速度慢，运行时间太长，人家宇通客车运行时间短，还门到门服务，所以游客都不坐火车改坐大巴，最后没办法只得停开。

可刚才咱们这趟车上车下全是旅客，还有许多旅客上不来呢？你怎么以偏概全说没有人坐火车呢？小艺反驳道。

男旅客解释道，那是因为从四川出来到广州的只有这一趟车。再说，四川人多地少经济落后，而广东现在经济发展快，深圳又是特区，用人需求量大，地区经济差异大，四川的农民都流向了珠三角，现在很多内地省份都到南方打工。更何况现在刚过完春节，大家都往广州、深圳去。只是在我们沿海地区，在竞争力强的发达城市，民航、公路发展迅速，铁路竞争优势正在逐渐减弱。

是吗？面对这位见多识广的男旅客，小艺仍旧心存疑惑。

是的，只是这里地处内地，人们这种意识不强，但等大家都意识到就晚了。

男旅客肯定地说。

小艺望着对面一脸精明的男旅客，没有作声。男旅客继续说，看看，铁路都这样了，还有人一有机会就中饱私囊，我们在下面买不到票，在车上补不着票，说是没票了，可是给了钱，铺就出来了。这若是自家的车，早倒闭了。

小艺坐在旁边没有作声。怎么作声？

男旅客叹息了两声，我是个生意人，到过日本，坐过日本新干线动车组，你看看别人那动车、那速度、那服务，咱们五十年都赶不上！说着，露出一脸不屑和嫌弃的表情。

那你怎么不告他？小艺不高兴道。

现在是市场经济都是这样，再说，这是你情我愿，他收钱给我提供铺位，我出钱得到休息，都有好处，我干吗告他？唯一吃亏的是铁路，铁路既不是他家的，也不是我家的，是国家的。管他呢！唉，话说回来，我也是哀其不幸，怒其不争。

说完，男旅客就躺在卧铺上没有再作声。

日本新干线，爸爸在她初中时就讲到过的，后来小艺在电视上也看到过，青山绿水间一条白色长龙如闪电般一闪而过。怎么会有这么漂亮的火车？如果说我们的货车是笨重粗黑的壮汉，那新干线上的白色长龙就如轻盈可人的少女。唉，小艺心里真的不是滋味。

小艺心烦意乱，站起来望向窗外。列车到一个不知名的小站又停了下来，没缘由的停车让满车厢的旅客们心烦意乱。

车又晚点了！

这是什么调度？铁路调度怎么这么差的水平？车内旅客不停地嚷着骂着。

调度？小艺家就有一个现成的调度。她知道,列车晚点与调度有一定关系，但晚点的原因不全是调度。

烦死了，真的烦死了，可是烦也得忍着。列车不断地晚点、晚点，旅客们都烦透了。

列车到达车站时，天已经全部黑下来，小艺烦躁的心终于舒缓下来。

小艺牵着小点点开心地往出站口奔。她知道,小蓉小楚早就在出站口等待多时了。

没想到,到了出站口又出了意外。

出站时,点点开心地拉着小艺的手,一路连蹦带跳地笑着跳着往前跑,快到出站口时,她挣脱小艺的手,自己往出站口奔,没想到,点点突然被一个四十多岁的女客运员一把拉住,往出站口边的围栏中一推,点点一下吓得愣住了,惊恐万状地看着妈妈。小艺连忙赶过去,一边把点点往自己身边拽,一边把票证拿给客运员看。客运员面无表情地说,我问的是她的票,儿童票。

她才几岁?没有超高吧!小艺压住心头的怒火说道,哪有用这种态度对待儿童的?

女客运员蜡黄的脸上面无表情,粗粗的黛青色纹眉像两条死虫子趴在额头下,一张脸真的是难看死了。她直接将点点往出站口边上的墙面上推,边推边说,去量!小艺知道,那边墙上有儿童票身高的标尺。

小艺怒火万丈。她看到过很多次这种对待旅客孩子的无理粗鲁行为,她当时只是想,怎么能这么无礼地对待孩子?但是真正轮到自己,轮到自己的孩子,轮到客运员如此无理粗暴地对待刚才还在欢蹦乱跳、笑语欢颜的孩子时,她真的感觉怒不可遏。

不补,就是超高也不补。小艺发怒道。小艺当然知道孩子没有超高。

孩子的确没有超高。女客运员面无表情地放手,惊恐万状的点点赶紧扑向小艺。小艺边将点点拉回怀中安慰着,边将愤怒投向女客运员,可女客运员根本看都不看小艺,又去堵截其他孩子去了。

走出站,与接站的姐妹会合,但是小艺忘不了点点惊恐的表情和无助的神情。

他妈的,今天这一路真是撞见鬼了!小艺在心中烦恼地骂道。小艺都不知道自己还会这样骂人,会骂他妈的。

从车站到妹妹家要过江,打的士要三四十块钱,小艺哪里舍得?坐公共汽车过江才一元钱,只是全程要一个半小时。一个半小时就一个半小时,她们多的是时间，少的是钱。

小艺和姐姐小蓉都说，坐公共汽车吧，又便宜又能欣赏滨江从江北到江南的夜景。大方的妹妹小楚才不听话呢！她一把抱起小点点亲了一口，笑着说，走，坐的士，小姨请客！

坐在的士后座上，小蓉悄声问小艺，钱带来了吗？

小艺指指衣服下的小腹，没有作声，小蓉扫了一眼她腹部，脸上荡起开心的笑容。看着姐姐的笑容，小艺一路上又累又烦，特别是出站时点点被粗暴对待的烦躁情绪，都化为乌有。能帮上姐姐，这一路的烦心算得了什么？

小楚已经结婚两年，住在妹夫小刘分的一室一厅的过渡房里，房子很小但收拾得很温馨。吃了晚饭，小艺想把点点丢在小楚家，自己跟着姐姐到单身宿舍将就一晚上。小楚不肯，说算了，你们都在我家里住一晚吧！小刘知道小楚想三姐妹住一起，就笑着找理由，说要到单位值班，今晚不回来住了。

小刘一走，小艺小心翼翼地从内裤上拆下缝得密密实实的钱布袋，姐姐欣慰地说，房子分到了，就差你这最后一笔钱了。小艺边将三万元整齐的百元大钞交给姐姐，边悄声吩咐道，不要给铁军说这事。姐姐吃惊望着小艺问，你没告诉铁军？小艺语气平淡道，没事，他也没说不同意。

小蓉在客厅的地板上铺上好几层被褥棉被，小楚对小艺笑道，我和姐睡在地上，你和点点睡床上吧。

那怎么行？你与点点睡床上，我和姐姐睡地下。小艺反对道。

晚上，点点与小楚疯够了，就在床上睡着了。躺在床上的小楚见小蓉和小艺坐在被褥上，亲热地偎在被子里聊天，便"骨碌"一下从床上溜下来，也伸腿挤进被子里扎堆聊天。

聊了一会儿，小楚愁容满面地对小蓉说，姐姐，我都结婚两年了，怎么还没怀孕？你们是怎么怀的呀？小艺第一次见到总是笑容满面的小楚面现愁容。但这个问题也让她吓了一跳，这个话题怎么能聊？怎么好聊呢？

姐姐小蓉与小吕哥都分开好多年了，根本不愿多提这类话题，她皱着眉头对小楚不耐烦又有点儿落寞地说，怀就怀了，还问怎么怀的？不记得了。

小楚把求助的目光投向小艺，小艺一脸茫然地说，说实话，我不知道，我也是稀里糊涂怀上点点的。

是吗？小楚吃惊地问，你们不选择时间地点，就胡乱地怀上了？

小蓉有点儿厌烦地说，小楚，我们原来哪里像你们现在这样，怀个孕还选时间选地点，想要个孩子这么麻烦？小楚解释说，你不知道，现在讲究优生优育，只有这样生出来的宝宝才聪明。小蓉嘲笑道，所以，这么讲究环境方法，那两人在一起哪里还有激情？

小蓉这话一说，三姐妹都面显尴尬。小艺瞪大眼睛，吃惊地望着姐姐。姐姐真不愧是学医的，什么话都说得出来。姐姐连激情一词都说出来了，这个话题怎么还能往下聊？没法聊了，到此为止吧。

她们仨就换了别的话题，说说姐姐的房子吧，这是件让人开心的事。房子讲完，三人又东一句西一句地没有主题地叽叽喳喳讲到半夜。

关了灯，三姐妹钻进被窝里。黑暗中，小蓉低声对小楚说，过两天，你到我们医院来检查一下。

第二天，小蓉带着小艺来到医院的筒子楼。筒子楼楼道黑得伸手不见五指，摸黑摸到门，再将门打开，里面只有几个平方米，还有一面墙全是玻璃窗。姐姐去年才调回江南医院，但一直住在医院的筒子楼里。

这儿条件太差了，小艺皱着眉头说道，滨江的太阳夏天不要把人晒死？

马上就好了，小蓉心情大好，她拉着小艺笑道，走，去看看我分的新房。

房子在哪儿？

在洋园，就在我们医院旁边。

这是新建的一大片铁路住宅小区，有二十多幢八层楼高的楼房。小区大门马路对面就是公园大门，可以说是门对门。姐姐带小艺看完房子又来到这个公园，园内有个很大的塘，叫四美塘，园内小桥流水、曲径通幽，非常漂亮。

小蓉满脸笑容，双眼闪亮，喋喋不休地拉着小艺兴奋地说，搬到这儿就好了，到时候爸爸妈妈就可以到我这儿来住了。

小艺笑道，看来，这个钱我借你借对了。

小蓉还在展望未来。她说，到时候我把爸妈都接过来，爸爸会跳舞，公园里每天早上晚上都有老人跳舞的，他来了一定会高兴。妈妈会更高兴，她天天羡慕人家温姨，现在不用了，我分的房子比温姨的房子大一倍。温姨家现在两个儿子还挤在温姨他们住的老房子里。妈妈来我这儿住，就不用再羡慕温姨了。

那你不找人了？小艺有些忧虑地望着姐姐，毕竟她才三十多岁。

找什么人？小蓉脸上马上愁云密布。她一脸沮丧道，哪那么好找？好的别人看不上我，差的我又看不上。算了，我不找了。

吃了饭，小楚非要再带点点去中南大楼旁边的麦当劳，每次来滨江，她都会请点点吃吃麦当劳。

那时，麦当劳对于工薪阶层可是奢侈品。妹妹对谁都大方，无论是父母、姐姐还是小辈。点点三岁时，在中南商场看上一个玩具想要，但很贵，小艺不买，扯着哭个不停的点点就走。妹妹连忙上前，抱起点点，想都没想掏钱就买，最后全身只剩下一块钱。后来，她笑呵呵地对小艺说，如果不是这一块钱，我那天只有走五个小时走到天黑才能回家。可就是这样，每次来滨江，小楚必须带点点来中南商场买东西，必须请点点吃麦当劳，而且还要请大家一起吃。姐姐总是责怪大方的小楚，穷大方！小楚总是笑道回她，小气鬼！

一家人高高兴兴地走在中南路上，上了天桥，对面就是高大的中南商业大楼和小巧的中南书店。

走到天桥上，小艺突然看见对面中南书店整个侧立面上一幅高尔夫场地的巨幅广告牌。绿茵茵的草地上，一个一身休闲、高大帅气的中年男人正在潇洒地挥舞球杆，一个标准的挥杆击球动作。看着那一面墙上高尔夫场地的巨幅广告牌侧压在端庄的"中南书店"店名上，小艺怎么看心里怎么别扭。

## 分房

爸爸一退休，就用自己多年的积蓄盖了四间平房。

爸爸一直想念四川老家的房子，也一直想有属于自己的房子。当听说马上要实施住房改革，以后不再分房，而且住公房每月要交房费时，爸妈一商量，就用多年积蓄买下厂里盖楼房后早已废弃的平房，重新翻盖了四间宽敞明亮的平房，加起来一共一百多平方米呢。爸妈想，自己盖房住可以一劳永逸。一是三个女儿回来全都有了自己的房间，二是以后再不用每月交房费。毕竟人一退休，每一分钱都变得金贵，不然，爸爸退休那点收入月月还交房费，怎么交得起？

妈妈还在新盖房子的后门外边平整了一个五十平方米的小院，小院最边上又盖起个鸡圈，妈妈养了十多只鸡，大大小小的都有，每天"咯咯嗒嗒"地在院子里叫着，家里充满了生机。最让妈妈满意的是隔三岔五还能收几个鸡蛋，妈妈多有成就感呀。所以，外孙点点回来最开心的事，就是可以在鸡窝里意外发现带着余温的白白胖胖的鸡蛋。

昨晚大家坐火车到家已经很晚了，所以，早上都起得稍晚些。大家起床，坐在一起，吃了早饭，就都把目光集中到了小点点身上。

妈妈在鸡窝里悄悄地放了四个鸡蛋后，对爸爸使了个眼色。爸爸就笑眯眯地来到点点面前，点点，走，我们去看看鸡窝里有没有鸡蛋？点点一听，高兴地"哧溜"一下从大姨怀中挣脱出来，拉住爷爷的手，就跌跌撞撞地往后门院子跑。因为居住在北方话的语境中，在称谓上家人也学着北方话，比如，点点喊小艺的爸爸妈妈为爷爷姥姥，而不是四川老家的外公外婆。

爸爸跟着点点欢笑着小跑着来到鸡圈，刚进鸡圈门，公鸡、母鸡们受到惊吓，就"咯咯嗒嗒"叫着，扑打着翅膀四处乱飞开去，点点望望爷爷，得到鼓励的目光后，就勇敢地往前走。走到鸡窝边，她小心翼翼地往鸡窝瞧，突然看见四个白白胖胖的鸡蛋躺在稻草铺就的鸡窝里，一、二、三、四，四个！她惊喜地扭头望着爷爷，奶声奶气地兴奋叫道，爷爷，鸡蛋！鸡蛋！爸爸躬着腰站在点点身后，含笑鼓励着说，点点，拿出来吧。点点激动地伸出小手，弯着腰一个一个小心翼翼地往外拿，放在爷爷手中两个，自己双手合拢捧两个，然后兴奋地小心翼翼地捧着往家走着。

到家门口，爸爸连忙帮点点拉开纱门，进门后，点点小脸红扑扑地，激动兴奋地站在大人们面前，伸着捧着鸡蛋的小手，像是炫耀自己的战果。爸爸笑着夸赞道，看看，我们点点多了不起，一下就捡到这么多鸡蛋，还有两个在我这儿呢！大人们一下就围了上来，笑声朗朗道，真了不起呀！小楚一把把点点抱起来，在点点脸上用力地亲了两下，嗯，点点真了不起！

全家其乐融融地围坐着聊天。三个女儿伤感地说起那趟绿皮慢车下周就停开了，妈妈说，那怎么办？停就停，反正现在上街也能买到酱油醋了。爸爸说，停了也对，现在厂都垮了，没有几个人坐车去滨江了。小楚道，爸爸，你的觉悟怎么这么高？车停了，我们怎么回来看你们？你们怎么出去？爸爸说，你们就不用回来了，你们把时间精力都用在工作上。我们年龄也大了，不出去了。妈妈一听，撇了撇嘴。大家又说起厂里，说起厂里的孩子，说到厂里孩子的孩子，妈妈说，杨妈妈的大孙子杨树可有出息啦，现在在长沙铁道学院上大学呢。

没一会儿，爸爸从房间笑着出来，手上拿着一沓自己写的诗文，围着三个女儿说，现在，我退休在家看看电视报纸、练练字，写写东西，散散步，这几年我写了一些感悟。上次回了一趟四川老家，还专门去见了我的中学老师，还有一些儿时的伙伴，回来后就写了这几篇文章。爸爸拿着稿子，态度诚恳地说，你们的文化都比我高，小蓉中专生，小艺也是大专生了，小楚你是正规的大本生，都给我提提意见吧。

姐姐拿起爸爸写的一首诗，就学着爸爸用四川话，大声念了起来。

小能见大，革命显雄才，改天换地惊世界；
平中出奇，兴邦论特色，强国富民转乾坤。

念完，姐姐笑道，不简单，爸爸能做藏头对联了！看看，前边两个字正好是"小平"，边说边笑着给爸爸伸出大拇指。

小楚拿过这沓稿子，边看边笑着对爸爸道，不错，爸爸，写得好！我来接着念。小楚接着改用普通话，朗诵了《庆祝抗战胜利五十周年》。朗诵完，小楚俯到爸爸身前，双手一把把爸爸的脖子围住，夸道，好好好！爸爸听了笑得像一朵花似的，脸上还带着点儿羞涩。

小艺也笑呵呵道，这首《中华人民共和国华诞》也不错！说着就念了起来：

四八春秋一瞬间，神州处处艳阳天。

民安国泰山河美，四化宏图织新篇。

三个女儿都笑呵呵地说好好好，爸爸高兴地笑着，但又态度诚恳地谦虚道，你们不能光说好，提点意见，提点意见嘛。

她们仨人都笑望着爸爸道，是好，真没有意见没有意见。

说实话，爸爸好不容易写出来的，肯定要说好。从内心来说，小艺觉得写得一般，都是那种正经八百、壮怀激烈的革命诗，如写铁道兵宝成线建设时的"革命英雄革命胆，敢叫日月换新天"，女孩子都欣赏不来的。而且现在都什么年代了，爸爸还在写"四化建设"，那是八十年代呀，现在眼看就要奔向 2000 年，奔向新世纪了，二十年都过去了呀！

爸爸听到夸赞很开心，可是三个女儿都不提意见，高兴是高兴，隐约中感觉女儿们有点敷衍了事，笑脸过后，表情又有些许失落。

小楚一看爸爸脸上失落的神情，连忙又凑到爸爸面前，满脸真诚、一本正经地对爸爸道，爸爸，我来给您提意见。

爸爸一听，赶紧凑到小楚面前，谦虚地说，好好，你说说看。

小楚说，您的这首诗歌在语言上还可再锤炼，边说边给小艺使眼色，小艺当然明白是什么意思。于是，她故意站在爸爸面前把题为《回乡感悟》的散文装作认真地看了又看，过了一会儿，才语气中肯地说，爸爸，我也有点建议，您的这篇散文在结尾处还可以加两句点明中心的句子，抒情、议论都行，这样可以起到画龙点睛、深化主题的作用。

姐姐望着爸爸笑道，再改改，爸爸，您这些诗歌还可以发表呢！发表了就可以当诗人了。

爸爸一听脸上又由阴转晴，笑呵呵地说，当诗人可当不了，我只是把自己的所见所思所想记录下来，你们的意见很好，我马上就去改。说着，抱着诗文转身就要去自己的书桌前。小楚一把拉住爸爸，笑道，等我们走了您一个人在家再慢慢改也不迟啊。爸爸听后，这才将诗文当宝贝一样开心地收在一个厚厚的大开蓝色日志本里。

小楚笑眯眯地将爸爸的日志本拿过来，准备看看，没想翻到第一页，就被爸爸娟秀的钢笔字抄写的《乡愁》吸引住了。

小时候，乡愁是一枚小小的邮票，我在这头，母亲在那头。

长大后，乡愁是一张窄窄的船票，我在这头，新娘在那头。

后来啊，乡愁是一方矮矮的坟墓，我在外头，母亲在里头。

而现在，乡愁是一湾浅浅的海峡，我在这头，大陆在那头。

小楚拿着日志本，三个女儿的目光都落在了扉页上的落款时间——1993年5月7日，她们仨互相看了一眼，一起望着爸爸。那天正好是爸爸正式退休的日子。明摆着，她们全都看出表面开心的爸爸内心深处的思乡思亲之情。

姐姐问道，爸爸，是不是想老家？想台湾的哥哥了？不行找找看。

爸爸神情黯然，声音低沉地说，你们的爷爷婆婆在"三年困难时期"都去世了，只有你们三爸还在老家，我哥哥去台湾快五十年了，现在不一定还在人世，如果在，他一定会回来找我们的。

人一退休就有太多的空闲时间，就会感到无所适从，就会怀旧。姐姐提议道，您和妈妈可以出去转转，我们一起去旅游一下。

爸爸语气坚定地说，我哪儿都不去，你们要去就带你妈妈去吧！我给你们守家。

姐姐进一步试探爸爸说，要不，你们搬到滨江吧，我已经分到房子了，你们住在滨江，生活特别是就医会方便些。

不用，我和你妈就住在这儿，我们老了，不能给你们添麻烦。

这时，妈妈在厨房大声嚷嚷道，能不能来一个帮手？让我一个人累死呀。姐姐刚想钻进厨房，爸爸说找她有事，小艺一看，连忙替代姐姐跑进厨房。

爸爸让小蓉坐客厅沙发上，小楚也跟着坐在旁边。爸爸郑重其事地望着小蓉说道，小蓉，我问你一件事，现在到处都在提减员增效，国有企业都在减员，厂里都在动员职工提前退休，厂里不景气，大部分人一动员就内退了，厂已经彻底垮掉了。现在，我们医院是不是也在执行这个政策？

是，医院也在动员提前退休，姐姐显出烦恼的神情。她说，其实，我也不想干了，不是想着这个房子，我早就不想干了。

小楚笑吟吟道，谁让你与医院管人事的女干事吵架的？

姐姐一脸义愤地说，你们不知道她说话气死人的！她说，你家是沿线的，你凭什么到医院来？你爸爸在沿线，你老公在地方，你凭什么到滨江医院来？你们不知道她那个居高临下的样子。我就冲她道，我凭什么？我就凭学的这个专业，就凭自己想来，那些没有专业的人都能来，我凭什么就不能来？

结果，小楚笑道，你在医院干了十多年还是没有户口。

姐姐气冲冲地道，我就不求她！我去年拿到了本科学历，她自然得给我户口，给我分房子。若不是这次分房子，我真想提前退了算了。

小楚微笑着责备爸爸道，爸爸，这就要怪你了，当年你为什么要在沿线干一辈子？结果两个姐姐毕业分配被分到更偏远的地方。

爸爸看似漫不经心地说，革命工作嘛。

姐姐看着爸爸道，我现在在医院，才知道，革命工作还是有好有差的。

爸爸一脸释然道，有比我们过得更差的。当年多少北京上海知青、大学生或是专家在国家最需要的地方生活一辈子的。人要比上不足，比下有余。

小楚笑着说，反正我爸心态特别好，思想境界特别高。

爸爸又把话题转移到姐姐，他说，小蓉，你要记住，这次医院如果动员你们提前退休，你千万别报名，动员你提前退也不要退。你是专业技术人员，提前退休了干什么去？离开了你的专业平台你去干什么？下海？大家都下海了，海里哪有那么多鱼？

爸爸说这话时，小艺刚好从厨房出来。在记忆里，爸爸一辈子看书看报，听从指挥、服从安排，扎根沿线，任劳任怨，从来都是教育她们姐妹三人要服从安排，听从指挥。而这次，这次，爸爸却说，下海？大家都下海，海里哪有那么多鱼？！

小艺走到餐桌前，边摆着碗筷，边对爸爸说，爸爸，还记得那个收养职工孩子的四川老乡吗？他现在在我们那儿当局长呢。

是吗？爸爸惊喜地问。

小艺点着头说，是。

爸爸开心道，那你一定要向他说声谢谢，向他表达我的谢意和敬意。爸爸的谢意是指那年吴书记让姐妹借宿一夜，敬意则是指吴书记收养贫困职工女儿一事。

小艺笑着点了点头。

吃完午饭，大家又比写毛笔字，小楚的心理测试题和笑话将全家人逗得哈哈大笑。

只是，她们三个都觉得爸爸明显胖了，整个人胖了一大圈，一直清瘦的脸庞也圆润起来，身上的灰色羊毛衫明显显小，腹部绷得紧紧的，穿着打扮也不太讲究了。

姐姐责怪妈妈道，妈妈，您怎么照顾爸爸的？这羊毛衫怎么还能穿？

妈妈连忙说，你爸爸现在是个老顽固，买来也不穿。从前还到滨江医院开个会，现在哪儿都不去，就更不讲究了。

爸爸一听女儿都说自己长胖了，连忙走到客厅墙边，背靠墙面，站得笔直，然后，将中部崛起的肚子一吸，仰起头，挺胸收腹，目不转睛地眼望前方，大声对三个女儿说，看看，看看，我一点也没长胖，我这是标准体重，标准身材。三个女儿一看都哈哈大笑。

小楚笑道，是的，我爸爸只是微胖一点，标准身材，还是那么帅！

姐姐白了小楚一眼，也笑道，从小到大，就你会拍马屁。

小楚装作一脸委屈，连忙向爸爸告状道，爸，姐姐说你是马屁。

爸爸笑着，口气柔和地批评姐姐道，小蓉不对啊。

于是，小楚望着爸爸莞尔一笑道，爸爸，以后您的衣服我来买，我买的衣服爸爸一定会穿的，对吧？不过，爸爸，您真的胖了很多，不能再胖了。

爸爸望着他的小女子，含笑着点点头。

多少年来，小楚每到元旦前就会送爸爸一份挂历，一本台历，还会在过年前给父母置办羊毛衫、棉衣等新年礼物。她知道爸爸喜欢每天记日记，有了台历，记事和查询都方便。今年新年回来，小楚首先掏出一本1997年香车美人的大挂历挂在客厅墙上，又把一本1997年的台历交给爸爸看后，放在书桌上，再把新衣新裤送给妈妈。妈妈乐得合不拢嘴，每次逢人就说小女儿最孝顺。

姐姐小蓉待了半天就非要回滨江，说是要到医院值班。

爸爸一脸笑容道，要走就走吧，以工作为重。

不知怎么，姐姐无名火一下蹿起来，她站起来冲着爸爸大声吼道，爸爸，您除了工作就是工作，您工作了一辈子，有什么？您告诉我们以工作为重以工作为重，我与您一样，除了工作工作，现在什么都没有。

爸爸挂在脸上的笑容一下就僵住了。小艺看出爸爸真的难受，感觉姐姐这火发得莫名其妙，想帮爸爸说话，又怕姐姐的火蹿得更高，于是，她望着姐姐，用小心翼翼的语气说，姐，爸爸说得对，当然要以工作为重，你知道现在铁路站段提的口号是什么吗？今天工作不努力，明天努力找工作。

小楚从来都是最喜欢爸爸的，从来也最不怕得罪姐姐，她接着小艺的话，大声说，特别是你，姐姐，你都徐娘半老了，再不努力干工作，明天就是努力也找不到工作。

姐姐白了小楚一眼，一赌气，拿起包转身就往外走。妈妈一看急了，连忙追到门外，高声喊道，小蓉，等一下，我给你捞点泡菜带走。姐姐头都不回地赌气道，不要！

小艺赶紧追出去送姐姐。她陪着姐姐默默地上天桥，下站台，穿过街道，到公路边上等车，等着到永安的长途班车。

小蓉和小艺都不说话，两人默默地站在107国道的公路边，看着大大的货车和各类小车"刷刷刷"地从面前快速驶过，小艺看着姐姐，从前那个英姿飒爽、春风满面的姐姐现在却无精打采、愁容满面。等了半个多小时，长途班车来了，满面愁容的姐姐上车，小艺与车内一言不发的姐姐挥手告别。

现在每次回来，姐姐都是从前塘坐这种长途班车，到永安后，再从永安搭长途班车回滨江。到了滨江，姐姐还要再坐滨江市内的公共汽车，才能到单位上班。她总是这样孤孤单单地来来去去，时间全在这没完没了的转车中过去了。

小艺知道，其实，姐姐也不全是责怪爸爸，最主要的是姐姐心情不好。姐姐每天在同事和同学面前装着无所谓的笑声朗朗的样子，但回到家里不用再装了。一个女人，她哪里会对离婚无所谓呢？

晚上，小艺在家带孩子，小楚带着铁军和小刘一起上街跳舞去了。跳舞回来，小楚人还没进家门，她欢快的笑声就穿过夜色传到客厅里。进门，她笑咯咯地对小艺说，你家铁军就是铁板一块呀！

原来，刚才在舞厅，杨妈妈家的贵英走到铁军面前，笑吟吟地请铁军跳舞，贵英刚从深圳回来，年轻漂亮又衣着时髦，没想，铁军不理她。她有点难堪，毕竟那里好多都是厂里人。厂里没事，大家不跳舞干吗？所以，她脸上仍然挂着微笑，执意要请铁军跳一曲，没想到，铁军坚决不跳，还一脸正气对她说道，我又不认识你，我与你跳什么舞？小楚笑道，小艺，你不知道呀，把别人贵英搞得尴尬死了，走不是不走也不是。小艺，你说，哪有一个美女请男士跳舞，男士这样一口拒绝人家的？这人哪有一点绅士风度？说完，小楚笑得前仰后合。小艺知道铁军的个性，知道铁军才不是什么绅士呢，他就是铁板一块的铁军，但是，她还是不由得回头望着铁军，忍不住笑出声来。

半夜，小艺起床，发现爸爸躺在客厅长沙发上已经睡着了，对面电视柜中的电视却开着，电视剧还在播放着，声音很大，小艺轻手轻脚地走到电视机旁，关掉电视。刚往回返，就听见爸爸迷迷糊糊的声音，电视怎么没了？小艺转过脸，望见睡眼蒙眬的爸爸正望着自己，连忙说，刚才看见您睡着了，我就把电视关了，这样，您好睡些。爸爸边起身去开电视，边说，我没有睡，我还要看的。说着又倒在沙发上继续看电视。

小艺回到房间，妈妈追过来，一脸担心地说，你爸爸天天都是这样，每天睡在电视旁，电视开着睡着了，电视一关他就醒了。

小艺没有说话。妈妈接着说，你爸爸说起来也是蛮可怜的。从前，单位还有报纸杂志看看，他喜欢看国际国内大事，现在退休了也舍不得买。前面的退休职工之家本来还有些报纸，他还可以去看看的，现在，那里边都是些老职工们打牌打麻将，时间一长，报纸也没有了，你爸爸也不去了。现在每天只有在家里写写字，帮我做做饭，打扫打扫卫生，基本都不出家门的。唉！

小艺听着，心里一阵阵悲凉，她不由得又返回客厅，看见电视开着，爸爸又歪在沙发边上沉沉地睡着了。

唉，算了，电视开着就开着吧。


姐姐现在每次都是开开心心地回家，赌气难过地离开，特别是过年过节。

小艺知道姐姐小蓉回滨江值班，的确不是为了工作。姐姐是在埋怨爸爸，如果爸爸稍稍把工作的精力放一点在她们几个女儿身上，想想她们的前途和未来，就不会死心塌地地待在这个鬼地方，姐姐就不会担负起自己及妹妹到滨江的责任。姐姐拼命挣扎着到滨江，结果滨江是到了，但是家散了，丈夫没了。

今年年三十，姐姐也是吃了年饭就说到医院值班，离婚后她从来不在家过年。要知道，快过年了，家家团聚欢天喜地的，邻居见到总会问起小吕哥和北北，同学们也会问起小吕哥，姐姐脸上就挂不住。厂里人真的是经济困难，但人家家庭完整啊！当初最能干学历也算最高的姐姐现在竟然落得孤零零一人，她的自尊心受不了。所以，每年过年过节她都要求在医院值班。

就如妈妈说的，姐姐离了就离了，可以再找，但是说起来容易做起来难。一个离异的外地女子，哪里那么好找？医院本来接触面就窄，自己又是高不成低不就的，婚介更是鬼打架。后来姐姐干脆心一横，不找了，利用完整的时间报名参加大专学习，大专上完接着上本科，五年真就把个本科文凭拿到手了。

正是因为这个本科文凭，姐姐硬是把不能分到手的房子分到了手。

按医院规定，没有户口不能分房子，可是滨江市政策规定，只要是大学本科就能落户滨江，姐姐把本科文凭拿到人事科，顺利落户不说，还分到了房子。

房子能分了，再就是愁钱。虽然是半福利房，但还是要八万块钱，姐姐一个护士，哪里有多少钱？于是，她想到小吕哥，小吕哥看看小区挺不错的，又是为女儿北北在滨江有落脚之处，就拿了三万，小艺借给姐姐三万，姐姐自己省吃俭用攒了两万，行了。分房、装房，姐姐和小吕哥频繁互动，大家都感觉姐姐与小吕哥一来二去，像要复婚了似的，可是没想姐姐搬进新房后，小吕哥却再也没有来过。

在姐姐忙着七七八八的装修房子时，小吕哥早已被别的女人看上了，那女人还年轻漂亮、温柔体贴，而且她亲戚还是班子成员，小吕哥就犹豫了一下。男人嘛，本来就更理性。就这么一犹豫，那女人就怀孕了。当姐姐听说那个女人怀孕，特别是后来为小吕哥生了个宝贝儿子后，姐姐的心就彻底死了。

中国传统，母凭子贵，还有，不孝有三，无后为大。小吕哥是个孝子，有了这个宝贝孙子,苦了一辈子的北北的奶奶,姐姐的前婆婆,就可以含笑九泉了。

房子有了，可老公是彻底没了。

新房子就在滨江二桥边上，一幢幢整齐漂亮的八层灰白色楼房，在二桥上看着就是江边最美丽的风景。搬进新房，节约惯了的姐姐专门去鲜花市场买了好大一束百合花摆在客厅的茶几上。看着空荡荡的新房和茶几上那一大束开得正艳的百合花，想到支离破碎的家庭，姐姐心酸不已。她不知自己一路倔倔地傻傻地走过来，到底是对还是错？

小艺一边为姐姐在滨江分得这么大的房子高兴，另一方面又为自己私自取出家中存款而惴惴不安，虽然提前给铁军说了借钱的事，但是偷偷把钱取走还是不对嘛，那毕竟是铁军和她两人的共同财产。

果然，铁军发现家里存款被小艺提前取走，而且连马上到手的三分高息都没要，他就与小艺大吵一架。

铁军生气地说，你姐一个人，借这么多钱，她怎么还？听到这话，小艺吃惊地望着铁军，她突然感觉自己像不认识铁军一样，内心充满了悲凉和绝望。这还是那个像电影里的温情斯文的男主人公吗？这是自己的老公、点点的爸爸该说的话吗？她的眼泪一下就涌了上来，哭完，她把眼泪一抹，一脸正色地看着铁军，冷冷地说，告诉你，第一，我知道我姐姐一定会还钱，我知道她的为人；第二，依我的想法，姐姐还不了就不还，因为她是我姐，我应该帮她；第三，我告诉你，我就是卖血也会帮姐姐，我姐一个人在滨江生活，她不靠我们帮她靠谁？铁军看着小艺竟然说出卖血的话，也就吓得没敢再作声。

实际上，姐姐不到三年就把借小艺的钱连本带息给还清了。

多年后，铁军对小艺说，那次，我真的被你们家姐妹情深给打动了。

只是，当时，两人都在赌气。小艺想着铁军竟然能说出这种话来，觉得这婚姻好没意思！她突然觉得钱钟书先生关于婚姻就是围城这一说法太精辟了。现在，她真是那个就想突围出城的人。

算了，不想了。学姐姐，周末到滨江上学去！

## 充电

小艺去上学的时候，正是滨江大学樱花盛开的三月末。校园里，吹面不寒杨柳风，人面樱花相映红，只是一刹那，她就爱上了这所美丽的大学。

课堂上，本省的同学居多，也有一些外省的，一到午饭和课间休息时间，一群群并不年轻的男生女生往食堂或操场上跑。小艺这才知道，原来还有这么多和她一样的人愿意在周末的时间来学习充电。同学们坐在一起学习，很快就熟络起来了。午饭后，大家约着到老图书馆下的樱花大道去欣赏开得正艳的樱花。

正午的阳光里，樱花大道上，漫天的粉红樱花下，学生和游客来来往往、熙熙攘攘。突然，一个戴着眼镜的中年男子，迎面过来，他望着小艺，迟疑了半响，问道，是小艺吗？

小艺一脸疑惑地应了一声，她一时没有想起这个戴着金边眼镜的中年男子是谁。中年男子盯着她，满是真诚地提示道，还记得《牛虻》吗？我是杨峰！为了加深小艺的印象，他又加了一句话，我是厂里的第一个大学生，眼镜杨峰。

啊？黑框眼镜？眼镜！哎呀，真是杨峰！小艺脑海突然显现出当年在水库边上席地而坐、捧书阅读的那个戴着黑框眼镜的朴实大学生，厂里分来的第一个大学生。当年还要了人家一本《牛虻》呢。

小艺一下笑了起来，眼镜？杨峰？好多年没见了，我真没认出来。小艺盯着杨峰，仔细端详了一下，杨峰还是那口北方普通话，方正的脸上仍然架着眼镜，只是镜架由宽大的塑料黑框变成了轻巧的钛金架。要说变化，就是看着更成熟更睿智了。

小艺，你怎么在滨大？是来充电的吗？杨峰吃惊道。那时业余时间读书学习都称为充电。

小艺点点头，是呀，今天第一天来上课，没想就遇见你了。

杨峰也笑道，我也是来充电的，今年是第二年。

小艺笑着说，是吗？

杨峰说，我经常听海棠讲起你家三姐妹。听说你中专毕业分到了繁城，好像在客运段当广播员。

是呀。

刚才我就是听到声音像你才多看了你两眼，没想到真的是你。

真的？小艺惊奇地问。

真的，咱们列车广播员的声音就是不一样。杨峰夸道。

小艺笑道，瞎说，怎么可能？我只跑了几年车，现在机关当一个小编辑。

是吗？那真可惜了。杨峰惋惜道。

可惜什么？你当时可是咱们厂里的第一个大学生，听我妈说，你没待多久就走了，那才叫可惜呢！而且还把漂亮的海棠姐带走了，那才真叫可惜呢！

杨峰笑道，我在厂里一共只待了两年，就调到了滨江工务段，那里专业相对来说更对口吧。

小艺笑呵呵地接话道，老听我妈说到你，说你现在当段长了，说海棠姐跟着你享福了。

杨峰也呵呵地笑起来，你妈妈说高了，我只是副段长。你海棠姐跟我能享啥福？我一直在工务段工作，一年三百六十五天，恨不得三百六十天在线路上跑，天天不落家，家里上下左右都是你海棠姐操持，要说辛苦，最辛苦的是她。

是吗？小艺心想，妈妈天天一口一个海棠跟着眼前这人享福了，没想这人却说海棠姐跟着他受苦了，就凭这人品，温婉的海棠姐真的是享福了。

杨峰又问道，你父母还好吧？

都还好。

你姐姐呢？杨峰知道小艺一直以姐姐小蓉为骄傲的。

也还好，就是离婚了。

我听海棠说过了，我们家的孩子与你姐姐的北北差不多大。你呢？结婚了吗？

小艺一听，笑了起来，呵呵，我都多大了？我孩子都五岁了。

杨峰望着小艺感叹道，你的孩子都五岁了，时间过得真快呀！

杨峰接着话题又转到学习。他说，从前，我在站段一直都很忙，去年调到分局办公室，时间相对固定，就抓紧时间到大学再充充电。这个时代变化太快了。

我倒不是，我是因为现在双休日没事干，太无聊了。想着当年高考没考上大学，就想利用周末，来圆圆自己的大学梦。

杨峰问，你学的什么专业？

小艺笑道，中文。

杨峰诧异地问，咱们铁路属于企业，你应该学习企业管理，你为什么不上MBA？咱们铁路就是要学习企业管理，MBA都是案例分析教学，非常实用。

MBA？小艺望着杨峰，一脸茫然。她第一次听说MBA，还有用三个英文字母开设的专业？

MBA是什么专业？那么实用？

杨峰道，这是从国外引进的最新最实用的管理学科，对企业管理非常实用。

小艺从来对实用没有多大概念。读书也要实用？自己一直喜欢漫无目的地看闲书，喜欢徐志摩的《再别康桥》、戴望舒的《雨巷》，喜欢"你一会儿看我，一会儿看云；我觉得，你看我时很远，你看云时很近"这样的浪漫诗句，她心里这样解释自己读书的目的和意义，却由"你一会儿看我，一会儿看云"这句诗，马上想到浩子，脑海浮现出浩子那张干净斯文的笑脸，当年浩子在繁城站出站地道里，一边揽着她，一边念到这句诗的情景又浮现在她眼前。

小艺对杨峰摇了摇头道，我第一次听说 MBA，不懂。

不懂才应该学呀，管理也是一门学问。

小艺又想了想，说道，我可能更想学些文史知识。

杨峰一听，笑道，也好！一个女孩子，爱文史知识更好些。以铜为鉴，可以正衣冠，以人为鉴，可以明得失，以史为鉴，可以知兴替。挺好！不过，你在这儿学习，那孩子怎么办？

小艺说，我带到滨江了，放在姐妹家，她们都特别喜欢她。周日晚上我再带她一起回去。

你这样很辛苦！杨峰道。

小艺一点儿也没觉得，她说，这比在家坐着躺着、无聊发呆或上街闲逛，要开心多了。

是呀，我也是这样感觉，有时间充充电比什么都好。杨峰感叹道，对，你们分局也有不少爱学习的年轻人。现在我们 MBA 班上，就有两个同学是你们分局的，他们都是"70后"，刚交大毕业两年，自己又跑来滨大上 MBA，有铁路专业知识，还学现代企业管理，比我还小十来岁，这种努力和上劲了不得呀，真是后生可畏！咱们铁路现在就需要这样的复合型人才，他们会前途无量的！

正说着后生可畏，前途无量，那两个前途无量的可畏后生就走过来了。小艺一看正午阳光里粉红樱花下映衬着的两张笑脸，就知道真是"70后"的后生，实在是太年轻了！如高中生一般阳光、聪明、自信，看似稚气的脸上洋溢着藏不住的朝气，也许，在他们内心深处，还隐藏着志存高远的志向和自信满满的豪气呢。

杨峰笑着介绍时，小艺与王梓、高飞俩后生也对望着笑了起来。原来他们都在分局机关院里上班，只是工作没有交集，现在竟然在滨大的樱花树下相见。他们四人笑着感叹道，真如现在报纸里天天说的，世界是个地球村。

世界真的太小了！

几个人聊得正开心，那边，小艺同班一个漂亮女生在樱花树下，连连招手喊道，小艺，快来，快来，班上同学们一起合个影。因为是第一天上课，大家约好一起合个影。

杨峰和王梓、高飞见状，便笑着摆手。小艺也连忙摆手，转身往好些同学站着的樱花树下跑去。

课间，小艺也会想到铁军那张不开心的脸。铁军不喜欢她去滨江读书，去圆什么大学梦？人家没读大学的人就不过日子了吗？不也过得挺好的吗？但是，周末，在这所美丽的校园里，与一群与自己相似的人听一听与工作完全无关的课，将工作放下，放飞深埋的沉寂的心灵，这是件多么快乐的事。

来到滨大，接触不同的同学和老师，小艺感觉自己面前就如同打开了一个神奇的世界。比如，刚才那个漂亮女生，现在边在一家外企做市场咨询工作，边在滨大读书。中午吃饭聊天时，她说，她所在跨国公司的任何项目，在进入中国市场前，她们要进行大量的市场调研，既有前期调查，还有过程的动态分析。漂亮女生对小艺说，你是铁路企业，你们的市场多大呀！你可以对铁路市场进行分析呀。

市场？铁路市场？天天沉浸在文字世界的小艺第一次听说市场这个概念，市场、铁路市场，她并不懂市场，但内心突然有了一种豁然开朗的感觉。

工作这多年，总是一样的工作一样的生活一样的面孔，突然换了个环境换了一群不同的人学些不同的思维方式看世界，小艺觉得就像是长年在一个没有窗户的房间待着，突然某天打开了一扇窗户，看到一个鸟语花香、落英缤纷的世界一样。她不由得又想起了浩子所说的"上帝"。

可是铁军不理解，他不明白小艺周末为什么不在家却跑到外面读什么书受那个苦，小艺知道铁军不明白，甚至都不知道小艺是因为什么原因赌气去的滨江。再说，小艺真不觉得读书是受苦，她只是喜欢沉迷在读书的氛围中，喜欢这种生活方式，就像有人喜欢打牌有人喜欢购物一样，没有什么高下之分，只是喜好不同而已。

难道夫妻每个周末非要守在一起吗？那个外企女同学聊天时说到这一问

题不由得大笑起来，实行双休日，中国最大的变化可能就是床单市场需求量成倍增长。其实，来学习的人目的各异，但是有一样，就是都不愿意将自己的双休变得一成不变的生活，不能是除了吃饭就是睡觉。

周末往返于滨江与繁城之间，每次坐车时，在车站就会遇到不同的旅客说，无论怎么买票在车站都买不到票，想办法进站后才发现车上一节节车厢都是空的，而且即使车上空着的，旅客上车照样补不了票。因为这些席位都是给前方车站预留的。

小艺跑了这么多年的车，当然知道车票有预留前方站一说。如果始发站把票都卖完了，那沿途各站旅客再上车怎么办？这样做才显公平嘛，但是，一趟车有很多旅客这样抱怨，每次来回都这样，再想到同班那个漂亮女生的话，你们铁路那是多大的市场呀，为什么你不去分析分析？小艺想这是为什么？这说明什么？说明咱们铁路没有满足部分旅客的需求？她心中打着疑团，但怎么分析都分析不明白。

周一，在铁路大院去机关的路上，小艺见到五十多岁的吴局长，真如铁军所说，吴局长就是小一版的袁隆平，矮小黑瘦、平易近人。小艺走上前，代爸爸问吴局长好，感谢他当年让姐妹在他家借宿一晚。

吴局长边走边浅浅地笑着，你是李大夫的女儿？当年毕业分配过来的？

小艺点点头。

两人一起往机关走，一个盘旋在心中多年的问题让小艺不由得脱口而出，吴局长，我听爸爸说您当年收养了个小女孩，为什么？

吴局长没望小艺，只是边走边语气平缓地说，我从小是一个孤儿，中学时成绩很好但没有钱上学，是组织将我送进大学的。在交大上学时，我只有一条裤子，每次都是白天穿了晚上洗，晾干后，第二天再穿。从前那么艰苦的日子都过来了，现在职工有困难，我帮助一下又有什么？再说，我家只有一个女儿，多一个人只是多一双筷子。

是吗？小艺吃惊吴局长说的多一个人只是多一双筷子而已。

小时候，总会有要饭的或是附近农民破衣烂衫、满脸凄苦地到厂里每家门口讨饭，好些家都是赶紧关门或是大声呵斥让其赶快走开，可是爸爸妈妈总是和颜悦色地给米给饭，特别是爸爸，甚至指着梧桐树下的椅子，请他们坐下，还会给他们倒水喝。想着那么脏的人坐自己家干净的椅子，用自己家干净的碗，小艺内心并不愿意。爸爸是个讲究卫生的人，但爸爸对这种贫苦的可怜人一点儿嫌弃的表情都没有，反而是满脸的关切满心的同情。

听到吴局长的话，小艺觉得他是个比爸爸还善良的人。

小艺对这个善良的吴局长一下就有了亲近感，她不由得说起周末坐车时遇到的事情——车上有席位、车下无票卖。小艺说，自己跑过车，知道这是预留给沿途车站的，可是为什么不在始发站多分点票额，而把铺位空到中途站呀？作为企业，在兼顾公平的同时，也应看重效益呀，不然，这对运能是多大的浪费？从管理的角度，是不是应该效益最大化？她不知道自己怎么突然说出管理两字，她小艺怎么会说到管理了呢？这两个字一蹦出口，她就想起杨峰建议她读的 MBA。如果是上 MBA，就能找到管理上的答案吗？

吴局长认真地听着，没有望她，也没有接这一话题。快走到机关门口时，吴局长问她，你周末到滨江学习？

小艺不好意思地点了点头，笑道。现在时兴双休日，正好利用这个时间充充电，学习学习。

两周后，小艺从分局报社调到运管部。

后来，小艺在一份资料上看到当年铁路在全国运输市场的状况：

改革开放后，作为国民经济大动脉的中国铁路，人们口中的铁老大，发展速度却远远落后于公路、民航。短短十来年，后起之秀的高速公路和民航迅猛发展，抢走了铁路客货运在国家交通运输市场几十年来一直保持着的部分市场份额。仅从客运市场来说，从 1980 年到 1996 年，铁路客运市场份额从 54.1% 急剧下滑到 36.4%。

## 混编列车

尊敬的铁道部领导：

　　您好！

　　我是无锡人，我们一家三口今年 4 月 16 日有幸坐上了宜陵开往无锡的 413 次混编旅客列车，混编列车环境好、速度快、安全、舒适，更有列车工作人员热情周到的服务，给我们全家留下了美好的印象。

　　因为是到宜陵旅游，行程太累，列车到豫州后，我们全家就呼呼大睡了，不知不觉，第二天上午十一点列车到了无锡站。由于行李较多，我们匆忙下车，回到家中，才发现我们全家最为贵重的东西，装有身份证、存折、银行卡在内的我爱人的随身挂包不见了，全家人急得团团转。

　　我当即赶到无锡车站，在车站工作人员的帮助下，我同一名女列车长取得了联系。女列车长很快来到车厢，并召集列车员在整节车厢四处寻找，却始终未见其踪迹。就在我已经决定放弃寻找希望的时候，她安慰我，让我先登记，并留下了我的联系方式。

　　当我们一家满怀沉重焦急的心情，四处托人把我们的存折和银行卡挂失时，好心的女列车长给我们带来了喜讯，她耐心详尽地同我一一核对我爱人挂包里的每一样物品。其中，我爱人的身份证和我们家所有的存折、银行卡都放在挂包里的同一个钱包里，两个存折、三张银行卡及对应的密码，我爱人居然写在一张卡片上，而且也放在这一个钱包里，这两样中的任何一样都会给我们全家带来毁灭性的打击。后来，漂亮美丽的女列车长把包里的东西都详细地列了清单，转给了无锡车站的服务台。当天下午，她再次叮嘱我及时去取包裹，及时处理善后事宜。我于19 日取回挂包，发现包里东西一样不差，最大限度地挽回了我们全家的损失！

　　在此，我代表全家向这位热心美丽的女列车长表示感谢，也感谢你们培养出这么优秀的员工，她是你们企业的骄傲，也是我们旅客的贴心人。

真的想对你们说，对那位漂亮的女列车长说：谢谢，谢谢您，谢谢你们！

五月，傍晚，宜陵小西塔列车检修库内，一个农家小院里，列车长胡三和车班人员边吃晚饭，边听列车员小江念铁道部转来的一封旅客表扬来信。

当读到来信结束这句"真的想对你们说，对那位漂亮的女列车长说谢谢，谢谢您，谢谢你们"时，大家把目光全部望向副列车长小花，在座的猴子也随着大家一起将目光投向小花。他心里黯然地想，小花还是那个笑靥如花的小花，而自己这只猴子再也不是那个开心幽默的猴子了。

胡三望着大家，笑着点点头，示意小江把这封表扬信递给他，同时开心道，说实话，我们的小花车长是个好车长，这个旅客也是个好旅客，我们跑这么多年的车，这种好事做了一火车，你们谁没有做过这种好人好事？只是咱们大多数人都当了不留姓名的活雷锋。对吧？

大家一听，都望着小花笑了起来。

小花笑道，什么意思？这么说，我留下姓名电话留错了？

胡三连忙笑着解释道，我这话也不对啊，这件事，是旅客主动找到车站，车站联系小花，小花才给旅客的，如果小花不留姓名，这旅客东西就拿不回去。对吧？所以……

小花瞪了一眼胡三，笑着说，所以，我留电话是对的？

胡三又笑道，当然是对的。帮助旅客查找遗失物品是咱们的工作职责。接着，他认真道，咱们混编列车才开一个月，就得到广大旅客的高度认可。前两天，听小艺说，这个月分局旅客表扬来信汇总，竟然有三分之一的表扬来信是表扬咱们混编列车的，这说明咱们工作干得好，也希望大家继续努力！

小花笑着对大家说，继续加油！

大家说着吃着聊着，吃完晚饭，胡三拍了拍猴子的肩膀道，大家赶紧去干活吧！于是，大家都站起来，三三两两走向客技站内，整备他们混编列车的车底。

1997年4月1日，全国铁路在主要干线上实施了第一次大面积提速，提速调图后，在京广、京沪、京哈三大干线的提速列车最高运行时速达到了140公里，全国铁路旅客列车旅行速度由1993年的平均时速48公里提高到53.9公里，而且首次开行了快速列车和夕发朝至列车。

繁城铁路分局不在全路主要干线上，但就在全路提速调图的同一天，繁城铁路分局却开行了全路第一列由宜陵站开往无锡站的413/4次混编旅客列车。

混编旅客列车开行一个月就开门大吉，趟趟爆满，列车以独特的混编方式和良好的形象，受到了社会和广大旅客普遍欢迎。

现在，胡三是全路首趟混编列车的六名正列车长之一，这比当年调去跑进京列车当进京列车长还要自豪。你想，全路十八个铁路局，有多少趟进京列车，可混编列车才只有这一趟呢！而且，胡三和小花是作为段里列车长的业务骨干从京线车队抽到新组建的混编列车车队的，现在胡三是列车长，小花是他的副车长，而猴子则成了胡三车班的一名列车员。

转眼间，胡三、小花、猴子与小艺他们都过了三十而立的年龄，全往四十不惑的道上奔着，大家都处在上有老下有小的负重爬坡期。

现在，猴子也结了婚，有了个儿子，也是个活泼可爱的小猴子，与小艺家的点点同岁。

当年，浩子出事一年不到，猴子就与他当初也是拉汽笛主动"媚"上的小芳姑娘结了婚。就如李春波所唱《小芳》一样，猴子家的小芳也是个漂亮纯朴的农村姑娘。

猴子也算阅女无数，可当时见了笑靥如花的小花却不能自拔。可是小花没看上机灵幽默的猴子，反而跟看似老实巴交的大学生李林结了婚。当时，猴子真的想不明白，无论身高长相、家庭条件和性格爱好，除了一张本科文凭，猴子觉得李林没法与自己比。但没过两个月，猴子就想明白了。两个月后，浩子撞车身亡后，猴子深切地感受到，活着就好。自己活着已经是万幸了，在撞车前的一瞬间，如果不是自己下意识的一跳，那他也与浩子一样，早就消失得无踪无影了。所以，管小芳是不是农村姑娘，只要真心爱他对他好就行，活着就好。更何况小芳还那么漂亮那么纯朴那么爱他呢！

猴子像是活通透了似的，在工作和生活面前，他彻底举手投降。撞车当年，他就主动向机务段领导要求调出机务段，到客运段工作。他想，客运段跑车不就是开个门关个门，拿个扫帚扫个地，有啥安全风险？只是，这次猴子又主动向客运段领导提出调动，他想从普通列车调到新组建的混编列车。

虽然猴子想通透了，想超然物外，想什么都可以放弃。但是，理想很丰满，现实很骨感。现在，猴子面临的最大的骨感现实是他现在经济很拮据。

猴子的小芳年轻、漂亮、纯朴，可因为是农村户口，就一直没有正式工作。结婚后，猴子又不忍让自己漂亮纯朴的小芳去菜场卖菜去商店打零工，反正两人世界里的猴子和小芳要求都不高，生活得还行。可现在小猴子已经上幼儿园了，猴子一个人挣钱全家三个人花，再说列车员的收入可比当火车司机少，再加上每月小猴子的花费，猴子真觉得有点力不从心。当听说跑混编列车收入比跑京线列车还高时，猴子就向领导申请跑混编列车去。

要知道，这是全路首趟混编列车，从路局、分局到客运段都高度重视这趟客运人员的选拔。客运人员精挑细选，一般都是年轻、形象好、业务精的，但是，段领导又考虑到猴子的特殊情况，还有他家的实际困难，就同意了猴子的请求。就这样，猴子被分配到混编列车胡三和小花的这个车班。现在猴子什么都不想，就想踏踏实实地跑个车，多赚一分是一分，然后，老婆孩子热炕头。活着就好啊！

胡三则人逢喜事精神爽。他知道，自己能从京线车队调到段里新成立的混编列车车队，是段领导认可自己，也是在有心栽培自己。还好，新组建车队，因为段里重视，人员素质高，服务意识强，列车开行一个月来，趟趟客流火爆，旅客人人叫好。

前两天，才到运管部一个月的小艺打电话给胡三，告诉他有他们车班的表扬信时，说领导让她写一写混编列车开行一个月的材料。小艺在电话里顺便问了问胡三，你们混编列车怎么开得这么好？胡三笑着给小艺说，小时候，火车朝着韶山跑，现在，列车顺应市场开。

　　胡三知道火车朝着韶山跑，可还知道列车顺应市场开？胡三知道市场，还会用顺应这种词，真不简单。于是，小艺就开玩笑道，胡三，你还知道市场？胡三生气道，只有你这种坐在办公室编那些谁都看不懂也不想看的风花雪月的人，才不知道市场。要知道，现在是社会主义市场经济，全国人民都在走市场，都在下海做生意，别的地方看不见，咱们车上最能看到市场的繁荣与萧条，给你说个市场，你还觉得知道市场了不起似的？小艺笑着说，士别三日，当刮目相看！胡三在电话这边听到这话，高兴得哈哈大笑。小艺说，别得意，那你给我具体说说，咱们这车为什么有这么好的客流？胡三得意道，那我给你说说。

　　咱们混编列车的客流主要是宜陵和无锡及列车沿途的客流，两端客流差异很大。宜陵地区这边主要是咱们本省西部及四川东部的客流，经济相对落后，人们经济能力不足，无锡属东部经济较发达城市，人们经济能力较强，两边地区经济差异大，就能够吸引客流互动。咱们混编列车的编组特点，全列 18 辆车，有空调车厢的软卧、硬卧、硬座车，还有普通车厢的硬卧、硬座，这样，东部经济条件好的旅客就选择空调车厢，宜陵地区经济条件差的旅客就选择非空调车的车厢，旅客上车后，还可以由非空调车厢补票到空调车厢的软座、硬卧甚至软卧，这样，混编列车彻底消除了现在很多空调车虚糜、普通车超员的问题。你说，咱们车怎么会客流不好？这是对旅客；对我们列车员来说，因为这趟车上旅客有多项选择，那补票的旅客就多，我们的补票奖比跑其他线的列车员就高多了。所以，混编列车一举双赢。

　　小艺连连称是，心里暗夸胡三，手上拿着笔，边听边写下客流、差异、一举双赢几个字。她还想听听胡三具体说说补票及服务工作，没想，胡三不说了，他笑呵呵道，小艺，建议你亲自上我们的车看一看。别上了个什么大学，就天天坐在办公室里。胡三说的是她成人高考后脱产到交大的三年学习。

　　小艺笑道，不读大学，能坐在办公室吗？

　　胡三口气一软，笑道，那你就上车来指导指导工作嘛。

　　小艺笑道，你吓死个人，你是我的老车长，我要是指导你，你还不得骂死我呀。再说，我这个材料过完五一就得写完。

胡三道，不来算了。

天色已暗，微风徐徐，小西塔客技站内，空气中弥漫着槐树花的清香气息。

小西塔客技站在宜陵站的西边，位置很偏，刚建成启用一个多月。年初，为了抓住三峡工程带动宜陵地区旅游及经济发展的大好机遇，做大管内客运市场，分局领导层就把客运市场的支点从机关所在地的繁城转移到宜陵。分局担当的向北（北京）、向东（无锡）、向南（广州）方向的三对直通旅客列车的始发站也全部由繁城站移到宜陵站，那这三趟直通旅客列车终到站后的车底整备、检修也必须转移到宜陵，否则每天空放车底来回繁城，会带来运能和时间的浪费。两个月后，宜陵小西塔客技站建成了。

客技站全称为客车技术整备站场，俗称客车车库，跑车的人干脆简称库或库内。

现在，胡三车班的列车员都在库内列车上做整备工作，大家必须在两小时内整备完毕，做完全列车厢的卫生，换完卧具。因为，库内列车晚上只有两小时的供电时间，如果两小时干不完，那只能晚上摸黑接着干。

全车班人员都在紧张地忙碌着，硬座车内打扫车厢、厕所、行李架、小方桌的卫生及卫生死角，要物见本色，卧铺车卧具的撤下、更换、铺叠、定位。整备完毕后，车长胡三、副车长小花又组织人员再次将全列车厢从头到尾逐项检查，全部检查完毕，已是晚上十点，大家终于可以放松了。工作人员全都躺在干净整洁、焕然一新的车厢内休息。从专业术语来说，这叫"守车"。客运人员得守车，不然车上焕然一新的卧具备品被偷了谁负责？

胡三、小花和全体人员刚躺下没一会儿，车厢的底部车辆（又称车底走行部）就传来一阵阵"叮叮当当"的敲打声，大家都知道，这是库内列车车辆检修人员在做最后一次列车车辆走行部的检查，半个小时后，整个库内变得一片宁静。

五月的月夜，皎洁明亮的月光洒满空旷寂寥的小西塔库内。银白的月光透过列车打开的车窗洒到焕然一新的卧铺车上，小西塔库内、车厢里，空气中，到处都弥漫着清香淡雅的槐花儿香。透过月光，能看到整齐高大的槐花树枝繁叶茂，盛开的白色槐花一串串一串串地压满了槐花树的枝头叶缝。客技站新建时间不长，旁边都是附近老百姓种了多年的槐花树。

月夜，单调乏味的小西塔客技站竟然是如此宁静如此美好！

上午 9 时 40 分，宜陵—无锡的 413 次混编旅客车底出库，从客技站内开向宜陵站。小艺背着包站在宜陵站二站台上，看着列车缓缓停靠在站台上。

胡三从 9 号车厢跳下车门，朝小艺走过来，满面笑容道，欢迎领导下基层。

小艺笑道，狗屁领导，一边去。

胡三笑道，可是你说的，狗屁领导？

小艺再次笑着，狗屁领导。她当然知道自己连狗屁领导都不是，就是个具体干活的。只是站段有个风气，只要是上级机关下来的，就是个司机，都尊称为领导，以示对上级机关的尊重。

小花也走过来，她一把拉住小艺，开心喊道，小艺，你怎么来了？

小艺笑道，现在分局上下都知道你们这趟车开得好，我跟趟你们的车，学习学习。小艺觉得自己这后面一句话听起来好假，可是，这确实也是心里话。

那天，小艺与胡三通完电话后，她也觉得胡三说的在理，自己还是应该到宜陵从始发站上车，实际感受感受，而且她也特别喜欢宜陵。当年她跑宜陵至北京的列车，春天，在北京站立岗时，天是灰的，风是寒的，天空中白色的柳絮无孔不入地飞着，可是车过繁城，快到宜陵时，透过车窗，就能看到，山青青地润起来了，水绿绿地涨起来了，太阳的脸红红地升起来了，再加上时不时一阵阵绵绵细雨，透着车窗，就能感受到空气的清新和宜陵的秀美。

放行，胡三望着进站口涌出的旅客，对小艺说，今天是 5 月 7 号，五一长假最后一天，宜陵又是旅游热点城市，列车一定会超员，从普通座补到空调座的人肯定少不了。这么热的天，人们肯定都想去空调车。

小艺拉着小花的手笑道，那我今天来对了。

小花望着小艺，踌躇了一下，说道，小艺，猴子在我们车班。

小艺一听，愣了一下，问，几车？我去看看他。

6 车。

车站开始放行，旅客们已经涌到车门口。戴着大沿帽，穿着一身铁路制服的猴子站在车门一侧，正在认真查验旅客车票。看到小艺，他微黑的脸上闪出笑意，只是眼睛里少了从前的灵动俏皮和自以为是。小艺也笑了笑，算是打了个招呼。

猴子再也不是以前那个猴子了，他不爱说也不爱笑了，更不爱讽刺挖苦人了。猴子变了！猴子和小艺有着最亲密的朋友浩子，但他俩都没谈，都没有谈浩子，一句都没有。

那年的撞车事故，受伤最重的是猴子。浩子没了，小艺的痛是间接的，是胡三转述的，可猴子就在现场，他是趴在雪地上，眼睁睁地看着他的最好的兄弟和搭档浩子消失在白雪烈焰中，他有多心痛，只有他知道。所以，他决绝地离开了机务段离开了他喜欢的机车驾驶室。他干什么都行，就是永远都不想再进机车驾驶室了。

10 时 40 分，列车启动。全列车编组共 18 辆，其中普通硬座车 4 辆、硬卧车 2 辆、空调硬座车 3 辆、空调软座车 3 辆，空调硬卧车 4 辆、软卧车 1 辆，餐车 1 辆。胡三这个小班人员值乘，副车长小花的另一小班人员休息。

普通硬座车内旅客超员百分之五六十，客流大，天又热，绝大部分旅客都把春装脱了下来，只剩下衬衣或是秋衣，车上旅客们还是感觉到热。

小艺在普通车的硬座、硬卧车，空调车的硬座、软座、硬卧和软卧车来回穿梭，明显感觉到空调车与非空调车的清凉与热燥。列车只开行了两个小时，好些普通车的旅客们就补票到空调车厢了，即使空调车厢已经没有座位，旅客也愿意站在空调车厢内感受舒适而不愿在普通车内感受煎熬。清凉与热燥之间就差一个列车风挡。真是没有对比，就没有伤害。

车到繁城，小艺下车。她要回去把这份材料赶出来。

小艺的这份材料还没赶出来呢，胡三和小花值乘的这趟混编列车就出事了。

最早发现出事的是路局。路局把 5 月 11 日一张名为《溪河都市报》的地方小报传真给分局，在电话里大声训斥道，咋回事？这是咋回事？你们咋捅这么大的娄子？

《溪河都市报》的副标题是《弱女子状告铁老大》，主标题则为《持卧铺票为什么一坐到底？》，标题上一个大大的鲜红的问号"？"特别醒目。

这还了得？分局也连忙追问客运段到底咋回事？客运段一问三不知，连忙根据报纸上旅客的乘车时间倒查列车交路，才把当日值乘的列车长胡三和小花叫到段里，认认真真反思当天出乘的情况。

胡三和小花想起来了。5月7日当晚，413次列车上是有一个叫史静的女旅客，她持豫州到无锡的卧铺票，但她没有按规定时间更换卧铺牌，列车就将这张卧铺票又卖给了其他旅客。从作业标准层面看，他俩把值乘全过程反反复复捋了几遍也不知自己犯了什么错，但是他们知道，的确是他们一不小心，给上面捅了大娄子，而具体捅这么大娄子的竟是6号车厢列车员猴子。

5月7日21时20分，列车从豫州站开车后，猴子手持黑色卧铺牌皮夹，在6号车厢过道上边走，边用滨江普通话吆喝：上车的旅客换发卧铺牌了，请上车的旅客换发卧铺牌了。几个刚上车的旅客听到后，就走过来，猴子从黑皮夹中，抽出标有车号和铺位的一寸大的卧铺铁牌交给旅客，再将旅客的卧铺票插入对应的卧铺牌的顺号位。

卧铺车换牌是一项制度，目的是为了加强客运管理和服务，列车员手上持有卧铺车旅客的车票，就知道旅客上车站和下车站，以方便在旅客到站时，及时叫醒休息的旅客，避免错下或漏下目的地。

两小时后，猴子看了看黑色皮夹，还有5号中、6号上这两个豫州预留铺位的铁牌，很明显，这两个旅客没有上车。其实，每趟乘都会出现这种情况，旅客买了卧铺票，却由于种种原因没有乘车或是没赶上车。

根据规定，持有卧铺票的旅客，在开车一小时后还不到卧铺车及时换取卧铺牌时，列车长可将该卧铺票另行出售。今天是五一黄金周最后一天，卧铺多紧张，现在还不知道有多少旅客在11号列车长办公席前排着长队呢。他赶紧把剩余卧铺席位报给了列车长办公席。然后，他与接班列车员小江交接，就换班到休息车休息去了。

列车向前开着，广播里响起舒缓、宁静、空灵柔美的轻音乐《日暮之梦》。一分钟后，广播员的温馨提示传来了：

旅客朋友们，列车马上就要熄灯了。……

卧铺车厢的顶灯早熄了，车厢内一片宁静，旅客们基本入睡，只有走道上的边灯闪着微弱的光。小江开始打扫车厢卫生，他突然看见剩余卧铺6号上铺上，竟然有位戴眼镜的女旅客躺着。小江不禁觉得奇怪，他放下手头的扫帚，轻声招呼女旅客，请看看您的车票！女旅客将车票递给小江，小江一看，真是当日当次6车6号上铺的卧铺车票，怎么回事？他想，她怎么没有换卧铺牌呢？现在早过了按规定用车票换取卧铺牌的时间，6车6号上铺也交给列车长办公席了，正待出售呢！

小江着急地对女旅客说，你赶紧拿着车票去找车长，不然，你的铺位再卖出去就麻烦了。

躺在铺上的女旅客听到此话，满脸诧异，她觉得不可思议。什么？这张卧铺票是我花了整整两百块钱买来的，现在卧铺票在我手中，我就躺在自己买来的铺位上，凭什么你们把我的卧铺位再卖出去？怎么会又卖出去了呢？小江连忙悄声解释说，根据规定，开车一小时后旅客还没有到卧铺车换取卧铺牌的，列车长可将该卧铺另行出售。女旅客更生气了，大声嚷嚷道，我睡在自己的卧铺位上，凭什么还要换什么卧铺牌？谁告诉我必须要用车票换什么卧铺牌？凭什么要我去找列车长？不去！车厢内静悄悄的，小江怕吵着旅客，就小声再次告诫女旅客，要不我带你去找列车长，不然卧铺真卖出去就麻烦了。

女旅客还是不愿去。可她躺了一会儿，心里还是七上八下的不踏实，毕竟，她是第一次坐卧铺车。又过了一会儿，她再也躺不住了，这才不情不愿地从上铺扶梯上下来，找到小江。小江陪着女旅客，去11号车厢办公席找值班车长小花。

无巧不成书。小江和女旅客从 6 号车厢往 11 号车厢走时，那个好不容易在办公席补到 6 车 6 号上铺的老年旅客拎着包正好从 11 号车厢往 6 号车厢走，他们相向而行，擦肩而过。等女旅客找到列车长小花，小花、小江和女旅客再赶到 6 号车厢时，那位补票的老年旅客早就爬到 6 车 6 号上铺睡下了。

女旅客一看，气得哇哇大哭起来，但她的哭声也没能让那位老年旅客下来，毕竟，老年旅客也是在办公席排了两小时的队才排到的，他手上也有刚补的卧铺票。

现在，自己肯定没有卧铺睡了，列车长和列车员都说她没有按规定换取卧铺牌，她有错在先。可是她不明白自己错在哪儿？谁告诉她过，拿着自己买的卧铺票还得换什么牌子？女旅客越想越气，她不断质问小花和小江。小花也没有办法，就安慰她说，你先在车厢的边座坐着吧，等下一站有剩余卧铺的话，我第一时间安排你。

列车一个站一个站停了开，开了停，可车上再也没有剩余卧铺了。要知道，当天晚上是 5 月 7 号，相当于春运期间大年初六的卧铺票，哪里还会有什么剩余卧铺？女旅客坐在边座上气得眼泪直流。她想，哪有这么混账的规定？自己托人好不容易花钱买来的卧铺票竟然自己不能睡。小花安慰她道，其实她这种情况经常发生，特别是第一次乘坐卧铺的旅客。女旅客想，这么深刻的教训，谁还会有第二次？傻呀！

可自己就是傻呀！女旅客只好一肚子气地坐在安静幽暗的卧铺车边座上，所有人都睡着了，只有她一人坐着，看着车窗外无穷的黑夜，耳边不时传来旁边铺位上旅客们此起彼伏的鼾声。

深夜，飞驰的列车车厢内一片沉寂，旅客们都陷入沉睡中。

突然，12 号硬座车厢一个年轻女旅客瘫倒在地，意识丧失，浑身抽搐，口吐白沫，眼球上翻。年青的女列车员吓得赶紧跑到餐车告诉列车长小花。小花一听，抓起一把筷子就往 12 号车厢跑，这是突发癫痫，小花见过几起也处理过这类突然发病的旅客。

来到 12 号车厢，女旅客仍倒在过道上，脸部完全变形，仍然口吐白沫，浑身抽搐，一堆旅客站着看着，女列车员吓得直往后躲。小花赶紧跪在地上，抱起女旅客，让女旅客头靠着自己的肩膀，然后左手扳开嘴巴，右手将一把筷子横放在嘴中，女旅客一下就紧紧咬住了那把筷子，不然，旅客有可能在无意识中将自己的舌头咬断。小花抱着女旅客，仰脸问，有同行人吗？女列车员躲在一边，小声紧张地说，好像没有。旁边围观的旅客也连连摇头。

没有同行人，怎么办？列车还有二十分钟就到徐州站了。女旅客仍然昏迷不醒，看来只有在前方站下车叫救护车了，没有同行人，那只能自己陪着下车。她紧急求助调度部，请求徐州站呼叫一辆 120 救护车。这时，胡三也从休息车急忙赶了过来，他说，你一个人下车不行，让小江陪你一起，可以帮帮你。我让 7 号车列车员帮着看一会儿 6 号车吧。

夜色中，413 次列车悄然驶入徐州站。小花和小江与 120 急救人员将女旅客匆忙抬下车，与救护车一道去医院。匆忙中，小花忘记给胡三交待 6 车 6 号上铺女旅客有票无铺坐在边座这件事。

凌晨 3 时，列车仍旧在夜幕中穿行着。列车长胡三巡视着车厢，当他走到 6 号车时，发现一位女旅客独自坐在边座上。怎么会有人深夜坐在卧铺车厢？按规定，夜间卧铺车厢不允许闲杂人员（非卧铺旅客）进入。胡三走上前，轻声对那位女旅客说，卧铺车晚上不允许非卧铺旅客逗留，请您回到自己的车厢去。

什么？女旅客本来就一肚子气，明明自己有卧铺票，现在却成了非卧铺旅客了，还不允许自己在卧铺车的边座上坐，她气不打一处来，大声嚷嚷道，我买的就是卧铺票，有票不让我睡都算了，现在连坐都不让我坐了，这还有道理可讲吗？有几个旅客从铺位伸出头来睡眼蒙眬地朝着女旅客的方向看，这还行？女旅客再大声嚷嚷几声，怕是要把全车厢的旅客都给吵醒，而且女旅客只两句话，作为老车长的胡三就知道是怎么回事了。他连忙小声道，没事没事，您坐着，只管坐。一会前方站有了剩余卧铺，我一定首先安排您！

女旅客心想，骗子！两个车长都说下一站有剩余卧铺一定安排。现在都四点多了，再过不到两小时天就大亮了。

车到南京站，终于有空余卧铺了，胡三迅速安排这位女旅客，可女旅客望着窗外灰白的天空，满脸倦意牢骚满腹道，天都大亮了，我还睡什么？我不睡了，我要退票，退豫州到无锡的全程卧铺票。

胡三连连道歉，他说，好吧，根据规定，您可以在终到站无锡退票，我给您开一份客运记录，您拿着这份客运记录到无锡站就能退票了。说着，就给女旅客开了豫州站终到无锡站退票的《客运记录》。

列车到达无锡站，女旅客要赶到单位上班，就没有当时去退票。第二天，她来到车站，把车票和退票的《客运记录》一起递进了车站窗口，售票员只看了一眼，就冷冰冰地说，退票期限已过，这票不能退了。然后，把车票和退票的《客运记录》从小窗口扔了出来。

根据规定，退票期限为24小时以内办理。没错！

这位女旅客站在退票窗口，愣住了。她气得无以言表，一路气着回去，回单位讲给同事听，回家里讲给家人和朋友听，她的一个律师朋友听说后，义愤地对她说，告铁路。于是就有了《弱女子状告铁老大》的新闻报道。

这篇新闻报道一下就引起了铁路及社会的广泛关注。

人民铁路为人民。人民都把自己告了，那怎么行？分局相关人员，当然包括列车长胡三，急匆匆赶到无锡，给那位女旅客赔理道歉，女旅客一看铁路的确是真诚来道歉的，现在车票钱也退了，问题解决了就行了呗。可是，她的律师朋友不干，坚持还要打官司。最后，在多方千辛万苦的协调努力下，此案才庭外和解，只是通过新闻媒体，《弱女子状告铁老大》这一新闻的边际效应在社会上放到了无穷大。

就像有修养有素质的家长一样，只要是孩子闯了祸的，不问原因不讲理由，先把惹事的孩子批评一顿再说，好像铁路也有这样的家长。所以，胡三和猴子都受到了不同程度的处理，小花因为下车处理急病旅客才幸免于难。

来到混编列车当列车长，胡三真的是准备撸着袖子加油干的。车队、段里领导都暗示过，车队还有个副队长的空缺，胡三你先在车长的岗位上干个一年半载的，干出成绩，再顶上去。结果，因为这篇《弱女子状告铁老大》的新闻报道，胡三背了个警告处分，空缺自然由别人顶上了，而捅娄子的列车员猴子和小江因工作不仔细造成社会负面影响，被调去跑繁城到南江的 1557/6 次重点列车。

小艺后来暗自庆幸，如果那天自己添个全乘，那会不会也连带被处理？猴子的确是按规章处理剩余卧铺的，没错。要说错，就是猴子在检查卧铺时，少了一个瞭望 6 号上铺铺位的环节（猴子在走道上吆喝让旅客换取卧铺牌时，那位女旅客上厕所去了）。当天晚上，只要猴子往 6 号上铺看上一眼，甚至只是拿眼睛余光扫上一扫，发现那位女旅客，就不会出现后来的一系列事情。

从那以后，胡三就开始在他列车长的仕途上败走麦城，而猴子则由聪明幽默的猴子慢慢变成了一言不发的憨子。

胡三家的小蕾为胡三背了记过处分烦死了，小蕾早就因为爸爸的关系调到多经部门下属的旅游部门，工作轻松，收入高，还没有安全和旅客投诉压力。她想让胡三也调过去算了，胡三想了想，自己除了跑车，啥也没干过，说起来也还算喜欢跑车，就犹犹豫豫的，结果一犹豫，就机不可失，时不再来了。要知道，那时候，多少人想去又舒服又拿钱的单位啊！

屋漏偏逢连天雨。国庆刚忙完，胡三又出了事，小艺是从分局的通报上看到的。一直准备着戴罪立功的胡三这次也从混编列车发配到重点列车上，车长还是车长，但他却从一年前的前途大好开始转为职业生涯中前途最暗淡的日子。

胡三这次是因为一个安全隐患事故。作为列车长，他负有管理责任。

# 第六章

## 无法无天"夜总会"

　　闻部长看了看大家，刚要再讲话，窗外球场再次响起掌声、欢呼声。会议室靠着球场的那面墙全是窗户，不怎么隔音的，他不由得再次皱了皱眉头，提高声音，顶着窗外的"哗啦哗啦"声，讲这次路风事件的概况，分析问题原因……，大家都神情郁闷，一声不吭地听着。

## 上庭

十年后，2007 年秋。

2007 年 4 月 18 日调图，全国铁路实施第六次大提速，中国铁路既有线提速干线旅客列车最高运行速度达到 200 公里以上，京哈、京沪、胶济等提速干线部分区段可达时速 250 公里。

第六次大提速最大的亮点就是开行了时速 200 公里及以上的"和谐号"动车组列车。

滨江铁路局开行路局担当的动车组列车在十一国庆前夕。

下午两点半还差两分钟，相貌堂堂的闻部长拿着黑皮笔记本，满脸疲惫地走进会议室。他坐定后，看了大家一眼，语气干脆道，开会吧。话音刚落，楼下篮球友谊赛的哨声就嘹亮地响了起来。

会议室楼下是机关篮球场和网球场。窗外，篮球场看台上坐着各部室参赛人员和拉拉队，拉拉队员每人手中拿着一个红红绿绿的塑料手掌拍，两方的队员开始奔跑、防守、进球、失球，不到一分钟，球场上"哗啦啦"的掌声、欢呼声穿过会议室打开的玻璃窗，不断回荡在会议室内，感染着大家，也郁闷着大家。

现在离路局开行局担当动车组列车的 9 月 28 日只差两天时间了。全局各专业特别是运输相关的车机工电辆各部门半年前就开始了各项准备工作，现在都正紧锣密鼓地检查补强各项准备，大家把弦全都绷得紧紧的，正忙着开车的准备工作，不想，运管部却突然要开什么分析会。

小艺和阿妹赶紧走到窗前，将窗户关上。她俩回到座位上，互看一眼，又望向闻部长。唉，如果不是这个破分析会，大家也可以抽空去观战观战，放松放松，毕竟，机关一年也就开展一次这种活动，虽然不可能组队参战，但是看看总行吧。

但不行。因为，前两天滨江客运段出了个事，被局路风部的汉桥定性为路风事件。作为负有监管职责的运管部，必须召开分析会，分析监管失查的原因。

闻部长看了看大家，刚要再讲话，窗外球场再次响起掌声、欢呼声。会议室靠着球场的那面墙全是窗户，不怎么隔音的，他不由得再次皱了皱眉头，提高声音，顶着窗外的"哗啦哗啦"声，讲这次路风事件的概况，分析问题原因……，大家都神情郁闷，一声不吭地听着。正说着，窗外响起经久不息的掌声、欢呼声和人群的喧嚣声。原来，上半场比赛结束了！

闻部长眉头拧得更紧了，没有办法，他只好再次停顿下来，无可奈何的表情望着大家。阿妹把头凑向小艺，悄悄地感叹道，唉，咱们真是进对了大门，进错了小门。

其实，阿妹比小艺年龄还大三岁呢，可阿妹形象温婉，说话温柔，打扮得体，长相又显年轻，所以大家都喊她阿妹。

确实如阿妹所说。铁路本来就是个辛苦行业，相对于一线工作，大家都觉得进了机关应该相对轻松些。但是，如果进入车机工电辆等业务管理部门，那与一线也差不多，也是 24 小时工作制，要经常下现场、值夜班、还有安全考核指标。车务部门要经常上车下站，要包保添乘，特别是节假日，或是重大节日及会议，一年有一大半的时间在外面跑，因为你肩上扛有安全、经营、服务和效益的压力。

听着阿妹的话，再看看一屋子人眉头紧锁的样子，小艺想起小时候爸爸说的。女列车员年轻时还好点，结婚后，天天不落家，怎么照顾家照顾孩子呢？

现在小艺正处在爸爸所说的天天不落家，无法照顾家照顾孩子的状态，但是，小艺真不为天天不落家烦，因为她根本没有时间想家，组建铁路局后，工作就像赶着趟似的，没时间分神，没时间顾家。

就说今年，春运 40 天，但春运从准备到结束前后至少 100 天，刚刚忙完春运，就开始马不停蹄地忙全路第六次大提速的各项准备。现在，大家正准备着后天全局开行动车组的各项准备呢，没想到滨江客运段出个事，运管部要分析。会议室外的轻松欢乐与会议室内的紧张郁闷形成强烈反差，大家想想都是一肚子火。

闻部长看着会议桌边苦着的一张张脸，听到窗外没了声音，就苦笑着说，外面清静了，咱们再接着开会。


2005 年铁路跨越式改革发展，滨江、繁城铁路分局合二为一，组建成一个新的滨江铁路局，原则上女同志 45 岁、男同志 50 岁以下的机关管理干部和专业技术人员可由繁城调到路局所在地滨江。小艺正好在这个坎里，于是，她就顺理成章地从当年一路坐车哭着去的繁城，再一路坐车笑着回到了滨江。

根据铁路"十一五"发展规划，滨江铁路局将成为全路的路网中心之一，新路局成立伊始，精简高效、整章建制、安全生产、基础管理、服务质量等等，大家忙得不亦乐乎。成立三年来，不管是机关还是现场，大家天天跟行军打仗一样，工作量是原来分局的 N 多倍。

坐在会议室里皱着眉头的闻部长，小艺的顶头上司，就是十多年前汉桥称之为"分局一支笔"的办公室主任闻主任。闻部长是中学老师出身，做事严格认真、做人不苟言笑，当年当老师是这样，当办公室主任也这样，现在当了运管部部长还是这样。

当年的骚客汉桥，现在分管全局路风工作。自转为行政干部，特别是从事路风工作，当上路风部部长后，汉桥就再也没有写过一首诗，他也不知自己是江郎才尽，还是重任在肩，没有精力和时间。

当前，安全和路风是铁路运输企业发展和稳定的双驱动，缺一不可，对铁路来说，安全是命，路风是脸。铁路如果没有了安全生产，就没有了一切，一切归零；如果路风事件频发，铁路的脸面也就没有了，铁路在社会上也就失去了人民铁路为人民的良好形象。

可是，现在是市场经济，市场经济的大潮涌入到社会经济的方方面面，也给人们思想观念和行为方式带来强烈的冲击。在铁路客货经营中，总有脑袋活络的职工或是干部以职谋私，浑水摸鱼，更何况，有的旅客和货主为车票为发货主动给干部职工好处。所以，总有大大小小的路风事件。汉桥天天处理这种破事，他哪里还有什么闲情逸致去写什么实际问题都不能解决的破诗？

想着当年姐姐为了调到滨江，夫离女散，到现在还在滨江独守空房，小艺就感觉老天特别眷顾自己，她就会想起浩子所说的，上帝给你关上一扇门，一定会为你打开一扇窗。是呀，当年她一路哭着独自一人到繁城，现在竟然随着大流开开心心流回滨江，而姐妹还有爸妈，都因铁路改革，医院学校转交地方，由铁路员工成为非铁路人了。这样一比，小艺觉得自己工作上这点辛苦算得了什么？小艺感激生活都来不及，哪里还会怕什么累？即使是累，也是累并快乐着。

呵呵，小艺她们这些外地人一下子成了滨江人，仅仅因为铁路跨越式发展。而最让她感激的竟然是，她家的点点竟然顺利地考上了滨江一所重点初中，全家还搬进了自己花钱买的宽敞明亮的电梯房。想想，命运这个上帝是在怎么眷顾着她小艺啊！所以，她想，除了心怀感恩，除了努力工作，你还求什么？

来到滨江不到一个月，小艺就把房子给买了。

上班在江南，买房自然不考虑江北和汉西城区。一来滨江，小艺与姐妹就利用空闲时间不辞劳苦、见缝插针地在江南片看着各种各样的房子。她们到南湖片区溜达，看到到处都是商品房，房价也就每平方米两千元左右，小艺看得心里痒痒的，真心觉得还行。只是小楚边看边风轻云淡地笑道，房价还行，只是，小艺，你看看，这里像不像个大县城？不说还好，小楚这话一说，小艺再看，真就感觉南湖长着一张县城的脸，本有点儿动心的小艺一下就犹豫不决起来，当走到进出南湖必须经由的铁路立交桥时，她彻底打消了在南湖买房性价比高的想法。本来就是为着点点才着急着买房，如果点点上初中，天天上学放学早晚都要经过这个铁路立交桥，一个初中女生，这种如城乡接合部一样的地方最容易出现安全隐患。放弃！

姐妹陪着她在滨江看了两周的房，把江南片的在建房看了个遍，还是犹豫不决。周五下班，小艺打电话问爸爸。爸爸说，在江南片区，你们还是应该在小青山城区买房。滨江就是两条大江交汇而成的城市，一发大水，江边地带很容易被淹，1975 年、1998 年发洪水都危及到滨江，后来泄洪，滨江才转危为安，所以，在江南城区，买房还是应该买地势高的位置，小青山是江南片区最高的地势，而且这里也是机关所在地，人员素质相对高些，我的建议就在小青山附近吧。

也不知是不是爸爸的话起了作用，电话打完的第二天，小艺就交了小青山附近一个楼盘的购房订金。

与爸爸电话打完，正好是周末，小楚带着小艺又看了两个楼盘，还是没有一个合适。晚饭时间，小楚笑着说，这附近还有一个楼盘，我们过去看看吧！

小楚小刘还有铁军小艺一行四人从小楚家走过去不过二十多分钟，就看到上十栋并不耀眼但端庄大气的楼房，楼房不远处是一座满目葱郁的山峦，小楚笑道，这，就是小青山。不知为什么，小艺一看见小青山，一下就想到了小时候四周群山环绕的前塘。

记忆中，从小生活的前塘除了群山，就是两根闪着银光无限延伸的铁道线。这些年，她天天在铁道线上跑，大大小小的青山都在她乘坐的火车前晃来又晃去，那么熟悉那么好看可又那么陌生那么游离，现在这座小青山就在不远处，多踏实呀！她突然有种亲切、感动，甚至老有所依、叶落归根的依附感。都乡音未改鬓毛催了吗？可自己乡音未改，头发也没白一根呢！

就它了。小艺扭头仰脸，一看铁军的神情，就知道他也喜欢，他喜欢的是这个楼盘的质感。

但这是个尾盘。售楼大厅前台一个精瘦的售楼小姐看了一眼她们，用并不热情的滨江腔说,全卖完了,现在只剩 13、14 楼两套房子,一副爱要不要的样子。13 在西方是个不吉利数,14 在中国人心里也不算是好数字,房子是一辈子的事,自己花钱怎么也应该挑个吉利的楼层吧。

小艺一口回绝说,不要。

售楼小姐见小艺一口回绝,马上改口说,还有,19 楼还剩一套。

小艺看了她一眼,小楚笑道,19 楼,还行,看看吧。

坐电梯上到 19 楼,发现房子大客厅的落地窗前就可以看到远处郁郁葱葱的小青山,书房和次主卧的飘窗上竟然还能远眺东湖和东湖内的磨山,太好了。还有,它竟然与点点要入学的学校不远。就它了。

买吧。虽然它比南湖片区楼盘每平方米贵近一千元,小艺还是决定买。贷款也要买!

铁军也想买,但又觉得太贵,就低头与小艺商量说,算了,报纸上天天在讲《国八条》,说商品房都要降价的。再说咱们现在是无房户,说不定还可以分到经济适用房,再苦一年,分房的价格便宜多了,干吗要这么贵的商品房?

小艺一下就没了主张,她望着小楚,河南腔脱口而出,咋办?她想向小楚讨主意。小楚马上皱起眉头望她一眼,右手食指像是很随意似的在嘴唇边放了一下。噢,小楚是在提示她,在滨江人面前别说河南话。小楚不愿意让滨江人感觉她是河南侉侉。

小楚转身,微笑着用纯正的滨江腔对铁军说,前年,我买的商品房是每平方一千八,同样的地段,同样的面积,我的房子两年就少你二十万,也就是说,就这一套房子,我早买两年等于比你少干十年。你算算,是吗?

真的?铁军和小艺望着小楚都吃一惊。

你们算算是不是?小楚仍旧笑着。

那还说什么?买!

售楼小姐一听,也趁热打铁道,今天是本月的最后一天,明天每平方米涨三十元,我们这儿是黄金地段,上学出行都方便。

小艺又犹豫片刻,对铁军下决心道,买吧,点点马上上初一,哪里等得及?

买!

铁军点了点头。小艺当时就拿出信用卡说，我们今天先交订金。

售楼小姐瞪大眼睛，没想到他们一行只看了一眼，几十万的房子竟然就买了。办手续时，售楼小姐心情特别愉快，她边办手续，边笑着用滨江普通话兴趣盎然地讲起自己来这个楼盘卖楼的感受。

我是正宗的滨江人，我感觉江南、江北虽然只是一江之隔，但两边生活着的完全是两种人。她在"完全"两字的语气上加了着重号。

我是地地道道的江北本地人，在江北生活，现在才在江南这边售楼。我们江北人其实一直是看不起江南人的，江北作为通商口岸一片繁华时，江南这边还是遍地农田，全是乡里。小艺望着她，心想，这丫头她真敢说，难怪小楚不让她在滨江人面前说河南话。在她眼里，连江南人都是乡里，那河南侉侉不更是乡里了。

"乡里"这个词的内涵外延可大可小，如同样的滨江三镇，江北人会认为江南是乡里，滨江三镇的人则会认为滨江以外的城市农村全是乡里，而城镇的人则认为农村才是真正的乡里。

售楼小姐完全没有顾忌他们这些乡里人，仍用滨江普通话绘声绘色地说，我们江北那边的人一般都讲"味"。比如，江北的人出门从来都是油光水亮的，不收拾"周正"不出门，头发一丝不乱，"要味"得很，天天在外吃喝，特别讲排场，光看外表，你会以为他多么有钱。但是，她顿了顿，望着小艺他们，笑道，其实这个人身上的衣服口袋里，可能连买早点的五块钱都没有。我们那边的人只是喜欢充面子而已。

她接着说，但是，江南这边的人就不一样，这边是政府机关，再就是高校，有地位有文化的人多，而且大多是外地人。每次来看房时，从外表看，实在没觉得这人怎么样，衣着打扮完全不起眼，还是一口乡里话，你以为这人只是来看看，不会买房，可是这人真的是只看一看，就掏钱买了。而且，好多人还是一次性就把钱交了，几十万甚至上百万呀!

最后，她感叹道，江南这边的人其实真的不简单。

　　小艺四人全都笑了起来,但是都没有作声。小艺觉得售楼小姐在说江南人,其实也在说她们这一家人其貌不扬,怎么都没想到,一出手就买了房。只有小艺知道,买房子已经到了最后的时刻,必须买。马上秋天开学,点点就上初中了,总不能到点点上学了却没有地方住,放学回家却没有书房书桌做作业,那怎么行?买房早就成了小艺家里的迫切需求,这是没有办法的办法,用现在的话说,是刚需。不然,售楼小姐一口一句乡里人的,她才不会买这房呢!

　　合同签了,首付付了,下面就是每月定期还贷。铁军本来是同意买房的,但是钱一交,贷款一还,日子马上捉襟见肘。一想到这样节衣缩食的苦日子还要过上十年,铁军就忍不住与小艺吵架,他发火道,买什么房子?现在家里过的是什么日子?哪里还有什么生活质量?他真的没有过过这种苦日子。

　　从前,小艺家可是小康之家,讲究形象的铁军总是衣冠楚楚,不定期下下馆子,改善改善生活也是常有的事。可是自从房子买了后,小艺再也没有添过一件衣服,一家人再也没有在外面吃过一顿饭。除了还贷,两人的钱一存到一定数额,就迅速还家人的钱。

　　可是,就是这样节衣缩食、捉襟见肘地过,小艺也觉得自己一家人快乐幸福得像在天堂里。要知道,姐姐多年的目标终于实现,三姐妹终于在滨江团聚了。

　　房子装修好,小艺也想请父母过来住,但是爸妈讲究礼性,说是这么漂亮的房子应该让小艺的公公婆婆住,自己毕竟是女方,长住不适合。爸爸妈妈只是国庆时来住了一晚上,就又回了前塘。

　　前塘站早就彻底不通火车了。厂里只剩下极少职工,他们有的买断工龄提前退休,有的外出打工,有的早就歇岗在家,一个月拿着两百多元的下岗工资,妈妈从前经常说起的小玲,给大款生下大胖儿子的小玲,现在被那个大款甩了,大胖儿子也被带走了,现在是要啥没啥。妈妈再也不说自己的三个女子还不如不读书的小玲。妈妈现在改口说,还是读书好,一个女子还是要靠自己才靠得住!

　　现在小艺离父母越来越近,但回家看父母的次数却越来越少。一是忙没有时间,二是那趟绿皮慢车早没了,怎么回去?坐汽车吗?多不方便也不习惯,作为铁路子弟，她们从来不习惯坐汽车。现在，偶尔回去看父母，只能让妹夫开车。

下午一下班，小艺回家扒了两口饭，拎起包就往江南站跑，她要与局法务部的李律师一起坐夜车赶到豫州，江南站到豫州站坐夜车要近十小时，他俩代表路局参加明天下午的一个民事诉讼案的开庭。

好像进入二十一世纪，铁路就成为全社会的焦点和热点，更成为被告专业户，每年都有旅客状告铁路的案件或是新闻成为新闻头条和热点，有些案件还因媒体曝光而一举成名。

这起诉讼案是一名叫张光明的旅客因其乘坐的列车晚点而状告江南火车站违约。

2006 年 10 月 31 日，张光明购买了一张 K546 次江南站—豫州站的硬座车票，当天在江南站上车，由于列车晚点，他所乘坐的 K546 次列车没有正点到达目的地，他认为铁路没有履行车票中承诺的安全、正点地到达目的地的"正点"两字，铁路属违约行为。因此，他一纸诉状在豫州将江南站告上法院。江南站不具备独立的法人资格，管辖江南站的滨江铁路局便成为被告，坐在了被告席上。

诉讼案关键在于列车晚点。拿着应诉书，小艺"登登登"上六楼去调度部，将 2006 年 10 月 31 日 K546 次列车当日运行时刻资料调取出来。"咦"，列车在局管内没有晚点，晚点区间在豫州局管内，晚点原因是担当列车牵引的机车发生故障，而且，该次列车及机车都由豫州局担当。

看到调度部出具的材料，小艺心中有了底。有句俗话，铁路公安，各管一段，各铁路局也是同理。看来，这个案件与路局没有半毛钱关系，唯一的关系就是原告在局所管辖的江南站买票候车，进站上车。那，豫州铁路局也应是被告。

只是，旅客张光明和法院都不清楚这种隶属关系，所以，法务部就请求法院将豫州铁路局追加为第二被告，开庭时间定于 2007 年 9 月 27 日下午两点半。

要调图了，大家都忙。闻部长把小艺叫到办公室，小艺，你去参加开庭吧。

望着闻部长，小艺点了点头。说实话，她也不知道为什么部长让她去参加开庭。有时，她觉得自己在单位的角色有点儿像麻将中的赖子，哪里缺人就顶在哪里，别人不愿意干的往外跑的累的烦的工作，领导就顺手交给她，或许是因为她觉得累且快乐着吧。再说，从小，爸爸就告诉她们艺多不压身。那领导让去就去呗！干呗，反正艺多不压身！

其实，小艺四十出头了，但是在部长面前，她还是小字辈，再说她名字中有个小字，大家都喊她小艺小艺的。不过也好，这样小艺小艺地叫着，人到中年的她就一点也没有中年妇女的感觉。

到达豫州，李律师迅速与豫州局联系，来到豫州铁路局大门，就见路局灰白主楼上方"局兴我兴，局荣我荣，路局在我心中"几个镏金大字特别醒目。爸爸在豫州进修了三年，对豫州很有感情。爸爸经常说，豫州即使是大学老师、大学生也都很朴实温和。再说，这里可是她从小就被人认作"河南侉侉"的省会，她自然对豫州就有一种天然的亲近。所以，站在大门前，她驻足凝视着"局兴我兴，局荣我荣，路局在我心中"，再看一遍，默记心中，才跟着李律师匆匆上楼。

知情人说，被告要有精神准备，原告是有备而来的。

正如所料，下午两点半准时开庭，七八家豫州媒体进入法庭要旁听，胖胖的法官用一口正宗的河南话毫不客气地将他们轰了出去，只是被轰出去的媒体并没走，他们客客气气地站在法庭外等待，等待着开庭完毕再进行采访报道。

开庭了，法庭按程序走到了被告质证环节。质证环节先由原告张光明拿出证据，被告小艺和李律师质证。

拿着原告车票及其他相关材料，小艺看了一眼张光明，心想，我暂且听听你在江南站买票上车的过程，我们局与你也就这么一点点关系。于是，她望着张光明说道，原告，请你还原一下去年 10 月 31 日你在江南站乘坐 K546 次列车的经过。

原告张光明看着是个极普通的二十多岁的大学生。他望了小艺一眼，不紧不慢地说，去年 10 月 31 日早上，我在江南站售票厅窗口买了一张从江南站到豫州的 K546 次列车的硬座车票，买了票，进站、候车，放行后，就从二楼候车室进站上车。没想到，火车开车后一路都在晚点，最后到豫州站时列车晚点了三个半小时。

张光明讲得很清晰，小艺只是例行公事地听听他购票上车的过程。当听到他说从江南站的二楼候车室进站上车时，小艺心头一惊，咦？江南站的二楼？怎么可能？等他说完，小艺盯着原告，不动声色地接着问，原告，那你说说，江南站站前是什么建筑？

张光明望着小艺，不紧不慢道，江南站站前广场前面有一个很大很长的立交桥。

啊？这更让她吃一大惊。怎么回事？她满心狐疑地看了一眼李律师，继续盯住张光明，再追问道，你确定当天是在江南站二楼进站上车的？

张光明望着她，语气肯定地说，是啊！

你确定当天看到江南站站前广场前面有个立交桥吗？

张光明望着她，再次肯定回答，是的！

小艺再追问，原告，你是去年，也就是 2006 年 10 月 31 日在江南站坐的 K546 次旅客列车，你确定吗？

这话一问，张光明眼里闪过一丝慌乱，没有立刻作答，过了十来秒，他仍故作镇定地答道，是的。但语气明显没有那么肯定了。

小艺望着张光明，心中彻底有了底，骗子！但是，这么年青的一张脸，怎么就会是个骗子呢？

法官、书记员不明白小艺为什么对原告的进站和站前立交桥的回复反复确定，就安静地盯着原告被告之间的一问一答。

小艺拿着车票，扬起来，望着张光明，再次重复道，原告，你确定 2006 年 10 月 31 日 K546 次 12 车 91 号座这张硬座车票是你自己的吗？

2006 年，铁路还没有实名制购票。2010 年春运，铁道部才在局部方向和线路试行车票实名制，之后，全国所有列车才实行车票实名制。

听到连连追问，原告张光明神色变得慌张起来，眼神也开始游移和慌乱，他既不直视小艺，也不回答问题。

小艺回望李律师，再望着法官席上的法官，语气肯定地说，法官，原告当天就没有坐这趟列车！

胖胖的法官看看原告张光明，又看看被告小艺，不明就里地大声问，为啥？

因为，江南站从2006年3月10日起直到今天2007年9月27日，候车室就没有二楼，站前广场前也没有立交桥。2006年春运一结束，江南站就正式改扩建，从3月10日起，就将车站原二层候车室、进站口拆除，站前广场的立交桥也同期拆除，旅客都是通过临时搭建的一层候车室和进站口进站上车，车站根本就没有二楼了，他怎么可能在10月31号从二楼进站上车呢？

听到这话，张光明的脸一下变成了土灰色，他像泄了气的皮球，一下子就瘫在了原告席前。

法官望着张光明，用河南话厉声问道，原告，你说，这是咋回事？张光明颓唐地站在那儿，低垂着脑袋，一言不发。任凭法官怎么发问，他都一言不发。

法官没有办法，只好大声质问道，那我问你，原告，你还告铁路不告了？张光明耷拉着脑袋摇了摇。

法官怒目而视，厉声对张光明道，你，跟我过来。接着，便将原告从法庭上带回到他的办公室。

小艺坐在被告席上，与李律师相视一笑，李律师说，真是荒唐！

过了一会儿，法官过来对小艺和李律师说，真是荒唐透顶！

在办公室，张光明交代，十年前，他的一个远房亲戚坐火车从豫州到无锡，买了卧铺票却坐了一晚上，退票时车站又说过了退票时间不给退钱，结果亲戚的一个律师朋友把铁路告到法院还上了报纸。

小艺想，这不是十年前混编列车胡三车班上那个女旅客的事吗？女旅客因为有卧铺票却坐了一夜，后来把铁路告上法庭，在社会上引起轩然大波，因此，胡三背个处分，猴子调离混编列车。

张光明对法官说，他当时只有十来岁，听大人经常说起此事，他们家那儿的人都知道这事，那个律师后来也特别有名。

这些年，社会上好些与铁路打官司的人都火了，他马上法律专业要毕业了，工作还没有着落，他也想找点铁路的问题，通过与铁路打官司扩大知名度，这样，他有了知名度，好就业，今后也好接案件。去年10月底，他在豫州知道K546列车晚点后，就想办法从别人手上买来了这张火车票，想利用列车晚点来状告铁路打官司。

法官接着说，张光明前年到过江南站，记得是二楼进站的，站前广场有个大立交桥，自己想着肯定万无一失，没想到百密一疏——江南站去年春运后站房改扩建，原二楼候车室拆除了。

最后，原告羞愧地说，现在他知道自己错了，也不打官司了，只希望铁路和法官原谅他，给他一个改过自新的机会。

胖胖的法官望着小艺和律师，感慨道，唉，这是大学生！这居然也是大学生！这是什么大学生？不是想着他还是个大学生，会耽误了他一辈子的前途，我们法院真是要追究他的法律责任。

大家听了都不停地摇头。怎么还有这种人？这种不择手段想出名的人。


从豫州回到滨江已是第二天下午下班时间。小艺向闻部长汇报开庭情况，桌上、心里一摊子事的闻部长皱着眉头望着办公桌上的各种材料，叹了口气说，唉，咱们忙得一团糟，这人他妈的还来添什么乱子呀？小艺转身想往外走，闻部长抬起头说，这样，你明天去添乘一趟动车组，要跟动车全程，要写实报告。

小艺从部长办公室出来，回到办公室就在办公网上下载《9.28调图期间路局添乘交路人员安排及要求的通知》。添乘人员从路局领导到车机工电辆所有相关铁路专业的管理干部及专职人员，添乘期限为一个月。

要添乘的D182次动车组列车早7时从江北站始发。这么早怎么去江北站呢？小艺想，那自己至少得坐早上5点30分的公交车，才能从江南准时赶到江北站。可那么早，哪有公交？如果坐的士，不到一小时就能到，可那得花近四十块钱，单位从来不报销的士票，也就是说添乘一个来回，自己就得自掏腰包近一百块钱。

小艺刚刚买了房子还在还贷，恨不得将一角钱掰成八瓣来花，她怎么会舍得这四十块钱？可是工作又不能不去。她灵机一动，赶忙查了查明天运输部的添乘人员。哈哈，是副部长李林，小花的老公。她不由为自己能省下这四十元的士费而心花怒放。

运输部就在运管部隔壁，小艺兴冲冲地去运输部找李林。虽然已是下班时间，但因调图，全楼层都还灯火通明。李林办公室门开着，却没人，再找，李林在部长王宁办公室正商量着事呢。

王宁就是二十多年前在前塘站提出"中间站决不站中间"的那个"高大半"站长王宁，当年妈妈爸爸就对他夸赞不已。十多年过去了，王宁还是那样，高大、低调、谦和，说着温软的南方普通话，唯一变化的就是，现在在机关工作，再也不穿中规中矩的铁路制服了。

王宁部长见小艺站在门口东张西望、想进又不敢进的样子，就笑着问，小艺，有事吗？小艺扒在朱红色的门框上，笑道，我明天要去添乘，她话还没有说完，王宁部长就招手笑道，进来，进来说。小艺就走进办公室，仍旧笑道，明天我要去添乘，可一大早还没公汽，就想与李部长一起蹭个车。李林一听，用天沔普通话笑道，那有什么问题？说好，几点？在哪儿碰面？小艺说，早6点，在机关大门口。李林笑着说，行。

三人就随便聊了几句。王宁部长顺便问起小艺父母，小艺说还好。小艺又问李林小花和小小花呢？李林说还在繁城，两地分居着，然后就说起王宁部长的爱人。

李林望着王宁笑道，听说，当年，王部长可是为了夫人千里迢迢从南国之乡追到滨江来的。

王宁笑道，是吗？

小艺也笑着接了一句嘴，是呀，我也听说过，说您是因为，因为爱情？

王宁又笑了，真是女同志的思维。因为爱情？要知道，京广线是全路三大铁路干线之一，我们路局又是全路最重要的铁路枢纽，这么重要的铁路地位，来这儿怎么会是光为爱情？借用毛主席的一句话，就是，广阔天地，大有作为。

三人就都哈哈笑了起来。

## 动车

怕耽误上车，早上5点整，闹钟就响了。小艺从床上跳下来，匆忙洗个脸刷个牙，穿上衣服，提包一拿，就下了楼。从地下停车场匆匆忙忙地穿出来，才发现天还黑着呢。万籁俱寂中，一路上只有昏黄的路灯下她自己黑漆漆的身影，一会长一会短一会在前一会在后地陪着她。走到机关门口，天刚麻麻亮。

早已守在机关门口的李林见到小艺，连忙拦了辆红色夏利，两人上车，一并往江北站赶。到达车站，一看时间还早，两人就在车站广场外的小摊上买了份热干面。李林又要付钱，小艺连忙拦住，笑道，的士你请，热干面我请。李林笑了笑，没再争。两人就坐在小方桌前的板凳上吃面，吃完，一起走向江北站。

第一次有江北站这个概念还是因为猴子。当年，在江南站，猴子用滨江腔半开心半嘲讽的口吻对她们说，哪有什么滨江火车站？滨江只有两个火车站，一个江南站，一个江北站。

小艺好多年没有见到猴子了，他好像还在繁城跑重点列车。由猴子，小艺不由又想起浩子。如果当年有现在这么发达的铁路科技，浩子也许不会消失，小艺心疼地想。浩子他不知道现在火车司机开车的条件多好，现在列车速度多快，而且由于六次大提速，现在，火车司机好些改跑长交路了。浩子他那么喜欢火车那么帅，如果他开这种动车组列车，那该有多帅多拉风呀。小艺伤感地闭上双眼，把头摇了摇，像要把浩子从脑海中摇醒一样。

2007年，滨江局动车组列车的始发终到全在江北站。为提升运输组织效率，在运输组织方案中，南北向直通旅客列车基本停江北站，东西向直通旅客列车基本停江南站。

李林和小艺刚进站，远远地就看见轻盈纤巧的白色动车组列车如一位身着白衣的清纯少女，静卧在江北站崭新的高站台上。远远看去，真是清新可人！

小艺脑海忽然闪现出浩子拍摄的《男孩子的梦》的画面。高大漆黑的蒸汽机车带着巨大的红色车轮，摇着墨绿色的臂膀，喷着一团团白色烟雾，从画面正中间呼啸而来。那时，这种工业时代蒸汽机车所带来的西部牛仔般的粗犷美，吸引着所有的男孩子。但随着科技的发展，不过一百年，火车这种交通工具的外形也从单纯的功能性转变为兼具功能性和艺术性。小艺想，浩子他也许会更喜欢现在动如闪电、静如处子的动车组的柔性美吧！

动车组机车前已经站了一大堆人，走近一看，是许大局长，旁边都是相关部室的正副职及专业人员。李林部长和小艺走过去，小艺向许局长笑了笑，许局长也笑着点了个头，算是打招呼。

真没想到，当年五里坪的许段长，分局的许副书记，十多年后成为滨江局的大局长。一次周末，小艺竟然见到浓眉大眼国字脸的许局长与他那娇小玲珑的夫人手挽手在马路上散步，因此画面，小艺对许局长更生好感。小艺偶尔会听到市井百姓谈论领导谈论大人物，什么说法都有，好听的有，不好听的也多，但她看书中的大人物看身边的领导，她会感觉，什么是大人物？大人物就是不断努力的小人物。不过，也有更多的小人物努力了一辈子也仍是小人物。

江北站已经放行。面对纤巧美丽耳目一新的动车组列车，旅客们好像一下子全变成了高雅文明、衣冠楚楚的绅士淑女，全都安静有序地排队、上车、找座，落座。车厢内静悄悄的，人们的热闹喧嚣没了，列车的广播音乐没了。车厢内坐着满满的人，却没有一点儿人的声音。真是这里的黎明静悄悄！

宁静中，机务、工务添乘人员与许局长站在动车驾驶室内的动车司机身后，透过驾驶室的玻璃窗，静静地看着前方轨道，感受列车在不同时速下的平稳度。李林和小艺，再加上客运段添乘干部老叶，三人开始巡视车厢。

车厢内，头戴红色贝雷帽，身穿红色掐腰套裙的二十出头的列车长小蓓和女列车员，个个妆容精致、身材高挑，她们整理完行李架后，就静静地站立在车厢一端。偶尔有旅客需要服务，便悄然来到旅客座位前，用训练有素的职业微笑和肢体语言进行无干扰服务。

行走在柔和灯光下清洁宁静的动车车厢里，小艺感觉自己就像走进了无声电影的世界，车厢内美丽的女服务员及偶尔擦身而过的旅客，也如无声电影中的人物一般微笑、走动、落座，只是无声电影是黑白的，而自己身在其中的电影却是彩色的。米白色的车体，乳白色的顶灯及流线型的侧灯，银灰色的地板和深紫色的座椅，加上红衣女服务员含笑的眉眼，还有旅客们惊羡的目光。因为这动车组，铁路客运的整体服务从硬件到软件全都如航空服务一般高端大气上档次了。不知为什么，无声电影中，三姐妹第一次坐火车在江南站站台上，姐姐望着她和小楚满脸煤灰屑时哈哈大笑的灰白画面突然闪现在眼前。

天上人间呀，小艺有一种恍若隔世的感觉。

就如平民百姓第一次跨入五星级酒店的旋转门，衣冠不整都自惭形秽到不敢走进金碧辉煌的大堂一般，小艺一边小心翼翼地提脚走着，一边在脑袋瓜里胡思乱想着，这动车组与爸爸讲起的日本新干线是一样的吧？还有，十年前在成都到滨江的列车上，那个精明的江浙旅客对她说，中国铁路就是五十年也追不上日本新干线。看来，他真的是小瞧咱们中国铁路了，现在离他说话时间还不过十年，咱们中国铁路就开行了与日本新干线一样的动车组列车。什么五十年也追不上，可笑！

十年，也就是十年，六次大提速，火车时速从平均30公里到现在最高的250公里，列车产品更是不断更新换代。从普通的绿皮列车，到红皮的空调列车、蓝皮的空调列车，再到后来的朝发夕至快速列车，夕发朝至一站直达的直达列车，再到今天的动车组列车。十年，也就是短短的十年。

小艺脸上挂着标准的职业式微笑，心中却开心得恣意飞扬着。

只是，这动车组列车太安静了，走了四节车厢，竟然没有听到一丝儿声响。在惊艳的同时，小艺又有点儿不适应。走到车厢连接处，前面的李林停下来，回头悄声对小艺说，太安静了！动车组没有广播？小艺想，还以为只有自己因为曾经是列车广播员，有点儿不适应眼下这种静悄悄服务呢，搞了半天，李林也有这种感觉。

添乘干部老叶连忙悄声解释，没有，动车组全程只有到站前广播到站信息，其余时间没有广播，现在提倡静悄悄无干扰服务。

李林吃惊地追问，全程九小时都没有广播？

老叶点点头，笑道，从 2004 年直达车开行起，就取消了广播员这一岗位了。动车组也一样，现在只有既有线列车还有列车广播员。

李林望着小艺，开玩笑道，小艺，幸亏你转岗到机关了，不然，你如果干一行爱一行，广播员一条道干到黑，现在肯定下岗了。

小艺悄声笑道，也是，我这个年龄的广播员肯定下岗了。

李林像是安慰小艺一样，不过，我倒喜欢从前坐火车时听广播节目的感觉，喜欢那种车厢乘客互动共鸣的氛围，不太习惯动车组到站的播报声，声音太冷了。

小艺、老叶笑着点头，真是英雄所见略同。

正说着，列车广播如石英钟一般准时用中英文双语播报起来：

女士们，先生们，新阳东站就要到了。您下车时，请从列车运行方向的前部车门下车！

Ladies and gentlemen, the train is arriving at XinYang Dong station. Please get off from the front doors.

站在动车门边，等旅客下完后，老叶和小艺才下车，老叶在前，小艺跟在后面。小艺抬脚下站台时，看到车门与站台边有近大半只脚的间隙。她不由停下来，如果旅客不小心，就可能一只脚踏空，掉下高站台。下车，站在站台上，她车过身来，又回头看了看空隙，才往前走。刚走过一节车厢，突然想着动车组列车只有一分钟停点，她连忙回跑两步，跳上车门，连声喊，叶姐，赶快上车！老叶已经走到第二节车厢的中部，就回头说，好，我到前一节车厢上。老叶又往前走了两步，就听见动车组车门"吱吱吱"的关门提示声，等她反应过来，赶紧往车门跑时，动车门已经关上大半部分，她上不了车了。

老叶满脸尴尬地隔着车窗向车内的小艺挥了挥手。再看看站台上，还有一些与她一样被动车组扔下的目瞪口呆的旅客，这些旅客大多是下车到站台上抽支烟过一过烟瘾的烟民。他们没想到，手上的烟只抽了一大半，白云般的烟雾还在眼前飘忽着，怎么转眼间，动车就关门飘忽而去了。怎么回事？一般停站时间不是要好几分钟吗？他们的神情由放松变惊愕，怎么回事？然后，眼睁睁地看着动车组带着自己的随身物品，从身边轻巧潇洒地飘忽而去。这可怎么办？

手机来短信了。小艺一看是老叶的短信：小艺，不好意思！唉，忘记了动车组只有一分钟的停点，干了一辈子的客运，添乘了大半辈子，没想到第一次添乘动车组，就漏乘了。真丢人！

小艺笑着回复：呵呵，经验主义害死人吧！没事，你负责组织那些漏乘的旅客与车站对接一下，坐下一趟动车。

客运干部添乘惯例，列车每到一站，添乘干部都会下车，到站台上检查检查列车员立岗及乘降组织的作业情况，一般会在站台上走上几节车厢，然后再上车。普速列车在新阳站至少有三至五分钟停点。老叶忘了，现在动车组在这里只有一分钟停点。

动车餐车两个台位坐有部分添乘人员，有车机工电辆的添乘人员，还有四方青岛等厂家及设计单位的人。动车组的开行对运输组织模式提出了全新的技术及管理要求，添乘人员都在各司其职，全程写实，在列车运行中找变化找问题想对策。列车全程九小时，大家都没座位，有人太累了，就过来坐坐。

想着来之前闻部长布置的工作，联系前期开行动车准备时动车组在客运组织中的诸多变化，小艺不由得掏出笔记本看了起来。

从组织模式看，动车组列车改变了旅客列车管理的传统模式。一是人员变化，由原来的三乘（公安人员、车辆人员、客运人员）一体，变为了六乘一体（公安人员、车辆人员、客运人员、保洁人员、餐饮人员、机务乘务员）；二是乘务变化，客运人员由原来的包乘制转变为轮乘制，由原来的一个乘务班组跟随列车车底往返，到一组车底轮到哪个乘务班组就是哪个乘务班组上车；三是车门变化，列车前后每个车门由原来的先上后下，变成了一个车厢前门上车，后门下车；四是广播变化，原来的列车广播在白天会分阶段播出各类节目，现在动车组列车提出无干扰服务，全程运行列车广播只广播到站信息；五是列车员由原来有专门的乘务室到现在的全程站立式服务，列车人员由原来的一车两人到现在的二车一人，甚至四车一人；六是吸烟变化，列车由原来普速列车可以吸烟，到空调列车在车厢风挡处设立吸烟区吸烟，到动车组列车全列车厢全程不允许吸烟；七是站台变化，所有动车停靠的全部都是高站台，都根据站台地标来组织乘降。

D182次动车到达北京西站已是16时30分，乘务员全部下车到公寓休息，另一组乘务人员上车，但全体添乘干部接着再跑北京西站至邯郸西站的往返，晚饭仍在车上，仍是一份简单的盒饭。再回到北京西站，已经是华灯闪烁夜幕沉沉。

第二天上午11时整，返乘的D181次动车从北京西站发车，终到江北站已是20时30分。旅客全部下完后，昏黄灯光下的站台上只剩下三十来号路局、厂家和站段各级专业添乘人员。连着两天添乘，大家都很累，都沉默着，静静地站在空旷的站台上。

小艺拎着包，跟在李林及其他添乘人员后面，心里却担心着家中的点点和回家的公交车。现在再不回去，到家又得深夜了，公汽是早没有了，又得蹭李林的车。她想问能不能走了？可大家都站在这儿，就没好意思张嘴，别人没有家吗？没有孩子吗？真如爸爸说的，就你一个女同志事多。

过了几分钟，站台上所有的添乘人员不是出站而是"呼呼啦啦"又往空荡荡的动车上走。干吗？又上车？小艺心中打着问号，脚步却跟着添乘大队伍随着大流又重返动车。

黑夜中，空荡荡的动车组列车往前慢慢地开，坐在其中的小艺感觉动车就像是蜗牛在慢慢地往前爬，动车也的确是在慢慢地向前滑行，车窗外连零星灯光都没有，只有黑洞洞的夜。小艺凑上前，悄声问前座的李林，这是到哪儿呀？黑灯瞎火的。

李林头靠座椅，悄声道，到基地开会。

小艺眉头一皱，基地？

李林说，是的，就是动车检修基地，咱们局正在修建的动车组检修基地，听说这是全路最大的动车组检修基地。

动车摸着黑慢腾腾地往前开行了近二十分钟，终于在一个黑咕隆咚的地方停了下来。这就是基地？怎么啥也看不见呢？小艺跟着大家走到动车车门边。大家都是男同志，纷纷干脆利落地从车门跳下去。她最后一个站到车门边，借着夜色，才看见动车就停在光秃秃的股道上，没有站台。车门离地面有一米五六高，她一个女同志怎么办？大家都跳了，她也只得往下跳。只是黑灯瞎火的，她穿着半高跟鞋，跳下去不小心把脚崴了怎么办？小艺犹豫着，跳肯定要跳，就是怎么跳？不行，把半高跟的皮鞋脱下来吧。

小艺躬下腰，刚脱了皮鞋，拿在手上，就听见车门下边李林的喊声，小艺，快跳下来！她低头一看，李林和电务部添乘的小陈正分别站在车门下面的两边，伸着手，仰着头，等着她往下跳呢。小艺心里充满了感激，跳吧！李林他俩把她接住，放在地面后，她人还未站稳，李林他俩拔腿就往前跑。小艺再看，添乘的大队伍早都跑得没影了，前面李林边跑边喊道，快点！快点！小艺只好在黑灯瞎火中凭着感觉，跟着李林远去的背影深一脚浅一脚地急急忙忙往前跑。边跑，小艺心里边想，这基地是建在哪儿的呀？怎么连灯都没有一盏？

十年后，2017年春运第一天，小艺在中央电视台看到这个动车检修基地最惊艳图片，在路局网站看到配图的文字介绍：

2017年春运第一天，这个曾经是全路最大的动车组检修基地惊艳亮相。航拍照片中，从夜空俯瞰，基地上无数组细长闪亮的动车组，就如闪闪发亮的五线谱，正谱写着铁路春运前动车组整装待发的华美乐章。

可那天在荒郊野外的动车检修基地上，因为才刚刚修建，到处都黑灯瞎火的。小艺瞪大眼睛，什么也没有看见，好不容易来到一个工棚似的简易会议室，会议已经开始。明亮的灯光下，会议室里边坐着满满当当的人，她赶紧找到座位坐下来。

许局长坐在会议桌的前面，一脸严肃地说，这是咱们路局开行的第二趟江北至北京西的动车组列车，各部室、各站段、各厂家和设计单位跟了一个往返，现在说说，看到哪些问题？车机工电辆提问题，厂家作答，站段再提出问题，厂家设计单位提出解决方案的时间。只谈问题。

会议严肃紧张，车机工电都提问题，各部室讲完，各单位再讲。之后，许大局长就发现的问题布置相关单位研究并提出问题销号时间。

深夜，红色夏利在空阔寂寥的街道上快速地行驶着，前面就是江北到江南最繁华的街道，要过江了。长江大桥上，两旁高高的路灯因夜的深沉而变得朦胧，桥面上，偶尔一辆疾驶而过的小轿车更显得这座城市的静谧。透过车窗，黑夜中，能看到远处的长江二桥、天兴洲大桥上的灯光，一串串昏黄的灯火正好勾勒出长江二桥、天兴洲大桥美丽的倩影。江边灯光闪烁，偶尔的江波暗动使黑色绸缎般平静的江面闪烁着金色的粼粼波光。

这真是一座美丽的大城市！

车上只有小艺和李林。坐在副驾驶座上的李林疲惫地说，小艺，来滨江这三年，咱们干得实在太苦太累了。小艺靠在后座上没有说话。人太累了不想说话。

深夜，人少车少，的士很快就过江来到江南。李林扭脸对小艺说，我马上要下站段了。小艺知道从机关下站段一般都是提拔了，连忙礼貌地道喜，恭喜恭喜！到哪儿去？李林淡淡一笑，江东车务段。唉，恭喜什么？站段干活，要直接面对安全风险，会更累。小艺想，也是，站段的工作压力会更大。

李林家的小小花已上高中了，小花还在繁城，他俩已两地分居三年了。小艺问，你到站段会更忙，那小花和小小花怎么办？李林语气轻松道，小花马上就调过来了，小小花也转过来上学，免得我心里两头牵着。小艺笑道，这还差不多，小花也跑了三年通勤，够辛苦的。李林扭头道，是呀，她也不容易，我们这样两头跑，对小小花的影响最大。小小花成绩一般，这样下去，高考够呛。唉，李林一声叹息。小艺安慰道，没事的，高中只要努力，成绩能冲上来的，等家安定下来就好了。李林道，她没有好的学习环境和习惯，不行的。你家点点成绩还好吗？小艺眉头不由得皱起来，点点也中不溜秋，刚上初三，我还不是着急。李林对小艺道，小艺，你一个女同志，天天跟着我们大男人这样跑，太辛苦了。女同志，悠着点儿干活。小艺感激地点了点头。

转眼，的士到小艺家的小区门口，小艺下车，上楼进家，看客厅墙上的挂钟，已是深夜了。

半夜，手机铃声响了。谁呀？凌晨一点打电话。原来是局办张副主任突然来电话要材料。小艺一听连忙爬起来，跑到办公室，将原有材料再整理后发邮箱，忙完，她本想就在办公室休息，但想到早上给点点做早餐，就大着胆子走出机关院子。

凌晨三点，路上一个人都没有，她提着胆子往家走，家也不是太远，她不舍得打的士。虽然马路上有路灯，但在昏黄路灯的照耀下，路边梧桐树枝枝叶叶里隐隐若若的光亮投射到地面上，反而让她更心怀恐惧，作家莫言山东高密老家夜行时全程跟着的小鬼，不时也跟在她的身后。她一边心惊胆战地担心着身后的小鬼会闪现出来，一边又快速疾走给自己壮胆，世上哪有什么鬼呀？就这样一路担心着边走边壮胆，待她跑进明亮的地下停车场时，才知道自己真的吓得半死。可奇怪的是，从家去办公室的路上怎么就没有感到害怕呢？

回到家，爬上床，铁军醒着的。她说起一路担心小鬼的事，铁军不由搂着她的肩膀，责怪道，你怎么不让我接你？还有，你怎么这么傻？他们直接找你做什么？你的领导不知道是你干的活，不是白干了吗？还一路担惊受怕的，真傻！

可是人家说了，知道材料在你这儿，这么晚打扰领导又不好，直接找你得了。

铁军又说，真傻！哪有你这样干活的？

只是她听见铁军的话就像没听见一样，累死了，赶紧睡！


早上，小艺坐在办公桌前，看着窗外天际慢慢显现出鱼肚白，才知道自己又熬了一晚上。不过，终于完稿了，虽然感觉很疲惫，但内心很是欣慰。她将文章最后过了一遍，然后，在落款处"哒哒哒"敲下年月日，最后一个回车键。

好了，彻底完稿。

领导天天说抓紧抓紧，就为了这个材料，小艺从昨天早上八点在办公桌前一直坐到今天早上六点半整整二十二个小时。其实，人真的累过头了，一点儿也不觉得累了。她从办公椅上站起来，准备打印后装订，等站起身来才感觉自己就像一团棉花似的轻得发飘。她心里有点发虚，连忙稳住轻飘飘的身子，将材料打印装订好后，等着交给闻部长。

早上八点，闻部长来到办公室，将材料拿在手上看完，朝小艺笑了笑。

走出机关大门，小艺才明白身子发飘其实是累到了极限。她已经连续六七天这样工作，再加上昨晚上一个通宵，她的体力和脑力都跟不上趟了。她脑袋发沉、身子发虚地走出大门。没两分钟，手机又响了，组长让她赶紧再回办公室，说还有一个材料要写。她如同崩溃了一般，瞬间蹲在地上，痛苦地带着哭腔道，我不回去！组长可能从她声音听出异样，就退一步说，那你明天必须完成。

睡了整整一天，缓过劲了。

第二天，小艺坐在办公室，正在写组长要求的材料，妹妹小楚一个电话打了进来。小艺拿起电话语气冷淡地说，什么事？快说。眼睛却看着电脑屏上的文稿。

电话那头传来小楚激动开心的声音，小艺，动车组列车实在太漂亮了，我带着小南专门买了从江南站到江北站的票，就是为了坐一坐动车，感受一下……

原来，小楚现在正带着七岁的小南坐在白色的动车组列车上，小南趴在车窗上目不转睛地看着车窗外大桥下的滔滔江水。小楚激动地拿出手机就打，想让小艺与她即时分享动车组带给她的冲击和感慨。

可是，小艺现在哪有时间与小楚交流感动感慨？单位还有一大堆事情等着她做呢！她不耐烦地说，知道了，还有事吗？那边的小楚听到她明显带有厌烦的口气，有点儿吃惊，问道，小艺，你怎么了？她说，没事，挂了！说完真的挂了，她真的没有时间也没有心情。

现在，原铁路医院和铁路学校的人员都不属于铁路管辖了，可姐妹心里觉得自己还是铁路人，对自己突然变成地方人很不习惯。所以，只要说到铁路，还会说到咱们铁路，还是会以铁路自豪。铁路的变化和发展还是会牵动所有如姐妹、爸妈这些曾经属于铁路的铁路人的心。所以，开了动车，小楚带着小南就坐，现在，小楚只是想与小艺分享快乐，没想到小艺却变得如此冷淡烦躁？

其实，这些年，小艺早就对自己的改变习惯了。

因为身边的铁军从来都是这样直截了当、言简意赅。她给在工作时的铁军打电话时，他也是这样一种公事公办的态度。特别是在调度台上，作为调度员的铁军一忙起来，哪里还有那么多的礼仪和客气？直截了当、干脆利落甚至有时有点简单粗暴是行车部门的特质和习惯，小艺早就习惯成自然。但她自己从什么时间变成这样的人了的？

材料完成，她终于能清闲下来了，难得。小艺坐在办公桌前，随手从一大堆文件材料下面抽出一本《读者》，这是十多天前在姐姐家茶几上看到后，顺手放进包里拿到办公室的，只是一直没有时间看。

翻开《读者》，看卷首语，还没看完，小艺的身体和心境不由得都柔软和宁静下来。自己多久没有看过这类慰藉心灵的小文章了。再抬眼，杂志封二上竟是罗大佑的《光阴的故事》的词曲：

> 发黄的相片古老的信以及褪色的圣诞卡
> 年轻时为你写的歌恐怕你早已忘了吧
> 过去的誓言就像那课本里缤纷的书签
> 刻画着多少美丽的诗可是终究是一阵烟
> 流水它带走光阴的故事改变了两个人
> 就在那多愁善感而初次流泪的青春……

看着歌词，舒缓而略带忧伤的歌曲旋律不由在她脑海回旋，她突然感觉时间和空间都停顿了下来，时光回淌，多少年前在火车上与浩子谈《断章》，听爸爸和姐妹一起念《乡愁》的自己又回来了。那种宁静美好的往昔又像电影一样在脑海中回放。多少年过去了，小艺手拿杂志，心中有着说不出的思念和感伤。

岁月催人老，时光改变的岂止是容颜？这些年，她真的早已不像从前了。

现在的工作怎么会是这样呢？总是在忙忙忙，忙忙忙。她从参加工作开始就在跑车，她不怕苦不怕累，但是近些年来，特别是来到滨江进入铁路跨越式发展后，人忙得完全不是正常的人，就像时刻在考验人工作能承受的生理极限。每年春运刚忙完，清明、五一接踵而来，然后就是暑运、中秋，国庆过完，就开始了下一年的春运准备工作。不知不觉，一年一下子就过完了。

转眼来到滨江已经三个年头，小艺虽然觉得自己累并快乐着，但是人累到极限时，就会有快崩溃的感觉，这时，她就会烦就会发火，就会变得不是自己。有人说，不幸的婚姻能使一个淑女变成怨妇，那这像是考验人的生理极限的工作是让自己无故发火、烦躁粗暴的原因吗？

前段时间，仍然在跑重点列车的胡三给她发了一则累到崩溃甚至心灰意冷的短信：

> 投身铁路英勇无畏，制服一穿貌似高贵。其实工作极其琐碎，为了生机吃苦受罪。一年四季终日疲惫，考核考试让人心碎。白天现场晚上开会，日不能息夜不能寐。一年到头加班受罪，权益保护全部作废。提速加压心力交瘁，自知命苦暗自落泪。分分秒秒不离岗位，逢年过节家人难会。抛家舍友愧对长辈，身在其中才知其味。

还有一段短信内容大同小异：

> 满腔热血把技学会，当了工人吃苦受罪。急难险重必须到位，精检细修终日疲惫。从早到晚比牛还累，一日三餐时间不对。一时一刻不敢离位，下班不休还要开会。

这段短信一看就是车辆部门的人员编排的，车辆才存在精检细修呀。

看看这两段短信，就知道是客运段和车辆段的高手编写的，只有身在其中，才会写出这么真切感受的短信。但是，人活世上，谁不苦不累？谁又不烦不躁呢？

现在，现在唯一让自己不烦不躁的开心事，就是，姐姐小蓉要结婚了。

## 结婚

秋天，是滨江最美的季节。

院里、机关门前、街道两旁人行道上到处都是一簇一簇枝繁叶茂的桂花树，淡黄小巧的桂花一粒粒如小星星般，灿烂热烈地点缀在满树的绿叶中，微风拂过，满院、满街都弥漫着淡淡的幽香，若有若无，让人不由驻足，恍惚在飘渺和现实之间。

妹夫小刘开着车，姐妹三家一起回厂。经过南湖、光谷、大学城、东湖开发区，沿途湖光山色，秀色怡人，滨江真的越变越好、越来越漂亮了。是这满城的丹桂飘香，还是这一路的湖光山色，放松了小艺天天紧绷的神经，拉近了她与滨江的感情？

看着窗外，小艺感叹道，滨江真美！全国还有比滨江更美的城市吗？

小楚坐在副驾驶座上，扭过脸来笑着对小艺说，当然没有，我觉得滨江最美。小艺，你知道吗？当你作为一个外来者，发自内心地夸赞自己居住的城市时，就说明你已经融入这个城市，把自己当成这个城市的一员了。

小艺由衷地点了点头。小楚怎么总是这么聪明这么会分析总结呢？小楚是在说她来滨江三年了，现在才开始把自己当作滨江人。很多时候小艺这个笨脑袋瓜对有些事思来想去多少天都理不清时，小楚一句话就能让她茅塞顿开。

小楚望着小艺意味深长地笑道，今天你好像心情比较好。言外之意是指昨天在电话里小艺的态度简单粗暴。不过，小楚真的是人不大气量大，不怎么计较别人的态度。小艺望着小楚，歉疚地笑了笑。

小楚又瞟了一眼与小艺并排而坐的姐姐小蓉，笑道，姐姐心情最好！

是呀，今天大家心情都好。

因为，姐姐小蓉马上要结婚了。

在小艺的眼里，端正的五官，利落的短发，热情大方的性格，加上直截了当的处事风格的姐姐小蓉最好看最能干。但实际生活中，像姐姐这样有点男子气的中等身材、眉宇英武的女人并不太会逗男人喜欢，反而是那种徒有其表、要啥没啥的女孩子让男人们意乱情迷。小艺真搞不懂男人，这么好的女人，偏偏就没人喜欢？男人们怎么都这么笨呢？他们都是什么眼光呀？难道男人就只要女人的徒有其表要啥没啥吗？

不知是不是小吕哥让小蓉觉得男人都靠不住，自己才是依靠，必须自力更生，才能丰衣足食。只是她就是一个女护士，靠什么丰衣足食？她丰衣足食的唯一办法就是勤俭持家。所以，姐姐的日子过得特别节俭，节俭得让小艺和小楚讨厌。

只要去姐姐那儿，她都要做饭炒菜，从买菜、摘菜，再到洗、炒，再是吃完、收、洗、擦抹，一两个人的饭菜，这一整套程序，小艺看着都累，姐姐却天天都这样丰衣足食，自得其乐，一点儿也没有累和烦的感觉。

当小艺买房两年后单位又要分半福利房时，她和铁军就作了难。现在家里欠着银行和家人一屁股账，哪里还有钱？铁军态度很坚决很干脆，要那么多房子干什么？负债累累，把人累死，不要！半福利房也不要！坚决不要！小艺凭直觉肯定想要，女人嘛！但是家里一分钱也没有，拿什么要呢？再说铁军还是那种态度，她烦得不得了，犹豫着要是不要？就把苦恼讲给姐姐听。她根本就没有想找姐姐借钱的意思，姐姐哪有钱呀？没想到，姐姐对她说，一定得要！这毕竟是福利房呀，我给你凑点，你自己再想点办法，其余到银行贷，反正你和铁军有固定收入，可以慢慢还。第二天，姐姐一下就给她拿来整整八万块钱的现金，小艺感动得只差热泪盈眶了。要知道姐姐长期单身一人，一个小护士，能存多少钱？姐姐的钱全是从一把菜一把米中省出来的啊。

小艺回滨江后，小楚和她就把姐姐的另一半当作她俩的重点工作摆上日程。小楚同事张老师爱人病逝一年，小楚就当个红娘搭个线，没想居然成了。

张老师斯斯文文，彬彬有礼，姐姐知书达理，知冷知热，两人谈了不到半年，就手牵手，商量着年前结婚了。小楚嘴巴长，刚谈没几天，她就打电话给爸妈报喜，带回家一看，大家都觉得张老师真的不错，皆大欢喜。

只是这次回家，张老师要到他女儿家，没一同回来，铁军也在上班回不来，三个女婿，只有小刘一个党代表。

车上，小楚笑着对姐姐说，姐，我欠你的情终于还清了啊。当年就是她哭着要到滨江要到滨江，结果姐姐为了这个大家，拼命要到滨江，结果人到滨江，小家却散了。

姐姐连忙笑着说，我没有那么高的觉悟，我也是为了自己，为了北北。

小楚穿着格子衬衣，牛仔短裙，新烫的短发看上去更青春活泼。她望着满脸疲惫的小艺笑道，小艺，你去烫个头发吧，你总是个马尾，也不觉得单调吗？换个发型就可以换个形象。你这么长的头发可以烫个大波浪，再染成板栗色，可披可扎，会让人显得年轻优雅。

那要多少钱？小艺当然也想年轻优雅，就有点儿心动地问小楚。

你怎么变成姐姐了，先问钱。又烫又染，三四百吧，小楚笑道。

三四百？抢钱吗？这么贵！小艺吃惊地瞪大眼睛，语气决绝道，不烫。

小楚一下就笑出声来，这只是一般的价格，其实不算贵。你算算，烫一次头发管小半年，划每个月才五十块钱。一天还不到两块钱呢，有的男同志抽烟一天还不止五十块呢。铁军一个月的烟钱也不止五百块吧？

那也不烫，小艺连连摇着头道，太贵了！

小艺，如果女人都像你这样，那美容美发店全部要关门。小楚呵呵地笑着。

管它关不关门，反正我不去，我这随便一扎多简单。小艺再次拒绝道。

姐姐也笑了。她说，你看我烫一次还不到一百，你就到小区附近的平价店。小艺，你是应该换个发型，换个发型可以换个心情的。虽然姐姐身材早已走样成中年妇女，但她每次回家前都会烫个发，再在街边小店买件新衣，也总给人焕然一新的感觉。

唉，小艺叹气道，咱们当年学美容美发这专业多好，烫个头发要这么多钱？

姐姐又笑了，就你那拒人千里的个性，你会去给人洗头洗脸做头发搞服务？小艺想，也是，看来自己这种个性只能是受苦受穷的命。性格决定命运！

小楚提议道，姐，明天下午我们一起去羊楼司，那里的明清小街值得一看。

小艺愁眉苦脸道，你们去吧，我这还是向领导请假才准的两天假。

明明是法定节日，你还要请假？黄金周明明是七天，你才休两天，还要请假，劳动法呢？现在可是法制社会！小楚高声质疑道。

姐姐说，这就不错了，你又不是不知道小艺的工作性质，越是过节越忙，还是你当老师好，正常周末还有寒暑两个假。

小艺苦笑道，现在铁路有一种说法，五加二，白加黑，无法无天夜总会。

什么意思？小楚问，五加二，白加黑，这不是感冒药的广告吗？

什么感冒药广告？工作日五天加上周六周日二天，就是五加二；白天加晚上，就是白加黑；没有法定假日也没有星期天，晚上夜里总是开会，就是无法无天"夜总会"。一句话，工作时不管工作日还是周末，不管是白天还是晚上，不管是法定假日还是双休日，白天干工作，晚上开会。这就是铁路现在的工作常态。

姐妹一听，都用无限同情的目光望着小艺，长长地叹了口气。

哦，正事忘记了。小艺说着，拉开黑色提包的拉链，从里面拿出用肤色橡皮筋捆着的三匝百元现金，一匝一匝放到姐姐手上，接着说，一共三万，你数数，我还欠你五万，后年一并还清。姐姐拿着看都不看，就往包里放。

小楚见一匝匝百元大钞，笑道，小艺你真可以呀，三年两套房。

小艺苦笑道，还可以？我现在才知道买了房后那种卖身为奴的滋味。我和铁军每月一边还商贷一边还公积金贷款，稍有结余，赶紧还姐姐的钱，我俩现在天天为钱吵架。你现在知道我为啥不舍得花钱烫头发了吧？

小楚呵呵地笑起来，买房全一样。前几年我买了商品房后，也是一屁股债，怎么办？没办法！学校给排多少课都无怨无悔，每个周末还到外面补课，不然，房贷怎么还得完呀？

小艺羡慕道，你还有本事呀，靠本事吃饭，还能在外代课，我有什么本事？

只会跑车，只有省，可是，省能省出几个钱？

小楚再次笑了起来，哈哈，你也变成姐姐了。

小艺不由愁眉苦脸道，这几年，不烫头，不添新衣服，不在外吃饭，不买书，连订了多年的《小说月报》《读者》我全都砍掉了。

是吗？姐姐笑道，这么可怜？

是呀。现在我每次看到报摊，知道自己不会买，但还是会不由自主地走到报摊前，看一看报纸标题，翻一翻喜欢的内容。可又怕摊主讨厌自己，总是看着标题，再看看摊主眼神，如果摊主没有表现讨厌的神情，我就再接着看一看翻一翻，遇到自己喜欢的文章就专注地读，只是专注一会儿，思绪又跳出来，想到摊主可能会出现嫌弃自己的眼神，心中叹口气，算了，走吧。走前，还要感谢摊主似的，把报纸整理成原来整齐的样子，再最后回望一下杂志和报纸，然后依依不舍地走掉。小艺脸上满是哀愁地说道。

小楚说，换了我才不会呢，我只要见到喜欢的书就必须买，不吃饭都行。

你不吃可以，小南要吃呀。姐姐道。

那让小刘管。小楚笑眯眯地望着开着车的小刘说。小刘也回望小楚一眼，笑呵呵地说，我管，你和小南我全管。

姐姐笑道，谁像你这么好的命，找到小刘这么好的老公。然后姐姐又望着小艺道，你也别太苦自己了，我的钱反正也没有别的事了，你能缓就缓呗。

小艺道，那怎么行？早还早心安呀！所以，买房后，我最大的感受就是要无限热爱本职工作，要加倍努力地拼命工作，然后才能按月还贷款。不然拿什么还房贷呢？

妹夫小刘沉稳地开着车，车内三个小家伙吱吱呀呀地开心地打闹着。北北已上一个二类大学。家人都觉得若姐姐不离婚，北北能上个更好的大学。

姐姐看着刚上初三的点点，笑着问道，点点，毕业班了，成绩怎么样啊？

还行，班上十五名左右吧。清秀的点点笑着答道。

小艺望着点点笑道，你怎么都没想加把劲，进班级前五，就是进前十也行呀？

点点笑道，妈妈，你知足吧！要知道，哪个妈妈不想自己的孩子当第一？我们初三年级一共有六百多名学生，我在重点班前十五名左右，两个重点班，全校排名三四十名，六百多名妈妈中，您作为我的妈妈应该感到自豪才是。人要比下有余才对！您若不知足，那剩下的五百名妈妈怎么想？

小艺和姐妹都笑了起来。小楚笑道，这竟然还有隔代遗传的？怎么这么像爸爸的话？

谁教你的？怎么心态这么好？小艺边笑边批评点点道。

点点调皮地笑道，妈妈，真的，你应该为有我这么优秀的孩子感到自豪才对。然后，她再不理大人们，又与北北扎在一起聊天说笑。

小楚看了北北一眼，回过头来对姐姐悄声笑道，姐，张老师还不错吧？

小楚说话从来不注意场合，姐姐使了个眼色，小楚赶紧噤嘴。姐姐觉得这种话怎么能当着自己的孩子说？

正与弟妹玩得高兴的北北竟然像是有第六感官，她扭脸笑着望着大人道，你们别看我，我妈妈想怎么样都行，只要她觉得好！再说，我和张老师还有我妈妈三人早就在一起吃过饭了，没什么。妈妈结婚我支持！

三姐妹不由流露出赞许的目光，淳朴的北北真是个好姑娘。

姐，张老师上次还对我说，要搬新房，娶新娘呢。小楚扭过头笑着对姐姐说。

姐姐笑着，没有作声，脸上显现出一丝羞涩。

国庆马上就要过完了，不知道为什么路上还是那么堵，反正大家也不急，姐妹仨没完没了叽叽喳喳地说个不停。北北笑着说，妈妈，我从懂事开始，只要一睁眼，就听见你们三人总是不停地说不停地说。

开车的小刘不由也笑了起来，小楚，你们的嘴跟着你们的人多受累啊！他这一句话，把大家都又说乐了。

小楚笑道，没办法，三个女人一台戏嘛。

小艺想给铁军打个电话问他什么时候回来，按键一拨，听到一个陌生男人的声音，不是铁军，她连忙说，对不起，我打错了，然后把电话挂了，准备重新按一遍铁军的电话号码再打过去。没想到电话铃却响起来了，小艺一接，电话那边一个女人厉声道，你说，你是谁？小艺连忙解释说，对不起，刚才我手机拨错了。没想刚才接电话的那个陌生男人在电话中也生气地大声质问道，你给她说，你到底是谁？为什么打我电话？你告诉她！然后就听见电话那边女的与男的吵架声，没人再理会小艺的电话解释。小艺一听，就知道一定是电话误会了，她知道越解释越糊涂，干脆把电话挂了。

然后，她把刚才接的电话内容讲给一车的人听，两姐妹听着，差点儿笑岔气。一定是这家夫妻早有矛盾，这个电话变成了导火索。

一路聊着天，时间也快，真正上了高速公路，也就一个半小时左右，天刚刚擦黑，他们就到家了。

他们还没进家门，爸爸妈妈就笑着迎了出来。围着围裙的妈妈笑脸上全是皱纹，从前一双黑亮的眼睛早已变得黯淡无光，爸爸笑脸上皱纹倒不多，只是从脸到身子全都胖了圆了，现在爸爸彻底变成了一个白白胖胖的和蔼老头。

妈妈进厨房，爸爸也跟进厨房，妈妈把菜端出来，爸爸手上已经拿着两双筷子，递到小艺和小楚手上。我的服务周到吗？爸爸笑着问。小艺知道爸爸是怕她俩用手抓菜。小楚笑着对爸爸说，谢谢！筷子上已经挑着凉拌酸辣粉丝送到嘴里。全家最喜欢吃的就是妈妈做的凉拌酸辣粉丝，无论春夏秋冬，只要她们回来，最先吃到嘴里的永远是妈妈的凉拌酸辣粉丝。

其实，妈妈还有一样最拿手的就是四川泡菜，不管什么东西，只要到了妈妈的泡菜坛子里，再捞出来，就是最下饭的美味。住平房时，一排房的人都来家里要妈妈的泡菜，他们还要了妈妈的泡菜坛子水，想自己也做泡菜吃，但是从来没有泡好过，没两天坛子里的泡菜就烂掉，只好又来要小艺妈妈的泡菜。

饭菜端上桌，大家狼吞虎咽，一桌子菜一下子就一扫而光。收拾完后，三个女儿又在桌前喋喋不休，爸爸就坐在旁边静静地听着。小楚看见爸爸面带笑容，一声不吭地听她们讲话，就没话找话"撩"爸爸。她笑着批评爸爸说，爸爸，你偏心呀，怎么给两个姐姐起这么好听的名字？给我起个什么小楚？小时候滨江青工说我小楚小丑，我还不知道什么意思，后来到滨江后，我才知道小楚就是小丑。

　　一家人都笑，爸爸笑道，你是大学生，又是老师，你应该知道你的名字起得最好听的，一个女孩子，楚楚动人，多好听。

　　可是在滨江这个楚字真的不好，楚丑同音。

　　姐姐白了小楚一眼，怎么会不好？还不好，你哪儿都好，要说不好，小艺才叫不好，你看她什么时间休息过？你一会儿这旅游一会儿那看画展、电影展的。这些年，小艺什么时间有这样的闲情逸致的？小时候爸爸就说过，跑车辛苦，你看小艺现在的工作，真是这样。

　　小艺没有说话。有时会想，自己脸上难道写着"辛苦"两字吗？好多人见到她，都会关心地劝慰她，别太辛苦，别太辛苦了。

　　小楚笑道，她的工作怎么不好？天天在车上跑，我最喜欢坐火车。

　　姐姐又白了小楚一眼，说道，坐车和跑车可是两回事。你看点点现在都上初三了，小艺一点儿都管不上。

　　小艺还是不说话，工作辛苦都不说，可还有些心苦的事。

　　爸爸看小艺一声不吭，就说，小艺，我知道你，如果你不喜欢，你不会这么投入地工作。既然喜欢，就不要在乎其他的，只当是自己喜欢的事，一心去做就行了。

　　小艺望着爸爸烦恼道，也有不开心的事。我就是这样拼命干，什么活都做，不分分内分外地都干，可是稍有差错，就有人盯着你的那点小错放大，说你这不行那不好。有些人见活就躲，不做不错，反而在单位如鱼得水。

　　爸爸笑道，我问你，工作上你出错了吗？

　　错过，比如说，发文时，文字、标点符号出错了什么的。

　　那就是嘛，说明人家说你也说得对嘛，如果不说，下次你还会错。从这个角度你还得感谢人家，这是其一；其二，你说，有些人，不干事少干事，在单位反而如鱼得水，那我问你，你想当那样的人吗？

　　小艺一脸的不屑，我才不想当那种人呢，不干正事，无事生非。

　　是呀，你根本就不想当那种人，那你就做自己得了。人上一百，形形色色，你计较别人说你什么干什么？还有，艺多不压身，多干多长本事，你不干，你怎么会学到东西呢？只是，我知道你做事快但有点毛，这一点像你妈妈，人家说你也是对的，那以后你多加注意，在干的过程中，小心细心，少出差错，不出差错。

爸爸最会做思想政治工作，爸爸一席话，让小艺一下子豁然开朗，觉得自己真的是心胸狭窄，境界不够。

爸爸望着小艺感叹道，现在铁路发展多快变化多大啊，投身其中，你应该为此感到骄傲才对。

爸爸，其实我内心也经常是这样想的，也觉得应该拼命工作才对得起这份工作，只是一遇到具体小事就会烦，干多了干累了也会烦有时还会发毛。

爸爸笑道，这很正常，人嘛，我们又不是圣人，但要加强自身修养。

小艺没有说话，只是点了点头。是呀，管别人说什么，只要你认真干好自己喜欢的事就行了。

姐姐也安慰小艺道，每个单位都有这样的人，不干事还专门找事，计较他们干什么？

小楚坐到爸爸跟前，兴奋地说，爸爸，前几天，我带小南去坐了刚开行的动车组，太震撼了。

我在报纸上看到了。爸爸语气中也满是兴奋。

小艺也望着爸爸道，爸爸，还记得小时候您说的日本新干线吗？现在，我们开的动车组列车与日本新干线是一模一样的。

爸爸问，是吗？时速多少？

250公里时速。

这么快？爸爸瞪大眼睛，满脸惊讶地问，那不是真正的风驰电掣？

小艺望着爸爸认真地点点头。

爸爸感慨道，铁路发展太快了。八十年代，火车时速才20~40公里，一直停靠我们前塘站的这趟车平均时速18公里左右，现在火车都到250公里时速了，十年快了十多倍啊！

爸爸，有机会我也带您坐坐。小楚挽着爸爸的胳膊说。

爸爸脸上显出谦和的笑容，说道，我们是铁路职工，还是把乘车的机会让给旅客吧。爸爸对人客气谦让惯了，对谁都喜欢谦让。

姐姐一听这话哈哈大笑。她笑道，爸爸，你早就不是铁路人了，还铁路职工呢？

爸爸一听，脸上谦和的笑容立马凝固住了，再没有接腔，也没有说话。姐姐赶紧收住笑容。她一看爸爸的表情，就知道自己这话说错了。

早上，姐姐出去到家属区转了一圈回来，她站在客厅里，满脸诧异地问道，爸爸，原来住一楼的林叔叔去世了？

爸爸表情淡然地回道，是啊。

杨伯伯也去世了？姐姐又问爸爸道。

是的，上一周厂里接二连三地走老人，已经走了八个老职工了。

杨伯伯也走了？怎么会一下走这么多老人呢？怎么回事？小艺吃惊地问。

爸爸一脸平静地回道，不知道，可能是人到时间该去了。

一周走了这么多老人，姐妹三人都惊愕不已。小艺想，难道秋季来了，老人也如秋后落叶般容易凋零吗？

杨伯伯一发病就走了，你林叔叔也是发现不好，再抢救就来不及了。爸爸接着淡然道，不过，话说回来，他们也都年过七十了，人活七十古来稀，在过去这也算是高寿了，走了就走了吧，自然规律。

妈妈接腔道，现在厂里已经卖给了一个个体老板，人家现在只用十来个厂里职工，其他的人都不要，全部回家。年轻点的都去打工了，年龄大点的就在厂里窝着，吃点救济，打个牌。厂里最好时有四千多名职工家属，多好哇。现在走的走，退的退，死的死，老工人只剩不到一百人了。

妈妈满脸凄楚地感叹道，现在，厂里像杨妈妈和林妈妈这样的孤寡婆婆有一百五十多个，全靠每月两百多块钱的孤寡补贴过活，这些孤寡婆婆都是我们原来五七连队的家属工，干了一辈子，唉，现在一分钱的养老钱都没有。厂里年轻人都息工在家拿不到钱，更别说孤寡老人了。老人嘛，死了就死了，死了也算解脱了。

姐妹三人听着爸妈的话，都怔怔地站在那儿，心里都有种说不出的凄凉。

算了算了，不说这些伤心事，来，小蓉，过来，帮我切萝卜。今天的太阳好，正好可以晒萝卜干。说着，妈妈走进厨房，将案板拿到饭桌上。

姐姐也进厨房将一塑料桶洗净的白萝卜拎出来，拿到案板上，坐在桌边，开始一个白萝卜一个白萝卜地切成片，再在片上竖着划上几刀。小艺和小楚则负责把切好的萝卜片挂在院子里的铁丝上。

妈妈，厨房里您不是已经给我们每人准备好萝卜干了吗？小艺问。

那与这不一样，妈妈说，厨房里是萝卜干，我一会儿用辣椒、花椒、香油、香菜、盐给你们拌好带回去，铁军，小刘都爱吃，下面、吃稀饭、干饭都行，特别下饭！这是准备晒干后，等过年给你们炖腊排骨、腊猪蹄的。

哎呀，妈妈，我都闻到炖的腊猪蹄香了。不行不行，我的口水都快流出来了。小楚故意逗妈妈，边说，边装着馋得口水都要流出来的夸张表情。

萝卜切完晒完，姐姐把案板放到厨房，走到爸爸妈妈身边，郑重其事地对爸妈说，你们搬到滨江去吧。现在你们身边一个人也没有，就你们两个老人在这儿，我们在滨江也不放心。

没想，爸爸坚决不同意。爸爸语气轻松地说，你们过得好就行了。我和你妈现在耳不聋眼不花，能够自食其力，我的原则是只要自己能动，就不麻烦孩子。你们各有各的事业，还是要以工作为重。

姐姐嘴一撇，又是工作又是工作，您工作了一辈子，单位给了你什么？一句话把爸爸噎得怔在那里，一句话也说不出来。

妈妈笑道，工作肯定比父母重要，父母没有钱给你们，工作了你们就有钱挣有钱花，有钱养家糊口。这次妈妈居然给爸爸帮腔了。

是呀，没有工作我怎么挣钱还房贷呢？小艺也觉得妈妈说得实在，在理。

小楚搂住爸爸，接话道，父母的养育之恩怎么能用钱衡量？爸爸，就这么定了，年底爸妈必须搬到滨江去，管他去谁家。

就住我那儿，姐姐坚定地说，当初分房我要一楼就是为了方便父母住的。

住我家也行，小艺犹犹豫豫地说。因为小艺买房婆家出了一点钱，心里像是欠了公婆家似的，说话就不能那么肯定。

妈妈连连摆手，小艺，你那儿你爸是不会去的。你的房子你婆婆出了钱的，要住也是他们住。我们住了，他们去滨江住哪儿？

小艺没再往下说。毕竟父母的教育在这儿，铁军家出了钱，公公婆婆来住也是常理。

也可以到我那儿住住。小楚笑道。

姐姐语气坚定道，不争了，爸爸，我当时要一楼的房子，就是为了你们去住，怕不够住，装修时专门还在后院内盖了一间平房。为这事，当时还交了罚款呢。

我知道你们的孝心，但是我不会走的。在这儿住了几十年了，习惯了，我哪儿也不想去。

姐姐劝道，爸爸，前塘这里十多年前都不通火车了，咱们家离街上又那么远，还隔着铁道，您和妈妈真如杨伯伯一样出个什么事，120都没办法开进厂里家属区的，再说，小镇上的医院哪有什么120急救车？

爸爸平静地说，不要紧，我父母也只活了六十岁，我现在已经七十多了，就算真发生什么事，也没什么遗憾的。

姐姐耐心地劝道，现在时代不同了，现在这么好的生活条件，这么高的科技水平，爸爸，您可以长命百岁的。

妈妈也劝爸爸道，三个女儿都在劝你，你就答应去滨江不行吗？

又劝了半天，爸爸的口气才有点儿松动。爸爸说，我考虑考虑吧。其实，我早考虑过这个问题，除非是我瘫在床上动不了，否则，我是不会给你们添麻烦的。

姐姐一听爸爸这话，高兴道，您到我们那儿，天天都可以到我家对面的公园活动，那儿有很多您的老同事，还有好些老头老太太跳舞，您可以跳舞去。

妹妹望着爸爸笑着打趣道，爸爸，您可以与妈妈跳，妈妈惹您不高兴了，您就去与别的老太太跳，气气妈妈。

妈妈听了，望着爸爸笑个不停，爸爸不由得也笑了起来。

妹妹伸出右手,笑道,爸爸,来,我与你跳一曲。说着,妹妹拉起爸爸的手,哼着《蓝色的多瑙河》的轻快旋律,"嘭嚓嚓""嘭嚓嚓"地转了起来。爸爸越来越胖,但胖胖的爸爸竟然还能跟上这么快的快三节奏。

在回滨江的车上,看着厂里的衰败景象,想到老人如秋风后落叶般的逝去,再也看不到厂里从前的喧嚣热闹和"中间站决不站中间"的荣耀辉煌,三姐妹都感慨不已。

小蓉对小艺和小楚说,今年过年前必须让爸妈搬到滨江去,我们三个人都在滨江,还把父母扔在这儿,真是太不像话了。她接着说,这都不重要,我最担心的事是如果哪一天,爸妈突然发生意外,身边连个帮助的人都没有。这种小地方,救护车都开不进来,那只有等死,说不定杨伯伯、林叔叔就是这样走的。

爸妈必须到滨江来。姐姐再次坚定地说。

## 棉农专列

十一月中旬,南方还是绿意盎然时,北疆已是满地冰霜。岩河子站站前广场上,除了寒风就是冰霜。站台上,看着背着行李,扛着大包小包、穿着棉衣棉服的棉农们黑压压地冲向列车,列车长胡三就知道这趟列车又超员了。

这是一趟棉农专列,全列共 18 节硬座车厢的绿皮车,岩河子站始发时间是 15 时 30 分,全程运行 82 小时,跨四天,两个全天,再加两个半天,途中只停豫州站,第四天 6 时 30 分终到祝马站。

列车长胡三与车站客运员正在做站车交接。客运员将《上车人数统计表》递给胡三,胡三拿过来一看,超员百分之五十,他就边把报表递给身边的小艺,边问客运员道,你们车站怎么能这样买票?始发就超员,我们怎么保证列车安全和服务?客运员也一脸无奈,他两手一摊道,我们也没有办法,棉花摘完了,这些棉农都是一个村一个村一起来了,全都想扎堆一起回家,谁都不愿意被落下,不管什么票他们都愿意买,不卖给他们,他们不干,这又是最后一趟棉农专列,不管多挤他们都要回家。其实,与春运客流相比,这真的还好。

跑了二十多年的车，胡三当然了解这种客流的特点，他们就与春运期间外出务工的农民工一样，更喜欢扎堆坐车。所以，他理解地点了点头，没再说话。

自上世纪九十年代开始，每年秋天，河南省内都有大批农民，特别是农村妇女自发到新疆采摘棉花，各地市政府顺应市场，每年都会组织农民到新疆岩河子、奎屯等地采棉，并与铁路部门协调，定期开行专门运送采棉农民往返河南与新疆的列车，铁路称之为棉农专列。从河南到新疆好几千公里，政府组织、铁路专列，安全便宜，因此，每年从河南到新疆采摘棉花，往返乘坐棉农专列成为棉农最实惠的出行选择。

车开了，胡三与小艺对坐在餐车的餐桌前，一声不吭的小艺望着窗外漫漫黄沙茫茫大漠，胡三也没有作声。他感觉小艺不太开心。

胡三的感觉是对的。今年秋天，点点初三，正是初中最关键的时期。暑运两个月刚完，就是国庆动车开行添乘包保一个月，这还没有歇口气，又添乘棉农专列，连来带回又是七八天时间。若没有孩子，天天在外面添乘都行，她无所谓。但是，点点刚初三，成绩属于偏上的水平，若稍不留神，滑到中等偏下，明年只考一个普高，那大学都考不上的，以后怎么办呢？从内心来说，小艺真不想来添这一趟乘。

来前，闻部长专门把她叫到办公室，对她说，棉农专列从上到下都很重视，你去添一趟棉农专列！你知道的，跑棉农专列的乘务员都是从各车队或是备用车队抽出来的临时班底，人员素质相对差些，棉农专列开行时间长，咱们在家不放心，你的责任心强，去一趟，把这些棉农接回来。

小艺想说不去，可几次话到嘴边又咽了回去。她想，别人小花的女儿小小花还在上高中呢，客运段的女列车员像自己这个年龄的哪一个没有孩子？人家怎么办？怎么说你也是机关干部，连这点觉悟都没有？你好意思说孩子上初三毕业班了，所以就不想去添乘？

小艺点点头，出了办公室，闻部长从后面又追了一句，叮嘱道，棉农专列是绿皮车，注意列车采暖，还有车上人很多，要注意安全。

坐在飞驰的列车上，小艺把目光从窗外的大漠孤烟收回到坐在对面的胡三身上。胡三与小艺好几年没见了，他感觉小艺明显地显老了，无论是容貌还是身材，他就半开玩笑半认真地说，小艺，你长丑了啊。小艺望着他笑着道，丑了就丑了吧。

有时在家心里稍闲时，小艺也会感叹自己身材的发胖走样，脸上额头上眼角上细密的皱纹，她就到铁军面前，抒发一下容颜已失青春已失的小女人的哀愁，铁军就望着她笑道，你又不要再嫁人，要那么漂亮干什么？只要我不嫌弃你就行！这话不好听，可话糙理不糙。女为悦己者容嘛！铁军说得也是，都到了这个年纪，她就不计较什么丑不丑了吧！

只是，男女相比，岁月好像格外垂青男性，男人三十一朵花，女人三十豆腐渣。算起来，胡三当车长都当二十多年了，穿上铁路制服，岁月在他身上并没有留下多少痕迹。除了更老成更灵光外，胡三还是原来那张潘冬子的圆圆的娃娃脸，还是开朗洒脱的性格。

胡三还在繁城客运段，他家的小蕾仍在旅游公司，儿子小胡三高中没毕业就直接去当兵了，反正考大学无望，当几年兵回来直接就业，比读北北那种二类三类大学后出来找不到工作强多了。

繁城客运段的绿皮车多，每年都抽繁城客运段的部分人员及车底来跑棉农专列，小艺拿到乘务人员名单，见列车长是胡三，心就彻底放进了肚子里。老车长了，什么没有经历过？胡三从进京列车车长到混编列车车长再到普速列车车长，旁人看来胡三是越跑越差，但人家胡三的心态好，跑哪儿不是跑？无所谓！

开车后，胡三召集列车长、检车长、乘警三乘人员开了个短会。胡三说，咱们这趟车是返乘，在保证安全的前提下，必须做好三点：一是每节车厢煤炉有火，这一路上车厢没暖气会把人冻病的，二是保证每节车厢有水喝，保证茶炉里有开水供应，三是列车有些超员，必须将送饭车、方便面送往车厢，方便旅客吃饭。最后，确保列车安全无事到达终点。然后，胡三望了一眼小艺，笑道，添乘领导说两句？小艺望着他们笑了笑说，胡车长都说全了，拜托各位！

然后，小艺站起身道，走，到车厢看看。胡三笑道，我当车长，你还信不过我吗？现在挤不过去的，我去看看情况。等快到饭点，餐车推着盒饭去车厢时，餐车在前面开道，你再跟着去巡视车厢吧。小艺说，走吧，坐在这儿也没事。说着就站了起来，胡三装作不高兴地说，还是信不过我？我可是你的老车长呢。小艺笑道，就是信不过。

车厢过道上人挨人，行李架上包压包，好些大包里全是他们带回来的新疆棉花。不过，佩戴着"列车长"臂章、一身制服的胡三毕竟身经百战，他能轻松地从过道和风挡处站着蹲着的看似密密麻麻的人群中找到落脚之处，然后一步一步地往前迈，小艺在后面一步一个脚印地往前跟。世上本没有路，走的人多了，便有了路。可不是这个道理吗？他们边走边巡视，边顺便将旅客随意摆在过道的行李归位，这样一路走一路将行李归位，车厢看着也就不那么拥挤了。

胡三埋怨说，这么多的人，车站也是的，他们把人往车上一放，就一了百了，把压力都给了我们。幸亏这车中途不上下旅客，要不然怎么组织乘降？

小艺说，正是因为中途不上旅客，车站才这么组织旅客的。其实还好，不算特别超员，主要是他们全带着大包小包的行李，行李太多了。不过，看看车厢里旅客们大多心情还好，在一起有说有笑的。

两个小时后，他们一行人才重新回到餐车，小艺吩咐胡三，今天晚上每个车厢的火一定要烧旺。胡三说，放心，我早布置过了，一会儿再去检查检查。接着，她又告诉胡三，一定要对重点旅客重点关注，千万不要发生意外，这种长途车最容易出现意外。胡三笑道，婆婆，放心！他是嫌小艺太啰嗦了。

第三天早上，小艺坐在餐车的工作台边，胡三走过来给她说，17 号车厢有一个女旅客好像有点儿不对劲。小艺仰头问，怎么不对劲？胡三指指脑袋。小艺一听就站起来，要往车厢走，胡三道，你别去了，我带着随车医生去看看。

还是一起去看看。说着，小艺就站起身。

乘警听到添乘干部要去下车厢，也就跟着一起往车厢去。

还没到 17 号车厢，远远就听见女人的号啕大哭声，走到跟前，只见车厢过道上一个蓬头垢面的瘦小农妇抱着个十四五岁的瘦小女孩大哭着，旁边还站着一个中年妇女。17 号车列车员见车长来了，就说，不知为什么，从一大早这母女俩一直坐在地上抱着哭，已经哭了一个小时了。

旁边那个中年妇女见车长来了，就用河南话对哭个不停的母女说，列车长来了，不用怕，有啥事？就说说。

那个蓬头垢面的瘦小女人只是抱着小女孩哭着，嘴里用河南话嚷着，出个门咋就这么难？出个门咋就这么难？出个门咋就这么难？说着，她突然把小女孩扔在一边，面带恐惧，双腿跪地，对着四周，不断地磕头，不断地说，饶了俺吧，饶了俺，俺有罪！俺有罪！站在一边的小女孩惊恐万状地赶紧拉她，却怎么也拉不住，只好一个劲地哭着喊着，妈妈！妈妈！

小艺转向 17 号车列车员，吃惊地问道，怎么回事？

列车员指了指站在母女身边的中年女人说道，听她说，她们母女俩个子小，在新疆干活时就老受欺负，每次称棉时都给她缺斤少两；上车后，她和女儿只有一个座位，她只好这儿挤挤那儿靠靠；再是她身上又揣着采棉几个月挣来的钱，担心被偷，这几天不吃不喝也不敢睡觉，昨天晚上，旁边那个座位上的男旅客多看了她和她女儿几眼，她就认定别人是小偷，把那个男旅客当作小偷骂了一顿，那个旅客回骂了她。今天早上就变成这样了。

有小偷吗？小艺警惕地问。

真没有。这车中途又不停，怎么会有小偷？再说，还有您添乘呢，现在那个男旅客还坐那儿，有座位。列车员肯定地答道，随手一指左边靠窗坐着的一个四十多岁的男旅客。

那个男旅客是个长相凶蛮的黑脸大汉，他看看胡三和小艺，指着跪地求饶的女人，也用河南话大声骂道，奶奶个熊，这女人就是个神经病。

列车员接着说，我觉得她主要是在打工摘棉时受欺负，现在身上揣着钱，太担惊受怕造成的。

同乡的中年妇女对小艺感叹道，她太难了。又操心她小妮，又操心钱，这两三天都不敢睡，怕偷！

胡三听后，走到那个女旅客面前，蹲下来，用河南话劝道，大姐，你看我是列车长，还有列车员，乘警也在这儿，咱们都在车上，车上咋会有小偷？

乘警长也上前道，我在车上，不会有小偷，就是有，看到我这身警服，也没人敢偷了，你放心吧！

这样劝了一会儿，那个农妇这才停止跪地求饶，可是仍然满面惊恐、目光呆滞地说，俺有罪！俺有罪！

胡三对列车员说，把她们母女俩带到餐车去，就坐在餐车，乘警在那儿，可以让她们放心。说着，指着母女俩的同乡说，你也来餐车陪着她们。一会儿，给她们准备两碗面条，吃点东西，看看会不会好点？

小艺看着那个蓬头垢面的妈妈，个头不到一米五，却带着十四五岁的小女儿到遥远的新疆采棉。她远没有想到外面的日子有多难，最后为了女儿为了挣来的一点钱担惊受怕，自己精神差点儿崩溃。

她不由心生怜悯，唉，这个妈妈与自己年龄相仿，小女孩也与点点差不多大，她家的男人呢？唉，她男人干什么去了？跟着不能保护自己女人的男人，女人多遭罪。

在列车员和同乡人的劝说下，母女俩加同行人三人跟着胡三来到了餐车。坐在餐座上，餐车给她们一人一碗面条，同行人和女儿吃了，可是那个妈妈怎么也不吃一口，只是坐在那里，不说话，目光呆滞地望着女儿。

小艺、胡三、乘警加餐车人员都劝了那个妈妈一通，她还是不说话不吃面。

见小女孩吃完面，小艺将她叫到另一张餐桌旁，问到底发生了什么事？让她详细讲讲事情的经过。小女孩眼里带泪，怯生生地把过程讲了一遍，与列车员讲的差不多，最后小女孩说，从今天早上，妈妈就开始哭，开始求饶。

随车医生走过来对小艺说，这个女旅客可能得了间歇性精神病。在长途列车上，经常会有旅客得这种病，但是，一旦离开列车这个环境，间歇性精神病就会消失，这些病人又会恢复常态。前些年的春运期间，在长途绿皮车上，精神紧张的旅客经常会发生这种间歇性精神病。

小艺跑车时也听说过这种间歇性精神病旅客，胡三也处理过这类旅客的突发情况，他们知道，作为重点旅客，让这对母女和同乡三人坐在舒适的餐车里，别让她的情况再度恶化，只要安全抵达目的地，她一到站下车，就会恢复正常，这趟棉农专列就算圆满顺利地完成了任务。

到了晚餐时间,餐车座位坐满了吃饭的人。餐车长看看那对母女俩和同乡,很想让这三人腾出座位,但看看胡三和小艺,就没敢吱声。这一整天,那个女人只吃了一碗面,仍不说话,只是坐在那里发呆。

凌晨,列车到达豫州站,列车车厢内旅客下了百分之九十。每节车厢基本都下空了。

列车沉稳地穿行在黑沉沉的夜色中,看着新疆始发时满当当的车内现在变得空无几人,小艺有一种曲终人散的感觉。走到餐车,小艺没看见那对母女,就问,那对母女呢?

胡三说,餐车要收拾备品,准备退乘。现在车厢旅客都下空了,我就让她们仨坐到10号车厢了,还派了两个列车员在车厢看着她们,没事的。现在那个女人安静多了,刚才她们还借了我的手机给她丈夫打了个电话,让她丈夫到祝马站接她们母女,她的那个老乡也在帮忙,没事,你去休息吧。

小艺望着窗外沉沉的夜色,说道,那就好。她想,现在车上没人了,那女人应该好些了,唉,没事就好,再坚持几个小时,天快亮时,她到祝马站,任务就完成了。

胡三见小艺满脸倦容,就劝道,你去睡一会儿吧,这儿有我!

那好,我去休息了。小艺想了想自己是不是应该再去看一看那个女人,但是只是一闪念,她还是脚步迈向休息车的方向。她觉得自己有点神情恍惚了,刚躺下,就沉沉地睡着了。

列车在黑夜中奔驰着,静静的夜色中只有列车"咣哧""咣哧"的飞驰声,车厢内,锅炉炉膛中微弱的红色火苗无力地挣扎着,车厢渐渐地冷却下来。

列车再过二十分钟就到祝马站了。

"砰砰砰",急促的敲门声将沉睡中的小艺惊醒,出事了?!她下意识从铺位上跳起来,拉开门,就看见胡三神情紧张地望着她,气喘吁吁地说道,她跳车了!

小艺抬腿就往 10 号车厢方向跑，边跑边问，确定吗？几号车厢？从哪儿跳的？小艺当然知道胡三说的她是谁。

确定！ 11 号车厢左侧厕所车窗。胡三跟在后面边跑，边语气肯定地回答。

什么时间？

刚才，一分钟前。

快点，拉紧急制动阀。

刚拉。

小艺飞快地跑到 11 号车厢厕所处，两个列车员、跳车农妇的小女孩及同乡都惊恐万状地站在厕所门边，小女孩"呜呜"地大哭着。

厕所门大开着，寒风"呼呼"地穿过黑夜，从厕所大开的玻璃窗灌进来，再带着阴冷的寒气，从厕所长驱直入，飘荡在空荡荡的车厢里。

迎着寒风，小艺走进昏暗的厕所。她发现厕所车窗内竖着的两道铁栅栏已拉扯变形，形成一个较大间距，正好够一个人侧身出去。她盯着那个间距疑惑道，这能跳出去吗？她觉得这个间距即使身子出去，头也出不去的。胡三提醒道，那个女人个子特别小。是呀，小艺想起那个农妇不到一米五的瘦小身躯。

车停了，小艺要下去，胡三和乘警不让她去。胡三道，别去！

想想，京广线上，一个人在时速 120 公里的列车上跳下去会是什么结果？所以他们都不让她下去。小艺想，胡三比自己还有经验，再是她也怕，她真的害怕。再说，她就是再胆大，她也不忍心去看昨天还垂泪求饶的瘦小农妇现在可能血肉模糊的样子，她不敢！也不能！更不愿！她望着胡三，压着内心的恐惧和忧伤，冷静地说，好，你们去，我们在车上赶紧上报、开记录，做旁证。

11 车女列车员在取旁证材料，小艺问道，刚才怎么回事？

女列车员仍然惊恐万状，她表情恐惧地说，她就是个神经病。

小艺厉声对女列车员呵斥道，不准胡说，她就是个旅客。

另一个列车员看到小艺无故发这么大的火，就知道女同事没有说对话。他上前对小艺道，我当时在跟前，我来说。十分钟前，那个女旅客说要上厕所，我总不能不让她上厕所吧。想着厕所窗户上都有铁栅栏，应该没有什么事的，我就让她上厕所，我和她女儿就守在厕所外。过了两分钟没见出来，又过了两分钟还没出来，正在纳闷，就听见"砰"的声音。我赶紧打开厕所门，没有人，只见车窗已经打开，铁栅栏也已变形，那女人已经从窗户跳下去了。

那个小女孩站在同乡跟前，在小艺身边"呜呜"地哭，小艺拍了拍小女孩的肩膀，说道，不要哭了，车长已经去找你妈妈了，没事的。她安慰道。其实，她知道怎么会没事呢？只是她不忍心想，也不能对这小女孩说。

妈妈疯了，她疯了！她一定死了。小姑娘抹着眼泪仍旧"呜呜"地哭诉着。

妈妈给你说过什么吗？小艺蹲下身子，拉住小姑娘问。

俺妈和俺从开始采棉时就被人欺负，俺妈经常夜里哭。上车这几天，俺妈把座位让给俺，她白天这挤一下，那挤一下，晚上就躺在座位下面。也不知为啥，俺妈这几天不吃不喝，也不睡觉，昨天早上俺妈就不对劲了。后来，俺们坐在餐车里，俺妈才好些了，她听列车员的话。火车过了豫州后，俺妈又不对劲了，那时候，车厢只有几个人。俺妈要打开车窗，俺们拦她拦不住，列车员把车窗关上，坐在俺妈面前，俺妈害怕列车员，就不敢再动了，列车员把列车的所有窗户全部锁上，就坐在我们对面的座位上。后来，列车员去打扫车厢卫生去了，俺妈拉俺到这一节车厢，用手指着窗户让俺跳车，那时候火车还在开，俺害怕，就坐到另一个座位上。过了一会儿，俺妈又过来拉着俺，说，妮儿，你咋还不跳车呀？坏人要来了！俺对俺妈说，不用害怕，有列车员呢。俺妈拉着俺着急地说，小妮儿，快点，再不跳就来不及了。小妮儿，赶快跳车，跳车后赶快打110。俺对俺妈说，不用怕，俺已经打电话告诉俺爸了，他过一会儿就来接俺。俺妈不理俺，又把窗户打开让俺跳，她就到后面坐着，她是想在后面守着，不让别人发现俺跳车了。俺知道俺妈是糊涂了，就赶忙把窗户关上。过了一会，跟俺一起的老乡睡着了。车厢就剩下俺妈和俺了，俺妈又告诉俺，一定要跳出去，她让俺把窗户打碎再跳出去，俺知道她一定是疯了，就不理她。过了一会儿，俺妈要上厕所，给列车员说，列车员把厕所打开，俺妈就进去了。过了几分钟，厕所"砰"的一声，列车员用钥匙把门打开，俺妈不在厕所里，俺就知道俺妈跳车了。

你们摘棉挣了多少钱，你知道吗？小艺问。

俺妈说，一共是两千块钱。

这时，休息车列车员将小艺的外套拿过来，小艺才发现自己只穿着睡衣睡裤。好冷！好冷啊！

通过公安现场勘查，这个采棉农妇跳车后当场死亡。小艺没有去现场，但是，这个蓬头垢面的瘦小农妇再也没有从她脑海中抹去。

在后期处理事故时，小艺见到了跳车农妇的丈夫，一个木讷到一句话也没有的瘦小农民。村长说，他家里还有两个更小的男孩儿，那女人跳车死了，这个家也就完了，这家全靠他女人撑着。

不知为什么，小艺难过得整夜整夜难以入眠，她脑海里，总会出现岩河子棉花地里这样的画面。在一望无垠的白色海洋般的棉花地里，在绚丽的金色晚霞的映照下，那个瘦小的女人带着她瘦小的小妮儿快乐地拼力采摘着朵朵白棉。那个女人带着小妮儿出来采棉前，一定也是满怀着期望和快乐的，不想，她在这美丽如画的场景里，好不容易挣得的两千块钱，却成了压倒她在返乡途中的最后一根稻草。

小艺老记得她在列车上，边跪地求饶，边用河南话哭泣着，出个门，咋就这么难呢？

小艺不顾同事的反对，与胡三一道，悄悄地来到那个农妇家所在的小村庄。那是河南罗息县的一个穷困村庄，干燥、灰暗，全村都是黄泥搭建的低矮的土坯房。看着那些土坯房，小艺感觉这里连天空都是死沉沉的深灰色，她真的就理解了那个农妇。

那两千块钱可能真是她家的救命稻草啊！

# 第七章

# 有事说事无事报平安

　　老天有时真的很不公平，它就像某些家长一样，忍不住会特别宠爱某个孩子。高飞就属于那种被老天宠爱的对象。十年前，他与黑框眼镜杨峰同读 MBA 时，被杨峰称"后生可畏"，现在，三十出头的他就是局科技部副部长，人不仅阳光帅气，还聪明幽默。

## 城际列车

2008 年初春。

早晨，街道上人少车少，空气中都是春风拂柳的清新气息，小艺在这春风沉醉的清晨，匆匆忙忙地往机关赶。昨天，闻部长通知她七点整在机关大门口等车，去青岩市开会。

刚进大门院子，一辆深灰色丰田越野车上就跳下个阳光帅气的小伙子，他笑着喊道，小艺，小艺！小艺知道时间要到了，就连忙应声跑过去。

小艺坐定，车内同行人半开玩笑道，高飞，别人叫小艺，可实际年纪比你大，你怎么也得叫姐姐吧，怎么也叫小艺小艺的，这么没有礼貌？

高飞从副驾驶座扭过脸来，笑道，礼貌？礼帽？小艺姐，对不起，我忘记戴了！小艺莫名其妙地望着高飞，脑子根本就转不过这个弯来，礼貌也能忘记带吗？

同行人看着小艺懵懵懂懂的样子，边笑着，边用手做了个从头上取帽子的动作，小艺这才醒悟过来，礼帽！不由得也跟着笑了起来。车内这两个人都是高工，理工男的幽默方式小艺还真就没适应过来。

老天有时真的会不公平，它就像某些家长一样，忍不住会特别宠爱某个孩子。高飞就属于那种被老天宠爱的对象。十年前，他与黑框眼镜杨峰同读MBA 时，被杨峰称"后生可畏"，现在，三十出头的他是局科技部副部长，人不仅阳光帅气，还聪明幽默。而另一位可畏后生王梓则是江南站副站长，如今，正是他们大展宏图、展翅高飞的年龄。

车过光谷，高飞指着车窗外新起的一片片高高的楼盘，笑道，小艺姐，赶紧下手，现在是房价最低的时候。望着窗外，小艺倒真是心中一动。只是拿什么买？哪来的钱？现在的房贷就已经把她压得透不过气来，哪有钱再去买房子？小艺无声地笑了一下。窗外的楼盘一闪而过，买房的念头也就一闪而过。

越野车一路向东，九点整，车到青岩市会场门口，江东车务段李林一行四人已站在那里。李林笑着与高飞和小艺打了个招呼后，大家就一起往会议室走去。开会时间到了，铁路方都坐在三楼会议室，但还有地方几个部门相关人员没到，又过了十多分钟，人终于到齐了。

会议开始，会议的议题是青岩老站的开通运营及相关准备工作。

为配合省政府"1+8"城市圈战略规划（"1"是滨江，"8"是8个周边城市，青岩是其中之一），根据地方政府的来函，路局决定重新开启青岩老站的客运业务。

青岩老站是相对于青岩新站而言的。青岩老站是个历史悠久的车站，滨江到青岩的铁道线是中国铁路史上最早的一段铁道线，也是全省最早的一段铁道线。三年前，启用青岩新站后，根据地方请求，路局关闭了青岩老站。

青岩新站建筑面积两千平方米，但是由于距离城区四十公里，城区市民要先乘五十分钟左右的公共汽车到新火车站，然后再乘火车。比如，从青岩到滨江吧，原来从青岩老站坐火车只要不到两小时就到江南站了，而现在，人们要从市内坐五十分钟的公共汽车到青岩新站，才能再乘火车到江南站，转车不说，还多花时间，很麻烦。人们干脆就坐长途汽车，从青岩城区到滨江不到两小时，还城区对城区，门到门，方便快捷。后来，旅客干脆就乘汽车不乘火车了。结果青岩老站停了，从青岩到滨江的铁路客流没有流向新火车站，反而绝大部分放弃火车改乘长途汽车，火了长途黑车和汽车公司，部分黑车趁机乱加价，市民意见很大，纷纷向市里、省里反映，要求重新开办青岩老站到滨江的客运业务。

说实话，青岩老站站场陈旧不堪，候车室面积很小，候车、售票条件都很差，从专业管理来说，真存在着组织乘降的安全隐患。但是与新站相比，它最大的好处就是地处市中心，方便市内旅客乘车。如果只是开行青岩到滨江的点到点的管内城际列车，将站场封闭，候车室、售票厅再翻修一下，也没有问题。毕竟，青岩到滨江都是城际客流，即来即走，不存在大客流滞留的安全风险。

会议由地方政府主持。高飞先代表铁路发言，为配合省"1+8"城市圈经济建设，方便青岩百姓的出行，铁路在保持青岩新站开行列车对数的同时，决定重启青岩老站，一天开行两对往返青岩到滨江的空调城际列车，下面，铁路将需要地方配合解决的几项问题说一下。

一是由于滨江到青岩的铁道线有近百年的历史，现在青岩境内的铁道线基本在市内，有些还在人口密集的学校和居民区内，建议地方协助铁路，做好铁路沿线的安全防护和安全宣传工作，以保证铁路沿线及周边市民的安全；二是候车室门前有几个摆摊设点的小商贩，车站毕竟是一个城市的窗口，在这里摆摊设点会影响站容站貌，建议挪至其他位置；三是候车室大门前有一棵树，阻挡了旅客进站乘车的视线，也不利于旅客进出候车的安全，建议砍掉。

铁路部门以为自己在做有利于地方政府有利于青岩市民的好事，但是，地方有些部门却并不领情。他们有他们自己的考虑。

一个部门说，根据我们了解，这条百年铁道线有近三公里也就是 3000 米的线路在市区，而这条线路沿线共有 20 多个路口，市民天天在铁道线上跨越，还有两所小学就在铁路边，极不安全，建议铁路部门不要在此线路上再开行旅客列车了。如果一定要开行的话，必须在每个路口边设置无人看守道口的自动报警装置，以保证行人安全。路口是不可能封闭的，安全宣传是你们铁路的事，你们铁路有保证铁路道口安全的责任和义务。

另一个部门发言说，滨江到青岩的公交线路是公交集团下属的一个单位承包的，共有一百多名司机，一百多台车。如果铁路开行了此条线路，这一百多人下岗失业，就会有一百多个家庭生活没有着落，会造成社会不稳定，不符合和谐社会的相关精神，所以铁路开车可以，但是铁路部门要想办法解决下岗失业人员的再就业的问题。

本来是一件看上去铁路和地方"双赢"的好事，怎么会议开着开着，就有点儿变味了呢？

会场的气氛有点儿紧张，好像地方有些部门对重开这条老铁道线顾虑重重。又有几个部门发言，每个都是一堆困难，有个部门甚至口气强硬地说，我们市里的每一棵树都是登记在册的，一棵树的一个枝丫砍掉都是要申请的，更别说是一整棵树了，再说这个树长在这里长得好好的，为什么要砍掉？我们不同意！

这明显是抵触是反对嘛！怎么回事？小艺听得一头雾水，内心诧异道，这是开的什么会？好像完全达不成任何共识，甚至连砍掉一棵树都这么困难。

她正想着，对面一个年轻人"突"地站起来，他大声道，我实在听不下去了，我必须打断一下。这个二十来岁的年轻人的脸因激动而涨得通红，他大声道，我听了这么多部门发言，感觉特别奇怪，这是怎么回事？你们为什么要这样对待我们铁路？是我们主动提出要重开这条线路的旅客列车吗？我们愿意开这条线路的旅客列车吗？你们知不知道，我们铁路重新启用滨江—青岩这条百年线路，要更换多少条钢轨？要整治多少线路设备？要增加多少设备设施和工作人员？知不知道我们铁路要花多少钱？我们铁路愿意开通这条花费大安全压力大的铁道线吗？为什么开通？是为铁路挣钱吗？这条线路每天只开两对普速城际车，普速列车的票价才多少？一张票还不到 20 块钱，挣得到钱吗？修青岩新站时，你们说要拉动城市整体经济，让我们铁路把新站修在远离城市的城郊，现在市内百姓反映出行不方便，我们铁路准备重新启用青岩老站，在滨江—青岩这条百年老线上开点对点的城际列车，还不是为了响应百姓呼声，方便市民出行吗？还不是为了拉动地方经济的发展吗？怎么到了你们这些部门，就变得推三阻四了呢？

他的话还没有说完，坐他旁边的老同志就大声阻止道，杨树，杨树，坐下，快坐下。边喊边把他往下拉，同时用严厉的眼神制止他再说下去，那个小伙子这才气呼呼地停住。但是，会议室里地方、铁路双方都陷入了颇为尴尬的状态。

杨树？杨伯伯家的大孙子不是叫杨树吗？上次回家听妈妈聊天说，杨妈妈家的大孙子杨树已经毕业好几年了，在滨江的一个工务段上班。小艺又盯着对面的小伙子认真地看了看，真的与丰沙长得一个样，也是浓眉大眼大高个，他一定是杨伯伯的大孙子杨树。

小艺参加过一些地方政府组织的会议，会议总是相敬如宾，这是第一次听到如此抵触铁路、不尊重铁路，双方达不成统一意见的会议。小艺望着对面的杨树，不由得对这个年轻人心生敬佩。

会议不欢而散。走出大门，车务系统与工务系统参会人员打了打招呼，就准备各坐各的小车返回滨江。小艺走到工务系统那几个人面前，笑着对那个叫杨树的小伙子说，我叫小艺，你是杨树？是杨丰沙的儿子吗？

没想小伙子笑道，是，小艺阿姨，我是杨树。我在工务段上班。

小艺惊喜道，是吗？我刚才就觉得像你。记得你那时还是这么大，小艺用手比划了一下，接着说，那还是住平房，你才三岁。没想都长这么大了。

杨树笑了笑。

小艺夸奖道，你今天会上表现得不错，你把阿姨想说的话都说出来了。

杨树说，哪里？我只是特别生气。刚才，段领导还严厉地批评了我，说我不理智不成熟。

小艺半真半假地说，谁批评你了？阿姨批评他。就应该像你这样才对。

两人聊了几句，就得走了。因为是两拨人，两部车。车要开了，小艺与小杨树才开心地招了招手，再见。她觉得杨树这孩子真不简单。

不简单有两种含义，一是敬佩他在这种会议上有敢于说话的勇气，一般在这种会议，小艺是绝对不发言的，不管对不对；二是钦佩他在这种场合能够维护铁路的尊严和利益。

李林与高飞、小艺坐上同一辆返回滨江的小车，李林正好下午到局里开个会。一车人都为刚才的会议不高兴。

高飞笑着说，个别地方官员就是这样，只看眼前利益，没有长远眼光，没办法。大家都听说过这件事吧？前几年，外局一条铁道线修复线时，地方说规划的铁道线路离一座名山太近了，火车天天开过来开过去，会惊动了名山的山脉，铁路要么出大价钱才能在附近修铁路，要么就得改修线路，把线路改得离名山远远的。铁路哪有那么多钱？实在没有办法，只好将铁道线改得离名山远远的，把现有车站作废，旅客列车全部由现有的停点改为通过，以远离名山确保名山的清静。没想到，现在铁路复线修好了，铁道线远离名山，游客来往出行不方便，游客大为减少，地方才又着急上火，拼命找铁路，想让铁路再把铁道线给改建回来，再增建停点。

大家一听，都笑了起来。

李林说，他们也不想一想，铁道线呀，是老师在黑板上用粉笔画线，可以画了擦擦了再画吗？铁道线能说建就建，说改就改，铁道线修好了，怎么可能再改过来呢？以为是过家家呢。开玩笑！所以，个别地方官员，站在本位主义的立场，真的特别缺乏远见和大局意识。

高飞笑着问李林，那咱们不谈地方官员了，咱们来聊聊铁路的官员吧，说说你吧。当了一年的大段长，感觉如何呀？大家都知道，因为站段的安全压力和管理风险更大，怕懈怠，大局长对站段工作特别是站段正职抓得特别严，所以，高飞就故意笑问李林。

李林一听连连摇头，苦着脸说，如坐针毡、如履薄冰！

高飞笑出声来，知道。听说上个月，一个站段正职还因值班期间擅离职守，贻误工作被当场撤职。

李林仍旧摇着头，一副苦不堪言的样子，他接着说，正职啊，多不容易才能当成正职，说撤职就撤职。

高飞笑道，这站段正职也不好干呀。

李林叹息道，不当正职也好。你们不知道，我们正职的手机二十四小时都不敢离身的，我就是上个厕所都要把手机拿在手上，生怕一不小心单位有事，特别是行车出事不能及时接听处置。唉，不好干哪！

下午两点半，机关大楼门口，考斯特载着杨峰副局长及相关部室人员十多人准时往江北站方向行驶。

小艺上车时，一眼望见坐在正对车门座位上的杨局长，小艺向他笑笑，然后，直接往车后面的座位走去。杨局长看见她，也笑着点了点头。

对，大家猜对了，杨峰副局长就是当年在水库边捧书阅读的黑框眼镜，海棠姐的老公。世界可真小啊，因为铁路跨越式发展，小艺七弯八绕的，现在竟然与黑框眼镜在一个机关院里上班了。从当年刚分配时水库边捧书阅读，到当段长时滨大樱花大道上在读MBA，再到现在当上副局长坐在考斯特的前排，也就二十来年，这就是知识改变命运，奋斗成就未来吗？小艺想。

考斯特从机关出来十多分钟，就开到了民国特色的门匾"国立滨江大学"的大门口。正是阳春三月花正艳的时间，看着滨江大学的门匾，杨局长随口问，滨大的樱花开了吧？高飞接话道，这个时间，滨大的樱花应该是刚刚开放的时候。杨局长感叹道，太忙了，还是十年前抽空来读MBA时来看了看樱花。"国立滨江大学"几个字一闪而过，小艺心中也生出同样的感慨。

江北站改扩建工程开始了。与江南站一样，江北站改扩建也是边运营边建设，也就是说车站一边办理旅客乘降组织，一边搞施工建设。作为运营部门，这是最让人担心的。若施工现场稍有闪失，一个砖头一块瓷砖掉下来伤到进出站的旅客，只要有一个旅客受伤，那就是事故，就算安全红线。

考斯特一到车站，设计院铁四院、施工单位铁十一局、电话局等，包括江北站的相关人员全部都集中在施工现场。明晃晃的大太阳下，杨局长带着一行人在施工现场和将要施工的现场实地逐一勘查，包括将要改扩建的线路、站场及铁道线旁即将拆迁的房屋，从南到北，边看边走，边看问题边谈解决方案。施工现场和铁道线边没有一点儿遮阳的地方，大家就在太阳地里全程走了一个多小时。好热，小艺米黄色的薄呢大衣里是一件太过紧身的羊毛衫，光天化日之下，全是男同志，风衣怎么脱？再热也不能脱。她把风衣稍稍敞开，只扣了一个扣子，但走了一半路，感觉内衣被汗浸湿了。于是，她心中不断地数落着滨江的天气，唉，滨江从来都是只有两季，一出太阳就是夏天，一下大雨就是冬天。

一行人最后来到江北站马上就要启用的临时候车厅和售票厅。这是由一个地方宾馆临时改建的，两层楼高，哪方面都不太符合旅客乘降组织的需要，特别是从临时候车厅到既有站台，整个进站上车流线走下来要十多分钟，出站也是，不利于车站客运乘降组织和旅客进出站的安全。

现场勘查后，大家来到车站临时会议室召开江北站改扩建现场会。会上，铁四院汇报设计方案，铁十一局、电话局汇报站场扩建进度，江北站汇报设计方案中客运组织存在的问题，如临时售票窗口不够，进站口过小，出站口不便，候车室流线过长，卫生间太少等等。

一路上，杨局长没有多说话，只是对施工现场的脏乱环境及安全防护不太满意。开会期间，他一直在听，最后，他说，我只说几个具体工作及责任单位，要抓紧落实。

一是施工图，设计院根据今天现场问题进行修改，三天后拿出来；二是征地拆迁，由指挥部协调地方政府；三是施工组织方案，施工单位铁十一局要加大设备、人力进场力度；四是运营过渡方案，由运管部审定后，江北站具体实施。指挥部必须定下一个原则：那就是运营不施工，施工不运营。

他强调，请大家记住，江北车站本来就是近百年的老站，咱们这次改扩建工程同样要成为百年不朽工程。

会完，已经是傍晚，这个时间段正是下班路上堵车的高峰时段，这时就是往江南赶，回到家也要到晚上八点了。其他单位人员散去，杨局长把机关的同志们留在车站，简单地吃了个饭。饭桌上，杨局长专门给大家一一敬了个酒，说道，每次开会每次到现场总是占用大家的时间，总是让大家中午晚上都吃不上饭。抱歉啊！高飞笑道，那今天我们就把它吃回来。小艺站在旁边也笑着随声附和。

首趟滨江到青岩老站的 K121/2 次城际列车开行了，列车是崭新的红色双层空调列车。6 时 30 分从江南站始发，8 时整终到青岩老站，值乘列车长小花，小艺添乘。

小花去年就调到了滨江客运段跑城际列车。这种城际列车一般都安排身体较差、年龄较大的女列车长和列车员，多少带有点照顾性质。毕竟，跑城际列车的人是早出晚归，最多早上出来得早些，晚上回家得晚些，但是不管多早多晚，都能回家，与那些一跑几天的长途直通旅客列车相比，人要轻松多了，起码每天回家，可以照顾家和孩子吧。

小花和小艺也好长时间没有见面了。她俩一个在繁城一个在滨江，再加上都忙，忙工作忙孩子忙老公，见面就异常开心。

列车开了，小艺和小花一起从列车尾部开始巡视，全列车巡视一遍后，两人就在车厢二层坐了下来。

女人嘛，特别是两个都心善口善的好朋友，都喜欢说些善意的谎言。她俩都笑着说，还好，没怎么变，还是原来的模样。其实，两人都心知肚明。

时光更喜欢在美丽的女人身上留下岁月的痕迹，以证明自己的强大和无情。从前笑靥如花的小花，因为见人就笑常年跑车，现在脸上和眼角满是明显的笑纹和鱼尾纹，从前曼妙的身姿因消瘦现在变得过于干瘪，原来一头浓密的乌发也变成黑白相间的花发，眼前的小花如同明艳的鲜花烘焙成半干未干的干花，虽然色彩依旧，却因失去水分而没有了生气和灵性。这就是美人迟暮吗？美人如斯，那不美的自己就更老得惨不忍睹了。

还好，车厢内干净整洁，窗明几净，崭新的天蓝色座椅套和天蓝色窗帘营造的氛围让人不由感觉进入宁静而美好的世界，忘记时间的无情。老友新逢，这么好的氛围，怎么能没音乐呢？

咱们城际列车还有列车广播节目吗？小艺问小花道。

看来你没有忘本，还想着你的老本行，小花望着小艺笑道，有，但是没有广播员了，列车员兼广播员。运行时间太短，只放一些轻音乐。

小艺感叹道，唉，现在人们都有了电脑、手机、MP3，都能听音乐，也就也不太爱听列车广播了。

正说着，班德瑞的《雨的印记》在车厢内弥漫起来。两人听着清新悦耳沁人心脾的轻音乐，看着窗外满眼的黄灿灿的油菜花，葱郁的青山绿水和偶尔一闪而过的牧牛人，感觉就如外出旅行、春季踏青一般。

没一会，清爽舒适的轻音乐《安妮的仙境》响了起来。小花笑着提醒小艺道，车快到了。

都快到了？小艺吃惊道，她赶快掏出摩托罗拉手机想看看时间。

不用看，这首乐曲是列车终到站的前奏音乐，小花笑道。

窗外佳境还没有看够，转眼间，青岩老站就到了。小艺笑道，小花，到你家李林的地盘了，见不见他一面？小花一脸扫兴地说，他哪在这儿？好像到南线去了。反正就是忙。

青岩老站放行，小艺和小花站在车门前，见站台上满满的乘车旅客，她与小花对视一笑，这车开得可真好呀。车站就在市中心，旅客坐车多方便！


往年，春运一完，铁道部就转一大堆旅客来信，百分之八十都是批评来信。没想今年来的百分之五十是表扬信，连在路风部当部长的汉桥都觉得吃惊，今年春运期间的旅客投诉来信同比下降了百分之三十。

早上，汉桥兴冲冲地拿着好几封表扬信来到闻部长办公室，笑呵呵地说，闻部长，我们路风部明明是管路风投诉的，这竟然来了几封表扬信，看来去年全路开展的"树标塑形"活动在咱们局大见成效哇。

闻部长听了哈哈大笑。

"树标塑形"四个字有点拗口。其实，用通俗点的话来说，就是，人（站车客运人员）树标（服务质量标准），车（车站和列车）塑形（良好的社会形象），红旗列车（文明车站）上水平（提升服务质量）。

这天早上，交班会时间相对长了点。闻部长给大家点评了几封表扬信，一封是旅客把贵重物品遗失在列车上，列车工作人员及时将遗失物品归还旅客，另一封是一位坐轮椅的女旅客在进站乘车直到出站全过程，站车联手热心帮助及服务。

闻部长笑道，我这还有一封来信表扬好人好事的，说在今年春运雪灾期间，一老一小旅客在江南站因列车晚点没赶上中转换乘的列车，一位穿铁路制服的工作人员了解情况后，亲自将她们送上另一趟换乘列车。

一听来信所写的外貌特征，年轻、阳光，深蓝制服的肩章上三条橘黄的横杠，小艺就知道是江南站王梓做的好人好事。

闻部长说，还有，再就是夕阳红旅游专列的表扬信，要知道旅游专列从来都被社会和旅客批评得多，特别是这种旅游专列的列车设备和服务，但是我们去年认真去抓整治，就有明显成效，就由过去的工作难点变成了今天的工作亮点。

其实，由难点变成了亮点在站车儿童票补票一事上体现得最明显。从前，我们补儿童票，都是粗暴地把孩子拦着强行量身高，旅客意见极大，投诉很多。但是，现在，我们在出站口，放一个温馨的提示牌，上面写着"小朋友，你又长高了"，提醒旅客。一样的要求旅客补儿童票，但我们在服务态度和服务方式上一转变，旅客的投诉就明显下降了，票补还提高了，服务效果完全不一样。所以，我们服务工作做得好，就会得到旅客的表扬，做得不好，就会得到旅客的批评，从旅客来信来看，我们的服务在进步，但是，社会在发展，服务无止境。

说完，闻部长又补充道，我感觉，其实我们的服务工作，说难也难，说容易也容易，面对不同性格、不同文化、不同诉求的旅客，服务起来肯定有难度，但是如果我们都用一颗善良真诚的心去面对不同旅客的不同诉求，用热心、关心、耐心、细心去服务旅客，我们的服务工作就做好了，其实就这么容易。说到底了，就是《铁路站车客运服务质量及标准》中的"三要、四心、五主动"。再说一句老话，就是以服务为宗旨，待旅客如亲人。如果我们站车工作人员真正能做到对待每一位旅客如亲人一样，我们的服务工作就做好了。

最后，闻部长望着小艺说，小艺，你把今年春运以来的表扬和批评来信拟一个通报发下去，我们就是要表扬先进、批评不足。

**蜗居**

姐姐小蓉多少年来一直想着把父母接到滨江，特别是去年秋天厂里的老人如秋叶凋零，一个个赶趟似的走掉后。小蓉与张老师拿了结婚证，就在春节前的那场大雪天里将父母接到滨江她家来住了。小蓉真有这个孝心！

在漫天飞雪中，小刘开着车，三家九口人浩浩荡荡往前塘站进发。

妈妈一直羡慕温姨一家在滨江住，可在结婚前，妈妈坚决不来滨江住。妈妈想，小蓉一个人单着，总好找对象些，如果父母老人住在这儿，那相亲对象会认为是负担，小蓉就不好找人，可妈妈没想到大女儿一单身就单身了十多年。现在小蓉与张老师结婚了，妈妈觉得小蓉没了后顾之忧，可以来了，但爸爸还是不同意来，说不能给女儿添麻烦。没办法，小蓉下了最后通牒，发火道，您看看杨伯伯和林叔叔，若是真不想给我们添麻烦，就听话，到滨江来。人老了总会有这病那病的，一是我自己在医院你们方便就医，二是真有个什么突发病症，大医院应急快得多。

吃了中饭，大家把父母早就打包好的物品往车上放。几个小孩子在风雪中欢声笑语地跑前跑后，三个女儿和女婿将所有东西收拾完毕，爸爸是一大箱子书，妈妈是被褥衣服还有锅碗瓢盆一大堆，再加上一口用了多年的深褐色泡菜坛子。爸爸穿着深灰色中长羽绒服，一声不吭地跟在后面，他最后看了一眼住了十来年的平房，面无表情地走向房前的依维柯面包车。

车开了，全家人开开心心地说笑着，爸爸坐在车上，眼睛却一直盯着窗外。2008 年的第一场雪下得很大，家、厂家属区、前塘站站房、站台上的天桥及"中间站决不站中间"几个红色的大字，很快就彻底消失在茫茫的白雪中。

全家人高高兴兴地将父母接到姐姐小蓉家，没想到父母一来，姐姐原本空荡荡的房子突然感觉不够住了。

姐姐的房子是两室两厅，她一室，北北一室。现在北北在市内上大学，于是，她就将北北的那间房给了父母住。但是，周末如果北北回来，家里住房明显不够，懂事的北北只好尽量少回来。

按理说，姐姐与张老师结婚，应该住张老师的房子吧，没想张老师却一直住在姐姐的房子里。当初张老师对全家人承诺，要买新房、娶新娘的，结果，张老师用拆迁款买了新房，也娶了新娘，可是作为新娘的姐姐却没有住过一天他的新房。

当初，姐姐建议，就用拆迁款在余东商圈买个小点的房，这样，离姐姐和他上班单位都近些，他们可以住在新房里，父母和北北就住在姐姐的旧房里。姐姐的房子只是两室两厅的房子，三代人怕住不下的。

两人看来看去，张老师最后还是买了远在郊外的政府还建房，说是便宜，姐姐知道，张老师女儿就住那附近。结果新房装修完后，张老师和姐姐都没去住，太远了，要倒两趟公共汽车，光单程路上就要花近两个小时。两个老同志，怎么可能天天舍近求远地这么折腾？住姐姐这边，姐姐上班十分钟就走到了，张老师坐车上班也不到三十分钟。结果，爸妈来了后，张老师的新房空着，爸妈、姐姐张老师、北北，一家三代人挤在两室两厅的房里。

结婚前还说买新房娶新娘，唉！姐姐没说什么，她心里明白，张老师把房子买在自己孩子旁边，就是为了把房子留给孩子，他怎么舍得将房子买到姐姐这边呢？姐姐反复承诺说，我不会要你的房子。小艺知道姐姐的人品和做派，绝对说到做到。张老师也不是不了解姐姐，但他更愿意相信他自己的孩子。人家张老师也没错，血浓于水啊！

不过，看着姐姐与张老师挺恩爱的样子，大家就都没有说话。用妈妈的话说，他们俩好比什么都好！

有时周末，北北回来，没地方住，只好在客厅睡沙发。张老师不好意思了，坚持要自己睡客厅，让北北和姐姐住一起，姐姐也觉得不好。一家人为这事都别别扭扭的，可谁都不张口说破。怎么办呢？姐姐把那个后院自建的小平房收拾了出来，在下面摆了个双人床和电视机。明摆着，是让爸妈下去住！

周末，小艺和小楚一起来到姐姐家看父母，姐姐在医院上班，张老师在家。

看见餐桌上竹筲箕里热气腾腾的馒头和包子，小艺和小楚就知道爸妈在家，爸爸喜欢吃面食，再说面食简单省事还省钱，只要爸爸在家，妈妈总是不定期地做些馒头和包子。

可客厅没人。

爸妈正在下面小平房前的空地用煤炉烧开水，平房屋檐边堆放着一大堆黑乎乎的蜂窝煤，空气里都是呛人的煤烟味。爸妈见到两个小女子，脸上显出开心的表情，但表情中又明显是那种略加小心地开心。小艺看见爸妈烧煤吃一惊，在城里怎么会还烧煤呢？姐姐怎么还让爸妈烧煤？多脏呀，还劳神费力的。

不是有煤气吗？干吗不用？小楚也不高兴，口气里是在责备姐姐。

妈妈一听，连忙小心地说，不怪你姐姐，你不知道，烧煤省多了！你算算，妈妈扳着指头算着，一块煤才多少钱？一毛二分钱，我们每天用煤烧水，只用煤气炒菜，一个月，可以省出四十多块钱呢！

小艺买了房子，手上也紧得不行，但是一想到父母要这样一个月省下四十多元钱，心里就特别不乐意姐姐。再看看吃的，也节俭得不行，怎么会只吃馒头和包子？她心里真的就对姐姐有意见了。

爸爸看出两个女儿脸上的不悦，就解释道，这是我们自己想这样做的，在家里烧煤烧习惯了。

妈妈也连忙说，你爸爸部队出来的，特别喜欢吃面食。这话小艺相信，因为爸爸爱吃面食，再加上她们从小在北方人中长大，真的都爱吃面食。

煤炉上烧水壶发出"吱吱"的声响，水开了。爸爸将开水灌到保温瓶里，小艺和小楚一个拎起一瓶，放在餐桌上，然后，就坐在客厅的沙发上看电视。

张老师从姐姐的大卧房走出来，笑眯眯地给小艺和小楚倒水，又是递水果又是递水。然后，他坐下来，笑眯眯地与两个小姨子商量，周末，北北回来没地方睡，我总是让出来，主动睡沙发。只是你姐姐觉得这也不是个办法，现在你姐姐把下面那间平房收拾好了，我们商量着，准备以后让爸妈搬下去睡。

小艺看了一眼张老师，冷冷地说，要住可以，你们下去住，不允许让我爸妈下去住。她想，下面那间平房只有七八平方米，空间不高，地势又低，只有个一米不到的窗户，不开灯里面漆黑一团。如果让爸妈住在那样狭窄黑暗的小房子，那还不如不请爸妈来。

小楚笑眯眯地望着张老师说，张哥，当初，谁说得买新房娶新娘呀？

小艺从来不是个可爱的女人，如果板起脸来，脸就更难看了。有时家里她和铁军两个人生气，铁军总是说，你看你那张脸，板得吓死个人的。她知道，现在自己一定也是板得吓死个人的那张脸，因为张老师看看她，再也没说下去，小楚虽然是笑眯眯地反问张老师，但也是绵里藏针。张老师了解两个小姨子，知道她们都对他空着自己的新房却让老人到小平房住不开心，但是大家都不想说破。毕竟，姐姐没有说什么，作为小姨子就更不便说什么了。张老师也不接话，只是脸上讪讪的，站起身，回到姐姐房间。其实，张老师也是个善良老实的老好人。

爸妈刚好从下面的后院进来，正好听见他们的对话，妈妈赶紧脸上堆着笑说，没事的，我和你爸爸就住在下面，要吃饭就上来，看电视睡觉就下去，没事的。从前，我们那么差的环境都过来了，这算什么？你姐姐有这份孝心就很不错了。

不行，妈妈。小楚大声道。她知道，如果搬下去，爸妈再上来的可能性就没有了。除了吃饭时间，一天吃饭时间最多两小时，其他时间爸妈全部都困在那间又小又暗的平房里吗？不行！绝对不行！

小艺转过脸来，看着一头灰白头发的爸爸。爸爸脸上没有表情，也没有作声。但小艺觉得，自从来到姐姐家，爸爸妈妈再也没有在前塘自家小平房那种洒脱和自在，妈妈连说话也都不是那么"大声武气"的了，她有时甚至能感觉到老人即使住在女儿家也存在的惶惑和无助。

哎，人老了有什么意思？即使是自己亲生女儿的家，那也不如自己的家自由自在呀。

金窝银窝，不如自己的狗窝。看到爸妈的神情，小艺有点儿替爸妈难过。她想，爸妈一定会经常想念自己的"狗窝"。不管怎么，那有一百多平方米，四间房他们随便自在地走来走去，旁边的厨房想做什么吃就做什么吃，房后的空地上想养什么就养什么，鸡鸭狗，都行，自己的房子，自由自在，而现在在女儿家，有个睡觉的地方就不错了，就是女儿最大的孝心了。

小艺望着爸妈有点儿落寞的神情，就劝道，要不，你们到我家去住吧！

小艺和小楚的房子都很好。因为是商品房，买得早，面积大，地段好，装修也不错，但是父母都不去。小艺虽还有个在建中的福利房，但还不知什么时间才能建好。爸妈也知道，她俩没小蓉那份孝心。小楚儿子小南还小，小艺是工作忙，两人从前都没有主动提到想到接父母同住。其实，孩子小、工作忙是是借口，更多的是她俩真没把心思放在父母养老的问题上。

爸爸说，我哪儿也不去，我就在你姐这儿住。她当年分房子就有这份孝心，还专门在后院给我们盖了一间房。

妈妈来到餐桌前，拿起包子笑道，来看看我刚蒸的包子，还是热的，粉条包子，好吃得很！

爸爸笑着对妈妈说，哪有你这样自卖自夸的？孩子还没吃，你就自己夸自己。

小楚和小艺接过来就吃，边大口地吃着边夸赞着，真的好吃。小艺吃完了一个，又拿一个。妈妈高兴地望着小艺说，好吃吧？小艺边吃边频频点头。

小楚边吃边望望姐姐大卧室关着的房门，悄声说，爸爸，上星期，小吕哥到我家来了。

爸爸一听，马上双眼紧盯小楚。小楚压低声音道，他现在在市里当一个局长，他也觉得对不起姐姐。他的儿子与我家的小南一样大，他还带过来了，长得很漂亮。我还给他儿子五百块钱，毕竟是第一次见面……

妈妈一听这话，压低嗓音吼道，漂亮个屁！不准提他。只当没有他！不是他，你姐姐后来也不会过得这么苦！

爸爸一声没吭，目光也随之黯淡下来。

看到小艺又拿起一个粉条包子吃，小楚吃惊地说，小艺，你都长得这么胖了，还吃这么多？你太不注意形象了，还是机关干部。

多胖了？小艺边吃边对小楚的吃惊表情不屑一顾，还有，谁说机关干部一定要讲究形象？再说你不知道，多吃可以减压吗？

小楚一脸笑容道，你不知道现在是个看脸的时代吗？最近有本畅销书叫《你的形象价值百万》？没看过吗？

小艺不耐烦地摇着头说，不知道。现在忙得没时间看！

爸爸连忙笑着问,工作很忙吗?小艺边大口吃着边大声说,忙死了。

爸爸温柔地望着小艺,笑着说,小艺,又说过头话,又说过头话。忙就是忙,别说死,记住,人不能把话说得太满。

小艺终于吃完第三个粉条包子,才心满意足地说,爸爸,我觉得自从回到滨江以来,单位工作就像是部队行军打仗一样,行军打仗打仗行军,就没有停歇整备的时间,总在急行军,而且是没有一丝喘息机会的急行军。太累了!

爸爸提高嗓音道,年轻时就是要把精力全部投入到工作中,这样年老时,回忆人生才有意义。他笑着接着问,那小艺,你还记得《钢铁是怎样炼成的》小说里那段名言吗?

从小到大,这段名言不知被爸爸抽考多少次了,真的都背怕了。小艺眉头一皱,心里一紧,唉,怎么又要考呢?但她又不能把这种厌烦情绪表现在脸上,于是,她连忙装笑道,记得!记得!她知道,如果说不记得,那爸爸要亲自示范亲自背诵的。

那你背背看。爸爸眼睛看着小艺,温和地笑着,对此名言紧追不舍。小楚则站在爸爸身后一脸幸灾乐祸地笑着。

果不其然,还是得背!那只有背了,但是真不想背啊。这么大年龄了,爸爸还像对小学生一样,还得背!没办法,她只好无可奈何、敷衍塞责地背:

> 人最宝贵的是生命,生命属于人只有一次,人的一生是应该这样度过的:当他回首往事时,不会因为碌碌无为,虚度年华而悔恨。

刚背到这一句,她灵机一动,笑着对爸爸说,爸爸,您知道吗?我现在不想把全部精力放在工作上都不可能。单位工作太满,时间和精力全都用上还不够,想开小差都开不成。

哦,那就好。爸爸放心了,也不再让她接着往下背《钢铁是怎样炼成的》了。太好了,她不由看着小楚会心一笑。意思是,怎么样,不用再背了。

不过,爸爸停了一下,像是想到什么似的,问,哎,小艺,去年你说的那个跳车的农妇的事处理完了吗？

小艺口气轻松道，早处理完了，我忘记给你们说了。上次回家您提醒我后，我想起来，棉农专列都是由地方政府出面与我们铁路对接的，我让站段侧面向地方政府咨询了一下，总不能因为一起采棉事故，让一个家庭陷入贫困，几个孩子失学吧，特别是那个女孩。地方政府应该会有这种帮扶政策的。站段同志还比较谨慎，说这事不属咱们铁路的职责范围，只能处于人道主义与当地相关部门问一问。没想到地方政府很重视。县里调查后，听说那女孩在去采棉前就考上了当地的职业技术学院，因为交不起学费没去上学。县政府就根据帮扶政策，减免了学费，那两个小男孩子的学费按贫困生减免。现在那个农妇的三个孩子都上学了。爸爸您就不用担心了。

爸爸一脸释然道，这还差不多。只是，像这种突发事故你们一般会怎么处理？

您是知道的，咱们铁路管理最规范最严格。这类事故，铁道部有严格的处理规定，我们路局也有处理细则，处理分铁路责任还是旅客责任。这起事故，是旅客突发性精神病造成的跳车死亡，属自身责任，我们没有责任，我们最后可以尽一些人道主义。这件事，我们该做的工作都做了，但这种情况防不胜防，毕竟，铁路也不是慈善机构。

爸爸接着问，那从你的管理职责上，有没有办法让旅客想跳也跳不成呢？

小艺有点儿不耐烦道，当然也有，不然在厕所的窗户上怎么会有铁栅栏呢？这就是防范，但还是防不胜防。像这个农妇，其实我们该想到的都想到了，该做的工作也全做了。只是没想到她那么瘦小，竟然能把厕所窗户上的铁栅栏掰弯，不可思议。

爸爸耐心地说，小艺，古话道：救人一命，胜造七层佛塔。你既然是管这项工作，就应该从管理上，多动脑筋，多想办法，怎么防止或减少这种事？这样，你的工作才算是尽职尽责了。

小艺点点头，爸爸，我也很难受，要不然，我不会把工作上的事讲给你们听的。

的确，家里三个女儿三个性格，姐姐大事汇报，妹妹大小事全都竹筒倒豆子般往父母面前倒，而小艺从不爱将自己的喜怒哀乐说给父母听。

爸爸接着说，我是个医务工作者，我们从事医疗卫生工作，重点就是两件事，一是病前预防，二是病后治疗。你作为管理者，在这件事上要动脑筋想办法，一是如何做到事前防范，二是发生问题后如何快速处置。要让这种事故少发生或是不发生，这与我们做医生对待病人是一样的道理。

全家人都知道，爸爸虽然是医生，但是真的最适应做思想政治工作，爸爸讲起话来抑扬顿挫，中心突出，论据充分，条理清晰，这是谈观点；若是讲故事，更是绘声绘色，引人入胜。后来，小艺进机关见人见事多了，经常会想，爸爸的理论水平和演说能力，不做政工工作实在是太可惜了。

其实，这个事故早就处理完了，但是，那个蓬头垢面、跪地求饶、痛哭流涕的瘦小农妇一直在小艺的脑海中不愿散去。听到爸爸这话，小艺想，对呀，你作为管理者，要动脑筋想办法，一是如何做到事前防范，二是事故后的及时处置，有没有办法不让旅客跳车？从外部环境到人性化服务上，从跳车的事后处理能否到跳车前的提前防范。即使是精神病旅客，那也是你的旅客，也是一条命呀。就如那个随车医生所说，列车上的突发精神病都是间歇性的精神病人，只要离开了列车这个环境，病就会自然消失。

小楚笑着说，端午节马上就到了，我想带小南坐动车出去玩玩，正好坐坐动车，爸爸妈妈，你们一起去吧。

爸妈笑着答应着。

小艺是去不了的，但一听小楚要带父母和小南出去，就连忙提醒说，小楚，现在都是动车组高站台，你们上车下车时要注意高站台与动车组的间隙，不要踏空了，还有，接开水时注意小心开水烫着。

小楚一听，就烦了，唉，出个门你这么多注意事项，满心的情调被你几句话说得情趣全无。妈妈，这还是小艺吗？从小那个小艺哪去了？都是嫁给死板的铁军，才变成这样索然寡味、了无情趣的。

小艺也笑道，对呀，嫁鸡随鸡，嫁狗随狗，嫁个猴子满山走。

　　小楚现出吃惊的表情，爸爸您听，小艺简直活回去了，现在，竟然引用妈妈这种劳动人民的民间俗语顺口溜。说起来，还上了个本科！

　　这天下午，小艺坐在办公室正在处理旅客投诉来信，突然感觉一晃，就像是自己脑子突然恍惚了一下似的，她还没反应过来，就有机智过人的同事边喊地震了边往楼下跑。晚上看新闻，真的地震了，震中就在老家附近。她吓得赶紧打电话给爸妈，问老家的三爸情况如何，爸爸妈妈说一直在给老家打电话，一直都没打通，心里焦急万分。第二天、第三天还是打不通，第四天才打通，还好。三爸说，只是屋顶上的瓦全给震落了，房屋没倒，人没事。一听这话，全家人的心全放了下来。

　　只是，电视、报纸上天天报道的伤亡人数及图片还是牵动着全家人的心。半个月里，滨江东南医院接收了大量灾区的伤员，东南医院医护人员不够，姐姐小蓉被抽到东南医院帮忙。

　　晚上，小蓉打电话给小艺道，今晚我当班，你和小楚带着点点、小南来看看伤员吧，晚上还有联谊活动，都是大家自发的。

　　小艺带着点点，小楚带着小南，点点、小南带着小礼物，来到了东南医院。联谊活动上，医生护士为伤员们表演节目。医护人员节目表演后时，小楚情不自禁地走上去发言，她满含深情地说，我也是四川人，看到老家受灾我们一样满心伤痛，但是你们不孤单，你们要坚强，因为你们有着全国人民的关爱，下面我用歌声表达自己和家人的这份关爱，歌曲的名字叫《我只在乎你》：

> 任时光匆匆流去，我只在乎你
> 心甘情愿感染你的气息
> 人生几何，能够得到知己
> 失去生命的力量也不可惜……

　　小蓉、小艺站在旁边听着小楚深情款款地唱着，看着笑着，伤员们也开心地笑着，拍着巴掌。关爱他人也可以开心，开心也可以传染。联谊会后，姐姐带着她们到每个病房看望伤病老乡，让点点和南南把准备好的小礼物给到伤员老乡的手中。

小楚没唱《我只在乎你》这首歌前，小艺也听过邓丽君唱过，她一点儿也没觉得这歌有多好听。但自从小楚那次唱完后，不知为什么，她再听到这首歌，就觉得这歌怎么这么好听呢？她不由在 MP3 上单曲循环好多天。

## 交班会

今年，滨江的汛期来得特别早还特别长。这不，才五月底，这老天就没完没了地下了十多天雨了，下得人心烦意乱。

小艺拿着值班电话，只盼着老天别下雨了。老天像是知道小艺的心思似的，还好，阿弥陀佛！中午雨过天晴，只是温度一下就跳到了 35 度。

从前，小艺最喜欢的就是富有诗意的雨雪天，聆听、静观、漫想，或是没有目的地在雨雪里行走，多有诗情画意啊。可是，现在就是再有诗情画意的雨雪天，小艺也没有一点儿富有诗意的感觉了。她现在最怕的就是诗情画意的雨雪天。因为，越是这种天气，越容易出现机故（机车故障）、辆故（车辆故障）甚至是断道等非正常情况，那列车就会晚点。严重的话，列车还可能要绕道或是停运，车站的旅客就要在候车厅里等待或是退票改签，那这一天，值班电话里的投诉咨询就会络绎不绝了。

天色已黑，看到办公室挂钟上的指针指向 19 时 25 分，小艺拿起值班电话、值班本和水芯笔，急匆匆地往三楼会议室走去。她必须在五分钟内走到主楼三楼会议室，19 时 30 分准时到会签到。

可小艺自己都觉得有点儿奇怪，她喜欢这种感觉，喜欢这种工作节奏快，快得有点紧张甚至有点儿慌乱的马不停蹄的感觉。每次，静无一人时，她用这种紧张的节奏走在去往三楼会议室的长长的走道上，这时，她就感觉特别快乐和充实，那种发自内心的快乐和充实。

白天，她走在通往会议室长长的楼道时，看着走道两边办公室内繁忙而有序的景象，她感觉到的是快乐是充实，晚上，走道上橘黄的灯光下的办公室静悄悄的，专业部室值班室的门总是开着的，值班人员悄无声息地坐在电脑后面，偶尔一个"嘀铃铃"应急电话的铃声，更显出办公楼的静谧祥和。

小艺喜欢看着机关大楼安静明亮、井然有序、看似简单实则不简单的感觉。因为从这座办公大楼，特别是调度楼的彻夜通明的灯光里，她能感觉到铁路运输生生不息的生机和活力，她能看到，在这些灯光下的调度员的调度下奔驰在全国各地的繁忙的列车和昼夜川流不息的旅客。正是因为这里繁忙的指挥调度，因为这里车机工电辆专业部室的系统管理和协调配合，才使得万里铁道线上的站车繁忙异常而又井然有序。

19 时 30 分，各专业部室值班人员在三楼会议室签到表上签上自己的名字，若值班秘书交代无事，大家则有事说事，无事报平安，然后各回各的值班岗位。

与上楼来时的匆忙相反，从三楼下楼时，小艺就会从机关大门步梯走出来，慢悠悠地走到空无一人的机关院子里。这时，她会站在院子前，一个人静静地站着，看看柔和的灯光下静静伫立的办公大楼，再回头看看，办公大楼前一条马路之隔的青山广场，青山广场里灯光闪烁、游人如织，她心中就充满了感激。对命运、对工作、对生活充满了感激！

今天值班，除了一趟列车晚点和两个小投诉外，其他一切正常。看来，今晚可能平安无事了。正想着。"嘀铃铃"，值班电话响了起来，一看电话，滨江客运段的，她连忙边接电话边往办公室跑，边跑边想，今晚估计又要热闹了。

果不其然，没一会儿，值班电话就一个接一个地打进来了，全是 K682 次列车的旅客投诉：为什么车停在这儿不开？又发生了什么事故？预计什么时候发车？等等，小艺一边在电话中安抚旅客，一边迅速打电话让客运段派车长去找投诉旅客当场致歉并做好安抚工作，同时又与机务部值班人员对接。唉，一个机车故障，就会造成空调列车停车停电，这么热的天，也难怪旅客要打投诉电话。22 时 40 分，K682 次列车才开。

办公室里静悄悄的，但经旅客这么一闹腾，小艺也没有睡意了。那就干脆干活吧。她打开电脑,把前段时间一直编写的汇编初稿打开。为了这本汇编,她用了一个多月的时间,天天晚上在办公室里加班。静静的夜里,只听到键盘上清晰且节奏明快的"哒哒哒""哒哒哒"的敲击键盘的声音,这声音感觉就如美妙动人的踢踏舞曲的旋律一样。她喜欢这种旋律。

活干完了,给这个汇编取个什么名字好呢?小艺想着,不由在电脑上敲出"案例分析"四个字,案例分析?那年,眼镜杨峰告诉她,作为企业管理人员,应该学 MBA,因为 MBA 都是案例分析教学。只是那时,她更喜欢"你一会儿看我,一会儿看云;我觉得,你看我时很远,你看云时很近"的诗意人生。

看来,美好的诗意生活解决不了现实中的实际问题。

看着这汇编的封面,小艺知道,它的起因是那个跳车身亡的瘦小农妇,而根本原因则来自于爸爸的一席话。她按爸爸说的,将一年来的事故案例收集、分类,分为事前防范措施和事后应急处置两部分,编辑成册。现在,终于完工了。

看看时钟,已经晚上十一点半了,到院子去透透气去。


早上,阿妹一进办公室,就发牢骚道,烦人,大门又被上访的人堵了。小艺,你怎么进来的?

我昨晚值班,就没有出大门。大门又被堵了?什么人?为什么?

不知道。好像是沿线的下岗职工。

8 时 20 分,小艺把昨天值班情况整理好,迅速从办公室起身,急匆匆地穿过三楼长长的楼道,进会议室,签到,坐下。

调度部已将前一天生产运输情况的大小报表铺放在会议桌前。8 时 25 分,王宁副局长进门,落座,翻看着桌上的大小报表,8 时 30 分,局交班会准时开始。总调度长主持,各部室汇报,王局长总结点评。

年初,运输部部长王宁就提拔为副局长了。

各部室依次发言,汇报前一天运输组织中有关安全、生产、设备、信号、旅客乘降和治安环境等情况,还是有事说事,无事报平安。

运输部发言,汇报前一天运输情况;调度部汇报机车运用和装卸车的情况,然后安监部发言。

工务部简要汇报了昨天晚上鸦宜线新宜——花艳塌方造成铁道线断道的应急处理情况。听完汇报，王局长点了点头。鸦宜线在局管内是支线中的支线，平时在路局完全没有存在感，但是昨晚却发生了一起线路断道事故，由于发现处理及时，防止了一起列车脱轨事故的发生。

机务部交班的是个副部长，他简短地汇报了昨晚一起机车故障及救援情况。

该运管部了。小艺道，运管部汇报。昨晚 19 时 55 分，接滨江客运段值班电话，K682 次列车在管内永安站发生机故，列车停车，车内停电，车内温度高，一些旅客情绪激动，我们要求列车长做好旅客安抚工作。21 时 30 分，救援机车到达，22 时列车送电，22 时 40 分列车开动，列车晚点 2 小时 45 分。完毕。

在工作中，业务部门汇报时都采用 24 小时制来准确地表述时间概念。

各部室汇报完毕，王局长总结点评。王局长看上去非常疲惫，他望了大家一眼，语气沉重地说道，大家都看到了，咱们管内一连下了十多天的雨，连续的暴雨对全局运输的组织工作影响很大。昨天白天刚晴，晚上又开始下雨，下了一夜，我一夜都没有睡着。

说着，他望着大家，顿了顿，调度总长递上一支烟，他打着火，自己抽了一口。然后，他目光严厉地望着机务部副部长，很严肃地谈起昨天的机车故障。虽然仍是南方普通话，但语气语调却与平时的轻柔温软大相径庭。

昨天，给运输生产带来影响有两件事。

一是机故。机务部刚才汇报了机故的过程及救援情况。我建议安监部和机务部你们去分析分析机故的原因，分析这个机故产生的原因是不可抗拒的，不可预知的？还是能够预知的，能够处理的？是设备先天的？还是人为运用时损坏的？

王局长抬高语调，严厉地一字一顿地说道，由于这起机故，造成 K682 次列车不明不白地停在线路上，让旅客列车不明不白地晚点近 3 个小时，这么热的天，让旅客在没电的空调车上大汗淋漓地耗着，你若是旅客你怎么办？

全场鸦雀无声。王局长再次停顿下来，望着那位副部长说道，你们就这样，无缘无故地让列车晚点，让列车停电，让旅客花空调车的钱在无空调的车上耗着，你们让旅客怎么看我们铁路的运输组织？怎么看我们的客运服务质量？我知道你是副部长，告诉你，我刚才听了你们机务部的机故处置情况，我认为，机故发现后，你们机务部门救援的通力合作意识不够，你们的救援过程太慢，你们的应急处置能力不强。

我认为，从某个角度说，你们这才是我们铁路运输最严重的故障。你们机务部很了不起呀，当仁不让地把它抓到了手，得了头功。

小艺听着王局长的批评，看见那个副部长低着头，面红耳赤，一声不吭。

可能王局长看到那位副部长的表情，他又停了一会儿，才语气有所缓和地说，这段时间，管内连续降雨，线路、信号连续几天全都浸泡在雨水中，昨天，京广线上乌龙泉段的线路全部都浸在雨水中，都没有发生一点点问题，我们的客车全部采用停限的方式保证了旅客列车的安全和运输组织的畅通，可是，王局长的口气一转，又带有遗憾和苦恼对那位副部长说，可是，你们机务部门却在这个降雨不断的特殊时期一而再再而三地发生机车故障，严重影响了安全生产和客运服务，使全局的运输组织工作在这个非正常时期雪上加霜。

王局长接着批评道，平时你是不来参加交班的，今天，作为副部长一来交班，我就批评你，而且是非常严肃非常严厉地批评，希望你能牢牢记住，也希望下次你们机务部能在这个局交班会上得到一次表扬。

然后，他将目光转向大家，昨天第二件事，是昨晚鸦宜线支线因暴雨断道的及时处置工作。这次因暴雨造成的支线断道应急处置工作做得很好，工务部要提出表扬！

在这个断道的处置中，我有两个最为深切的感受和启示。一是不能以为汛期是六七八月份，现在才五月份，咱们管内防洪防汛的压力还没来。不行！我们必须要时刻警钟长鸣！

然后，他望着工务部交班的同志，用探讨的口吻对他说，这些年，你们一定不会想到这条支线竟然因为下雨不能过车吧，而且还是客车。所以，作为工务部，全局几千公里的线路，你们必须要全面掌握，必须掌握每条线路每一路段的情况及问题，要心中有数，了然于心。这是第一个启示。

第二个启示。平时，我们管理部门把主要力量都集中在铁路运输的长大干线上，对支线的关注度远远不够。昨晚突降暴雨，而且持续不断地下着，鸦宜线新宜—花艳塌方时，风雨交加，线路一下就被暴水淹没了，当时，一名正在巡道的巡道工发现线路被淹，就迅速通知工务段险情的具体地点在14KM+100M处，坚守现场，并且在风雨交加的现场独自及时清理、处置险情线路，这才使路局迅速了解险情地点和险情的程度。当时，马上就要过1746次客车了，如果没有这位巡道工的及时发现和迅速上报，1746（次）若以60公里／小时速度开行，那后果简直不堪设想。

王局长停顿了几秒，感慨道，我心里真的对这位巡道工心存感激，今天早上，我专门向工务部打听了这个巡道工，说是一个老同志，五十多岁了，叫杨宝成。宝成，咱们铁路有个宝成线，看他的名字就知道一定是一个铁路子弟，老铁路老同志呀，他的表现很好。工务部，王局长望着工务部交班的同志道，记住要工务段给杨宝成给予表扬及奖励。

杨宝成，是杨妈妈家的宝成吗？应该是他。小艺想着，当年杨妈妈只说宝成分到一个很偏的工区挖洋镐，地名不好记，说是鸦宜线，有个乌鸦的鸦字。

会场上又是一片宁静。

王局长接着说，马上就要真正进入夏季汛期了，全局一定要保持高度警惕，不得有半点懈怠。如昨晚，断道后，这位叫杨宝成的巡道工及时上报和现场勘查，使工务部、机务部和调度部能及时准确地判断分析，调度部要求牵引1746（次）客车的火车司机限速14~20公里／小时，最后，客车顺利通过，保证了运输组织的正常秩序。

王局长又长叹了口气，咱们铁路说起来是万里铁道线，是半军事化管理，说起来管理严格，强大到看似坚不可摧，但是，有时，咱们铁路这个大联动机又弱不禁风，弱不禁雨。有时，一场突如其来的大风就可能将铁道旁的广告彩布条刮到咱们的接触网上，就可能造成通信信号故障，影响行车安全。王局长加重语气道，所以，我们作为管理部门，在关键时刻，一定要有准确的判断能力，要以雨为令，以风为令，抓源头，抓防范。同时，各站段要将本系统发现险情，做出处理并迅速反馈的先进个人总结上报并进行奖励。

会议室鸦雀无声。王局长松了一口气，语气也有所缓和，我自己就是这样，连着十多天下雨，我天天在办公室待着，昨天下午阳光灿烂，还以为可以松口气了，晚上我就回去吃了口饭，20时30分，在回办公室的路上，想着今晚可以睡个安稳觉了，没想到还没到办公大楼呢，调度部就说鸦宜线断道了，我赶紧到调度部，一忙又是一晚上。唉！

说完，满脸疲惫的王局长坐在座位上望着大家道，散会，语气里都是疲惫。

回到办公室，小艺一脸倦容地坐下来，值了一夜的班，她想清静清静。

这时，阿妹走过来，对她笑着说，小艺，你的外套换换吧，我真的有点儿审美疲劳了。

小艺一看，自己这身衣服真的穿了两天了。她抱歉地笑了笑，我昨天不是值班吗？没有回家。

阿妹笑道，这与你值不值班没有关系。你是个女人呀！

小艺笑了笑，没有作声。工作中，她从来就没有想到自己是个女人。她一直觉得，工作中的人最美丽，不分男女。更何况，到了现在这个年龄，美丽早已与自己无关了。

阿妹笑着俯在她面前说，你呀，哪儿像个女人？你看对面办公室的那位，不化妆都不进办公室，天天上午一套衣服下午还要换一套，中午午休起来，都要重新化妆，一张嘴总是涂得红红的。知道吗？美丽也是生产力。

是吗？阿妹这样一说，小艺才觉得对面的那位女同事的确是好看，但心里觉得她天天涂口红只是习惯。

知道吗？只有懒女人，没有丑女人。阿妹笑道。

小艺点了点头，表示赞许。

阿妹看出小艺头是在点，但眼神却不知飘到哪儿去了？就知道小艺其实是心不在焉。于是，她凑到小艺面前，悄声问道，小艺，你前天发投诉情况通报了，投诉最多的是汉东站？

小艺一下回过神来，说道，是的，汉东站的旅客投诉最多，在全局站段中排名第一。

汉东站在重视旅客投诉上的确与别的站段有一定差距。小艺分管投诉及服务质量后，她就一季一通报，这样，引起站段重视后，旅客反映的问题和诉求可以在第一时间在站段车间甚至班组消化解决，不然路局层面就是累死，问题还是悬着，得不到解决。

阿妹笑着说，你知不知道是谁在管汉东站的投诉工作呀？

知道呀，是任主任。

那你知道任主任的爱人是谁呀？

不知道。小艺摇摇头。

阿妹仍然笑着，所以，你只知道埋头拉车，不知道抬头看路。汉东站任主任的爱人就是我对桌。

是吗，我真不知道！小艺吃惊地说。

阿妹笑着说，你呀，一定是家里没人教你。其实，在单位，不仅要会干活，还要会推活，你倒好，反着来了。领导布置的活都干不完，你自己还想办法揽活干。所以，我要么看不见你，你天天在外面跑，要么就看你在电脑前啪啪啪地写东西，也不与同事交流，连对桌爱人工作单位都不知道，结果，适得其反，出力还不讨好。

小艺望着阿妹，一时不知说什么好。阿妹不知道，连那个案例汇编还是爸爸告诉自己按事先积极防范、事后及时处置两方面来动脑筋想办法做工作的。

还有，你搞了什么考核办法，考核还那么严，会得罪一大帮子人的，何苦？领导让你干了吗？

小艺老实地说道，没有呀，只是上次添乘棉农专列，那个跳车的农妇对我的刺激太大，我想把这工作抓严一点。

一听棉农专列跳车一事，阿妹用无限同情的眼光看着小艺，委婉地说，本来不想告诉你的，你还不知道吧？听说，这次你本来也是副组长的后备人选，但是就因为棉农专列农妇跳车身亡一事，个别领导提出异议，说你竟然擅自跑到死者家所在的村庄去了。

小艺点了点头。她的确去了那个村庄。

哪有你这么办事的，你竟然跑到那个村庄去了？

小艺再次点了点头，我是悄悄去的，我真的觉得那个女人太可怜了！

她当然知道这是铁路部门处理类似事故的大忌。可是不去，又真的觉得于心不忍，她必须去看看。

阿妹道，听说，领导发话了，人死了当然应该同情，但作为铁路部门工作人员，更应按照相关政策和规定及时冷静处理，我们是企业而不是慈善机构。所以，有领导认为，女同志还是太感情用事了。再说小艺你的年纪也不轻了，副组长人选，就让更年轻的同志上吧！

阿妹讲得很委婉，她真的替小艺深感惋惜，毕竟这是个机会，而且作为女同志，小艺年纪也的确不轻了，过了这个村就没有那个店了。

小艺听完阿妹的话，脸上没有太多表情，可心里还真有点儿酸涩难过。说不难过那是假的。

但是，只难过几天就好了。因为，她脑海中总会浮现那个蓬头垢面的瘦小农妇和她那可怜的小妮儿的身影。她想，与那个农妇相比，她和女儿点点生长在衣食无忧的环境里，已经太安逸太幸福了，与那个消逝的生命和没妈的可怜小妮儿相比，那个副组长又算得了什么呢？

## 大检查

小艺正坐在办公桌前处理旅客来信，组长突然走到她桌前，一脸严峻示意她出来。

又出事了吗？只有出事了，组长才会是这个表情。其实，组长也是个耿直干事的实在人，与她小艺一样喜形于色，什么都藏不住，好像也不愿意藏。

小艺一脸困惑地跟着组长，走到组长办公室。

组长说，你看看领导的批示。小艺接过来一看，上面是许局长龙飞凤舞、遒劲有力的大字：全路"树标塑形"验收工作刚完成不到一年，我们的列车就发生如此严重的问题，业务主管部门、责任站段的领导干什么去了？

批示最后的"干什么去了"中的"干"和"去"两个字的最后一笔都因下笔太重，钢笔尖竟然将纸张划破了。

原来，重点列车1557/6次出事了，这次又是路风事件。

中国的文字从来都是一字多义，同一个词汇可以表达不同的含义。铁路站车若说先进，列车叫"红旗列车"，车站叫"文明车站"，那是站车在每年铁道部评比中得来的荣誉名称。但若是从运管系统内部说，所谓的"重点站车"，就另有一番含义了。哪个车站是重点车站，哪趟列车是重点列车，其实就意味着这个车站和这趟列车是系统或单位公认的问题站和问题车。

1556/7次列车就是这样一趟长期被系统和单位公认的问题车。繁城客运段一般年龄较大、身体较差、不求上进，或是出了点儿小问题的列车员才会被派去跑1556/7次列车。当年胡三、猴子、小江都因犯了大小错误被调配到了这趟重点列车上。

1556/7次列车繁城站始发，南江站终到，两头都不是省会，列车经由线路又全是铁路支线，领导除非专门上车检查，否则，很少能利用工作之便检查监察这趟车，所以，列车人员除了在始发终到和管内注意注意，其余时间似乎就可以高枕无忧了。胡三曾开玩笑给小艺边说边唱道，我们的车出了管内，那就是解放区的天，是明亮的天。意思是可以放松自由，不用担心冷不丁上来检查人员。

但是，这趟领导很少看见的列车一出现，就能把领导气得半死。因太过生气，许大局长在批示时，钢笔尖竟然把批示用的签报纸都划破了。

王宁副局长的批示是这样写的：业务主管部门、责任单位和各级管理人员为什么失察、失控、失管？管理干部上车检查、监察、监督不到位的问题为什么就克服不了？希望运管部部长、站段主要负责人及班子同志认真反思、举一反三，有效整改，防患于未然。

领导批示话说得这么重，问题肯定小不了。

可到底是啥事？组长不说，小艺也不好再问。

组长说，马上全局要开展百人百车百天大整顿工作。准备一下，下午开会，全局抽一百个人用一百天时间对全局一百趟车进行检查，明天就下去。

一百天？家里工作怎么办？小艺吃惊地问。家里是指办公室，也是指小家。

会分组检查的，各组都以站段干部为主，机关干部带队。家里有工作就回来，工作处理完后再去，以下去检查跟班为主。

又要出去？小艺想着，那就要赶紧将手中的活儿处理掉。接着她问，哪些人去？

我、你，还有你对桌，咱们三人。

阿妹呢？小艺问，其实她也只是随口一说，因为她和阿妹关系不错嘛。

别人孩子小。

我孩子还要中考呢！小艺一听不高兴了，阿妹孩子只比点点小一个年级，上初二，点点还在初三毕业班呢，这一走一百天，点点怎么办？

看看看，你就会讲条件，与别人比？你管服务质量，你不去谁去？组长嘴里嚷着，脸上也难看起来。

好好好，我去，我去！小艺发牢骚道，我也不知道有啥不是该我管的？

组长脸上不好看了，小艺，看你这牢骚，你要这样说话，就是干了再多也全白干。

小艺只好收嘴。她知道，因为这一句话，她这一百天也要白干了。

中午，下班时间到了，小艺从办公室出来就往大门走，快走到门口时，看见大门铁栅栏前黑压压的都是人，才想起来阿妹说有人堵门，不用看就知道是上访的。机关中午想出门的人一看就都调转头往回走，再改走左边的一个侧门出去。

近几年来，动不动就有上访的人将机关大门堵上，严重干扰机关正常的办公秩序，有路外的也有路内的，路内的主要是一些历史遗留问题没有得到解决。小艺并没有放在心上，甚至没有多看一眼，她要赶紧从机关侧门走回家，给点点做午饭。

下午上班，她按点来到机关大门前，门前还有十多个人。竟然有两个白发苍苍的老太婆，哭着喊着，堵着大门不让进出，特别是车辆。

小艺准备从大门旁边的小门进去，刚到门前，就发现堵门的人中有些面孔很面熟。她定睛一看，天呀，是成昆、贵芹和厂里的下岗人员，搞半天今天上午是厂里的人在这里堵大门呢。她尴尬地笑了笑，不知道该说什么好，没想到，贵芹笑着向她打招呼，还挥挥手，大度地说道，小艺，我们不拦你。你进去吧！

怎么了？小艺吃惊地问。

与你无关，你别管，你就进去吧！贵芹让小艺赶紧进机关大门，小艺被半推半就地推进了大门。

小艺到了办公室，拿出笔记本赶紧往八楼会议室跑。

八楼会议室满满当当地坐满了人。一百名将要下去检查的两级机关干部和站段相关人员都坐在这里，会议时间很短，主要是分组情况，下去的具体任务和量化指标等。

小艺被分到宏城组。宏城组共有五个人，都是站段监察大队的，小艺任组长。几个人一起到小艺办公室，商量检查的要求、内容及检查的交路安排。

忙完了，小艺这才又想起机关大门前堵着的人，就问组长，大门口的人还在吗？组长说，还在。听说有两拨人，一拨是沿线下岗多年的下岗职工，一拨是滨江地区从前的五七连的家属工，好多老头已经死了，老太婆一个月就拿两百块钱的补助，也确实蛮可怜的。

这一说，小艺想起了下午站在门前的那两个老太婆，她马上又想起了妈妈。妈妈可是敢说敢干、干练泼辣的四川女人。每次想起妈妈，她就会想起"无知者无畏"这个词。因为文化不高，没有拘束，反而做事简单又高效。倒是爸爸，每天看书看报，给别人讲了一辈子报纸上的事，自己一件事也没有做成。在家里，任何事也是妈妈占上风，有时想到爸爸妈妈在一起，爸爸屡战屡败的落魄样，她就会非常可怜爸爸，就会想起"秀才遇到兵，有理说不清"这句老话。

妈妈本来就是厂里家属那一拨的主心骨和领导，现在人又在滨江，她千万别也生出什么事来。想到这儿，小艺有点儿坐不住了。

一下班，小艺就直奔姐姐家。一进门，妹妹和妹夫也到了。

爸爸见两个女儿都来了，很高兴。就迎上来，问，吃了饭吗？

听说都没吃，妈妈姐姐赶紧又去厨房，给她们再加炒两个菜。爸爸要给小艺和小楚倒开水，小艺说，我来。说着，就拿出一次性纸杯，放桌上，倒了三杯，给自己倒了满满一杯。

爸爸看到，笑着对小艺说，从小我就告诉你们，七茶八饭酒满杯。你看你这水倒的，别人从这些小事上就能看出你的家庭教养。

小艺心里想着厂里职工堵机关大门的事说是不说，就嗯了一声，喝了一口。一口下去，杯子里的水就只剩下一半。

爸爸笑着对她说，茶不是那样喝的，茶是饮，要小口小口地喝。

小艺敷衍了事地笑了笑，说，知道了知道了。

爸爸看着小艺，温柔地笑道，小艺呀，你从小就这样敷衍了事。记得吧，小时候，你每晚上跳舞回来，我把洗脚水给你端在跟前，你也是这样，说洗过了洗过了，不洗脚就倒床睡觉。连语气都一样。

是吗？我不记得了。小艺笑说。她是真不记得了。

你不记得，你小时候的事我可全记得呢！爸爸仍旧微笑道。

爸爸，我喝茶的方法对吗？小楚望着爸爸，赶紧把她那杯茶水端起来，送到嘴边，闻闻，再轻轻地抿了一口，她端茶的姿势、喝茶的神态和表情特别像电视广告中的美女广告，然后，小楚优雅地放下水杯，笑着瞟了一眼小刘，再望着爸爸，旁边的小刘哈哈大笑，爸爸也高兴地笑道，对，就应该这样。

小艺知道小楚是故意逗爸爸开心的，但是她没心情理小楚，她忙得一天都没喝水，现在就是有一大壶水，她也能一口气喝完一大半，像她现在这样疲于奔波的劳动人民，哪有时间去讲究这些闲情逸致？

爸爸很开心，笑着说，前几天，我的生日，我自己都忘记了，没想到我们医院退管办的女同志还能想起来，还专门给我打了个电话，祝我生日快乐，身体健康！真是关心老同志呀！我好高兴！昨天坐这儿，我专门给医院退管办写了封感谢信。你们看看。

难怪爸爸今天这么高兴。爸爸的生日？爸爸的生日到了吗？是呀，爸爸已经七十五岁了。咦，爸爸从前不是不同意也不愿意过生日吗？

爸爸从书桌上拿起两页信纸，小艺和小楚认真地看起来。


高主任、院退管办的全体同志：

你们好！你们工作辛苦了！

我是一位在抗美援朝初期就参加部队的医务人员，在医务战线及部队里连续工作了43年，在半个多世纪时间里，从来没有哪一位领导问过半句我的生日，在那个时代也不兴问，只有我的母亲对我的生日记得最清楚。

高主任，5月7日下午两点半，当我在电话里听见你对我75周岁生日表示祝贺时，我真的很开心！你的声音是那么亲切和热情，我就好像在听倪萍和周涛主持大型文艺晚会，这声音给人以鼓舞和力量。

和我同时代的这一代人，绝大多数对自己的生日不太注意，我也不太在乎，从来没有庆祝过。但是对人类做出过重大贡献的名人的生日，我倒还记得一部分，例如孔子、释迦牟尼、南丁格尔、孙中山、毛泽东等人，还有水稻专家袁隆平的生日，尤其值得纪念，他和他的同伴一起艰苦努力奋斗二十多年，解决了中华人民共和国成立以来老百姓长期吃饭紧张的重大问题。

改革开放三十多年，国家已基本解决老百姓的温饱问题，我在生活上要求不高，力求简朴，我家的日子也越过越好。

退管办是离退休人员之家，但退休后，因患有高血压，我基本深居简出。待我的健康状况好转，一定前往医院退管办，到离退休人员之家来看望为我们退休人员服务的当家人。

另，我女儿代我前来医院办理您通知应办的事宜。请予接洽为盼。

致以谢意！

294

看完信，小艺和小楚才感觉人家退管办的高主任并不是专门给爸爸打电话祝贺生日的，而是通知爸爸要上交一份资料，一看爸爸的生日，正好是当天，随口说了句生日快乐、身体健康之类的话。

从来不允许提生日的爸爸现在逢人就高兴地说这事，说单位竟然还记得自己的生日，祝他生日快乐！就这两句话，爸爸就念了一整年，逢人就说医院真不错，这么关心老同志，生日还给打个电话来祝贺。其实不然。可这话不能点破，若说高主任只是顺口一句生日快乐，那让爸爸怎么想？而且人家确实给爸爸打了个电话，而小艺连想都没有想起来过。每次离端午节还有半个月，单位针对小长假的各种准备，加车、售票、安全组织准备就开始了，端午节还没到，她就上车下站包保添乘去了，一忙工作，她怎么能想到爸爸的生日呢？

爸爸看着两个女儿，等待着她俩对感谢信的评价。小楚拿着信笑道，写得好，明天就寄过去，不行，明天我给你送过去，反正在滨江，又不算远。

爸爸笑道，你姐姐说她去，她还要送一些资料过去。

妈妈和姐姐端着菜过来，一家人坐在饭桌前，一聊，才知道，搞了半天，全家人都知道厂里人今天堵机关大门的事。

爸爸叹息道，厂里的职工已经下岗十来年了，一个月就两百块钱的下岗补贴，说实话，也的确可怜。

姐姐笑着对爸妈说，还是你们的女儿好吧，全部都做到了自食其力，至少现在衣食无忧。自食其力是爸爸提出的最低要求。

妈妈笑呵呵地说，那是当然。

最关键的是爸爸妈妈教育有方。妈妈从前总是说我家女子太辛苦了，然后，小楚故意学着妈妈四川话的语气语调，看别人的孩子天天多安逸，打牌吃饭闲逛，多安逸！然后又用普通话道，妈妈，现在才知道吧，一分耕耘，一分收获。妹妹能说会道，几种方言总是能随时轻松自如地切换。

小艺盯着妈妈，一直没有作声。现在，她最担心的问题妈妈终于开口了。

妈妈望着小艺说，小艺，听他们说，今天滨江地区的五七连家属工也到机关大门闹了。

小艺用警惕的眼神注视着妈妈，是的，从今天早上就堵了大门，早上、中午机关的人都出不了大门，一直到下午才撤。

妈妈抱怨道，要我说实话，这就是不合理。我们在厂里和职工一样工作了二十多年，我们还都是女同志，比男职工干得还辛苦，一样地上班加班装车卸车，最苦最累的活都是我们做，凭什么家属工五十岁退下来一分钱也没有？现在农民工都可以参加社保呢！

小艺还不了解自己的妈妈？她话里的意思就是她也是五七连的家属工，而且是一两百家属的头儿，她也不甘心。想想妈妈的话也有道理，只是有事说事，堵门闹事有什么好？

所以，小艺用厌烦的口气对妈妈说，妈妈，您不要管这么多事好不好？您现在跟厂里其他老人比，不知好到哪里去了，您千万别伸这个头啊！

妈妈连忙道，这我自然知道。我女子在那儿上班，我怎么会做这种事？我还没有那么傻。

小艺接着解释说，妈妈，这个问题又不是咱们厂里的一个五七连的问题，也不只是咱们一个路局的问题，当时是国家是毛主席提出的五七连，那这就是全国存在的普遍问题。我在机关工作好多年了，知道问题解决的方式。一个问题出来了，领导不会袖手旁观，不闻不问，一定会去想办法解决。只是解决的时间、途径和方法不同而已。千万别去闹，影响不好，对问题的解决也不见得好。

姐姐小蓉听了，埋怨道，怪只怪爸爸当初没把妈妈转为正式职工，医院的哪一个的家属没解决？妈妈又不是没有文化。

小艺看看爸爸，爸爸埋着头，像没有听见一样，一声不吭。

爸爸真是很有意思，说起报纸上的国际国内大事，他会上天入地，滔滔不绝，国际国内、时事历史、科学人文无一不谈，但是一说起身边的事，一说到家里老婆孩子具体要解决的事，他就一句话都没有了。

妈妈看也不看一眼爸爸，语气轻松自然道，我从来不怪你爸爸，你问他这辈子求过谁？他是宁折不弯的人。

妈妈，您还知道宁折不弯？真了不起！小楚笑着打趣道。

你妈就那么没有文化？妈妈笑着说，你们只看到我现在没你爸爸有文化，要知道，在四川老家，我家的老宅有多大，我娘家只是破落了。

我可看不出来，小艺笑着用四川话说道，我就记得，说我傻站着，像个灯杆。妈妈说她不会主动做事，就只会傻站在那儿，就像立那不动的电线杆。

大家早就转移了话题，爸爸这才接过刚才前面姐姐埋怨他的话题，他站在一边慢条斯理地解释道，人要比下有余，如果只是比上不足，那只会增加麻烦和烦恼。

爸爸还想解释，只是没有一个人再听他的。


第二天，小艺从江北站与宏城检查组的同志会合，乘车前往宏城，开始他们为期百天的"三百"检查工作。

宏城地区是革命老区，二十世纪九十年代京九线开通运营后才有所发展，与滨江和京广沿线的城市相比，宏城真的可以用"落后"两个字来准确表述。

滨江客运段宏城车间一共有四对普通直通旅客列车，与滨江地区的红皮车、双层车、蓝皮车、直达车和白色的动车组列车相比，滨江地区的旅客列车就像是富家子弟，而宏城地区这四对列车就如穷困孩子，全是非空调的绿皮车，跑车的列车员也是从宏城地区本地招收的职业技术学校的在职学生，旅客则大多是外出务工的民工流。

车到宏城，小艺和检查组人员一下车，看到站台上来接她的车间副主任，小艺就笑了。

车间副主任胡三过来握着小艺的手，哈哈笑道，人生何处不相逢。

小艺慌慌张张地参加百人百车大检查，虽然知道出了个路风事件，可她没有想到，路风事件的肇事者竟然是繁城车间跑重点列车的列车员猴子，而作为车间副主任的胡三再次因管理失职被易地到条件艰苦的宏城车间。

那是一周前的事。

祸是猴子惹下的，猴子也知道这事很难过关，但还是抱有一线希望想去找找汉桥。可汉桥现在是什么人呀？是局路风部的大部长，他怎么够得着呢？再说，当年自己还几下把汉桥打得鼻子流血，怎么能再去找他呢？猴子急得像热锅上的蚂蚁团团转，实在没有辙了，只好去求胡三，请他帮忙找找他哥哥汉桥，说说情。不然，他这次真的死定了！他死了不要紧，可小猴子和小芳怎么办？虽然，作为车间副主任的胡三也自身难保，但他看着猴子也真的可怜，心一软，就答应了。

胡三就跑到滨江找汉桥，汉桥才听两句，就劈头盖脸把他臭骂一顿。汉桥吼道，胡三，你他妈的从小就不守规矩，放任自流，现在给路局捅出这么大的娄子，还敢来找老子？胡三一看汉桥居高临下的样子，不仅不帮忙说话，还骂得这样难听，还冒充老子骂他妈的。他妈的，他骂谁呢？骂他自己，骂他妈不就是骂他自己妈吗？胡三一听也毛了，就顶嘴道，多大的娄子？不就是多收了一百五十块钱吗？又不是我收的！再说了，这在以前算个什么事啊？不就是几包黄鹤楼的烟吗？猴子家里那么困难，他老婆没工作，他也是发昏……

胡三不说这还好，一说这话，汉桥更加火冒三丈，他大声骂道，现在都是什么情形了，还跟以前比？你知道吗？旅客要拦列车，这是多大的事，这是天大的事！猴子家里困难，困难就能多收旅客的票款？就能以票谋私？你还说与你没有关系？你作为车间副主任，就没事了？他是你的列车员，这就是你的管理问题，是客运段的管理问题，也是路局我的管理问题，你他妈的真会给路局长脸。你还敢来找老子，老子恨不得现在把你这个副主任给撤了。然后一转身，一挥手，骂道，给老子滚蛋！

胡三只好给老子汉桥滚蛋。

胡三灰溜溜地往外走，边走边气愤不已地想，这他妈也算是哥？这也是当哥哥的？从小到大，这哥就是这副假正经的样子，胡三最讨厌他这副模样。他又想，当年，别说猴子给了汉桥几下子，如果不是自己的哥，自己现在也想给他几下子。这还骂娘充老子！他妈的，什么哥啊？

走出机关大门，胡三站住了，他有点心酸又有些茫然，这事怎么办？猴子算是彻底完了，谁也救不了他。自己现在也是泥菩萨过河——自身难保。唉，猴子也是的，他妈的，他怎么干出这种事来？按猴子平时的为人和表现，猴子不会出这么大的事捅这么大的娄子。真他妈的，胡三不由地也骂起他妈的来。

一周前，1557次旅客列车停在岩林站时，一个三十岁左右的旅客匆忙跑到站台上，正好跑到猴子看守的15号车厢前。他说，因为时间太紧，自己没有买到票，又有急事要赶着回去，想先上车后补票。猴子想了一下，就同意他上车了。上车后，这个老实巴交的旅客补票，说是到南江站，全价是三百元。也不知为什么，拿着三张百元大钞，鬼使神差的，猴子只给他补了一张岩林到边城站的车票，而没有补到旅客终到的南江站，剩余的一百五十元钱他没有找给旅客。旅客看了一眼车票，猴子就说，放心吧，出站口不查票。旅客想着这个列车员让他上车人还不错，犹豫了一下，还是坐了下来，一直坐到南江站。

要么说猴子是鬼使神差呢，猴子现在是个对生活要求最低的人，真的是活着就好，平时在乘务工作也安分守纪。可那两天，他上初三的儿子小猴子要交课外培优费，一交就是两千块。两千块啊！他觉得这与明目张胆的抢钱有什么区别？自己一个月也才两千来块的工资，他交不起，但又必须交。儿子马上就中考了，必须交！唉，这两天在车上他正在犯愁这两千块钱从哪儿来呢？看到旅客送上来的百元大钞，他不由地动起心思。他知道南江站出站一般不怎么验票，所以，真的是鬼使神差，一念之差中，他就想黑掉这个旅客的一百五。

可这个旅客在南江出站时，偏偏被出站口给拦下了，查票人员非要他再补张边城站到南江站的车票，不补不让出站，而且还要罚收票款的百分之五十。这个旅客觉得自己被骗了，不管他怎么解释都没用，都得补票。他就边补票，边向车站打听1557次列车返回时间。等到1556次列车停靠南江站放行时，他进站，直接找到立岗的猴子，大声嚷嚷着猴子多收他一百五十块钱，女列车长听着声音往这边走过来了，猴子吓得要命，就连忙小声让这个旅客先上车先上车。他想，等旅客上车，自己私下退钱给旅客不就得了，现在打死都不能认的，现在怎么能认？现在旅客们正在上车呢，认了那还得了？认了等于直接下课。再说，当时就这个旅客和自己两个人，这事怎么说得清楚？猴子想，只要自己现在坚决不认，那个旅客也就拿自己没办法。他内心也觉得自己不地道，但怎么办？要先保自己的饭碗。

没想到这个旅客是个打工的农民，没钱没文化，人还固执得要死。本来他只想把钱要回来，没想到这个列车员竟然不认，还要让他上车。上车干什么？现在钱要不回来不说，这事还说不清楚了。他实在是没了辙，浑身的血一下全冲到脑门上，情急之下，他转身就跑，一直跑到列车最前面，跳下股道，站在了机车前面。

这还了得？列车因此始发晚点五分钟。

当猴子知道这个旅客跑到机车前面时，他的腿都吓软了。他知道自己彻底完了。猴子悲哀地想，贫贱夫妻百事哀，如果自己能轻轻松松地交儿子培优费，也不会一时糊涂。虽然，后来调查组反复调查，得出的最终结论是，猴子只是偶然的个人行为。但是，客运段还是决定让猴子下岗半年，车间主管副主任胡三易地到宏城车间。当然，那个旅客也因违法行为受到法律严处。

当听到猴子与旅客核实多收票款时差点儿跪下来时，小艺心头一酸，猴子这么骄傲这么机灵的人，如果不是当时鬼迷心窍，他怎么会做出这种事来？

真是贫贱夫妻百事哀！

# 第八章

## 忽如一夜春风来

汉桥部长敲了敲 10 号窗口，女售票员一眼就认出是来检查的领导。这是个三十多岁的女售票员，她微笑着站起来，探下身子，透过售票窗口，用手指了指最里面，微笑道，从最里面的 1 号窗口那儿的铁门进来。

## 春运

2009 年。

清晨，外面还是漆黑一片，小艺就从床上跳下来，套上衣服，抓起包，迎着寒风，就往外跑。

不能迟到！不能迟到！春运第一天，一定不能迟到。

坐在公共汽车上，朦胧中看见雪地里一条条排队的长龙蜿蜒在沿路的各个客票代售点前，火车票提前二十天预售，这一条条长龙全是来买春节回家过年的火车票的人们。2009 年春运是真的来了！看着人们如此辛苦排队购票，她不禁想起网友根据余光中的《乡愁》改写成的《春运版〈乡愁〉》：

　　春节前，乡愁是一枚小小的火车票，我在这头，黄牛党在那头；
　　购票时，乡愁是一间窄窄的售票点，我在这头，售票员在那头；
　　……

网上什么人都有，也真有智慧，很伤怀的一首文艺诗被这么一戏说，让人变得哭笑不得。不过，春运，的确也是一种乡愁。只是 2008 年春运期间雪灾后，2009 年春运更受到全国上下的特别关注。

早交班会上，大家坐在会议室，闻部长声音洪亮地说，2009 年春运从今天就开始了，咱们几个月来已经做了大量的准备工作，刚才大家已经讲过了，我再重点强调几个方面。

一是以设备保质量。要配合客车车辆的整修工作，车底、取暖及各项设施设备逐辆检查后才能出库，特别是非空调列车，要确保旅客在列车上不受冻。

二是加强临客的管理及服务。说到这儿，闻部长停下来，皱着眉头，说，今年春运人员严重不足，临客共需 9000 人。本来客运段人员就是"八国联军"（形容正式工、集体工、外聘合同工等），现在春运临客各单位支援的大都是后勤人员，短期培训后上岗，这就会造成咱们图定列车服务好、临客列车服务差，强者恒强，弱者恒弱的局面。所以，闻部长再次拧着眉头，强调道，今年我们转变工作思路，将平时图定列车与春运临客人员打散，把部分图定列车上有经验的列车长和工作人员，抽调到以支援单位人员为主的春运临客上，编在一个车班，加强对临客的组织和管理，确保在安全和服务上临客不临时。

三是加强春运期间的客票管理。这是重中之重，要知道，全社会都在关注春运火车票问题，路局严禁私自扣票。文件已经以局长一号令下发了，明确了春运期间售票人员"十不准"，只要违反，路局一律从严处理。

最后，是春运期间工作安排。一听工作安排，在座的各位都把耳朵竖起来。讲到小艺时，闻部长道，小艺，你分管服务质量，春运期间就参加路风检查组，同时负责江南站的春运督导包保。

端坐桌前的小艺面无表情地点点头，内心却高兴地喊了一声"乌拉"，她也不知道"乌拉"是什么意思，只知道好像是表示开心喜悦之意。哈哈，真是高兴呀！

因为，点点高一上半学期快结束了。

现在，小楚总会一脸羡慕地说，小艺的命真好！为什么呢？小艺天天工作忙得要死，哪有太多时间去关心点点的学习，点点在初中时虽然是重点班，成绩在前十五左右徘徊，偶尔能进前十，从未冲进前五之列，可是中考竟然考上了全省最好的高中——师大附中。

只是小艺还是忙。这学期，周日下午开家长会时，她正好值班，怎么办？

铁军也在上班。她就拿着值班电话打个的士，悄悄跑到学校。没想，家长会上，班主任正讲话时，投诉电话不合时宜地"嘀铃铃"地响起来。唉，看着班主任皱起的眉头，她只好尴尬地边接电话，边赶紧往教室外跑。心想，这个旅客投诉可真是时候呀，班主任会怎么看她？她这个家长怎么这么不尊重老师？连一学期仅有一次的家长会，都不知道把手机设置成静音？

现在，马上寒假了，二十多天点点都放假在家，自己若是被分配到外地包站或是天天在列车上添乘，那春运四十天都要在外面跑，作为家长，她觉得自己真的是不太负责任了。现在多好，局路风部春运期间下去路风检查时她配合着检查，不配合检查时她就在江南站春运督导，就是说，春运四十天她可以只在江南站，只有参加路风检查时才外出几天，其余时间都在滨江。真好！

上午十点，路风部小陈通知她到机关大门口，一起去参加路风检查。

前两天才下了场大雪，雪很厚，路上全结成了冰凌，走着走着一不小心就会打滑或摔倒。走出办公室，看见天上仍飘着雪花，小艺将深灰色羽绒服裹了裹，把拉链一直拉到脖子根，她就看见汉桥部长和小陈主任站在办公大楼前。

到哪儿去？小艺问道。汉桥笑着说，去检查江南站的一个客票代售点。

来到滨江，虽然工作上小艺与路风部有交集，但是与汉桥部长一起出来检查，这还是第一次。

三人坐上一辆黑色越野车一路向前，开到一个长途汽车站附近就停了下来，然后，一步一打滑地在积雪中走到长途汽车站候车大厅。进门，大厅右侧一字排开着十个售票窗口，九个都是汽车票售票窗口，只有最靠近大厅门口的10号窗口是卖火车票的铁路代售点窗口。

汉桥部长敲了敲10号窗口的玻璃，女售票员一眼就认出是来检查的领导。这是个三十多岁的女售票员，她微笑着站起来，探下身子，透过售票窗口，用手指了指最里面，微笑道，从最里面的1号窗口那儿的铁门进来吧。

汉桥和小陈就往里走，小艺站在排队购票的人群中没动，静静地关注着女售票员，小艺看出她虽然面带笑容，但笑容中明显压抑着紧张。她不认识小艺，更不知道还有女同志也会来参加路风检查组。她不断地朝着汉桥部长、小陈主任过去的方向看，之后，迅速坐在桌前，打开桌边小抽屉，取出东西，放到裤兜里。整个动作只有两三秒钟，虽然动作非常麻利，但小艺还是看出了她的紧张和慌乱，小艺没有看清她放进裤兜的是什么，但知道，她一定违规了。

小艺把目光收回来，才慢慢地往最里边的1号售票窗口走去。

进入售票人员工作区域，小陈用公事公办的态度严肃道，我们是路局路风检查组，例行检查。女售票员站在一边，笑着说，欢迎领导检查。

汉桥部长问女售票员，知道春运期间售票人员"十不准"吗？

她笑着回答，知道。

那能自觉遵守售票人员"十不准"吗？

当然。她仍然笑着，小艺看出她强作镇定的笑容里有一丝紧张和慌乱。

那小陈主任，你检查一下。

小陈走上前，将她售票桌内外及大小抽屉检查了一遍，没有发现任何车票。

直到现在，小艺仍然后悔当时自己为什么会那么残忍地对待一个基层女售票员，那么残忍！小艺记得自己当时是微微地笑着，笑着对女售票员说，真的什么都没有吗？

女售票员神情有些慌乱，但仍故作镇定说，没有。

小艺仍旧是微微地笑着，用非常轻柔的语气道，真的？其实没事的，真的没事。只要你拿出来，我保证你没事。

女售票员看了一眼小艺，带着一种绝望中又有一丝希望的眼神看了小艺一眼，然后她像是相信了小艺说真的没事一样，慢慢从裤兜里拿出两张票，轻声解释说，这是我帮家人买的票，怕一会儿工作时间太忙忘了，就提前打了出来。说完，用忐忑加悲戚的眼神看着小艺。她知道，春运第一天，她就违反了春运期间售票人员"十不准"中的"工作期间不准私打车票。"

小艺仍旧安慰她说，没事的。

汉桥看了看车票，交给小陈，一言不发就往外走，小陈拿着车票也跟着走出去。小艺临走时还拍了拍女售票员的肩膀，意思是宽慰她，没事的。

走出门，汉桥和小陈大步往黑色越野车方向走，小艺小跑着跟在后面。车开着，坐在车后座上，小艺替那个女售票员求情。她对汉桥说，我跟那个女售票员说了，没事，她是主动拿出来的，能不能从轻发落？就两张车票，再说也是为她家人买票，也没有多少钱，我答应她了。

汉桥面无表情地说，知道了。就再没有说话。

小艺想汉桥说知道了，应该就能从轻发落这位女售票员的，那女售票员就不必用悲戚的眼神望着她了。

下午两点，闻部长通知小艺，马上到路风部参加会议，是关于江南站代售点路风事件的分析会。小艺一听，魂都吓没了，不是说从轻发落吗？怎么还将江南站也给扯了进来呢？

春运的第一天呀！

开着会，汉桥讲着检查情况，分析原因及处理决定。坐在会议桌边的小艺手握着笔，眼睛盯着笔记本，一句话也没有听进去。她看都不敢看一眼坐在身边的江南站主管站长王梓，同时她看都不想看一眼路风部部长汉桥。

原来，汉桥上午一回来就向许大局长汇报了刚才代售点的检查情况，领导们迅速形成处理意见：春运第一天，令行禁不止，那还行？领导研究决定，根据相关文件规定，当即就定性为江南站路风事件一件，全局通报，处理主管领导和责任人。这是局领导研究拍板定下来的事，小艺有什么办法？可是自己怎么面对那个女售票员？还有她那双悲戚的眼睛……

晚上，雪还在下，天很冷，小艺的心更冷。回家的路上，小艺心灰意冷地走着，正好遇见汉桥，她没有理汉桥，她也不想理汉桥。

汉桥从下午开会时就看出小艺有情绪。于是，他放慢脚步，边走边故意与小艺没话找话说，他只管说他的，小艺一句话都不搭腔。走到小区门口，小艺要往里走，汉桥叫住她，语气恳切地说，小艺，我知道今天这事你有想法，你不忍心这样处理那个女售票员，我知道你于心不忍。但是，小艺，我们现在不是当年的编辑也不是当年的诗人了，现在的年代也不是当年我们吟诗作赋的年代了。我们都站在了管理岗位，那就不能只是感情用事！我们作为企业的管理者，就要站在管理者的角度去工作，为企业尽职尽责。我是干路风工作的，这就是个得罪人的活，但是，有时为了企业的发展，我们必须得罪人。今天，因为你而处理这名女职工，我知道你难过，我不难过吗？我说出来估计你根本想不到，你知道这个女售票员是谁吗？她是咱们吴局长的小女儿小青，我可是吴局长提拔起来的，我也很难过，处理这么严重，小青害怕吴局长批评她，她下午自己还哭着去找了许局长的，但是许局长还是坚持了原来的处理意见：待岗一个月，调离售票员岗位。

面对汉桥，小艺没有说话，也不看汉桥，她只是呆呆地望着冷冷的院子外的两个呆坐雪地的大雪人，好像是今天早上人们清扫积雪堆积起来的两个雪人。雪人白白圆圆的脑袋上，一双煤核镶嵌的黑黑大大的眼睛，红萝卜做成的红鼻子下是一弯弯弯上扬的嘴角，这个造型，就像童话故事里谎话连篇的小可爱匹诺曹，也很像现在流行的表情包里的笑脸图标。大雪天，这两个可爱的雪人给寒冷的冬夜带来一丝丝暖暖的笑意。但是，此刻，小艺心里一点儿也没有觉得好笑和温暖，她的心寒冷而又凌乱不堪！

她自始至终没有看一眼汉桥也没有说一句话。她只是想，我再也不想参加什么代售点检查了。她在想，小青这个春节怎么过？

第二天上午，拿着局《关于江南站代售票点违规情况及处理的决定》的电报，路风部、运管部一起到江南站组织相关人员召开路风事故分析会，小青坐在会议桌的角落，满脸写着哀怨。小艺根本不敢看小青，她恨不得自己打个地缝钻进去，她在想，你一个言而无信的人还做什么机关干部？只是，车站干部还有一定觉悟，当面没有表现出任何情绪和不满，只是分析管理上存在的问题。可春运才刚开始一天，人家车站春运期间的奖金就因此扣掉了啊。小艺觉得自己都没脸到江南站了，可是，她这一个春运都要在江南站包保，她怎么面对车站的干部职工呢？

中午 12 时，小艺接到车城站电话，说是在股道上发现有个无票人员昏迷不醒，已送医院。小艺让全力抢救，同时要求车站速将事情概况发办公邮箱。

半个小时后，概况过来。2009 年 1 月 11 日 8 时 26 分，1003 次旅客列车在车城站管内的平果—实谷区间跳下一名无票人员，头部严重受伤，现已送医，经抢救仍旧昏迷不醒，医院要立即手术，需花大量费用。给部长汇报后，小艺迅速回复站段，全力抢救！

下午 15 时 30 分，闻部长急匆匆走到小艺办公室门边，喊道，小艺，快走！说完，就往楼下奔。小艺拿起笔记本和笔，往包里一塞，拎起包，也往楼下奔。上了车，部长不说话，小艺也不问，他们一行直奔江南站一站台。

一站台上，站了一大堆人，小艺跟着部长往前走，再一看，副局长王宁与运输、车辆、公安及车站、客运段的领导及相关人员都站在站台上，全都一副焦躁不安的样子。小艺赶紧退后几米，与车站主管站长王梓站在一起。

怎么回事？她悄声问制服肩上扛着三道杠的副站长王梓。

王梓满脸焦虑道，今天成都返乘的 T257（成都站—江南站）晚点太厉害，刚才才终到，到了车底还要进库整备，平时要 12 个小时的整备时间，检修完毕才能出库。现在只剩 40 分钟了，要知道，一般的始发列车都是提前 40 分钟放行的，更别说春运期间节前进川的旅客列车了。换了平时，进川的 T256（江南站—成都站）早该放行了，候车厅内有近 2700 名旅客等着 T256 呢，大家都急死了。

怎么会晚这么长时间？小艺不由也着急起来。

进川的线路出了问题，所以，现在大家都急得要命。

听到这话，小艺从站台走到候车室放行的大门前，看见候车室内 T256 次列车的电子显示屏下的候车区域，站着挤着密密麻麻的旅客，一看就知道，大多是返回四川回家过春节的农民工，很多人大包小包肩扛手提，甚至用背篓背着行李或是孩子。看着电子显示屏上列车的放行时间都过了，车站还不放行，旅客们着急万分，纷纷挤在检票口处焦躁不安地等待着。但是，即使是这样，他们也愿意这样挤着、守着、盼着，眼睛里闪着希冀和亮光，大家都急着回家，也必须回家。春节在旅客心里早已不仅是一个节日，更是在外辛苦一整年的念想。

现在离 T256 次列车始发时间只有不到 20 分钟，节前入川旅客特别多，大家都很担心。因为 T257 次返乘终至江南站晚点，就会造成 T256 次在江南站始发晚点，这会引发系列进川列车的连锁反应，如果那样，就会造成整个进川甚至北上南下的运输组织秩序的混乱。这也是从分管局长到各部室站段领导都赶来车站现场组织的原因。

大家都盼星星盼月亮地盼着等着，盼着等着 T256 次车底赶紧整备出库，江南站集合近三十名客运干部及职工守望在一站台上，很多都是戴着红色臂章身强力壮的男客运员，全都做好了快速组织旅客上车的应急准备。

还好，在大家焦急万分的期盼中，快速整备完毕的 T256 次终于在声声汽笛中开进一站台。

车刚停稳，列车员迅速开门立岗，车站同时放行。候车大厅进站口前，旅客如放闸的潮水一般，"哗"地全涌向站台上的 T256 次列车。春运，旅客本来就急着回家，人一多就更想早点进站上车，没想到离开车时间仅 20 分钟了还没有放行的迹象，大家都急死了。好了，现在离开车时间只有 15 分钟，终于放行了。于是，拎着大包、提着大箱、背着竹篓、携家带口的男女老幼旅客，全都飞奔向自己车票所在的车厢门口。他们怎么会不急？上不了车回不了家，回不了家就不能全家团年！

车站客运员早已站在列车每个车门前组织旅客上车，但是旅客都挤作一团，拼命想往前挤，想快点上车，结果越争先恐后地挤，越挤不上车。没有办法，车站客运员强行喊着或拉着迅速将旅客排成一条长队，队一排出来，上车的速度明显增快。

两个背着超大背篓，手上抱着一岁大孩子的农村妇女因挤不过其他旅客，只好低着头主动排在队伍最后，这两个女人衣着陈旧，凌乱的头发下的脸庞黑黄消瘦，眼神游移，沉重的背篓使她俩弯腰驼背，因背负太重，她俩手上的孩子像是随时都会掉下来似的。小艺赶紧走到队伍后面，将两个农村妇女领到最前面，送上车。妇女儿童，重点旅客！

很快，车门前只剩下最后十来个人，车门、过道都站满了人，队伍僵在车门前一动不动了。经验丰富的工作人员知道，肯定能上去，只是车门前堵塞了。

其实，换位思考一下，若自己是旅客，进车后看见一个宽松的地方就会在那儿站着或靠着了，谁还会为后面还没上车的旅客着想，学雷锋呀！要知道，如果自己没有一个宽松的地方待着，那火车上十多个小时就有可能站一路或是金鸡独立全程的。

戴着红色臂章的男客运员上场了。他们一人一个车厢，边大喊让让让，边大跨步挤进看似根本挤不进去的车厢里，男客运员一进车厢，就快速将旅客随手放在走道上的大包行李往行李架上码、往座位下放、往旅客双腿边的空处塞。立竿见影，车厢过道上立马就空了，男客运员边在过道喊旅客往里去，边把过道上旅客往空处拉，不到一分钟，靠近车门的过道和风挡处就空了，车门外的旅客轻松上车。个别车厢剩余几个旅客实在上不去车的，工作人员迅速将他们带到其他稍有空间的车门边，列车员最后上车，锁闭车门。

站台上一个旅客不剩。

站台上空了，小艺这才看见担当乘务的列车长竟然是小花。嗯？小花怎么跑这趟车？小艺心想。噢，她马上又明白过来。为保临客不临时，春运期间，像小花这种有着多年经验的老车长，基本都被抽去跑进川或是南下的大客流旅客列车，而原有的进川或是南下的列车长则被抽调到临客上当列车长。

站在站台上，望着被塞得满满当当的人贴人的车厢，一身制服的小花皱着眉头，烦恼地抱怨说，这些人为什么非要出门？外面有什么好？去年春运我跑广州和深圳，也是这样，人山人海，挤都挤不上去。也不知道这些旅客为什么非要南下？改革开放这么多年了，南方就是有金山银山也该给挖完了。

小艺没说话，微微一笑，比较理解地拍了拍老朋友的肩膀。小花也是老车长了，现在开行的动车组列车都是年轻漂亮的女孩子跑，就如当年的小蕾、小花一样，像小花这样四十多岁的女列车长，再有服务技巧，再笑靥如花，也只能跑既有线跑普通列车。普通列车时间长车况差，天天在车上，人到中年又上有老下有小的，照顾不上心里肯定不舒服，可怎么办？

说实话，小花还属于有办法的人，毕竟她的老公李林是个站段长，两地分居的小花从繁城客运段调到了滨江客运段，而且跑那种白天在外跑车，晚上就能回家的城际列车，这已经属于照顾性质了。可是一到节假日春运暑运，段里人手不够，人员就会全部打乱重新安排，小花就被抽到春运期间的重点方向的列车——进川或是进穗的直通列车。毕竟她有着二十来年的列车现场管理经验，遇到突发情况，她这种老车长能很好地应急处置。可是，现在放假在家的小小花正在高三，也是最关键的时期，作为母亲，小花说几句牢骚话也属正常。

听小花说，女儿小小花成绩很一般，大学可能都考不上，因为这事，小花她烦死了这个工作，因为李林当个段长天天长在单位，她当个车长也是天天长在车上。还有半年，小小花就要高考了，怎么办？上不了大学就等于失业，她和李林都在为小小花的升学犯愁。年轻时笑靥如花的小花现在再也不笑靥如花了，她那如昨日黄花般的脸上布满了烦躁和愁闷。

短短的十五分钟时间，也就是十五分钟时间，刚才如潮水般涌动的站台瞬间变得一片宁静，空阔的站台上除了二十多位工作人员及机关干部，就是整装待发的 T256 次墨绿色列车安静地侧立其旁了。

16 时 30 分，在站台所有人员的目送中，T256 次列车汽笛长鸣着，缓缓地正点驶出站台。大家，从上到下，全都舒了一口气。

来到车站贵宾室，大家坐定，开短会。王局长说，这段时间因为襄渝线线路问题，T256/7（次）都会出现不同程度的晚点。但是，要记住，现在是春运，这段时间都必须要像今天这样组织旅客上车。一是车站人员必须提前四十分钟到站台，做好提前四十分钟旅客放行的准备，车底一停稳就迅速放行；二是所有车门都打开，客运段车队干部必须到岗；三是餐车随时作为一节车厢进行放行，休息车里二三档也放人；四是放行时公安组织疏导，硬座车放两个警力，硬卧车两个警力，要随时往里带旅客，要率先组织，公安工作组要及时迅速地指挥。记住，咱们的目标只有一个，那就是到腊月三十日，一个旅客不能落下，一分钟不能晚点，一个负面影响不能造成。

王局长的话掷地有声。

春运节前，滨江局的客流压力主要是从东、南方向由滨江向西入川的客流。

小艺听到王局长讲话，不由得又满心羞愧。她想，今天，光这一趟车的旅客组织工作江南站就这么辛苦，那整个春运呢？江南站一天始发列车就有几十列呀，更别说还有一两百列过路车呢。可是只因为代售点的一个小小的售票员，自己没事找事，春运第一天，就让人家江南站给全局通报批评了。唉，自己是个什么人呀！

小艺没有跟着闻部长一起回单位，她想，既然自己来了，又包保江南站，那就再到站台上看看车站的乘降组织情况吧。来到二站台，小艺看到两边都停着略显陈旧的绿皮车，是临客。那正好看看临客的乘降组织。小艺往前走，远远地，她就听见一个立岗的列车员小声地喊着她，定睛一看，是贵芹。

小艺一下就笑了起来，怎么？咱们厂里的人跑这趟车？

是呀。近五十岁的贵芹穿着并不合体的旧铁路制服，站着并不标准的立岗姿势。贵芹望着她，皱巴巴的脸上笑成了一朵花。

成昆、贵英也在吗？

贵芹笑道，他们是明天的一趟。小艺，咱们铁路多好呀，我们在家待了这么多年，向路局反映后，现在，厂里五十岁以下的身体合格的下岗职工全部都培训半年又来跑车了。说到底还是咱们铁路好！贵芹将她们那次堵机关大门说成是向路局反映，她是不好意思说她们堵机关大门这事。

小艺笑了笑，是呀，你们第一次跑车，要注意安全。

贵芹说，放心吧，路局专门组织我们培训了半年呢。

小艺笑着点了点头，接着往前走，没想到对面临客列车立岗的列车员也面熟，再定睛一看，是机关的小吴。

小艺吃惊道，你们怎么也来跑车了？还跑临客？

小吴笑着说，官僚主义，我们已经替你们跑了好几年临客了，这趟临客全都是咱们机关人员当列车员。

小艺看着这种陈旧的绿皮车也让机关干部跑，开门立岗做卫生搞服务，都不好意思再问，她就放轻语气道，还好吧？

小吴笑着说，我们跑广州。根据往年春运的经验，节前去还好，人少，相当于临空，但是从广州回来，那就是人挤人，非常辛苦。嗨，现在大家全在为你们打工。小吴笑着，但能感觉他笑得很无奈。

　　小艺赶紧赔笑道，大家都在为旅客打工，全国铁路都在为全国人民打工。节后大家会更辛苦的！小艺听着自己的话，觉得有点儿像爸爸的话，又像领导的话，还有点儿像口号，全是大话空话，可她刚才说的又全是实话真心话。

　　看到机关干部都在跑这种绿皮车，还要跑春运四十天，小艺真是不好意思再说自己烦。再烦，是自己的本职工作，人家呢？

　　晚上，小艺专门到姐姐家去看父母，说起成昆、贵芹、贵英跑车一事，全家人都很高兴。听说，春节过后，厂里这些人会整体转到客运段，跑滨江至西北和东北两个长大线的普通绿皮车。

　　妈妈感叹道，还是咱们铁路好！

　　爸爸也说，铁路是国民经济的大动脉，哪个企业垮了我们铁路也不会垮的。说完，爸爸一脸自豪。还好，这次姐姐没有泼凉水，提示爸爸早不是铁路人了。

　　小艺没有说话。她知道，当初，客运段根本不想要厂里这帮在家赋闲多年的散兵游勇，怕他们影响列车形象、影响路局形象。事实上也是如此，毕竟厂里这批老职工文化低、形象差，又没有工作经验。但是，现在铁路跨越式发展，客运段列车员缺口很大，是在外面招些貌美如花的年轻小姑娘，还是用厂里赋闲多年的下岗老职工。客运段当然想招貌美如花的小姑娘，对外形象也好嘛。但是是铁路职工的生存问题重要，还是列车的面子工程重要？听说，领导开会商定，这些下岗职工也是铁路职工，也应该享受铁路跨越式发展的成果，也应该成为铁路跨越式发展的受益者。客运段这么缺人，为什么不能让这些下岗职工培训后再就业，客运服务工作难道非要年轻漂亮的小姑娘才能干好吗？国外航空公司很多都是四五十岁的女同志，不也干得挺好的吗？服务应该从心开始，而不能只徒有其表。于是，厂里符合条件的下岗职工通过培训基本纳入到客运段当列车员，跑车。

　　妈妈一个劲地感叹道，还是铁路好呀还是铁路好！然后满是渴望地望着小艺说，小艺，要是我们五七连家属工的社保能办下来就好了，妈妈干了一辈子，要是有养老金就好了。

　　小艺看着妈妈一脸的期望，又不忍心直接灭掉妈妈多年的期望，就把头撇到一边，她回应不了妈妈期望的目光，也回答不了妈妈。再说，她觉得妈妈还有点儿好高骛远，怎么可能？全家人也没有一人接妈妈的话。因为妈妈的期望就像那天上的月亮，很美，但实在是太遥远了。可能吗？

过年了，这是爸妈来滨江后的第二个年。姐姐新婚燕尔，点点考入重点高中，小楚一家三人情侣装幸福亮相，大年三十，全家人兴高采烈地在张老师的新房团年。最丰盛的年饭后，爸爸唱着苏联歌曲《红梅花儿开》，还与小楚一起翩翩起舞，大家一起唱卡拉OK，唱《越来越好》，也期望全家人的日子越来越好。然后就是大人打麻将，孩子们玩游戏。

只有小艺坐在一边落落寡欢。一是累。大年二十九晚T256次列车晚点组织很辛苦，节前必须实现一个旅客不能落下，一分钟不能晚点，一个负面影响不能造成的"三不"。二是没心情。因为被停职的女售票员小青，小艺坐在家里想着因自己被停职的小青，她今天这个年怎么过呢？

小艺一个人孤零零地去了趟中南书店。书店开着，但静无一人，她坐在地上漫无目的地翻看了一天的书，心才彻底沉静下来。

回家的路上，小艺想，转眼点点又要开学了，放假前她还计划与点点一起谈谈心，聊聊天，再看看各科的学习情况，查缺补漏，别的不说，语文她怎么都是可以看看的。可是工作一忙，平时她连翻翻点点课本的力气都没有。

回到家中，来到点点的房间，小艺就把点点的《高一上学期语文练习册》拿起来看。点点每篇课文后的练习都有做。但是很有意思的是，她会做的就做，不会做的就全空着，每篇课文练习最后的空档处，都有老师用红笔签写的大大的"阅"字和批阅日期，老师对点点每篇练习中对与不对、对空与不空的作业内容视而不见。难怪别人说这个学校的老师对学生是放养，如果学生自己不自律，如果家长不盯着，稍不留神，孩子就弄丢了。

小艺翻到练习册后附的标准答案，一对比，发现点点空着不会做的题目后面都附有标准答案，也就是说，点点不会做就空着，连后面的标准答案都懒得抄一抄的，反正学校的理念是"把方法教给学生、把时间交给学生"。

会做就做，不会做就空着，这种学习态度真是好潇洒啊！

这种学习态度？这……这……看来，点点学习上的问题大着呢！

## 合武动车

师大附中从高一下半学期起，周六中午十二点放学，周日晚六点准时返校上晚自习。刨去往返学校的时间，点点周末在家其实只有一天。

每逢周末，只要在家，小艺就会给点点精心准备爱心大餐。周六中午去学校将点点接回家，晚餐，再是周日早中餐。下午四点，小艺带着爱心晚餐，和点点一起坐公汽返校，在寝室，点点吃完爱心晚餐进教室，小艺则带着不锈钢饭盒坐公汽返家。每个周末，小艺都是四趟公共汽车四顿饭，加上前后采买烹制收拾，安排得满满当当又快乐充实。

> 每一次，都在徘徊孤单中坚强，
> 每一次，就算很受伤也不闪泪光，
> 我知道，我一直有一双隐形的翅膀，
> 带我飞，飞过绝望。

听见歌声，站在人挤人的公汽中的小艺好不容易才从包中掏出手机，一看是组长的电话。她轻轻一按，张韶涵轻柔清亮的歌声没了，取而代之的是组长粗糙而利落的指令，小艺，速到江北站参加14时整的合武线动车组试验的添乘。

什么？小艺一听给愣住了。她正在接点点从师大附中返家的公汽上呢。

自己单位没有节假日没有周末，这很正常，但现在是周六中午12点30分，她在江南片的三环上，周末又堵车，要她现在过江赶到江北站参加下午的动车组试验添乘，就剩一个半小时的时间，她就是飞也飞不过去呀。

你怎么不早点通知我？我现在在三环，怎么过去？小艺挤在公共汽车上皱着眉头发火道。刚接到点点的喜悦也一扫而光。

我也是刚才接到通知。组长电话里说。

那我怎么去？小艺发火了，活还是要去干。其实她发火也不全是为给她派活，而是为这么短的时间，她怎么赶得过去？尽管姐姐已经告诉她好多次，在单位要学会推活。但是活一来，她马上揽到怀里，压根儿就没想到怎么推。

组长在手机那头说，这样，你赶紧往机关赶，我联系一下，马上通知你。

好不容易与孩子能待上一天，又把她派出去添乘。每每遇到工作与孩子的学习生活相冲突时，作为一个尽职妈妈，鲁迅先生《一件小事》中的"小我"一下子就蹿了出来，可是最后，她往往还是把一肚子"小我"的火窝在心里，去成全工作这个"大我"，而且她还不能将"小我"这种负面情绪传染给孩子。小艺皱着眉，口气平淡地对点点说，你自己回去，饭菜都做好了，自己吃就行，晚上妈妈就回来了。点点懂事地摆摆手，没事，你走吧。

小艺下车，心想，现在只能破例打的士往单位赶了。

每次都是这样，而且每次都是周末，一个单位在工作安排上怎么连个计划都没有？总是搞这种临时性的突击。因为没有安排，结果每次把她周末的安排给打得七零八落，烦都烦死了！一想到这些，小艺就没办法心平气和。

手机又响了，组长在电话里说，13 时 20 分机关大门口，有车到江北站。

13 时 20 分，小艺看了看时间，够呛！车在光谷广场堵得一塌糊涂。坐在的士中，小艺一个劲地让司机快点、快点、再快点。还好，13 时 19 分，的士疾驰到机关大门，小艺付了钱，跳下车，急匆匆地奔向大楼。

主楼门口停了一辆黑色小轿车，一看就知道那是领导的车。那组长说的车呢？她连忙四望，掏出手机准备给组长打电话车在哪儿？这时，就看见小车旁的一位模样斯文的秘书在向她招手，她连忙上车，边谢边问，怎么这么急？

秘书笑道，明天铁道部领导一行要到合武线（合肥—江北）验收。今天路局组织各部室进行最后一次添乘检查。

坐定，小艺才看见坐在前排的杨局长，小艺连忙笑道，杨局好！

小车出了机关大门，杨局长扭过头，笑着问，小艺，你又给孩子送饭去啦？

又？小艺心中打了个问号，杨局长怎么知道的？

去年底，合武线联调联试的会，你也是慌慌张张地跑到会场，结果，听见你的不锈钢饭盒碰倒在地上咣当直响。杨局长笑道。

是呀，不好意思。小艺笑道，今天不是送饭，刚才是接点点在回来的路上。

唉，小艺，一个女同志，像你这样，又要干工作，又要管孩子，真不容易。

小艺没有作声，沉默等于认同。因为她经常周末这样赶来赶去，比如，今天，好好的一个周末又没了，她真的觉得自己是不容易。但是，这不容易的一大半是改建新建铁路线及站房的建设工作带来的，而且绝大部分时间都是周末时间。所以，她疑惑地问，杨局，为什么咱们总是周末晚上开会或是看现场。

因为，咱们的建设项目必须快马加鞭，工程都是倒排进度，再说，咱们现在本来就没有什么周末和节假日的概念。

秘书笑道，所以，咱们铁路流行着什么五加二，白加黑，无法无天夜总会。

唉，小艺长长地叹了口气。

杨局长道，是呀，老实说，铁路工作就是献了青春献终身，献了终身献子孙。他接着话头一转，扭头望着小艺和自己的秘书道，但是，既然干了这一行，虽然辛苦，但也愿意，对吗？

小艺想了想，点点头。秘书也连连点头。

杨局长又问，你爸爸妈妈还好吗？

小艺一听问父母，就将身子往前倾着，对杨局长笑道，挺好的，谢谢。

他们还在前塘？

没有，去年春运前，姐姐就把父母接到了滨江，来了都快一年半了。

住哪里？

姐姐家。

你姐姐很能干。

是的，在所有女人中，我最崇拜姐姐。小艺肯定道。

其实也不尽然。在机关，小艺还崇拜机关另外一位女领导，像姐姐，又与姐姐完全不一样。人家有才有貌有气质有修养人还善良，小艺感觉她就像深邃的夜空中挂着的那轮皎洁的月亮，美丽圆润，又可望而不可即。

杨局长笑道，我知道，我现在还记得当年在水库边，你说起你姐姐那个骄傲自豪的表情呢。

说着聊着，没多久，小车就来到江北站，直接驶进一站台。杨局长和相关业务部门的专业人员纷纷上车，黑压压一群男将中又只有小艺一个女同志。江北站一位漂亮年轻的女站长在站台上客气地笑道，小艺，你真是巾帼英雄！

小艺笑了一下。想着，要说巾帼英雄，这位女站长才是。自己才不是什么巾帼英雄呢。周末，一定是单位没人愿意添这趟乘，她可能真是抓来滥竽充数的。

动车上，小艺发现每个座位下面都躺着一个沉甸甸的白色大袋子，一眼看过去像是一袋大米，小艺扭过脸，满脸疑惑地看着身后的高飞，那两年，小艺觉得自己与高飞的工作密切度超过所有同事。高飞看到小艺眼里的问号，笑道，一百斤大米。小艺仍旧望着高飞，高飞又笑了，继续答疑解惑道，模拟试验，模拟动车组列车满员满载时的情况，这样，可以更准确地采集满载旅客后动车组运行在不同速度时的各专业数据，然后再进行分析。

是吗？小艺刚才的烦恼一扫而光。原来学习新知识也能让人忘记烦恼，给人带来愉悦。

动车开得很快，时速200公里，车况也好。女列车长小蓓带着两个列车员，面带微笑，偶尔去给这些添乘人员倒上一杯水，然后就面带微笑，静静地坐在一边。她们身材高挑、年轻貌美，化着得体的淡妆、挂着职业的微笑，她们的出现给这种严肃紧张而又单调枯燥的动车组试验淡淡地抹上了一缕柔和的光亮。

杨局长及相关人员在机车上，大家全程静静地站在火车司机身后，透过机车前端玻璃，观察前方线路及运行情况及运行时速不同时的不同数据。小艺站在机车后面的人群里，看着列车风驰电掣，前方景物一闪而过，神奇无比。难怪当年浩子说，火车是所有男孩子的梦想。

动车到达南京站，十分钟后立即折返。开行不到二十分钟，刚才还是阳光明媚的窗外突然乌云密布，电闪雷鸣，紧接着就是狂风暴雨，雨水顺着车窗玻璃"哗啦啦"地往下淌，小艺望着窗外，怎么天气变化这么快？她人还没反应过来，车厢内突然漆黑一片，停电了。小艺吓了一跳，她坐在座位上，下意识地抓紧扶手，一动都不敢动。这不会也是在进行试验吧？不过，她紧张的神经很快松弛下来,怕什么？全国最专业的动车组专家都在车上，有什么好担心的？心情一松弛，又想，这只是试验，如果合武线动车组列车正式开行了，车厢内满是旅客，突然列车停开，车内断电，那该怎么办？对，应该制定合武线动车组运行时突然断电后的客运组织应急预案。她伸手摸出笔记本，一会儿记了下来，周一早上交班会要提出来。

过了七八分钟，车厢内的灯"啪"地全亮了，一切正常，动车组列车又恢复正常运行。

经过往返六七个小时的试运行，动车组一切正常，各类应急准备措施也运行良好，领导宣布此次试运行圆满结束。

走下动车组时，才发现天色已经大黑了，小艺深深地舒了口气，就心急火燎地坐车往家里赶。她想，点点现在应该在家，她在干吗呢？上楼，进家门，看钟，已是 22 时 30 分。还好，还早呢！

小艺以为点点睡了，就轻轻推开点点的房门，没人，房里竟然没有点点动过的迹象。奇怪？点点呢？她连忙跑到主卧,问已经呼呼大睡的铁军,点点呢？铁军迷迷糊糊地说，下午一点左右，点点打来电话说，从这个周末开始，她就不回来了。小艺连忙拿起手机就想给点点打电话，问为什么？可一看时间，点点应该早就睡了。

第二天，点点打来电话，再次明确，以后周末都不回家了。一是路太远，每次来回都得倒公共汽车，回来一次往返时间得花四五个小时，再是好不容易回来，妈妈又不在家，不是这事就是那事，回来也没有什么意思。最后，她说，那些从县市考来的同学每周都住在校园里，她与这些同学们同吃同住同学习，更好些，反正，以后周末再不回来了。如果爸爸妈妈想她，又有时间的话，可以去学校见见她，顺便带点她喜欢吃的糍粑鱼。

哎，不回来算了。小艺颓唐地坐在沙发上，不由得有点儿心酸，只是，糍粑鱼凉了怎么会好吃呢？

车城是一个小而洋气的城市，小艺在调图前一天凌晨两点到达车城包保。夜色中，她来到车站附近的一所快捷宾馆，登记，开门，然后把包扔到桌上，就准备睡觉。打开昏暗的床头灯，灯一开，床头柜上摆放的东西把她吓了一跳。床头柜上摆着几种颜色不同、包装不同、价格不同的避孕工具。

从什么时候开始，宾馆里居然还能明目张胆地在床前摆放这些东西了？她想看看，但刚快触碰到时，她的手就像是被烫了一般，条件反射地迅速缩了回来。自己多大年龄了，还看这些干什么？说实话，她这个年龄的人，还真不习惯床头摆着这些东西。

不过，在吃惊避孕工具堂而皇之地摆在宾馆床头的同时，她内心感慨着，现在社会的确是进步开放了，现在的年轻人真的遇到了自由包容的好时代。其实，生命如此美好，现在这样也挺好！小艺一边感叹着一边将那一堆东西推得远远的。

早饭时，才发现还有机关其他包保人员也在这个简易食堂过早。小艺端了份稀饭馒头，刚坐下，就看见汉桥部长和小陈也端着稀饭馒头走过来。

自江南站的小青被处理后，小艺心里就觉得对小青歉疚，而汉桥也觉得对小艺歉疚，所以，不管小艺对汉桥态度如何，汉桥总是对小艺热情相待。过了一段时间，小艺也想通了，汉桥没有错，人家按职责办事，怎么错了？要错就是自己错了，错在不该说。可是她又想，其实自己也没有错，作为检查组的成员，不就是要履行检查职责发现问题吗？自己错在哪里呢？既然没有错，干吗一直耿耿于怀、内疚不已呢。哎，在职场，在管理岗位上，在正确和善良的天平两头，她只能选择正确。再说，老话也是这样说的，严是爱，松是害，不管不问要变坏。

汉桥坐在小艺对桌，放下稀饭馒头，笑着说，小艺，来包保吗？

小艺边吃边笑着说，是啊，包保检查组，你们是？

汉桥笑道，干部作风督查组。

小艺笑着打趣道，我们是检查组，你们是代表局领导检查检查组。一样在机关，怎么就这么不一样呢？三人就都笑起来。的确，调图期间，全局各部室各司其职，目的就是确保调图期间的安全、平稳、有序。

来之前，小艺就想利用包保期间，到春运第一天 1003 次列车无票人员坠车事故的现场看看。现在，坠车人员家属已经将路局告到法院，索要高达两百万的赔偿。

下午，小艺就与车城站同事一起去勘查现场。1003 次列车是外局的列车，坠车人员无票，在车城站管内的铁道线上被发现后，本着人道主义的原则，车城站迅速将他送到医院。现在，人住在医院路局给他治着，治疗费用路局给他垫付着，看护人员路局帮他请着，几个月花了三十多万了，他的父母又将路局告到法院，上月小艺就参加了一次法院开庭。

但是人家就把你讹上了，怎么办？

待了三天，小艺将新增的车城—上海旅客列车开行情况写成简要报告传回滨江，闻部长一看，打电话让小艺迅速回滨江。小艺迟疑道，那这边包保怎么办？她是担心汉桥他们的干部作风督查组检查发现她不在岗。部长语气干脆地说，你不管了，让你回来你就回来。

下午，小艺回到办公室，闻部长笑着对小艺说，你的报告很好！充分掌握新增开车情况，关于建议部分下次调图再做调整。现在，你迅速开展合武线开行动车组列车的旅客满意度调查，然后写专报给我。

第二天上午，一到江北站，售票厅、候车厅、动车上到处都是黑压压的人，都是滨江到上海虹桥方向的旅客，车站动车组专用候车室里旅客熙熙攘攘，动车组站台上旅客满满当当，滨江到上海虹桥方向的动车趟趟超员，人气爆棚。

天呀，怎么一下子冒出这么多上海方向的旅客呢？站车到处是一派熙熙攘攘、快乐祥和的景象。小艺边感叹，边从站台跳上快要开行的动车上。车上到处都是人，连餐车里也站满了人。等她站定，才发现旁边的小伙子也是满脸惊喜地看着她。杨树？小艺阿姨好！杨树问候道。小艺发现是杨树，就问，你怎么也上车来了？杨树道，与您一样，局领导在对合武线动车这么火爆惊喜的同时，也感到不可思议，办公室就派我出来，上车调查一下为什么？

杨树已于去年底参加局公开招聘，现在在局办公室当值班秘书。杨树看到小艺手里拿着一沓调查问卷，边望着车内旅客，边感叹疑问，客流怎么这么好呢？

这时，年轻貌美、礼貌得体的小蓓车长笑着迎了过来。小蓓车长基本是客运段动车组的形象大使，只要开新车，她就是新车列车长，小艺边把问卷给她，边笑着问道，怎么这么好的客流？小蓓车长笑着说，我也不知道，这是我第二趟乘，上一趟也是这么好。你们问过旅客吗？小蓓车长笑着回复，没有。那你们在上趟乘还有什么问题吗？小蓓车长说，有，这个方向的动车开得这么密，在上海局管内很多人不按车次上车，所以我们动车区段超员得厉害。小艺交代她除了发问卷，也重点问一下旅客，怎么知道动车开行的？为什么乘坐？价格如何？感觉服务呢？有什么建议？列车长说，好！杨树见小艺在忙，就喊道，阿姨先忙，我也去忙了。小艺应着，就跟着小蓓车长一起到了车厢，她也必须亲自去问问，怎么一下子冒出来这么多合肥、南京、上海方向的旅客？

干了这么多年的客运工作，到现在，小艺仍记得合武线开通后自己上车后的那种喧嚣和震撼。每趟列车都满员，甚至超员。从始发到终到，各级添乘干部基本都是全程站着，虽然大家添乘都站着往返，但脸上都是流露出压抑不住的兴奋和喜悦。合武线一开行就这么火爆，从上到下，从铁道部到路局到站车，都没想到，真的没有想到！领导想知其然，还要知其所以然。

一周后，报告完成。

2009年4月1日调图，局江北站、江南站新增九对合武线动车组开往合肥、南京、上海。开行七天，江北站八对新增动车组列车利用率89.9%，江南站一对利用率为88.5%。九对动车组列车利用率高的原因如下。

一是速度快、运行时间短。合武线动车组200公里时速，大大拉近了滨江和上海、南京、合肥之间的距离。滨江到三地之间的动车运行时间仅为5小时、2小时50分、2小时，而长途汽车从滨江到南京就要10个小时，与公路相比，动车组在时间上优势明显，因此，动车吸引了原来的公路客流。据了解，动车组开行一周，滨江到上海的长途汽车客流下滑了 50%。

二是票价便宜，性价比高。如滨江到南京，动车组二等座票价为 181 元，只要 2 小时 55 分，可飞机却是 730 元，即使三折票价 219 元，也比动车组贵，而长途汽车虽然硬卧 180 元，但旅行过程极不舒服。动车票价比飞机和汽车低，安全性比飞机和汽车高，乘坐舒适，而且滨江开上海方向的动车是第一次。有 8% 的旅客选择乘坐动车的原因是"新鲜"，不少旅客抱着乘车体验的心态乘坐动车组。

三是动车组上线正值清明小长假，探亲流和旅游流占有相当大的份额。旅游、探亲访友的旅客占 52.5%，4 月 2 日下午、3 日上午动车组基本座无虚席，6 日值返程高峰，列车利用率达到 100%。清明小长假是动车组一开行便上座率居高不下的第三个因素。

闻部长看完，笑道，加一条，路局领导高度重视营销宣传，有关部门自觉制定营销方案，提前做好社会宣传，才使合武线动车组在社会上有较高的知晓率。

小艺连忙在电脑上修改完，报告交给闻部长，闻部长一字不改，让小艺打印成红头签报，上报。

说实话，小艺这一段时间还真有点儿累，但是她真的是累并快乐着。

她想，如果我们开的每一条线路的列车都像新开的合武线动车一样趟趟爆满，旅客都交口称赞，那该多好呀，这样累也值得呀！同时，在心里，她也为去年冬夜里，每晚派她去参加合武线联调联试会议时抱怨烦恼而感到羞愧。

是呀，如果不是去年冬天每晚参加联调联试协调会，她怎么会知道，在合武线修建过程中，有多少工程局多少施工单位在日盯夜控确保期到必成呢？又有多少单位多少人为这条客专线通力合作、挑灯夜战呢？还有多少一线施工人员在月黑风高、寒风凛凛中通宵达旦、默默奉献呀？

去年十二月底，也是周日，那是她第一次参加合武线的联调联试会议。天冷得要死，她刚将点点送到师大附中，突然让她参会，时间太紧，没办法，她只好拎着装着饭盒的布袋，从江南这边的三环线往江北车站的会场奔。倒了两趟公共汽车，她连奔带跑，直奔滨江酒店三楼的会议室，一进门，见里三层外三层已经坐满了人。她小心翼翼坐下，将布袋放地上，可是布袋还是发出沉闷的"咣当"声，是不锈钢饭盒碰倒在地时发出的"咣当"声，会场静悄悄的，这沉闷的"咣当"就显得很嘹亮，大家不由得都朝她这个方向看，她吓得赶紧坐直身子，眼睛盯着桌前，然后心虚地瞟了主持会议的杨峰副局长一眼，还好，杨局并没有看她。

会上，各参建工程单位汇报施工进度情况和不能按期完成工期的困难。合武公司一位领导发火道，这所有的问题都不算问题，所有的困难都不为困难，今晚能解决的问题不允许带到明天，必须今晚完成，哪怕通宵达旦。工作滞后的建设单位，承诺连夜整治，明天验收，确保期到必成。

散会时，已经晚上十时了。天气好冷！黑夜里，她站在寒风中，边打着寒颤等车，边问高飞，天这么冷，建设单位真的要连夜整治吗？高飞肯定说，这还用说？今晚施工单位一定会通宵达旦地干，合武线开通的工期都是倒排进度的，哪个施工单位能耽误工期？小艺想着这种寒风凛冽的深夜里，那些施工单位却要在荒郊野外的工地上通宵达旦地干活，多不容易啊。

越野车在冷落而寂寥的街道上奔驰着，高飞和电务部的小陈科长一路聊着，他俩聊铁路建设铁路发展，聊得心潮澎湃。歪在副驾驶座上的小艺小声嘟哝了一句，就是太累了！听到这话，黑暗中高飞用低沉但自豪的口气说道，累点儿算什么？这种铁路百年不遇的大好发展机会多么难得。明年开春合武线开通，到年底武广高铁开通，后年宜万线开通，大后年京沪、京广高铁全线开通。这是多么了不起的宏基大业啊。

听到这话，望着车窗外寒冷的冬夜，小艺心里涌起一股暖流。其实每次参加施工建设会时，看到铁四局、铁十一局等工程局时，小艺就会想起爸爸他们当年的铁道兵，爸爸他们当年也是这样南征北战、挑灯夜战？也是这么辛苦、这么累并快乐着吗？不然，杨伯伯、胡厂长的孩子们怎么叫丰沙、宝成、成昆、汉桥、京广呢？

是呀，累一点苦一点儿又算得了什么？

但是，回到家，躺在床上，小艺的理想主义就慢慢消退，现实主义迅速抬头。因为一躺在舒适松软的大床上，她真的是感觉太累了！于是理想主义又如鲁迅《一件小事》文中的高大车夫一样远去，疲惫又如皮袍下藏着的'小我'跳了出来。看着点点的房间，她又想起了点点。点点高一年级就要过去了，成绩却没有明显起色，现在她同寝室的五个女同学，已经有三人的妈妈开始在陪读村全职陪读了。

想到这儿，小艺不由得抱住铁军，身心疲惫地说，铁军，我快要累死了，我真不想干了，你养活我好吧，我不干了，我就与那些陪读妈妈一样，专心去陪点点学习吧。

铁军也下现场，但不像小艺这么连轴转地辛苦。铁军，就如他的名字一样，可不会什么柔情蜜意，看着平时铁打的汉子一般的小艺表现出与往常完全不同的低眉顺眼和小鸟依人，铁军笑了，笑得很开心。他"不怀好意"地开心地笑着说，可以呀，我的同学好多都是半边户，人家都比我们过得还好些，猴子不就是半边户吧，现在他家开个麻将馆，他家小芳就守守摊子，收入比咱们高多了。

小艺早听说猴子在繁城的铁路三院家属区开了个麻将馆。其实，猴子家的小芳开麻将馆也是被逼无奈。只是没想到无心插柳却柳成荫。

去年的路风事件，猴子一下子成了全局远近闻名的名人，他下岗半年只拿基本工资，本就捉襟见肘的家一下陷入窘困的境地。小芳想，为了区区一百五十块钱，猴子差点儿饭碗都丢了，猴子还不都是为了自己为了这个家，猴子对自己这么好，自己哪能还天天坐在家中呢。其实，小芳心中早就想好了要干一件事，在自己住的铁三院一楼开个麻将馆。说开就开，没想开了还真的很红火。

铁路一线职工都是三班倒，上三天，休三天，休息时间多，没事，就到猴子家小芳开的麻将馆打打麻将。小芳人漂亮纯朴，对来打麻将的来看打麻将的职工家属都是笑容可掬地端茶倒水，大家都喜欢到他家的麻将馆打麻将。现在，生意好得不得了，家属区的人都说猴子找了个好老婆，有点文化的人都说猴子找了个笑容可掬的"豆腐西施"。

下岗再上岗，猴子还在跑车，但是他彻底地金盆洗手。就当个老老实实的列车员吧，钱不多，但比下岗强太多了，而且，最关键的是心里踏实。再说，家里的生活、小猴子的花费基本不再需要他去操心了。他跑车的月收入与麻将馆的收入相比，简直就是麻将馆月收入的零头。小芳说，猴子，这么多年咱家都是你一个人挣钱，咱三个人花，现在，咱家的麻将馆生意这么好，这个家我来撑着吧，你挣的工资你就自己用。

其实，自从铁道部实行火车票共用复用后，列车上再做"业务"的可能性被彻底卡死。猴子再也不做"业务"了，只是可能年龄大了，他人也彻底变了个样，一双滴溜溜转的眼睛也开始变得目光呆滞、老眼昏花了。不过，他也无所谓了。儿子小猴子初中毕业已经上了铁路职业技术学院，家里也没有什么再操心了。小芳安慰猴子说，现在这个社会多好呀，只要勤劳就能致富，咱们靠自己的劳动挣钱多好。猴子特别庆幸娶了懂事贤惠的小芳。

铁军一直羡慕像猴子这样的半边户，娶一个农村老婆一直是铁军的渴望和梦想。

铁军说，那种没有工作的女人一心扑在家里，对丈夫百依百顺、言听计从，自己若有这样一个温柔贤惠的老婆，这辈子就是最幸福的男人了。

真的？

真的！

小艺就软软地笑着，那行，那我就不上班了啊。

铁军这人从来都讲规则，所以，小艺一提出不上班的要求，铁军马上就提出不上班的条件。他笑眯眯地说，养活你可以，但有一条，只有一条，那就是，你要听话，我说什么你必须做什么。

小艺一听，双手一把将铁军推开，立马从床上跳下来，生气道，那我还是自己挣钱得了。她想，无条件地听话，这与《辛丑条约》有什么区别啊？

铁军得意地笑了起来，笑得两眼弯成了一轮弯月。他笑道，你啊，回到家就叫累，看看，一吵架，你劲就来了！

## 滨江站

六月末，周日，小艺本想去学校看看放假的点点，刚要出门，张韶涵轻柔又清亮的《隐形的翅膀》的歌声又响了起来。

哦，是闻部长的，让她迅速赶到机关大门口，有车等着，什么事没说。太热了，她拿起一条黑色连衣纱裙往身上一套，赶紧就往机关跑。上车，看见王局长、高飞都坐在考斯特上。

车开了，小艺悄声问坐在身边的高飞，这是要去哪儿啊？做什么？高飞笑道，到滨江站见"王指"。

王子？噢，王强啊！小艺这才明白是去在建的滨江火车站。

三个月前，小艺跟高飞去北京参加四条城际铁路的审定会时与王指重逢。王指就是当年在进京列车上为他父亲点歌《我的祖国》的交大学生王强。

那次，全省四条城际铁路建设的终审会会期七天，工作节奏紧张的按小时计算。十几个分组讨论中她参加了三个，其中，杨局长在滨江枢纽提出三个大站的穿袖子运输方案特别新颖又最具运输效率。另外，会议最后一天，快凌晨一点了，大家全被集合到会议大厅宣布通过最后的审定方案，天呀，工作以来这是第一次凌晨组织开会。这是怎么的工作节奏？不可思议！

会议七天早中晚全是自助餐，会后，局里同志们就一起吃个桌餐。大家坐在一起相互寒暄，一个四十出头的戴眼镜男子笑着向小艺走了过来，高飞见状，向大家介绍道，王指，滨江站王指。

王指望着小艺，笑着伸出手来，小艺微笑着，礼貌地伸出右手与王指握了握，心中却在想，王子？江南站倒是有个王梓，但这个王子一点儿也不像那个王梓，更不像电影童话中的王子。他戴着眼镜，长着一副典型的工科男长相，朴实稳重，更像一个中年学者。

滨江站？小艺在心里反问，滨江站？滨江哪有什么滨江站？没想这种反问的语气，一下子就让她想起当年江南站猴子的滨江腔，滨江站？滨江哪有什么滨江站？

王指像是看透了小艺的心思，笑呵呵道，我不像光良唱的流行歌曲《童话里的王子》，对吗？我可不是什么王子，我其实是个火车司机的儿子。

高飞赶紧笑着再解释道，这是滨江站建设指挥部的王强指挥长，简称滨江站王指。

大家一听就笑了起来。

小艺没笑，她疑惑地问，咱们路局要建滨江站？

王指盯着小艺，笑道，是呀，已经在建中了，按进度计划，今年年底就要交付使用。

其实，小艺问了这个问题后，马上就觉得很丢人，自己竟然不知道正在建设一个滨江站。但是小艺还是禁不住要问，她真不知道。因为，现在全局共有十来个建设指挥部，建设项目遍地开花，作为运营部门，基本是在建设项目要交付使用时才介入，所以，她真不知道。

但是，小艺想知道。

因为，在她眼里，小时候，滨江是爸爸经常去开会的医院，是爸爸经常带回来的面包，是妈妈喜欢的酱油醋，还是妹妹喜欢吃的冰淇淋，更是姐姐舍家弃子的奋斗目标，但是，滨江后面加个"站"字，滨江站，却变成了她们三姐妹对滨江充满热望又被猴子奚落后热望中断的地方：滨江站？哪有什么滨江站？猴子当年这样说。

后来，来到滨江，小艺才知道滨江真的没有什么滨江站，而且，无论外地人还是滨江人，都对滨江有个滨江站充满着希冀和热望。

怎么会没有滨江站？

成立滨江铁路局后，每年"两会"期间，将江南、江北站更名为滨江站，或是新建一个滨江站成为全省"两会"代表和滨江市人大代表和政协委员上呈的有关铁路方面的重点提案。代表、委员一致呼吁，将江南站或是江北站改名为滨江站，当然也有少数声音要求干脆新建一个滨江站。

提案上说，一个堂堂的滨江大都市，竟然没有一个滨江市全称的车站站名，这与这座城市的悠久历史完全不相符，放眼看看，全国有哪个城市没有城市全称的火车站？这是一；其二，外地人要到滨江，每次来到这里，就会被搞得晕头转向的，滨江市江南、江北、汉西三镇，江南、江北两个火车站，人家乘火车来滨江，到底应该从外地乘火车终到江南站还是江北站呢？外地人总是会被这个问题搅得脑袋里一团乱麻。

每次看到这类提案，小艺都对提案的第二点点头称是，因为当年，作为初中生的她和姐妹第一次组团来滨江，就被这个话题问得无地自容。现在想想，别说她们三个从未进城的乡下丫头，就是北京、上海这种大城市的人能弄清楚这个问题的也不多！

提案是必须回复的。只是小艺不能掺杂个人的感情去回复，她必须用非常客气礼貌、非常公文式的语言从专业角度去回复人大代表、政协委员的提案：

> 首先感谢人大代表（政协委员）对铁路事业的关心，再是将现在的江南火车站、江北火车站改名为滨江火车站不太合适，因为这两个铁路客运站名也必须遵循历史遵循人们约定俗成的习惯，江南火车站、江北火车站站名也有几十年的历史了。若想再建设一个新的滨江火车站，那必须根据省市经济发展和客流大小的情况来确定。总之，我们会参考您的建议，积极向相关部门反映。再次感谢您对铁路事业的关心！

小艺用非常规范的公文回复了好几年这一问题，没想到，现在滨江站真的在建了，小艺禁不住在心里为这些代表们点好多个赞。看来自己几年的提案回复可以到此为止了。因为滨江终于有滨江站了！

大家边吃边聊，王指盯着小艺，问道，你跑过进京列车当过列车广播员？

是呀，小艺回答道。

我看着就像你，你还记得1990年冬天猜谜点歌的四位北方交大的同学吗？

小艺也盯着王指看了又看，开心地说，王强！你是王强！

高飞笑道，我刚介绍过了，王指，王强。

小艺真没有听见，她总是记不住别人的名字和长相，但是，这个王强，她却记得清清楚楚。他是火车司机的儿子，他是爸爸战友的儿子。那年，在进京列车上，王强为他爸爸专门点献了《我的祖国》这首歌。

是你呀！小艺又认真地盯着王指看，不由得开心地笑了起来，转眼你们都毕业快二十年了。

王指感叹道，是啊！我们赶上了中国铁路发展的最好时代，也赶上了国家发展的最好时代。

小艺笑道，我怎么感觉，现在每次遇到稍有觉悟的铁路人，都会说，自己生逢其时，时不可待。

高飞笑着点头道，我们确实是生逢其时。

王指道，是呀！大家都有这种感觉。你知道吗？我们正在筹建的滨江站，可能是全中国甚至全世界最漂亮、最有特色的高铁站。说着，他脸上流露出满满的自豪和骄傲。

小艺礼貌地笑着听着，但对滨江站的概念只停留在各级人大代表和政协委员的提案里，停在猴子对她们三姐妹奚落的神情上，她对滨江站一点概念都没有，虽然王指一脸的自豪和骄傲。

高飞接话道，小艺，这个王指为人民服务，自己不住宫殿，却要盖最漂亮、最大气的宫殿给广大旅客。大家一听又笑起来，高飞非常肯定地说，真的，滨江站真的比宫殿现代、漂亮、气派，真的是高端大气上档次！

王指抑制不住一脸的自豪和骄傲，他点了点头，是的，到年底你们全都看得到滨江站，非常了不起！非常了不起！滨江站是由法国人设计的，造型现代大气又富有地域特色，别的不说，就中间的柱子，要几个人才合抱得住……

然后，他调转头，非常热情地对小艺说，小艺，你有机会应该到我们滨江站施工现场看看，站场设计得现代、浪漫又大气。

小艺笑着点点头，仍是那种礼节性地笑着点头回应。她想，滨江站到底有多好呀？至于王指口气里全是骄傲全是赞不绝口吗？

坐在考斯特上，小艺边望着窗外一路的骄阳边想，王指，我这就去看看你说的滨江站，看它到底有多好？

考斯特在离滨江站工地很远的地方停了下来，因为再往前，就没有路了，车开不过去。下车走到施工现场，全部人员都戴上安全帽，然后徒步往前行进。小艺边走边举目四望，她想王指一定在，再定睛一找，她还真看到了王指。

王指正站在指挥部五六个头戴安全帽的人群间，迎接他们这批提前介入滨江站建设工程的局"领导"。小艺在举目四望时，王指正好也瞧见了她，两人用眼神微笑了一下，意思是说，咱们又见面了！

骄阳似火，一队人马在似火的骄阳中行走着。杨局长走在最前面，机关各部室及建设单位跟在后面，前面沟壑纵横，遍地黄泥和沙土，到处都是大型的推土机、挖掘机及其他叫不出名称的大型施工设备。前面根本没路，不时还有大风扬起黄土，大家在黄土堆里艰难地行进着，走了十多分钟，一行人来到一层层钢梁搭建起的高高的钢板构架层。

大家小心翼翼地走在没有安全防护的钢板楼梯上，上一层，再上一层，来到楼层的最上方，王指与杨局长等领导站在一起，边指指点点，边讲些什么。小艺最后一个登上去，她举目四望，远处到处是黄土堆及一条条远到看不到尽头的黄泥深坑，现在他们站的地方是候车厅的最高处，那一条条深坑则是将要铺架的长长的铁道线。说实话，到现在，她一点点儿也没有看出王指所说的滨江站的自豪感。

一行人边走边谈，小艺故意掉队到最后。来时，领导也没说是上工地，自己慌慌张张地穿了条黑纱连衣裙，一路上经过泥堆、上楼，她都刻意走在最后，因为大风不断，时不时会吹起她的纱裙下摆，可施工单位总有个人断后，他们要保证施工现场的人员安全，她又不能说明原因。她双手把裙子下摆抓太紧在黄土堆里根本走不了路，可不抓紧又时刻担心着大风会扬起裙裾。她只好一路不断用双手捂着裙摆，小心翼翼地走。一路上想，点点上高中自己才又开始穿裙子，不承想穿裙子还是麻烦。早知道是来工地，穿条裤子多好。

全部人马从高处钢板楼梯再下来，再艰难跋涉，真的是艰难跋涉，根本没有路，一路全是深坑和小山似的黄泥堆，太难走了。又走了二十多分钟，大家来到了滨江站指挥部的简易板房会议室。

会议室很简陋，泥土地上回字形排着条桌和椅子，但是一进大门，却觉得像到了另一个世界，因为大家都被迎面而来的滨江站的微缩版模型吸引住了。

好漂亮的滨江站！王指演示着，一通电，一个通透美丽的滨江站展示在大家面前，按一下按键，中间部分缓缓升起，再按，最高层部分再次升起，一个立体的滨江站像白鹤展翅般闪亮在大家面前。屋外是满天黄沙，满地黄泥的艰苦的施工现场，屋内，则是大鹏展翅、灯火通明的美丽的滨江站。

后来，每次小艺到达会场，总喜欢去会议室看看那个微缩的滨江站模型。她先将沙盘通电，按一下，车站中间部分缓缓升起，再按一次，车站主体最高部分再次升起，通透美丽的滨江站就展现在眼前。再艰苦奋战半年，屋内的白鹤就会在屋外展翅了。哈哈，看着屋内的模型，小艺就会涌出半年后苦尽甘来的快乐感。

小艺坐在会议桌前，拿起资料，不由得翻看起《武广客运专线滨江站工程》资料介绍来：

滨江站千年鹤归，中部崛起的造型显示了滨江地方文化特色。滨江站外形由9片白色波浪形屋檐组成，中部高高凸起，最高点距地面59.3米。"9"即九片重檐屋顶，既寄寓着中国传统文化的以九为尊，又象征着滨江九省通衢的地理位置；大厅屋顶中部拱起，寓意中部崛起。从天空俯瞰，整个车站就像一只展翅待飞的白鹤，50米高的车站是建筑中部突出的大厅，预示着滨江是省会城市，也是中部崛起的关键。旅客一进入中央大厅，可以俯瞰整个车站，还可以看到自己将要乘坐的列车，选择行进的方向。

会议开始，王指开始汇报。他说，我从工程推进、重大设计方案进展、剩余工程主要节点工期安排及存在的困难四方面作简要汇报。

说到剩余工程的主要节点安排时,一直仰头倾听的小艺赶紧拿起笔,下周一交班会上要汇报的。

已是下午一点半了,各参建单位仍在谈,有讲工程进展的,有讲进度困难,有讲需领导帮助沟通协调的问题。杨局长非常简短地点评,要求问题对应的单位拿出解决办法,并提出完成时间节点。最后,杨局长说,优点我不说了,不足我提出来。我感觉,总体组织力度还不够,施工单位各自为政的现象时有发生,希望大家齐心协力、同心同德,确保工程节点目标的实现。

开完会,小艺一看手机,已经下午两点了。这里是施工现场,举目回望全是农田,哪里有饭吃?大家慌慌张张各自上车,回到市区,管他三七二十一,菜一上来大家就抢完了,结果饭吃完了,菜才上了一半。大家的确是饿坏了。

吃完饭已是下午三点,小艺往家走,才想起来刚才竟然忘了与王指道个别。

只是从那以后,小艺就变成了另一个王指,她就与王指一样,她也是对滨江站满是自豪和骄傲,也是开始没完没了地向别人介绍滨江站。她说,滨江三大站各有特色,江南站古典、江北站欧派,而滨江站是现代,是大气与浪漫的结合体,她说,滨江站是她见到的中国最漂亮、最有特色的高铁站,没有之一。

与王指的口气一模一样。

小艺是学工民建的,当然了解建筑的特质。中国铁路传统站房设计,主要以满足旅客运输的功能性为主,而现在的铁路站房设计,特别是现代客运站房设计,除了功能性,还注重站房的地域性、文化性和审美性,通过客运车站,广大旅客不仅能购票、候车、乘车,还能了解地域文化,还能增强审美趣味,提升文化品位。其实,每一座铁路客运车站建筑,就像是一个个独特的生命个体,与人是一样的,也有着不同的文化气质和地域特色,也有着各自的内在和外在美。每个建筑,都应该像是艺术品,因为建筑就是凝固的艺术。

周一,交完班,小艺拿起局《通知公告》就跑。组长又通知她参会,说是武广高铁联调联试会议。

武广高铁也要联调联试了?

　　一进门，会议室黑压压地坐满了参会人员。铁道部、武广公司、通号公司、路局、铁四院、施工单位及相关单位济济一堂，会议快开始时，铁道部一个姓程的女局长走了进来。

　　这是小艺第一次看到与众不同的女领导。电视里、报纸上看到的女领导都是着装精致、容妆精致到高度一致，甚至言谈举止都高度一致，但是，这位女领导与电视里的完全不一样，甚至截然相反。四十左右的她一头短发，素面朝天，一看就好像是经常下现场的技术型干部。

　　不知为什么，现实生活中，小艺一看到收拾打扮得精致到无可挑剔的女人就会心里发慌，手足无措，与她们相比，自己粗糙得像个下地干活的农家老汉，而现在，看到这样不事修饰的女干部，她自然而然就有了一种安全感和亲近感。心想，还行，还有与自己一样的职场女性，不精心打扮，不刻意收拾，也无所谓，也能在职场上安然地生存。

　　会议时间不长，最后，是这位程局长发言。她的话一讲完，小艺觉得自己的血液"轰"的一下就被点燃了。这叫心潮澎湃吗？如果有，这是自己第一次心潮澎湃、热血沸腾。

　　这位程局长声音不大，语气平和，也没有激情满怀，激扬文字，她只是语气平和地说，我们现在正处在铁路发展的最好时期，我们赶上了国家发展的最好时代，我们不怕辛苦，我们甘愿付出，因为我们今天的付出，今天的努力，将会不愧于铁路的发展，不愧于这个美好的时代。

　　小艺从不是什么热血青年，但这位程局长的短短几句话，就让不再年轻的她内心瞬间点燃了热血青年才具有的理想主义和英雄主义情怀。

　　累，算什么？苦，算什么？谁能赶上这百年一遇的铁路发展和建设的美好时代，真的是时不我待，舍我其谁？

　　那两年，小艺总是会被身边偶尔的小事烦恼，又会不经意间被身边所经历的大事感染或是感动。每当这时，她就会想起鲁迅先生《一件小事》里的人力车夫高大的背影。与那些擦身而过的领导们和同行们的境界、与那些施工现场建设者们的辛苦、与那些默默无闻坚守一线职工的付出相比，自己为了不能给孩子送饭、为了节假日天天包保添乘而烦恼痛苦叫屈牢骚，真的叫小肚鸡肠，真的是高大与渺小。

这时《一件小事》最后一段文字就会从小艺口中脱口而出：我这时突然感到一种异样的感觉，觉得他满身灰尘的背影，刹时高大了，而且愈走愈大，须仰视才见。而且他对于我，渐渐的又几乎变成一种威压，甚而至于要榨出皮袍下面藏着的"小"来。

可是不到一周，小艺皮袍下的"小我"还是战胜了人力车夫那高大的背影。小艺去陪读村陪读去了。

周三早，上班的路上，小艺还没有走到机关大门，远远就见大门前聚集着一堆人，好些人都在围观。

走近一看，是今年春运坠车人员的家属闹事来了。只见七八个人，有人打着白底黑字的大标语，有人喊着铁路见死不救的口号，有人则趴在地上抱着已成植物人的坠车人员哭喊，引来好些过路人驻足旁观。

这还行呀？竟然跑到机关大门口来闹事，小艺赶紧上前劝阻。没想到，植物人父母上次在法庭上见过她，他们一下就将她团团围住，抓住不放，又骂又扯道，就是这个女人在法庭上说铁路无责，才造成法院判铁路无责，我们两百万的赔偿金一分没拿到。信访办来人将这群人劝到信访办，小艺才从他们中间脱离出来。她非常难堪地走进机关大门，边走边整理被抓散的头发，情绪坏到了极点。

动不动就会落泪的小艺这次没有落泪，而是气急败坏，她气急败坏地走进了办公室。刚刚坐下来，组长责备她道，小艺，你怎么管的？怎么他们又来闹事了？小艺仰头沉着脸看着组长，一言不发。

上午大家就此事开会。最后商定，作为事故处理单位，在目前司法解决未终结之前，仍然继续安排其治疗，并垫付治疗费。如果其家属不愿意在医院或医院不收了，可劝其回家护理。

商定完了，小艺的心情却被破坏得一塌糊涂。这家人来闹事竟然总能得逞，自己就这样被他们在单位门口又拉又扯，现在他们竟然还赢了，自己在法庭上为铁路辩护无责有错吗？竟然还责备她是怎么管的？那他们要两百万那就给他们两百万得了？

这工作有什么意思？这一心扑在工作上有什么意思？

小艺心灰意冷，算了，不想这事。还是想想点点吧！今天周三下午五点半，正好是学校允许家长探望学生的时间，正好可以去问问老师点点的学习情况。

师大附中美丽的校园里，马路边上到处都是大朵大朵白色的栀子花，空气里弥漫着浓郁的栀子花香。点点寝室里，小艺遇到虞美人，她是点点同学静静的妈妈。

静静妈妈姓虞，小艺见到她第一眼，就想到"春花秋月何时了，往事知多少"南唐后主李煜这首词的词牌名《虞美人》。因为她长得太像中国古代仕女图中的仕女了，脸盘圆润，体态丰腴，一张银盘似圆脸上，总是挂着一团粉粉的笑，小艺不由脱口而出，虞美人。

刚开学时六人住的寝室现在只剩三个孩子，小艺就问虞美人，她们都搬到哪儿了？

陪读村。

陪读村在哪儿呢？小艺疑惑道。

你不知道吗？你怎么会不知道？虞美人吃惊地问道，一会儿我带你去看看。离学校后门有十五分钟的距离，那个社区基本都是陪读的家长，外称陪读村。

虞美人带着小艺从学校后门步行十五分钟，虞美人手指了指一个围墙围住的很多幢七层高楼房的社区，看，那就是。

猛一看，觉得有点儿像前塘时厂里的楼房。小艺透过大门往里看了看，昏黄的夜色中，陪读村内偶见三三两两与自己年龄相仿的中年女人出出进进。

她俩没有往里去。虞美人家的别墅就在附近，下学期，静静也不住校了，每天早晚自习都由虞美人开车接送回别墅。

小艺一个人走着，她有点儿心动，也陪读吧，但是她又没有下定决心陪读。没想到，在校门口时，正好见到了点点的班主任。班主任说，其实点点的成绩一直有所上升，只是稳健地缓慢地上升，感觉不明显，但是这种进步更踏实。点点虽然离学校尖子生还有距离，但是如果发挥好的话，考上滨大科大是没有任何问题的。

小艺犹豫地问道，那我们有没有必要陪读呢？

班主任说，陪读因人而异，学校并不主张陪读，但是点点可以陪读，对她而言，陪读利大于弊。

为什么？

因为她还有较大的上升空间。班主任说。

是吗？作为家长，听到这话小艺不由心生欢喜。

是。这孩子我带一年了，很了解她的特性，她与很多忽上忽下的孩子不一样，稳、踏实，心理素质好，越是大考她越是发挥得好。这是她最大的特点也是她的优势。

听见班主任表扬点点，小艺很开心，但是对陪读还在犹疑不决，毕竟陪读是个麻烦事。于是，她接着犹犹豫豫地说，只是，我们工作有点儿忙。

瘦高的班主任一听这话，黑色镜框下的一双眼睛露出不屑。她直截了当地批评道，我有句话，不知对不对？也不知您能不能听进去？上届家长会上，我作为班主任也明确地给家长们说过，作为家长，你这一辈子为单位卖命，对的，行。但是孩子高中三年，你把自己的精力，孩子高中这三年你的精力给孩子行不行？三年之后，你再为单位卖命也不迟。你们想过吗？如果过了孩子高中这三年，你再想为孩子卖命、为孩子拼命都没有机会了。我觉得这话很适合我们学校的每位学生家长，也特别适合您。一个女人，这个年龄，还有必要再去为单位拼死拼活地干吗？为啥呀？

小艺其实内心已经被班主任彻底说动了，但是她还是没有说话。

班主任语重心长地对小艺说，看得出来，您是一个敬业干事的人，但是您已经为单位奔波了这么多年，点点高二、高三这两年，您就为自己为孩子干两年，等孩子考上大学后，您再接着为单位为铁路干，不行吗？

那当然行，只是工作太忙了。小艺皱着眉头，心里想，工作真是忙呀。

看到小艺犹豫不决的样子，班主任一脸的不屑，她不以为然地说，您每天有那么忙吗？为什么那么忙？国家领导人去世了，国家不也一样正常运转吗？你们单位少了您就不能运转了吗？别把自己看得太重要太能干了，其实咱们在单位什么都不是，您觉得您重要您觉得您忙，那只是您的自我感觉，您的心理暗示。其实在单位，我们都只是一个螺丝钉，锈了坏了马上就有新的补充上来，一个单位离了谁都一样。但是一个家庭一个孩子离了家长，特别是一个母亲，家就不成家，孩子也不像孩子，至少是个缺少关爱的孩子。

是啊，她突然有种豁然开朗的感觉。自己在单位这些年，要么天天马不停蹄地跑，跑车跑站跑会场跑施工现场，要么就是坐在办公室内不停地写写写，自己觉得充实觉得累且快乐着，其实，就如班主任所说，你在单位什么都不是，你的充实快乐都是自己的心理暗示都是自欺欺人。你已经为单位奔波了这么多年，你就为点点干两年，等点点考上大学后，你再接着为单位为铁路干，不行吗？你这两年就不能陪伴点点成长吗？没有条件就算了，可是，有条件为什么不呢？

决心已定，小艺又去问点点，点点笑着说，好呀，我们寝室的人下学期都搬走完了，你陪读，我每天至少可以回家冲个澡后再休息。

小艺笑道，我们工作都不干了，来陪读，你就为每天可以冲个澡？

清秀的点点调皮地笑着点了点头。

小艺讲给铁军听，铁军说听你的。

既然意见统一了，那就陪读吧。但是全陪？不可能。

小艺心里怎么会割舍得下这份干了一辈子的工作呢？再说，如果不上班，谁来养活她们母女俩，他们都是拿工资的人，铁军那一点收入够花吗？当然，如铁军所说，他好些同学家都是半边户，也过过来了，自己妈妈一辈子没工作，不也是这样过来了吗？但是，小艺想，自己怎么可能如班主任所说，为了陪读这点小事，就放弃她所喜欢所热爱的工作呢？即使自己再牢骚满腹，也是爱之深，痛之切啊！

肯定不能全陪。小艺想，不行，就租个大点的房子请爸妈来陪吧。爸爸妈妈一定会来帮自己的。刚好，姐姐家的北北毕业刚工作了。

六月底，北北大学一毕业，小吕哥就想办法将她安排在滨江一所中学入职，毕竟，他长期当领导，有一定的人脉和办法。可是，北北在滨江上班，总不能一周都不回来一天吧？只要回来，就存在一家三代只有两居室的现实问题。

姐姐家真的住不下了。自己租房，爸妈来陪住，这样既解决了自己不能全陪的问题，也解决了姐姐家三代两居室的问题。两全其美！

一想到这一两全其美的办法，小艺高兴得手舞足蹈。她连忙一人跑到姐姐家，向爸妈求助。妈妈笑道，行呀，都是自己的女子，跟谁都一样。爸爸却在一边默不作声。小艺有点儿不开心地想，从来都是把孩子学习放在第一位的爸爸怎么会不伸手拉一把自己呢？妈妈把小艺拉到一边悄悄地说，住你们家，怎么能就你一个人来请老人？铁军呢？你爸在争这个理呢。

小艺这才觉得自己一人来请爸妈欠妥，连忙把铁军拉来一起到父母面前，铁军一张口，爸爸就笑着满口答应了。

好了，租房，陪读！


**陪读**


八月底，天还热着呢，妹夫小刘开车把爸妈和小楚送到陪读村时，小艺和铁军刚把房子收拾好。

妹妹小楚一进门，就边打量边笑着评价道，这房子怎么像美国的乡村别墅一样？宽敞舒适！小刘也一个劲地笑着点头说，不错不错。爸爸妈妈在小艺铁军的带领下，一间房一间房地参观，爸妈虽然都没有说话，但是从他俩欣喜的眼神可以看出，他们很满意这套房子。

说实话，这套一百六十平方米的房子装修得很好。四室两厅，米色复合地板、两个大卧室都是落地窗帘，整体衣柜、空调，主卧里另有一张 1.8 米宽的大床，厕所有热水器，厨房有煤气灶，餐厅有一个大餐桌，客厅是水货红木沙发。比自己父母厂里的平房一个天上一个地下，就是与姐姐七十平方米的房子相比，也好得太多太多。

小艺拉着爸妈兴奋地介绍着，两间大卧房，最东头大卧室有大床，还带单独卫生间，有坐式马桶，给你们住。父母没有说话，但是小楚笑着连连向小艺伸出大拇指。小艺没理她，接着说，西头的这间卧室给点点，小艺已将家中白色的大书桌搬来放在窗前、墙边又立了个1.2米宽的书柜，再把书往书柜里一码，点点房间的学习氛围一下就营造出来了。

小艺拉着爸妈边走边说，这第三间房外带阳台，前后开门，不能摆床，我把房东的书桌搬在这儿，还有一排大衣柜。爸爸，您可以坐在这儿看书，也可以到阳台上坐着晒太阳。最后，大家走到那间最小的九平方米左右的房间，小艺说，这是我和铁军住的。里面放了个沙发床，再加一个电脑桌及电脑，一切都 OK 了！

为增加家庭气氛，小艺和铁军专门去购买了电视机、电冰箱和洗衣机。现在的电器不值钱，五六千块钱全部搞定，可是往家里一摆，一个家就像模像样了。

小楚笑着对爸爸说，爸爸，我都想搬过来住了。然后，她口气一变，用一种不容置疑的霸道口吻道，小艺，以后每周，我都到这个美国乡村别墅过周末。

那可不行。爸爸望着他的宝贝小女子，吓得连忙说。小艺也心中一惊，但是嘴上没有作声。

妈在哪儿，家就在哪儿，我每周为什么不能来看你们？小楚对爸爸撒娇道。

小刘听后哈哈大笑，你每个周末过来，那小南怎么办？

小楚摇晃着身子继续撒娇说，我不管，给你管。

小刘笑道，你不管小南也不行。爸妈是来帮二姐陪读的，你以为像你那样是来度周末的。

爸妈都笑了起来。小楚看着小艺一言不发满脸紧张的样子，就知道小艺真担心她每周都来，不由哈哈大笑道，小艺，吓唬你的，你放心，我不会周周都来的，我怎么会不管小南天天到你这儿来呢？

小楚说了这话，小艺一颗悬着的心才放下来。她想，如果小楚周周都来，那点点就别想学习了。妹妹从小到大都是个热闹人，她在哪儿，哪儿就欢声笑语一片，那还不如不陪读呢。

对点点来说，陪读的最大好处就是不用挤着打饭打水等着排队洗澡，也不用自己再洗衣服。时间倒没省出来，她每天中午晚上回来吃饭，来回四趟要步行一个小时。也好，正好锻炼身体。

新的生活开始了。

每天从陪读村到单位乘坐公共汽车，在公共汽车上，小艺对滨江这座城市有了更多的感性认识。

原来滨江这么美这么好呀！原来以为只有青山广场这一带环境、市政建设、生活方便度是滨江最好的，现在看看，不然！搬到光谷，觉得光谷一带也好，从某种程度上讲更好。

远，是离单位远了，但是出门就有师大园路始发站的公共汽车。这趟公共汽车像是为小艺开的似的，小艺租房前一个月，从梨园到陪读村开了这趟直达的公共汽车，正好经过小艺单位。这公汽五分钟一班，比专车还要方便，虽说是滨江已快消失的非空调公共汽车，可毕竟不用倒车了呀。

如果不赶时间，坐在座位上，把眼睛投向车窗外，就可以看一路风景。或繁花似锦、或姹紫嫣红，或草长莺飞，或花红柳绿，当然这是最好的春秋季节，即使不是自然景色，光看看车内外朝气蓬勃的面孔，你就会精神一振，这一路都是大学城，这些学生青春焕发的状态和质朴本色的面貌让人看到光谷的活力和潜力。

早上，点点早饭完一出门，小艺接着就出发。早晨六点半最早一班始发，小艺最晚要赶六点四十分的那趟公共汽车，不堵车一小时的车程，再走十来分钟到办公室，正好八点差五分，她慌慌张张地拿起笔记本到会议室，八点整交班会准时开始。

傍晚六点，下班时间，正是下班回家的高峰期。小艺走到公交站，看见那里人挤人，就不想上去。她也曾挤过几次，在人挤人的情况下挤着，人的感觉实在不好。一是与人太近距离不习惯；二是人太多担心钱包被偷；三是车厢内什么人都有什么味道都有很不舒服。有两次，车上挤得人贴人连落脚的地都没有，她就想起了棉农专列上的那个可怜的农妇。她想，如果换作我，我是那个农妇，带着小女儿，千里迢迢去新疆摘棉花，忙了两个月，揣着挣来的两千块钱，不担心钱不担心小女儿才怪呢？如果是我，我也会疯的。

小艺挤了一周就不去挤了，等公共汽车不挤了再走不行吗？之后，她晚上七点多才上车，那时车上人少座位多，公共汽车晃晃悠悠地走，小艺隔着车窗一路看着城市的夜景回家。心情空落落的，却又有着说不出的放松。

回到家基本都是晚上八点半了，妈妈总是说，你怎么会这么忙？她解释过几次不是忙，就不再解释了。她这么晚回家真不是忙，而是不愿意挤车受那个罪。

晚上九点半，小艺夜宵已经准备好。爸妈就开始前后张望，一直到听见敲门声，连忙开门，笑道，回来了？

点点兴致勃勃地答应一声"嗯"，就直奔餐桌，吃夜宵，洗澡，关门进房间，学习，晚上十一点准时睡觉。

爸妈只要见到点点进屋，就自觉关掉客厅里的电视，进屋关门休息。这房子的房门都是空心的，不隔音，爸妈怕影响了点点学习。


现在跟爸妈一起生活，小艺觉得小时候那种家的感觉又回来了，搬到陪读村与父母同住，是她一生中感觉最舒适也最快乐的一段时光。

周末，如果不出差的话，小艺两天根本不出家门。出什么门？一百六十平方米的房子，四室两厅，一人一间，宽敞明亮干净整洁，够她自由自在地晃荡的了。爸妈，铁军、点点，全世界都在这一百六十平方米的房子里了，还出去干什么？

小艺租住的那栋楼，前面就是层层绿树（杨树、冬青等）间隔的三环线，每天轰隆隆的汽车行驶声，既显出房间内的幽静，也透出这座城市不断散发出的生命力。楼的后面与另一栋楼之间相隔着绿地，绿地上是一片健身器场地。

早晨，趴在书房的阳台上，可见温和的红太阳从东边缓缓升起，傍晚，能见落日的余晖从西边徐徐抹去，夜里，静静地站在阳台上，竟然还能看到一轮明月挂在天上或是满天的繁星眨巴着眼睛。多少年没有这样静静地看着旭日东升、夕阳西下，还有头顶上黛青色天空中的点点繁星了。小艺觉得没有什么地方比这儿让人生活得更宁静更惬意更幸福了。

还有，多少年没有这样晒过太阳？多少年没有闻到过被子上阳光的味道了？真的是多少年多少年了。毕业分配后就一直住的单身宿舍，结婚后为了方便点点玩耍而要的一楼，都见不到太阳，后来到了滨江，好不容易买了自己喜欢的房子，房子却没有外伸阳台。现在，在这租来的房子里，因为父母的同住，因为吃着小时候味道的饭菜，因为盖着妈妈晒过的有着阳光气息的被子，反而找到了家的感觉。

原来生活也可以以这种方式呈现，真如广告词所说的——原来生活可以更美的。那段时间，她的心不在工作上，日子过得也挺好的，甚至觉得更好。小艺突然觉得工作其实也是可有可无的东西，在生活中，任何一件事，你只要投入精力和热情，都能找到快乐，也能产生快乐。

工作，其实真的没有那么重要！

但是，周末，工作照样准确无误地来找她。周六，她又与高飞一起去江陵参加有关汉宜线站房概念设计的会议。会上，东南设计院拿出站房设计的几种备选方案，确定最终方案，从设计特色来说，地方设计院的优势在于注重站房的地域特色，铁路设计院的优势则在于铁路站房功能的完备。

回到陪读村，已是周日下午四点。小艺发现三单元门洞出来二十多个家长和学生，往一单元出口方向走，与她擦肩而过时，她发现这些人表情中既紧张兴奋还有点神神秘秘。她满心狐疑，这是干什么呢？怎么有点像秘密集会的感觉？

小艺站在二单元门口，心想一定是学生家长，他们干什么呢？

看着人慢慢散去，小艺还是禁不住好奇，她快步追上两个与自己年龄相当的妈妈，请问，你们这是干什么？

一个剪着运动头的妈妈望着她没有说话，另一个剪着波波头的妈妈想了一下，压低声音说，自主招生。

什么是自主招生？小艺第一次听说家长提到自主招生这个词。

自主招生就是，波波头妈妈说，报纸上清华降低分数招的那个女生。你看看报纸就知道了。

是吗？她这样一讲，小艺马上想起几年前报纸上宣传的清华降低 50 分招录的那个女同学。可那个女同学有特长呀！

小艺边想自主招生这事，边去开门。不想，竟然看见爸妈坐在红木沙发上手拉着手正在唱"一条大河波浪宽，风吹稻花香两岸"呢。一见她，妈妈不好意思地赶紧松开爸爸的手，歌也没好意思再唱下去。还好，爸爸没有什么不好意思的表情，见她进门，就站起身来笑着道，回来啦。小艺也笑了笑，连忙就进了自己的小屋。

她一方面替爸妈高兴，另一方面自己都不好意思起来，从小到大，她从没有看到爸妈这么亲昵的举动。她想，如果是小楚遇到这个情况，聪明的小楚不知会怎么打趣爸妈，她那么能说会道、开心幽默，那可能一个举动一句玩笑就化尴尬为自然了，她一定还会说得爸妈一起开心大笑。可是，小艺不会，她从来没有看到过爸妈手拉手开开心心地唱歌，这么恩爱这么亲昵，所以，她不知道该怎么说，她觉得表扬不是，不表扬也不是，于是就一言不发地尴尬地笑了笑。

一会儿，铁军也回来了。今晚大餐由铁军出马，一家人都在家，铁军特地做了不少好吃的，还专门给爸爸烧了红烧蹄髈。可是爸爸只是看了看餐桌的食物，没有动一筷子。

爸爸，您怎么了？小艺吃惊地望着爸爸问。要知道这是铁军的拿手大菜，从前爸爸最喜欢吃的，怎么今天会一筷子都不动呢？

爸爸看看菜，语气平淡地说，就是不想吃。然后，在茶几上拿起个梨子就回卧室了。

最近一段时间家里水果篮里总是放着梨子。从前，爸爸总是说，身体缺什么，人就想吃什么，但是也不能什么都不吃，只吃水果呀！

小艺掉头就去问妈妈，怎么回事？她每天基本不与父母一起吃饭，还真不知道爸爸最近一段时间吃饭的情况。

妈妈说，你爸说他的胃不舒服，不想吃。

小艺诧异道，多长时间了？

妈妈叹了口气说，在你姐姐家住时就这样了。

一听这话，小艺感觉爸爸这半年明显瘦了，而且瘦得很多，来滨江时一张白白胖胖的圆脸又瘦回到从前的国字脸。她连忙站起来，跑到爸爸房间。爸爸已经躺在床上了，她连忙问爸爸道，爸爸，您的胃不舒服？

爸爸摆出一副无所谓的样子，没什么大不了的，前段时间有点痛，现在没事了。

小艺大声道，那应该去看一看啊！

有什么看头？爸爸突然抬高声音说，现在的医院都是骗钱的，随便一个小病，进去就是上万，去那儿干什么？

爸爸从来都让小艺不要说过头话，现在自己却把话说得那么绝对。小艺知道，如果爸爸把话说得那么绝对，那就是没有商量的余地了。她知道自己劝也没有用，就连忙搬救兵，她焦急地给姐姐打电话，告诉姐姐爸爸的症状。姐姐静静地听完，然后平静地说，我过两天过来。

吃完饭，小艺与铁军一起散步，两人再次说起爸爸不吃饭的事。铁军说，爸爸的病我感觉比较严重，还是应该到医院去看看。

小艺着急道，他不听话啊，他总是说现在的医院都是骗钱的，你总不能将他抬到医院去吧！

这样吧，马上十一了，姐姐和妹妹大家全都要来，让他们一起劝劝，一定要爸爸去医院看看，看到底怎么回事？铁军安慰道。

后来，一想到爸爸被耽误的病情，小艺真的非常怨恨媒体不负责地放大医院的负面效应，以偏概全，一会儿报道天价药，一会儿报道医生回扣，看一次病上一次医院就花掉了几十万元，吓得谁还敢进医院？其实，哪有那么严重？退一万步说，即使是那样，那又能怎么样？生命无价呀！再说，小艺才不相信医院所有的医生都没有医德了，怎么可能所有医生都没有了做人的底线呢？医科学生读了那么多年的书，那么多年的书都读到哪儿去了？

可是，小艺也理解爸爸，要知道爸爸每月退休工资还不到一千块钱，原来的积蓄都用来盖了厂里那个平房,他那点退休工资,怎么进得起医院看得起病?他一辈子都信奉毛主席的独立自主,自力更生,他没给三个女儿一分钱,又怎么会愿意用三个女儿的钱来治病呢?更何况三个女儿都不算富裕,都是靠工资养家糊口的,现在都好不容易在滨江买了房,哪里会有多的钱看病?做父母的怎么能给孩子增添负担呢?

十一黄金周来了。

十一前后共十天包保,小艺要去包保局管内北线各车站。

动车上,小艺遇见了局工会主席。作为局领导,他好像总是包管内北线各单位,因为每次节假日,只要小艺包保北线就能见到工会主席。工会主席是一个儒雅而谦逊的领导,非常平易近人,小艺连忙去与工会主席点点头笑了笑,算向领导问了个好,然后,就坐在其他车厢,望着窗外,她不由得又想起手机中一直保留着的那则短信,便掏出手机翻看:

> 投身铁路英勇无畏,制服一穿貌似高贵。其实工作极其琐碎,为了生计吃苦受罪。一年四季终日疲惫,考核考试让人心碎。白天现场晚上开会,日不能息夜不能寐。一年到头加班受罪,权益保护全部作废。

唉,谁不辛苦?铁路上谁不辛苦?工人辛苦,干部不辛苦吗?基层辛苦,机关就不辛苦吗?中层辛苦,高层就不辛苦吗?哎,只要是铁路,没有不辛苦的工作,不管你是最基层跑车的列车员、站岗的客运员,还是别人觉得身居高位的局领导。只是职工有职工的累,领导有领导的苦!

下车后,小艺没有直接出站,而是站在站台上盯车站的乘降组织。但是,她真的是身在曹营心在汉。她虽然站在站台上,看着一趟趟驶来又驶出的动车组列车,心里却一直惦记着爸爸的病,她真的放心不下。于是她走马观花地到其他两个车站看了看,二号晚上就悄悄地溜回了家。

一回到家,妹妹一家一到,姐姐一家也到了。

妹妹一家人穿着统一款式的休闲服来了。妹妹人还没进门，欢笑声就传进来。妈妈迎出来，就见妹妹站在门口，笑道，妈妈，这儿真像美国乡村别墅。我真想住在这儿呀。妹夫小刘手里拎着礼物，笑呵呵地跟在身后，小南一进门就跳起来，到处找点点。两个孩子一见面，就有说有笑，疯成一团。

小楚来了，小刘来了。妈妈边说边笑眯眯地接过小刘的礼物。

来就来，还带什么东西？爸爸也迎出来，站在门前笑着说。

今天是中秋节，来看父母怎么能不带东西呢？小刘说。

今天是中秋节？躺在床上的小艺边穿着衣服边想，自己真不知道今天是中秋节。她根本没有想到什么中秋节，她只知道刚从外地回来有点累，不是姐妹两家来，她说不定现在还躺在床上连床都不想起呢。

小艺，你怎么这么有眼光？找这么好的地方给爸妈住。小楚笑吟吟地推门进房。

小艺笑了笑，我也是特别喜欢这个地方，安静、宽敞、自在。

美国乡村别墅就是这种风格，小艺，给它买下来。小楚进一步动员道。

爸爸笑着说，这里环境是不错。

小艺接话道，我倒是想买，哪来的钱？还有，这是不能买卖的小产权房，买了不是自找麻烦嘛，电视里你没有看见，多少这种农民的房子买后法院判为无效。

妈妈接话道，哎呀，这里的农民"抓到"了，这个房东家里四口人，分了四套这种房子，每年光吃房租都吃不完。

小楚笑道，爸爸，您想想您这一辈子，就在厂里分了一套五十平方米的房子，现在厂倒了，房子荒在那儿，一分钱不值。

爸爸神情有点儿落寞，没有接话。

姐姐拉住爸爸，坐在沙发上，关切地问，爸爸，您怎么不好？

也没什么不好？就是前一段时间胃痛，我自己吃了点药，这段时间多好了。

姐姐接着问，要不到医院去检查一下？十一放假，医院刚好病人也不多。

爸爸头一摆，语气坚定地说，不去。

铁军和小刘都在一边劝道，去检查一下也没什么，没病更好嘛。

爸爸说，现在医院一进去各项检查就是上万，完全是骗人钱财。我下定决心，坚决不去。你们都别劝了，谁劝都没有用！

大家都知道爸爸的性格，看这个样子谁也劝不动他的。但是还是都在劝，尽管知道没有用。

爸爸接着说，我们那个年代过来的人，什么困难没有经历过，这点病痛算什么？在这件事上，我再次表明态度，我不去医院。你们谁都别劝了！

一听这话，几个女儿和女婿全都没法再张口了。

姐姐没办法，只好让一步，说道，爸爸，您要是坚决不去，那也就算了，但是如果有不舒服，一定要立刻说。小艺前两天给我打电话说您病了，胃不舒服，我就给您拿了点药，您先吃着。但是，人不舒服，一定要说，不能不作声。

爸爸没有接姐姐的话，而是说，你们不用关心我，你们把更多的精力投入到工作中，做出更多的成绩和贡献。

妈妈听到这话，一脸的不耐烦，她打断爸爸的话，你一辈子只知道工作工作，工作一辈子，什么都没有，房子房子没有，钱钱没有，还在说工作？

爸爸刚想发火，小楚一把把爸爸搂住，笑着说，怎么没有？爸爸有我们这么优秀能干的女儿，这是拿钱能换来的吗？

就是。大家应和着，全家人一起又笑了起来。

开饭了。坐在桌边，大家边吃饭边聊天。

小艺笑着说，姐姐，妈妈他们住你家时，天天烧煤烧开水，我还以为是你小气呢！

不是，是我自己要买煤烧的，这样可以省点钱嘛！妈妈连忙解释道。

小艺边吃边责备道，不过，妈妈您也太节省了，每天半夜，我听着房间有"滴答""滴答"的声音，害得我一夜都睡不着。我开始不知怎么回事，到处找声音从哪儿来的？一间房一间房地听、找，终于找到厕所，一看是妈妈用塑料桶在厕所接水龙头的水。我把水龙头给拧紧，睡到半夜，怎么又有滴答声？再起来一看，妈妈半夜又把水龙头的开关打开了。唉！

妈妈笑道，你不知道，这样水流得少水表不走，一晚上可以接一大桶水，一年下来可以省不少钱呢。

小艺皱着眉，摇着头道，拜托，这太吵人，我睡不着。

这么小的声音还吵人？妈妈不理解道。

小艺厌烦地说，我神经衰弱呀。再说我们家也不缺那一点儿钱，您这样，我一夜都睡不成的。

妈妈不高兴地白了小艺一眼，你怎么跟你爸爸一样？也神经衰弱。你爸爸像你这个年龄时，也是天天神经衰弱。

小艺不高兴道，妈妈，您不知道脑力劳动的人都容易神经衰弱嘛。我们家真不缺那点儿钱，您这样做，害得我一晚上睡不成觉，白天会影响工作的。

小楚也帮腔道，妈妈别再这样做，换了是我，我烦都烦死了。

还不是为了省钱，妈妈不高兴道，咱们家的女子一辈子都是干活的命，你看人家有些女孩子，一辈子不学习不努力不工作，就是把自己打扮得漂漂亮亮，找一个好男人嫁了，一辈子什么都有了。看人家海棠，嫁个杨峰，现在日子过得多好。

小楚反驳道，妈妈，您现在不说小玲了，又天天说海棠，要知道，有几个杨峰呀，也不能人人都当局长吧。

不过，妈妈说得也有道理，现在社会，真的女人干得好不如嫁得好。我们来滨江才发现，嫁得好比我们拼命干工作强多了。姐姐说。

爸爸反驳道，女孩子的一辈子怎么能完全靠在一个男人身上呢？女孩子就是得自立自强！

姐姐不以为然道，爸爸，您这观点早落伍啦！

爸爸说，我的观点也许是落伍了，但我还是认为：女孩子只有靠自己的本事和能力在社会上谋生立足，才能在社会上在家里有尊严地生活。在中国，有尊严地活着才是件最不容易的事，特别是女人。所以，你们几个喜欢读书，我和你妈妈也支持你们读书。为什么？就是希望你们通过读书学到知识本领，靠自己的本事在社会上生存。

小楚说，爸爸，读书考学，走的是千军万马过独木桥，可有女人就把如何嫁个好男人作为目标，目标多直接，既简单又高效！

爸爸一听这话，脸一下就板了起来，批评道，通过读书考学谋生，看起来方法很笨，见效慢，赚钱也不多，但是作为女孩子，这是最保险最有效的方法。再说了，在学习中你们能愉悦自己提升自己。而靠嫁人过得好的有，不好的也多，好与不好全在别人，女人过那种日子有什么好？

小艺感叹道，理倒是这个理，就是千军万马过独木桥，太不容易了。

爸爸解释说，人都是看着别人容易自己难。你想，让你放弃自己做人的原则和底线，容易吗？不容易。人只有有了自己的本事和做人的底线，才能自主地选择自己喜欢的工作和生活，才能活出自我，这样的生活才有价值和意义。

三个女儿一想，也对，至少自己的老公都是因为爱情。

爸爸看了妈妈一眼，接着说，你妈老是埋怨我一辈子在前塘工作，问我为什么不能像朱伯伯那样死皮赖脸地找领导调回滨江医院，说实话，我有自己的尊严和底线，我做不到，我也绝对不会那样去做！

的确，姐妹三人经常在这件事上埋怨爸爸。

爸爸接着说，我是个医生，也是个军人，军人以服从为天职。当时前塘没有医生，条件最困难，医院派我来，是组织相信我，我必须服从工作安排。再说来到厂里后我也不想再走了。当时，厂里、车站、工区，还有半道工区，有几百号铁路职工家属，都是什么人，基本都是从战场中活下来的革命军人，许多还是军烈属，当然还有一部分成分不好的。对我来说，他们都一样，我没来前塘也就算了，既然来了，那就在这儿干下去又怎么样呢？都是一样干工作的人，别人能过，我们有什么不能过的？

爸爸这一席话，大家都哑口无言了。

小楚是个聪明而爱热闹的人，一看冷了场，赶紧转换话题道，爸爸，今天是中秋节，咱们来个赛诗会吧！

行呀。爸爸高兴地说。

说规则。姐姐非常积极地接话，她家现在也有一个文人张老师了。

一家出一人，限时作诗，再朗读比赛。于是，大家在一起作诗，朗读，妹妹是主持，张老师、爸爸、妹妹、点点朗诵，最后，妹妹宣布结果。掌声、鼓励声，笑声，全家人又笑成一团。

小艺哪有心情作诗？她在想两件事。天马上就冷了，一是明天到光谷商场去买一个微波炉，这样，晚上孩子吃的东西在微波炉一转就行了，不用自己或妈妈晚上给点点反复热；二是房子这么大，父母天天待在家里，会冻得缩手缩脚的，让铁军在家里安一个大采暖炉吧，家里暖和，父母在家就会舒服得多。一会儿睡觉时就给铁军说。

然后，她坐在那儿听着全家的欢笑声，心里却在盘算着这个月的支出。这个月一下就交了陪读村一年的房租，再加上七七八八添置的电器，还有给妈妈的生活费，这个月早已入不敷出了。她到房间的沙发床头下拿出记账本，看看这个月的记账明细。突然，她想起自己年轻时，每次记完日记，将日记本放在枕边，当时一位四十多岁的中年女同事笑着对她说，小艺，女孩子年轻时枕下是日记本，结婚后枕头下就变成记账本了。

看看，真是这样。小艺不由苦笑了一下。


## 病危


白天越来越短，夜晚越来越长，天气越来越冷，晚上五点半不到，天就黑下来了，早上七点，天还没有亮。

天上飘着小雪，站在师大园路站牌下的小艺不停地跺着脚，想，天怎么突然变得这么冷？身上的呢子大衣好像有点儿薄了，鞋子也应换成靴子了。正想着，就看见运动头妈妈和波波头妈妈走过来。

互相点头致意后，运动头妈妈问小艺道，现在才六点四十，你每天怎么也走这么早？你不是在江南这边上班吗？

小艺笑道，不早，就这儿，如果路上堵一会儿，可能还会迟到。

不会吧？波波头妈妈说。

是的。我们每天早上八点准时交班。

什么叫交班？运动头妈妈皱着眉头问。

小艺想了一下，好像没有看到规范的定义，她说，就是固定的人员在固定的时间和固定的地点一起开短会，汇报前一天工作再安排今天要干的工作。

每天早上八点？部队吗？我怎么听着像是部队一样？波波头妈妈吃惊道。

不是，是铁路单位。

铁路不是很好吗？怎么会这么严这么辛苦？

好什么好？小艺说。她心想，这算什么辛苦？如果每天只是交交班就好了。

波波头妈妈道，我们单位，八点半到了再在单位吃饭，上班也没什么事，早点晚点都没关系，工作很舒服。运动头妈妈笑道，我每天把从这儿到单位往返这事当上班，到了单位就当作休息。

小艺听着，没有作声。心想，世上还有这种工作？

从师大园路出发，一路顺风，但是到了中南民族大学附近，就开始堵车了。开始，小艺在堵点上还买一份《都市报》悠闲自在地看看，但是堵得时间太长，小艺的报纸也看不宁静了。于是，把报纸放在一边，眼睛和心都跟着车走走停停，停停走走，到了光谷，人就开始拥挤起来，再往前走，到了广埠屯，车就走不动了。到处都在修路、修高架、修地铁，可是怎么修都赶不上堵车的速度，要不，滨江人都在开玩笑说什么"满城挖"呢。反正，整个滨江市都变成了一个大工地，到处都是堵点。

交班会结束，刚走出来，外面就有一拨人等着，九点整，召开上水问题交班会。从去年冬天，铁道部就开始抓全路列车上水工作，每月收集各局未给列车及时上水或是补水的车站，全路通报并进行排名。十八个路局谁名列第一，谁的脸上就挂不住，每月各局都惴惴不安，生怕所属车站榜上有名。

这一招真灵，各局列车上水工作质量有了立竿见影的提升。

上水问题交班会开完，小艺看了看表，赶紧，又要晚了。她拿起值班本，就往电视电话会议室跑，她要参加铁道部逢双运输电视电话例会，今天她值班。

到达会议室，王局长、总调度长及相关部室人员已经坐在会议桌前，10

时 50 分，全路视频运输例会开始。各局汇报昨天天气、安全、运输生产情况。

西北局汇报，天气不好，北疆大雪，安全好，装车好；东北局汇报，天气情况，昨日大雾大雪，接着讲运输生产任务情况。……

该滨江局汇报了。王局对着话筒汇报，滨江局安全无事，任务完成良好。今天气温骤降，管内下大雪，已启动应急预案，做好各项准备。

各局汇报时，电视视屏里，铁道部调度部严局长边低头看手头资料，边听各局汇报安全、生产、装卸车情况，不时用好听纯正的北方普通话对各局汇报情况进行干脆利落的简要点评。

各局汇报完毕，严局长强调在全国大面积降温降雪的天气恶劣的情况下，各局要确保电煤运输，要加强安全生产工作，做好各项应急处置工作。

部交班完毕，王局长又提出做好应对暴风雪的几点要求。

从会议室下来，又是中午了。小艺抓紧吃饭，今天又会忙个不停，由于突然降温降雪，旅客列车大面积晚点。

值班电话响个没完没了。15 时整，调度部来电，K1269 次马上要在阳兴站下交一个危重病人，半小时后，车站报这个病人下交车站前就病死了，家属坚决不同意下车。后经过车站做了大量工作后，家属才同意由殡仪馆来车将死亡旅客拉走。列车因此晚点近两小时。

下班时间，小艺给妈妈打了个电话，今晚值班，不回去了。

妈妈埋怨道，早不说，都给你做了。

没事，明天回来吃一样的。说完，小艺就把电话挂了。

19 时 25 分，小艺拿起值班本去参加 19 时 30 分的局交班会。

局办正好是小杨树值班，小艺在《值班表签到本》上签上自己的姓名后，杨树将一份铁道部《调度命令》交给她。《调度命令》仍是关于全国大范围降温降雪的内容，回到办公室，她将《调度命令》交给值班领导。只要是恶劣天气，业务部室都有领导 24 小时值班。领导看了看，说，你起草一个《大风雪下站车乘降组织的应急处置及服务》的通话记录吧。综合科晚上没人，你一个单位一个单位地传。起草好，传完，已是 22 时 30 分，比自己预期的早半小时，不错。办公室沙发上一躺，休息。

早 7 时，坐在办公桌前，把电脑打开，看阳兴站传来的《关于阳兴车站处理 K1269 次死亡旅客的情况报告》，她赶紧把阳新站两千字的报告简化成三百字，交班会上，她必须用一两分钟时间把这件事讲清楚。然后，她夹起交班本，来到三楼会议室。

8 时 30 分，局交班会准时开始。

车辆部汇报后，就是运管部汇报。小艺拿起《值班报告》开始汇报。

昨天发生一起旅客死亡事件。昨天 14 时 43 分，阳兴站接外局担当的 K1269 次列车长请求，要 120 急救车进站，急救一名突发急病的旅客。15 时 02 分，列车到站，120 随车医生上车确诊该名旅客死亡，当随行人得知死者下车后要送往殡仪馆火化时，情绪激动，不愿将死者带下车，坚决要求带死者继续乘车，要将死者带回老家入土为安，车站与旅客陷入僵持局面。经过车站反复给家属和殡仪馆做工作，殡仪馆同意将死者遗体送往贵州，家属同意将死者抬下列车。16 时 20 分，K1269 次列车发车，列车因此晚点 1 小时 52 分。16 时 37 分，殡仪馆工作人员到车站，与死者家属商量运送事宜。此事处理完毕。

各部室汇报完毕，王局长说，昨天突然降温，风雪交加，今天要特别强调大风雪下的行车安全，要防滑防冻防溜，要制定详细的大风雪天气下的应急预案，提完具体的安全要求后，他接着说，另外，目前社会和旅客稳定问题也很突出，昨天 K1269 次列车意外死亡旅客处理得很及时，运管部和阳兴站做了大量工作。如果不及时处理，一是造成列车长时间晚点，二是死人在车上，旅客还怎么乘车？三是如果有不明真相的人造谣生事，还可能造成社会的不稳定因素。因此，我们铁路既要保畅通、抓生产，还要维护社会稳定。大家要联想得复杂，要处理得慎重。好，结束！

窗外，仍然飘着纷纷扬扬的大雪。

小艺交完班回来，组长又交给她一份《通知公告》。明天晚上到北京参加相关客运站房设计方案的初审会。

雪已经下了两整天。下午下班时，雪还在下，而且越下越大。院内院外，

355

街道楼宇到处都是白茫茫一片。

走进门，小艺觉得家里冷飕飕的，冷得像个冰窖。这么冷的房间爸妈怎么待得住？咦，中秋节那天晚上不是跟铁军吩咐过在家装个取暖炉的吗？

走进爸妈的房间，一样冷。房东虽然在房间装有空调，但是坏的。爸爸半躺在床上，她问爸爸吃的什么？妈妈说，你爸爸晚饭只喝了一小碗汤，就躺下了。

小艺对爸爸笑了一下，没有再说话。走进自己的小屋，一关上门，她就黑着脸对铁军发脾气道，早就和你说在家里装一个取暖炉，爸妈在家可以烧水还可采暖，又花不了多少钱，你怎么拖来拖去的还没办？现在天这么冷，爸妈在家怎么待得住？这种事总不能也是我去吧？小艺想，如果装了大采暖炉，家里每个房间都暖和，父母就可以在家中自由走动，不用像现在这样缩手缩脚地躺在床上了。

铁军解释道，我一直在想这事，都看好了，没想到今年会冷得这么早，才11月中旬就降温下雪了。滨江从来没有这么早降温下雪的。还有，我担心这是租人家的房子，安采暖炉必须在玻璃窗上开孔放排烟筒，我怕房东不同意。

其实，小艺也因此犹豫了一段时间的。所以，她垮着脸没有作声。

那我明天就去做，行了吧。铁军向小艺保证道。

雪还在飘飘洒洒地下着，一点儿也没有停下来的迹象。点点晚上九点半才回来，这冰天雪地的，路一定滑，大路上还好有人清扫，自己楼道前的小路，特别是马路到自己家门栋前的那段路和台阶，上面积满了厚厚的白雪。

想到这儿，小艺到厕所拿起扫把就"噔噔噔"下楼，用扫把将厚厚的积雪扫到矮树丛边，只是，昨晚的积雪在一些地方已积成了冰凌儿，滑溜溜的。

想着点点回来走到这里特别是上台阶一不小心"啪"地摔倒的样子，她就找来铁锹一点点将台阶铲干净，但是台阶上砖与砖的隙缝还有冰凌，脚蹭上去还是滑。不行！小艺想了想，就拿把小铲子回到台阶上，蹲下身子，把台阶隙缝里的冰铲得干干净净，她自己又在每个台阶间反复走了几次，感觉绝对不会滑着点点，这才放心地收拾扫把、铁锹和铲子，上楼。

点点晚上九点半才放学，小艺不能睡觉，只是人好像有点不舒服，再加上值了一天的班，她就和衣在床上歪着，等会儿还得给点点做饭。

铁军，铁军，小艺，小艺，快点！快点！听着像是妈妈在慌乱地大声疾呼。隔着两道房门，又听不太清晰。

铁军，小艺，快点！快点！一声比一声更急。是妈妈！小艺和铁军都吓得立马从床上跳起来，连忙往妈妈房间跑。

推开门，只看爸爸半躺在地上，妈妈跪在地上，抱着爸爸的上半身，神色慌乱。爸爸上身只穿了件银灰色毛衣，脸色惨白，双眼紧闭，呼吸急促。铁军迅速把爸爸抱到椅子上，用手紧紧掐住爸爸的人中，小艺抱住爸爸哭着喊，爸爸，爸爸！爸爸没有半点反应。

赶紧，赶紧，赶紧给你姐姐打电话。妈妈焦急万分地说。

先打120！铁军冷静地说。

小艺手忙脚乱拨通120急救电话，告诉120爸爸的症状，请求迅速派车。但是120问他们具体地址时，小艺傻眼了，她说不清这个陪读村在什么路上。这里这么偏，他们才住三个月，她和铁军天天坐公共汽车，哪里知道这叫什么路？她只知道这地方叫师大园北路社区。应该叫师大园北路吧。

打完电话，小艺马上给姐姐打电话，告诉爸爸突然昏倒，刚叫完120。

电话那边传来姐姐冷静而清晰的声音，你赶紧再给120说，让他们接了爸爸后，迅速将车开到我们医院，爸爸的医保在这儿。

小艺又赶紧打电话给120说，请直接将病人送到姐姐医院。

放下电话，小艺又扑到爸爸身边喊爸爸。但是，无论她怎么喊怎么叫，都叫不醒爸爸，爸爸只是闭着眼很短很急促地出气。小艺换过铁军扶着爸爸，掐着爸爸的人中，妈妈和铁军赶紧给昏迷中的爸爸穿棉衣、棉裤、袜子和棉鞋。

然后，妈妈又开始收拾爸爸住院要用的日常物品，等待着120的到来。

10分钟、20分钟、30分钟，120还没有来，小艺不停地给120打电话，120也在不停地给小艺打电话。这个地方是东湖开发区的最边缘，下了两天大雪，到处是白茫茫一片，不熟悉路况的人，还真不太清楚这个地方。整整40分钟，120才到家门口。

　　120急救人员进门，放在担架上的爸爸被迅速放进急救车。铁军要跟去，小艺哭道，你别去了，点点一会儿就回来了。你在家吧！

　　黑夜里，四处一片白茫茫，120救护车疾速地开着，路上有点儿颠簸，救护车也不停地晃动着。车开了几分钟，爸爸在晃动中突然睁开眼睛，面无表情茫然不解地轻声问，这是哪儿？

　　爸爸，您刚才晕倒了，才醒过来。侧坐一旁的小艺看见爸爸醒过来，泪水才停了下来。她扶着爸爸说，现在我们一起去医院，您不要动！

　　120救护车开进姐姐医院，姐姐已经在住院部大门前等着。担架上电梯，进入内科病房，医生、护士都拥了上来。

　　爸爸刚刚被放在病床上，嘴里就"哇"地吐出一大口血，床上被单上身上嘴上都是鲜红的血。站在旁边的小艺不由抱着爸爸"哇"地大哭起来，姐姐赶紧将血迹擦洗干净，没想到，爸爸"哇"地又一次吐出一大口血，小艺手上身上全都是，小艺抓住爸爸不停地哭。

　　主治医生过来看了看，将小艺叫过去，问了爸爸姓名、年龄，病状，摇了摇头，他在一张纸上写着，然后叫小艺签字。小艺一看是《病危通知书》，《病危通知书》？她心里抗拒着不想签，但想了想忍住泪，还是在上面签上自己的名字。姐姐正与医生护士们一起忙着各项救治的准备工作。

　　小艺拿着《病危通知书》，看了看，眼泪不由得流了下来。她默默地走到卫生间的洗手池旁，站在那里，泪水不停地往下落，不停地往下落。过了好一会儿，她才忍住泪，打开水龙头，将爸爸刚才吐血时溅在她手上和身上的血迹放在水龙头前冲洗，看着血水由浓变淡往下流着，泪水忍不住又滑落下来了。

　　回到病房，姐姐已经将爸爸的衣服和病床上的被单全部换干净了，床边已经挂上了五六种吊瓶。小艺将医生开的《病危通知书》交给坐在一旁的姐姐。

　　爸爸清醒着，他一言不发地静静躺在病床上，灰白头发下一张苍白的脸上面无表情。姐姐和小艺默默地守在爸爸床边，一直守到天亮。

　　快到上班的时间了，姐姐轻声对小艺说，你上班吧，在这儿也没什么用处。

　　我今晚上要到北京，明天有个会，要不我不去了。小艺犹豫道。

去吧，我在医院。姐姐低声劝道，还有小楚呢！

姐妹两人走到电梯处时，小艺的眼泪滚落下来，她拉着姐姐的手，说，姐，我不想让爸爸死。

姐姐用力握了握小艺的手，半晌才说，不会的，爸爸不会死的。

雪夜中，小艺踏上了进京的直达车。

## 武广高铁

武广高铁就要开通运营了，初步定在 12 月 26 日。

12 月 1 日至 25 日，运管部全体人员要添乘武广高铁试运行动车组，以确保各项工作顺利对接。小艺又被排在周末添乘。

如果不是爸爸生病，她想都不会想周末不周末的问题。但是，现在爸爸生病了，而且是癌症，她感觉像是自己得了癌症一样，精神一下就垮了下来。

她想休息一周，在医院陪陪爸爸，跑一跑爸爸住院动手术的事，就给闻部长请假。但是，闻部长眼望桌面皱着眉头说，武广高铁就要开通了，现在这么忙，咱们一个人抵几个人用，哪能请假？小艺心里老大的不乐意，虽然也接着上班，但突然觉得，平时在她心中特别有意思有意义的工作，变得完全没有意思没有意义了。自己从来没有休过周末节假日，更别说公休假了，父亲病重，怎么就不能休几天？

中午下班，从办公室走出来，坐上公共汽车，小艺不由得悲从心来。

爸爸怎么办？爸爸怎么办呀？

车到洋园站，她下车后从一个窄巷子穿进去，就到了医院，姐姐工作和爸爸现在就医的医院。

爸爸病了以后，人明显消瘦下来。他每天躺在床上，目光空洞地望着一切，从前爱围着几个女儿说个不停的他，再也没有说过一句话。

江南医院已经出了结果，爸爸是恶性肿瘤，胃癌。医生还说，无论怎么医治，爸爸最好的结果还有一年时间，不好的话就只有几个月。也就是说，爸爸最多也只能存活一年，也许就几个月的生命寿限了。病床上，爸爸脸色惨白，乖得像一个婴儿，让他吃就吃，让他躺着他就躺着。

或许姐姐在医院看多了生离死别，小艺不理解，姐姐为什么说起爸爸最好的结果时能那么冷静，但是小艺不相信也不允许爸爸只有一年就离她们而去。

不行，再检查一次，到江北那边最好的医院检查。小艺说。

这样拖来拖去，会把爸爸的病拖重的。姐姐很不高兴地发火道。

不高兴也没用，小艺坚决不同意。要知道，爸爸不只是你一个人的爸爸，我们也有权利发言。小艺拉着妹妹小楚表决，二比一通过，去复查。爸爸一病，妈妈就完全没了主意。

但是，同济医院检查的结果一样。12月11日，爸爸的活检诊断结果出来——胃腺癌。

下一步做不做手术？

无论如何都必须做手术。这一点小艺一点也不让步。

姐姐让了一步，说道，那爸爸就在我们这儿做手术吧，这个手术我们医院医生也做得了的，干脆请本院的医生做。

那怎么行呢？你们医院一年才做几例？现在我们有条件，到同济医院去做。

你知不知道，到同济医院这样一个手术要花多少钱？那里医保又不能用，爸爸这样一个手术要近三十万元。姐姐一脸的烦恼和焦虑道。

三十万就三十万，三十万我也要在那儿做，小艺与姐姐倔起来，姐姐，我不是不相信你，也不是不相信你们医院，我只是想让爸爸的手术最有把握。

你懂什么？你以为手术完了就完了吗？还有后期治疗的费用呢。在这里一些费用可以减免，而且爸爸的医保在这儿，也可以从医保中出一部分。

小楚反驳道，姐，别说我们现在有一定条件，就是条件困难的农村人，也知道到大医院看病。知名医院就是手术成功的保证。

家里哪有钱？姐姐终于说出心里话。还有，你们根本不知道，病人到了医院，进来花的钱就像流出去的水一样。

小艺知道姐姐不是说爸爸没钱。爸爸自然是没有钱，他一个月的退休工资要养妈妈和他两个人，只够生活。正因为此，爸爸才坚决不到医院看病。姐姐其实是说她自己没什么钱。她在医院就是个护士，现在的丈夫已退休，能有几个钱？再说，她在医院几十年了，她知道，到了医院，病人的钱就不是钱了，就如自来水一样，"哗哗"地往医院淌，就算你有再多的钱，医院都能让你把钱花个精光。姐姐其实是说没有必要花这种冤枉钱。

爸爸当了一辈子的医生，给别人看了一辈子的病，人善良得像个菩萨，可临到老了，自己却因没钱看不起病。小艺想想就悲从中来。

不行，我来出，最多，我把自己的房子卖掉一个。小艺大声道。

可能吗？你愿意，铁军愿意吗？姐姐高声反问小艺。

怎么不可能？铁军会同意的。小艺争辩道。其实她心里真不能确定，毕竟，房子是两个人的共同财产。她人生中第一次发现钱的重要性，原来钱可以买来爸爸的命。自己多么不孝呀，竟然没有足够的钱来帮助爸爸，拯救爸爸这么善良的一个人。想到这里，泪水又出来了，她半推半就地答应了姐姐的想法。就在姐姐医院做手术吧！但是，要请知名医院的名医来做手术。毕竟爸爸得的是癌症，不怕一万，就怕万一。

小艺正与姐姐商量着，手机响了，手机里，组长大声吼道，你在哪儿？有人抬着植物人放在了机关大门口，你还不快回来？

小艺光想着利用中午的时间来看看爸爸，商量着怎么动手术，没想，现在已到了下午上班时间。她连忙回答说，我在医院，一会儿就回来。

她知道就是一会儿也要四十分钟。毕竟从医院出来再回单位需要时间，现在钱这么紧，怎么敢打的士呢？爸爸马上做手术要用钱，哪里还有钱打的士？

一定是春运第一天那个因坠车导致成植物人的家属又来了。想着他们上次在机关大门口对她又骂又扯的情景，她心里真的不想理他们。她知道，一定是年底了，又来闹事要钱来了。

临近年底，街边小店都在热热闹闹地打折促销商品，一派新年祥和的热闹景象，临街一家小店正放着萨克斯《回家》的旋律，哀伤的旋律在街道上盘旋着，也在小艺心里回旋。如果爸爸不在了，哪里还有什么家可回？小艺在路边走边想边哭。

手机又响起来，她听到电话那头大声的吼叫声，你在干什么？怎么还没回来？

你在催命吗？我在干什么？你不能处理一下？我爸快死了！小艺对着电话也大声吼道，吼完就失声痛哭起来。

她觉得自己要疯了，真的要疯了。

到了机关大门，小艺没有进大门，而是怒气腾腾地直接杀向信访办。

一进信访办，她就当着组长的面，拿起电话拨打车城站主管人员的电话，吼道，怎么回事？1003次列车家属抬着植物人又到机关来了，你们怎么回事？还不赶紧派人过来处理！电话那头工作人员从来没有听到小艺这么粗暴，吓得只好赶紧答应着。

小艺知道，车城离滨江五六百公里，怎么可能过来处理呢？她只是当着组长的面，也学着他的样子发发火。她想，难道这个案子是她小艺犯的吗？组长你就不能搭把手做做工作吗？自己的爸爸现在还不知道该怎么办呢？

信访办接待室的正大门里面放着一个担架，担架上躺着那个坠车的植物人，他的爸妈坐在接待室的座椅上一言不发。信访办的同志和组长站在一边，无可奈何地看着担架上的植物人和他父母。怎么办？没办法！

这个案件已经拖了近一年。春运第一天坠车，春天索要两百万赔偿未果，夏天已经将人扔在机关大门口大闹过一次，法庭也上了两次，现在快到年底，他们又把人放在大门口。也难怪组长电话里对着她大喊大叫，放在机关大门口社会影响不好，领导看到肯定会不高兴，运管部工作怎么干的？

若在平时，小艺会对担架上的植物人和父母心生同情，毕竟那也是一条命。但是，现在，平时的她不见了，因为，现在她爸爸也一样躺在病床上，她现在也为钱而一筹莫展。她可怜别人，谁又来可怜可怜她？

小艺望着那个妈妈，大声道，我们不是第一次见面吧，在法庭上见过、大门口也见过，你们说也说了，打也打了，法院判也判了，你说，你们今天还来是要干什么？

那个妈妈操着一口繁城话，一副不情不愿的样子，她大声，现在这娃子（孩子之意）我们不想要了，给你们。

给我们？凭什么？小艺学着电话里领导的口气，大声吼道。

看着平时和颜悦色的小艺今天像变了个人似的，那个妈妈吃惊地看了她一眼，声音明显变小道，是在你们车上摔下来的，我们又没有钱治，只有给你们管了。

我给你们讲了多少遍了，第一，他没有票不是旅客；第二，他不是在我们的车上摔下来的；第三，公安笔录，他是自己跳车，是自身责任；第四，我们出于人道主义已经给他在医院垫付了三十多万。就这样，你们还上法庭告我们，找我们索要两百万元。

那我们怎么办？我们没钱咋办？那个妈妈哭丧着脸，大声嚷嚷道。

她不说没有钱怎么办还好点，她一说这句话，小艺的眼泪一下子夺眶而出。小艺大声说，你们没有钱，那是你们自己的事，跟我们有什么关系？你们没有钱怎么办？好，我告诉你，小艺流着泪，大声地一字一顿地对她吼道，那我告诉你，我刚才就是从医院过来的，从我爸爸躺着的医院赶过来的。小艺一字一顿地说，我爸爸为铁路干了四十三年，干了整整一辈子，我现在还在这个机关工作，我还在铁路上班，我也干了大半辈子，现在我爸爸得了癌症，躺在医院，要做手术，要三十万元做手术，我现在拿不出来，我们一家都拿不出来呢，你说，我怎么办？我爸爸怎么办？你说，我该怎么办？我爸爸该怎么办？我去找谁？你说，你说啊！小艺边说，泪水边往下落，说着说着，小艺不由得已是泪流满面、泣不成声。

那个妈妈和爸爸瞪大眼睛，吃惊地看着泪流满面、泣不成声的小艺，再没作声。站在一旁的组长拍了拍小艺的肩膀，一是对自己的火爆脾气表示歉意，再是安慰安慰小艺。小艺背过身子再次抽泣起来。她真的是在想，爸爸怎么办？自己该怎么办？自己该怎么办才能救得了爸爸？

信访办的同志对植物人的妈妈爸爸说，看到了吧，你们已经够幸运的了，你儿子出事是出在我们铁路这种大企业，我们真是出于人道主义才帮你们的，我们自己的职工病了都没办法，你们真的不要不知好歹。

看到小艺在哭，在痛哭，那对妈妈和爸爸没再作声，而是低着头悄无声息地把地上的担架撤走了。

信访办大厅空无一人，小艺一屁股跌坐在椅子上又哭起来。


爸爸的手术还是在姐姐医院做，但请外面大医院的大夫做。姐姐赌气道，小艺，要请你请吧！毕竟姐姐是医院的医务人员，不用自己医院的医生做手术，同院的医生会对姐姐有想法。

我请！小艺一口承诺道。

小艺天天在铁道线上跑，哪里认识什么人？她坐在家里，想着怎么办？对，点点初中同桌家长是东南医院的，开家长会见过面。她将电话打给同桌家长张医生，张医生一听，就说，放心，我把我们医院内科最好的专家给你请来。

这位医生的确是东南医院最好的医生，手术做得非常成功。

手术恢复期，爸爸医院的好些老同事都过来探望，他们拉着爸爸的手说，李大夫，一定要恢复健康，现在的社会多好呀！咱们一定要多活几年才对得起这么好的日子。

爸爸微微笑着看着大家，用劲点了点头。

接下来的十来天，全局都在倒排进度，做着武广高铁12月26日开通前滨江高铁站验收和开通运营前的站车人员培训及其他准备工作。

12月24日，滨江高铁站站房整体验收，滨江高铁站太大，上上下下，每个项点逐一验收，整整走了一整天，最后，小艺的双腿如灌了铅似的，累得走都走不动路了。晚上八点半，坐在回家的公汽上，看见群光广场门前十多米高的五颜六色、灯光闪烁的圣诞树，小艺才想起今晚是平安夜。一年到头了，给父母和点点买点节日礼物吧。想下车，腿却不听使唤。算了吧！

第二天下午，高飞、小艺又坐上杨局长的车再次来到滨江高铁站，车一路直接开到车站售票大厅前。

不过半年,漂亮大气的滨江高铁站就拔地而起,现在,真如鲲鹏展翅般展现在世人面前。真是了不起啊!仰望着已经面貌一新的滨江高铁站,三人站在候车大厅面前,不由得感慨万千。

小艺对杨局长感叹道,杨局,您不知道,半年前到滨江站指挥部会议室,我第一次站在滨江站模型前时的震撼,滨江高铁站浪漫大气,不像车站,而像艺术品,我第一次感觉到咱们铁路车站竟然还可以这么美,那种滨江特色的气质美。当时真的很震撼!

杨局长望着小艺淡淡地笑着,当时?半年前?难道你现在就不感觉到震撼了吗?

小艺望着眼前造型精美如白鹤展翅般的滨江站,不由感叹道,实话,更震撼!

正说着,让他们震撼的建设者王指和身着铁路制服的江南站副站长王梓走了过来。

两个王子都来了,杨局长笑道。

王指对杨局长、小艺和高飞三人神采飞扬地说,我的站房建好了,怎么样?漂亮吗?

杨局长笑道,刚才小艺还在说震撼呢,说不像车站像艺术品。

高飞笑道,真正的建筑都是凝固的艺术。

王指指着王梓笑道,我的使命完成了,现在我这个假王子把这件艺术品交给你这个真正的"王子"了。

看着身着笔挺铁路制服的王梓温文尔雅地站在面前,杨局长笑道,真是一个小王子!

大家边走边进行滨江站开站前的最后一次巡查。

一行人来到车站地下层的售票大厅时,大厅内右墙角上方有一根一米多长的细小电线从角落垂落下来,有碍观瞻。杨局长对着指挥长王指和小艺,质疑道,这?怎么回事?他的意思是,你们昨天是怎么验收过关的?他走到墙角跟前,伸手把灰色的电线拉出来,又一点点挽成一团,然后塞进隐蔽的接线板的扣件里。那神情，就像是自己新家刚刚装修完，在搬家前最后一次验房一样。

巡查完毕，又是晚上七点半了。车在夜色中往机关开着，小艺和高飞坐在后排，车内安静无声，小艺望着窗外江上的灯火发呆，高飞用右手拍了拍小艺，小艺扭头，高飞指了指前排副驾驶座，小艺悄悄凑上前一看，原来，杨局长不知什么时候已经睡着了，他的头已沉沉地歪到了座椅靠背的左边。

万事俱备，只欠开通。

26日晚上，小艺去医院看望爸爸，小楚正守在爸爸的病床边。爸爸的精神还好，只是目光空洞，再不说话，一句话都不说，感觉就如这场病让爸爸变成了哑巴似的。病房里，小艺拉着爸爸的手，兴奋地对爸爸说，爸爸，您知道我最近都在忙什么吗？这些天我天天在武广高铁的试验车上，350公里时速，高铁开得像飞一样。

爸爸望着她没有表情，更没有言语。小艺接着笑道，爸爸，您知道现在的滨江高铁站修得有多漂亮吗？今天，武广高铁就正式开通高铁动车了，等您好了，咱们一定要去看看高铁站，再坐坐高铁。

爸爸仍然没有说话，只是眼睛盯着前面，用手指了指病床正对面的墙面。墙面上的电视里，正在播放中央台有关武广高铁的新闻报道：

> 2009年12月26日，全长1069千米、时速达350千米/小时的武广高铁正式开通运营，3小时就跑完了武广之间曾需要11小时才能跑完的路程，只用5年就走完国际上40年高速铁路发展的历程，武广高铁令世界瞩目。

小楚看着电视里一趟趟白色的高铁动车组在青山绿水中飞驰而过，吃惊道，小艺，我怎么突然想到"忽如一夜春风来，千树万树梨花开"的画面了呢？

第二天，小艺又跟着高飞坐直达车往北京赶。

北京的雪下得更大。会后，大家边吃饭边聊天。同桌有个人六十多岁，是位退下来的老处长，人长得又黑又胖，其貌不扬，一看就是工程部门的人。因为当过处长，大家就客气地称他部领导。

可能是会开完了，大家比较放松，还可能是那位老处长年龄大了，加上喝了点酒，反正那晚他的话最多。他用一口贵州话说，自己干了一辈子的铁路，内心还是有蛮多感慨的，自己虽然是贵州人，可基本没有回过贵州，为了铁路建设四海为家，一辈子四海为家。

接着他仍用贵州方言道，铁路对社会贡献多大呀！我最大的感受就是当年京九线的铁路建设。京九线修了三年，那三年我根本就没回家，天天在线路上跑。京九线基本走的都是穷乡僻壤，当时许多地方不见人烟，建设起来相当艰苦，但是现在再回去看看，沿线县市随着京九铁路的开通，经济全都发展起来了。

最后，他仍感叹道，铁路对社会的贡献多大啊！干了一辈子铁路，我觉得自己不虚此生。他不停地说着，其他人也就客气地似听非听着，偶尔随声附和几句。小艺看得出来，有些附和只是出于礼节，但是，她不由得盯着老处长多看了几眼，本来又黑又胖又土气的老人，霎时间变得可敬可爱起来。

小艺想起了卧床养病的爸爸，爸爸曾经也是这样追着几个女儿喋喋不休地讲修丰沙线、修宝成线的开心和艰辛，不管她们爱听不听还是似听非听。现在，这位可爱的老处长也是追着在座的年轻人喋喋不休地讲自己修过的京九线，也是不管在座的年轻人爱听不听还是似听非听。

这位老处长所说的京九线小艺去过太多次了，局管内宏城车务段就在京九线上。宏城车务段管辖内500公里线路上的车站小艺基本都走了个遍，现在胡三就在那的客运段宏城车间，管着宏城地区经由京九线的进京、进沪、进穗、进深的四对旅客列车。

现在，即使是京九线通车后十多年的现在，那里仍然是局管内最偏僻最落后的地方。那么，当初，这位可爱的老处长只有四十来岁，他们在修建京九铁路时，京九铁路沿线会是怎样？真不敢想象。

# 第九章

## 黑夜给了我黑色的眼睛

　　轨道车在黑暗连着黑暗的隧道里穿行着。小艺本想着，看看宜万线上哪个是最著名的齐岳山隧道？哪个是野三关隧道？哪个又是云雾山隧道？但是，她根本没有时间去分辨，看见的就是黑暗，再黑暗，有时一线亮光一闪而过，马上又进入黑暗中，再又是无穷的黑暗，她瞪大眼睛，不断地寻找光亮，可是眼前还是黑暗连着黑暗。突然，浩子最喜欢的两句诗从她的脑海中蹦了出来。

**跟进**

2010 年。

我是纪委，我们已到江南站，五人全部到岗。

我是工会，我们一行五人已到江北站，由主席带队。

我是劳卫，我们一行六人已到滨江站，部长带队。

小艺坐在办公桌前，迅速在《2010 年春运值班记录本》第一页右上角写时间、记录人，然后，边接电话边记录：

> 9 时 21 分，江南站纪委包保组到岗
>
> 9 时 24 分，江北站工会包保组到岗
>
> 9 时 30 分，滨江站劳卫部包保组到岗

2010 年春运第一天，小艺在局春运办值班。早 9 时，开完春运交班会，小艺刚坐下来，各部门包保组到岗的电话就来了。

春运办，我是科技部，我们一行四人已到车城站，由部长带队。

辛苦。小艺话音未落，电话那头的高飞听出是小艺的声音，他笑道，是小艺姐吗?

是，高部长。小艺笑道。

怎么？今年春运姐姐坐台？电话那头的高飞惊讶道。

这话一说，小艺忍不住笑了起来。她回道，坐台？你是觉得姐姐年龄大了，不符合坐台条件吗？她心里笑着，唉，什么乱七八糟的！

高飞在电话那边不停地笑，没有没有，只是觉得姐姐怎么总是这么辛苦，哪里辛苦哪里去。

小艺也笑着说，高部长，告诉你，春运这么多年，这次是我干过的最轻松的工作，就像我们客运服务中的老幼病残孕一样，是重点旅客，属于照顾性质的，还是姐姐争取来的。

正说着，桌上另一部电话响了起来。小艺笑道，不说了不说了。挂掉高飞电话的同时，又拿起另一部铃声不断的值班电话。

每年春运，路局都要求专业部室组织专业检查组上车下站进行检查，机关综合部室包保全局重点车站，包站人员在春运第一天18时以前全部到岗，并及时将到岗情况报局春运办。全局18个综合部室，组成18个包保组包保18个重点车站，同时抽调路局机关40名干部直接参加春运期间的列车乘务工作。

其实，春运期间，小艺愿意上车下站，去感受春运时广大旅客在车站在列车上既艰难又温馨的氛围，这样感同身受，她就感觉，春运也是她的春运她的乡愁。但是，她今年怎么也不会愿意整个春运都上车下站了。

春运快开始前，小艺就想找闻部长，要求不外出包站也不上车添乘。她知道干上这一行，没有可能提条件，她也没提过条件的，但是她今年坚决不出去。不出去的唯一岗位就是在局春运办值班。值班最大的好处就是三班倒，可上24小时，再休一天半。想着闻部长皱着眉头为难的样子，不如发短信吧。这样，被拒绝也不难堪。

晚上，小艺给闻部长发了个短信：闻部长，今年春运我不想出去了，父亲得了胃癌，刚动完手术，家里三个女儿他最疼我，所以我想尽尽孝，春运期间在春运办值班，这样能在家中多照看一下父亲，就是能为父亲披披被子也好！小艺。

还好，闻部长给她回短信道：好吧。

早交班会上，闻部长说，很多同志克服困难，个别同志家人生病住院自己还坚守工作岗位，发给我的短信让我很感动。小艺看了部长一眼，没有作声，领导好像是在不点名地表扬她忠孝不能两全。

小艺原本以为闻部长又会皱着眉头不理她，没想到，部长不仅答应了她的请求，还表扬了自己。她内心满是感激，觉得有时真的错怪了领导。

上午10时，王局长笑呵呵地走进春运办，小艺赶紧站起来，笑道，王局好！王局长也笑道，辛苦！小艺回答道，还好，今天是第一天，客流不大。

王局长问，今年节前的运能配置如何？闻部长道，还不错，临客特别是往成都方向的临客比去年增加了两对，应该能缓解部分进川客流的压力。领导们边看边聊，说着就到部长办公室去讨论节后运能的配置了。

小艺坐回办公桌前，偌大的会议室顿时安静下来。

"嘀铃铃"，电话又响了起来。

一天下来，电话不断，有临客要补水的，有协调外局乘务员公寓住宿的，有抢救病人的，有投诉车站售票窗口中午关窗的……

第二天9时30分交完班，小艺走出大楼，感觉自己心和眼都是木涩涩的。终于可以回家睡一觉了！心里这样想着，脚却不由得走向去医院的公汽站方向，还是先到医院看看爸爸吧。

来到医院，小蓉小楚都在医院守着爸爸呢。爸爸半躺在病床上，身上盖着被子，目光呆滞，面无表情，一言不发。他像是都明白，就是不说话，一句话都没有。

姐姐小蓉附在爸爸身前，将被子往上拉了拉，盖上爸爸的双肩和手臂，掖好，然后，凑到爸爸面前，温柔地问，爸爸，您为什么不说话了？爸爸表情淡漠地回了一句，不想说，好些事记不起来了。

坐在病床边，姐姐与妈妈和小艺小楚商量，今年咱们全家就在我家过年吧。过年那两天，爸爸就住在我家，过完年再回医院。医院24小时有暖气，爸爸就在医院养一个冬天吧！

小艺和小楚点了点头。妈妈担心地问，小艺，那你家点点怎么办？

小艺正想作答，就看见一直面无表情、目光呆滞的爸爸像是突然清醒了一样，目光清亮地盯向自己。

小艺连忙也坐到爸爸身边，拍了拍盖着被子的爸爸，笑着安慰道，没事的，点点她一共才放二十来天的假。我今年春运不在外面跑了，在单位值班，这样既可以经常过来看看您，也可以给点点做做饭。看我今天下班后，上午可以来看看，下午回去。再说，铁军回来也可以照顾孩子。没事的！

铁军现在的工作也是一年四分之三的时间在沿线现场跑。

爸爸依然一言不发，只是眼睛盯着小艺，一直盯着小艺看。小艺知道爸爸心里在惦记着她和点点，不由得心头一酸，泪水在眼眶中打转，她忍了忍，才忍住没有落下来。

点点考试了吗？妈妈问。

考了，考得很好，期末考了 631 分，比期中多了 20 来分呢，排名也在全年级 260 名左右了。

妈妈笑了起来，爸爸脸上的表情瞬间也轻松下来。

妹妹笑着夸起点点来。她说，点点就是聪明。

哪里是聪明？她只是懂事！她只是看到我和铁军一直这么辛苦，看到爷爷姥姥一直照顾着她，觉得不努力对不起爷爷姥姥。

小艺在爸爸病房里坐了一会儿，就必须走了。点点在家，自己也是刚下夜班，也累。

小艺伸出手，用力握了握爸爸苍白的手，又给爸爸披了披被子，向爸爸笑道，爸爸，我走了。爸爸面无表情地向她挥了挥手。

妈妈、姐妹与她走出病房。等电梯时，姐姐庆幸地说，爸爸幸亏是到了滨江，要是在厂里，人早就没了。

厂里现在连条能走车的路都没有，救护车怎么开得进去？再说前塘镇上哪有什么 120 急救车？小艺说。

姐姐下结论道，所以，人老了一定要在城里生活，城市的医疗生活都比乡镇方便，说农村生活比城里生活更美好，那完全是胡说八道。

小楚点头道，引用上海世博会的口号，城市才能让生活更美好！

大年三十正好又是小艺值班。机关大楼门前高高悬挂的大红灯笼既突出了春节的祥和，也显现出节日里机关的冷清。今天大家都回家过年了，就连包保各站的春运工作组也于昨日18时前撤岗。

大年三十就是大年三十。春运以来，每天春运办应接不暇繁忙不断的电话声也没有了。不一会儿，许局长、书记、王局长及相关人员带着笑声和慰问品走了进来。然后，就是平静的年三十。

只是，年三十的平静被傍晚一辆动车组的车辆故障打破了。

傍晚，由于动车组车辆故障，有一趟由上海返乘江北站的动车组晚点，车上旅客没完没了的电话打过来。旅客本来可以赶上大年三十年夜饭的，回不了家团不了年，心里会多烦呀，闹也能理解。从18时35分开始，小艺就与客运段、调度部、外局春运办、省市春运办、江北站不断对接。23时50分，列车终到江北站，江北站报，旅客全部坐上市交委专配的公交车平安离站。

怕打扰对面办公室室休息的领导，小艺就给闻部长发了个短信，G1034次23时50分终到江北站，共203人，旅客全部乘坐市交委安排的大客车平安离站。一秒钟，闻部长短信回过来，好。辛苦！她又迅速电话向铁道部春运办汇报，G1034次晚点列车已终到江北站，旅客顺利抵达，整体平稳有序。要知道，部春运办也一直盯着这趟晚点列车呢。

原以为大年三十值班会平静些，没想到也不平静。只要过了转钟，小艺就会失眠，晚上再也睡不着了。

小艺把一个简易折叠床拉开，将铺盖铺上，但是根本就睡不着了。算了，洗个澡吧，她扯下橡皮筋，披散头发，趿着塑料拖鞋，双手端着放有毛巾及洗漱用品的蓝色塑料脸盆，走出门，走向楼道卫生间处的沐浴房。

二楼整个走廊上静悄悄的，只听见她拖鞋迟缓的"踢踏踢踏"声，整栋楼，整个夜都静悄悄的，全都陷入了沉睡之中。二楼昏黄的过道灯下，只有她形单影只的孤零零的背影。

去年底，从二楼男卫生间专门隔出一个两平方米的沐浴房。一开始，她是坚决不进去的。那么小的空间，男女混用多恶心！但是真正去了，也觉得没什么，至少连轴转的值班后，冲冲澡可以解解乏。冲完澡，她又端着脸盆踢踏着拖鞋出来，人也感觉轻松清醒了许多。

人一清醒，更没瞌睡了，她素面朝天，披着湿发，倒在沙发上不思不想，放空发呆了好半天。干什么呢？干脆看一会电视吧。她打开电视，是重播的春节联欢晚会，她盯着电视屏幕，电视里的人浓妆艳抹、兴高采烈地唱唱跳跳着，可她既不觉得歌好听也不觉得舞好看。没有家人欢聚的氛围，春节联欢晚会有什么看头？一点儿也不好看！

早8时30分交班会，按照惯例，小艺夹着本子拿着笔，提前几分钟急匆匆地往三楼会议室走去。进了会议室，坐下，四下望了望，感觉不对头。怎么安监、车机工电辆等部门好像都是大部长，她又看了看坐在她左右的部门，都是大部长，她犹豫了一下，再看看已经端坐在正前方的许局长、王局长，彻底觉得不对头。今天是大年初一，难道大年初一是大部长们来交班？这样一想，她吓得赶紧夹起本子和笔就往门外飞快地跑，边下楼，边想着赶紧给闻部长打电话，刚下到二楼楼梯，就碰着正往上走的闻部长。她连忙说，闻部长，别的部门都是大部长。

闻部长加快脚步，边走边解释，是的，今天是大年初一，是部长们来交班。我刚回家吃了个早饭。说着，快步往三楼会议室走去。

静静的机关大院内，主楼高高的门梁上悬挂着的"欢庆春节"四个大红灯笼特别耀眼醒目。出门，一轮暖暖的红日挂在远远的天际，街道上、广场里空空荡荡的，没有一个人影，一个也没有，偶尔才有一辆的士从身边驶过。

小艺扬起脸，望了望蔚蓝的天际，感叹，今天是个好天气。

站在路边，她伸出右手，想拦辆的士，犒劳一下节日的自己。可一不留神，的士却轻盈地从身边划了过去。算了，坐公共汽车吧，反正今天是专车。

过了正月十六，春运客流明显下来了，从投诉电话或是值班电话的接听数量就能看出来。客流一下来，小艺的心情也明显轻松起来，一轻松，突然想起自己的例假好像好久没来了，难道怀孕了？她有点儿害怕，如果怀孕了，那真得丑死了，这么大的年纪还怀孕？

下午她到江南医院检查，妇科大夫轻声笑道，没有怀孕。一听这话，小艺一颗悬着的心才放下来。

刚坐在妇科大夫面前，手机就响起来，小艺拿起手机，是组长的，要求她16时整到江南站乘管内特快赶到宜陵站，参加路局宜万铁路全面介入现场检查工作。小艺把眉头一皱，刚值了一天的班，怎么又派她出去？宜万线？是宜陵—万州间正在建设中的铁道线？

收起手机，小艺望着女大夫释然道，我还真是怕怀孕了。

女大夫微笑着问，推迟多长时间了？

小艺真不记得具体的时间，这样的事她怎么记都记不住。只要是这些乱七八糟的数据，她都记不住。她使劲想了想，不好意思道，有二三十天？

女医生笑了，你是不是更年期提前了？有些女同志就是你这个年纪，工作太忙太累，会使更年期提前的。

更年期？电视广告天天播的中年妇女愁眉苦脸的模样？自己都到更年期了？自己都成了电视里那些无精打采无病呻吟的老女人了，还想着自己是怀孕了呢？难怪医生面带笑容。一定是在笑自己不知道都多大年龄了还想着不小心会怀孕？

女医生仍然微笑着给她说，咱们女同志一定要学会爱惜自己。身体是自己的，其他什么的，都是假的。这样，我开一点儿让例假正常的药吧，工作千万别太累了。说着，就随手开了三服药。

小艺答应着，走出门，把诊断书和药方一对折，往包里一塞，就往车站赶。

22 时，到达宜陵车站。到了宾馆，床上已放着一本铁道部宜万铁路建设指挥部编撰的《宜万铁路——高风险隧道全面贯通纪念册》。纪念册图文并茂，特别是图片具有极强的视觉冲击力。小艺半躺在床上，认真地看起来：

  宜万铁路东起宜陵，西到万州，是在地质条件极为复杂的艰险山区修建的高标准干线铁路，也是目前国内已建和在建铁路中最困难的山区铁路。

  宜万铁路全长 377 公里，全线共有隧道 159 座，70% 位于石灰岩地区，有 34 座隧道评估为高风险隧道，其中可能性发生大规模突泥突水的 1 级风险隧道 8 座，Ⅱ级风险隧道 26 座。隧道总长 338.77 公里；10 公里以上隧道 3 座，正线隧道占线路总长的 59.5%。

  其中，地处鄂渝交界的齐岳山隧道全长 10.5 公里，自进口向出口为单面下坡，穿越齐岳山背斜构造，地表大小天坑、竖井、落水洞星罗棋布，通过 15 条断层，3 条暗河；全长 13.8 公里的野三关隧道区域内有二溪河、苦桃溪 2 条清江主要支流，隧道下穿苦桃溪，工程区共有 6 条暗河及密集岩溶管道，其中 3 号暗河从隧道上方斜向穿过，隧道穿过 12 条断层，其中一个断层与苦桃溪和 3 号暗河连通；云雾山隧道施工爆破后出现总面积达千余平方米的巨大溶腔，向下深不可测，洞内结构复杂，支洞交错，发育暗河、瀑布，犹如地下迷宫。……


  看着宜万线惊心动魄的文字和图片，小艺想起躺在病床上说好些事都记不起来的爸爸，爸爸参加了丰沙线、宝成线的修建，把这些资料带回去，给他看看，也许对恢复记忆有好处。

  春寒料峭。一大早，大家爬上两辆轨道车，准备着去宜万线，这是每天正常上线的轨道车，车内前方是机车驾机室，车厢后面有两张单人床，床上铺盖很旧很脏，有两张木条凳，四五个木方凳和一个方桌，车上近二十号人，不够坐，大家只好都挤在床边。

  轨道车在黑暗连着黑暗的隧道里穿行着。小艺本想着，看看宜万线上哪个是最著名的齐岳山隧道？哪个是野三关隧道？哪个又是云雾山隧道？但是，她根本没有时间去分辨，看见的就是黑暗，再黑暗，有时一线亮光一闪而过，马上又进入黑暗中，再又是无穷的黑暗，她瞪大眼睛，不断地寻找光亮，可是眼前还是黑暗连着黑暗。突然，浩子最喜欢的那两句诗从她的脑海中蹦了出来。

*黑夜给了我黑色的眼睛／我却用它寻找光明*

轨道车开了一小时左右，在一个两端都是隧道只有一小段能见天光的高架铁轨上停下来，前一辆轨道车上的杨局长及工务、建设相关专家们早已下车，他们在高架上的线路上走着，边巡查边讨论着排水防洪，桥梁钢筋等问题。

小艺也跳下车，想到车外透透气，没想到走在这段铁轨上，才发现铁轨铺架在群山之巅。环顾四周，全是山峰，脚下铁轨下面就是万丈深渊，小艺真的吓得心惊胆战，小心翼翼地往前挪了几步，步步惊心。她越往前挪步就越害怕，天呀，这铁道线是怎么铺架起来的？

不过，走上十来步后，她的心情也平静下来。再环顾四周群山，她看见轨道车停车方向的山巅上竟然有一树报春花在明艳地开放着，那一树粉红在满眼的绿色群山里显得如此耀眼和妩媚，她的心一下子就快乐起来。这树春花在这深山幽谷中默默地开了多少年？谁又看到了它？它又能看到谁呢？它兀自地生长在这里，年年这样美丽着自己，亮丽着群山，年年春去春又来，它就这样花谢花又开。

15时整，轨道车终于返回终点——宜陵东站。宜陵东站还是个预制板的框架结构，一大帮人往前走，小艺在后边跟着。突然前面杨局长在喊她，她赶紧跑上前，杨局长问道，小艺，你们部门来过吗？小艺想了想，自己是没有来过的。她就说，好像还没有来过。杨局长皱着眉头说，年底就要开站运营了，你们怎么没有来过？要跟进，抓紧跟进！小艺连忙笑着点头道，好的。

在宜万指挥部里，大家首先观看宜万线建设的专题片。在观看过程中，全场人员鸦雀无声，在座的所有同志都被深深地震撼着。视频中，层层山峦、条条隧道里，大小天坑、断层、暗河、溶洞星罗棋布，突水突泥、塌方泥石流，防不胜防。一段段画外音也强烈地震撼着大家的内心：

2006 年 1 月 21 日，马鹿箐隧道头顶一个 60 万立方米的聚水溶腔发生的突水，在短短 10 分钟里，水量即达 5 万立方米，被称为中国铁路建设史上最大的涌水隧道。

2007 年 8 月 5 日，野三关隧道被块石、泥沙淤塞约 400 米，威力巨大的泥石流将几十吨重的挖掘机、自卸车、装载机等大型机械设备冲出 500 多米，并全部扭曲解体。大支坪隧道，开工以来提示溶腔 82 个，发生大规模突水突泥 14 次，最大日涌水量达 36.3 万立方米。

2008 年 4 月 30 日，大支坪隧道掌子面正在进行作业，安全员发现右侧掉块出水，立即组织人员撤离，短短几秒钟，掌子面 7000 立方米淤塞隧道 200 米，由于发现及时，施工人员全部通过逃生通道安全撤离，避免了一起重大安全事故⋯⋯

与文字和图片相比，视频中，宜万线的隧道施工及隧道突泥突水的风险的现场太揪人心弦，太惊心动魄了，那宏大的场面和突兀而来的意外塌方，比美国灾难大片还扣人心弦。

接着，各业务部门提出现场发现的问题，指挥部拿出问题消号的时间。最后，杨局长发言。他说，宜万铁路从 2002 年开工，2009 年齐岳山隧道开通，用了近八年的时间，现在宜万线已经到了攻坚阶段，6 月开通宜陵东站，12 月开通宜万线，开通就必须开客车，时速为 160 千米 / 小时。

会后已是傍晚，大家都在等晚上回去的火车。小艺突然想，明天周日，去一趟车城吧，那附近有座山，广告说灵灵灵的，想着术后一言不发的爸爸，那就上上山，不是说心诚则灵吗？

第二天上午，来到景区，眼前竟然是白茫茫一片，看来是好多天的积雪。现在还是正月，还在过春节，景区内没有一个游人。她心一横，想，来都来了，就是白雪皑皑，我也要爬上山顶。上山时，她脑子里总是浮现宜万线群山中的那树报春花，真是"人间四月芳菲尽，山寺桃花始盛开"。

她正小心翼翼地往山上走呢，手机又响了起来。一个是妹妹小楚的电话，她开心地说，老家的三爸三妈来了，快回来。另一个却是组长的电话，他用很急促很严厉的口吻大声说，快回来！快回来！快回来！

她不由得皱起眉头。她想，周五下午让她连夜往宜万线的隧道里赶，这才一天工夫，怎么就让她快回来快回来快回来。单位出了什么事？催命吗？她的心情不由得从对诗情画意的感慨跌落到不胜烦扰的现实。

### 被高铁

周一，坐在会议室，小艺才知道，真是催命，比催命还让人揪心。

早上，她乘坐的公汽难得在光谷一路顺畅，可是一到滨大门前的珞珈山站，公汽就走不动了。

原来，吹面不寒杨柳风，人面樱花相映红的时节又到了，滨大门前都是来看樱花的游客。

这才一大早，滨大门前游客就熙熙攘攘，滨大的樱花都知道有名，但是怎么今年春天这么早就有这么多游客？坐在车上，小艺正在疑惑，就听见公共汽车上有人用滨江腔说，看看，都是广东人坐高铁来看滨大樱花的。再一看，真是广港一带人的长相、打扮和口音。看来是武广高铁开通带来的广东一带前往滨大赏樱的高铁客流。

腊月二十八，铁军和小艺带着点点回铁军家提前团年，小艺专门带着点点买了张高铁票坐了个来回，点点一进滨江高铁站时满脸惊喜、满心震撼的神情让小艺特别开心。她对点点说，你知道妈妈每个周末都不在家，天天出差天天忙，都在忙些什么吗？当你看到半年前遍地黄泥的大工地，变成现在这样的惊艳世人的大气浪漫的高铁站时，你是不是也会有一种特别满足的成就感？她的语气和神情满是骄傲和自豪。这怎么这么像一个人呀？王指！王指当年在北京夸赞滨江站时也是这样的自豪和骄傲。

点点边目不暇接地打量着高铁站，边认真地点了点头。

小艺笑着说，所以，别看妈妈天天喊累经常发牢骚，但是妈妈这份工作真的很有成就感的。

点点再次点了点头。

现在，坐在公汽上，想到点点目不暇接的眼神，看着滨大门前一堆堆的旅客，小艺内心不由得得意起来。只是滨大门口堵车堵得厉害，她紧赶慢赶，还是迟到一分钟。

交班会已经开始，她没好意思往前坐，便拿着本，悄悄坐在会议室一角。但气氛不对啊！

与年前要开通武广高铁时的慷慨激昂、热情洋溢相反，现在，闻部长也在讲武广高铁，却是满脸愁容，声音低沉。他说，大家忙了一个春运，春运才过，报纸上、网络上，社会舆论到处都是一片"被高铁"的声音。有旅客称，乘坐咱们武广高铁的动车，车上空荡荡的，根本没有什么人，自己完全是"被高铁"了，还有图有真相。

闻部长望着大家，皱着眉头说，现在咱们压力很大。说实话，春运期间高铁旅客还不少，但是春运过后高铁上座率不太理想，特别是咱们局管内。

大家一听，都不约而同、神情凝重地望着闻部长。闻部长调整了一下情绪，提高声音道，现在全社会都非常关注武广高铁，如何提高高铁上座率是我们今年研究的重要课题，高铁营销成为今年工作的重中之重，请同志们认真思考、调研，提出自己好的建议，下周三咱们一起开个研讨会，制定确实有效的措施，要确保高铁高品质、高铁高服务。

刚才在滨大门前水泄不通的广东旅客，那不是旅客吗？小艺想，网上那位旅客虽然有图有真相，但一样也是以偏概全，而且，任何新生事物出来，都会有不同的声音，往往是越突出越优秀，质疑和批评的声音就会越强烈越过激，木秀于林，风必摧之。

但是，人民铁路为人民的铁路太关注太在意批评声了，特别是互联网时代。网上稍稍有一点儿不同的声音，不管对错，铁路就会风声鹤唳，草木皆兵，生怕有什么不良反应和负面影响。

旅客"被高铁"了吗？为什么有旅客感觉"被高铁"了？多高大上的滨江

高铁呀，还有那飞驰在武广高铁线上的高铁动车组列车，那可是举全局、全路之力才精心打造出来的。那么高端的高铁站车环境，那么现代的自助服务设施，那么端庄俏丽的动姐服务，小艺觉得，武广高铁上的滨江站和高铁动车就是滨江市最亮丽动人的风景。怎么还会有人会横加指责呢？从个人感情上，她也不愿意接受批评和质疑。要知道，从去年六月，小艺慌乱中套着个黑纱裙来到遍地黄泥的大工地后，她就经常到滨江高铁站施工现场，她是看着滨江站从一堆堆黄土中一点点、一点点搭建起来的，她真的感觉滨江高铁站就像是自己的家人，真不愿意听到别人说它的不是。

记得十多年前，2004 年 4 月，全路开行夕发朝至的直达车时，当时上座率也很低，社会上也是一片质疑之声，现在不也是趟趟满员，有时还超员呢。再是从市场营销角度分析，市场对任何新产品都有一个接纳的过程，新产品也有一个培育成长壮大的过程。对内地人来说，高铁票是贵，但对于处于改革开放前沿的广东人来说，一点儿也不觉得贵。早上，那一群群的广东人挤在滨江大学的门前，他们仅仅是过来看看滨大的樱花，就愿意掏钱买价格不菲的高铁票。这就是地区差。

想到这儿，她觉得下周三的研讨会她得发发言。

下班，小艺连忙往姐姐家跑，去看望从未谋面的三爸三妈。

三爸一家一看就是在农村艰苦生活出来的，但是长得还是与自己一家人的样子很像。爸爸与三爸只是默默地坐在一起，举手投足间就能感觉到他们兄弟间的关爱和默契。全家人在附近酒店吃了饭，妹夫开着车，姐妹俩又陪着三爸三妈到滨江主要景点玩了几天。

送走三爸，小艺来到爸爸床边，笑着问，爸爸，三爸一家人来，您高兴吗？爸爸用劲地点了点头，还是不说话。

妈妈对小艺说，点点开学了吧？现在学习怎么样？你爸跟我说，我们还是搬到你那儿去住。

小艺调头看着爸爸，爸爸眼睛盯着她，语气肯定地轻声道，我们到你那儿住。

小艺瞪大眼睛，吃惊地望着爸爸。这是爸爸自去年 11 月 15 日病倒后，她第一次听到爸爸主动开口说话。爸爸说得很清晰，她又回头望着妈妈，妈妈望了望爸爸，扭头对她点点头，说，你爸爸想帮帮你。

没事的，小艺拉着爸爸的手说道。

你爸说了，我们不去，你一个人会受不了的，你工作太忙了。我们在你那儿总能帮帮你。

没事的，小艺再次笑着说道，眼眶却不由得有泪水在打转。

去你那儿住。爸爸再次语气肯定地说道。

小艺用力地点点头。好了，小艺不用再担心自己出差点点一个人在家没有饭吃了。

周三，研讨会开始。闻部长说，请大家各抒己见，一是讲咱们高铁上座率低的原因，二是讲讲咱们应该采取什么措施，各抒己见啊！

会上，分管人员讲了些原因，其他不是分管人员要么不说话，要么轻描淡写地说了几句。大家一个挨着一个地讲，轮到小艺了。

小艺望着闻部长道，您布置这项研讨题目后，我就去查看了些相关数据，自己分析了一下高铁动车上座率低的原因。

是吗？闻部长赞许地点点头。

小艺接着说，我觉得有两个原因，一是咱们省的经济水平低于南方省份，虽然近两年的中部崛起政策使全省处于较快发展中，但经济、人均收入远落后于南方省份，人们会觉得高铁价位较高；二是高铁动车有一个市场适应市场培育的过程。铁路新增列车开行都有一个开车引流的过程，刚开行时上座率也很低，她举了 2004 年开行滨江到北京的直达车的例子。

闻部长点了点头。

小艺真的认真地做了功课，提前还写了一份分析材料。她拿起笔记本接着说，上周，我专门调取了咱们高铁开行以来 100 天的数据、今年春运 40 天的数据，按每日、每周和春运期间进行了一下数据分析，可以看出高铁旅客出行的规律分三个层面：

一是每日中午下午（11:30～16:30）高铁客流大，上座率高，而早（7:30～9:30）、晚（18:30～20:30）时间客流量较小；二是每周双休日客流大，周一、周五客流次之，而周二至周四客流相对小，客流明显呈现与工作日不同的客流特点；三是节假日高铁客流又不一样。春运40天，高铁节前北上上座率117%，节后南下上座率达102%。说明高铁也同样呈现春运规律：客流节前北归回家过年，节后客流南漂外出打工。因此客流呈现工作日、周末、节假日三种不同客流规律。

说到这儿，她顿了顿。闻部长鼓励她道，你接着往下说。

小艺就接着说，因此，建议如下：

一是高铁有个市场适应市场接纳的过程，现在市场上出现被高铁的声音很正常，咱们应该做的是如何加快这个市场培育的过程；二是咱们应该根据旅客工作日、周末、节假日三种不同的出行规律，制定工作日、周末、节假日三种不同的高铁开行方案，而不是全年365天除春运以外每天开行一样对数的高铁动车组。

她的话讲完，大家都没有说话，一个人也没有说话，闻部长也没有说话，只是默默地点点头。

会开完了，回到办公室，快下班没人时，阿妹悄悄地对她说，小艺呀，还是不累，真是喜欢瞎操心！

小艺侧过脸来看着阿妹，心想，不累？为了研讨会的这个课题，小艺花了一周时间调取数据，再对比分析写材料，真的有点儿累，她以为会得到阿妹的赞许，没想到阿妹这样说。今天的发言发错了吗？她小心地问，怎么了？我说错了吗？

阿妹悄悄地说，谁让你说的？这是你分管的吗？你这不是讨人嫌吗？

一听这话，小艺才感觉自己这次发言发错了。

可是，部长不是让大家各抒己见嘛！

阿妹瞪了小艺一眼，你是单纯还是傻？你在那儿说不是你分管的事，那分管的人怎么想？显得别人都没有思考就你爱思考？

小艺这才觉得自己做得的确有点不妥。可是领导不是让大家各抒己见嘛。闻部长这样一说，她就老老实实地去做，没想辛苦得要死，还可能得罪一大圈子人。也许真的如阿妹说的，她不是单纯就是傻！

第二天上午，艳阳高照，暖暖的阳光透过窗户洒进办公室，办公室里一片暖阳阳的感觉。这时，对面办公室传来小艺、小艺的叫喊声。

小艺连忙起身，一位女同事笑眯眯地对她说，小艺，帮我个忙。今天外面的太阳真好，咱们天天在这儿值班，被子褥子从来没有晒过。说着，站起身来，将自己放在铁皮柜的被子褥子拿出来，笑道，小艺，你帮我拿到外面的操场上的铁架子上晒晒。

小艺以为她一个人拿不下，就把被子抱起来，笑着说，好，我帮你拿被子，你拿褥子。没想到，女同事笑道，姐姐，我现在正忙着呢，你就帮我一下，一起拿出去晒吧。说着，就把被褥也堆在小艺怀中。

小艺抱着被子被褥，一下就愣住了，她半天都没有反应过来这是怎么回事？助人为乐，应该的，但是，她绝对不喜欢去帮人晒被子被褥，自己与女同事的关系绝不至于亲密到帮忙晒被子被褥，凭什么帮她干这种事而她自己不去？这不是明摆着欺负人吗？可是，现在怎么办？说不去，人家和颜悦色地笑眯眯地请你帮忙，还喊你姐姐，现在自己怀里已经抱着被子被褥呢，总不能扔了吧？她愣了几秒，就装作不知别人是欺负自己的傻样子，傻笑着说，行吧。

然后，她满心屈辱地抱着被子被褥，走到操场上。把被子搭在铁架子上时，眼泪在眼眶不停地打转，她告诉自己说，不准哭不准哭！

回到办公室，阿妹小声道，看看，你要没事找事，现在人家也没事找事了吧。

她没有作声，但听见那边办公室有人小声道，过分了吧。

那个女同事仍然笑眯眯道，她不是喜欢分内分外都不分地干活吗？这也是关心同志帮助同志嘛。她自己愿意干，不然，她怎么会帮我呢？说完，望着小艺办公室，高声笑道，谢谢啦，小艺！

她这话声还没落，小艺的泪先落了下来。

下午，组长布置小艺一项工作，她心情本来就不好，再一看，这活根本不是自己的分管，就语气生硬地说，我忙不过来，这又不是我分管的事。

组长一听，脸一垮，不高兴道，这不是你的事，那我看有好些事不是你分管，你干得好得很呢！

小艺一听，就听出这是批评兼讽刺，是说她昨天会上说了些不是分管工作的话。本来，上午她一肚子委屈压着火在，现在听到这话，压了一天的火终于蹿了上来，她冲着组长扬着脸，语气坚决地说，不管这事是不是我的分管，我都不干！

组长一下也火了，吼道，你是不是不想干了？

小艺一听，愣住了。她不想干？她是不想干工作的人吗？她天天像陀螺一样连轴转，从来没有节假日没有周末地干，为什么？不就是喜欢这份工作吗？

小艺望着组长，毫不客气地反击道，恰恰相反，我非常热爱这份工作，但是，这事，我就是不干。说完，她站起来，转身就走了。

下午下班时间，闻部长把她叫到办公室。小艺当然知道闻部长为什么把她叫到办公室。她坐在部长办公桌对面，一声不吭。

闻部长皱着眉头，一副心事重重的样子。他语重心长地对小艺说，小艺，咱们认识二十年了，我当然了解你，知道你的工作态度，在单位不分分内分外地工作。但是，要知道，人上一百，形形色色，在单位，并不是所有人都一样，都把这份工作当作爱好当作事业在做，每个人的敬业心和责任心是不一样的，对同一件事的态度和想法也是不一样的。

小艺听得出来，闻部长其实是在指昨天的研调会。小艺委屈地说，去年大半年，我天天参加滨江高铁站的建设、武广高铁的联调联试，就像是与人处久了处出了感情似的，真的是对咱们高铁站车有了感情。所以，当您在会上说，"被高铁"时，真的就想找找原因，难道我错了吗？如果说这不是我分管，那您为什么每次新增开车都让我上车下站去调查去写分析，这也不是我的分管，为什么我多干了没有人说好，可是我多说了几句却说我的不是呢？

能者多劳呀！闻部长说道，但是你说话的方式不对。

怎么不对？

你说高铁开车方案分三种，那就是否定现在的开行方案。你知道吗？列车开行方案那是多大的系统工程，从前铁路四年才调一次大图（运行图），现在一年调整一次，节假日还要调图，调图要涉及车机工电辆各个方面，铁路运行图就是一个大联动机，牵一发而动全身，需要车机工电辆各部门统筹兼顾，所以，咱们可以建议，但不能否定别人的工作。你就用一个星期的时间分析了高铁开行的 100 天的数据，就得出现行高铁开车方案不合理，就把从上到下那么多人的辛苦工作都给否定了。你换位思考，你会高兴吗？这会得罪多少人？

那自己肯定也不高兴，小艺心想，她真没有想到这一层。

闻部长说，在计划经济体制下，我怎么制定开车方案，你怎么组织客流。从前车站要一个停点（停车时间）开一趟车，从调查、申请、上报再到最后批复，有多难要多长时间呀，现在多快多简单，与从前相比，咱们现在已经进步太多了。

小艺没有作声，想想，闻部长说得也对。前塘站几十年就那一趟管内慢车，后来厂里车站要求多少年，才给增加了一趟快车一分钟停站时间。

闻部长接着说，现在，铁路跨越式发展，各系统都是不分白天黑夜地忙，工作量非常大，从上到下都一样，大家都忙不过来。大家都想把工作做得更好，都想进入理想社会，但是路要一步步走，饭要一口口吃，凡事都有个过程。你呢，分析的其实也有道理，咱们可以建议，也许下一步会实施工作日、周末、节假日高峰期三种方案。现在肯定不行。

小艺没有再说话。闻部长没提上午下午的事，只是说了一句，小艺，唉，说到底，你还是不成熟。没事，以后一定要注意与同志们搞好关系。小艺本来想说自己扯到开行方案，也是想说有客流的时段开车，这样旅客"被高铁"有图有真相的现象不就会少些吗？但听到闻部长最后一句话，她就没有再说话。

看到一脸郁闷的小艺从闻部长办公室出来，阿妹走到她身边，悄声对她说，小艺，记住，只要是领导批评你，管他说得对不对，你就说是是是、对对对、好好好，改改改，要不就不作声。哪有你这样的？与直接上级对着干，笨啊你！就是拒绝也要讲究方法！

小艺没有作声。

其实，姐姐小蓉去年就给小艺讲要学会推活。她看到小艺天天不落家，是不是分内的活都没完没了地干，就笑着对小艺说，你怎么这么笨呢，啥活都干，你怎么不会推活呀？要知道，职场如战场，也讲究战略战术。在单位，是你分内的按职责干，不是你的多一分你也不要干，更不能去抢着干，这是游戏规则，工作中，有一种能力叫拒绝，拒绝也讲究艺术。否则，别人不愿意干的事就全推给你了。

当时小艺望着姐姐尴尬一笑。她都工作快大半辈子了，这是姐姐第一次讲职场艺术，也可能是姐姐的职场得失经验。可是，从小到大，爸爸一直在教她们努力工作努力工作，告诉她们艺多不压身，前几年铁路不是宣传苦干实干拼命干吗？而且，当年爸爸一个人恨不得把卫生所的工作全包下来，从没有所谓分内分外的呀。爸爸从来也没有教她这种推活的智慧。

阿妹说完，背着包走了，小艺一个人坐在办公室发呆。她真的万分沮丧，自己真的天分不够，她根本就没有能推就推的智慧，更没有那种美貌如花的资本。就如姐姐说的，单位好像真的总有人一直负责美貌如花，而自己却如负责养家的老妈，脏活累活全干了，你还如一团又旧又脏的抹布，别人把你丢得又偏又远，嫌你难看碍眼。

小艺学不会这些职场艺术也不想学。现在怎么什么都能称为艺术，艺术现在怎么他妈的就这么不值钱了？小艺在心里骂了个他妈的，才从办公室走出来。

回到家中，小艺首先到爸爸的房间。爸爸半躺在床头，虽然她什么也没说，爸爸还是从她的神态中看出异样。爸爸声音很轻地问，你怎么了？怎么不开心？

没有，就是有点儿累。小艺连忙强装笑脸道。

你是不开心！爸爸仍旧轻声问她。

小艺一看瞒不住爸爸妈妈，就说，单位有点事不开心。

小艺不想讲具体情况，从小到大，她都不喜欢给父母讲自己工作和生活上的事。爸爸知道小艺的性格，知道她不会再讲。爸爸望着她，沉默了一会儿，轻声说道，小艺，你其实喜欢这份工作，对吗？

小艺望着爸爸没有作声。

那你就只管按照自己的想法去干自己喜欢的事，不要在意别人，只要问心无愧就行。爸爸仍旧轻声说。

小艺望着爸爸，轻轻点了点头。

天越来越暖和，爸爸看着也越来越好起来，只是人彻底瘦下来了，从前穿着显小的衣服裤子现在穿着却空荡荡的。每天早上，爸爸能与妈妈一起买菜去了，回来时就买一张《都市报》，早上吃点牛奶鸡蛋，或是面条，上午看看报纸，中午比较丰盛，爸爸也能吃，吃了就休息，晚上只是一小碗饭，但还不错。栀子花开时，爸爸隔上两天，就带回几束新鲜的栀子花，然后进屋，将栀子花插进玻璃瓶，放在餐桌上。小艺一进家门，满屋都是栀子花的芬芳。

爸爸好了！爸爸好了！小艺欣喜万分地想。

现在点点的学习变得最为关键。点点马上就要上高三，成绩也稳稳地站在600分以上。这个成绩再往上蹦蹦，考上个滨大或是科大是没有问题的。

八月中旬，高三年级家长会，各科老师都在提醒高三一定要学会用改错本来记、做、改。家长会后，小艺就去水果湖书店花了近两百块钱买了十几本漂亮精美的笔记本做改错本。想着爸爸从前喜欢记日记，她又特地给爸爸买了一本精美的蓝色笔记本。

回到家，爸爸已经躺在床上，小艺把那本精美的蓝色笔记本拿到爸爸床边，笑着给爸爸说，我记得您最喜欢记日记的，每次回家都看见您在写。这，我给您买了一个本儿，还有笔。说着，从包里拿出一盒水性笔和一整盒笔芯。

爸爸接了本和笔，低头翻来覆去地看，然后说，这笔很好咧。

您看我把您这个卧室专门放了个书桌，知道您喜欢看书，您以后每天都看看报，写写日记。

爸爸点了点头。

从小，姐妹三人都知道爸爸记忆力惊人，怎么爸爸生病以后，什么都记不住了呢？姐姐分析说，一定是爸爸当时失血过多时间过长，才造成记忆力缺失。

好记性不如烂笔头，她想。只要爸爸从现在开始记日记，那看到本上记的事，爸爸不就能恢复记忆吗？

她望着爸爸，笑着说，记住，爸爸，您每天与从前一样，记一篇日记，记流水账都行。还有，您不要担心钱的问题。我有两套房子呢，一套就是一百多万，就是你有病，一百多万总够用了吧。您别想着我的房子是为点点的，我可不会为她。我经常给点点说，清政府那么腐败，照样还是会选拔人才。任何时代都需要人才，更何况咱们现在这个年代？怕就怕自己不是人才，没有本事。

爸爸点了点头，小艺望着爸爸，一字一句地接着说，所以，爸爸，有什么不舒服一定要说，咱们以后一定要好好地活着，您的同事不是说了吗？现在这么好的日子，咱们一定要多活几年才对。

爸爸抬起眼，看着小艺，再一次点点头。

小艺感觉，爸爸这次可能真被她说动了。

出了爸爸房间，小艺又用空白标签纸将每本笔记本都标注上语文、数学、英语等，一门科目两本改错本。

晚上快九点半时，瘦弱的爸爸从床上起来，走出房间，走到书房的阳台，看着夜色中路灯下，陆陆续续走进小区的学生们。没有点点的身影，爸爸就一直站在那里等，等看到点点走进小区，走到楼房拐角看不见时，爸爸又走到餐厅窗前，等着点点出现在窗外的小路上，看见点点进入楼房拐角快不见了，他便来到客厅正对着马路的窗前。好，看见点点了，看见点点走到二单元门口了，爸爸就走到房门前等着，听见点点上楼梯的脚步声正好来到门口，爸爸把门打开，点点边喊爷爷边进门，爸爸答应着，把房门关上锁好，然后回房。

点点端着碗，没等小艺说话，就急匆匆地说道，妈妈，我们班好些同学都走了，差不多有十来个吧。

到哪儿去了？小艺吃惊道。她想，才上高三，能到哪儿去呀？

好像不参加高考，家里送到别的地方学习，考 SAT，然后直接出国上大学。

那有什么？一听这话，小艺口气一下变得轻松了起来。

直接到国外上大学当然好。点点口气中满是羡慕。

那有什么好？小艺再次说，有本事让国家送出去上大学，那才算真本事。

是咱们家没钱吧？点点半真半假地笑道。

小艺笑道，也是，家里也没有钱。

点点饭吃完，突然转换话题，妈妈，你觉得这首诗写得好吗？

哪首？念念。小艺边给孩子收碗筷边说。

你站在桥上看风景 / 看风景的人在楼上看你 / 明月装饰了你的窗子 / 你装饰了别人的梦

小艺心里一惊，《断章》？她故意装作平静的样子，望着点点，语气平缓地说，这首诗写得真好！你们学了这首诗？她把心一下提了起来，盯着点点的脸，想从中看出点不同。

点点笑得如朵花一般，说道，高一就学过了，只是最近又在一本杂志上看到，就想与妈妈分享一下。说完，笑着摆手道，我进房了。

小艺琢磨着刚才点点的笑脸和眼神，也没看出不太正常的地方，点点与妹妹小楚一样，平时对谁都是笑脸相迎的，还好。小艺不由得又把提着的心放了回来。

你在车上看风景 / 看风景的人在站台看你 / 明月装饰了你的车窗 / 你装饰了别人的梦

当年毕业分配她坐在列车上，浩子念这首他改写的《断章》的情景一下就浮现在眼前。时间真快啊，一转眼，点点都快到自己遇到浩子的年龄了。

赶紧睡，明天还要去南昌呢。小艺收回了怅惘的思绪。

　　下个月，滨江到南昌将开行八对动车组列车，这样滨江到东、西、南、北四个方向全部都有了动车组列车，再准确地说，应该是东、西北、南、北四个方向都有了动车组列车。

　　闻部长觉得，小艺不是喜欢关心市场嘛，那就去南昌，了解了解南昌客运市场，以避免开行南昌动车后再次出现武广高铁开行后被高铁、被动车的负面舆论。但是，调查情况却不容乐观，毕竟都是中部省份，异质性不多，动车经由庐山，旅游流可能是滨江到庐山的最大的目标市场。他们一行到庐山旅游局，摸了摸省内每年到达庐山的旅游人数及出行方式，当晚就住在庐山。

　　一住下来，看着四周的景色，小艺就想起爸爸退休前到庐山休养后，形容庐山的几个词语：环境优美、风景宜人、四季如春。那明年，明年等点点高考完，一定要带爸妈来住一住。临走时，她还专门将自己住过的206号房的门牌号用手机拍了下来，她心里对着门牌号笑着说，再见！明年我与爸妈一起来与你再见！

　　回到家，小艺把在庐山拍的照片给爸爸看。爸爸苍白的脸上现出开心的笑容，1993年春天我去了一次，庐山真是环境优美、风景宜人、四季如春啊，特别是那个三叠泉……

　　小艺不由"呵呵、呵呵"地笑出声来。爸爸讲话又恢复到病前状态，声音不高不低、不徐不慢，而且还带有感情色彩，脸上眼里也满是喜悦和回忆。

　　爸爸终于能记起从前的事了，而且时间说得清清楚楚，描述的词语与当年一模一样。爸爸彻底好了！

　　爸爸，我们一起加油，点点只有不到一年时间就高考了，咱们一起努力，明年点点高考完，咱们一起去。咱们一家五人全部去。

　　爸爸笑着推辞道，我去过了。

　　正是因为去过了，咱们更要去，明年咱们全家一起去庐山避暑。

　　庐山避暑？爸爸浅笑着，庐山避暑都是从前那些达官贵人的事，咱们这些老百姓哪还用这个词的？

　　爸爸，凭什么只有达官贵人才能到庐山避暑？现在又不是旧社会，现在社会发展了，人民生活水平提高了，咱们老百姓也一样能到庐山避暑了。咱们明年夏天就去庐山避暑。爸爸，说好了啊。

爸爸盯着照片，没有作声。小艺了解爸爸，他没有反对，就是默许了。

8 月 21 日，爸爸拿起《都市报》，神情严肃地递给小艺。小艺看到报纸整版的 K165 次遇险救援过程的报道：

> 2010 年 8 月 19 日 15 时 15 分，西安开往昆明的 K165 次列车行驶至宝成铁路广汉境内石亭滨大桥时，突遇山洪导致大桥桥体坍塌，两节车厢坠落江中。列车全体工作人员沉着应对，组织有序，在车厢坠江之前将车上 1318 名旅客全部安全转移，无一伤亡，创造了抢险救援的奇迹。

宝成铁路 1952 年开工，1958 年开通运营，因为参加过宝成铁路的建设，爸爸非常熟悉宝成线的线路情况。爸爸感叹道，K165 次列车救援真的是了不起！

## 高三

金秋十月。

点点已经高三了。说起来高三一年十二个月，但是掐指算算，从今年 9 月 1 日到明年 6 月 6 日高考，也只有九个月的时间。别说孩子紧张，就是小艺自己想着都紧张得不行。

担心什么，就出什么。

周一晚自习回来，点点在门口将鞋一换，走到餐桌，望着小艺道，妈妈，今天我们学校一个高一年级的新生跳楼了。

小艺和爸爸妈妈都大惊失色，真的吗？

真的，学校好像不准议论这事。点点不太爱对学校的事说长道短。

为什么？小艺吃惊不已地问。

好像是期中考试没有考好。点点说。

啊？这算什么事呀？这次考不好下次考好不就成了吗？小艺叹息着一屁股跌坐在凳子上。这孩子怎么这么傻？他没了，他妈妈怎么活呀？一次考试算得了什么？

父母站在一边听了一愣，站在那里，也是半天没有说一句话。

过了两天，虞美人晚上打电话给小艺，说晚上八点两人在校园后门见见面。见面，校园后门外的街道两边，空气中到处弥漫着桂花的幽香，两人边走边聊天。虞美人叹息道，这环境多美呀，可这个孩子却再也见不着了。

小艺就知道虞美人找她，其实就是想说说那个跳楼的高一新生，她们两人为那孩子叹了半天气。

虞美人说，听说，这孩子特别聪明，成绩也非常优秀，从小学到初中，县里从来都是第一名，从来就没有当过第二名。他的父母都是老师，也以这孩子为自豪和骄傲。来到师大附中后，这孩子还是很优秀，但入学考试不是前几名，这次期中考试成绩也名列前茅，也不是前几名，孩子不高兴，但没有表现出来。这个周末，他爸妈还来了趟学校，给这孩子送了点吃的，给孩子鼓了鼓劲，孩子也没有表现出什么不对头的地方。没想到当天晚上，孩子就从五楼寝室的窗户跳下去了。家长非常难受，但没有为难学校，知道自己孩子的个性，毕竟这与学校没有什么关系。

小艺长叹一声道，只是这孩子这一跳，他家长难受，学校难受，所有的家长和同学们也跟着难受。

最近，小艺业余时间在看高考作文，有个高考作文题叫《必须跨过这道坎》。她想，谁说高考作文题出得不好？如果这孩子多看看中国历史上那些成大器的人物，哪一个不是历经磨难才成就一番宏基大业的。孟子的"天将降大任于斯人也，必先苦其心志，劳其筋骨，饿其体肤"的文言文白背了吗？

说到孟子的这段文字，虞美人叹息道，这孩子如果初中真正读懂了这篇课文，或是老师真正将这篇文章引申开来，联系历史联系现实展开来讲析透彻，这孩子真的听进去了，就不会这么一跳，跳出全校师生和家长的伤悲。

小艺说，我现在才明白高三家长会上，为什么学校领导反复强调，家长不要给孩子压力，条条道路通罗马。

虞美人摇摇头道，这样一看，咱们也别给孩子设定什么过高的目标，考得怎样就怎样，干什么不是活啊？从某个角度说，没有压力没有过高欲望的生活，反而要过得轻松愉快得多。

是呀是呀。小艺连声称是。接着两人谈到孩子和班级情况。

虞美人说，咱们孩子班有一个家长 QQ 群，好多家长都在里边，你也加进来吧。

是吗？小艺问道。

你不知道吗？高一时就有了，你加一下吧，这样班上发生什么事你都可以及时知道。有好些全陪妈妈没事就挂在群里，你可以与她们交流交流，了解班级动态和孩子们的情况。

好的，你把 QQ 号发给我吧，我马上回去就加上。

晚自习回来，点点吃饭时，小艺说，还记得高一时咱们看过的俞敏洪《2009年北大毕业生上的演讲》吗？因为高一跳楼自杀的新生，小艺想读读这篇文章，告诉点点，人生成功的路不止一条。

点点看见小艺手上拿着 A4 纸，就知道妈妈一定是将俞敏洪这篇演讲打出来了。她就边吃，边应付着小艺说，念吧。


有一个故事说，能够到达金字塔顶端的只有两种动物，一种是雄鹰，一种是蜗牛，雄鹰靠自己的天赋和翅膀飞了上去，但是，蜗牛只要爬到金字塔顶端，它收获的成就，跟雄鹰是一模一样的。也许我们在座的同学有的是雄鹰，有的是蜗牛。我在北大的时候，包括到今天为止，我一直认为我是一只蜗牛。但是我一直在爬，也许还没有爬到金字塔的顶端，但是只要你在爬，就足以给自己留下令生命感动的日子。


点点吃完，小艺正好念完。两人站起身，小艺最后总结道，俞敏洪说得对：

只要你心中有理想，有志向，你终将走向成功。你所要做到的就是在这个过程要坚定信念、奋发向上，要有忍受挫折和失败的能力。

点点似听非听后，不置一词地走进自己房间，小艺将饭菜端到厨房，也走到自己房间。她打开电脑，上网，点击可爱的小企鹅图像，输入自己的 QQ 号和密码，再确定，灰色的小企鹅马上变成彩色，跳来跳去，最后站定在电脑的右下角。

腾讯怎么找了个这么可爱的小动物作为 QQ 标识？小艺想，腾讯的老总不也不是清华北大的毕业生吗？那个高一新生那可怜的孩子怎么这么想不通，非要当什么第一？

坐在电脑桌前，小艺将虞美人给的 QQ 群号输入在查找栏中，就出现了师大高三点点班的 QQ 家长群，点确定，小艺就加入了进去。

打开对话框，再看看右边显示出的人员名单，没有一个小艺认识的人。小艺感觉陌生，同时还非常奇怪，怎么下面的几十个人员名单中都是建行和招行的，如建行妈妈、招行独院、建行从中笑、招行群山……

怎么？怎么孩子班上的家长都是建行和招行的吗？小艺心中打着问号。

小艺怎么也想不明白，进错了吗？再看看，可不是，高二班级的各科分数及排名都在网上挂着呢，还有许多孩子们高一军训、高二社会实践的照片。

小艺有终于找到党组织的欣喜，只是这个党组织怎么这么陌生？她一个人也不认识，又不好打听，怎么会一个班的家长都是建行或是招行呢？这个疑惑在心中徘徊不定。于是，她在对话框中敲出一句话，怯生生地问，怎么咱们这个班的家长都是建行或是招行的？点发送。

对话框中马上就有人笑道，呵呵，不知道原因吗？

是呀，很奇怪。小艺又敲打出几个字。

对话框又跳出一行字，因为女同学是招行，男同学是建行。

噢，她这才明白招行、建行的含义，她笑着敲出"呵呵"两字，点发送。

建立这个 QQ 群时，大家就是这样约定的，男孩建行、女孩招行。

小艺再次发出"呵呵"两字。现在，她终于找到学校的党组织了！

晚上，倒在沙发床上，小艺才想起来，老公铁军已经整整一个多月没有见到面了。他人在宜陵，在宜万线上。

快年底了，现在，全局与宜万线开通运营相关的各部门及单位有四五十号人每天在宜陵进行着宜万线开通前最后的联调联试工作。

火车上，同行的高飞笑道，小艺，你们领导真好，你和铁军一个多月没见面了，正好让你们两口子团圆团圆。

听到这话，小艺望着高飞笑了笑，没有说话。她想，她的领导才不会因为铁军在宜万线才关心职工生活而派她来做"慰安妇"呢，领导才想不到什么铁军铜军，工作上的事都想不过来，怎么会想到生活上的事？一定是单位又拉不开栓了才想起她来。反正她就是消防员，哪儿着火就到哪儿灭。而且，领导说这是听会，只带耳朵不带嘴。

晚上八点，小艺跟着高飞来到宜陵。在一个简易的快捷宾馆，高飞问，局工作人员住哪儿？女服务员说，5、6、7、8楼都有，现在没有人，人全都在开会。她接着又说，不过会快开完了，已经吩咐我们将菜全部端了上来，只是上了半天，人还没有下来。

高飞、小艺正好还没有吃饭，两人干脆先到餐厅里等着。

又等了十来分钟，就听见外面"呼啦啦"的人声。接着就看见一堆一堆的人往餐厅里涌，有很多熟悉的面孔，还有许多不熟悉的。吃了饭，小艺找到铁军的805房间，房间不大，是一个双人床的房。

没想到自己第一次在工作中成了闲人，铁军根本没有时间理她。

饭后，全局分系统分部门再次就今天开会提出的问题拿出整改措施，当晚24时前整理后报安监部。铁军一吃完饭就又上楼去开会整材料了。

小艺百无聊赖地看着电视，都快凌晨十二点了，铁军才推门进来。他站在门边一脸疲惫地说，不用等我啊，现在大家还在梳理问题，要拿出具体整改方案，全都在加班，安监部等着呢，等着上报铁道部。最后，他说，你先睡吧。就急忙走了。

小艺电视一关，睡觉，明天还得起早床往施州赶呢！

早上醒来，发现铁军睡在身边。小艺看看表，都快七点了，铁军也醒来了，他俩一起下楼，她才发现这一两个月的连续劳累让铁军的双鬓变得参差斑白，平时挂着笑意的脸上布满深灰和沉重，而总是含笑的弯弯的双眼也变得苍白和空洞。

铁军对她解释道，凌晨两点半我才回房间，知道你有点儿神经衰弱，一醒过来就再睡不着，就没敢去打扰你，再说这段时间太累了。

小艺笑了笑，算是笑纳了。铁军都累成了死狗，哪还有什么别的闲情逸致？

两口子在一起草草吃了两口早饭，高飞和小艺就上车往施州赶。

小艺跟着高飞坐到会议室靠边一点的位置上，发现杨局长早已坐在了铁路方的标牌处。会议室很大，参加的人很多，每个人座位下方都有一个手提袋，手提袋中装着一本书、一个画册，还有一个CD。小艺落座后，从手提袋中拿出《天路传奇》这本书，随意翻看起来，这是宜万铁路百年梦想的一本报告文学。

下午两点半会议准时召开。

省相关部门首先发言。接着铁路沿线各县市发言，汇报宜万线的后期工作进展情况。

各县发言人的施州腔调好亲切，施州方言很像四川话。乡音连乡情，小艺想，自己的老家也是在这样的大山中吗？不会吧，老家在成都平原上，只是这声音太像爸妈的口音了。小艺思想有点开小差，感觉有点他乡遇故人的自足和快乐。

各县市在汇报，汇报内容大同小异，基本是工作进度，如拆迁、安全防护等内容，只是当听到一个县的发言时，小艺一下从快乐老家惊吓回到现实中来。她着实吓了一大跳。

这位发言人铿锵有力甚至是义愤填膺地说，整个施州都在崇山峻岭中，就我们县是一马平川、良田万亩。所以修建宜万铁路，我们百姓的感觉是，铁路来了，就是挖我们的祖坟，占我们的良田，拆我们的房屋。他特别在"挖"、"占"、"拆"三个动词上加重了语气。高飞与相邻的小艺互看了一眼，满心诧异，这是什么意思？小艺看了一眼坐在中间位置的杨局长，杨局长神态自若、面无表情地看着前方，认真倾听着这义愤填膺的发言。

发言人接着说，所以，铁路修到我们这来，我们并不开心，我们并不欢迎。但是作为基层领导，我们必须服从上级决定，我们还是要配合铁路做好工作，积极与铁路对接，做好车站开站的前期准备工作。

小艺吃了一惊，她附到高飞的身边，悄声道，我只知道，要想富，修铁路；火车一响，黄金万两，怎么现在变成了铁路就是挖祖坟、占良田、拆房屋呢？

高飞笑而不语，过了几秒，他才说，你再往下听。

这个发言人接着说，我们还有一个要求，因为修建铁路，现在我们县的铁路沿线有 90 多户已经无田耕作，所以，我们要求铁路给我们一些招工指标，让这些无田耕作的人参加铁路工作。希望铁路不要当铁老大！

噢，原来如此。小艺和高飞意味深长地对看了一眼。

地方政府讲完了，主持人请铁路方领导讲话。

杨局长没有立即接话，也没有抬头。他低着头看着桌面，顿了有几秒的时间，才抬起头，平视着对面的地方官员，语速不紧不慢、声音不高不低地说，我们铁路，现在早已经不是铁老大了，我们现在是铁老幺。我们一定会努力，会努力为地方经济发展做好服务工作的。

就这么短短的两句话，小艺听得出来，杨局长不卑不亢，话里有话。

幸亏，幸亏后面的领导讲话，才让小艺觉得自己来回三四天的时间就来听一个什么我们并不欢迎铁路的会是值得的。

那是个戴着眼镜，讲话有点儿书卷气的年轻领导。他说，作为州政府领导，首先，我要代表全州百姓感谢宜万铁路建设者们做出的奉献和牺牲。要知道，宜万铁路是百年期盼、八年建设、一朝成真。铁路建设可以极大地改善交通。宜万铁路、渝利铁路建成通车后，我们就可以直接连接沿海地区和城市，促进全州的经济发展。铁路建设还可以进一步帮助我们促进地方深化改革和开放。作为大山中的全州，铁路的开通还可以促进思想解放，促进对外经济和文化的开放和交流。所以我们要感谢铁路。要做到不怕千辛万苦，宁愿千言万语，也要千方百计配合铁路做好工作。

他望着大家道，我有这样一个感受，人的一生，是要做一两件大事的，只有面临着形势的严峻，才能体现出我们人生的使命。在工作中，没有困难，就显示不出能力和水平，没有困难，就体现不出我们的人生价值……

开完会，已是下午五点半了，小艺只想往滨江的家里赶，点点高三呢！每次出差，小艺都不愿意在外过夜，她宁可夜里睡在火车上也不愿意住在宾馆。这样可以节省一晚上的时间，第二天早上就到家，直接上班。

小艺急急忙忙背着包往外走，可大家都站在院子外，没有要走的意思，看到杨局长和高飞站在一起说话，她就悄悄走到他俩跟前，对杨局长说，走吧。

到哪儿？杨局长笑道。

回滨江呀！

那也得吃了晚饭再走。杨局长望着小艺笑道。

那咱们就吃了饭再走！小艺信以为真地接话道。

高飞笑了起来，说道，小艺，你问问本地的同志能不能走？

小艺就扭头望着车务段的同志，车务段的同志笑道，我们都想走，就是我们司机不走，不管你怎么说，今天，我们司机都不会走的。蜀道难，难于上青天，就是说的这里。现在已是深秋，公路在高山深谷中大部分路面已经结冰凌，这样的天气，夜里没有司机敢上路的，即使轮胎带了防溜带也没有司机敢走夜路。这条高速公路全架在高山深谷里，全程五六个小时，一不小心，车掉到深谷里，真的是车毁人亡。

他这么一说，小艺也吓得不提要走这事了。今年正月，她第一次到宜万线跳下轨道车后，在群山之巅上步步惊心过，真的是步步惊心，更别说开车。想着总是在火车上夜行夜宿，小艺不由道，还是咱们铁路好呀！

高飞笑着安慰小艺道，再等一个月，宜万线通火车了，咱们就不怕什么高山深谷了。管它白天还是夜里，咱们想什么时间走就什么时间走。

到家已是第二天晚上，小艺到父母的房间，看着半躺在床上的爸爸，她就坐在床边，给爸爸掖了掖被子，笑眯眯地问道，这几天吃得还好吗？爸爸简单的一个字，道，好！她又问，还好吗？爸爸努力地点了点头。

爸爸，您知道我这次到哪里去了吗？小艺兴奋地说。

爸爸漠然地摇摇头。

我到施州去了，今年底宜陵到万州的火车就通了，以后咱们回四川老家就快多了。

爸爸一听回四川老家，精神一下就振作起来。他就坐直身子，大声说，我和你妈从前回老家是走京广线，到豫州后转车到三门峡，再转车到成都，光坐火车就得三四天才能回到家。

以后就不用绕道了。宜万线开通后，我们就可以从滨江经过达州，再从达州直接走成都，往返起码节省四天的时间。

那好呀！妈妈笑道。

是呀！等点点考完大学，我就陪你们一起回老家。咱们坐卧铺，还必须坐软卧。小艺笑着说。

咱们还是不坐卧铺，把卧铺让给需要的旅客坐吧。爸爸苍白消瘦的脸上显出浅浅的笑容，爸爸又开始习惯性地谦让了。

那不行，别人需要，咱们更需要，咱们一家，定一个包房。小艺故意笑着与爸爸开心道。

那不好，那不好！爸爸笑道，妈妈也在一边咯咯笑了起来。

说好了啊，不准反悔！接着，小艺掉过头来对妈妈说，晚上我来给点点做饭吧。您也休息休息！

也行，我确实也有点儿累了。妈妈说着，就一屁股坐在了床上。

晚九点半，点点准时进门，她边往房间走，边开心地说，妈妈，老师说我们班有五个中科大的自主招生的名额，老师问我参不参加？孩子的语气和表情看似镇静，语气里却是兴奋和开心。

真的吗？小艺既惊喜又困惑，有这么好的事？中国科技大学可是她学生时代最光环闪耀的大学。她接着问道，中科大？那你想去吗？

当然可以。点点得意地笑着晃着脑袋。

小艺想起报纸天天热闹着的"北约""华约"之争，问，那中科大是北约还是华约？

华约，妈妈。点点答道，语气里像是嫌妈妈连这都不知道似的。

华约由哪几个高校组成的？

清华、人大、交大、中科大、西安交大、南大和浙大这七校联盟。点点一口气就答出来了。

一高兴，吃饭时间，小艺准备的作文材料也忘了念了。从高三起，点点晚自习回家吃饭，还有周末，只要在家，她就会利用点点吃饭的十五分钟左右的时间朗读一篇时事剪报或是赏析一篇满分作文。

看着点点关上的房门，小艺故意"当当、当当"敲了两下，然后推开门，说道，妈妈进来一下，可以吗？

点点一本正经地点了点头。

小艺走到桌前，望着点点，认真地说，这样，咱们参加中科大的自主招生考试，但是咱们只把它当作一次普通的考试，不为它专门准备什么，不能因为它打破了我们正常的备战高考的安排计划，可以吗？

点点再次点头，做了个"OK"的手势。

咱俩分工，我做所有的准备工作，你参加考试。也就是说，所有有关自主招生的工作都由我来做，什么网上报名、资料准备等等一切都是我的，你只当那一天是一次例行的常规考试。OK？

OK！

小艺笑呵呵地出了孩子的房间，回到自己的房间，上网，查看北约、华约的相关信息。

早上，小艺破例没有一大早就乘公汽去上班。她多睡了一会儿才起来，她想利用上午时间去学校咨询一下自主招生的事。

爸爸妈妈早饭后就去买菜了，爸爸总是跟着妈妈出去到菜场转一圈。年轻时，爸爸忙得像陀螺，一天到晚在单位上班值班加班，基本见不到人影，这人老了，却只能天天跟着妈妈转。妈妈热心快肠，快言快语，这个老乡那个老乡，一下就与别人熟得像几十年的老朋友似的，从来都是国际国内大事的爸爸，现在再不多话，每天拿着当天的《都市报》，像个瘦长的影子一样跟在妈妈后面。

小艺正吃着早饭，突然点点房间的手机在响，像是短信。

很明显，点点手机忘带到学校了，会有什么事吧？小艺就来到点点房间，看见手机放在床上，想都没想，就随手拿起手机看了起来。

一看手机，小艺要有多吃惊就有多吃惊。短信上，点点竟然与班上一个男同学频繁互动，言语暧昧，关系很密切。天呀，点点早恋了？这，这怎么可以？才多大呀？而且现在是什么时候？高三最关键的时候，怎么可以在这个时候谈朋友分心呢？

呆呆地立在点点房间，小艺一点也没有小荷才露尖尖角、我家有女初长成的喜悦，反而因发现点点的秘密，思绪一下全乱起来。

怎么办？怎么办？

小艺将手机放回床上原来的位置，心乱如麻。她心里想着怎么办？怎么办？拔腿就往学校走。班主任说点点的成绩再往上蹭蹭，就能够上中科大了，所以就给了点点这个自主招生的机会。小艺几次望着班主任，想说说点点与那个男生的短信一事，但是几次话到嘴边，又咽了回去。

从学校出来，她坐公汽到学生公寓站点旁边的量贩店买些基围虾，还有鱼。她买了条5斤重的草鱼，这边是汤逊湖里的鱼，特别新鲜，这个季节做水煮鱼特别好吃。

点点回来，一桌菜已经摆在桌上。看见小艺中午在家，点点一脸吃惊地看着她。她在工作日时中午从来不在家的。

点点吃惊地问，妈妈，您怎么在家？

意外吧。小艺笑道。

当然，你从来没有在家吃过中午饭。妈妈边添饭边说。

小艺不动声色地说，妈妈刚出差回来，昨晚回来太晚了，今天正好休息一下。如果不是发现点点短信上的内容，小艺即使到学校了解完情况，也会及时赶到单位上班。她没有在家休息的习惯。可今天她不去单位了。

妈妈，从我上初中开始，您好像从来没有这样白天在家休息过的。点点边说，边端起饭吃，但是吃着吃着又觉得哪儿不对劲，望着小艺道，妈妈，怎么今天不给我读时事剪报呢？

今天，妈妈想跟你聊聊天。

小艺望着点点，故意用一种夸张的口吻笑着说，点点，妈妈记得以前给你说过的，上初中时，教我们的数学老师字写得很漂亮，我们学校的墙报都是他写的字，当然人长得也好看。那时呀，我们全班女同学都特别喜欢他，当然也包括你妈妈，结果光顾喜欢他了，妈妈的数学成绩变得一塌糊涂。好像妈妈给你讲过的吧？

其实，初中时全班女同学都喜欢那个老师，现在想想，小艺的喜欢连喜欢都算不上，但是，为了给点点做思想工作，她必须先把自己说得很夸张。

点点点了点头，然后用警惕的目光扫了一眼小艺，又埋头吃饭。

那是初中。后来，到了高中，那时我们高考真的叫千军万马过独木桥，妈妈就再也没有喜欢过一个男生，不管是老师还是学生，一心只想着高考。没有时间呀！小艺装作很随意地说着。

然后，她望着点点，笑着问道，你说是不是，点点？

点点没有作声，也没看小艺，仍然是埋着头吃饭。

小艺望着点点，犹豫了一下，还是接着说道，今天妈妈太累了，早上就没到六点半去上班，吃早饭时听到你的手机响，以为你手机忘带了，怕学校有什么事了，就去看了你的手机，无意中发现了你的秘密。对不起呀！

点点埋着头吃饭，瞟了小艺一眼，然后又埋头接着吃饭，想吃又没吃，只是仍然不望小艺。

小艺笑道，妈妈也是过来人。这样吧，妈妈不想多问，可目前，不管这份感情多美好，都必须先把它放下，等这半年过去，高考结束后，妈妈就不会再管你，一切随你，行吗？

点点面容僵硬地点了点头。

　　小艺知道点点。她是个说到就能做到的孩子，小艺绝对相信孩子。她没有跟老师，甚至没有跟铁军说。

　　小艺相信这一页就这样翻过去了。

## 宜万线

　　12 月 20 号中午，办公室里，闻部长手上拿着 22 日施州站至江南站的 K1236 次首发列车的预售票数据，一筹莫展。

　　K1236 次列车定员共 1180 人，截至今天中午 12 时，半天时间，施州站售票还不到 100 张，连一节硬座车厢都没有卖完，还有一天半的时间就要开车了，闻部长焦急万分。这可怎么办？

　　宜万线是施州地区百姓的百年梦想，经过八年修建，马上一朝成真。

　　"一朝"就定在 2010 年 12 月 22 日。12 月 22 日宜万线正式开通运营，首趟列车 10 时从施州站始发，18 时终到江南站。

　　今年初，那么高大上的武广高铁都在网络被高铁过，所以，现在新开行每一趟旅客列车，铁路方都会小心翼翼，慎之又慎。闻部长想，如果宜万线首发车没有客流，旅客又来个有图有真相上网一传，那网上会是怎样的轩然大波？如果盼了一百年，修建八年，结果开车第一天第一趟，车上却空荡荡的，那会是多么尴尬的事。那还是百年期盼吗？还算是百年梦圆吗？

　　看着这 97 张售票数，闻部长把小艺叫到办公室，他皱着眉头说，小艺，你下午赶到宜陵再去施州，盯着 22 日首发列车的预售工作，必须保证首发车售票达到 800 人，马上就走。小艺望着闻部长点了点头，心里却在想，唉，这一去又要好几天，点点马上要高三上学期期末考试了。

　　小艺赶到宜陵已是晚上 21 时，今天晚上肯定去不了施州。她在宜陵老站旁边的一个小摊上边吃着面，边问车务段女同事，截至 20 时，咱们首发车卖了多少张票了？女同事答道，已经卖了 280 张。小艺心里一沉，接着问，怎么首发车车票卖得这么差？

女同事解释道，其实，地方政府和老百姓早都知道宜万线要开车了，都在打听什么时间开车？可是咱们铁路一直没有对外公告具体日期，我们段里也着急得不得了，别人都急得不问了，结果，今天早上，咱们铁路才对社会公告，离开车时间只有两天才公告。真是的！您想，现在公告也才过了一天，老百姓哪知道开始售票了？说实话，咱们对外公告宣传的时间太短了。不过，您放心，山里（施州）老百姓一直都盼着开车，不会开空车的。

听了这话，小艺才放下心来。然后，女同事对小艺抱歉道，后天施州开首趟列车，段里上下都在那边忙着，您要进山（施州），就只能坐明天早上 7 时 30 分宜陵东站开往施州站的试验车。

那我怎么去宜陵东站？小艺问。她知道，宜陵站到宜陵东站十多公里，东站现在还属荒郊野外，既没有的士，也没有公交，怎么去？

这样，明早 6 点 10 分，您就在老火车站门口等着，有个在宜陵东站上班的职工顺道接您过去。

早上 6 时 50 分，站在焕然一新的宜陵东站站前广场上，小艺仰视着拔地而起的高大的宜陵东站，感慨中带着自豪。这站房怎么像地里种庄稼似，转眼间就长起来了？只是，因还未开车，整个宜陵东站广场和候车室空无一人。候车室进站口上方高悬着"热烈庆祝宜万线 12 月 22 日开通运营"的横幅，大红的横幅给寒冷空旷的银灰色站房增添了些许喜庆和温暖。

小艺缩着脖子站在宜陵东站一站台的冷风中，耐心地等待着开往施州站的试验车。旁边，一个身穿灰扑扑的旧制服的老职工一声不吭地蹲在候车室门边，看来也是来蹭车进施州的。

早上 7 时 30 分，挂着两节绿皮车厢的试验车从远处驶向一站台。车一停稳，一行人就从机车上走下来，小艺一看，最前面是许大局长，后面跟着十多个相关业务部门的领导，闻部长也在其中。看到许大局长，小艺脸上笑了笑，心里却想，怎么局领导也在试验车上？早知道就不应该来蹭这车了。只是现在不蹭这试验车，怎么进施州呢？飞进山？许局长见到她，就笑着问，小艺，你怎么在这里呢？小艺看了看闻部长，实话实说道，我准备蹭你们的车到施州。闻部长笑着说，等一会，我们看完宜陵站就走。

其实，小艺内心还是有点忐忑。虽然她是来蹭车的，可她不知道大局长也在车上，现在，她真不知道应不应该还坐这趟试验车？可如果不坐，哪里还有车进施州去盯预售票呢？小艺站在站台犹豫着，闻部长见小艺还站在站台上想动不动的样子，笑道，快上车，你上后面一辆车。快点，车马上就要开了。这一提醒，小艺赶紧跳上了后面一节绿皮车厢。

车厢内，桌上地上还有工作人员的工作台和检测仪器上，到处布满了厚厚的灰尘，连空气中都是尘土气息。问工作人员，工作人员一脸土色地说，一趟车下来，灰尘比这还厚，全是隧道里的粉尘。小艺不由得皱起眉头。

试验车站站停，每到一站，许局长、闻部长一行都到各个车站候车室、售票厅实地查看，看进出站流线、售票情况及各站宣传氛围。

到达施州站已是 13 时 30 分，小艺直接到车站售票房内盯窗口售票。售票厅人越来越多，队越排越长，到 18 时，K1236 次首发车施州站已售票 820 张。她连忙高兴地给闻部长打电话汇报战况。真如车务段的同事所说，施州百姓百年期盼，怎么会开空车呢？

22 日早上，施州站候车大厅内外一片节日气氛。外面广场到处是人，都是当地老百姓过来看火车站和火车的，车站一站台到处也是人，都是来参加宜万线首发仪式的各级领导、各类媒体记者，还有社会各界知名人士和铁路相关工作人员。

一站台上首发式正在进行着，小艺脚步轻快地从售票室往车站一站台走着，首发列车全列定员 1180 人，实际售票 1168 人，如果不是控制售票，这首发车还要超员呢！小艺不由得心花怒放。

哈哈，开门大吉啊！

K1236 次首发列车 9 号车厢旁边，着深蓝铁路冬装，肩扛两条杠的车间副主任胡三看见小艺远远走过来，不由笑道，哈哈，人逢喜事精神爽。

胡三？你怎么在这儿？我有什么喜事？小艺惊喜地边笑边问道。

你没喜事？那看你远远过来，一路都笑得合不拢，像中了彩票似的。胡三高声笑道。

小艺一听，也笑起来。她说，开始生怕这趟首发车旅客坐不满，没想到，就两天时间，这趟车的车票全卖完了，爆满。

怎么会坐不满？你没看见刚才的情景，旅客们一进站，不管男女老幼，不是先上车，而是站在站台上像看稀奇似的，盯着火车上看下看左看右看，好些人专门跑到火车边上、火车头前和火车合影。你不知道，这里的老百姓很多一辈子都没有见过火车的。唉，天天坐在机关大院，完全不了解市场啊。胡三故意批评她道。

是呀，我也听说了，小艺没有计较胡三的批评，而是笑着答话。然后，她诧异地问，胡三，你怎么会在这儿？你不是在宏城车间吗？

胡三再笑道，革命工作一块砖，哪里需要哪里搬。

小艺装作一脸嫌弃的表情，讽刺道，觉悟真高，说得好像我爸似的。只要讲到革命工作不讲私利只讲奉献的人，她就会拿爸爸做比较。

胡三收起一脸的笑容，一本正经道，真的，你算算，上世纪八十年代在繁城时跑广州、九十年代跑北京跑无锡后来跑南江、到2000年中期再跑宏城，现在到2010年了，开通宜万线，我又到施州跑施州，是不是革命工作一块砖，哪里需要哪里搬？他感叹道，跑来跑去，一辈子跑着跑着就跑得快没了。

小艺想，也是，胡三从参加工作就开始跑车，马上就跑三十年了。她故意对胡三说，你一辈子不跑，也一样会没的。

胡三想想，就笑道，那也是。

小蕾还好吧？小艺又问。她好长时间没与小蕾联系了。

胡三道，她在多经系统，当然好，又没有安全压力，也不会有人投诉她。

小艺接着问，儿子呢？

一听儿子两字，胡三圆圆的脸上漾起了甜蜜的笑容，他自豪地说，儿子，当兵回来，现在子承父业，也在跑车。

呵呵，后继有人了！那么帅的小伙子，跑哪儿？

当然是跑高铁，跑北京。说起儿子，胡三不由得眉飞色舞。他接着问，你家点点呢?

上高三,再过半年就要高考了。

那你可要抓紧。我儿子就是因为我天天在外跑,跑来跑去把他的成绩给跑没了。

小艺笑道,什么呀,怎么这么多没?你看你肩上的二条杠,多少人跑了一辈子的车,肩膀上连一条杠都没呢。

胡三呵呵地笑着,算是默认。

正说着,那边首发式已经结束了,参加完仪式的人群开始往 K1236 次列车方向过来。小艺和胡三见状,赶紧收住闲话,挥手告别,作为车间副主任,胡三要跟着首发车走。

车马上就要开了,参加完首发式的领导们都要跟着车走。站台上,闻部长临上车前对小艺说,你就在施州多待几天,宜万线是新线,工作人员也全是新人,你到各站去看看,加强对车站的乘降组织和售票工作的督导,了解旅客对宜万线开车情况的意见和建议,把意见反馈回来。

小艺望着闻部长,一声不吭地点了点头。

首发车开走了,但是欢快并没有被拉走。火车站售票厅内、候车厅内、广场上到处都是人,真的是人山人海。这可不是组织来参观的,而是施州老百姓自发来参观的,还有许多人从很远的地方赶来就是为了看看火车。进不了站,看不到车,就到售票厅内转转,到候车厅外转转,不让进去,只在外面广场看看吧,看看总行吧。这些人身着山里人才穿的过时的衣服,有头上包着帕子(头巾)的,有身上背着背篓的,黑瘦质朴的脸上荡漾着快乐和满足。这些人中,有满脸皱纹的七十来岁的老头老太婆,有怀抱孩子的二三十岁的少妇,还有三四岁、五六岁的小孩子,当然,更多的是年轻力壮的中青年男女,他们满脸笑容满眼闪着亮光,在广场上看着走着转着,疯着跑着笑着。

小艺不是个喜欢扎堆喜欢热闹的人,但是她还是被这种欢乐的场景深深地感染了。原来,快乐也是可以相互传染的。

看来不用担心客流好不好了。因为沿线百姓就像过年一样,什么事都不做,全家都买上一张清川—施州的短途车票,坐个来回,只为进进车站、坐坐火车。

小艺看着这些质朴的笑脸,就会发自内心地微笑,不是笑他们没见过世面,而是为他们感到欣慰,在笑容中回顾三姐妹。

记得上世纪八十年代,姐姐带着她和小楚坐火车,当踏上绿皮普通车踏板的那一瞬间,自己表面沉静内心惊喜,小楚则是欢呼雀跃的情形;记得九十年代初,姐姐带着北北到江南站站台上,当看到万绿丛中一线红的红皮空调车时,北北开心得又蹦又跳的欢欣情景;后来,到了2007年,小楚带着七岁的南南专程乘坐白色的动车组上只为感觉一下风的速度,而从来一刻不闲的南南竟然趴在车窗边,一动不动地看着窗外飞逝的长江大桥;去年春节,已上高三的点点来到浪漫现代的滨江站,坐上闪电般高铁动车时外表不动声色,满脸满眼却闪出惊喜和震撼。

一年过去,江南站改建好了,又一年过去,江北站改扩建了,再一年过去,滨江高铁站开站了。合武线开通,武广高铁线开通,现在宜万线又开通了。时间在一年年过去,铁路站车在一天天变化,弹指一挥间,三十年过去,一切仿佛是过眼云烟,可关于铁路发展变化的往事却又仿佛时时闪现在眼前。

天上飘着雪花,施州站站前广场上仍然到处都是人,售票厅前排着长长的队伍,就是冒着寒风迎着大雪,售票厅内外照样排着长长的购票队伍,他们要买票坐车,他们想坐坐火车。

回不了家就回不了家,让她待这儿就待在这儿呗,她喜欢这种感觉。

她想,来宜万线的车机工电的铁路工作人员应该都不是本地人,自己也就是在这儿待上几天,而这些职工却要待上一年两年,很多人可能如爸爸妈妈一样要待上半辈子甚至一辈子。而且,由于新线建设太快,开站时有些来不及顾及职工生活设施配备,在川东站,职工连饮用水都要到很远的地方去提,他们没有怨言吗?自己在这儿待上几天有什么呢?

25日傍晚,一踏上返程的列车,小艺仿佛一下通过时光隧道,穿越到上世纪。列车车厢内,明亮的灯光,天蓝的座椅套,满脸质朴衣着朴素的山区旅客,以及不施粉黛身着传统制服的朴实的列车员们,让时光一下子回溯到八九十年代的绿皮车时代,而最让小艺熟悉和亲切的是列车上仍有着传统的广播节目。现在,列车广播正播放着《音乐欣赏》栏目,黑鸭子组合正在深情款款地唱着《光阴的故事》,那温柔轻曼的歌声就如悄悄溜走的美好时光:

> 遥远的路程昨日的梦以及远去的笑声
> 再次的见面我们又历经了多少的路程
> 不再是旧日熟悉的我有着旧日狂热的梦
> 也不是旧日熟悉的你有着依然的笑容
> 流水它带走光阴的故事改变了我们
> 就在那多愁善感而初次回忆的青春……

望着窗外飞舞的雪花,小艺静心一想,圣诞节又到了,现在正是圣诞夜。她看着车窗,去年平安夜群光广场前那棵美丽硕大的圣诞树不断在她眼前的车窗上闪亮着。

列车行驶在隧道连着隧道的宜万线上,洁净列车里的明亮灯光更映衬出列车外隧道连着隧道里的无穷的黑暗。

是呀,浩子,黑夜给了我黑色的眼睛,我却用它寻找光明。

回到家,坐在餐桌旁边,妈妈笑呵呵地拿来一张《都市报》,边递给她边笑着说,小艺,你看看前几天的报纸。小艺一眼就瞟到了标题:《"五七工"、"家属工"等8万人可获养老金》。

真没有想到,这可是好事呀!小艺惊喜道。她一直觉得五七工家属工要获得养老金就如天上的月亮,是可望而不可即的。

那当然了,你妈妈天天都在指望着的。妈妈"咯咯"地笑出声来,现在只要户口在滨江的五七工都可以领养老金了。

因为吃过户口的亏,姐姐特别在意户口问题,爸妈一来滨江与姐姐同住,姐姐就把爸妈的户口转到了她的户口本上。因为姐姐住在中心城区,妈妈这次只要一次性缴费 2.6 万元，以后每月就可领取 710 元的养老金了。

妈妈，可以呀，您以后也有养老金了。小艺望着妈妈开心地说。妈妈笑着，坐在一旁的爸爸也露出欣慰的笑容。

现在，我别的都准备好了，就是我和你爸爸的结婚证不见了。妈妈着急地说。妈妈是个大大咧咧的四川女人，1959 年结的婚，这么多年了，结婚证真可能弄丢了。

再补一个就行了。小艺安慰道。

我们打听了，要到原户籍所在地永安市民政局补办，还必须我和你妈妈一起去。爸爸笑着说。

小艺说，可以呀，正好你们可以坐坐高铁。如果办好了，明年 6 月，妈妈就可以拿到养老金了。

妈妈走到小艺跟前，掰着手指给小艺算道，我和你爸爸算了算，这次参保我一共要交 2.6 万，去年你爸爸生病，你们每人都出了 7 万块钱，报销以后还剩 5 万块钱。这次的钱就不要你们出了，我和你爸爸出。

小艺接过话笑道，妈妈，您不用说了。姐姐早就和我还有小楚商量了，这次还是我们出，又不多，没事。以后再有那就你们自己掏了。

爸爸摇摇头，那怎么行呢？

小艺拍了拍爸爸的肩膀，笑道，那有什么不行？您不知道，您的女儿有的是钱呢！

姐姐当年多英明！姐姐借给自己八万块钱要了单位的半福利房，所以她才有了两套住房。只是单位住房才分到手，她又有点挪东墙补西墙的紧迫感。但不管怎么说，她有两套房子啊。所以，每次遇到爸爸妈妈舍不得钱时，她就会大言不惭地夸口道，您的女儿有的是钱！两套住房，随便哪一套房就一百来万呢。

第二天天还没亮，小艺就急匆匆地往公共汽车站跑。风很大，她用围巾把脸围个严实，又将羽绒服拉链拉紧。昏黄的路灯下，运动头妈妈和波波头妈妈都站在师大园北路的公共汽车牌前。

上车，坐下。车开着，她们三个妈妈坐在前后排聊着。

你的孩子参加了哪个学校的自主招生？坐在前排的运动头妈妈扭头问小艺。

中科大。小艺问，你儿子呢？

我想让他参加滨大的自主招生，以后学我的专业，到银行上班。运动头妈妈说。

听说，你们班还有一个清华大学的自主招生的名额？波波头妈妈问小艺道。

是的，是我家点点的同座。那个孩子从下面县市来的，很刻苦，也很优秀。

小艺认识那个参加清华自招的孩子和他的妈妈。他妈妈从孩子高一起就停薪留职在陪读村全陪孩子，那孩子也的确优秀！点点回来说，每次考数学时，自己刚刚做到一半，那孩子已经全部做完，而且看都不看，就信心十足地走上讲台交卷。每次看到这儿，点点赶紧加快做试卷的速度，结果，自从与那孩子同座，作为点点强项的数学，再没考好过，都是被那孩子给吓的。

但是，小艺特别喜欢那个孩子。那孩子有着不同于其他孩子的质朴单纯和不谙世事。

波波头妈妈说，今天，全国自主招生系统可以打印准考证了。

是吗？这一下提醒了小艺。对，今天把点点中科大的自主招生的准考证打印出来吧。

这次全省的八校联考（中学）成绩怎么样？听说考题特别难。

成绩出来了吗？小艺又问。只要是学校的信息她总是比别人晚知道。

昨天晚上才出来的分数，孩子们普遍考得都不好。运动头妈妈说。

不好都不好，没事。小艺安慰道。

这时，运动头妈妈又转移话题。她感慨道，你们有没有感觉到，时光可真快啊，怎么转眼自己都变成阿姨了。

本来就是阿姨了，我的头发都白了一大半了，如果不染，看着都像老奶奶了。波波头妈妈笑着说。

不是的，不是小朋友，现在上公共汽车，二十多岁的大学生都开始喊我阿姨了。运动头妈妈边着急地解释边难过地感慨。终到陪读村的这路公共汽车沿线很多大学，这些站点乘车的大部分是大学生，特别是到了光谷站，那里的人流量一点儿也不比滨江最繁华的商业街少，只是人员构成完全不一样，这里是年轻人的天下。

这很正常呀！波波头妈妈道。

什么正常？根本不正常！我刚来陪读时，也就是两年前，这些大学生们还全在喊我姐姐呢。怎么就过了一两年，自己就变成阿姨了。运动头妈妈还是边摇着头边感叹地说。

小艺差点儿"扑哧"一下笑了起来。她心里想，从模样上看，运动头妈妈怎么看也得喊"阿姨"了吧！

真是的，女人的心理全一样。是自恋吗？是女人们都很自恋吗？小艺还不是这样的感觉，她只是没有像运动头妈那样对外人感慨而已。

其实，这一年也开始有人在公汽上叫小艺阿姨了。只是当一个大学生模样的女孩喊她阿姨时，她心里"咯噔"一下就难过起来，自己当学生好像还是昨天的事，怎么突然这大学生就叫自己阿姨了？经过那次震撼，现在车上偶尔有人叫她阿姨，她心里仍会轻微地"咯噔"响一下，只是没有第一次对自己的心理冲击那么强了。

运动头妈妈接着说，那天，我回家给老公说，老公，为什么那个大学生就不能喊我一声姐姐呢？喊一声姐姐又能怎么样呢？他不知道，他那一句阿姨让我内心多么伤悲，我真的不想当阿姨啊！她的语气语调都能让人想象到她在丈夫面前撒娇的样子。

小艺和波波头妈妈，加上运动头妈妈自己全都笑了起来。

到了办公室，小艺想到自主招生准考证可以打印的事。她可是早与点点分好工的，点点只管考试，她负责外勤。于是，她去别处找到一个能联外网的电脑，打开电脑，上到全国统一的自主招生网，准备将点点的准考证打印出来。

输入编号，密码，进入华约统一报名系统，却看到点点名字上显示不能打印准考证，小艺有点着急，心里不由慌乱起来。为什么？再看，再进去，再看，学校已经初审通过，但是因为没有在规定时间内交费，点点失去了参加中科大考试的资格。

小艺如五雷轰顶，一下蒙了。怎么会？怎么会发生这样的事呢？

小艺不知道还有交费这一说。没人通知她啊！她的确不知道。当初看招生章程时，她压根没有看到（或是注意到）这一条。她只知道准备相关资料，然后将相关资料输入自主招生网中。

谁说还要交钱？没人通知或是告诉她要交钱呀，而且当时她与点点约定，她负责后勤，点点只负责一次例行考试。

谁说还要交钱？

小艺吓得"哇"的一声哭了起来，她赶紧打电话给班主任，班主任吃了一惊，大声道，你怎么会没有交钱？

谁说要交钱？没人给我说要交钱呀！小艺着急地说。她曾经咨询过上一届的家长，她还记下来了上网登记的每一步，就是没一个人告诉她还要交费这件事。

班主任大声地责备她道，这还要别人告诉你吗？你作为家长连这都不知道？你在网上报名后，经过初审，你就该交费了。这么大的事，你怎么没有与别的家长在一起碰一碰？或是与我这个班主任说一说呢？

她一下就愣在那儿了。她的确没有与别的家长碰一碰，也没有与班主任说一说。上网报名后，她就到宜万线上去了。一趟趟的宜万线，一会是全面介入，一会儿是建设会议，一会儿是市场调查，再就是没完没了的联调联试，最近又是首发车开行的售票，开车后各站的组织督导，她一去就是四五天七八天，天天在大山里转，一到那里，哪里还会想得到自主招生这事？

我给学校的招生处老师联系一下，看看他有没有办法？还有你这样的家长！班主任听着小艺的哭声，边是安慰边是责备。

小艺一边哭，一边焦急地等待着。一直等到下班时间，小艺再打电话过去，班主任无奈道，全国网上报名系统早就全部关闭，报名工作早就截止。没办法了。你怎么搞的呀？网上报名系统应该给每个家长发过短信进行提醒了的。

小艺没有作声，她的确没有收到短信。不可能说到了宜万线大山深处收不到信号，没有这个可能吧？但是她知道，自主招生这个考试，点点是绝对考不成了。

寒冷的夜风中，小艺一个人往公共汽车方向走去。她坐在车上最后一排，看着窗外人来人往的街道默默落泪。她不知道怎么给点点交代？

晚上九点半，点点回来，她坐在餐桌前，面无表情地说，妈妈，这次全省八校联考我没考好。

没事，考了多少？小艺就安慰道。

没过 600 分。

小艺心中一惊，没过 600 分？这分数回到了高一年级。整个高二点点的成绩都在 600 分以上，最高还考到了 646 分。但这话不能说，她就宽慰点点道，分数不要紧，全班排名，全校排名呢？

反正特别差。点点连说都不想说。

没什么，没考好就没考好。小艺接着宽慰道。然后，她故意转移话题说，我在蛋糕店买了点点心，给你放到书包里吧，你可以在下午晚餐时充充饥，晚自习回来妈妈再给你做好吃的。点点点了点头。

小艺来到点点房间，打开书包，书包里一本书也没有，只有一个信封，信封没封，里面是一封信，小艺忍不住悄悄地拿出来，一看，是《断章》。

一定是那个男孩子的。小艺扫了一眼，她把信按原样放好，再将两盒仟吉点心放进书包里，然后走了出来。

点点没有作声，默默地回房去了。小艺也没有作声，她将餐桌上的饭菜收到厨房，又将明天早餐的东西准备好，才走出厨房，来到点点房间。

点点在哭，在无声地哭。小艺能够感觉得到。

小艺来到点点的身边，静静地站在她身边。点点终于哭了出来，妈妈，我怎么办？

小艺不由得也落下泪来。马上就要高考了，考得这么差，经过一两年的拼搏，结果却考回到高一时的成绩，孩子怎么会不伤心？

妈妈，我已经努力了，可是我的成绩怎么会越考越差呢？点点边哭边说。

一次成绩能说明什么？什么也说明不了的。小艺抹着泪，安慰点点道。要知道，有多少学生从来就没有考过 500 分呢！你已经很了不起了！是吧？

妈妈，我不想学了。

行，今天不想学就不学了。小艺顺着点点的话道。

点点从来都是沉着冷静的个性，如果这样使性子，就说明她真的有点儿扛不住了。

点点从书桌前站起来，往床上一躺，泪水又不住地落下来。

不想了不想了，咱们今晚就睡觉，好不好？小艺安慰道。

您出去吧，灯给我关了。

小艺看了点点一眼，抬腿起身，关灯，然后关门出去。

早上，点点没有起床。点点自律性特别强，每天作息时间就像钟表一样准时，从不让大人来叫。今天是怎么了？小艺想了想，敲了敲房门，走进去。

点点已经醒了，眼睛却呆呆地盯着天花板，一动不动地躺在床上，见到小艺进来，她仍然盯着天花板说，妈妈，我今天不想上学。

从小学到高中，这个孩子从来就没有请过假，更不要说是无故旷课，如果她连学都不想上了，说明这次考试对她的打击有多大！小艺连想都没想，说道，不想上就不上吧。是我给你请假还是你自己请假？

您给我请假。点点还赖在床上，情绪不佳道。

好吧，那你接着睡吧。

小艺退出点点的房间，回到自己房内，就又钻进沙发床上的被窝里，自己也多睡一会儿吧。干脆今天自己也请个假，陪一下点点。

能在家里睡个懒觉不容易，两个人都起来得很晚。吃了早饭，都无所事事，小艺又跑到点点房里，趴在床上，给她念书听。从小到大，小艺都喜欢给孩子朗读，无论是好诗好句或是好文章，她其实也在念给自己听。广播员嘛，习惯！

小艺最大的爱好就是逛书店，用妈妈的话，这一点也是接了爸爸的代。只要到了书店，就会舍不得走，这个书好，那个书也好，于是就会买一堆书回来。孩子上初中时，书店有《走向北大》、《走向清华》两本书，都是各省状元谈学习特别是高三的学习体会，当时她就买了两本回来，没事翻着看看。

好像这两本书当时从家里带到陪读村来了的。吃了早饭，她走到书柜前，正好看到那本《走向北大》，里面有几篇关于高三成绩下滑后心情落差很大的，还有两篇是关于高中谈恋爱影响高考成绩正常发挥的文章。

小艺就趴在床上轻声地朗读，点点躺在床上静静地听着。读完两篇，点点说，我想自己一个人静静。小艺就把书放在床上，自己一声不响地走了出去。买菜，做饭，中午吃饭，吃了饭，接着上床睡觉。

下午五点，点点背着书包走出房间，她语气平静地说，妈妈，我去上晚自习了。五点是学校的晚饭时间，六点才晚自习。

小艺望着点点笑道，好吧。晚上回不回来吃饭？

吃。说完，点点背上书包走出门了。小艺倚着窗户边，看着窗外朝学校行进的点点，点点正大步流星地向前走，一点儿也看不出昨晚的无精打采和一蹶不振了。

晚上九点半，点点准时坐在餐桌前吃饭，小艺拿出2010年最后一期《读者》，读《你凭什么上北大》这篇文章。

未名湖边的桃花儿开了，就在前几天。

我曾经无数次梦想过，陌上花开的时候湖边折枝的人群里会有自己的身影。那个时候，我的心思和大家一样单纯而迫切，我的目光却是比你们更加迷茫和恍惚。那年高三。

小艺停了一下，望着点点问，还念吗？

念。点点语气坚定地说。

小艺就接着念。从小，爸爸也是这样给她们三姐妹讲故事讲典故念文章。想到这儿，小艺望了点点一眼，点点边吃边专注地听，小艺不由得提高嗓音，接着念：

其实，说白了也就那么一句话：忍不住的时候，再忍一下。我承认自己是一个骨子里相当傲气的人，我就是不相信我刻苦起来会不如哪个人，我就是不信我真的去做一件事情的时候会做不到，我就是不信这世上真的有什么不可能的事情。I believe that nothing is impossible！

事实上，无数次我都面临崩溃的边缘了，高中五本历史书我翻来覆去背了整整六遍。当你把一本书也背上六遍的时候你就知道，那是什么感觉了。边背边掉眼泪，真的，我是差一点就背不下去了，就要把书扔掉了。只是，忍不住的时候，再忍一下。坚持的确是世界上最伟大的一种品质。

事实上，我怀念那段日子，并且永远感激它。那时的一切深深烙在了我正处于可塑期的性格中，成为这一生永远的财富。那真的是多少钱都买不来的财富。人生中再也不会有哪个时期像那时一样专一地，单纯地，坚决地，几近固执而又饱含信仰和希冀地，心无旁骛乃至与世隔绝地，为了一个认定的目标而奋斗。

Nothing is impossible！这是我在一点一滴的努力与尝试中获得到的东西。而且我也相信，这也将会是使我终身受益的东西。在这里，我把自己最信仰的一句话送给大家：

Nothing is impossible（一切皆有可能）！


点点往自己的房间去，小艺追在她背后迟疑地说，点点，妈妈要给你说一件事，前段时间在宜万线上乱忙，结果忙中出错，中科大自主招生妈妈报了名，却忘了交费，现在参加不成考试了。

点点头都不回，大声说，我就参加高考。

小艺想到昨晚点点书包里那个信封，又迟疑了一会儿，算了，只当没看见一样吧。

第二天下午 14 时 30 分，会议室里，闻部长望着大家说，开始吧。

每年年底，运管部都会开一个不长不短的会，总结总结今年工作，也讲讲明年安排规划。每个人都联系本职工作讲。只是今年，现在，王局长也坐在会议室里。

大家都按准备好的材料总结今年规划明年，一二三四，简单明了，有点儿像议论文，观点清晰、层次分明。小艺也讲，但她讲得中心不突出，层次也不分明，更像是散文，但小艺知道，自己是形散而神不散。

她从宜万线讲起，讲从今年春运还未结束，在春寒料峭中，她就坐着轨道车，穿行到隧道连着隧道的宜万线里，到 12 月 22 日，宜万线开通运营，12 月 25 日圣诞夜，在漫天飞雪中，乘坐宜万线上的旅客列车从隧道连着隧道中穿出，再返回滨江。一年里，自己前前后后不知进出多少次宜万线，其中，有烦恼、有苦闷、有欢欣、也有兴奋，但是现在，她感觉是震撼和骄傲，她忘不了 12 月 22 日，宜万铁路首日开通运营，施州站至江南站首趟列车开走了，她站在施州站站前广场看到的情景，那种万人空巷、万民欢腾的情景，作为铁路员工，自己当时真的很感动、很感慨，因此开通了微博，并为此写了第一条微博。

说了这一堆废话后，她才讲宜万线开行一周各站旅客发送人，现场检查情况。她说，宜万线是百年期盼工程，那咱们下一步就是如何将山区百姓百年期盼的热情变为对铁路的一往情深。

小艺不知道会不会又有人觉得她多说闲话，多管闲事，说她讲得牛头不对马嘴，但是，小艺不想管这些，她还是想讲要讲。因为，22 日首发车当天，施州站站前广场那些对铁路对火车充满热情、充满向往的衣着土气的山里人，正是三十年前她三姐妹。她是在讲她自己。

大家讲完，闻部长讲，最后，王局长讲。

王局长用他那吴侬软语道，建局以来，全局客运形势发展很快，社会要求很高，旅客要求很高，我们取得了非常显著的成绩，但也有差距和不足……

会议室内静悄悄地。

王局长说，现在，我想谈谈自己这些年对路局客运工作的体会和感受。重点讲讲服务。做客运的事，管客运的人，一定要理性地认识客运工作的重要作用，但对客运工作当中每件具体的事、每个环节，分管的每一项工作要感性地对待、落实、解决，否则结果会非常麻烦。

为什么？因为我们面对的是人，每天几十万张不同的脸、不同的嘴、不同的耳朵在感受、感知和评判我们的工作。我们的工作不同于货运工作。货运运的是物，你扔了它一下，你踢了它一脚，它不会生气也不会吭一声，有问题也是货主收到货物后才会发生问题。但是我们客运面对的是人，服务于人那就不一样了。一个动作、一个眼神、一句话不对就会引起旅客的投诉。

所以，我们的工作不容易，也正因为不容易，更显示出我们的工作的不简单。国家、政府、中央提出以人为本、改善民生，老百姓民生最根本的需求就是衣食住行。行是改善民生四分之一，占四分之一的比例，因此我们要高度理性、十分感性地对待客运工作。

所以，我们每遇到旅客表扬，肯定就会感到高兴，每遇到旅客批评指责，我的内心就很沉重。因为我们是通过这个部门来承担国家、政府、中央的工作和责任，承担铁道部落实中央"服务旅客、创先争优"展示铁路形象的责任和义务。社会对客运工作的要求越来越高，越来越具体，人民群众对客运工作要求一天比一天具体，一天比一天迫切。一个不经意的行为就会带来不同的结局。

下面，我再重点说说如何履行职责做好服务。

运管部作为职能部门，作为引领部门，在过去工作的基础上，首先要突出"好一点，更好一点，更全面一点"的服务理念，不是有"没有最好，只有更好"的说法吗？我们就是要不断地追求更好、创造更好……

王局长笑着说，这是对 2011 年工作的一个提示，也算是一个要求和希望。

2011 年的春运马上又要开始，又是一场恶战，大家又会有跑不完的路，干不完的活，说不完的话，做不完的事，负责让大家很充实，同时也会非常辛苦非常累。

最后，王局长说，大家过去克服这样那样的困难，越过这样那样的坎受过这样那样的累和苦，在此，向大家表示感谢。并祝新的一年，大家工作愉快、身体健康、阖家幸福！

# 第十章

## 百二秦关终属楚

　　小艺把康乃馨递给爸爸，爸爸高兴地接过来，仔细地看了看，就放在了自己房间的书桌上。小艺又把步步高插在玻璃瓶中，注满水，边修剪花枝，边问妈妈，你们回厂里高兴吗？高兴！还坐了高铁呢！妈妈开心地说着，爸爸则坐在床上微笑着。

## 春节

2011 年。

年过完，初三，小艺值班，客流明显上升。初六，局机关 18 个工作组人员全部到岗。初六当日客流达到春运以来最高值。

早上，机关食堂把早餐送过来，闻部长到春运办盛了碗米粉，又看看稀饭，对小艺说，早餐多吃点。小艺真实地说，不能多吃，现在已经长胖了好多。闻部长望着小艺，笑着宽慰道，胖就胖了呗，老同志了。

小艺听到闻部长说"老同志了"时吓了一大跳，真正是吓了一大跳，她心里就像突然来了个八级地震一样。这是自己的直接领导第一次称她老同志。是的，自己也四十多了，也确实是老同志了，但是当自己的老领导在自己的工作岗位上称自己是老同志时，她还是内心来了个剧烈震荡。

这些年，小艺天天忙前忙后，她既忘记了自己的性别，也忘记了自己的年龄，但是，别人记得，领导记得。现在，闻部长当面都这样称呼自己"老同志"了，那说明她是多老多老的老同志了呀！

小艺不由得一阵伤怀，自己什么时候开始变成老同志的？她想起上次公交车上运动头妈妈的哀怨，又想起"廉颇老矣，尚能饭否"？唉，领导是不是真的觉得她"廉颇老矣"了。

吃过早饭，闻部长又走进春运办，对小艺说，节后客流高峰就要到了，马上就是正月十六第三波客流的出行高峰，咱们做一个既有车与武广高铁的联乘方案，这样可将管内各站的中转客流吸引到滨江高铁站，一是方便旅客出行，二是增加高铁客流，避免去年的被高铁现象的发生；另外，你今明两天到武广高铁上搞一个市场调查，咱们需要准确了解高铁旅客的市场需求及建议。

我不是在值班吗？小艺疑惑地问。

下一个班你就不要值了，赶紧把联乘方案做出来，今天就去。

小艺刚想解释说，今天我刚下夜班，还没说出来，部长就着急地说，抓紧！抓紧！这是他的口头禅。

小艺伤心地想，干起工作来，领导一点儿也没感觉你是老同志。

其实，经过铁道部一年的市场培育和营销宣传，高铁的高定位高品质高服务得到了社会的广泛认可，高铁客流也明显增加，但是如何将既有线路的客流引入高铁，就需要对现有开车方案进行详尽的研究和对旅客市场需求的调查，这个工作真的很及时也很有必要，领导就是领导，你不能不佩服。但是，她转念一想，心里黯然道，小艺，你都是廉颇老矣，还想那么多干什么？

去车站的路上，她想到点点的这次八校联考成绩，心里一直七上八下忐忑不安着。点点这个成绩上不上下不下的，怎么办？别看她在点点面前故作没事似的劝点点没什么没什么，其实，心里着急死了。

点点这次成绩一定排在高三年级 500 名开外了。为什么成绩会垮得这么厉害？问题出在哪儿？是每科成绩都没发挥好还是哪一科成绩有问题？她想问问班主任，但是问了有什么作用呢？全省顶尖的学校，全省最优秀的老师，客观条件已经摆在那里了，问题其实在点点这里。那现在怎么办？

刚才，部长一句老同志了，自己都四十多岁了，内心还波澜起伏了好半天。点点这次考试成绩如此之差，那作为当事人的点点内心会有多大的起伏？这对一个才十七岁的孩子来说，会有多大的打击？这会对她的自信心产生多大的冲击？她会更不堪一击的。谁说过的，信任比黄金更重要。那，现在，最重要的就是让她重拾信心。对，给她一个座右铭吧！哪句好呢？小艺边想边找装裱店，好不容易才找到一家已开张的门店，裱了一幅励志名言。

下午，从高铁站回来，去姐姐家看望爸妈，再到银行取了要给妈妈补交养老金的九千块钱，她又去把裱好的励志名言取回来，天已经全部黑下来了。

高二上学期，爸爸一病，小艺想着要用很多钱，就将自己在小青山附近的商品房挂了出去，没想到房子一挂出来就被一家人租了，还一租两年。小艺想都没想，马上就签了下来。这样，她不仅把陪读村租房的费用填平，一年还能多收益两万元。这多收的钱，她就可以大大方方地给父母了。

只是，小艺乘坐的公共汽车每天都要经过自己在小青山附近的商品房。现在还是初七，夜色中，小艺坐在公汽上，远远地看到自己楼房前的广场上有家长孩子在悠闲自在玩耍、放鞭。广场上，有烟花和焰火在半空中闪亮和鸣响，不时还有礼花带着"吃吃"声艳丽地冲向夜空。前几年，每到过年，他们一家三口，也来到广场上开心地放烟花，现在，为了省钱，为了省出给爸爸治病的钱，只为了多出的这两万块钱的租金，她就将爸妈都舍不得住的房子租了出去，每天舍近求远地到陪读村，自己连过年都不能回自己精心装修的家中看一看。

看着半空中美丽的烟花，小艺有些感动，想着只能远远地看着自己花几十万买来的房子，小艺又生出无限的伤感。

公共汽车晃晃悠悠、晃晃悠悠地将她从五光十色、灯火辉煌的城市中心带出来，到了学生公寓这一站，车上就剩她一个人了。还在过年呢，车上本来人就不多。车仍旧往前开着，晃晃悠悠地往开前，路上越来越冷清，终于到了偶有零星灯火的终点站，她跳下车，走进陪读村。

陪读村院子里灯光孤零零，光秃秃的，更显出小区夜色的黑暗和环境的冷落。过年，陪读村的人都回自己的家过年了。回到屋里，听着窗外偶尔几声零星的鞭炮声，小艺这才感觉，是呀，真的是过年，但是这年过得多寂寥呀。

小艺拿着座右铭的横幅，来到点点的房间。她笑着说，点点，妈妈特别喜欢破釜沉舟、卧薪尝胆这两个成语故事，还有这句话。说完，她将卷成一卷的横幅缓缓展开，故意含笑问道，你觉得这个对联贴在什么地方好呢？

点点看了一眼，平静地说，贴在床头墙上方吧。

其实，小艺更想贴在床头对面的白墙上，这样，点点每天一起床一抬头就能看见这副励志对联，可是，既然点点没有反对，就以她的意见为准吧。

> 有志者事竟成，破釜沉舟，百二秦关终属楚；
>
> 苦心人天不负，卧薪尝胆，三千越甲可吞吴。

白底红字的横幅一上墙，整个房间一下就有了精气神。

晚上，小艺坐在沙发上看中央一台《感动中国》人物颁奖晚会。每年他们一家人都要看。一是每年的《感动中国》人物真能感动自己，洗涤心灵，觉得这些人值得去学习去颂扬；二是那是每年最新鲜、最有价值、最具正能量的作文素材，积极向上又具说服力和感染力；再是作为列车广播员出身的她，她特别想听听主持人敬一丹、白岩松《感动中国》的声音及声音背后的文字。

电视里，主持人敬一丹和白岩松正在深情地逐一介绍 2010 年感动中国人物，当敬一丹念到"草原曼巴"王万青的颁奖词，"只身打马赴草原，他一路向西千里万里，不再回头。风雪行医路，情系汉藏情。四十载似水流年，磨不去他理想的忠诚"时，小艺望着电视画面中与西藏牧民及生活环境完全不相称的文弱、善良又沧桑的王万青医生时，她脑海中马上闪现出与厂里工人及工作环境完全不相称的文弱、朴素而又善良的爸爸李大夫。

果然，电视里主持人白岩松介绍道：

> 王万青，男，汉族，66 岁，上海人，中共党员，甘肃省甘南藏族自治州玛曲县人民医院外科主任医师。1968 年从上海第一医学院毕业后，自愿到条件极为艰苦的甘南州玛曲县工作，在贫穷落后的玛曲草原一待就是 42 年……

看完晚会，点点从学校晚自习回来了，小艺望着点点说，妈妈刚才看完《感动中国》人物颁奖晚会，其中有一个人，妈妈特别想跟你说一说。这个人并不像其他那些感动中国人物的贡献那么大，但是，因为爷爷特别像他，所以，妈妈觉得他特别让妈妈感动……

小艺对点点说，妈妈觉得他很了不起！爷爷与他一样，也很了不起！

没想到，第二天中午，了不起的爷爷竟然没有打招呼就来了。姐姐小蓉和妹妹妹夫陪着爸妈来到陪读村小艺的"美国乡间别墅"。去年冬天，天一冷，姐姐就将爸妈时不时地接走，姐姐想着住在医院里有利于爸爸养病，没想到，现在才正月初八，爸爸妈妈就回来了。

小艺开门吃了一惊，爸爸妈妈，你们怎么回来了？

戴着绒帽、穿着中长厚羽绒服的爸爸也不说话，进门后，只是坐在茶几边的小凳上，埋头换鞋。

姐姐对着小艺笑声朗朗道，还不是爸爸妈妈心疼你。

妈妈也呵呵地笑着，你爸说，你上班忙，我们就在这儿住着，能帮你一点就帮一点吧。小艺连忙扶着爸爸坐在餐桌旁。

姐姐把一大盆子东西端出来，放在餐桌上。小艺好奇地问，什么东西？

妈妈开心道，你姐给爸爸熬得一大盆阿胶。小艺一看，是姐姐把阿胶与核桃、芝麻等放在一起自己熬制成的阿胶。

一家人坐定，妈妈惦记着她的泡菜，就到厨房问，我的泡菜你们吃了吗？

吃了，好吃得很！铁军笑着答道。

妈妈一听特别高兴，就凑到她那深褐色的泡菜坛前，蹲下身子，拿起坛盖，又捞出一大盘红红绿绿白白的泡萝卜，再用手压紧，盖上坛盖，给坛子边沿续满水，说，泡菜就是要边吃边泡，我明天就到超市再买些新鲜的萝卜泡上。

吃饭时，妈妈端上她清炒的泡菜。白色的盘子里，一颗颗红白青相间的萝卜丁，油光水亮，煞是好看。

妈，做了这么多菜，还摆泡菜干什么？姐姐问。

过年大鱼大肉吃多了，就是要吃点泡菜，解腻。铁军说着，将萝卜丁扒进饭碗中，吃在嘴里，萝卜丁颗颗清脆爽口。

小楚笑道，妈妈，您这是萝卜开会，群英荟萃，宫廷菜呢。她故意学着小品赵丽蓉的河北腔，大家都笑了起来。

姐姐问小刘，这个春运你们参加吗？

怎么会不参加？还是跑车当列车员。说起来，公检法系统已经移交给了地方，但是每年春运跑车我们都少不了。小刘是个很平和的人，说起话来总是笑眯眯的。

小艺，你们春运怎么会用这么多人？妈妈一听自己最喜欢的女婿竟然去当什么列车员，不由得也关心起跑车来了。

妈妈，春运四十天，我们开行的客车是平时的两倍多。一共要请一万人当临时列车员，与我们正式跑车的列车员人数差不多。平时，我们一天发送旅客二十多万，春运期间，每天平均发送旅客三十八万，最高那天能达到近六十万呢。小艺解释道。

爸爸盯着小艺，静静地听着大家讲话，不置一词。

你说的这些我也不懂。妈妈挥挥手说，反正春运时就是人挤人。

小楚道，妈妈，现在过年我们几个再也不用挤完火车再挤汽车，全家人在滨江可以悠闲自在地过年了。

吃完饭，爸爸回房间躺上了。爸爸妈妈都喜欢看滨江电视台的《经视直播》、《夸天》这类节目。小艺三姐妹来到小艺房间，关上门。

姐姐拉着小艺开心地说，来你这儿前，我专门给爸爸又做了一次全面检查，爸爸的各项指标都非常好。爸爸真的好了！

是吗？小艺和小楚都瞪大眼睛，高兴地跳了起来。

小楚盯着姐姐的眼睛，得意地问，姐，还记得吗？是谁说爸爸没有救了，最多不过一年，怎么样？爸爸手术已经一年过了一个月了。爸爸的情况现在是越来越好。

当时是医生说的，我们在临床见过很多病例，真的是没有想到爸爸恢复得这么好。姐姐有点尴尬也有点兴奋地说。

姐姐，当初我公公被诊断说得了胰腺癌，这都过了二十年还好好的呢。所以说一切皆有可能！小艺得意地说道。

不过，爸爸住我这儿时，为什么吃了东西总是有点儿吐？小艺想了想，又有点儿担心地问。

那是因为爸爸的胃部分切除后，胃最上端的贲口闭合得不好，就像水龙头开关一样，这不要紧！姐姐安慰道。

太好了，真是苍天不负有心人！小楚说道。

Nothing is impossible！小艺心想，她又把这句给点点的英文励志名言默念了一遍。


春运过后，旅客发送人有所增长，但是，与前两年两位数的增幅相比，又有所下降。春运临客数量在增加，客发增量却在减少。为什么？领导让分析。

小艺到局管内春运农民工集中的几个县市调查，其实不用实地调查，只要看看国家的政策和省市的政策倾向，就知道农民工下降的原因。实地调查只是进行实证和量化。


一是改革开放三十年，特别是近二十年，珠三角、长三角由经济发展型地区转变为经济成熟型地区，用工市场已近饱和；二是国家政策已将发展重点由珠三角、长三角转变为中部崛起，沿海企业已深入内地办厂，如富士康已在光谷办厂，吸引了大批原来南下打工的内地农民就地就业；三是今年铁路实行实名制购票，让许多没有习惯带身份证出行的人，特别是文化较低的农民工，感觉购票极不方便，干脆改其他出行方式，另外，许多短途探亲旅游的旅客也觉得实名制购票太麻烦，还不如坐汽车方便；四是随着经济发展，居民收入的不断提高，许多人家都购买了私家车，春运期间，更愿享受自驾出行的乐趣。


往年，一个春运半年粮。如果照这种平缓的客流增长趋势，今年全年旅客发送量和客运收入的任务能完成吗？看来，王局长说得又对又不对，2011年不仅春运是一场恶战，2011年全年都会是一场恶战！

看来，大家全年都会很充实！

## 清明

从小学三年级开始，每年的三八妇女节，点点都会给小艺买花。从以前的一枝、三枝、五枝，到一束、一大束，从玫瑰、月季、到康乃馨。每年接到鲜花，小艺都格外开心。铁军铁板一块，从不会送花花草草的东西，可是，点点补回来了，这就是作为母亲的快乐！同样，每年点点的生日，小艺都会给点点一份生日礼物。

今年给点点买什么呢？周五，下班回家的路上，小艺想，点点是四月初的生日，她不由想起林徽因的《你是人间四月天》：

> 你是一树一树的花开；
> 是燕在梁间的呢喃，——你是爱，是暖；
> 是希望。你是人间的四月天。

哈哈，那就买束花吧！青山广场公共汽车站旁有不少花店。从机关到广场不过十分钟，小艺来到一家大花店，东看看，西瞅瞅。

小艺看到一种长相普通但又特别的花，一枝枝很清雅的花朵，花枝上淡绿色的叶子里包着淡粉色的花蕾，花蕾一节节往上次第开放，很清丽雅致。小艺凑上前问，这是什么花？

这叫步步高。店员接着解释道，你看它是从下往上一节节开放，越开越明艳，越开越好看。

这名字怎么这么好呀？这花就像给自己孩子开的，节节高，正符合小艺对点点学习和成长的期望，芝麻开花节节高呀！

多少钱？看你要多少枝？十枝吧。一共五十块钱。

小艺将钱给了店员，上前挑选了十枝，又买了个玻璃花瓶，就手捧鲜花兴冲冲地往外走。刚走出门，她突然又想起来，爸爸也喜欢花呀，应该也给爸爸买一束花回去才对。她就又给爸爸挑了一大束玫红色康乃馨，然后，捧着两束花高高兴兴地回家。

坐在车上，望着窗外的满眼春光和胸前的两大束鲜花，小艺心情大好。

这两年坐公共汽车上下班，小艺每天来回三四个小时在车上，把滨江江南片区的风景基本看了个遍。江南这边马路上到处都是施工现场，到处都是工地，都在修高架、修地铁，都在堵车、堵得人心慌，但是看着一天一个样的江南，看着高楼像种树似的一栋栋矗立起来，特别是徐东商圈的繁华和滨江大道的宁静美丽，再看着光谷熙熙攘攘的人流和川流不息的车流，看着无边的东湖、南湖、沙湖，还有精致的双湖桥，小艺觉得滨江真是一个美丽的城市。真是那种发自内心的喜爱。看来，自己真的把自己当作滨江人了。

春天又来了，春天多好呀！

现在路边的桃花全开了，特别是从师大园北路到学生公寓这一段路，人少路宽，路边矮墩墩的葱绿的冬青旁边，隔一段距离就站着一树树的或玫红或粉红的桃花，一树树的花儿花蕾初现或含苞欲放，再往里，又站着一排一排的年轻的四季常青的香樟树、冬青树和桂花树。小艺怎么看，怎么觉得那一树树的桃花就像一个个美丽的少女，那一排排的香樟冬青树就像一个个青葱的少年。虽然她知道这个比喻实在太俗气，但是小艺还是忍不住联想到美好的少男少女，会联想到桃之夭夭，灼灼其华，草长莺飞，桃花灿烂等这些似乎俗气却又形象的美丽词汇。

姐姐说，爸爸的身体恢复得特别好，各项指标都正常。虽然爸爸明显地瘦下去了，有时有点吐，但是精神可是好多了。

小艺想，老天怎么对自己这么好？爸爸好了，自己可以全力以赴地陪同点点迎战高考了，现在离高考只有不到 100 天的时间了。

小艺回到家，姐姐已陪爸爸妈妈一起坐高铁回来了。小艺工作忙着脱不开身，姐姐就带着父母一起坐高铁去补办了结婚证，还顺便回了一趟厂里。爸妈的结婚证补办了，还坐了高铁，爸爸妈妈兴奋异常。

小艺把康乃馨递给爸爸，爸爸高兴地接过来，仔细地看了看，就放在了自己房间的书桌上。小艺又把步步高插在玻璃瓶中，注满水，边修剪花枝，边问妈妈，你们回厂里高兴吗？高兴！还坐了高铁呢！妈妈开心地说着，爸爸则坐在床上微笑着。

姐姐专门给爸妈照了好些照片，有爸爸在永安高铁站站台等车的消瘦背影，有爸妈在高铁动车上坐着微笑的合影，还有一张，是爸爸与年轻靓丽的动姐的合影，爸爸坐在座位上，动姐靠近爸爸微笑着，爸爸也配合动姐笑着，爸爸苍白的脸上露出腼腆羞涩的笑容。与小美女合影，爸爸还有点儿不好意思呢！

好了，妈妈的养老金问题也解决了，爸爸的病也好起来了，全家的好日子指日可待了。

小艺知道爸爸其实非常文艺范的。她想起好几次撞到爸爸妈妈坐在一起唱歌的情景，心想，让爸爸学学怎么用电脑吧，电脑上老电影老歌都有，她和铁军不在家时，爸爸妈妈想怎么唱就怎么唱。

想到这儿，小艺就拉着爸爸，拽着妈妈，来到自己房间，她让爸爸坐在电脑桌前的椅子上，自己站在旁边，指着桌上的联想电脑，对爸爸说，这是电脑，这上面可以看电视、看新闻、可以听歌，还可以看电影。

这么神奇？爸爸脸上满是惊奇。

是的，爸爸。小艺接着笑道，爸爸，您最喜欢唱歌，电脑上可以找到你们喜欢的所有的歌，想听多少遍就听多少遍，电影想看多少次就看多少次。

说着，小艺就握着爸爸的手抓住桌上的电脑鼠标，爸爸没有摸过鼠标，摸了半天，才将电脑首页上的PPTV图标点开，然后小艺握着爸爸的手，想点击菜单上的"电影"图标。

爸爸第一次摸鼠标，手不灵活，半天点不开，就说，以后吧，以后再看。

小艺仍握着爸爸的手教，爸爸极认真地学着，但还是不太灵活。小艺安慰道，爸爸，这有一个过程，以后多摸就能灵活掌握了。

妈妈笑道，现在的日子多好，以前，咱们到一趟滨江来回用上一整天，现在二十分钟高铁就到永安站了，以前，看个电影要大半年，还是在厂里的灯光球场，现在在网上想看什么就看什么。多好呀！

爸爸笑着点了点头。

所以爸爸，您一定要把身体养好。小艺望着爸爸说。

爸爸再次认真地点点头。

接着，小艺又从包里拿出一份广告单，兴奋地说，看，这是我从旅行社要的一份《千名老人下江南》的旅游宣传单，分两条线路，全部坐在船上旅游。特别好。你们出去玩一下吧。

你点点怎么办？妈妈连忙问。从妈妈的神情里看出，妈妈其实很想去。

现在不要紧了，她高三在复习阶段，我晚上回来给她弄饭就行了。

妈妈看了看爸爸，爸爸神情坚定地摇摇头。

爸爸不累，全部在船上。你们一起去，我出钱。

那怎么行？妈妈话是这样说，从神情上看得出来，她还是想去。

怎么不行？我们同事的爸爸妈妈早就去过了。现在季节这么好，你们出去走走，可能对爸爸的身体还会好些。

爸爸再次目光坚定地摇了摇头。

小艺知道，如果爸爸这样反复摇头，那就是绝对不行。爸爸实在不想去就算了，等到点点高考完了，再一起去庐山吧。

晚上九点，妈妈从房间走出来，悄悄地走到小艺面前，说，小艺，你爸爸每天晚上这个时间，就在床上等着点点回来。等到九点二十分，你爸就会到阳台上等，再到餐厅窗前等、再到客厅窗前等，最后才到门口给点点开门。每天晚上都是这样。不知为什么，妈妈的语气里满是哀伤。

是吗？小艺仰起脸，吃惊地问道。她天天忙来忙去真不知道！

九点二十分到了，瘦弱的爸爸从床上起来了。爸爸穿着灰色的睡衣睡裤，上身披一件咖色外套，从房内慢慢走出来，走到书房可以看到学校方向小路的阳台上，等着，看着，等看到路灯下的点点的身影出现再消失，就拖着消瘦的身子，走到饭厅右侧的窗户再神情专注地等着看着，看到点点的身影出现又从窗外消失，再慢慢地走到客厅处的大窗户前，俯视着窗外的马路，当看到点点轻快的身影出现又消失在二单元门口时，爸爸才移步到客厅的大门口，站在大门前静静地等着。九点半，爸爸开门，点点正好站在大门口，大声喊着爷爷，消瘦如竹竿般的爸爸微笑着望着点点，默默地点点头，再关门锁门，然后一声不吭地回到自己的房间，关门。

看到爸爸转身进房的消瘦背影，小艺心头一酸。

吃完饭，点点回房学习，小艺坐在桌前静静地整理点点的作文素材，突然手机铃响，是妹妹小楚的电话。

这么晚了，什么事？小艺问。

小楚兴奋地说，明天小吕哥要来看爸爸。

哪个小吕哥？小艺看着手中的作文素材，心不在焉地问。

小楚吃惊道，还有哪个小吕哥？就是姐的前夫，北北的爸爸。

其实在问小楚时，小艺也"会"过来是姐姐的前夫小吕哥。自两年前小艺到北京参加四条城际铁路预审会见过小吕哥后，小艺再也没有看见到他了。所以，她就问，他什么时候到？

中午吧。爸爸住院动手术时，小吕哥还悄悄到医院来看了爸爸的。

小艺知道，不用说，一定是小楚嘴长，把爸爸生病的事讲给小吕哥听了。全家人都知道爸爸最喜欢这个前女婿。她想了想，就说，那就来吧，我家点点也好多年没有见过北北的爸爸了。

那你不担心他来会影响点点学习？小楚仍然话中带笑地反问道。

没事的。小艺拿着电话，又想了想，警告小楚道，不过你不要嘴巴长，这可不能给姐姐说，更不能让张老师知道，不然会惹麻烦的。毕竟是来小艺家，她可不想惹姐姐不高兴，也不想惹张老师不高兴。

姐姐到现在都不原谅小吕哥。小吕哥从不是姐姐的爱人后，就变成了姐姐的仇人。这么多年，姐姐再也不与小吕哥有任何交往，就好像这世上从来就没有什么小吕哥似的。想想也是，姐姐从三十二岁离婚，到快五十岁再婚，十多年都单身着，生活的艰难，离婚后的苦只有她自己知道，离婚让姐姐性情大变。

是的，不幸的婚姻让淑女变怨妇，更何况姐姐本来就不是淑女。她真的是恨小吕哥！

小艺任何时候都与姐姐站在同一个战壕里，但是，小楚就不一样了。小吕哥来家里时，小楚还只有十岁，小楚完全把小吕哥当自己的哥哥在看。所以，小楚一直与小吕哥有往来，只是这种往来都是背着姐姐的，不然，被姐姐知道，姐姐会骂死她的。

小艺说，那他中午会在我家吃饭，我去准备饭菜。

肯定要在你家吃饭，我和小刘陪他一起去，你那儿不好找的。小楚笑道。

好，我让铁军也作陪。

小艺到爸爸房间，说小吕哥明天上午要来，爸爸一直暗淡的眼睛一下就闪亮了起来。毕竟，小吕哥是爸爸最喜欢的女婿，爸爸最喜欢与小吕哥一起夸夸其谈。妈妈最不喜欢小吕哥，也最不喜欢小吕哥的夸夸其谈。不过想着他是来看爸爸的，妈妈也就没有说话。


小吕哥来了。小吕哥已经变成了地地道道的胖胖的中年官员模样，但他的善良和对爸爸的好一点儿也没有改。爸爸非常开心，他与小吕哥坐在一起海阔天空地聊了好半天。

小吕哥安慰爸爸说，爸爸，您这就是普通的胃病，溃疡得很严重，现在把溃疡部分切除了就好了。小吕哥虽然与姐姐离婚快二十年了，但他还是喊爸爸为爸爸。

爸爸微笑着点点头。一直到最后，全家人统一口径，都瞒着爸爸说是胃溃疡。大家都没说破，爸爸每次静静地听着，从不反驳，也不主动询问病因。

小楚笑着说，小吕哥，我姐这个月刚给爸爸做了全面体检，各项指标都正常。

小艺抓住爸爸喜欢小吕哥这个机会，赶紧又做思想工作。她说，爸爸，其实这个院完全可以不住，您说对不对？当初您如果发现自己胃疼，给我们谁说一声，到医院检查一下，早期吃点药打个针，可能就好了。还有，前年十一，全家人都劝您去医院检查一下，如果去了，也不至于后来遭这么大的罪，您说呢，爸爸？

妈妈接过话，你们不知道，你爸爸还不是不想花你们的钱。

唉，现在医院看病看不起，动不动就是上万，那怎么看得起？爸爸神情黯然地叹息道。

不会的，爸爸，报纸上说的只是个别现象，也不是所有的医院都是这样的。如果全是这样的话，那农民就都不看病了，得了病都在家里躺着？小艺解释道。

爸爸神色颓唐道，老百姓是看不起病。

妈妈接过话，是呀，你看你爸爸这个病，还是在你姐姐医院，都花了快三十万了。幸亏现在报销了一半，其余的都是你们掏的钱。

妈妈望着小吕哥接着说道，话说过来，我这几个女子真的孝顺。

小吕哥说，是呀，您这三个女儿又孝顺又能干，听说，小艺还有两套住房。

小艺知道小吕哥是故意与她套近乎，她就笑了笑，然后使劲瞪了一眼小楚。一定是小楚给小吕哥讲自己有两套住房的。她从小就嘴巴长，什么事也在心里藏不住。

妈妈，听说您马上也要有养老金了。小吕哥转向妈妈讨好道。

妈妈一听，开心地"咯咯"笑出声来，是呀，资料都上报了，就等着马上拿养老金了。

小吕哥说，那您参加滨江的养老保险，养老金会比厂里家属高出两百块钱呢。

说到底还是小蓉孝顺，是小蓉把我和你爸爸的户口转到她这儿的，不然办不了滨江养老保险，也高不了这两百块钱。

妈妈一说姐姐小蓉，小吕哥就面有愧色、不吱一声了。

说到底了，还是这个社会越来越好，所以，爸爸，您一定要长命百岁才好。小刘望着爸爸言辞恳切地说道。

爸爸坐在椅子上用力地点了点头。

中午，一家人坐着准备吃饭时，点点放学回来了。

点点放学一进门，小艺就跳过去，拉着点点笑道，这是北北的爸爸，喊伯伯。点点笑着喊了一声伯伯，就坐在桌边吃饭。

小吕哥目不转睛地看着点点，兴奋地说，上次看到她还只有一岁，还抱在手上，现在都长这么大了。我们点点长得可真好看呀！

点点笑容平淡地说，好看有什么用？从小到大，我妈老是给我说，外表美只能取悦一时，心灵美才能经久不衰。

这话一说，全家都望着小艺和爸爸笑了起来。

小楚上前抱住爸爸双肩笑着说，爸爸，小艺真是接了您的代。我从小听到大听的都是您这句话，外表美只能取悦一时，心灵美才能经久不衰。现在小艺又把这话传给了点点。

爸爸一听，也浅笑起来。

大家吃着聊着，点点吃完，说了声你们慢吃，就回房休息了。

小艺跟在她后面进房，点点笑道，妈妈，大姨不是说，北北的爸爸到美国去了吗？

你相信了？小艺笑着反问。

怎么可能相信？我只是不愿意说破你们大人的谎言罢了。点点微笑着说。

小艺连忙说，善意的谎言。

点点笑着说，妈妈，这次的八校联考成绩出来了。

怎么样？

656分，年级排第110名。点点一脸平静，但小艺还是感觉到她平静背后的骄傲和喜悦。年级前300名左右就能上重点大学如滨大、科大之类的学校。

啊！小艺高兴地叫起来。真是了不起呀！

各科成绩问后，小艺道，作文呢？作文得了多少分？

42分，作文没写好。

不错，已经很不错了！小艺夸奖道。她当然知道60分满分的作文这真不算最好。

妈妈你去忙吧，我要午休。说完，点点开心一跃，"砰"地倒在床上。

小艺摸了一下点点的头发，笑着关上门，回到餐桌上。

晚上，小艺坐在电脑前，帮助点点打着语文总复习中高中三年的重点字、词及词组。打累了，她就走到爸爸房间，想与爸爸妈妈聊聊天。

进房，爸爸妈妈脸上的表情有点儿古怪，小艺就问妈妈，怎么了？

妈妈把小艺拉出来，在客厅里焦虑地说，刚才老家三爸的孩子打电话来，说三爸病了，病得很重，到镇医院看，又到地区医院看，都说很重，说是没有什么看头了，他们刚才给你爸爸打个电话。你爸接了电话，与三爸说了一会儿话，三爸说前段时间肚子疼，也没有太在意，现在不痛了，就是有点难受。

小艺想起去年来时还好好的三爸，瘦瘦的一个农村老头，虽然瘦小，但精神还是挺好的。

小艺着急地问，那他们就把三爸从医院拖回家了？

嗯！医生说治也没有用了！不回家能怎么办？妈妈颓然道。

那也不能不治呀！小艺说完，就走进爸爸房间。爸爸斜靠在床上，神情黯然，一言不发。

爸爸，三爸生病怎么能不治呢？

爸爸没有作声。

咱们可以给点钱，爸爸，咱们给他寄点钱去。小艺着急地说。

爸爸还是没有作声。爸爸一个月也就是一千来块养老金，现在自己刚刚动了手术，爸爸哪里还有钱给他弟弟治病？

这样，爸爸，我先出五千块钱，给三爸寄过去，让他们先把三爸送到医院治病。

你三爸的女婿条件还可以，怎么也应该……，妈妈若有所思地自言自语道。

算了，爸爸，您给三爸的女儿说，赶紧把三爸送到医院，总不能在家里躺着等死吧！

爸爸沉默了半晌，才答应道，好吧。

那就这样，明天我去取钱！小艺说。

我们不会用你的钱的。爸爸语气肯定地说。

什么你的我的，钱还分你我吗？您女儿有钱。小艺笑着宽慰爸爸说，您是知道的，我又不怎么花钱，我们点点上初中、高中都没有多花我什么钱，这省出来的钱留着干什么？而且，我还有两套房子呢，爸爸，您不要为钱操心。

每次一遇到缺钱，小艺就会把自己的房子拿出来卖了一次。一套房子一百多万呀，对于每个月只有一千块钱的爸爸来说，真的是个天文数字，爸爸也就真觉得自己的女儿的确比较富裕。

爸爸望着小艺，笑了笑。

小艺拍了拍爸爸的手，走出门，回到自己房间的电脑桌前，继续给孩子打高考最后一轮的语言基础的字词句。

小艺打字非常快，打着打着，键盘"哒哒哒""哒哒哒"轻快的节奏，变成"哒哒""哒哒"，再变成迟缓沉重的"哒""哒""哒"，最后彻底没了"哒"哒"声。她眼睛望着电脑屏，双手放在键盘上，不由长长地叹了口气。唉！她想起上午聊天时说过的话就后悔。她说，其实也不是所有的医院都是这样的，如果全是这样的话，那农民就都不看病了，得了病都在家里躺着？唉，真是臭嘴啊！

小艺想起小时候三爸从四川老家寄过来的粒粒饱满香气四溢的红皮花生米，那是小时候最好吃的美味了，完全是过年的幸福感。不行，怎么都得给三爸看病。

第二天，小艺取了钱，就与爸妈一起到陪读村附近的银行将钱寄了出去，爸爸不同意用小艺的钱，小艺再三坚持着，爸爸也就没有再作声了。

清明那天，小艺进门，看见爸妈拎着一个鼓鼓的黑色塑料袋出门。小艺好奇地问，妈妈，你们干什么去？

去给你老家的爷爷婆婆、外公外婆去烧点纸钱。妈妈搭着腔，爸爸一声不吭，他轻轻地带上门与妈妈一道走下楼去。

过了半小时，爸爸妈妈一脸平静地回到家。

小艺没有再追问。小艺从小到大没有见过老家的爷爷婆婆、外公外婆，只知道他们很早就都去世了，但是长这么大，小艺这是第一次看到爸妈给远在老家的爷爷婆婆、外公外婆烧纸钱。爸爸妈妈这种四海为家漂泊一生的铁路人，从来没有做过烧纸这种小艺所受教育中被认为是封建迷信的事。现在，爸爸妈妈竟然去烧纸？给远在老家的他们的爸爸妈妈烧纸？

小艺也没有内亲外戚的概念，没有，那时，唯一知道的亲人就是给他们一年寄两次花生米的三爸。所以，当小艺听说三爸病了竟然不看病，却就在家里等死时怎么都不能接受。一定要给三爸寄钱！

但是三爸还是去世了，钱还没有接到，三爸就去世了。

这个消息是三爸的女婿打电话来告诉妈妈的。知道爸爸有病，老家人不敢给爸爸说，妈妈当时也没敢讲给爸爸听。

过了两天，妈妈才讲给爸爸听，劝爸爸千万不要太伤心。爸爸神情淡然地说，我不伤心，都是年过七十岁的人了，走了就走了吧，也少受点儿罪！说完，就回到房里躺下了。妈妈说，老家人说把钱再寄回来，小艺说，算了，就当是孝敬三爸吧。

下班，小艺在铁路小区路边听见蝈蝈声，扭头一看，是那种手编的漂亮的草青色蝈蝈笼，好多年没有看到过蝈蝈和蝈蝈笼了。想起小时候爸爸给姐妹三人的荷花、莲蓬及蝈蝈笼，小艺就挑了一个叫声最响的蝈蝈笼，买回家，兴冲冲地拿到爸爸房里。爸爸拿在手上反复地看着，蝈蝈则在蝈蝈笼里冲来撞去长一声短一声地叫着。小艺说起那年，爸爸巡回医疗回来把蝈蝈笼递给小楚，小楚高兴得原地转圈的情景，爸爸双眼泛起丝丝温情，苍白清瘦的脸上荡起浅浅的微笑。

点点晚自习回来，小艺又拿起蝈蝈笼给点点看，讲起当年的蝈蝈笼，点点不以为然地礼貌地笑了笑，就回房学习去了。小艺便把蝈蝈笼放在了客厅的茶几上。

寂静的夜里，蝈蝈长一声短一声的叫声是那么嘹亮，满屋子都是蝈蝈声，听着比部队起床的小号声还嘹亮，这可怎么办？点点还在学习呢。她想了想，从房里出来，望着蝈蝈笼，有点儿心不忍地拿起蝈蝈笼，将它小心翼翼地放到客厅大窗户外的防盗网的角落处，再关上窗，蝈蝈声明显弱了。唉，蝈蝈先受点委屈吧，等明早点点上学走了，再把蝈蝈笼拿回来。

早上，起床，怎么一点儿蝈蝈声都没有？她连忙打开窗户，却发现蝈蝈笼不见了，昨天半夜刮风下雨，一定是把蝈蝈笼刮走了。望着昨晚蝈蝈笼所在防盗网角落边上空落落的，她心里一片凄惶。

从家里出门时，小艺与爸爸去打个招呼，看着爸爸又神情淡然，目光呆滞地半躺在床上。她能感受到爸爸淡然背后的悲伤，毕竟，三爸是爸爸在老家唯一的亲弟弟。亲弟弟走了，爸爸的亲哥哥呢？不知大伯怎么样？他去台湾多少年了，只是刚去台湾时给老家来过一封信后，就再也没有了。小艺想，一定要帮爸爸找到他的哥哥。

## 成年礼

4月30日下午，家长会。离高考只有36天的时间了。

天热，又是周六，许多家长都好不容易才找到地方。学生都在正常上课，家长会只好在一个化学实验室内召开。

下午两点半，班主任面带笑容走进实验室。

她说，离高考的时间很短了，现在将几件重要事项向家长们通报一下。一是五月四日学校组织高三年级学生举行成年礼仪式暨毕业典礼,学生要穿正装，照毕业照，下午举行成人礼典礼，希望家长们能参加就全都来，来见证孩子们的这一历史性时刻；二是提醒家长高考心态决定成败，一定让学生放松心态，给孩子减压；三是现在高考考场地点还没有确定，本校不设考场，可能会在考前一周才明确在哪个考场，望家长高度关注此事。

五一劳动节来了。全局正在利用建党90周年省委组织的"十万青年重走大别山"活动，组织开行红色旅游专列。

江南站已经开行了5趟从江南站开往宏城站的"人间四月天,宏城看杜鹃"的红色旅游专列。旅游专列又快捷又便宜，滨江市民纷纷乘坐旅游专列到宏城看杜鹃，许多高校还联系铁路开行专列到黄安、宏城，积极开展红色革命主题教育的党团组织活动。

一号二号两天，小艺在办公室上班，准备着全局红色旅游专列相关材料。看着报纸上关于红色旅游专列的报道,龟峰山上到处是一片人海和花海的图片，她想，如果爸爸能去多好呀，爸爸最喜欢美好的事物。但她转念伤心地想，爸爸一定爬不动山的。

三号早上，小艺正准备上班，刚要出门，妈妈带着哭腔手足无措地跑到小艺面前说，小艺，你爸爸说他快不行了。

小艺眼泪"刷"地流了下来。她赶紧跑到爸爸床前，拉着爸爸。爸爸脸色苍白，双眼紧闭，一言不发。小艺转过身子，哭着对妈妈说，这样，我赶紧找医生，咱们到东南医院去。

小艺拿起电话给点点同桌的爸爸张医生打，张医生语气肯定地说，上次手术很成功。怎么回事？这样，我给内科主任说一下，给你留一个铺位，你们九点过来。

小艺想给领导请假，但她知道，如果打电话请假，准假的可能性根本没有，这段时间工作太多太忙。于是，她给闻部长发了个短信，父亲病危，特请假陪同去医院。闻部长回了个短信，速去，下午有会。

小艺一个电话又打给姐姐，姐姐吃了一惊，怎么会这样？小艺含泪大声吼道，我正要问你呢，怎么会这样？你不是说爸爸各项指标都很正常很好吗？

小艺很快将爸爸送到医院，刚安排到病房，姐姐和小楚也急匆匆地赶了过来。姐姐淡然地说，我在这里陪着，我已经请了假，你们就回去上班吧！小艺不想走，姐姐发脾气说，我都已经请了假，你们干吗都在这儿耗着？

小艺一听，这才想起来下午还有个会，给妈妈打了个招呼，赶紧起身往外走。等一下，胖胖的姐姐追上来，语气也由烦躁变得温和，她看着满脸疲惫和忧伤的小艺，轻声道，别慌，看你头发乱的，把头发扎好再走。小艺便站在门边，再将皮筋取下来，把额前耳边的掉下来的乱发用手往脑后拢了拢，重新扎紧。姐姐点头道，这还差不多。小艺道，那我走了。说着，走出门去。

从小就这样，姐姐一来，小艺便有了主心骨。

开会，下午开了整整一下午的会。会上扯来扯去，提出了一堆乱七八糟的问题。会后，部长说，这样，明天下午再针对今天会上提出的问题再开会。

小艺看了一眼领导，没有说话，心里却厌烦到极点，怎么？还要开会？

一散会，她就火急火燎地赶到医院住院部内科楼，医生说明天才能拍片。

在医院里，你就是再急也没有用。爸爸躺在病床上，面无表情，双眼空洞地望着天花板。孩子还在学校呢，小艺只好陪坐一会就走了。

东南医院门前就是洁白精致的双湖桥，双湖桥这边是盈巧可拘的水果湖，对面则是一望无垠的东湖。每次经过这里，小艺都会不由自主地感叹滨江的美，可现在，她从东南医院出来，再也看不见桥两边的美丽湖景。

明天拍片，后天就知道爸爸是什么原因突然又病了？是胃癌复发了吗？她想着，就看到水果湖对面的一家连锁酒店。对，这附近就是一所设有高考考点的省示范高中。点点会分配在这个学校参加高考吗？那现在去看一看这家连锁酒店还有没有高考房预订吧。

小艺走过双湖桥，经过垂柳倒映的水果湖，走进那家连锁酒店，她话音刚落，总台的女服务员就说，高考房？春节前家长们就预订完了。

那还有什么办法？还能订上吗？小艺着急地问。像是她已经知道点点就定在这所学校参加高考似的。

女服务员头都不抬地说，现在最好的办法就是等到高考前一天过来看有没有退房的。

一点儿希望都没有了。小艺走出酒店，茫然地走在繁华而热闹的大街上，心情沮丧到了极点。她也听一个同事说过要提前订高考房，她还打过电话给一家酒店，酒店说必须交预订费 300 元。她想，又不知道在哪所中学高考，那每个学校附近的酒店都要预定，每个酒店都要交这么多钱，那怎么交得起这么多押金？她心里就犹豫了一下，一犹豫，工作一忙，就把预定高考房这事给忘了。今天是从东南医院出来，看到对面的酒店，才想起订高考房这事，不然就又忘记了。

但是，老师布置的五月四日学校组织高三年级全体学生举行成年礼仪式暨毕业典礼这事，小艺一刻也没有忘记。电影电视里，特别是西方及香港电影中有太多这种学校、家长和学生共同庆祝成年礼那种庄严肃穆又喜庆欢乐的盛大画面，这总是让人激动不已。这种让家长参加学生成年礼仪式的活动，让学校、家长见证学生由孩子成为成年人的仪式多有意义。她特别想参加。但是看样子，她肯定是参加不成了，肯定。因为领导说了，明天下午还要开会。

小艺肯定不能说，领导，明天是五四青年节，是孩子学校组织成年礼仪式暨毕业典礼，我想请假参加孩子的毕业典礼。小艺知道领导绝对不会同意。

领导一定不同意，在心里还会说，你这个同志真是不懂"板"，什么意思？哪轻哪重分不清呀？到底是工作重要还是孩子重要？如果觉得孩子重要就在家陪孩子吧！领导嘴上不说，心里一定这样想。所以这一次不用说，她绝对不能参加明天孩子的成年礼仪式暨毕业典礼了。再说，爸爸这又病了，还不知是怎么回事？肯定还会请假,还要找领导请假,所以还是留着请假的机会给爸爸吧！

小艺一路上走着，突然觉得工作真的没有意思，好没有意思呀！经常看到电影电视中男女主人公把文件夹往老板面前一摔，傲气十足地说，我不干了！然后扬长而去。电影中电视中的人怎么就能那么潇洒硬气？而自己自工作以来，从来都没有休过公休假，更别说正常的节假日，可是，现在爸爸重病在身，自己连请一天假的时间都不行。孩子一生中唯一的成年礼仪式暨毕业典礼，自己都不能参加，这工作还有什么意思？

忙了一天，小艺这才觉得有点儿饿，她走到路边的包子店前，花两块钱买了两个扬州包子，坐在公共汽车上，三下五去二就吃掉了。如果小楚见她这样在公共汽车上狼吞虎咽，不知怎么笑话她不讲形象呢？不过，现在，活到她这个年龄和状态，她才不管什么公共场合形象不形象呢？对她来说，形象就是个矫揉造作无病呻吟的东西，就如水中花镜中月一样,全是没用的东西。一边去！

车到学生公寓站，她下车，到量贩店。铁军又到宜万线去了，一去又是好几周。爸爸这一病，还不知什么时候才能回来？离点点高考还剩35天，这35天点点中餐、晚餐都成了问题。看来只有全靠自己了。

在量贩店里，小艺花了两百多块钱，买了肉、鱼、鸡、鸡蛋、各类青菜及葱姜蒜，还有饺子皮。回到家，就切肉、剁肉，将蛋清、肉馅和在一起，再切芹菜、把水滤净，切碎，再将肉馅和芹菜倒在一起，油、盐、鸡精适量，搅拌均匀。然后小艺就开始包饺子，包好，放在冰箱冻一下，再拿出来，放入塑料袋中，扎好，再放入冰箱。小艺一共包了两百来个饺子，看一看，够吃一两个星期的了。今晚就给点点下饺子吃。

小艺经常想，其实，如果不缺钱的话，当一个家庭主妇也挺好，经营好一个家庭其实比干好一份工作更有意义。家庭是社会最基本的组成单元，一个家庭主妇，全心经营家庭，把丈夫照顾好，使丈夫没有后顾之忧，全力干好工作，为社会尽力，把孩子照顾好，教育好，为社会培养人才，解决了社会未来的后顾之忧。多好啊！

看看韩国的电视剧，别人韩国的妇女大多是婚后在家相夫教子，日子过得也挺好的。哪里像自己这样分身乏术，活得女人不像女人男人不像男人的，天天忙忙碌碌地干干干，什么都在干，可什么也没有干好。她就这样心灰意冷地想着想着，突然感觉到百无聊赖，颓唐万分，甚至还有点儿生无可恋，万念俱灰的感觉。怎么回事？自己怎么会这么悲观，会觉得工作生活会这么无趣？

自己不是挺热爱工作的吗？怎么突然会想到不要工作、甚至讨厌工作了？但是，自己这样拼着命工作是为了什么？爸爸病了不能请假不能照顾，这样的工作热爱它做什么？难道这份工作比得了父母的养育之恩吗？孩子马上就要面临人生大考，作为妈妈却不能为她做好后勤服务，连参加她十八岁成年礼仪式和高中毕业典礼的时间都没有，有什么比得了一个妈妈对孩子的舐犊情深呢？

虞美人告诉她，自静静上初中，她从此以后再不出差，点点现在同桌的妈妈，自儿子考上高中，就停薪留职当全职妈妈陪伴儿子，这才是尽职尽责的妈妈呀。只是，她们怎么能如此轻易就放弃了工作呢？

小艺总觉得自己真的热爱这份工作，如果不是热爱，就不会这么投入地工作。现在，她突然觉得，自己说热爱这份工作也只是托词而已。如果有一份工作年薪十万二十万，她说不定马上就辞去这份自认为热爱的工作了。

其实所有的奔忙，都是为生存为生活奔忙而已，别把自己想得太高尚了。

小艺就这么胡思乱想着，把手头的事做完了。然后，她没有时间再胡思乱想了，她想到了点点的成年礼。她虽然不能参加，但是，孩子毕竟要参加学校的十八岁的成年礼。那今晚给孩子聊点什么好呢？她想了想，十八岁意味着成长、十八岁意味着责任、十八岁意味着……

晚上九点多钟，小艺来到厨房，准备给孩子煮饺子。九点半，点点走进家门，小艺正好将煮好的饺子端在了餐桌上。

点点进门，突然觉得不对劲，爷爷怎么没来开门？她连忙问道，我爷爷呢？她知道她爸爸一出差就是多少天，所以也从不多问铁军。

哦，爷爷有点儿不舒服，姥姥陪着又到医院去了。小艺语气平静道。

病得很重吗？点点关切地问。

没事的。她不想把对爸爸的担忧说给孩子听。

点点毕竟是孩子，一说没事，她马上就开始操心自己的事了。她兴奋地对小艺道，妈妈，明天，我们全校高三年级举行成年礼仪式，还有毕业典礼，高三毕业生有一千多人呢，您来吗？

妈妈去不了，明天下午妈妈正好开会。小艺把调好的沾饺子的味碟拿出来，放在餐桌上，故意轻描淡写道。

那就算了。点点有点儿失望地说。

没事的，静静妈妈说，明天下午她会去，到时候让她妈妈给你拍几张照片。小艺劝点点道。

那倒没必要，我只是觉得像这种活动您一定会参加的！

确实有会。妈妈参加不了。

那您把我那套白衬衣、红领结和黑红相间的格子短裙的校服找出来，明天要穿着照毕业照呢！

好。小艺答应着就来到放着一排大衣柜的带阳台的房间。现在已经开始穿夏装，小艺早就将孩子的冬服和春秋装收了起来。

拿着春秋套裙，小艺来到餐桌边，坐在餐桌前，笑着问点点，成年礼呀，十八岁意味着什么？

点点边吃饺子边笑道，意味着毕业了、自由了！

还有呢？

哎哟，妈妈，明天学校毕业典礼上老师会说的。点点她最不喜欢将自己真实的想法讲给大人听。这个年龄段的孩子都是这样。

那我觉得，小艺装作冥思苦想的样子说，让我想想，看明天毕业典礼上老师会怎么说，学生代表会怎么说。妈妈觉得，十八岁除了意味着毕业、自由，十八岁还意味着感恩、意味着责任？还有什么呢？哎呀，妈妈只能想到这么多，这有一篇文章，正好写十八岁的感悟，要不要读一读？

早上，点点拿着准备好的衣服，背着书包，打个招呼，就兴冲冲地跑出门外。下午开会，小艺心不在焉地记着笔记，脑海中却浮现着师大美丽的校园内盛大的毕业典礼和成人礼仪式。一定会有很多家长参加，一定会非常热闹。

其实单位的会议也不长，四十分钟就开完了。小艺连忙打电话给虞美人，就听见电话那头热闹嘈杂的声音，虞美人在电话里开心地笑着说，刚刚举行完典礼，现在，全校 30 个班的老师同学都在学校的体育场上照相呢，热闹得很啊！

小艺心里难受得要命，觉得好没意思，她知道现在自己赶到学校也没有任何意义了，就是开车也要四十分钟时间，那照相也照完了，活动也开展完了。

电话那头，虞美人说，这样，我给你家点点也照了相的，他们同学一起有不少合影，到时候，我发到咱们家长的 QQ 群里。

小艺说了声，谢谢！就把电话挂了。

然后她坐在办公桌前，想到爸爸今天拍片了吧，结果如何，不会是胃癌复发了吧！


爸爸住在医院一个星期了，医生也不说情况，追着问，主管床位的医生只是黑着脸说，他的胃没有问题，现在是他的肾有了问题。所以他没有必要再在我们消化内科住了，先办一个出院手续，再转入泌尿外科吧。

泌尿外科是一个与小艺年龄相仿的医生，他看着爸爸的片子，摇了摇头。他一摇头，小艺觉得自己爸爸的命就要摇没了似的，眼泪差一点儿又要落下来。他说，你爸爸是个胃癌晚期的病人，人都七十八岁了，现在肾功能也有问题。现在有三个方案，一是泌尿外科手术，二是放化疗，三是手术。小艺没有听清楚三是什么手术，他说，你爸爸已经这么大年纪了，什么方案都可能危及他的生命。他再次摇了摇头。

过了一会儿，姐姐也赶到医院，小艺发火道，怎么回事？你不是说爸爸每次的检查都很好，为什么这次检查却发现爸爸的肾有问题？

姐姐有点迟疑，说道，哦，上次检查是发现爸爸肾功能的指标有点儿高，但我看见他的胃镜结果很好，也就疏忽了。

姐，你怎么这么差劲？为什么上次没有说呢？

姐姐说，的确是马虎了，可是……

小艺骂道，亏你还是医院的，爸爸要是有个三长两短的，我饶不了你。

姐姐一听从来对她言听计从的小艺这样骂她，一下子也火了起来，她大声对小艺吼道，小艺，你凭什么说我？爸爸是我一个人的爸爸吗？你想想，爸爸从生病到现在一年多了，你管了多少？爸爸手术后几个月的照顾，你来了几次？你又陪了几次床？送了几次饭？全是我和妈妈、小楚日夜不停地守着，一守几个月，出院了，每月拿药、检查、报销，哪一次不是我一个人在跑？我跑了多少趟你知道吗？你一天到晚就是你的工作你的工作，你的孩子你的孩子，你天天忙，天天不着家，全世界就你忙，就你有工作，有事业，有孩子，我们都没有工作吗？你的工作比别人的工作了不起些吗？你知不知道，我今年所有的假早就休完了，我请假请得领导都快烦死了。难道爸爸是你的就不是我的吗？难道我想害死爸爸吗？姐姐发着脾气，边哭边说。

看着脸色暗黄生气流泪的姐姐，小艺不由也哭了起来。姐姐长年生活节俭，又从不描红画绿，保养打扮，现在身材发福的她早已变成了街头大妈的形象，早年的英姿飒爽、神采飞扬早已荡然无存。

家里她和姐姐的感情最好，不是原则问题，姐姐绝对不会与她发火，不是触碰到姐姐的底线，姐姐也不会这样骂她。是呀，爸爸生病的一年里，基本都是姐姐在关心照顾爸爸。自己真的没有资格说姐姐。

在单位，年过五十的姐姐早已是老老护士了。要知道，连自己都被部长称为老同志，那在医院，特别在医院靓丽青春的小女生扎堆的护士岗位，姐姐这种老护士就更不受领导待见了。就这儿，姐姐一天到晚还不是请假就是休假，小护士长怎么会给姐姐这个老老护士好脸色呢？

姐姐哭了一会，停下来，说，我已经请假了，你走吧。

单位确实有事，再说，姐姐也更有经验，小艺想了一下就走了，她就马虎大意地把爸爸交给了姐姐。

直到现在，小艺都后悔这一次让姐姐当了爸爸的家。自己单位有多忙，有多了不起的事？难道那天自己就不能与姐姐一起再去找找教授，与教授商量商量治疗方案吗？干吗让姐姐当这个家？单位有什么了不起的事自己非要"长"在单位呢？

那段时间，所有的事都赶到一起了。为了庆祝建党90周年，5—6月，全局要开50多对旅游专列，平均一天一列，前期调研、开行方案、跟车添乘，还要写小结，出简报。忙都忙死了。

晚上，小艺回到家。没有父母在家，家里冷落凄凉得很，与爸妈住了近两年，习惯了，爸妈突然一走，小艺觉得没有爸妈的家一点也不像家。没有关爱、温馨，没有争执和生气，哪里还像家？

小艺坐在桌前，默默地垂泪。她不知道该怎么办？不觉中她将电话打给张医生。张医生问，你爸爸检查的情况如何？她说，是的，不是胃部，现在说我父亲的肾有问题。说到这儿，她眼泪就一串串地掉下来了，张医生说，这样，下周一上班后，我给你问问。

周六，小艺值班，周日早上参加完局交班后，她去给闻部长汇报，今天交班没有什么事。闻部长点了点头，算是作答。她站在那儿不走，闻部长抬起头，眼里带着疑问，意思是，有什么事吗？她又犹豫了一会儿，才说，我爸爸又病了，现在住在东南医院，我想请几天假。闻部长一听，低下头皱着眉头，为难地说，现在单位这么忙，红色旅游专列又是你们主抓的工作，怎么能请假呢？

小艺转过身就走，一出部长办公室，她眼泪就落了下来。

星期一单位最忙，周一交班会，一交就是大半上午过去了。回到办公室，小艺给姐姐打电话，说自己准备赶到医院，正好可以与张医生见见面，商量下一步爸爸的治疗方案。没想，姐姐心情愉悦地大声道，爸爸已经转到外科，管床医生很干练，手术已经做完了。

手术做完了？什么手术？这么快？小艺吃惊地问。

一个小手术，造瘘，没事的，一般做完就可以回去了。姐姐开心道。

这么简单？小艺内心疑惑道。可是姐姐一说是小手术，她又觉得爸爸又好了过来，又没有什么问题了。她当然想听好消息啦。

到医院前，她特地去花店，又买了一大束玫红色的康乃馨。等小艺到医院，爸爸已经回到病房，虽然脸色苍白，但精神很好。她笑着将康乃馨捧到爸爸面前，又将花插入瓶中，摆在床头柜上，她觉得爸爸的生命就像这花一样又重新怒放起来。因为，Nothing is impossible！是的，没有什么不可能。

再住一周，咱们就回去。妈妈说。

不行，点点马上就要高考了，咱们明天就回去吧！爸爸的声音挺大。

姐姐说，绝对不行，怎么也得住几天观察一下，那就住三天。

一天，爸爸仍然大声说，点点要高考了。

三天，必须的。姐姐强调道。

好吧好吧，那就听你大女子的。妈妈对爸爸笑道。

手术完后，感觉爸爸真的比过去精神强了好多倍。

苍天有眼，爸爸又好了。

自己马上就可以解放了。小艺想，还有三天，坚持三天，自己就可以不用天天陪读村与单位之间来回四趟地奔波了。

其实，点点是让小艺中午不回家的，点点可以在学校吃。但是作为妈妈，小艺总是到了那个时间点，就不由自主地想赶紧回家，十一点半坐车，中午路上人少车少，公共汽车开得快，十二点多钟到家，她将早上准备好的菜一加工，再来个汤。看着点点吃得开心舒展的模样，小艺就很开心，当妈的多跑两趟又有什么？点点吃完饭，上床午休，她就准备走了。

滨江五月的天已经很热了，有几天气温还高到36度。回家的时候，坐在公共汽车上心急火燎往家赶，也没有觉得有多热。等再走出家门，已是下午一点多钟，正是一天中骄阳似火、人困马乏的时候。

810路公交车上又热又燥，滨江基本没有这种非空调公共汽车了。上车，小艺找到太阳晒不到的一边坐下，将车窗打开，把窗帘拉上，头躲在窗帘后面。可公汽一会儿就转方向了，火辣辣的阳光就直射到她身上脸上。晒就晒吧，管它呢。人又累又乏，坐着坐着，小艺就迷迷糊糊地睡着了，睡得又不踏实，似睡非睡的。

小艺从来不在汽车或是火车上坐着趴着睡觉。姐姐却相反，只要一上火车，就趴在小茶桌上睡，车到站，自然就醒了。当时小艺觉得不可思议。跑车时，她曾经看到过很多在硬座车上睡着的旅客或仰头或低头或歪着头旁若无人地呼呼大睡，当时觉得这样的人好没形象。可是，她现在竟然也在炎炎烈日下，坐在这又破又热的公汽里，歪靠着又脏又旧的窗帘上稀里糊涂地睡着了，而且公汽快到站时，她竟然也与姐姐一样，马上清醒，迅速下车。看来，人体真有什么生物钟，可以随着人的需要随时调节。她的生物钟知道她必须在下午两点半准时上班。

下班，小艺就到水果湖菜场一楼，这里各种各样的小吃都有。爸爸胃不好，不能吃硬的，那就带一小罐鸡汤，再带一碗豆腐脑。买好，小艺坐上公汽，来到东南医院。到了住院部，爸妈都不在病房，小艺等了一会儿，给妈妈打手机，妈妈说，我和你爸爸已经吃了，现在在医院门口坐着。

小艺赶紧从病房到医院门口，远远就看见爸爸妈妈坐在医院侧门门口的矮石礅子上。下午六点多钟，正是下班的高峰期，来来往往的行人从爸爸妈妈身边走过，左侧是公交站，站前公交车一趟接一趟地来了走，走了再来，行人不断地在公交站上了下，下了再上。

医院门口正对面就是车流人流不断的双湖桥，双湖桥这边是拘手可盈的水果湖，那边是碧波荡漾的东湖。小艺走到爸妈身边，看见瘦弱衰老的爸爸妈妈茫然地看着身边的一切，仿佛周围的热闹和生气与他们无关。周围的行人行色匆匆，没有谁会停一下脚步，去看一眼她的可怜的生病的父亲，他们就像是与这个城市无关与这个世界无关的可怜的弃儿。

小艺看着看着，眼泪在眼眶里打转。谁能救一救她可怜的父亲？谁能救一救我的爸爸？！从前，爸爸甚至对要饭的人都和颜悦色端茶倒水，可现在，谁会来同情同情善良了一辈子的爸爸呢？

小艺停了一下，把眼泪擦干，才走上前，对妈妈轻声道，你们坐在这儿啊！

你爸爸想在这里坐一会儿。妈妈说。爸爸只是默默地看了她一眼，就又把目光投向正前方的双湖桥。

小艺知道爸爸最喜欢东湖，喜欢所有美丽的事物。爸爸一定是想看看东湖，双湖桥下去左侧的东湖沿岸是东湖最美的一段风景。

我给爸爸带来的鸡汤，爸爸，回去喝一点吧。小艺劝道。

我们都吃过了，吃的稀饭。妈妈说。

不要带了，带了浪费。爸爸仍然眼望着前方，面无表情地说。

几十块钱，没事的，再吃一点吧。

不吃了。爸爸语气平淡说。

现在这个点正是黄昏时间，小艺想，不如陪爸爸到东湖边转转，她想叫一辆的士，让爸妈坐在车上，在东湖边上转一转，爸爸的心情也许会好一些。

爸爸，我叫个的士，咱们一起到东湖边上看一看，很近，就在桥那边。

不用了。爸爸摇摇头。

小艺没有再坚持，她只好陪着父母站着看着。黄昏时间，这里车来车往，行人如织，双湖桥两岸风景如画，但是满世界的美丽、热闹和喧嚣都与他们无关。父亲消瘦的模样漠然的神情让小艺伤悲不已、心如死灰。

站了一会儿，爸爸说，小艺，你回去吧。

我再陪你们一会儿。小艺扶着爸爸说。

回去吧，晚上点点回来还要做饭，早点回去。爸爸坚持道。

小艺没有再坚持。她知道，不听爸爸的话，爸爸也会生气的。

那我就走了，你们也早点回去。

好的。妈妈抚着爸爸的肩，也是满脸哀伤。

小艺对父母挥挥手，爸爸也对她挥了挥手，她转过头后，再对爸爸挥挥手，看见爸爸还在挥手。

旁边不到五米处就是公交站，公共汽车来了，下班高峰人挤人。小艺挤上去，扶住把手，站稳。车开了，车上了双湖桥，她回头看见爸爸妈妈还在医院门前的石磴上坐着，孤独无助、满面哀伤地坐在那里，她的眼泪"刷"地又流了下来。

到了水果湖站，小艺再转810这路非空调公共汽车。

天热了，她最不喜欢下午下班时间挤这趟非空调公共汽车。这趟车路途远票价便宜，下班高峰，这里上车的好些都是干体力活的农民工和打扫卫生的清洁工，因为这路车的终点是远郊，在市内租不起房的打工者都喜欢挤这趟票价只有一元的非空调车。现在，车上满满当当的全是人，特别是这些忙了一天的灰头土脸的打工者，有的拿着电钻、拎着拖把等各类工具，身上散发出汗味和各种说不清的难闻的气味。

车窗外全是小汽车，810路公汽开开停停，外面的私家车太多了。站在人挤人的公汽上，小艺手拉着头顶上的吊环扶手，眼望着窗外看不到头的小车，心想，这些开小车的人都是干什么工作的？怎么会这么有钱？这钱是怎么挣得呀？自己这么勤勉这么努力地工作，也只能勉强生活，这路上跑的宝马、奔驰、大众就不说了，就是本田、标志和风神，她也买不起呀。这些人都从哪儿挣得这么多钱？退一万步，就算自己咬牙买得起一个上十万的车，可是一年一万多的油钱从哪儿来呢？爸爸努力工作一辈子，还没有一间自己的房，自己努力工作也快一辈子了，一辈子省吃俭用，也只能买得起自己的房，其他的就不要奢望了。路上这些人的钱都是怎么来的？小艺越想越不明白，越想越沮丧。

走进家门已是晚上八点半了，小艺倒在床上，自己都不知道怎么一下子就睡着了，但是到了九点十分，小艺下意识地就从床上跳起来。她的生物钟在及时提醒她，她给要点点做饭。

## 高考

每个月底，都要上月总结下月安排，然后是一大堆具体工作，一个事也不能往后拖，小艺干得心烦意乱。唉，点点过几天就要高考了。

六月一日，周六，晚上九点多了，小艺坐在家中，想着点点的考场地点还没有着落，就给班主任打电话，问高考考点定下来没有？班主任笑着说，电话打得正是时候，考点刚刚下来，你们点点在实验中学考试，今天晚上赶紧去订房，不然明天都知道后就不好订了。

你在单位还是学校这边？老师问她。因为单位离实验中学近一些，如果现在从汤逊湖学校这边过去，到了那边就得是晚上十一点了。

小艺连忙说，谢谢老师。没事的，自己在汤逊湖学校这边，但是老公正好在那边有事，他可以去订。

放下电话，小艺迅速给铁军打电话，铁军觉得这也是个大事，就赶紧去了。过了一个多小时，都快夜里十一点了，铁军来电说，实验中学附近的酒店早就订完了，他还在找。又过了一小时，铁军说，离学校二十分钟左右的地方，有家酒店，刚装修完，较干净，已订房。

第二天休息，早上，小艺想着酒店的事还是不放心，就与铁军一起再去看看酒店，她想提前看看酒店环境，还有那儿与实验中学的步行距离。

到了酒店门口，就看到不少与他们夫妻年龄相仿的夫妻两人或一人也在看这家酒店。看来，也是才知道考点来订高考房的。

这是家刚装修完的快捷酒店。一共四层，进门楼梯是个窄窄的拐角楼梯，不行，小艺心中已经否定了。打开房门看，铁军订的房间竟然没有窗户。这怎么能行？但是她又怕铁军昨晚找了两三个小时才好不容易找到的，她给否了铁军会不高兴，她就和颜悦色地说，你看这房子刚刚装修完，屋内气味大得很，又没有窗户透气，最多只能午休。咱们再看看别的吧。

然后，两人就到实验中学附近，中学旁边林立着各种快捷宾馆，但是一打听，早就都被高考家长预定完了。

来之前，班主任说，从学校走出来二十分钟左右，在江边有个不大的店叫"撒布拉宾馆"，她听着觉得有点儿不好听。因为小时候说一个人笨时，河南话会说"傻不拉唧"的，而且这里离学校真有点远。可离学校近的地方全被定光了，现在，只有去撒布拉宾馆碰碰运气。

撒布拉宾馆倒是个像模像样的宾馆，只是房子老，空气和气味都不清爽，就这，居然也没有现成的房子，还要等有没有退房的。她和铁军就站在大厅里干等着，正好，虞美人和老公进来，说是另一家长正好有两个房间要退，房间楼层、房号都好，318、319。小艺一听，赶忙将人家要退的两个房间要了下来，反正自己那两天也想在这儿陪着。上楼看看，正好是两间门对门的房间，老宾馆价格也不贵，200元一间。一件大事终于办落地了。

夫妻俩都很高兴，直接交了三天房钱。虞美人告诉小艺，一定要提前一天入住，让孩子先适应一下环境。办完入住手续，一上午就过去了。铁军与小艺往回走时，已是中午十二点多了。

滨江实在是太大了。虽然都在江南区，可从实验中学所在的江边再回到他们住的陪读村，坐公共汽车，再转车，怎么都得两小时。两人就找了个环境较好的小饭馆，点了两个菜，小艺点了一个青菜瘦肉糊，煮得烂烂的，入口就化掉了，很清淡，又有营养，爸爸喝一定很好。妈妈是四川人，只会做四川菜和咸菜泡菜，爸爸现在吃不了了。她连忙打包，带回去给爸爸喝吧，爸爸吃了不少，小艺看着高兴，第二天，又给爸爸做了一顿青菜瘦肉糊。

点点还是在学校学习，小蓉小楚又来看爸爸，小艺和妈妈留她们在家吃饭，小楚坐在爸爸身边问，爸爸，还好吧？

爸爸声音洪亮地说，很好！精神劲就好像回到了生病前的状态。

一家人又坐在一起聊天。全家人最大的爱好就是坐在一起没完没了地聊天。

小艺说，爸爸，您刚退休时，我就给您说，您没事时，写写回忆录，把自己的一生回顾一下。等点点高考结束后，我就来帮您整理再打印出来。

爸爸淡然地说，我们这些老百姓，一辈子都做着平凡的工作，又不是什么领导名人或是伟人？又没有做出什么丰功伟绩，有什么可写的？

小艺反驳道，为什么只有领导名人或是伟人才能写回忆录？就是像您这样的人才值得写呢。您看每年的《感动中国》人物评选，恰恰都是最平凡的人才最能打动人。

姐姐说，爸，您不知道，每次我们看到电视上报纸上宣传扎根农村和贫苦地区的先进典型时，我就会想到您，我们三个女子都会想到您。

妈妈说，你爸这辈子服从组织听从安排，踏踏实实，兢兢业业。

小楚笑道，妈妈不简单呀，竟然由民间俗语变成四字成语了。

妈妈笑道，这是你爸常用的词，我就是引用一下。

妈妈还会引用？小楚又打趣妈妈道。

小艺说，爸爸，今年中央一台《感动中国》人物中，有一个医学院毕业的大学生，一辈子扎根西藏，我就想到了您。

我哪有别人先进？人家是医学院毕业的大学生，父亲连忙声明道，生怕把自己说得太先进了。

姐姐说，我也看了《感动中国》颁奖晚会，我觉得就是应该宣传这种人。

小楚说，爸爸，你们那时候修铁路也很艰苦吧？

爸爸眼睛一下就闪亮起来，声音也洪亮了，不艰苦，我们觉得很有意义。为铁路建设做贡献，吃点苦算什么？

小楚不由得笑了起来，爸爸，您真是赤胆忠诚呀！

真的不艰苦，大家都干得有意义有热情。爸爸语言流畅，精神饱满，感觉就如三十年前在家里梧桐树下讲故事说典故一样。

爸爸接着兴趣盎然地说，你们不知道，宝成线开通典礼上，我们一个女职工代表上台发言。讲得真好呀！她说：


领导们，同志们：

　　今天，是宝成线开通的大好日子……


宝成铁路开通是哪一年，都过了几十年了，爸爸竟然还将宝成线开通典礼上女代表的发言前几段的内容全部背诵下来了，而且还精神饱满、声情并茂。这哪里还是每天病恹恹的爸爸？

那爸爸，您怎么不让我们干这种修铁路的工作？小楚笑道，她机灵调皮，故意给爸爸出难题。

父亲语气一下缓和下来，笑道，修铁路这种工作那还是应该是男孩子干的工作。这种重体力劳动对于女孩子来说太辛苦。女孩子，还是应该多点读书，学一门专长或技能才好。

不对呀。刚才爸爸还表扬那个代表铁路职工的女代表呢，怎么现在又不让女儿干这种工作呢？不过，爸爸有病在身，大家就都没有再问下去。

端午节三天，四号小艺正常上班，五号她给部长发了个短信：孩子高考，特请假三天。

铁军明天早上才回，爸妈又去了姐姐家，屋里显得空荡荡的，只有送给点点的步步高开得正艳。

晚上，点点安静地吃着饭。突然，她抬起头，满脸忧虑地望着小艺，妈妈，如果我高考没考好，怎么办？

小艺心里一愣，想都没想，说道，没考好有什么？没考好就没考好，那么多人没有上过大学还不是过得挺好，你妈妈还有爸爸单位的大部分人都没有读过大学，不也干得挺好的，好些人比妈妈干得还好呢！比咱们家生活得更好！

小艺顿了一顿，眼睛盯着点点，又说，你没听说吗？北大出来还有去卖猪肉的呢！你爸爸和妈妈都是中专生，当年也没有考上大学，咱们家生活得不也挺好吗？所以，不要在意高考的结果如何，只要参加了高考，努力了，奋斗过，就行了，高考只是人生的一个重要的必经的经历。仅此而已。

知道了吗？小艺仍然望着点点说。

点点点了点头。

其实，小艺说的也是真心话。到了她这个年龄，看到的经历的多了，真的感觉学历只是人生经历的一个组成部分。读书时代成绩好最好，但是如果不好，也没什么。那么多成绩不好的人最后事业有成，说明什么？说明社会上成功与否不以高考成绩作为唯一衡量标准。人生的路还长着呢！

晚上，小艺没事，就在网上浏览有关高考准备的新闻。一则新闻说，高考前夕高考家长订房忙。只是家长在订高考房时，都只订"7"不订"8"，就是说只订带"7"的房间号而不订带"8"的房间号。问家长为什么？因为成语七上八下，"七上"表明高考中榜，"八下"表明高考落榜。

这条信息一看，小艺吓得要命。虽然她劝点点不要担心没考上，但是如果真落榜了，小艺还不是会难过得要命呀。谁不想金榜题名？而且，如果是因为自己没有订好房间而造成点点成绩没有考好，那小艺会内疚得要命的。想着自己订的带"8"的房号，她心里就有点害怕，在准备物品时，专门从家中拿了一页空白书签，想着江边的房子可能会有蚊子，又专门带了些电蚊香片。

小艺觉得自己现在真的是越来越没有出息。爸爸和自己都是毛泽东时代教育培养出来的，只相信人定胜天，没有信过任何神呀鬼呀的，更别说信这些完全不着调的东西了。可是人怎么会这样？真的年龄越大，胆子越小。

天好热。中午放学，点点背着一书包资料满身是汗地回来，说学校彻底放假了，东西都要拿回来，自己还得去一趟。小艺站起来问，需要妈妈帮忙吗？点点说不要，就拖着家中带轮的棕色拉杆箱走了。又过了四五十分钟，点点才拖着一箱子资料外加一书包书和一身一脸汗水回到家中。

吃了饭，又午休了一小时，铁军、孩子和小艺三人手忙脚乱地收拾行李。小艺负责几天的换洗衣物和日用品，孩子拿自己的学习资料，老公则负责小车的安排。

小车来了，装物品的拉杆箱放在后备箱，小艺站在家门口，最后环顾家里，看见前些天买得那束步步高开得正艳。她想了一下，将瓶中的水倒掉，用报纸将那束步步高小心翼翼地包起来，连瓶带花带到车上抱着。她想，如果两天不在家，不剪枝不换水，这花一定会枯死。她害怕这步步高枯死，就如现在害怕七上八下这词一样。自己怎么越来越迷信了。

过节，又是中午，车开得很快，一会儿，就开到青山广场。小艺让车停下来，铁军满脸疑惑地问干什么？小艺也不说话，把身上抱着的步步高放到车后窗玻璃处，自己下车，迅速横穿马路，到对面的花店，交钱，取走早已订好的一束步步高，就快步跑回车上。

两个房间，两束花，正好放在房间进门放电水壶的位置。本是朱红色色调的房间因为这两束浅粉红的步步高，暗红色的房间刹那间就变得明丽起来。

两间房正对着门。一个房间窗户正对着滔滔长江和雄伟的长江大桥，景色特别好，但是下面就是条大马路，汽车喇叭声不断，另一个房间窗户对面不到两米就是一个高大的住宅楼，房间安静但光线昏暗，空气不好。

小艺问，点点，你要哪个房间？点点说，随便随便。说着，就走进了紧挨住宅楼的房间。小艺其实特别不想让点点住那间房，但又不愿说理由，因为那间房号是318号，她这时真真正正害怕什么"七上八下"。于是，她内心惶恐地走进光线好而且风景也好的319房间。

安顿下来，小艺还是因为房号的七上八下让她心里也一直七上八下着。趁着点点在房里，小艺迅速将朱红色房门上的318房号用早就准备好的空白书签贴上，怕点点产生异议，她又将319房号也用空白的书签贴上。点点出门，正看见妈妈在319门牌号上贴空白书签，就好奇地问，妈妈，干什么呢？

小艺有点儿心虚，赶紧解释说，贴上空白书签，免得妈妈找到别人的房间，影响别人学习休息，也避免别人找错咱们的房间来麻烦咱们。

点点半信半疑地看了看房门上的空白书签号，没有说话，就又走进房间。

住进来，才发现，宾馆进进出出的全是参加高考的学生及家长。

晚上，他们一家三口在宾馆旁边的一家餐馆点了新鲜的鱼吃，吃完，铁军回家，小艺就与点点一起到江堤上散步。虽然，小艺来滨江都六七年了，可到这最著名的江堤散步，还是第一次。晚上七点，两人一起回到各自的房间。

高考第一天，早上八点十分，点点从房间出来，电梯里，满满当当挤的全是家长和学生，来到实验中学门口，仍旧到处都是人，只是门外全是家长，门内全是考生。小艺看见点点的语文老师和数学老师穿着红色的T恤，笑容满面地站在大门内，见到自己的学生，就笑容满面地高举双手与自己的学生击掌鼓励，就像是一场球赛前，队员们进场后全体击掌以示加油鼓劲一样。

两个半小时很快就过去了。中午十一点半，小艺站在了场外，门一开，同学静静就走了出来，一会儿，点点也走了出来，只是见到小艺后，点点面部微微一笑。小艺没问，一句也没问，就挽着点点一起去吃午饭。

下午，点点在考场，小艺一人在房中坐着无事，她将两边的步步高用小剪刀修剪着，再看看，觉得更加漂亮，更加舒服。她刚将水换掉，把花又插进花瓶中，手机响了，妈妈说爸爸想过来看看。

外面的太阳特别大。小艺说，天这么热，算了吧。妈妈说，你爸就是想来看看，看看就走。那语气就像央求似的。小艺一听连忙说，那就过来吧！

过了一个小时，小楚陪着爸爸妈妈坐着的士来到宾馆门口，小艺赶紧将爸妈迎进 319 房间。他们又一起看了看点点的 318 房间，再退回 319 房间。

坐在椭圆形的沙发椅上，爸爸愈发显得消瘦，苍白的脸颊因消瘦而塌陷下去。爸爸目光散淡地打量着房间，小艺和妈妈、小楚就坐在床边。

小艺笑着问，爸爸，在姐姐那儿住着还好吗？

爸爸说，好！

爸爸，这儿的环境好吧？小楚也笑着问道。

好！爸爸双手撑在沙发椅的扶手上，用力点了点头。

妈妈关切地问，点点考得怎么样？

她没说，我也没有问，现在也不好问。爸爸妈妈，晚饭就在这儿吃吧！下面有一家做全鱼的餐馆，鱼汤鱼丸特别新鲜，很好吃！小艺真的很想陪着爸爸一起吃顿饭。

爸爸不置一词，只是一个劲地摇着头。

其实，小艺知道自己是在说客气话，明天还有一场考试，爸妈是怎么也不会在这儿吃饭的。一是点点高考，小艺没有时间陪他们，还有一个更重要的因素，点点如果知道爷爷姥姥来看她，会增加高考的心理压力。所以爸爸妈妈只能在点点考试的空档过来看一看。

坐到下午四点半，看着下午这场考试快结束了。爸妈要走，小艺也没留。

几个人下电梯，走到宾馆大门前，门外一股热浪扑面而来，好热啊！他们几个人站在马路边的梧桐树树荫下，等了半天才等来一辆空的士。小楚扶着爸爸坐进前排副驾驶座位，看见爸爸消瘦单薄的背影，小艺不由得一阵心酸。但是，她来不及更多地心酸，下午的这场考试已经结束了，点点马上就回来了，她必须给点点展示出一副正常平静的精神面貌，她不能说爷爷姥姥关心点点今天的高考，专程在烈日炎炎下从老远赶过来看点点，给点点加油。她不能！

小艺和点点吃完晚饭，又一起到江堤上散步。这是她俩第二次散步，江堤上人们闲适地走着晃着，江面上不时有几艘游轮在游弋，几声汽笛在鸣响。

晚上七点，点点进了自己的房间，小艺就再没有过问。她住这里，没有别的目的，只是想着，如果点点遇有什么特别情况，她就应急。就像站车管理上的应急预案一样，以备不测，随时应急。

第二天上午考试开始。

在宾馆，小艺见到虞美人，虞美人说起昨天的语文高考作文题，以《旧书》为题写作文，文体不限，字数在 800 字以内。

小艺一脸茫然道，不知道，考试的情况她一概都不知晓，点点不说，她也不问。

虞美人说，我家静静提笔就写，觉得写成个夹叙夹议的作文更容易出彩，但是一想到高考主要是考察高中生的议论文，于是又改为写议论文。点点没说吗？

没说。小艺道。

那最好，说出来有时会影响她下几场的考试情绪。

只是听到《旧书》这个作文题，小艺心里就松了口气。她想，这篇作文，点点应该写得不会差。这种题目任何考生到了考场都有事写有话说，毕竟读了十多年的书，但是如果只是就书论书就事论事，只是写本义上的"旧书"，那就太可惜了。书可实指，更可虚指，书是可以用来借鉴、鉴赏并引领人们的思想方向，是启发心智的精神作品。旧书引申开来，中国历史是不是一本旧书？中国文化是不是？中国历史上的人物包括英雄、志士、文人是不是也是一本本旧书？还有外国的呢？这样一拓展，就大有可写的了，也就太好写了。

这类文章看得多，读得多了去了。小艺相信这篇作文点点写得不错。

最后一场考完，考场外校门口站满了迎接学生的家长和各路媒体。有许多家长在拿着相机拍照，要留下这历史性的时刻。考试结束的铃声响了两分钟，

463

就看见学生们从远处向校门口走来，小艺看见点点出现在队伍的最前面，面带笑容。烈日炎炎下，小楚早带来满头是汗的小南手捧鲜花站在校门口了。

陪考了两天，小艺觉得自己像是欠了单位什么似的，点点高考刚一完，小艺第二天就上班去了。

妈妈见小艺这么忙，就如完成任务一般，与爸爸一起回到姐姐家。

小艺还没想回市内，她还要住在陪读村，因为这边还有各个高校的咨询会、包括最后的查分、填报志愿都需要到学校咨询。

再就是工作，工作。

现在想想，小艺恨死了自己，也嫌死了工作。如果那时不是一心想着工作，她就会实现承诺，陪着父母和孩子一起去庐山，如果是这样，她也不会如此懊悔，对父亲如此愧疚。

6月25日高考成绩出榜，点点高考分数超出重点大学分数线50分，语文竟然考了135分。她高兴地向点点表示祝贺，这是点点超水平发挥。高考语文只有作文发挥得好，才可能得此高分。她笑着问点点，你的作文是写的什么内容？她知道，《旧书》这种作文题，可能写历史，也可能写历史名人，但要写好，写出彩，写出高分，就不容易了。

点点沉默了一下，望着小艺说，妈妈，我写的是爷爷。

是吗？小艺吃惊地问。

是的，妈妈。考场上，我看到《旧书》这个作文题，就想到了爷爷，在我心中，爷爷就是这样一本感动我的《旧书》。


## 父亲走了


暑运又来了，全局又开始了暑运六十二天的客运营销攻坚战。今年上半年全局旅客发送人增长不高，系统上下都怕稍一松劲，今年全年任务完不成，暑运两个月是最好的增运增收时机，所以暑运开始，工作更是一趟接一趟地忙。但是再忙，小艺也高兴，因为点点的《录取通知书》下来了。

市内的房子现在刚从租户中收回来，准备重新粉一遍就搬回去。小艺想，点点马上要去北京上大学了，把房子收一下，收拾好了，与父母同住，现在家里怎么都够住了。

小艺一家三口拿着《录取通知书》一起去见父母，全家人喜笑颜开，乐不可支，爸妈更高兴得不知如何是好。小艺笑道，爸爸，一定要相信奇迹，点点就是例子。我们进校时在年级排名500来名，高考出来全校排名前100名。所以说，一切皆有可能。

半躺在床上的父亲微笑着点了点头。

《录取通知书》拿到手上了吗？父亲笑着问点点。

点点笑着将《录取通知书》得意地晃了晃，递到爷爷手上。

爸爸双手拿着《通知书》翻来翻去、看了又看，然后，才交回到点点手中。

小艺说，爸爸，等到八月底开学，我们一起到北京送点点报到。

我又不是没有去过北京？爸爸脸上现出舒心的笑容，说道。

我知道，小艺笑道，您去过北京，1953年吧，小朋友们都喊您志愿军叔叔好，对吧？可是，爸爸，半个世纪都过去了，您这个志愿军爷爷再去看看现在的北京。北京的秋天最美，咱们一起好好逛逛北京。

爸爸笑了笑，没有作声。

点点上前拉着爸爸的手说，爷爷，我们一起去北京。

爸爸望着点点笑着大声道，好！哈哈，爸爸爽快地答应去北京了。

这些年，小艺到北京出差就像从滨江的江南到江北一样频繁，全是关于新建铁道线及相关客站工作的会议。

上午，在北京，两个小时会就开完了。会后，一般情况下，她都会在宾馆躺在床上看看书或是看看电视，然后坐晚上的直达车回去。可那天不知道为什么，她突然想起爸爸说过北京烤鸭好吃，她就到全聚德买了一只北京烤鸭，顺便在旁边的店里买了件黑底白点的连衣裙。然后乘坐动车直接回滨江，车快到漯河时，不知怎么回事，她突然又想起小时候爸爸说河南烧鸡好吃，她又买了两只烧鸡。车上，隔着装着焦黄烧鸡的土褐色纸袋子，小艺都能闻着浓郁的卤鸡香。她想，爸爸一定喜欢吃！

回到滨江，小艺打的直奔姐姐家，妹妹也在。姐姐将北京烤鸭切成片，然后将黄瓜条、葱、酱鸭片裹成卷，递给爸爸，爸爸大口大口地吃着。父亲多长时间没有吃过这么有味道的食物了呀？她高兴地问，爸爸，好吃吗？爸爸边点头边吃，好吃！好吃！

烧鸡卤得很烂很烂，爸爸吃得也非常开心。

快看新闻，快看新闻，撞车了。姐姐指着客厅里的电视画面，大家再看，新闻已经过去了。

真的？小艺吃惊地问。

电视里还有假？爸爸妈妈、全家人都愣住了。

天呀！小艺的心一下掉进 冰窟窿里。

早上交班会，全体人员都早早地坐在了会议室，平时开心说笑的氛围没有了，没有一个人说话，气氛特别压抑。

闻部长走进来，坐下，语气沉重地说，大家也都看到新闻了吧，"7·23甬温线特别重大铁路交通事故"。动车事故给我们铁路带来极大的被动，铁道部连夜召开会议，部领导提出三个大于天。一是安全责任大于天；二是客运动车安全大于天；三是高铁安全大于天。我们一定要全面贯彻铁道部安全会议精神，安全是铁路的生命线，没有了安全，铁路就没有一切。从7月24日起，要盯高铁动车的退票工作。只要旅客退票，没有理由地全部给退。咱们一定要树立高铁、动车服务无小事的理念。……

大家都没有作声，只是感觉那氛围就如黑云压城城欲摧。

第二天，闻部长再次通报了"7·23甬温线特别重大铁路交通事故"。再次重复了四句话。一是安全责任大于天，没有安全就没有铁路的一切；二是安全工作压倒一切；三是要把客车安全特别是高铁安全摆在重中之重；四是要切实查找安全中存在的问题。

传达完铁道部要求，下面就是具体落实。闻部长表情凝重语气沉重地说，咱们马上分为四个安全包保组，江南站一个组，江北站一个组，客运段一个组，机动一个组，明天就全部下去，查问题、查隐患、保安全。

小艺知道自己又必须下去安全包保了。铁路出了这么大的事，自己作为铁路一员，义不容辞，应该去，必须去！记得曾经看过《中东战争》这本书，后来的以色列总理当年的年轻军官沙龙正在海外休假，听到战争爆发，他立马放弃休假，只身从海外前往战场前线直接参战。透过字里行间，小艺不由深深地被沙龙那种为了民族生存将生命置之度外的英雄主义所震撼。后来，这本书所有的内容，连是第几次中东战争都忘记了，但是这一细节却深深地烙在了她脑海里。现在铁路出了这么大的事，这对于全体铁路员工来说，与一场战争有什么区别？

出去包保前，爸爸又住院了。晚上，小艺带着点点去看爸爸。爸爸坐在病床上，精神很好。

爸爸怎么了？您哪儿不舒服？小艺问。

不知怎么，你爸爸解手解不出来。妈妈说。

姐姐笑道，没事，上次造瘘可能堵了，明天看一看，换一个就行了，小手术。

姐姐一说是小手术，小艺心头又放下了。

点点什么时候开学？父亲轻声问。

八月底。爸爸，说好了，到时候咱们一起送点点去北京。小艺笑道。

好！爸爸答应得非常爽快。

然后，三姐妹又坐在爸爸床前聊天。

爸爸，您知道我最大的愿望是什么吗？小楚一脸神往地问。

爸爸微笑着看着小楚，没有说话。

爸爸，我最大的愿望就是给咱们全家买一个别墅，那种联体的别墅，咱们全住在一起，前面后面全种着您喜欢的树，冬青、香樟和梧桐，都行。然后，咱们就和小时候一样，一起开开心心地过日子。

小楚接着说，爸爸，我和小艺还一起去看了的，滨江郊区真有那种别墅，到时候我和小艺买在一起。

爸爸望着小楚浅笑着，看你们想得多好，那要多少钱啊？

爸爸，世上的事就是这样，你想了才会有，不想永远也不会有。

自从小楚拉着小艺看了一次那种联体别墅，她俩就开始想入非非了，如果过几年，全家人真能住在一起，相互之间也有一个照应，她们三姐妹天天在一起叽叽喳喳，既离不得又近不得的，多好呀！

爸爸，我明天又出去包保了。小艺道。

话还没讲完，姐姐就把话抢了过去，她一脸嫌弃地说，你一天到晚都是忙，好像就你工作，别人不工作一样。

小艺随着小楚的话，与姐姐开玩笑道，我和小楚给你们挣钱，到时候我们一起住联体别墅，就像小时候一样，咱们全部住在一起。爸爸，楼上楼下，电灯电话，共产主义社会呢！说实话，市郊的这种联体别墅还真让人想入非非，但是，也贵得让她们这些工薪阶层不敢想入非非。

我可享不起你的福，你去吧。姐姐笑道。

爸爸，听到没有？您一定要坚持。小艺上前双手抱了抱父亲，算是告别。

爸爸目光坚定地点了点头。

三天后，姐姐突然打电话，说爸爸手术大出血，医院又下了《病危通知书》。

小艺赶紧从外地赶回滨江，路过花店时再次买了一束康乃馨。她想到点点高考前一直盛开的步步高给她带来的好运，她希望这束康乃馨同样给爸爸带来好运。

赶到医院，看见爸爸躺在病床上，床架下的导尿袋里都是鲜红的液体。

爸爸没有作声，但精神还好。

小艺将康乃馨摆在床头柜上，握着爸爸的手说，爸爸，您一定要坚定信念，您肯定会好起来的。我们还等着您好了一起到北京送孩子读书呢！加油！

爸爸没有说话，只是轻轻地点了点头。

小艺陪着爸爸在床边坐了一会儿，又暗示姐姐出去。走到稍远的过道，她厉声问姐姐道，怎么回事？你不是说这是一个小手术吗？

你没有找人？小艺接着问。

医生说是爸爸的凝血机制不好，手术后就一直止不住血。姐姐说。

输血了吗？

开始不给输，后来我发火，又拿出献血证，这才给了一袋。

一天，两天，三天，医生总说出血有一个过程，但是一直就没有停止出血。爸爸的精神看着看着越来越差，已经一周了，不断消炎、不断输血，血还是止不住，人身上就是有再多的血也架不住这样流呀。管床的医生一看就是个工作不认真的家伙，找他总是找不着，找着他了还要发火。

小艺直到现在还在后悔这件事由姐姐做主，为什么自己不能给爸爸找一个放心的医生，那是爸爸的命呀！那个不负责的家伙就这样把父亲的命拿了去。

医生会诊了一下，要将父亲转到肾病科，说是肾脏衰弱，下一步就是做透析。妈妈坚决不让，说是这里的医生手术不成功，才造成父亲流血不止。

科室主任让主床医生把治疗几天的病例拿过来，小艺悄悄地跟着来到总台，主床医生正慌着修改病例，他还想让旁边的护士帮着签字，护士不情愿地说，我怎么知道？最后，护士还是不情不愿地签了字。她一直站在不远处看着，主床医生因为太过紧张，没有看见她就站在不远处。

科室主任将病例看了看，没有说话，小艺也没有说出来刚才在外面看见主床医生修改病例的事。因为，她担心家人会跳起来与医院纠缠不休，大吵大闹。小艺不想将爸爸作为人质，现在爸爸的生命比什么都重要。

现在最重要的是爸爸下一步的治疗方案。科室主任说，透析。结果，透析下来，刚放在病床上，爸爸就休克过去了。

医院全力抢救，手忙脚乱之中，姐姐嫌小艺的花碍事，随手将那把玫红色的康乃馨全部扔在地上。看到被折得七零八落的玫色花束，小艺有一种不祥的预感。全家人哭作一团，好不容易，爸爸终于再次清醒过来。爸爸睁开眼睛，茫然地望着围在身边的家人，爸爸不知道刚才发生了什么事？

怎么了？爸爸轻声问。

没事！没事！爸爸您没事！小艺含着泪看着爸爸说，我们还等着您一起去北京呢！

爸爸轻轻地摇了摇头，轻轻地说，我去不了了。

第二天早上，医院就父亲下一步治疗要求家属拿方案，是进一步治疗还是放弃治疗？

妈妈与姐姐商量着准备父亲的后事。

一听这话，小艺急了，什么？不行！不行！她一下就哭了起来，她站在病房的门前，看见爸爸正用无助的眼睛在看她。

怕爸爸听见，妈妈把小艺拉到住院部的步梯处。妈妈哀伤地说，你爸爸不行了，我们必须去准备后事的东西。

谁说我爸不行了？谁说我爸不行了？他不是好好的吗？现在不是肾衰弱吗？咱们给他做透析嘛，有什么不行的？小艺急得直跳脚。

医生说的，让我们做最坏的准备，我们两手准备不行吗？一手做治疗，一手准备后事，医生是这么说的。妈妈哭着说。

谁说我爸不行了？谁说我爸不行了？小艺哭着大喊起来，我非要救我爸爸！不就是钱吗？咱们出钱不行吗？小艺想着爸爸无助的眼神，她边哭边喊。她不允许准备什么后事，怎么可能呢？爸爸不会死，她不允许爸爸死。

可没有人理会她。爸爸就在那边病房的病床上躺着，刚才还用无助的眼神望着她，让她救救他。谁说我爸不行了？谁说我爸不行了？坐在医院楼梯的台阶上，小艺哀伤地大声地哭着，可整个医院，却没有人去同情她去帮助她。怎么办？她想起了小楚，她连忙打电话让小楚赶紧过来。

小楚来了，全家到肾病科咨询爸爸病况。医生说，现在你父亲必须进重症监护室，做最好的透析，但很贵。可能要住一个多星期，等病情一稳定就可能按常规治疗了。当然，这是最乐观的方案。

钱，钱要得很多吗？妈妈赶紧问，妈妈怕孩子们花钱。

一天六七千块吧！

只要好了，这也没什么！小艺赶紧说。她想，只要能救爸爸，这些钱算什么。

现在去交六万。

好的！小艺含着泪，小跑着下电梯，来到一楼收费室，还好，能用信用卡。她用两张信用卡刷了六万。她没有别的想法，就是一定要救活爸爸。她说了的，要与爸爸一起到北京送点点上大学，说了的，要带爸爸一道到庐山去避暑的，还说了的,要带爸爸一起坐卧铺回四川老家的。前几天还吹牛什么联体别墅呢! 话全说了，可一件事也没有兑现呢!

一家人一起将爸爸转到了门诊大楼的重症监护室。

从重症监护室出来时，小楚握着爸爸的手安慰道，爸爸，这里有最好的设备和医生，一天 24 小时监护，您一定会好过来的，要有信心，我们都等着您。

爸爸无声地点了点头。

走出重症监护室，天突然下起雨来，"噼噼啪啪"的雨声让小艺和小楚只好站在电梯旁的楼梯间。重症监护室外的走道地上铺有几床被褥，一个中年妇人跪在被褥上边哭边喊，另一个女人则在号啕大哭，这种哀伤一听就知是家中病人在重症监护室内刚刚病逝。

窗外的雨声加上走道上凄厉的哭声，让小艺姐妹俩感觉特别悲凉和无助，她俩不由得又想落泪。这家人一直呼天抢地地喊着，小艺想哭，但心里又害怕得要命，她不迷信，却觉得这种事离自己越远越好，现在爸爸就在一墙之隔的重症监护室里的病床上，让爸爸听见多不吉利。虽然小艺觉得这种想法有点儿自私，但小艺觉得为了爸爸，这种自私也是必须的。

第二天早上的探视时间，小楚、小艺刚到，妈妈和姐姐都来了，手上拎着饭盒。门开后，妈妈、小楚、小艺、姐姐都要进去，医生拦了拦，也没有拦住，就让她们穿了天蓝色的专用外套和鞋套。一进门，就看见爸爸眼睛正盯着门边四处在找她们，看见她们来了，爸爸神情才轻松下来。

只一个晚上，爸爸的精神大有好转，小楚微笑着问爸爸，在这儿还好吗?

爸爸点点头。

爸爸相邻病床是一个老太太，她一直在大声地自说自话发牢骚，像是在抱怨她家里的人。

小楚就跟爸爸开玩笑道，爸爸，这里我们又不能随便进来，要不，您就与这个老太太聊聊天。

爸爸一脸的不屑，声音响亮地说，我才不与她聊天呢!

　　爸爸的话和表情把她们四人全都逗笑了。

　　只说笑了几句，探视的时间到了，小艺一家人才不得不离开。

　　七天后，周五下午，重症监护室让爸爸出院，还是回到住院部肾脏科。全家人都来接爸爸从重症监护室回到住院部。

　　一切安排妥当，已经是下午五点。爸爸的精神很好，全家人都守在病床前，欢天喜地地说话、聊天。爸爸能从重症监护室出来，就说明病情有所缓解，全家人都松了口气。

　　快下班了，小艺要赶紧赶回单位。今天她值班，值班电话还是让阿妹帮忙拿着的。小艺俯下身子，微笑着对爸爸说，爸爸，看看，没有什么坎是过不去的，对不对？下一步咱们把病治好，月底咱们一起去北京。今晚我要值班，明天我再过来。爸爸神情轻松地点了点头。

　　回单位的路上，小艺欢快地无以复加。怎么样？爸爸又回来了！爸爸又回来了！她打了个的士就往单位赶，可是，回到办公室，她就再也没有时间想起爸爸。一是觉得爸爸没事了，二是工作太忙了。

　　小艺从医院回到办公室，值班电话就一个接一个地响了起来。因为武道山水害，两对动车组列车晚点，旅客因此投诉不断。晚 22 时，动车终到江北站和江南站，旅客要退票、要改签、要中转，还有十来个旅客因中转赶不上天河机场的飞机拒不出站，要求铁路赔偿，好不容易把这些旅客搞定，已近零点。

　　凌晨 1 时 50 分，"嘀铃铃"，电话铃声响起来了。调度部来电，武道山水害加重，已造成襄渝线积压 6 趟旅客列车。是吗？小艺赶紧从折叠床上爬起来，与调度员核对具体车次及情况，还好，现在旅客们都在睡梦中。

　　凌晨 3 时 30 分，"嘀铃铃"，电话铃声又响起来了。调度部又来电，水害更加严重，现在已积压了 K390 次、K909 次、K15 次、K1157 次、K605 次 K767 次、K677 次、K125 次等 15 趟旅客列车。这么严重？她连忙又从床上跳起来，拿起桌上电话就想给相关站段打电话，她迟疑了一下，三更半夜的，打站段领导手机好吗？但转念又想，打吧，以雨为令，便按应急预案要求，拨通了繁城站、车城站主管领导的手机。

凌晨4时10分，局办值班室值班秘书杨树来电，了解武道山水害影响客车的情况，并转达局领导指示，运管部做好跟踪、盯控工作，相关领导到岗到位。小艺赶紧给闻部长打电话。看来，自己想睡也睡不着了，现在也没了瞌睡。她坐在办公室想，算了，到调度台上看看吧。就拿着值班电话走出门。

办公楼内外万籁俱寂，现在正是黎明前最黑暗的时间。窗外是黑漆漆的夜，楼道是孤零零的灯，小艺拿着值班电话，一个人走到静谧幽暗的楼道里，"噔噔噔"快步爬上六楼。

眼前，调度部大厅内却是一片灯火通明。许大局长、王宁副局长、闻部长还有车机工电相关领导及人员都站在襄渝线的行车调度台前，个个凝神蹙眉，神情严肃，全都紧盯行车大屏。

早上6时整，调度部通知，后续的K284次、K206次、K590次、K284次等8趟旅客列车不停武道山站，终到武道山站的旅客安排在前一站车城站下车，然后，改用大巴车将旅客送至武道山市内。小艺迅速通知车城段做好这8趟列车的旅客中转服务及与地方政府的对接工作。一个电话接一个电话地打，一趟列车接一趟列车地盯，有旅客不愿下车，那就要求站段一个旅客接一个旅客地做工作。

早上8时整，一切处置完毕，交班了！小艺轻松地舒了口气。她想，自己是可以下班了，只是不知道，今天襄渝线能不能全部抢通？边想着，她边拿起手机，一看，手机上有无数个未接电话。工作时，她习惯将手机设置成静音模式。

40分钟后，小艺赶到医院，父亲已经走了。

小艺紧紧抱住父亲，脸挨着父亲苍白而宁静的脸。她轻声对父亲说，爸爸，对不起！对不起！我又说过头话了，我没能救活您！我还是没能救活您！我食言了。我知道您喜欢看书，我就写本书送给您吧！

# 尾声

## 世界上最遥远的距离

　　2012年6月，小艺看到奥斯卡获奖动画片《父与女》。时光荏苒，在思念等待父亲中，女儿由单薄清纯的小女孩变成满脸皱纹的老妇人。当老态龙钟的女儿飞奔、飞奔，渐渐又变成身轻如燕的女孩儿，她飞快地飞奔、飞奔，终于飞奔到朝思暮想几十年的父亲怀中时，小艺的泪水无声地滑落下来。小艺想，那个老妇人是自己吗？如果能再与父亲相见，即使沧海变桑田也行呀！

小艺想着天上的父亲，突然就想起这几句诗：

世界上最遥远的距离，是鱼与飞鸟的距离，
一个在天，一个却深潜海底。

世界上最遥远的距离，不是我站在你面前你却不知道我爱你，
而是我就站在你面前，你却听不到我说我爱你。

很少生病的小艺突然病倒，足不出户半月有余。再回到单位上班时，闻部长关切地说，小艺，你也是老同志了，以后我尽量少给你安排工作。从领导的眼神里，她意识到，自己真的是"廉颇老矣"。

从前的小艺随着父亲的离去而不见了，小艺不再是"小艺"而变成了"老艺"。家庭没事了，单位也没事了，小艺突然从这十多年来工作忙得跳脚，一下子变得无所事事了。

2012年的春运又到了，由于实行了电话订票和网络购票，车站售票排长队的情况大大缓解，春运组织工作也变得相对轻松。

坐在办公室，有人悄悄在议论干得好不如嫁得好，会干活不如会喝酒，会做事不如会来事。小艺想，父亲从来没有这样教过自己。

一次，烦恼不已的小花说，为什么让农村人到城里来？害得我们每年春运

累得半死，稍不注意还会被骂得半死。这么好的朋友都会有这种想法，小艺没有作声，也不去争辩。她想起了姐姐医院对姐姐不屑一顾的女干事，为什么有些人总会有高人一等的奇怪想法？不让农村人到城里来的等级观念若不破除，这个社会怎么能发展得如此之快？整个国家的城镇化进度怎么会如此之快？凭什么农民工就要低人一等？凭什么农村人就不能进城？要知道这些人才是我们改革开放这些年社会快速发展的生力军。她想起了铁道线上的道砟，想起了父亲母亲，想起了厂里的那些职工家属，想起了自己及所有铁路系统的干部职工，在不同的层面，这些人不都是助力社会发展的道砟和路基吗？

间休时间，小艺边敲打着电脑，边听着凄美忧伤的《天空之城》。旁边的年轻同事吃惊道，我以为小艺姐姐只会工作只会干活呢，没想到也会欣赏如此抒情的音乐？小艺笑了笑，仍旧没有作声，难道自己的外表就古老粗糙到与抒发情感的音乐都完全不搭了吗？

岁月是把杀猪刀，刀刀催人老。

她想起三十年前也只知道没完没了了工作的父亲，原来在同事眼里的自己，就是自己眼里的当年父亲。父亲，长大后我就成了您，只是社会在发展，我比您幸运！

孩子上大学走了，父亲生病走了，单位领导觉得自己是个多余的"老艺"，可有可无了，小艺整个人一下子就垮了下来。她每天拼命吃东西拼命吃东西，她流着泪吃，她想替父亲把亏欠的全吃回来。因为胃癌，父亲最后走时瘦得只剩下一把骨头了。

秋夜，夜空中繁星点点。仰望星空，就看见父亲在星空中温柔怜惜地看着自己，小艺的眼泪"哗"地就下来了。

晚上，母亲突然焦急地对小艺说，小艺，你爸爸不行了。小艺看见父亲羸弱的身子像要倒下来，急忙上前抱着父亲，大哭。父亲轻轻地吻了一下小艺的脸颊，柔声劝道，不哭了不哭了。小艺，你从小就好哭！

小艺哭醒，才知道是梦，但是，脸颊上却清晰感觉到父亲亲吻时留下的温柔。没错，是逝去的父亲！父亲一定是不放心他的三个女儿，特别是她这个从小就娇气好哭的二女儿，所以他专门又赶回来，柔声劝慰道，不哭了不哭了。

爸爸！小艺喊着，她疯了般地大叫，尖叫，泪水却一串串地不停地滚落下来。

爸爸，您怎么能走？咱们说好的，一起去庐山、一起回四川、一起送孩子去北京，还没去呢，您怎么能走？我还没帮您找到您哥哥我的大伯呢，不知道您哥哥的消息，您怎么能走？我夸口不要担心钱，一定给您治好病，可我还没有兑现，您怎么能走呢？我家已经收好，您的房间也布置好了，还有您的书桌您的书，您还没住一天怎么就舍得走呢？您那么爱看书，我在写书，我的书还没有写完，您怎么舍得不看就走呀？滨江越来越漂亮了，特别是我们附近的楚河汉街，您还没逛一次怎么就舍得走？我现在单位上也不忙了，我可以陪您逛逛滨江美丽的夜市，可以陪您说说您写的文章，还可以像小时候一样坐在一起讲故事说笑话，这些都没做，您怎么会舍得走？咱们的好生活刚开始，您怎么就走了呢？

爸爸，不要看着我长大了像是能干了，其实内心里我还是那个娇气好哭不会做事的二女子，没有了您，我该给谁哭？哭给谁看？我再给谁生气呢？您总是让我不要说过头话，但是我又说了那么多过头话都收不回来了，怎么办？爸爸，您怎么会舍得让我这样没完没了地伤心落泪呢？

爸爸，您不在了，我该怎么办？我该怎么办？我该怎么办呀！

小艺想到为了什么破工作为了孩子高考而放弃对父亲的关心陪伴，就感到羞愧和不安，就没完没了地自责，她坐在电脑桌前，听着卡洛尔的《假如爱有天意》、《何茫然》，听着《思念》，听着《辛德勒名单》那悲怆到绝望的大提琴曲，开始不停地写写写，边写边落泪。

一定要帮着父亲找到哥哥，打过无数次电话，没有着落。一次开会，偶然遇到台湾某公司的地区代表，终于等到了大伯的消息。真如父亲所料，大伯早在 1990 年就去世了。小艺再次想到父亲蓝色大开日记本扉页上的《乡愁》：

　　　　小时候，乡愁是一枚小小的邮票，我在这头，母亲在那头。

长大后，乡愁是一张窄窄的船票，我在这头，新娘在那头。

后来啊，乡愁是一方矮矮的坟墓，我在外头，母亲在里头。

而现在，乡愁是一湾浅浅的海峡，我在这头，大陆在那头。

父亲，远在台湾的大伯去世前是否也在念着这首诗呢？

2012 年 4 月，坐在家中，小艺给在北京读书的点点写信，写一份《生日寄语》。小艺坐在桌前，回忆点点成长的点点滴滴，写了整整一天，晚上，一封长长的《生日寄语》通过 QQ 发过去，点点在 QQ 上只回了简单的两字，收到。记得自己工作的第一个月也收到父亲来信，想当年，父亲一定也是这样饱含深情地给自己写信吧！

2012 年 6 月，小艺在电脑上看奥斯卡获奖动画片《父与女》。时光荏苒，在思念等待父亲中，女儿由单薄清纯的小女孩变成满脸皱纹的老妇人。当老态龙钟的女儿飞奔、飞奔，渐渐又变成身轻如燕的小女孩儿，她飞快地飞奔、飞奔，终于飞奔到朝思暮想几十年的父亲怀中时，小艺的泪水无声地滑落下来。小艺想，那个老妇人是自己吗？如果能再与父亲相见，即使沧海变桑田也行呀！

2012 年 8 月，父亲去世周年，穿着黑底白点连衣裙的小艺和姐姐小蓉、妹妹小楚一起去看望父亲，她轻轻地将小说《汽笛声声》的手稿摆在了父亲的面前。

她知道父亲喜欢美丽的事物，喜欢了解国际国内大事，特别是铁路建设和发展的大事，便告诉父亲：2012 年 4 月，武广高铁拉通至深圳，武深线开通，深圳旅客蜂拥北上，观赏滨大漫天樱花；7 月，汉宜线开通，汉宜动车窗外，江汉平原上接天莲叶无穷碧，映日荷花别样红；9 月，郑武线高铁将开通，会吸引大批北方旅客前往千年桂乡，闻秋桂飘香，泡千古温泉；12 月，京广高铁全线贯通，那时，高铁线外，漫天飞雪中，滨江周边腊梅朵朵，好看极了……

2017 年末，汽笛声声中，小艺三姐妹坐上局管内最后一趟绿皮列车。车厢内的广播《和谐铁路之声》正播放着《中国高速铁路发展》专题节目：

2014 年，中国高铁已经作为中国最亮眼的名片，开出国门，走向世界。

2016 年，中国高铁总体运量达到 14.4 亿人次，日均超过 390 万人次，中国高铁成为世界上最繁忙、服务需求最大的高铁系统。

2017 年，中国 33 个省市自治区中已有 29 个通达高铁，总里程超过 2.5 万公里，全长 2298 公里的京广高铁是世界上投入运行最长的高铁线路。

目前，中国高铁里程最长，高铁总里程数几乎占到了世界高铁里程的三分之二。

满头花发的小艺不由自主地走进早已车载自动广播的列车广播室，她欣慰又忧伤地坐在广播室里，坐在既熟悉又陌生的广播机前。她静静地静静地坐在广播室里，窗外，不远处并行的高铁线上，蓝天白云、青山绿水间，时不时闪电般飞驰着"和谐号"和"复兴号"高铁动车组列车；车内，广播里，罗大佑正用那嘶哑而又苍凉的嗓音唱着那首《光阴的故事》。在光阴的流逝里，小艺不由得想起了浩子，想起了父亲，想到了诗人艾青的诗：

为什么我的眼里常含泪水？
因为我对这片土地爱得深沉……

（注：本书所写单位、地名、站名、车次、人物及故事均为虚构，如有雷同，敬请谅解。）

# 后记（诗和远方）

生活不止眼前的苟且，还有诗和远方。高晓松这一句话不知触动了多少人的心弦，成为近几年网络上最著名的心灵鸡汤。

三十年前，当我还是个中学生时，我也一样在眼前的苟且中向往着诗和远方。只是，那时的诗意是家里床底下父亲两箱子沉甸甸的书籍，远方则是窗外不远处火车站那给人带来无限遐思的长长的看不到头的铁道线。

我喜欢看书，特别喜欢看小说。我什么小说都抱着看，这一点很像父亲。我其实并没有看懂小说的什么主题、寓意，我只是喜欢沉浸在小说所描述的虚幻的环境、氛围及人物命运中，我只是更喜欢书中虚幻而美好的一切。

我喜欢铁路，特别喜欢看站车。我喜欢看迎来送往的站台、无限伸展的铁轨、静默站立的红绿信号灯，还有来来往往的客车货车；我喜欢看车窗外日落日出、月升月沉，喜欢看车窗外飞逝的春花秋月、夏荷冬雪，更喜欢看聚合离别、喜悦伤怀的站车所呈现出的现实中的人生百态。

后来，远离父母，我由长长的铁道线来到远方，开始现实中苟且的工作和生活。但总是碰壁，总是碰壁，柔软的心被伤得如一层层蚕丝包裹着的僵硬的蚕蛹，这时总会异常思念家，思念父母及亲人。异地他乡，各种书籍陪伴着我度过了孤独而落寞的时光。

再后来，偶尔看到一些写铁路题材的书籍，想到父母及周边的人和事，总会感慨万千，总会想，也写写铁路和铁路人的工作生活吧。但是人到中年，工作生活就像是一场没有停歇的急行军，很苦很累也很难！人在最艰难时总是不假思索地想找父母，找父母遮风挡雨，慰藉伤痛；同时，看着慢慢变老的父母，总想着忙完这段就可以放慢节奏、孝敬父母。可真到工作快可以放松时，父亲却突然一声不响地走了。这才真正体会到什么是"子欲养而亲不待"的哀痛和伤怀，同时，感慨生命是多么的弥足珍贵和柔软脆弱。那种伤痛真的如万箭穿心。

父母在，人生即有来处，父母去，人生只剩归途。我知道父亲爱看书，父亲去世后，我就开始琢磨并写着平凡的父亲及身边平凡的人和事。父亲去世周年，我将小说《汽笛声声》初稿献给了父亲。

时光如白驹过隙，不觉间，这篇纪念父亲的文字被我束之高阁整整五年，2017年夏，我想，还是把它付印成册吧。有朋友说，作为纪念父亲的文字它已经足够，但是，你更应该写写这些年铁路的变化和发展。

与五年前的一气呵成相比，修改过程艰难而又痛苦。要翻阅史料，要编撰人物及故事，要虚设情节与场景。写作中，我经常辗转反侧，夜不能寐。有时，公休周末一连几天在家呆坐书房，有时，写到个别章节会情不自禁泪流不止。修改后的小说里，有火车司机、列车员，还有铁路各层面的管理人员，也有各种身份的旅客，故事有跑车、跳车、还有撞车，等等。我希望通过这些人物及故事来反映新中国铁路，改革开放四十年，特别是1981年至2011年三十年的铁路建设和发展，反映为铁路建设和发展默默付出、无私奉献的铁路人。

现在，我把它献给所有奉献铁路、热爱铁路和关心铁路的人们，同时献给自己，只为不给生命留下遗憾。

生活比小说更精彩。正是有了眼前的苟且，才有了心中的诗和远方，而有时，眼前的苟且其实也就是心中的诗和远方。

感谢单位和领导，感谢朋友和同学，感谢编辑的肯定和家庭的支持！感谢所有给予我关爱和鼓励的人们！

也许，我这部小说写得并不好，但是，我这份讲述四十年来铁路人物及故事的心是真诚的。但愿这份真诚能打动读者！

2012年8月初稿

2017年12月终稿